D1334832

Laura

ou

Le Secret des 22 lames

Jean-Luc Seigle et Pascale Chouffot

Laura
ou
Le Secret des
22 lames

**S'agissant d'une fiction, toute ressemblance
avec des personnages existant ou ayant existé
ne pourrait être que purement fortuite.**

« La vérité est comme le soleil.
Elle fait tout voir, et ne se laisse pas regarder. »

Victor HUGO, *Tas de pierres*

PREMIÈRE PARTIE

Dimanche 31 juillet

LE BATELEUR

Revenante. Ce fut le seul mot qui vint à l'esprit de Laura quand elle longea en voiture le littoral pour entrer dans Nice. Elle revenait ici pour se marier. La ville – particulièrement la vieille ville italienne, avec ses ruelles étroites et fraîches – offrait aux regards des passants l'image rose et jaune d'une cité ouverte et lumineuse. Pourtant, Nice avait ce pouvoir, dès que Laura l'approchait, de provoquer en elle une sorte d'engourdissement. Elle était née ici, sa famille y vivait encore mais depuis des années elle n'y venait plus qu'une fois par an pour célébrer son anniversaire, une sorte de rituel qu'elle n'aurait manqué pour rien au monde. Sinon, elle rencontrait son frère ou son père quand ils venaient à Paris ou quand ils la rejoignaient en vacances à l'étranger. Nice était surtout la ville de ses ancêtres, c'est-à-dire des morts. Parmi eux, il y avait sa mère, disparue trois semaines après sa naissance. Depuis son plus jeune âge, secouée par toutes les interrogations que soulève inévitablement la perte d'une mère ou d'un père, les disparus avaient occupé dans la vie de Laura plus de place que les vivants. Elle était devant les morts dans le même état que lorsqu'on se trouve en pleine nuit devant un champ d'étoiles au-dessus de sa tête ; on commence d'abord par identifier la constellation la plus célèbre, la plus facile, la Grande Ourse, suivie de la Petite qu'on reconnaît assez vite même si l'on met un peu de temps à la situer, ensuite le regard glisse invariablement, presque malgré soi, jusqu'à ce pur diamant de Cassiopée dont beaucoup ignorent le nom. Puis le silence envahit la voûte sombre. L'ignorance nous saisit et nous prenons alors conscience de cette immensité mystérieuse qui s'ouvre au-dessus de nous ; le regard comprend qu'il ne pourra jamais toucher la fin, le trou de l'Univers rugit avec une férocité inquiétante ; et l'infini, cette chose impossible à concevoir, s'empare de nous jusqu'au vertige ; ça ne s'arrête nulle part, la nuit est sans limites ; on est alors assailli par l'Univers ou le Cosmos, on ne sait plus très bien comment ça s'appelle, on n'a plus qu'une seule envie, rentrer chez soi et prononcer les noms de tous les objets qui vous entourent.

Laura éprouvait devant le monde des morts une sensation équivalente. Dès son enfance, ce monde dépassa celui du caveau familial, il s'étendit à la totalité du cimetière, puis à tous les morts de la Terre pour absorber ceux de tous les temps depuis la création du monde et dans le monde entier. L'en deçà devenait vertigineux, la terre était gorgée de morts en bien plus grand nombre que les vivants qui s'agitaient au-dessus. Petite fille, quand elle pensait à ces choses, Laura croyait marcher sur les morts. Longtemps elle resta confinée dans sa chambre, dans la splendide maison de verre que son père avait fait construire ; l'idée de sortir, de traverser le jardin – qui pourtant offrait une vue imprenable sur la mer –, la paniquait. Du moins, il en fut ainsi entre l'âge de six et onze ans. Et au-dessus de toute cette cosmogonie des morts, l'image de sa mère régnait en figure tutélaire, éblouissante et mystérieuse. Sa mère, énigme au cœur des énigmes, dont Laura était seule à croire qu'elle avait été assassinée.

En arrivant à Nice elle pouvait s'attendre à ce que resurgissent ses démons mais elle était loin d'imaginer l'ampleur qu'ils allaient prendre. Pourtant, avec cet instinct effroyable qui la caractérisait, quelque chose en elle l'avertissait d'un danger dont elle serait sûrement la victime ou l'enjeu, bien qu'elle fût incapable de définir de quoi il s'agissait au juste. Elle avait l'intime conviction qu'elle allait malgré elle se jeter dans la gueule du loup mais qu'il le fallait absolument. Pas n'importe quel loup, un de ceux des contes de l'enfance, les plus terrifiants, ces bêtes féroces, aux yeux injectés de haine et de sang, sournoises, affamées, les crocs dégoulinants de salive et les babines retroussées. C'était la seule image qu'elle avait pu donner à une autre bête, la bête sans visage, sans corps et sans nom qui appartenait à la légende familiale du côté de sa mère et qui tuait le premier ou la première-née de chaque génération vers l'âge de trente ans et de manière violente. La dernière de cette sinistre liste avait été sa mère, née Luisa Rinaldi... Le rapport de police avait conclu à un accident de la route.

Aujourd'hui Laura avait le même âge que sa mère morte mais la perspective de retourner à Nice pour y épouser l'homme qu'elle aimait joua contre elle et l'empêcha de rebrousser chemin. Elle opposa à son instinct une raison toute simple, celle de ces angoisses qui nous tenaillent au moment des grands changements de vie, et elle finit par se dire que la perspective de son mariage était la seule cause de ce malaise qui la traversait. Elle s'appuya même sur quelques articles de la presse féminine qui affirmaient à quel point certaines jeunes femmes se retrouvaient quelques jours avant leur mariage saisies de doute, prises de panique jusqu'à être envahies par le projet insensé de tout annuler, de renoncer à leur engagement, comme si le serment du mariage se révélait soudain être l'annonce d'un grand malheur. Elle réussit à se convaincre que cette chose innommable qui se vissait dans son ventre au fur et à mesure qu'elle approchait de Vincent était liée à ce prochain changement de vie, de statut et même de nom. Elle se refusa ainsi à penser que la ville elle-même renfermait comme dans une châsse sacrée une espèce de poison qu'elle était seule à inhaler depuis sa plus petite enfance et

qui l'avait torturée, provoquant en elle de longs cycles hallucinatoires qu'aucun médecin ni psychiatre ne réussit
jamais à élucider.

Au début, on n'avait pas parlé d'hallucinations mais de
troubles inquiétants qu'on n'identifiait pas vraiment : elle
se réveillait en sueur, des cauchemars ravageaient ses nuits
et avaient fini par dévorer ses jours. La vie nocturne de son
enfance, comme sa vie diurne, ressembla longtemps à une
espèce de vide dans lequel se projetaient des images d'un
passé qu'elle n'avait même pas connu. Un psychiatre en
particulier, parmi la dizaine qu'elle avait dû consulter entre
l'âge de six ans et l'âge de onze ans, avait marqué Laura.
Elle l'appelait le Dr K. Elle l'avait baptisé de cette lettre
apparemment anonyme mais qui était aussi le son phoné-
tique du mot « cas ». Le Dr K., donc, était un homme sans
visage, rondouillard, marié selon elle parce qu'il portait
une alliance en or et une paire de lunettes cerclée du même
or jaune que son alliance. Elle se souvenait parfaitement de
son intérêt pour sa bouche, non qu'il eût une bouche particulièrement attractive, elle était plutôt ordinaire, mais il
parlait sans trop ouvrir les lèvres comme s'il voulait éviter
qu'un secret s'en échappât malgré lui, un secret ou un trésor, et la petite Laura s'était convaincue qu'il avait, comme
son alliance et comme sa paire de lunettes, une bouche ser-
tie de dents en or jaune mais qu'il ne voulait pas les montrer de peur qu'un voleur les lui arrachât. Laura passait son
temps à essayer de voir sa denture. Observateur, le Dr K.
comprit peut-être son jeu car, un jour, il décida de se faire
pousser la barbe. Sa bouche disparut complètement et ses
paroles sortirent d'un amas de poils qui dégoûtaient la
jeune patiente.

Elle n'allait jamais seule chez le Dr K. Elle était le plus
souvent accompagnée par son père ou sa tante Ludmilla, la
sœur de sa mère, ou encore de Viviane, la nouvelle
compagne de son père qu'elle aimait beaucoup mais à qui
elle témoignait assez rarement son affection bien que ce fût

elle qui l'élevât. Viviane était arrivée dans la vie de son père, concubine et non épouse, deux mois après la mort de sa mère ; l'état d'orpheline de Laura, à trois semaines d'existence, avait manifestement accéléré le processus entre les deux adultes, sinon il est évident que Viviane ne serait jamais entrée dans leur vie, ou du moins pas aussi vite. Pourtant, des trois adultes qui se relayaient au côté de Laura chez les différents psychiatres qu'elle avait consultés, Viviane était sûrement la seule qui semblât partager son inquiétude. Elle ne manquait jamais de lui dire un mot rassurant, aussi rassurant que possible eu égard à la situation.

– Tu verras, un jour tout ça finira par s'arranger. Ça, j'en suis sûre.

Si elle ne savait pas très bien ce qu'elle mettait dans ce « tout ça », Laura, elle, y projetait toutes ses peurs, non pas celles de ses cauchemars mais celles que provoquaient les commentaires et les terrifiantes projections de son entourage ; la plupart affirmaient à haute voix qu'elle finirait folle dans un asile si ça ne cessait pas... Et le fameux Dr K. ne fut pas loin de penser comme eux.

Dès qu'elle pénétrait dans son cabinet, on la reléguait immédiatement dans un coin, assise sur un canapé. Son accompagnateur s'entretenait quelques minutes à voix basse avec le spécialiste sans que Laura ait jamais su ce qu'ils se disaient, ils devaient sûrement faire une espèce de bilan de la semaine, se raconter les dernières bizarreries de la petite fille ou ces hallucinations qui l'assaillaient de jour comme de nuit. En vérité, l'enfant ne cherchait même pas à deviner ce qu'ils se répétaient sur son compte car, pendant ce temps, elle était tout entière happée par une gravure que le Dr K. avait accrochée dans son bureau, la descente de croix de Mantegna, où les corps noueux du Christ et des soldats étaient figés dans des ombres d'encre. Elle ne comprenait pas ce qui se passait au juste sur cette gravure mais quelque chose dans cette image faisait affreusement écho aux scènes de meurtre qui se présentaient à elle dans ses épisodes hallucinatoires. Pas seulement à cause du sacrifice du Christ qui agonisait sur la croix – de fait il n'avait pas l'air d'avoir si mal, il semblait avoir la capacité de soulever sa douleur dans une espèce d'extase que, petite fille, elle n'appelait pas l'extase mais le bonheur –, mais plutôt parce que des images de meurtre pouvaient éclater à n'importe quel moment autour d'elle, suintant la même horreur et le même dégoût. Et elle persistait à trouver, à raison du reste, un lien invisible et mystérieux entre ces images, qui appartenaient toutes au passé, au sien comme à celui de l'humanité.

Enfin, après les messes basses, son accompagnateur disparaissait. Dès que son père, sa tante Ludmilla ou Viviane s'éloignaient, l'inquiétude la prenait et elle n'avait plus qu'une obsession, les imaginer derrière la porte mais les imaginer vivants, en train de parler dans la salle d'attente, de lire des magazines, de consulter leurs agendas. C'était essentiel pour elle sinon elle avait l'impression qu'en disparaissant à leurs yeux elle était morte, elle aussi.

Le Dr K. débutait immanquablement chaque entretien de la même manière, tout en finissant de s'asseoir près d'elle à l'autre bout du canapé en velours marron.

– Alors Laura, la semaine a-t-elle été comme tu voulais ?

Le psychiatre ne se renouvelait pas et cette même introduction d'une fois sur l'autre avait un double effet sur Laura : celui d'abolir le temps et de lui faire instantanément oublier ce qui s'était justement passé entre. Elle se taisait donc en attendant que la mémoire lui revienne mais elle lui revenait toujours trop tard, dès qu'elle sortait du cabinet blanc avec son canapé marron et sa gravure de Mantegna.

Très vite, le Dr K. comprit que quelque chose ne fonctionnait pas dans ce qu'il appelait la cure. À l'époque, le psychiatre s'abreuvait déjà aux expériences et aux théories de Françoise Dolto ; il pensait, comme elle, qu'il fallait dire la vérité aux enfants, que la vérité faisait souffrir bien évidemment mais qu'elle ne détruisait pas ; et, imitant la psychanalyste dont on commençait à parler beaucoup, il décida de passer à la lecture des dessins de Laura, non pour chercher à analyser son inconscient mais pour se servir d'eux comme d'un outil intermédiaire, auquel ils pouvaient l'un comme l'autre se raccrocher pour parler. Seulement la petite fille refusait de dessiner devant lui, de reproduire sous son regard les images de ses cauchemars. Le psychiatre et l'enfant conclurent donc un accord : Laura dessinerait à la maison et lui apporterait ses dessins à chaque séance.

Ce n'est qu'au bout de cinq semaines que Laura arriva un jour avec ses dessins et quand il lui posa la question « Alors Laura, la semaine a-t-elle été comme tu voulais ? », le temps et la mémoire se débinant comme toujours, en guise de réponse Laura posa ses dessins sur la table, bien ficelés dans une pochette Canson qu'elle lui laissa le soin d'ouvrir. Le psychiatre ne fit aucun commentaire sur le nombre de nœuds qu'elle avait faits pour sceller la pochette, il prit tout le temps qu'il fallait et après avoir réussi avec ses gros doigts blancs à forcer la serrure du trésor, il fut horrifié par la violence de la première image peinte qu'il découvrit : un visage de femme rousse, portant un haut de robe rouge comme celui des princesses des contes avec des petites manches ballons ; mais les deux yeux terrifiants étaient charbonneux et écarquillés sur un front et des joues très blancs afin que l'on puisse bien voir le sang qui coulait sur ce visage inachevé. Le Dr K. n'avait rien dit sur sa première impression mais Laura avait bien vu qu'il avait aspiré sa bouche tout entière dans sa barbe même s'il se contenta de lui demander :

– Qui est cette femme, Laura ?

Elle ne pouvait pas lui dire « c'est le portrait de ma mère » puisqu'elle ne l'avait pas connue. Et, pour satisfaire le Dr K., Laura se mit à inventer une identité à son personnage, à en faire une fiction.

– C'est une princesse.

– Dis-moi Laura, pourquoi ta princesse a du sang sur le visage ?

– Quand on assassine, on a du sang sur le visage.

Le Dr K. s'était beaucoup intéressé à cette phrase dans laquelle il avait parfaitement compris qu'elle voulait dire que cette femme avait été assassinée ; il avait aussi parfaitement compris qu'il s'agissait d'un portrait de sa mère et que Laura voulait sûrement dire que sa mère avait été assassinée. Mais pour le psychiatre, la phrase aurait pu dire tout à fait autre chose ; elle aurait pu dire que c'était le dessinateur qui avait assassiné, peut-être même qu'il s'agissait d'un autoportrait de l'assassin, le visage recouvert du sang de sa victime. En effet le dessin représentait une femme aussi bien qu'une enfant. Le Dr K., tout à fait satisfait, conclut en quelques séances que ces peintures étaient en somme un acte de création, d'où avait surgi une vérité sur les troubles psychiatriques de Laura : sa culpabilité dans la mort de sa mère. Ce fut la première fois que Laura fut impressionnée par le médecin, elle oublia ses dents en or, et sa parole devint sacrée parce qu'elle faisait écho en elle. Oui, à neuf ans, Laura se sentait coupable de la mort de sa mère, une culpabilité violemment ancrée en elle, même si le Dr K. ne s'expliquait pas comment une petite fille qui avait moins de quatre semaines au moment du drame pouvait se sentir coupable de la mort de sa mère. Il n'en demeurait pas moins pour Laura que le psychiatre avait mis un mot juste sur ce trouble qui la tourmentait.

Les séances continuèrent, mais dès que la petite fille sentait que le docteur allait sortir de la fiction, elle se refermait. Et il n'était plus question de lui faire dire quelque chose de cohérent. Très vite, elle se mit à raconter n'importe quoi, mais elle sentit très vite aussi qu'il tirait de ses inventions des conclusions sur son état, conclusions qu'il notait en secret comme font les enfants à l'école pour qu'on ne lise pas leur copie, en faisant de sa main un mur posé sur la spirale de son carnet. Toutes les séances qui suivirent, elle continua sagement à jouer le jeu des dessins mais en refusant de le poursuivre dès qu'il commençait à prendre des notes.

Ces dessins étaient pour la plupart étranges. En dehors de ce portrait de femme ensanglantée, elle avait dessiné un homme avec une moustache, une espèce de militaire tenant dans sa main quelque chose d'impossible à identifier – cela aurait pu être un animal, une souris, un oiseau mort. Laura était bien incapable de dire ce qui se balançait au bout de son bras. Elle avait également dessiné un personnage avec un masque terrifiant ; et un autre à double visage, dont on ne savait pas très bien s'il s'agissait d'un homme ou d'une femme ; plusieurs figures anciennes, aussi, qui n'étaient pas sans évoquer certaines figures du Tarot mais, comme le Dr K. était convaincu qu'elle avait copié ces images, il n'y prêta pas une attention particulière. À tort. Tout comme il eut tort de ne pas s'intéresser à ce dessin d'un Christ dont les cinq plaies dégoulinaient de sang, souffrant sur une croix bariolée de couleurs vives qui avait pour effet de créer une impression de lumière radiante et que le psychiatre avait pris pour une copie maladroite de son Christ de Mantegna.

Un jour, il eut quand même l'idée de demander à Laura, au sujet des autres dessins :

– D'où viennent ces gens que tu dessines ? De ton imagination ?

– Non. Je les vois.

– Comment ça, tu les vois ?

– Je les vois.

Il eut l'air si troublé qu'il secoua la tête comme s'il avait eu plein de sable dans les oreilles.

– Laura, tu veux peut-être dire que tu les vois comme dans un rêve, dans ta tête ? C'est ça, l'imagination.

– Non. Je les vois en vrai.

Comme il avait l'air abasourdi par sa réponse, et devant son silence, la petite fille se sentit obligée de continuer, presque pour le rassurer :

– Oui, je les vois en vrai puisqu'ils me parlent. Et les dessins que je fais c'est pas moi qui les fais, c'est elle.

Et elle désigna sans hésiter la femme au visage ensanglanté. D'après elle donc, sa mère, ou le fantôme de sa mère, traçait pour elle ces dessins abominables.

C'est ce jour-là que le Dr K. conclut à un état schizo-phrénique sujet à des crises hallucinatoires.

Quelques jours plus tard, à l'âge de onze ans, Laura inté-gra le service de pédopsychiatrie dans la clinique du Dr K. Son père ne supporta ni le diagnostic, ni les soins afférents qui prévoyaient une thérapeutique médicamenteuse très lourde ; il vint la rechercher deux semaines plus tard, mû par un instinct plus fort que ses convictions sur son état. Une chose est sûre, dès son retour dans la maison de verre, Laura n'eut plus jamais aucun trouble. Il est vrai qu'elle entrait dans l'adolescence où les peurs et les pouvoirs de l'enfance disparaissent naturellement... Depuis, elle avait vécu, jusqu'à ce jour, une longue période d'accalmie.

Et voilà qu'elle revenait, après des années d'études et trois ans d'exercice dans un cabinet d'avocats parisien. Bientôt, elle allait poser ses pieds dans ce même jardin où elle avait passé son enfance à marcher sur les morts, à voir les morts, à les entendre lui dire des choses incompréhen-sibles, comme s'ils avaient changé de langue en mourant.

Reverrait-elle « ses » morts ? Lui appartenaient-ils ? Ou était-ce elle qui était leur jouet, et devrait leur servir jusqu'à sa propre mort de messager ? Laura était bien inca-pable de répondre à ces questions.

Alors que les contreforts de Nice apparaissaient, mor-sures de béton sur les vallons de l'arrière-pays, Laura avait, sans s'en rendre compte, accéléré. Le tunnel approchait de plus en plus vite, gueule béante qui allait l'engloutir. À cette heure de pleine fournaise, les véhicules étaient rares, et la voiture s'engouffra seule dans le ventre de la mon-tagne. Laura voyait l'autre bout du tunnel, pupille de lumière grossissant à chaque mètre franchi, et elle accéléra encore ; elle n'aimait pas les tunnels, ça lui rappelait les caves de la Bastide, et ses odeurs de terre qu'elle voyait encore grouillante de vers.

Au bout du tunnel, Laura déboucha enfin sur la lumière aveuglante, au bord de la nausée. Soudain, un choc violent, énorme, sur le pare-brise la fit hurler. La voiture fit une embardée et sa conductrice s'arc-bouta des deux pieds sur les pédales. Le véhicule se mit à déraper dangereusement en direction de la balustrade de béton qui donnait sur le vide. Laura ferma les yeux, cramponnée au volant qu'elle tournait inutilement en tous sens. La voiture se mit à glisser, laissant des traînées de caoutchouc brûlé derrière elle. Dans un cahot, elle franchit un trottoir, et s'immobilisa dans un lent crissement de tôle, du côté de l'aile conducteur, contre le mur d'une propriété. Sur le pare-brise, les branches d'une étoile rouge s'agrandissaient en longues coulures de sang : le sang d'un oiseau venu s'écraser sur le verre, comme un mauvais présage.

Vincent s'inquiétait de ne pas avoir de nouvelles de Laura. Il n'écoutait plus le traiteur en train de lui donner les dernières mises au point et recommandations pour le cocktail dînatoire du samedi suivant. Devant ses yeux, le commercial empressé tournait les pages plastifiées d'un catalogue sur lesquelles s'étalaient des photos de petits-fours et autres amuse-gueules pour tous les goûts : sushis, classiques miniquiches, tartelettes élaborées façon nouvelle cuisine, etc.

L'homme glissa un regard interrogateur vers la secrétaire de Vincent. Joëlle, la cinquantaine, cheveux mi-longs soigneusement dégradés d'un blond savamment rehaussé de mèches rousses lui renvoya une moue désabusée : elle n'était que la fidèle secrétaire, en aucun cas la future épouse... Déjà qu'elle ne supportait pas l'idée que son patron se marie, elle n'était pas responsable de ses réponses laconiques. Et puis elle avait terriblement mal aux pieds à cause de ses chaussures neuves, sans parler de ce fichu soutien-gorge à balconnets dans lequel elle s'était évertuée à faire entrer sa trop généreuse poitrine. Ça débordait de partout, mais ça avait l'air de plaire au commercial, debout, qui en profitait pour lorgner dans son décolleté.

Joëlle poussa un long soupir et, tandis que Vincent essayait de joindre Laura sur son portable, elle se remit à détailler le commercial qui attendait, comme un chien à l'arrêt, que son maître lui ordonne de détaler au cul du gibier. De larges auréoles de transpiration s'étalaient sous les bras de sa chemisette jaune canari à manches courtes, et sa cravate bleu roi pendait lamentablement sur sa poitrine creuse. Encore un sans poils, elle qui les préférait avec fourrure, surtout pour la bagatelle. Joëlle se prit à remonter le temps en un quart de seconde : ça faisait bien trois mois qu'elle ne s'était pas envoyée en l'air. Elle reposa un œil neuf sur le commercial en attendant de trouver la perle de passage sur son site de *chat* Internet.

– ... Et pour les fleurs ? demanda-t-elle avec son incomparable accent niçois, vous attendrez quand même la fin d'après-midi pour les apporter, j'espère, sinon elles seront cuites !

– Bien sûr, ne vous inquiétez pas ! Elles seront fraîches... Les roses, de toute façon, on les dispose toujours au dernier moment. Rouges, c'est bien ça ?

Joëlle haussa un sourcil.

– Rouges ? lança-t-elle en direction de Vincent qui n'arrivait toujours pas à obtenir Laura.

– Oui, rouges ! rétorqua Vincent, agacé.

– Ça ne fait pas tellement mariage, le rouge...

– Pourtant c'est la couleur de l'amour !

Joëlle ravala la remarque désobligeante qui lui montait aux lèvres.

– Reste maintenant un dernier point à régler, osa le traiteur, où en sommes-nous du nombre d'invités à huit jours de votre mariage ? Doit-on compter la famille de votre épouse ou non ? Si oui, combien de personnes ça fera ?

Un bip de portable coupa net les questions du commercial. Vincent eut un sourire apaisé qui illumina son visage au fur et à mesure qu'il déchiffrait le message écrit sur l'écran. Joëlle frémit : il était si beau, amoureux... Vincent rempocha son portable, saisit prestement sa veste de lin froissée sur le canapé, et se dirigea vers la porte.

— Je vous laisse le soin de régler tout le reste avec ma secrétaire. Elle est très au fait de tous ces problèmes domestiques... Vous m'excuserez, mais je suis déjà en retard, un rendez-vous avec un client.

— Qué rendez-vous ? Vous n'avez pas de rendez-vous, cet après-midi !

Question inutile, la porte du bureau avait claqué sur la protestation de Joëlle qui avait parfaitement compris que l'heureuse élue était dans les parages.

— Ça fait trois ans que ça dure, c'te mystère : je n'ai même pas eu l'honneur d'être présentée à la future ! Et pourtant je suis aux premières loges, cinq jours sur sept, plus de huit heures par jour, parfois même le week-end. C'est quand même étrange... très étrange. Boudiou ! que les hommes sont mystérieux... Tenez, conclut-elle en plantant son regard dans celui du traiteur, vous par exemple, impossible de savoir si vous êtes marié ou pas...

L'homme eut un sourire qui se voulait carnassier et lui conféra cette bêtise dont Joëlle savait qu'il présageait un bon amant, facile et rapide.

***

Vincent gara sa voiture à côté de celle de Laura : elle était enfin arrivée. Un coup d'œil vers la piscine en passant, mais elle ne s'y rafraîchissait pas. Vincent courut presque vers la maison, et entra en trombe en appelant sa fiancée.

Le salon était désert mais la porte de la chambre était grande ouverte, et il sentit immédiatement sa présence quelque part au fond de la pièce aux volets clos. Même s'il n'avait pas vu sa voiture dans le jardin, il aurait su qu'elle était là ; Laura faisait partie des merveilles qu'il ne s'expliquait pas. Il jeta sa veste sur le canapé et entra doucement dans la chambre : elle reposait sur le lit, pâle sous sa masse de cheveux bruns, son corps fragile comme nimbé d'une exhalaison de lumière. Elle ne l'avait pas entendu, et il but tout son saoul l'image qu'elle lui offrait. Elle ouvrit ses yeux d'ardoise.

– Bon anniversaire, mon amour !

Il s'allongea tout contre elle, et nicha sa tête dans son cou : elle ne se parfumait pas, et il aimait cette indéfinissable odeur d'herbe coupée qu'elle dégageait comme si elle était restée une fille de la province. Elle lui ôta sa chemise avec douceur, puis fit glisser son pantalon en riant, gagnée par le désir qu'il avait d'elle.

***

Dans la « maison de verre », comme tout le monde l'appelait à Nice, Viviane observait Max : piqué comme un arbre sec devant la psyché où il s'escrimait sur ses boutons de manchettes. Il était très beau mais paraissait sans vie. Viviane pensait à toutes ces années qu'elle avait passées auprès de lui, au fils qu'elle lui avait donné et à l'aridité de leur relation, malgré tous ses efforts pour se faire aimer. Elle avait fait de Max ce qu'il était aujourd'hui : Max Fontane, architecte et promoteur de renom sur la Côte, couvé par ses banquiers. Il lui avait offert le luxe, l'aisance d'une vie sans soucis, mais jamais le mariage. Viviane n'espérait plus ; elle avait pris un amant. À cinquante ans, dans toute la blondeur et la maturité de sa plastique superbe, elle savait encore faire vibrer le corps d'un homme. Max le savait, elle savait qu'il le savait, mais le pire était qu'il semblait s'en moquer : Viviane était si libre qu'elle n'arrivait pas à le quitter. Dans ces moments de lucidité, elle faisait preuve d'un cynisme effrayant : au cœur de ce gâchis incommensurable, elle était prête à tout pour assurer un avenir à son fils. Matthieu restait son unique raison de se battre encore, y compris avec Max Fontane.

– Saletés de boutons de manchettes de merde ! Tu peux m'aider, s'il te plaît ?

Viviane soupira :

– Je ne fais que ça... depuis trente ans.

Elle s'approcha de Max, lui saisissant sans ménagement un poignet, comme une mère pressée. Il était nerveux, un peu plus que d'ordinaire.

— Laura n'a répondu à aucun de mes messages. Je ne comprends pas ce qu'elle fiche ! Elle devrait déjà être là. J'espère qu'il ne lui est rien arrivé en route...

— Tu t'inquiètes toujours pour rien. Elle ne va pas tarder...

— Merde ! Pour son anniversaire, elle pourrait faire un effort !

— Arrête de dire merde toutes les deux phrases ! Et puis pour l'anniversaire de Matthieu, toi tu n'as fait aucun effort.

— Et je n'en ferai plus. Ton fils est un crétin qui a profité de moi pendant trente ans.

Un pli amer apparut au coin des lèvres de Viviane.

— C'est aussi ton fils... De toute façon, il y a belle lurette que j'ai fini par comprendre que Max Fontane n'aimait personne.

Max dégagea très tranquillement son poignet des mains de Viviane. Il vérifia que ses boutons de manchettes étaient bien fixés.

— Merci...

— Oh, tu peux vérifier ! Ils ne bougeront plus, un peu comme tes idées.

— Tu te trompes. Matthieu m'a déçu, et j'ai du mal à le lui pardonner. Quant à Laura... tu sais très bien ce que je crains. Sa mère n'y a pas survécu. Et dans trois semaines, c'est le 21.

— Max, tu m'emmerdes ! Oui, tu m'emmerdes avec tes obsessions de malédiction ! Ça devient grotesque !

Viviane était déjà à la porte. Elle hésita un quart de seconde sur le seuil, puis sortit sans se retourner. Max était déjà revenu à son reflet dans le miroir...

***

Laura gardait les yeux ouverts, goûtant et respirant chaque parcelle du corps de Vincent endormi dans ses bras. Les quelques hommes qu'elle avait pu connaître avant lui ne l'avaient jamais atteinte. Elle n'avait d'ailleurs jamais pu leur faire confiance pour se livrer totalement, et ce que les plus doux d'entre eux avaient pris pour de la pudeur, les plus méprisants pour de la frigidité, n'était en réalité qu'un abîme de douleur de ne pouvoir leur donner un peu d'amour; ils n'étaient rien, jusqu'à ce jour où elle avait rencontré Vincent. Il avait pourtant fallu une infinie patience au jeune avocat pour apprivoiser Laura, pour qu'elle laisse ses mains se poser sur son ventre, ses fesses, ses seins, son sexe. Laura avait su avant lui ce qu'ils allaient vivre ensemble, et elle avait voulu ce temps nécessaire avant l'abandon; c'était la seule façon de ne pas détériorer ce qui se préparait entre eux, et qu'il ignorait encore. Peu à peu, la confusion avait cédé la place à la certitude : ils étaient faits l'un pour l'autre.

Laura revint à des pensées plus prosaïques : ce soir elle allait affronter les siens, particulièrement son père. Elle se doutait que Max avait soigneusement sélectionné quelques convives pour son anniversaire, toujours les mêmes. Il y aurait Viviane bien sûr, Franck Duval, conseiller général et ami de la famille depuis toujours, Ludmilla, la sœur de sa mère, Agnès, son amie d'enfance qu'elle n'avait pas vu depuis un an, et enfin Matthieu, son frère, l'enfant terrible de la famille. Elle aimait sincèrement son père mais redoutait cette année de lire l'angoisse sur son visage puisque cette fois elle allait célébrer ses trente-trois ans, âge auquel sa mère comme deux autres de ses ancêtres étaient morts un 21 août. Son père ne pouvait pas avoir oublié et devait paniquer.

La sonnerie du téléphone fit sursauter Vincent. Il saisit le combiné d'un geste maladroit.

Son interlocuteur fut bref, et Vincent se leva d'un bond après avoir raccroché.

— La pinède du Montmaure est en flammes. Les pompiers sont encore sur les dents, mais ils veulent que je vienne constater les dégâts...

— Et en quoi ça te concerne?

— Je t'expliquerai plus tard. Une histoire d'association de protection du littoral, avec ta tante justement, la divine Ludmilla. Il faut que je file.

Vincent vola un baiser à Laura et consulta sa montre tout en s'habillant.

— Tu devrais en faire autant, si tu ne veux pas que ton père hurle quand tu vas lui annoncer que tu te maries samedi avec le neveu de son pire ennemi...

— Quelle heure est-il ?

— 19 h 30, mon amour...

Laura blêmit et sauta du lit pour se ruer vers la salle de bains. Elle avait oublié à quel point la lumière du Midi perturbait le cours des heures. Vincent, déjà prêt, l'entendit crier :

— Je préfère attendre demain pour le lui annoncer. Ça ne t'ennuie pas ?

— Je n'épouse pas ton père. Ce qui compte c'est que samedi tu sois à la mairie, en robe de mariée. Moi, ton père, je m'en fous !

— Je t'aime !

Laura roulait à une allure modérée, exaspérant à cette heure les conducteurs pressés qui tentaient en vain de la doubler pour rejoindre Saint-Tropez. Les lacets de ce trajet étaient plutôt dangereux. Le mouvement léger d'une tache de couleur sur le sol de la voiture, au pied du siège passager, attira soudain son attention. Elle jeta un coup d'œil et aperçut une carte à jouer, posée à l'envers, qui avait frémi sous le courant d'air. Elle reporta toute son attention sur la route. Elle approchait du virage en épingle à cheveux, celui-là même qui avait laissé une marque indélébile dans sa vie, celui où Luisa, sa mère, était morte brûlée vive dans sa voiture en flammes, quelques dizaines de mètres plus bas. Seul le calvaire en pierre dressé dans l'épingle témoignait encore du drame et semblait la narguer. Laura, visage fermé et regard collé à la route, ne put s'empêcher de remarquer le bouquet de fleurs fraîches posé au pied du monument. Elle écarta une pensée fugitive : non, elle ne pouvait croire que Max, ni même Ludmilla, avait fleuri cette croix sinistre de pierre qui semblait surgir du fond des âges les plus primitifs. L'air s'engouffrait dans la voiture et Laura se sentit mieux. Elle ne vit pas la carte se retourner sous le souffle du vent, à ses pieds. C'était une carte du Tarot de Marseille, la première du cycle des arcanes majeurs : le Bateleur, lame numéro I... Mais Laura n'y prêta aucune attention. En revanche, elle comprit tout d'un coup qu'elle n'était pas sur le bon chemin pour rejoindre la maison de son père. Comme sous hypnose, elle avait emprunté la route qui conduisait à la maison natale de sa mère, la grande Bastide, où elle n'avait pas mis les pieds depuis des années. Bien qu'elle eût hérité de la demeure familiale, c'était toujours sa tante Ludmilla qui y vivait, telle la gardienne des biens de sa nièce. Apparemment quelque chose poussait inexorablement Laura vers son passé, mais elle n'avait d'autre solution que de faire demi-tour si elle ne voulait pas être définitivement en retard à son propre anniversaire.

Une demi-heure plus tard, Laura remontait à pied l'allée qui conduisait à la maison de verre, la maison de son père entourée de cyprès centenaires. Elle voulait prendre le temps d'apprécier cette promenade sous les rangées de mimosas, de tamaris et de lauriers-roses. Un vrai paradis qui ouvrait sur le ciel et la mer. Laura revoyait ses escapades d'enfant dans le parc, revivait ses conversations secrètes avec les morts. Les parfums lourds et entremêlés de toutes les essences du parc l'assaillaient, tout comme le vacarme des insectes qui chantaient la nuit à venir. Laura se souvenait de ces moments-là précisément, à l'heure du coucher du soleil. L'enfance surgissait partout dans ce parc et de manière presque inquiétante. Elle se rappelait aussi cette façon qu'elle avait de fixer le brasier du soleil couchant sur l'horizon jusqu'à en devenir totalement aveugle et ne garder au fond des yeux que des myriades de points blancs lumineux qui la brûlaient. Laura ne comptait plus les fois où Viviane l'avait ainsi récupérée, secouée de sanglots angoissés, recroquevillée au pied d'un arbre, n'osant plus remonter seule dans le noir jusqu'à la maison. Viviane, qui avait compris beaucoup de choses au sujet de la fillette, était pourtant incapable de mesurer sa terreur dans ces instants-là... Un autre souvenir lui revint, celui de Max, son père, étouffant ses rires sardoniques et ses pas de monstre puissant, alors qu'elle se dissimulait sous des cactées. Son père en loup affamé cherchant de la chair fraîche promettait de la manger toute crue s'il la trouvait... Et même en fermant les yeux, Laura pouvait voir la grimace effrayante qu'il faisait pour imiter la bête se pourléchant les babines. Laura avait mis les poings sur ses oreilles. La lumière au-dessus des arbres avait brusquement décliné pour ne plus devenir qu'ombres menaçantes. La nuit s'était abattue d'un coup sur la petite fille affolée et bâillonnée par la terreur...

Pourquoi les quelques moments de bonheur de son enfance s'étaient-ils si souvent transformés en visions de cauchemar? C'était ce sentiment de bonheur ravagé, piétiné, perdu en cours de route, qui la faisait soit pleurer soit serrer les dents de colère. Enfant, elle avait réclamé ce bonheur légitime. Adulte, elle se battrait pour lui, contre la Terre entière s'il le fallait. Elle s'était fait cette promesse pour ne plus laisser ses fantômes d'autrefois l'envahir. Vincent lui avait apporté cette force-là, et peu importait que ce fût celle du désespoir, Laura la sentait grandir en elle, la posséder. Laura n'était plus une enfant, ou du moins Laura n'était plus une enfant qui aurait peur.

Comme pour la mettre à l'épreuve, des voix lui parvinrent. On l'appelait. Laura! Laura! Des voix d'outre-tombe. La terre ici était encore pleine de morts. Elle entendit même des rires d'enfants. Les siens peut-être... Une silhouette enfin surgit, comme sortie d'un tombeau imaginaire, et resta dressée devant elle, à quelques mètres. Laura ne distinguait pas ses traits dans le contre-jour, mais elle savait que le personnage ricanait en silence. Elle voyait ses spasmes. Il tenait à bout de bras un objet léger qu'il balançait en un geste nonchalant et provocateur. Soudain, il se mit à rire d'un rire aigre et vieillissant, la bouche grande ouverte, une béance de laquelle s'échappait une impression de mort. Il riait, riait, riait ! Elle le reconnut. C'était le militaire des visions de son enfance, celui qu'elle avait tant dessiné et qui continuait vingt ans plus tard à balancer cet indéfinissable objet devant lui. Ça recommençait ! Ça recommençait mais Laura n'eut pas envie de fuir, à tel point qu'elle se demanda si elle n'était pas revenue pour affronter les monstres du passé et pour en finir avec les songes maléfiques. Quelque chose en elle lui disait que c'était maintenant que ça allait se passer. Mais elle ne savait pas quoi au juste, ni quand, ni comment.

Quelqu'un la secoua. Elle ouvrit les yeux. Ludmilla, inquiète, serrait ses mains sur ses épaules...

— Laura ! Mais qu'est-ce qui se passe ? Tu ne m'entendais pas ? Ça fait un moment que je t'appelle.

Ludmilla, la gardienne de la mémoire de sa mère, celle qui avait toujours égayé son enfance terrifiée, se tenait tout près d'elle. Mais Laura ne pouvait pas lui dire à quel point elle était heureuse de la voir, là, à cet instant précis.

— Excuse-moi... avec le vent, je n'ai rien entendu.

— Le vent ? Il n'y a pas un souffle d'air, ma chérie ! J'en rêve ! Mais c'est mieux ainsi, surtout aujourd'hui... sinon le vent aurait propagé le feu du Montmaure jusqu'à la ville.

Ludmilla saisit le sac de voyage de Laura, qu'elle avait laissé tomber à ses pieds, et entraîna Laura.

— Si tu me disais plutôt comment il s'appelle ?

— Qui ?

— Le garçon auquel tu pensais ! Alors ? Son nom ?

Laura aimait Ludmilla pour sa perspicacité, son humour, son talent pour l'amour et la vie. À cinquante-sept ans bien tassés, sa tante ne mentait pas sur son appétit des hommes. Ludmilla était splendide, brune, de taille moyenne, les yeux clairs, la taille fine... Une beauté moins fragile que ne l'avait été celle de sa sœur, Luisa, et dont on retrouvait les traces chez Laura. Ludmilla insista :

— Avoue que tu es amoureuse !

— Et toi, toujours en analyse ?

Ludmilla sourit.

— Oui, merci, et ma libido s'en porte de mieux en mieux. D'ailleurs, tu as parfaitement raison, ma chérie : il vaut mieux que tu ne me présentes pas l'heureux élu : je serais fichue de lui montrer ma collection d'estampes hindoues, tu sais, celles...

— Des gravures pornos, rien de plus !

Ludmilla plissa les yeux avec une mine gourmande.

— Ma chérie, le sexe est tout un art qui trouve son aboutissement avec l'âge ! Tu apprendras ça dans quelques années.

Laura coupa court : elle connaissait la rengaine de sa tante par cœur.

— Cette soirée, tu la sens comment ?

— Ah ! Ton père est à cran, tu te doutes pourquoi...

Ludmilla n'ajouta rien sur la question de la malédiction familiale.

— Quant à Viviane, elle a bien sûr invité monsieur le conseiller général. Ce n'est plus un dîner d'anniversaire, c'est une vraie soirée officielle !

— Franck est un ami de la famille.

— Franck, un ami de la famille ? Mais Franck n'est l'ami de personne ! C'est un politique, ma chérie !

Le bruit d'une automobile remontant l'allée interrompit Ludmilla. La voiture pila d'un coup sec à leurs côtés. Agnès, l'amie d'enfance, en surgit, sautant de joie et d'excitation comme une ado.

— Laura ! La fille prodigue est de retour !

Laura, prise dans l'étau affectueux d'Agnès, parvint à rire et à effacer le cauchemar de sa vision. La vie reprenait son cours.

– Bonjour Agnès.

– Bonjour Ludmilla.

Le ton était distant. Laura leva les yeux au ciel. Elle se doutait de ce qui allait suivre.

– Il paraît que tu es devenue flic ? demanda Ludmilla, presque avec condescendance.

– Capitaine. Inspecteur principal, si vous préférez ! répondit fièrement Agnès.

Elle sourit à Laura :

– Pendant que moi je cours après les méchants pour les mettre en taule, ma meilleure amie se bat pour les en faire sortir. C'est pas rigolo, ça ?

– En somme vous êtes restées deux gamines qui jouent encore au gendarme et au voleur. Faudrait voir à grandir, les filles !

Sous le regard médusé d'Agnès, Ludmilla tourna les talons et s'éloigna.

– J'y vais... sinon Viviane va bouder toute la soirée. Elle ne supporte pas les retards. Les nouveaux riches, c'est très tatillon.

Agnès se tourna vers Laura.

– Ça faisait un moment que je ne l'avais pas vue, mais elle est toujours aussi...

Elle jeta un coup d'œil sur Ludmilla, qui s'éloignait en faisant voleter autour de ses jambes la corolle de sa jupe, les bras nus dans un corsage serré.

– ... aussi sexy ! Si c'est de famille, t'as de beaux jours devant toi, ma cocotte.

Mais Laura ne put s'empêcher d'ajouter, comme si une ombre venait de la traverser :

– Si je ne meurs pas avant. Ça aussi, c'est de famille.

Max Fontane, raide dans son smoking, se tenait debout, figé devant l'écran de télévision, absorbé par des images d'incendie du Montmaure filmées depuis un hélicoptère. À côté de lui, Viviane, en robe longue, regardait elle aussi, un verre à la main. Le commentaire n'apportait aucune précision sur l'origine de l'incendie. Franck Duval, légèrement en retrait, jeta de biais un coup d'œil perçant à Viviane, qui dut sentir son regard car elle se retourna. Aucun ne dit mot, mais leur inquiétude était palpable, et visiblement partagée. Franck battit des paupières pour rassurer Viviane, qui lui renvoya un sourire crispé et discret. Franck Duval, à cinquante-cinq ans, était à ranger dans la catégorie des beaux mecs. D'une élégance discrète, la chevelure soigneusement blanchie, il affichait l'assurance du stratège, à la limite de la suffisance. Mais à observer de plus près ce visage soigné, on pouvait y déceler une certaine mollesse dans la bouche, qui avait dû être pulpeuse des années auparavant, et la mâchoire, trop fuyante. D'aucuns auraient décelé dans cette faiblesse un zeste de lâcheté...

Max éteignit la télé d'un zap rageur :

– C'est l'anniversaire de ma fille ! Or à vous voir, mon Dieu, on a l'impression que c'est la première fois que vous voyez flamber une pinède !

Viviane soupira en prenant soin de ne surtout pas croiser le regard de Franck, qui transpirait de manière anormale.

Ludmilla, qui venait d'arriver, s'arrêta net sur le seuil de la pièce.

– Bonsoir la compagnie ! Laura arrive !

Un jeune homme qui tentait de faire oublier sa présence, devant une fenêtre ouverte, se retourna. Ludmilla le vit s'avancer vers elle, prenant tout son temps pour le dévisager. Elle nota qu'il se déplaçait avec la souplesse d'un jeune fauve. Intéressant... mais environ vingt-cinq ans : Ludmilla n'aimait pas les gamins.

Le gamin en question, sourire ravageur, lui tendit la main. Sa poigne était ferme.

– Enchanté. Vous ne semblez pas me reconnaître...

Ça lui revint d'un coup, et elle soupira : elle n'aimait pas non plus les souvenirs, qui ne la rajeunissaient jamais.

– Mais si, bien sûr... Antoine ! Antoine Duval ! La dernière fois que je t'ai vu, tu jouais en culottes courtes au ballon, avec Matthieu, dans le parc. Dis-moi... Tu es devenu un homme ! Et comment se porte ta mère ?

Antoine sourit de plus belle. Il ne se laisserait pas renvoyer comme ça au rayon des morveux. C'est qu'elle était encore bandante, la vieille...

– Ma mère va bien. Je suppose qu'elle est en cure de désintoxication, quelque part en Suisse. Ça fait un moment que je ne l'ai pas vue... Mais est-ce bien la question qu'on pose à un homme ?

Franck s'interposa. Dès que le sujet de son ex-femme était abordé, une sueur froide nimbée d'agacement le glaçait. Son mariage avait été un fiasco : jeune loup de la politique à l'époque, il pensait avoir déniché le bon parti en la personne de la mère d'Antoine. Il avait bien vite déchanté. La jeune fille de bonne famille avait jeté le masque quasiment dès leur mariage consommé : elle ne l'avait épousé que pour pouvoir quitter une tribu austère, pingre, et fruste. Bientôt, ses frasques dans toutes les boîtes de Nice et des environs, où elle passait une partie de ses nuits, n'eurent plus de secrets pour la presse locale. Même l'argent paternel pour couvrir les nombreuses aventures extraconjugales et les beuveries nocturnes n'y suffit plus. Franck était coincé. Il supporta, pour son image : cette femme avait réussi le tour magistral de le faire passer pour un martyr. Et ça, c'était bon pour sa carrière politique. Plus on le plaignait dans son dos, en longs chuchotements attristés sous cape, plus Franck se montrait à l'église de sa circonscription, tous les dimanches. Il avait remporté son siège au conseil général grâce à la commisération de son électorat bien-pensant, dragué dans les couches les plus aisées du département. Son divorce avait suivi très vite, sonnant le triomphe de sa carrière politique : l'alcoolisme de sa femme, les nombreux amants de cette dernière, bref, tout ce que Franck avait enduré en silence put être jeté en pâture très officiellement à la presse. Franck fut pris en photo à la sortie du palais de justice, digne père protégeant le petit Antoine des flashes. Les mauvaises langues disaient qu'Antoine était le fruit d'un inconnu de passage. Franck n'en doutait pas mais il avait besoin d'un fils, et c'était le seul qu'il avait sous la main.

Franck était un grand cynique, mais il refusait de l'admettre. C'était sans doute ce qui l'avait rapproché de Viviane. Et ce qui avait définitivement éloigné Antoine dès son père.

— Antoine revient du Japon, où il a passé deux ans...

— Quatre ans, papa... quatre !

Ludmilla éclata d'un grand rire cristallin, comme si les perles de son collier s'étaient répandues sur le sol... Elle n'était jamais plus belle que lorsqu'elle se sentait sauvagement désirée.

— Eh bien, Franck, s'écria-t-elle, la politique va finir par te faire perdre la notion du temps. Heureusement que ton fils est là... Tu veux bien me servir un whisky, s'il te plaît, avec un glaçon ?

Franck s'éloigna sur un hochement de tête. Ludmilla, elle, regardait Antoine, agréablement surprise par la maturité et l'aplomb du garçon. Elle allait devoir réviser son jugement... et le fit en quelques secondes.

— Quatre ans au Japon ! Si je comprends bien, plus rien de la culture nippone ne t'est inconnu.

— On peut le dire. Les raffinements du sabre et du chrysanthème n'ont plus de secret pour moi.

— Traduction ?

— L'honneur et la beauté.

— Fascinant !

Laura était quasiment entrée par effraction dans la maison de verre et avait regagné sa chambre. Elle avait passé une robe longue, d'une sobriété qui lui allait à merveille. Elle avait ramené sa masse de cheveux noirs sur sa nuque, en un lourd chignon bas. Son regard errait par la fenêtre ouverte vers le soleil couchant. C'était toujours ainsi, dès qu'elle remettait le pied dans ces lieux. Cherchait-elle à retrouver l'homme de sa vision, ou goûtait-elle quelques secondes encore la paix qui se dégageait du jardin ? Ce recueillement parvint à apaiser légèrement sa sensation d'angoisse, mais cette apparition dans le parc, cette vision sonnait quand même le retour des peurs primitives de son enfance. Elles avaient disparu avec les séances du Dr K. puis avec l'adolescence. Pourquoi revenaient-elles maintenant ? Avaient-elles un lien avec cette prétendue malédiction ? Impossible de le savoir.

Laura s'approcha de son bureau. Du tiroir, elle sortit une chemise en carton bourrée de ses dessins d'enfant, le fruit de ses rencontres avec le Dr K. Elle les feuilleta, un à un, tentant de retrouver parmi eux la silhouette du militaire. Elle passa sur le dessin d'un visage de carnaval, un masque blanc, inquiétant avec ses orifices béants sur un vide qu'elle avait rempli de noir brut. Elle frémit, tourna la feuille pour s'arrêter sur la suivante : un visage de femme, presque une enfant, ensanglanté dans sa robe de la Renaissance avec des manches à ballons. Elle se rappelait fort bien le psychiatre qui avait pris son dessin avant tout comme une création, et ne l'avait pas utilisé à des fins de diagnostic rédhibitoire. Laura fit glisser de plus en plus vite sous ses doigts les nombreux dessins aux thèmes identiques classés dans la chemise. Soudain, elle s'arrêta : la silhouette entrevue dans le parc s'étalait sous ses yeux, le « militaire », légèrement de trois quarts. C'était bien lui, maladroitement esquissé mais reconnaissable, surtout à ce bras tendu portant quelque chose que Laura n'avait su reproduire à l'époque. Qu'est-ce que cet homme essayait de lui montrer ? C'était encore un mystère aujourd'hui.

Elle finit par se décider à rejoindre les autres en bas pour célébrer son anniversaire. Elle fit légèrement claquer la porte derrière elle sans voir que le courant d'air avait fait frémir ses dessins laissés étalés sur le bureau. La traînée de sang sur le visage de la femme-enfant en costume Renaissance réapparut et glissa en un souffle sur le sol...

Le Bateleur

**

Agnès réglait ses comptes avec Matthieu, qui venait d'arriver. Ils chuchotaient sur les premières marches de l'escalier d'entrée. Agnès était amoureuse de Matthieu, c'était évident, et lui n'avait pas donné de signe de vie depuis plusieurs jours. Chaque fois qu'elle trouvait la force de le quitter, et de le lui annoncer, il la rattrapait d'un baiser, d'un sourire, d'une caresse. Elle l'avait dans la peau, et l'histoire durait depuis maintenant trois ans. Matthieu lui faisait encore et toujours cet effet d'un délicieux choc dans le bas-ventre, une irrésistible envie de faire l'amour, mêlés à la colère qu'il lui inspirait. Matthieu se tenait là, inchangé, devant elle, ignorant les explications qu'elle quémandait. Qu'avait-il fait durant ces trois jours ?

— C'est bon, j'étais en Italie, avec le décorateur du casino pour choisir des lustres. Je n'ai pas pu t'appeler.

— Casino, casino ! Tu n'as plus que ce mot-là à la bouche, je te rappelle qu'en italien, c'est-à-dire à quelques kilomètres d'ici, casino ça veut dire bordel !

— Inquiète ? Tant mieux ! Ça ravive le désir.

— Ou ça le tue.

— Une fiancée flic et une sœur avocate ! J'ai dû faire des trucs très moches dans une vie antérieure, pour me taper un karma pareil...

— Pas besoin de vie antérieure. Ta vie actuelle est un vrai merdier. De toute façon, tu pourras me faire du pied sous la table. T'es invité, non ?

Matthieu fit une moue d'enfant puni.

— Laura m'a invité, pas mon père. On verra bien...

Agnès s'éloignait déjà. Matthieu secoua sa crinière de cheveux bruns, qu'il portait mi-longs. Il aimait bien, ça branchait les filles, et ça faisait chier son père... Tout un programme. Il se redressa de toute sa taille et s'étira, conscient de son physique d'athlète. Il faisait craquer les femmes et le savait.

Il bâilla, posa sur son nez une paire de Ray-Ban, et se dirigea en chaloupant vers la porte en verre fumé dans laquelle le parc et lui se réfléchissaient, en une image onirique, quand la vision de sa sœur vint se superposer à la sienne sur le miroir, comme celle d'un spectre qui le fit reculer. En fait ils se tenaient chacun d'un côté de la porte vitrée.

– Matthieu ! C'est quoi, ce look ? J'hésite entre mafieux et gigolo.

– Et pourquoi pas les deux ? Pour bosser dans un bordel, ça classe son homme, non ?

Matthieu serra sa sœur contre lui pour l'embrasser.

La tache de sang s'agrandit sur le dessin et le visage de la femme-enfant en costume Renaissance s'éleva, porté par un tourbillon d'air chaud : le portrait semblait sourire à ce jeu taquin du vent... au fur et à mesure que le courant d'air l'entraînait sous la porte, puis vers l'escalier du couloir. Le dessin rampa tout seul par à-coups mystérieux, glissa, se cambra, déformant le visage qui tourbillonnait, atteignant le palier, et s'arrêta, comme suspendu par un fil. On aurait dit que la femme du portrait, la Luisa cauchemardesque de l'enfance de Laura, reprenait son souffle avant de pouvoir plonger vers les lumières de l'entrée...

Matthieu n'avait pas encore montré son nez. Il attendait dans le hall. Laura, qui avait rejoint toute l'assemblée, décacheta l'enveloppe que son père lui avait tendue. C'était son cadeau. Elle sentait le regard de Max sur elle mais n'osait lever les yeux. Elle tira de l'enveloppe un dépliant sur une île grecque, et un billet d'avion.

– Un mois de vacances de rêve en Grèce... Je connais ta passion pour ce pays !

Laura ouvrit la bouche, mais Max continuait :

– Je sais ce que tu ressens. Tu es devenue une jeune femme superbe, et très indépendante, comme toutes les femmes de ta génération. Il est donc normal que tu t'éloignes des tiens ; enfin, je suppose... En plus, tu es avocate au barreau de Paris. Faire entendre la justice et la vérité est sûrement un des plus beaux métiers dans ce bas monde. Mais c'est un métier épuisant que tu exerces dans une ville épuisante ! Donc, je me suis dit que tu avais besoin de te reposer... et nous aussi. J'ai pensé qu'un petit séjour en famille sur une île pour nous tout seuls te plairait sûrement. On part dans une semaine.

Matthieu était toujours posté dans le grand hall de façon à voir et à entendre ce qui se passait sans être vu. Et ce qu'il voyait et entendait ne l'incitait guère pour l'instant à pousser la porte... Il s'apprêtait à faire son entrée lorsqu'un frôlement dans l'escalier l'arrêta : le portrait de Luisa peint par sa petite fille, le visage ensanglanté, descendait tranquillement les marches. La feuille atterrit à ses pieds, face blanche vers lui. Matthieu la saisit et la retourna. Il détesta ce dessin et le posa sur une console, non sans éprouver un léger frisson. Puis il se lança et fit son apparition avec un grand sourire en ouvrant les bras et en clamant : « Salut la compagnie, content de vous voir ! Et vous, ça boume ? » Sa prestation de gai luron de service avait neuf chances sur dix de se terminer sur un flop monumental. C'est ce qui arriva.

Viviane, certes, s'émerveilla de l'entrée de sa progéniture. Un éclair de tendresse illumina son visage, et se mêla de crainte dès qu'il glissa vers Max qui s'était rabougri d'un coup. Il avait repris instinctivement son maintien d'arbre sec et fixa son fils sans un mot.

– Je peux ? osa Matthieu.

– Non.

Max avait fait claquer ce « non » d'une façon définitive. Viviane vacilla. Laura leva les yeux sur son père.

– Pourquoi ? Il ne fait pas partie du voyage en Grèce, alors ? lança-t-elle, très spontanément.

– Non plus. Il sait parfaitement que nous avons passé un accord : il ne doit plus mettre les pieds dans cette maison quand j'y suis.

– Max, je t'en prie... supplia Viviane

Laura l'interrompit d'un geste :

– Laisse-moi terminer, Viviane, s'il te plaît.

Max reporta son regard sur sa fille et, à ce moment précis, elle eut presque peur de lui, comme s'il rejouait soudain le rôle du méchant loup.

– C'est moi qui ai invité Matthieu, c'est mon anniversaire.

– Matthieu sait très bien pourquoi il est indésirable ici.

– Moi je ne le sais pas, et je m'en moque.

– Tu ne sais pas que ton frère travaille pour Fred Bellair ?

– Matthieu a trouvé un travail. Tu devrais être content ; tu lui as suffisamment reproché d'être un bon à rien !

– Relations publiques pour le casino de Bellair, tu appelles ça un travail ?

– C'est aussi bien qu'être avocat... ou construire des barres de béton sur la Côte, même tout en verre !

Matthieu eut un geste de lassitude :

– Laisse tomber, Laura. Je m'en vais...

– Non ! Tu restes. Sinon je pars aussi.

Laura glissa un œil vers la table : ils étaient tous pétrifiés, même Ludmilla, bouche bée, qui se secoua enfin.

– Tout ça est très embarrassant. Je...

– Peut-être, mais je suis chez moi et chez moi je suis seul à dicter la loi, coupa Max. Ça s'appelle la privauté, un mot que vos amis révolutionnaires de 1789 ont rayé du dictionnaire !

Matthieu aperçut soudain à ses pieds le dessin de la femme-enfant qui l'avait rejoint. Bien que Max fût le premier à le repérer, son fils le ramassa sans comprendre comment il avait pu arriver ici.

– Où as-tu pris ça ? Je ne trouve pas ça drôle du tout.

– ... Il était dans le hall. Je l'avais posé sur la console, je te jure ! Je ne sais pas ce qu'il fabrique ici, moi.

Tous les regards vinrent se focaliser sur Matthieu. Max s'approcha de lui et lui arracha la feuille des mains. Il s'apprêtait à la déchirer lorsque Laura bondit :

— Ne fais pas ça. C'est à moi !

Ce fut à peine si l'on reconnut la voix de Laura. Elle saisit son bien dans les mains de son père.

— C'est moi qui ai regardé mes dessins tout à l'heure, dans ma chambre. Matthieu n'y est pour rien.

Viviane se passa une main lasse sur les yeux :

— Max, c'est sûrement à cause d'un courant d'air. Le vent s'est levé, tu vois bien...

— Cette fois-ci c'est vrai, ajouta Ludmilla en jetant un regard vers l'extérieur. Ça ne va pas arranger l'incendie, d'ailleurs.

Laura en profita :

— Bon... Eh bien tant qu'on y est, autant bousiller cette soirée complètement. Voilà, je me marie...

Et elle attendit que ses paroles prennent tout leur sens dans les cerveaux affolés. Puis elle ajouta :

— ... Dans une semaine.

— Tu es enceinte ? s'exclama Ludmilla.

— Bien sûr que non.

— Ah ! Tant mieux. Nos combats préhistoriques n'auront pas été totalement inutiles. Mais alors pourquoi dans une semaine, ma chérie ?

— Et on peut savoir qui est l'heureux élu et pourquoi il n'est pas là avec toi ? s'enquit Max d'une voix blanche.

Laura affronta son père. Le chef du clan Fontane était atteint, mais il n'était pas encore à terre.

— Le neveu de Fred Bellair, Vincent Bellair.

Un bruit sourd de verre éclaté jaillit de la main de Max et le sang commença à couler abondamment. Viviane se précipita, une serviette à la main.

— Max ! Qu'est-ce que tu as fait ? J'espère que ce n'est pas trop profond.

Max n'eut pas un regard pour elle, pas plus que pour le sang épais qui s'écrasait en grosses gouttes sur le sol. Il lui prit la serviette des mains, la posa sur sa blessure et quitta la pièce sans un mot. Dans le silence qui s'était soudain abattu, on n'entendit que le bruit de ses talons décroître dans le hall, puis une porte claquer. Laura fit un geste pour le suivre, mais Viviane la retint fermement :

— Laisse-le... Donne-lui le temps de se calmer.

— C'est mon père et je l'aime, Viviane, mais ça ne peut plus durer. Il ne peut plus nous traiter comme des enfants. Il ne peut pas parler à son fils comme il l'a fait. Plus il vieillit, plus il s'enfonce dans le passé, dans le mépris. C'est toute la famille qui va exploser, s'il continue. Toi-même, tu n'arrives plus à t'opposer à lui. Je l'ai vu.

Ni Franck, ni Antoine, ni Agnès n'avaient bougé. Laura décida de rejoindre son père.

— Bon. La vengeance est peut-être un plat qui se mange froid mais moi je meurs de faim ! lança Matthieu en espérant détendre l'atmosphère.

Il n'eut aucun succès, mais passa quand même à table.

Dans son bureau, Max présentait résolument son dos à sa fille qui l'avait rejoint. Planté devant la fenêtre ouverte, il regardait la nuit qui vacillait. Tout n'était que jeux de reflets dans la grande baie vitrée.

— Ce n'est pas digne de toi. Comment peux-tu traiter tes enfants de cette façon, ton fils surtout ? Et Viviane ? Je ne supporte plus le mépris que tu as pour elle. Elle devrait te quitter pour ce que tu lui fais subir.

Max, sans se retourner, ricana :

— Mais qu'elle me quitte ! Je m'en moque... Je suis fatigué, Laura... et j'ai peur. Pas que tu me quittes à ton tour, mais qu'il t'arrive ce qui est arrivé à ta mère. Ce cadeau...

— Je sais. Mais il est indécent ! Il ne m'arrivera rien. Et ce n'est pas en m'enfermant sur une île que tu me protégeras. C'est la vérité, ou non ?

Max soupira et se retourna enfin vers Laura.

— D'accord, j'avoue... Je déteste tous les mois d'août, et tous les ans c'est la même horreur.

Il planta son regard dans celui de Laura :

— Pourquoi ?

— Parce que je l'aime. Ce n'est pas très compliqué. Et ce mariage, nous l'avons décidé il y a trois mois.

— Tu l'as rencontré à Nice ?

— Dans le train pour Paris. Comme moi, il repartait travailler là-bas. Un coup de foudre. Je ne savais même pas comment il s'appelait et lui non plus. Papa, ça fait trois ans que ça dure entre nous. Je suis sûre de moi, et lui aussi. Et c'est comme ça. Ma vie va bien maintenant, et je ne cherche pas à régler de comptes avec toi ou avec le passé en l'épousant.

Max était soudain perdu.

— Mais... Laura, c'est comme si tu me demandais de te livrer à Fred Bellair !

— Ce n'est pas Fred Bellair que j'épouse, c'est son neveu. Son neveu !

— C'est pareil.

Il porta une main à son front. Laura pouvait lire l'épuisement sur son visage.

— Seigneur... Cette histoire ne finira donc jamais, balbutia-t-il.

— C'est votre histoire, pas la mienne, et j'estime qu'on a tous suffisamment payé. Tu n'y peux rien. Ma mère t'aurait peut-être quitté de toute façon, pour Fred Bellair ou pour un autre...

Max se redressa, livide.

— Je ne te permets pas. Et comment sais-tu ça ? Hein, qui te l'a dit ? Encore cette folle de Ludmilla qui se mêle de ce qui ne la regarde pas ? Qu'est-ce qu'elle t'a raconté, je veux le savoir !

— Laisse Ludmilla tranquille. Regarde la vérité en face. Tout le monde le sait à Nice, même si personne n'en parle plus. C'est de l'histoire ancienne... Il n'y a que toi pour t'empoisonner avec, et empoisonner la vie des tiens.

– Et toi, tu ne trouves rien de mieux que d'épouser le neveu de ce traître. Ah ça, si les gens avaient oublié, la mémoire va vite leur revenir, grâce à toi...

Puis il changea de stratégie et se fit plus suppliant :

– Cette famille ne vaut rien, Laura, elle ne t'apportera que le malheur. Tu ne les connais pas comme moi je les connais. Ils ne sont capables que de tuer, particulièrement ceux qu'ils aiment ou qu'ils croient aimer. Ils vont te faire du mal. Je le sais... Parce qu'ils vont t'obliger à déterrer les morts. Pour l'amour du Ciel, éloigne-toi d'eux! Je te demande de m'écouter. Regarde ce qu'ils ont fait de ton frère. Ils l'ont monté contre moi! Et puis... est-ce que tu as déjà rencontré Fred?

– Non, pas encore. Je n'y tenais pas.

– C'est la preuve que ton instinct va te sauver. Écoute ton cœur si tu ne peux pas m'écouter moi. Pourtant, moi, je ne te veux aucun mal.

Laura sentit les larmes lui monter aux yeux, tourna les talons et sortit, abandonnant son père à sa litanie.

***

Fred Bellair, barbe naissante poivre et sel, costume trois-pièces sombre et de belle coupe, le col de sa chemise blanche ouvert, pénétra d'un pas vif dans son bureau, au-dessus de la grande salle de jeu du casino. Il s'arrêta net en apercevant son neveu Vincent.

– Ça fait longtemps que tu attends?

– Non.

Fred Bellair, dans l'élan de son entrée, fit coulisser une boiserie du mur découvrant un minuscule coin toilette, parfaitement aménagé, laissa tomber sa veste, dénoua son nœud papillon, retira sa chemise blanche froissée de sueur et se planta torse nu devant le miroir. C'était encore un très bel homme.

– Alors, que me vaut cette mine de croque-mort? Tu n'épouses plus la fille Fontane?

Devant le miroir, Fred s'aspergea le visage d'eau froide. Il emplissait de sa carrure quasiment tout l'espace du petit cabinet et, après un coup de peigne sur ses cheveux courts et encore très bruns, il se retourna vers Vincent qui s'était assis dans le fauteuil directorial de son oncle.

— Eh bien, tu n'es pas venu pour me regarder faire mes ablutions. J'ai encore des heures de boulot qui m'attendent.

Il tira de derrière une autre boiserie une chemise propre et blanche qui sortait du pressing, encore sous plastique, et fit face à Vincent tout en se changeant. Son regard s'arrêta soudain sur l'attaché-case de son neveu.

— Ah!... si je comprends bien, tu es là pour affaires?

Vincent acquiesça et ouvrit son attaché-case, puis il balança sur le bureau un épais dossier.

— Tu n'es pas sans savoir que je suis l'avocat de l'Association de défense du littoral.

— Hélas... Si tu veux un verre, tu te sers. Tu connais la maison.

— Fred! Qu'est-ce que tu as à voir dans l'incendie du Montmaure?

Vincent surveillait la moindre réaction de son oncle, qui n'en eut aucune : l'animal était coriace et son neveu savait qu'il n'allait pas lui faire cracher le morceau aussi facilement. Mais il fallait bien commencer par le début.

— Vincent, je t'ai toujours considéré comme mon fils.

— Mais tu n'es pas mon père, même si je te dois beaucoup. Laisse tomber l'affect, Fred, ne mélange pas tout.

— Ouh... Mais c'est qu'il voudrait mordre la main qui l'a nourri qu'il ne s'y prendrait pas autrement, le petit!

Vincent serra les dents.

— Fred, j'ai besoin de savoir si tu fricotes avec Viviane, la femme de Max Fontane... Parce que ce n'est pas joli-joli. Et encore, ce n'est que le début... Cet incendie tombe à pic!

Fred rajusta son nœud papillon d'un geste précis.

— Que veux-tu que je te dise... La famille de ta fiancée n'a pas besoin de moi pour monter ses coups tordus. Si tu veux fouiller la merde, fouille-la plutôt de ce côté-là. Et ne t'inquiète pas pour moi. Mais pense quand même à ta future femme... et à toi.

Vincent eut l'impression d'une menace. Fred empoigna sa veste.

— Ah ! un dernier conseil : laisse tomber ton travail pour ta minable association de défense de l'environnement et travaille plutôt pour moi. Je te laisse, la clientèle est agitée ce soir... Elle perd beaucoup. Et quand les gens perdent, tu sais qu'ils deviennent ingérables.

Puis la porte claqua sur lui.

Vincent soupira, et fit pivoter le grand fauteuil vers la fenêtre. Nice, ses joueurs, ses magouilles, ses paillettes... ses morts, aussi. Il savait que son oncle était mouillé dans l'incendie jusqu'au cou, mais il n'avait pas encore de preuves. Une chose était sûre, Fred continuait à penser que la loi n'était pas faite pour lui, il avait établi ses règles et les avait étendues très au-delà de sa maison.

Vincent sut que Laura avait parlé à son père lorsqu'il vit la voiture de la jeune fille garée devant sa villa. Elle ne devait pas le retrouver ce soir. Effectivement, Laura était recroquevillée en boule sur un transat, auprès de la piscine. Elle frissonnait sous la couverture qu'elle avait jetée sur elle, malgré la chaleur de cette nuit étouffante. Plus un souffle d'air ne venait de la mer. Vincent ayant pris soin de déboucher une bouteille de vin blanc frais avant de la rejoindre, il lui tendit un verre embué qu'elle saisit machinalement.

— Vincent...

Laura ne buvait pas, les yeux dans le vague. Il lui prit son verre des mains et la força à le regarder. Elle avait une mine chiffonnée de petite fille qui vient de pleurer.

— Je me demande si ce mariage est une bonne idée...

Vincent parut suffoquer quelques secondes. Il avala une grande goulée de vin blanc frais.

– Bravo... Bravo à Max Fontane ! Il est balaise. Je le savais, mais de là à te retourner en deux heures comme une crêpe...

– Ça n'a rien à voir avec lui.

Vincent faisait de son mieux pour ne pas montrer qu'elle l'avait touché. Il tenta un rire qui sonnait bien creux...

– Écoute, on se marie et on laisse tout tomber ici. Pour moi c'est facile, et pour toi encore plus : tu n'as plus de boulot. Et tu sais quoi ? On fout le camp à New York. Les Américains adorent les avocats...

Puis il soupira, vaincu par la tristesse qui ne quittait pas Laura :

– C'est bon... je ferai ce que tu veux.

– J'ai peur, Vincent. C'est fou, totalement irrationnel, mais je suis pétrifiée de trouille ! Tu peux comprendre ça ?

– De quoi as-tu peur ?

– De mourir ! Ou que tu meures... Il va arriver quelque chose, je le sens, et ce qui me rend folle c'est que je suis incapable de t'expliquer pourquoi, ou comment...

– Je vais te dire ce qui va se passer : samedi, nous allons dire oui, devant monsieur le maire, pour le meilleur et pour le pire. Et je peux t'assurer qu'en ce qui me concerne, ce sera pour le meilleur. Le reste du monde, on s'en moque. Personne ne peut rien contre notre amour.

Laura passa sa main dans les cheveux de Vincent. Elle avait retrouvé son sourire. Vincent se pencha et la souleva du transat : il s'étonna une fois de plus de sa légèreté.

– Je pourrais te porter jusqu'au bout du monde...

Elle s'accrochait à son cou. Il savait que, s'il n'y prenait garde, cette fille s'envolerait de sa vie. Il la serra encore plus contre lui, et, rassuré, sentit les battements de son cœur contre le sien.

Lundi 1er août

LE MONDE

Manon avançait dans les allées encore fraîches du cimetière. Tout en elle respirait le bel animal : longue, brune aux cheveux courts, les muscles élancés et plats, elle longeait l'ombre des cyprès et semblait aux aguets. Elle hésita à peine, au croisement de deux allées, sur la direction à prendre. Enfin, elle s'arrêta devant un caveau, ou plutôt une chapelle, et saisit à deux mains la petite grille qui en barrait l'entrée. Sur le fronton, une épitaphe : « Famille Rinaldi : Luisa Fontane, née Rinaldi, 3 mars 1939 – 21 août 1972 ». La rude simplicité de l'inscription détonnait avec ce que Manon pouvait entrevoir de l'intérieur : des monceaux de fleurs et de plantes en pots, encadrant un grand portrait de la morte, souriante sous l'émail.

Manon recula vivement, sans un bruit, en entendant les graviers crisser sous les pas d'un visiteur qui approchait. D'un bond, elle disparut silencieusement derrière un caveau voisin.

Max Fontane, bras chargés de fleurs fraîches, remontait l'allée... Il s'arrêta devant le caveau de Luisa, sortit une clef de sa poche et ouvrit la grille qui était restée fermée pour la belle Manon. Pas un grincement ne retentit, les gonds de la porte étant soigneusement entretenus, tout comme l'intérieur. Max s'engouffra dans la petite chapelle...

Une bonne minute passa avant que Manon n'apparaisse de nouveau. Elle s'immobilisa. Depuis le caveau, lui parvenait un murmure. Max Fontane parlait à la morte, sa morte : « C'est incroyable comme tu es toujours là, avec moi. Tu habites chacune de mes pensées, ma Luisa, tu le sais. On dirait que tu veux me dire quelque chose. Notre Laura va épouser le neveu de Fred... Est-ce que tu penses que c'est ma punition ? Pour tous mes mensonges ? Mon Dieu si tu savais comme je regrette, si tu savais comme je voudrais que rien ne soit arrivé, jamais. Je pensais comme tout le monde qu'avec le temps la douleur de ton absence passerait, me quitterait... Mais c'est pire qu'aux premiers jours. Plus le temps passe et plus je sens en moi le besoin d'être près de toi. Je serais capable de n'importe quoi s'il existait un moyen pour tout effacer, pour te faire revenir... Sans toi ma vie est un enfer continuel. À la vérité j'aurais dû mourir avec toi. Les enfants n'ont pas besoin de nous. C'est une erreur de penser qu'ils ont besoin de leurs parents pour grandir. Ils grandissent hors de nous. Plus le temps passe et plus j'ai l'impression que les enfants jouent contre nous, je veux dire contre l'amour des parents. Je crois que Laura m'en veut de ne pas avoir su transformer l'amour que j'avais pour toi en amour paternel. Mais comment une chose pareille est-elle possible ? En tout cas je n'ai pas su. Et au bout du compte je n'ai même pas réussi à être un bon père. Il faut que tu m'aides, Luisa, il faut que tu m'aides à voir clair, il faut que je sache ce que toi tu aurais voulu... »

Manon recula prestement. Le gardien du cimetière s'approchait, en sueur, portant à bout de bras un jerrican plein d'eau. Tout le monde était au service de Max Fontane...

Lorsque les pas sur le gravier se furent éloignés, Manon revint se poster devant le caveau, dont Max avait refermé à clef la grille. L'autel était garni des brassées de fleurs fraîches apportées par le veuf inconsolable, et Manon fixa une dernière fois le visage de Luisa Fontane... née Rinaldi. La jeune femme avait été prise en photo par surprise, et son sourire radieux envoyait une tendresse infinie au photographe. Ses épaules étaient dénudées, et le cliché, bien qu'en noir et blanc, laissait deviner que la peau était soyeuse et bronzée, sous la lourde chevelure qui flottait tout autour, soulevée par le vent. La jeune femme était absolument splendide, d'une beauté à couper le souffle. Au fond des yeux, Manon crut pourtant déceler une pointe d'inquiétude, mais, de là où elle se trouvait, elle pensa que c'étaient ses propres sentiments qu'elle projetait sur la photo. Une chose était certaine : le cliché ruisselait de l'amour qu'avait porté le photographe à Luisa Fontane...

Max avait montré peu de photographies de sa mère à Laura. Laura n'avait jamais beaucoup insisté, devinant que ça bouleversait son père et lui faisant grâce de ce supplément de douleur. Curieusement, Ludmilla avait elle aussi conservé peu de photos. Du moins, c'est ce qu'elle avait raconté à Laura. Quant à Viviane, elle gardait dans un album poussiéreux de vieux clichés, mais sur lesquels Luisa, quand elle y figurait, était toujours entourée de la bande : une troupe de jeunes gens sans soucis, certains richement nés, d'autres d'origine plus modeste, admis dans ce cercle de babas cool post-révolutionnaires des années soixante-dix. Max et Fred avaient su faire leurs preuves : leur beauté et leur force de conviction avaient été leurs atouts, particulièrement auprès de Luisa. La vie, et leur opportunisme, avait fait le reste...

Laura effaça la buée du miroir de la salle de bains de Vincent : elle avait l'air reposé, malgré les émotions qui s'étaient abattues sur elle telle une nuée de sauterelles. Ramenant ses longs cheveux mouillés en une torsade soyeuse sur son épaule, elle finit de se sécher le visage. Laura ne l'ignorait pas : elle ressemblait à sa mère mais sans ostentation, tant et si bien que personne ne pensait à

faire le rapprochement. Elle sortit de la salle de bains, drapée dans le peignoir de Vincent, et se rattrapa au chambranle : elle avait failli tomber en glissant... Lorsqu'elle
regarda sur quoi elle avait marché, elle découvrit sur le carrelage une carte de Tarot. Laura fixa l'objet coincé sous
son pied : une femme nue, dans un médaillon de lauriers,
protégée par les quatre symboles des Évangiles – le taureau, le lion, l'aigle et l'ange. Elle était numérotée XXI et
s'appelait « le Monde ».

Laura frissonna. Elle ne jeta pas la carte. Elle alla la ranger au fond de son sac, où elle avait machinalement remisé
la première carte trouvée la veille : le Bateleur.

Puis elle se précipita vers la fenêtre. Mais non, le jardin
n'abritait aucune nouvelle silhouette inquiétante sous ses
frondaisons. Pourtant Laura commença à penser que
quelqu'un s'amusait peut-être avec ses nerfs. Quant au sens
que tout cela pouvait revêtir, elle n'en avait pas la moindre
idée...

Fred Bellair descendit de voiture avec un air qui ne présageait rien de bon. Nice s'étendait au pied du belvédère
dans toute sa beauté, mais Fred n'avait cure de la splendeur
de la baie des Anges. Il rejoignit une femme qui, elle,
accoudée à la balustrade, semblait se noyer dans la Médi-
terranée en l'attendant.

– Alors ?

Viviane sursauta en entendant la voix sèche de Fred claquer derrière elle. Elle se retourna en prenant tout son
temps :

– Je peux savoir pour quelle raison tu me fais venir ici,
de si bonne heure ?

– Le Montmaure ! Qui y a foutu le feu ? Et sans
m'avertir ?

Viviane retint un sourire : le fauve était déstabilisé, elle
flairait sa peur, et ce n'était pas pour lui déplaire.

— Je n'en sais rien... Mais ce qui est fait est fait. Et sans regret, crois-moi. Tu devrais savoir que tu peux me faire confiance.

— Je ne fais confiance à personne, et surtout pas à toi...

— Tu as tort. Moi, ce qui m'inquiète, c'est ton neveu. À mon tour de te poser une question : peux-tu lui faire confiance... ou risque-t-il de devenir gênant ? Parce qu'il commence à poser des questions un peu partout.

Elle sentit qu'elle avait fait mouche. Tout comme dans le clan Fontane, chez les Bellair la famille était sacrée.

— Alors ? insista-t-elle.

— Laisse mon neveu en dehors de tout ça. Je gère. En tout cas, cet incendie est une connerie monumentale. Tu es complètement timbrée, Viviane...

Viviane frémit : le mépris, encore et toujours ; tous ces hommes n'avaient donc que mépris pour elle ! Elle explosa, venimeuse, mais d'une froideur inquiétante :

— Pas ça avec moi, Fred. Tu avais besoin de fonds, je te les ai apportés. Alors tu vas la boucler, et tout ira bien, pour tout le monde. Si je te dis que je n'y suis pour rien, c'est la vérité. Mais, je te le répète, tâche de museler ton neveu.

— Qu'est-ce que Max a donc fait pour que tu le haïsses à ce point ? Même moi, je crois que je ne le déteste pas autant que toi...

— Parce que tu n'es pas une femme !

Fred vit soudain toute la douleur de Viviane. Il ne pouvait rien faire pour la soulager. Elle continuait, comme ivre...

— Ensuite, on est bien d'accord : dans moins d'un an, tu prends Matthieu comme associé.

Fred soupira. Viviane allait trop vite, c'était son plus gros défaut, mais Fred gardait ainsi la main.

— On verra, je n'ai rien promis. Ton fils doit faire ses preuves.

Viviane le surprit en le saisissant par le col de sa chemise, d'un geste typiquement masculin, brutal. Elle le força à se pencher, et lui glissa quelques mots à l'oreille. L'intervention ne fut pas longue. Peut-être le temps de prononcer un seul mot. Manifestement Viviane avait une carte dans sa manche que Fred n'imaginait pas. Enfin, elle le lâcha, et Fred se redressa avec lenteur, défiguré. Il plongea son regard dans le sien comme s'il la découvrait pour la première fois, comme s'il voulait comprendre par quelle force elle était habitée. Apparemment Viviane, qu'il connaissait depuis plus de trente ans, était devenue, à cause de ce mot mystérieux qu'elle lui avait soufflé à l'oreille, une inconnue. Et une inconnue dangereuse. Il pensa une seconde que Matthieu avait de la chance d'avoir une telle mère. Puis il pensa à la sienne qui l'avait foutu à la porte le jour de ses dix-huit ans.

– Tu es un monstre.

La phrase lui avait échappé mais il ne la retira pas pour autant et il ajouta :

– Ton chantage est minable.

– Ça fait deux fois, Fred, que tu me sous-estimes. Quand je choisis un associé, même si je le connais depuis trente ans, je m'assure de sa fidélité. Ça m'a coûté cher, très cher, mais c'est fini l'époque des gentils babas cool idéalistes. Aujourd'hui, *Peace and Love*, c'est ringard. Moi, je carbure à l'inverse. C'est le monde que nous avons construit, Fred, et tu y as participé. Je te souhaite une bonne fin de journée.

Fred regarda un moment la voiture de Viviane s'éloigner. Puis ses yeux vinrent se poser sur la ville, dévalant les quartiers des hauteurs pour plonger enfin vers la mer. Fred soupira : Bon Dieu, il avait rêvé de cette revanche, toute sa vie. Elle l'avait guidé depuis son enfance, dans les ruelles poisseuses du Nice populaire, bien loin des lumières de la promenade et des grands cours. Il avait tout réussi, sur des coups de dés à faire frémir le plus chevronné des joueurs... Tout réussi, sauf une chose apparemment, et une chose qui faisait de lui l'obligé de Viviane...

Dans le magasin de retouches, Agnès piaffait d'impatience, attendant fébrilement de voir apparaître son amie dans sa robe de mariée. Ça amusait visiblement la retoucheuse, habituée à l'excitation et aux fantasmes des filles qu'elle voyait défiler chez elle, toutes bouleversées par les flots de tulle blanc qui inondaient la boutique. D'un œil expert, la retoucheuse soupesa la jeune femme : un bon 38, emballé dans un jean classique ; hélas la paire de tennis qu'elle portait alourdissait sa silhouette, idem pour la chemisette enfoncée dans le jean ; les cheveux étaient courts, sans aucune coloration, et le visage, joli mais sans une once de maquillage, souffrait d'un manque évident de confiance en sa beauté et sa fraîcheur. La retoucheuse soupira. Les jeunes Niçoises qui négligeaient à ce point leur tenue étaient rares, et chaque fois qu'elle en rencontrait un spécimen ça lui faisait de la peine. Elle imaginait instantanément une jeunesse rongée par la tristesse, recroquevillée sur un canapé, planquée dans des maillots une-pièce près des poubelles des paillotes de la plage, seul endroit où elles devaient se sentir légitimes... Quelle misère !

En revanche, elle était à mille lieues de se douter qu'Agnès se serait damnée pour une partie de cul bien salace avec Matthieu, et que, de surcroît, elle portait quotidiennement sous l'aisselle un Sig-Sauer, un pistolet automatique de calibre 8.

Laura tira les rideaux de la cabine d'essayage d'un coup sec. Dans sa robe d'organdi, elle était le portrait vivant d'une femme d'un autre temps. Une incarnation de femme-enfant. Agnès eut un frisson. Elle se secoua pour chasser l'apparition : Laura était sublime.

– Alors, ça fait drôle, hein... Comment tu la trouves ?
– Tu es vraiment très belle.
– Pas moi ! La robe !
La retoucheuse poussa un piaillement d'admiration.
– Splendide ! On dirait qu'elle a été cousue sur vous.

Laura portait la robe de mariée de sa mère.

– Tu es sûre que c'est une bonne idée ?...

Laura nota l'imperceptible inquiétude dans le ton d'Agnès.

– Absolument certaine. C'est une façon d'avoir un morceau d'elle avec moi ce jour-là. Comment tu la trouves ?

– C'est une pure merveille.

Laura, rassurée, se tourna vers le grand miroir mural et fixa son image dans la psyché. Soudain, son reflet se brouilla, et du décolleté en forme de cœur à la naissance de ses seins jaillit un bouillonnement de rouge qui imprégna peu à peu le corsage en un large plastron de sang. Laura eut un sursaut, et plaqua ses mains sur sa poitrine, comme pour tenter d'enrayer l'hémorragie. Le sang continuait d'affluer entre ses doigts pressés sur la plaie invisible. Elle laissa retomber ses mains, sa vue se brouilla, et elle ressentit le curieux bienfait de l'obscurité qui tombait sur elle, la soustrayant à cette hallucination cauchemardesque...

Lorsqu'elle revint à elle, Laura était allongée sur le divan du salon d'essayage. Agnès penchait un visage inquiet sur elle, et la retoucheuse, verre d'eau à la main, habituée aux malaises en tout genre de sa clientèle, en tirait ses conclusions :

– Elle attend peut-être un petit, votre amie. C'est courant, vous savez...

Agnès haussa les épaules, agacée.

– Laura, tu as crié. Qu'est-ce qui s'est passé ?

– Rien... Un malaise. La chaleur, sans doute.

Agnès scruta durant quelques secondes le regard de Laura, qui battit des paupières pour échapper à la perspicacité de son amie.

– Arrête de me prendre pour une conne, tu veux bien ?

Elles avaient trouvé un peu de fraîcheur sous les arcades de la place Masséna, à la terrasse d'une brasserie luxueuse. Une nuée de jeunes gens en tenue de service virevoltait autour d'elles, en un ballet bien ordonné, dressant les tables pour le déjeuner. Elles avaient obtenu deux places assises juste pour l'apéritif, grâce à Agnès qui connaissait le maître d'hôtel. Laura avait à peine entamé son cocktail de jus de fruits frais, et faisait front comme elle pouvait au flot de questions de son amie.

— Tu en as parlé à Vincent ?

— Non ! Oui... mais pas comme je t'en parle. Comment veux-tu que je lui dise que je me vois dans une robe de mariée couverte de sang ?

Agnès étouffa un rire nerveux.

— T'as raison, mieux vaut en rire... soupira Laura, légèrement froissée.

— Excuse-moi.

— À toi, je peux le dire mais... toutes ces visions me ramènent à mon enfance : les médicaments, la menace qu'on m'enferme, qu'on chuchote encore derrière mon dos que je suis schizo ou parano... J'ai peur d'être vraiment dingue, Agnès...

Laura avait totalement déchiqueté la petite ombrelle de papier piquée dans un quartier d'orange, et les lambeaux surnageaient sur la pulpe épaisse. Elle fit une grimace en avisant les dégâts.

— Tu vois... je ne me rends même plus compte de ce que je fais.

Laura pensa alors qu'il était temps... d'abattre ses cartes, justement ; après tout, Agnès aurait peut-être une idée, ou au moins elle la rassurerait. Elle plongea dans sa besace et posa sur la table les deux figurines : le Bateleur et le Monde. Agnès, interloquée, saisit les cartes et les examina.

— Ce sont des cartes du Tarot de Marseille ? Et on s'en sert pour lire... l'avenir ?

Laura fixait Agnès qui, dubitative, n'osait plus la regarder. Son amie tenta un trait d'humour qui tomba à plat.

— Tu veux devenir cartomancienne ?

— Je n'ai pas envie de rire ! Pourquoi, depuis deux jours que je suis à Nice, ai-je trouvé ces fichues cartes sous mes pieds ?

– C'est bon, calme-toi. On reprend par le début. Je t'écoute.

– La première était dans ma voiture, quand je suis repartie de chez Vincent.

Elle désigna le Bateleur.

– C'était celle-là. Sur le coup, j'ai cru qu'elle était arrivée là par un coup de vent. À la deuxième, par terre chez Vincent, je me suis dit que c'était une mauvaise plaisanterie...

– Elles sont toutes neuves... Tu as une idée de ce qu'elles signifient ? C'est peut-être un message codé ?

– Probablement. Mais lequel ?

– Pas de parano. Attends de voir si tu en reçois d'autres. C'est peut-être juste un hasard. Elles n'ont rien de menaçant... pour ce que j'en vois. Mais si ton facteur repasse, tu me tiens au courant.

La sonnerie du portable d'Agnès retentit.

– Excuse-moi, c'est peut-être le boulot. Inspecteur Angeli, j'écoute...

Laura vit immédiatement l'agacement poindre sur le visage de son amie.

– Je t'ai déjà dit de ne pas m'appeler sur ce portable, c'est une ligne professionnelle... Non, ce soir je suis de service... Je ne sais pas, appelle-la... C'est ça, je...

Agnès n'eut pas le temps de finir sa phrase, on lui avait raccroché au nez. Elle renfonça son portable dans la pochette de sa ceinture d'un coup sec. Laura releva que son humeur s'était brutalement assombrie. Elle n'avait aucun doute sur la raison de ce soudain coup de grisou, et n'attendit pas qu'Agnès se confiât. Après tout, si elle avait dévoilé son secret, Agnès pouvait en faire autant.

– C'était Matthieu, n'est-ce pas ?

– Oui. Il voulait savoir si je venais à l'inauguration de la nouvelle aile du casino, ce soir. Je ne peux pas...

– Ce n'était pas une raison pour te raccrocher au nez.

Agnès eut soudain l'air désespéré.

– ... Il est amoureux... mais il ne le sait pas encore.

Et, devant l'air surpris de Laura, elle ajouta :
— Et ce n'est pas de moi, tu pouvais t'en douter.

*_**

Matthieu frémit en retirant doucement le bâillon qu'il faisait de ses mains sur les yeux de Manon, la jeune femme étrangère qui était venue sur la tombe de Luisa Fontane. Manon découvrit d'un coup la grande salle qui s'offrait à son regard. Elle n'eut pas un mot, savourant chaque détail d'un œil critique, et pas forcément bienveillant. Matthieu quémandait son admiration, et Manon ne voulait pas la lui offrir aussi facilement.

— Ça ressemble au paradis, tu ne trouves pas ?
— Oui... tout dépend de l'image qu'on se fait du paradis. Le tien est typique du paradis du joueur.
— Tu n'as même pas regardé les lustres ! On les a fait venir d'Italie. Ils sont splendides, non ? J'ai toujours aimé ça, les grands lustres en cristal...

Elle jeta un coup d'œil au plafond, qui s'élevait à plus de quatre mètres de hauteur : y pendaient effectivement des lustres monumentaux, couverts de pampilles de verre irisées.

— Moi aussi j'aime la lumière, se contenta-t-elle d'ajouter.

Pour le reste, on restait dans le clinquant pur jus, classique dans tout casino qui sait comment asticoter la fièvre de ses joueurs : moquette lie-de-vin surlignée d'entrelacs tarabiscotés or, boiseries vernies sombres, peintures murales pastel déclinées dans les tons ocre rouge, tentures de velours rouge foncé devant chaque baie vitrée, les tables de jeu recouvertes de feutrine vert bouteille. Une image joyeuse de l'enfer, dans laquelle on devait pouvoir tout oublier, sauf le jeu. Une dizaine d'ouvriers s'activait encore à vérifier la disposition des spots lumineux à chaque table... Matthieu saisit soudain le coude de Manon.

— Pas de panique. Tout va bien se passer...

Fred Bellair ne les avait pas encore vus, et Manon eut le temps de respirer un grand coup : l'ancien amant de Luisa Fontane était impressionnant, il avait quelque chose d'animal qui faisait écho en elle. Fred s'arrêta auprès d'eux, et la jeune femme se sentit jaugée d'un regard bref.

— Fred, je vous présente Manon, dont je vous ai parlé.

Pour l'examen, elle avait passé un chemisier sobre de soie crème sous un tailleur gris foncé. Pas de bijoux, hormis une discrète chaîne en or, mais des ongles vernis d'un pastel mat. Fred Bellair avait déjà tout noté de sa tenue, elle le savait. Il secoua sa main d'une poigne vigoureuse. Encore un test...

— Ah... C'est vous. Je n'ai malheureusement pas de temps à vous consacrer.

Le ventre de Manon se crispa. Merde, ça commençait mal.

— Je comprends.

— Vraiment ?

Matthieu se jeta à l'eau. Manon sentit qu'il jouait son va-tout.

— Monsieur Bellair, il nous manque un croupier. Hélène est en arrêt maladie pour trois semaines. C'est l'occasion ou jamais de tester Manon...

— Je ne peux pas me permettre de tester mon personnel. Ce sont tous des professionnels, qui ont déjà fait leurs preuves.

— S'il vous plaît...

Fred Bellair fixait la candidate. Elle avait de l'allure, on aurait pu dire qu'elle avait de la race : une pointe d'arrogance discrète et totalement maîtrisée, qui pouvait receler une force de caractère hors du commun. Cette fille faisait partie de la famille des gagnants, c'était évident, mais gare, pensa-t-il, à celui qui aurait la mauvaise idée de se mettre en travers de sa route. Ce n'était pas pour lui déplaire... Il sortit de la poche de sa veste un jeu de cartes sous cellophane et le lui tendit, désignant une table de roulette.

— Je vous accorde cinq minutes...

Manon ouvrit le paquet d'un coup d'ongle expert sur la tranche, et battit le jeu quelques secondes. Elle sentait le regard de Fred Bellair sur ses mains. Matthieu se tenait en retrait, crispé.

— Distribuez-moi un jeu de chemin de fer.

Imperturbable, la jeune femme fit glisser sur le tapis le nombre de cartes requis pour cinq joueurs. Bellair récupéra lui-même les cartes d'un seul geste.

— Maintenant, servez-moi une mise de 460 euros en jetons de 100, de 50, de 25 et de 10.

Manon glissa le long de la table pour pouvoir manier avec précision la banque de la roulette. Elle rassembla la mise exacte en quelques gestes et la poussa devant Bellair avec le râteau de croupier.

— 460 euros, monsieur Bellair.

— Impressionnant, mademoiselle. Mais je n'engage jamais quelqu'un que je n'ai pas formé. Désolé.

Manon crut recevoir un direct à l'estomac. Bellair s'éloignait déjà. Elle s'agrippa à la table. Matthieu courait après Fred.

— Monsieur Bellair, je vous en prie...

Fred ne ralentit pas, pressé. Matthieu accorda son pas sur le sien.

— Cette fille est la perle rare. J'en réponds.

— Matthieu, tu es encore très jeune. Un jour, tu feras la différence entre les perles fines... et les perles de culture.

Il posa sa main sur l'épaule du jeune homme.

— Moi, je ne parierais pas sur cette fille. Maintenant, tu fais ce que tu veux...

— Merci, monsieur Bellair.

Manon se redressa. D'instinct, elle avait compris que la roue avait tourné en sa faveur. Le jeu pouvait commencer...

Le soir même, la cohue était soigneusement prise en main par un service d'ordre au style impeccable, et dirigée par des *bunnies* vers les vestiaires, puis vers le buffet. Matthieu savourait sa réussite : toute la jeunesse dorée de Nice était là, et il s'amusait à repérer parmi la foule bruissante les stars qui avaient daigné honorer de leur présence la soirée. Sa soirée. Les filles étaient belles, impeccablement bronzées, et dégageaient des odeurs de parfums coûteux. Joëlle, invitée par Vincent, dénotait un peu sous une surcharge d'accessoires dorés, chaussures dorées, robe blanche qui la boudinait dans des rayures dorées et boucles d'oreilles en marguerites dorées. Mais, en dehors du fait qu'elle était la secrétaire du neveu de Fred, Joëlle faisait aussi partie d'une catégorie d'excellents clients : ceux qui sont capables de venir jouer leur paye tous les mois et la perdre, ces petits flambeurs qui croient en la chance, à la roue qui tourne et autres étoiles filantes du bonheur... En dehors d'elle, les hommes ne savaient plus où arrêter leurs regards, affolés par l'étalage de chair ferme que les minuscules morceaux de mousseline ou de soie ne parvenaient pas à cacher. C'était le but... Au grand dam des rombières, incapables de rivaliser, malgré les paquets de glaçons qu'elles avaient dû faire fondre sur leur visage juste avant l'heure fatidique. Leur supplice n'aurait de cesse qu'avec un somnifère avalé rageusement au moment du coucher. En attendant, elles se vengeaient en étalant perles, pierres, diamants, or lourd et vermeil, sur chaque espace de peau disponible : les doigts, les cous, les poignets, les oreilles, les poitrines ruisselaient... Matthieu s'amusait à peser en euros le poids de chaque dame. Plus elles étaient âgées, plus le compteur s'affolait, atteignant parfois des sommets qui le faisaient planer. Son regard s'arrêta sur deux silhouettes qui tranchaient par leur simplicité sur ce déballage orgiaque : sa mère, liane gansée dans un fourreau noir sans bretelles laissant juste deviner ses seins somptueux, et Laura, au teint de lys que mettait en valeur sa robe droite de soie cramoisie. Il se précipita au-devant d'elles, surpris par le soulagement et la reconnaissance qu'elles lui inspiraient : elles n'étaient pas de ce monde, elles le surpassaient de cent coudées, et c'étaient ses femmes. Viviane lut l'admiration dans ses yeux.

– Maman... Jamais personne ne va croire que tu es ma mère.

– L'important, c'est que toi tu le saches, mon chéri.

– Je le sais.

Laura prit Matthieu dans ses bras, émue par la solennité qu'elle sentait chez lui.

– Je suis tellement fière de toi. C'est magnifique, murmura-t-elle à son oreille. Et ne laisse personne te dire le contraire...

Viviane ne pouvait masquer sa satisfaction.

– Si, avec ça, Fred ne comprend pas qu'il n'aura jamais meilleur associé que toi, c'est à désespérer de son intelligence...

Laura affronta la salle : elle cherchait Vincent, mais comment le repérer dans une telle assistance ? Matthieu s'en aperçut.

– Si tu cherches Vincent, il doit être avec Fred. Ils avaient rendez-vous.

Laura sourit bravement. Elle n'aimait pas plus que ça les bains de foule. La foule l'oppressait, et celle-ci tout particulièrement : cette aisance uniquement procurée par l'opulence l'avait toujours gênée, heurtée. Laura était restée pudique dans ce domaine, malgré l'éducation que lui avaient donnée Max et Viviane : l'argent n'avait jamais compté. Ludmilla lui avait enseigné que la meilleure façon de supporter sa condition de fillette fortunée était de ne jamais l'étaler, ni d'en parler... Laura ressentait surtout un immense décalage. Matthieu les entraînait déjà, fendant l'assistance devant elles, pour leur ouvrir un chemin réservé aux invités de marque. Laura vit son frère se planter fièrement à côté de Manon qu'elle ne connaissait pas encore.

– Je vous présente Manon. Manon, je te présente ma maman et ma sœur, Laura...

Manon, concentrée sur sa donne, se contenta de leur adresser un discret salut. Viviane, surprise, prit tout son temps pour dévisager la jeune femme.

— Matthieu m'a beaucoup parlé de vous. Je suis ravie de vous rencontrer, madame, lui glissa Manon.

— Moi de même, moi de même...

Viviane ne s'attendait pas à cette connivence. Elle n'était pourtant pas sans connaître le succès de son fils auprès de la gent féminine. Elle fit une volte-face gracieuse.

— Excusez-moi...

Puis elle s'empressa de rejoindre Franck qu'elle venait d'apercevoir, escorté d'Antoine. Laura pinça discrètement Matthieu.

— Mon frère est un joli cœur, méfiez-vous...

Manon ne répondit pas, mais Laura lut dans son regard qu'elle n'était pas dupe... et qu'elle se sentait capable de relever le défi. Pauvre Agnès, elle avait certainement raison. La jeune femme battit un jeu de cartes neuf avec une dextérité impressionnante.

— Les cartes ont l'air de n'avoir aucun secret pour vous.

— Je n'ai pas de mérite. Je suis quasiment née avec un jeu de cartes dans mon berceau.

La réflexion de Manon laissa Laura rêveuse. Matthieu prit la main de sa sœur et l'entraîna un peu plus loin.

— Dis donc, cette fille, j'y tiens. T'étais pas obligée de me faire passer pour un kakou de base...

— Loin de moi cette idée !

— Et tu te maries toujours samedi ?

Laura suffoqua.

— Oui ! Pourquoi cette question ?

— Parce que j'ai eu Ludmilla au téléphone. Il paraît que tu t'installes chez elle. C'est quoi, ce plan ? Il y a déjà de l'eau dans le gaz ?

Laura sentit le rouge lui monter aux joues. Si même Matthieu se mettait à fouiller son intimité, la vie qu'elle avait rêvée à Nice au côté de Vincent promettait de devenir un enfer. Finalement, les États-Unis, ce n'était pas un mauvais calcul.

— Depuis quand te mêles-tu de mes affaires ? Vincent a du boulot jusque par-dessus la tête. On ne se verra quasiment pas d'ici à samedi. En plus, j'ai envie de profiter de mes derniers moments de célibataire. De me refaire une virginité, si tu préfères ! Et je serai mieux chez Ludmilla que chez papa. Fin de l'histoire.

— *One point.* Autant pour moi.

Laura vit Antoine fondre sur eux.

— Aïe... la progéniture du conseiller général... Plutôt beau gosse, non ? susurra Matthieu entre ses dents. Un bon parti !

— La ferme, espèce de crotale.

Antoine lui tendit la main au même moment.

— Laura ! Enfin, je me demandais si j'allais te voir ce soir. Ludmilla n'est pas avec vous ?

Laura écrasa le pied de Matthieu.

— Ah... malheureusement non.

— Ludmilla ? Ce genre de soirée, c'est pas son truc. Malgré les apparences, elle est plutôt Nature & Découverte. Je peux même dire qu'elle est plus découverte que nature, hein Laura ? lâcha Matthieu en laissant planer tous les sous-entendus possibles...

Dans le bureau de Fred, Vincent et son oncle, même de dos, avaient indéniablement un air de famille. Et ce n'était pas le smoking qu'ils portaient l'un et l'autre, mais plutôt quelque chose dans leur maintien. Ils étaient tous deux absorbés par le mur d'écrans vidéo, seule source de lumière du bureau de Fred. Vincent repéra Laura sur un des moniteurs : elle semblait perdue dans la foule, et, bousculée, elle reprit son équilibre en s'accrochant au bras d'un homme. Vincent nota l'inélégance de ce dernier, qui se dégagea d'un geste et s'éloigna sans se retourner. Il resta dans le champ de la caméra, et Vincent le vit soudain faire volte-face : il avait une tache de naissance sur le front, qui prenait racine juste au-dessus de l'œil droit et lui conférait un air inquiétant. Vincent pensa aux bandes dessinées de son enfance : le Joker arborait aussi un maquillage de ce type, mais sous l'œil, à la façon des clowns blancs. S'il déclenchait les rires des enfants au début de ses numéros, il les faisait ensuite hurler de terreur... Il sembla à Vincent que l'homme-Joker regardait Laura.

Fred entoura l'épaule de Vincent d'un bras protecteur.

— Je me dis souvent que le paradis doit ressembler à ça.

— Ou l'enfer.

Fred désigna Franck Duval, en grande conversation avec Viviane sur un des écrans.

— Même monsieur le conseiller général vient boire mon champagne. Et le préfet ne doit pas être loin des petits-fours, ricana-t-il.

— C'est bien ce que je dis...

— Tu as réfléchi à ma proposition ?

— Oui. Mais c'est non.

— Prends le temps... J'ai du temps, moi aussi, mais n'oublie pas que j'ai entamé la descente. Un jour, il faudra bien que je passe le relais. Et c'est toi que je veux. Personne d'autre.

— Je fais du pénal, Fred, et j'aime ça... Et j'ai une éthique : je ne touche pas aux affaires.

Fred explosa d'un rire vorace.

— L'argent n'a pas d'odeur, et même toi tu t'en rendras compte. Le mien n'en avait pas quand il s'est agi de payer tes études de droit.

Vincent se redressa sous la poigne de Fred.

— Je te rembourserai, jusqu'au dernier centime.

— Je ne t'en demande pas tant.

Il relâcha sa prise sur l'épaule de Vincent.

— Quel caractère de merde. C'est de famille... Ton père n'a jamais voulu de mon fric non plus, et regarde le résultat : une retraite d'artisan, un dos bousillé, et ta mère qui fait des ménages. C'est ça que tu veux ?

— Je veux pouvoir me regarder dans la glace le matin... et que Laura et mes enfants soient fiers de moi.

— Ah ! La bonne conscience du futur père de famille...
Travail, famille, patrie : ça te va comme un gant.

— Sans foi ni loi, c'est ce qui te caractérise le mieux. On
n'a pas grand-chose en commun, finalement.

— Tu te trompes...

Vincent pointa Franck Duval du doigt.

— Je ne crois pas. C'est comme lui, là, je ne crois pas
qu'il te sauvera... Il sauvera sa peau, c'est tout. C'est une
planche pourrie. Tu devrais te méfier.

— Merci pour le conseil. Mais je connais fort bien mes
ennemis...

Le regard de Fred s'attarda sur Franck, qui s'était appro-
ché du buffet en compagnie de Viviane et avait retrouvé le
préfet. Viviane n'était qu'un déluge de sourires.

— ... Et ils me mangent dans la main. Première règle :
faire toujours en sorte que ta soupe soit meilleure que celle
du voisin.

Fred se secoua, comme pour s'empêcher de rêver.

— Et tu en es où, avec ton assoc' d'utopistes largués ?

Vincent sourit : Fred n'avait pas tout à fait tort pour
ce qui concernait certains membres de l'Association de
défense du littoral. L'association jouait gros, mais plutôt à
la mode « pot de terre contre pot de fer ».

— Je travaille... il me manque encore des pièces, mais
j'ai bon espoir.

Fred s'arrêta brusquement, et, saisissant une télécommande sur son bureau, monta le son. Le brouhaha de la
foule, déjà bien avinée, emplit le bureau, mais on distinguait des cris. Fred fixait un écran, sur lequel Max Fontane,
repoussé par le service d'ordre, hurlait, écumant de rage.

— Si tu veux voir la tête d'un homme rongé par le
remords, admire ; tu n'en verras jamais meilleur exemple.

Fred sortit un cigarillo et l'alluma, fermant les yeux de
volupté.

— Un seul par soir... C'est le moment où jamais, parce
que je sens que ma soirée est sur le point d'être gâchée...

Personne n'avait jamais vu Max Fontane dans un tel état : débraillé malgré son costume, un pan de sa chemise pendant lamentablement hors de son pantalon, il titubait, sans cravate, le col ouvert. Il avait bu, et les gorilles du service d'ordre, qui avaient reconnu le personnage, le maintenaient à grand-peine, coincé derrière une plante verte du hall. Les invités continuaient d'affluer, jetant des regards curieux sur la scène. Matthieu avait été prévenu, et accourait. Lorsqu'il vit son père, acculé au mur, et qu'il comprit que c'était lui le fauteur de trouble, il perdit un instant toute contenance. L'œil des caméras le rappela à l'ordre : tout était filmé, et ce n'était pas l'esclandre de son père qui serait retenu, là-haut, dans les bureaux, mais plutôt sa capacité à gérer en douceur l'incident. Max Fontane ou un autre, peu importait... Il s'approcha et, sur un geste, les videurs s'écartèrent.

— Qu'est-ce que tu veux ?

— Pousse-toi, laisse-moi passer, et ne t'occupe pas de ça, morveux ! C'est ton patron que je veux voir.

Max puait l'alcool.

— Tu es ivre... Tu vas rentrer chez toi. Je vais t'appeler un taxi.

Viviane surgit au côté de Matthieu.

— Max, ça suffit. Calme-toi !

— Dégage, toi, sale pute.

Max repoussa Viviane violemment. Elle vacilla, s'accrochant au bras de Matthieu. Matthieu sut instantanément que sa carrière chez Fred Bellair risquait de prendre du plomb dans l'aile. Traits tirés par la fureur il bondit sur son père, le saisit par le col de sa veste, et commença à le traîner vers l'immense porte à tambour. Il s'était mis à hurler :

— C'est à ma mère que tu parles, connard ! Ne lève plus jamais la main sur elle, tu m'entends, plus jamais ! Je vais te tuer, connard ! Sors d'ici !

Des frémissements parcoururent la foule, qui s'écarta devant les hommes du service d'ordre, lesquels faisaient le vide au-devant de Matthieu à grands coups de coude. Des

cris s'élevèrent, ceux de femmes bousculées ; des protesta-
tions guindées et outrées perçaient çà et là le vacarme.
Matthieu n'entendait plus rien, bourrant Max de coups de
pied pour le faire avancer, lequel, à terre, n'arrivait pas à se
relever, mais ricanait, la bouche en sang.

Matthieu avait presque atteint la porte lorsqu'une main
le tira en arrière. Les videurs refluèrent soudain, et Matthieu se retourna sur Fred Bellair.

– C'est bon, Matthieu. Je m'en occupe...

Sur un signe de tête de Fred, un gorille remit Max Fontane debout, et le soutint jusqu'à l'extérieur, suivi par Fred.

Matthieu, tétanisé, fit brusquement demi-tour, et se fondit dans la foule qui retrouvait peu à peu son calme...

– Tu voulais me voir, je suis là.

Max se redressa, de nouveau maître de ses gestes. Fred
lui tendit un mouchoir pour qu'il éponge le sang de sa
bouche tuméfiée. Max l'ignora.

– Parfait. Alors écoute bien ce que j'ai à te dire. Il n'y
aura jamais aucune alliance entre ta famille et la mienne. Je
te tuerai de mes propres mains s'il le faut.

Fred rempocha son mouchoir avec nonchalance. Il avait
toujours son cigarillo à la bouche.

– Max... allons. Depuis le temps, nous aurions pu faire
la paix tous les deux. Luisa...

– Laisse Luisa tranquille ! hurla Max. Je t'interdis de
prononcer son nom devant moi !

Fred écrasa son cigarillo sous le talon de sa chaussure
vernie. Il s'approcha de Max, et le saisit tranquillement par
le cou pour lui parler à l'oreille. Ce fut pire qu'une morsure : Fred empoisonna son adversaire en lui murmurant
son venin.

– Écoute-moi bien, fils de pute ! Luisa porte ton nom sur
ton caveau de famille, *ton nom* ! mais c'est tout. Ta fille
portera le mien jusqu'à sa mort, et toute sa descendance
aussi...

Personne n'avait pu entendre le murmure de Fred. Max
ne bougeait plus, pétrifié.

Laura et Vincent apparurent dans la porte à tambour. Laura était décomposée. Elle se rua vers Max. Vincent n'avait pas raté une miette du petit jeu de Fred.

– Papa !

Elle se tourna vers Vincent.

– Passe-moi ta pochette, vite.

Laura essuya doucement le sang qui perlait aux lèvres de son père. Max la laissa faire, anéanti, réduit au silence par le geste de sa fille. Laura n'osait pas le regarder en face, de peur de briser l'accalmie. Sur sa main, une larme tomba, puis une autre : le grand Max Fontane pleurait.

– Papa, je t'en prie. Ressaisis-toi. Je vais t'accompagner jusqu'à la maison.

– Laura, ma Laura... si tu savais comme je t'aime...

– Je sais, tais-toi, c'est fini. On va rentrer. Viens...

Laura le prit sous les épaules et commença de descendre les marches, manquant trébucher à chaque pas. Vincent se précipita. Laura l'arrêta d'un regard suppliant. Fred les dominait, planté sur le perron. Vincent rebroussa chemin. Il frôla Fred mais ne s'arrêta pas, une grimace de dégoût sur le visage.

– Bravo, Fred...

Quelques instants plus tard, Laura eut juste le temps de voir Viviane littéralement kidnapper Max pour l'éloigner de cette fureur. Pourvu qu'elle n'ait pas d'accrochage...

Laura s'apprêta à remonter vers le casino. Elle heurta de plein fouet un homme en smoking blanc et garda son équilibre de justesse. L'homme n'eut pas un geste pour la retenir. Il la dévisageait d'un regard à la fois étonné... et narquois. C'était l'homme qui l'avait déjà frôlée dans la salle de jeu. Sa bouche s'élargit alors en un large sourire menaçant : elle reconnut immédiatement le militaire de ses cauchemars, celui qui lui était réapparu la veille, dès son retour dans le parc de la maison de son père. Tout en elle lui criait que c'était lui, l'homme qui avait hanté les visions de son enfance. Et voilà qu'il se tenait devant elle, mais dans le réel, pour la première fois de sa vie. Il faisait peut-être partie de l'histoire des morts, mais il était vivant. Laura pouvait voir à cet instant le moindre détail de son visage, alors qu'elle ne l'avait toujours vu que de trois quarts ; cette fois-ci elle le voyait de face, en chair et en os, et son visage lui révéla une tache de vin au-dessus de son œil droit, des yeux bleu délavé, des cheveux acier coupés en brosse et une quasi-absence de lèvres.

L'homme passa sa route, pressant le pas.

— Monsieur ! Monsieur s'il vous plaît !

Le type hésita, ralentit, et Laura en profita pour se porter à sa hauteur tout en comprenant qu'elle ne devait pas le brusquer. Il fallait l'aborder de biais.

— J'ai l'impression qu'on se connaît.

L'homme s'arrêta.

— Non. Je m'en souviendrais.

— Je vous ai déjà vu quelque part, j'en suis sûre.

Il tordit la bouche.

— Je vous dis que non.

— Alors vous avez peut-être connu ma mère, Luisa Fontane... ou Luisa Rinaldi, avant qu'elle ne soit mariée.

Les mots chuintèrent.

— Je ne la connaissais pas.

L'homme mentait, c'était évident, et Laura lui fit un large sourire reconnaissant.

— Qu'est-ce qui vous fait sourire, jeune fille ?

Le ton agressif déstabilisa Laura.

— Eh bien... je suis contente de constater que vous la connaissiez sûrement... Sinon, vous n'en parleriez pas au passé. Je ne vous ai pas dit qu'elle était morte.

Laura ne s'attendait pas à une telle réaction : il s'avança droit sur elle, collant son torse contre sa poitrine. Il ne plaisantait pas.

— Foutez-moi la paix. Et je souhaite pour vous qu'on ne se recroise jamais...

Laura resta stupéfaite : cet homme avait bien proféré une menace ! Dès cet instant, elle fut convaincue qu'elle tenait un bout du voile sur le mystère. Il connaissait sa mère, c'était évident. Et surtout, elle n'avait pas eu de vision, ce type était tout ce qu'il y a de plus réel. Laura en aurait dansé sur le trottoir de bonheur : elle n'était pas folle ! Pas folle !

Une autre certitude se planta en elle : cet homme savait quelque chose sur la mort de sa mère.

Mardi 2 août

LA PAPESSE

Agnès referma d'un coup sec le dossier sur son bureau : les conclusions de l'enquête des pompiers sur l'incendie du Montmaure tenaient en quelques feuillets. Une prose limpide, qu'ils avaient sûrement torchée en deux heures, et envoyée avec un soupir de soulagement chez le procureur, lequel l'avait expédiée, assortie d'une note ordonnant une poursuite d'enquête au SRPJ de Nice... et le tout avait atterri chez le commissaire, qui avait simplement shooté le dossier sur le bureau du capitaine Angeli, c'est-à-dire d'Agnès ! Agnès râla : ils devaient tous penser qu'un capitaine femme, ça pouvait se contenter d'un bidon d'essence fondu et d'un bout de terrain dont tout le monde se contrefoutait deux jours après qu'il eut brûlé. Elle n'aurait jamais hérité du dossier si l'incendie avait dévoré des kilomètres carrés de montagne et quelques villages bourrés de touristes au passage... Où était cette foutue pièce à conviction gentiment mentionnée par la brigade des sapeurs ? La seule, d'ailleurs...

— Bruno Bruno, l'Identité judiciaire ne t'a pas remis un paquet, avec le dossier du Montmaure ?

Bruno, sans même lever le nez de son écran, fourragea sous son bureau et balança à travers la pièce un sac de plastique renfermant un bloc informe, noirci et compact.

— Attrape !

73

Agnès chopa le sachet au vol : elle s'attendait à ce que Bruno, son coéquipier et lieutenant sous ses ordres, lui fasse le coup du « gendarme et voleur », jeu favori des plantons à l'accueil en périodes creuses, et qui s'était répandu dans tous les étages du SRPJ. Du coup, on pouvait recevoir sur la figure au moment où l'on s'y attendait le moins paquet de cigarettes, chaussure, briquet, code pénal, et même presse-papiers ou photo encadrée... bref, tout ce qui tombait sous la main du lanceur. Elle eut un sourire d'une niaiserie parfaite, idéale pour foutre les boules à Bruno Bruno.

– Raté !

Son coéquipier ravala sa déception. Agnès savait qu'il l'aimait bien... mais aussi qu'elle l'énervait en couplant systématiquement son prénom et son patronyme. Bruno Bruno... À croire que ses parents carburaient à autre chose qu'à l'oxygène au moment de déclarer sa naissance. Agnès avait élaboré plusieurs théories à ce sujet : une vengeance familiale, un problème congénital qui avait cuit le cerveau de ses géniteurs... ou un abandon pur et simple, sous le porche d'une église, le jour de la Saint-Bruno, conjugué au manque d'imagination du fonctionnaire qui avait inscrit le nourrisson sur les registres de naissance. Agnès soupira : c'était mieux que Jean Jean, Marcel Marcel ou, pire, Jean-François-Régis Jean-François-Régis. Un truc à devenir fou... Agnès l'aimait bien aussi, son Bruno Bruno. À son arrivée au SRPJ de Nice, il l'avait accueillie avec sympathie, et l'avait même gentiment draguée au cours des quelques fêtes de la famille poulaga. Si elle n'avait pas eu Matthieu chevillé au corps, elle l'aurait volontiers laissé la déshabiller. Elle le trouvait sincèrement beau gosse, malgré une taille plus petite que la moyenne. Elle surprenait souvent dans ses yeux une lueur taquine qui la faisait fondre, et elle aimait son sourire en coin, qui ne découvrait pas ses dents. Salaud de Matthieu...

– Bruno Bruno, tu m'accompagnes au Montmaure ?

– Pour quoi faire ? Si tu comptes trouver des indices, Sherlock, tu ferais mieux de te brosser. Une brigade de pompiers sur une scène de crime, c'est pire qu'un troupeau d'éléphants.

Agnès sortit un appareil photo numérique dans un tiroir.

– Allez, on ne sait jamais.

Elle se dirigea vers la porte en brandissant l'appareil.

– Si t'es gentil, je m'assieds sur un rocher, je fais la petite sirène et je te laisse mitrailler...

Sortie sans transition de l'ombre du SRPJ à l'enfer du bitume, Agnès poussa un ouf de knock-out : le thermomètre devait bien afficher trente-cinq degrés, et il n'était que 9 heures du matin. La rue, pour ce qu'elle en percevait sous ses paupières martyrisées, semblait déserte.

– Salut !

C'était Matthieu. Du moins reconnut-elle sa voix, aveuglée qu'elle était par la lumière.

– Salut... Deux solutions : soit tu as passé une nuit blanche, soit tu as besoin de moi pour un P-V en retard.

Matthieu apparut devant ses yeux douloureux, jouant de son pas chaloupé, rasé de frais, Ray-Ban sur le nez, cheveux encore humides de la douche, parfumé et sapé comme un prince de la nuit égaré devant la tanière de son pire ennemi, en l'occurrence un poulailler qui regorgeait de poulets, mais aux dents pointues.

– Réponse : excellente nuit... blanche.

– Manon va bien ?

– Mieux que toi, visiblement.

Agnès accusa le coup.

– Désolé, fallait pas poser la question. Tu sais que je n'aime pas mentir. T'es bien informée, dis donc ?

– Je suis flic... à ton grand désespoir.

Agnès entendit le chuintement de la porte d'entrée derrière elle. Matthieu leva la tête et parut se moquer. C'était Bruno Bruno.

– Je te rejoins à la voiture, j'en ai pour trois secondes ! lui lança Agnès.

Bruno Bruno s'éloigna, et Agnès crut discerner son fameux sourire en coin, fugitif.

– Bon... Je t'écoute, dit Matthieu.

Elle s'énerva.

– Et merde ! Non, toi, tu vas m'écouter. Qu'est-ce que tu crois ? Tu la connais à peine ! C'est sûr qu'une femme flic, c'est plutôt encombrant dans ton domaine ! Ça fait trois ans que ça dure, ce cinéma... ou plutôt que ça traîne.

– Agnès, tu es la meilleure amie de ma frangine. Je n'ai rien contre toi. Mais je suis tombé amoureux. C'est dégueulasse, mais c'est comme ça. Je n'y peux rien.

– Eh bien, on y est, enfin. Ce sera plus clair. Merci, et au revoir.

Agnès s'éloigna.

– De toute façon, Matthieu, ça fait longtemps que c'était fini entre nous...

Matthieu lui courut après. Pour une fois, il n'avait pas sa mine enjôleuse mais plutôt un air emmerdé, inquiet.

– Agnès, s'il te plaît, te fous pas en boule, mais... est-ce que tu sais quelque chose sur l'incendie du Montmaure ?

Agnès stoppa net, et se cogna presque contre lui en faisant volte-face.

– Tu te fous de moi ? T'attends quoi ? Un cadeau de rupture ?

– Bon, bon. Merci quand même. Et, bonne chance...

Agnès le regarda s'éloigner. Elle n'en revenait pas. Gonflé, le mec. Et en quoi ça l'intéressait, l'incendie du Montmaure ?...

*
* *

La Bastide où vivait depuis toujours Ludmilla avait été construite au XVIIIe siècle par un ancêtre d'Élisabeth de Fressan. Archibald Montalban, légendaire arrière-arrière-grand-père de Laura par la branche maternelle, avait épousé sur le tard cette beauté de vingt-sept ans sa cadette. L'archéologue d'origine espagnole avait offert l'ensemble de ses découvertes et sa bibliothèque au musée Cimiez de Nice. Quant à son épouse, Élisabeth de Fressan, elle avait apporté dans son panier de mariage la Bastide qui, elle au moins, était restée dans la famille même si, au gré des alliances, la demeure était arrivée dans le giron de Pier-Paolo Rinaldi, le père de Luisa et Ludmilla. La mère de Laura y était née, ainsi que Ludmilla, qui ne l'avait quasiment jamais quittée. Depuis qu'elle s'était retrouvée à la tête de cette immense demeure, elle en avait entrepris la minutieuse restauration. Au fil des années, les boiseries intérieures avaient été nettoyées et délicatement repeintes de camaïeux, et toutes les dorures étaient sur fond d'assiette rouge. L'immense cuisine avait gardé son esprit d'antan bien qu'elle fût désormais pourvue d'un matériel moderne, mais discret ; de quoi préparer dîners et soupers pour une multitude de convives. Bref, Ludmilla avait posé son empreinte sur la Bastide, décorée par ailleurs de bibelots, gravures, tableaux qui dénotaient son goût sûr, mais éclectique. La fortune des Rinaldi, ajoutée à celles des différentes branches qui avaient échu en héritage dans l'escarcelle de Ludmilla, semblait sans limites...

Laura, qui s'était levée tard, passa la fin de la matinée à explorer la maison qui avait vu grandir sa mère. Un véritable musée. Elle en redécouvrait chacune des pièces dans la pénombre, préférant allumer parfois les lustres plutôt qu'ouvrir les persiennes sur la chaleur, pour admirer les gravures, les tableaux et les tapisseries. Ce périple sans logique apparente – pas plus qu'il n'y en avait d'ailleurs dans le foisonnement des merveilles accumulées par Ludmilla, sauf la beauté – n'était guidé que par son œil : le reflet doré du liséré d'une délicate chocolatière de porcelaine sur un vaisselier, l'éclat d'une collection de piluliers d'argent frappé et de nacre, le blanc d'un œil sur un portrait... Les tableaux foisonnaient, dans chaque pièce, et Laura en avait même découvert dans la grande cuisine. Portraits, paysages, natures mortes ; des XVe, XVIIe et XVIIIe siècles... y compris, bien évidemment, dans le boudoir attenant à la chambre de Ludmilla, la célèbre collection d'illustrations érotiques d'une version du Xe siècle du Kama-sutra et autres encres sur papier japon de la même veine, tout aussi anciennes et précieuses, apport personnel de Ludmilla à toutes ces collections.

Laura esquissa un sourire puis pénétra dans le boudoir après s'être heurtée à la porte close de la chambre de sa mère. Aucune pièce de la maison n'était fermée à clef, sinon cette porte dressée entre elle et l'enfance de Luisa... Son père, se dit-elle, avait peut-être raison de croire qu'elle pouvait faire elle aussi les frais d'un horrible caprice du destin. Elle y pensait de plus en plus, surtout depuis sa rencontre de la veille au casino... Elle frissonna en songeant à la douleur des mères de sa famille qui avaient toutes enfanté un premier-né destiné à mourir avant elles. Le ventre de Luisa avait abrité Laura avec toute l'inconscience de sa mort prochaine... et programmée par le sort, selon Max. Laura se promit d'interroger Ludmilla : depuis quand avait-elle découvert ces morts systématiques ? Mais elle connaissait déjà les explications psychanalytiques que lui fournirait sa tante sur le phénomène, qu'elle réduisait à un principe de répétition, comme dans toutes les familles. Surgissait quand même une multitude de questions dans l'esprit de la jeune femme, encore confuses, mais qu'elle comptait bien affiner peu à peu.

Dans la bibliothèque, Laura tomba en arrêt devant un portrait de grandes dimensions qu'elle connaissait bien. Il représentait un homme de la Renaissance italienne, la main posée sur un livre. Laura, par jeu, tenta de déchiffrer les quelques lettres du titre du livre que la main masquait en partie, mais en vain. Une chose était sûre, elle était attirée par ce portrait auquel, petite fille, elle confiait tous ses malheurs ou toutes ses inquiétudes quant à ces choses étranges qui lui arrivaient, les morts qui lui apparaissaient et autres personnages (comme le militaire) dont elle ne comprenait pas la raison d'être. L'homme de la Renaissance resta toujours muet et c'est sûrement à cause de ça qu'elle continua longtemps à lui dévoiler ses secrets d'enfant troublée. Puis elle se souvint qu'elle aussi avait toujours dessiné sa mère en costume de la Renaissance, sûrement à cause du tableau.

Un claquement de porte, que Laura localisa vers la cuisine, coupa court à sa fascination pour l'homme de la Renaissance et son ouvrage. Solange, la cuisinière, venait d'arriver... Elle était entrée au service des Rinaldi à l'âge de seize ans. Elle en avait vu, des choses, dans cette maison, et connaissait tout de la famille : elle avait couvé la petite enfance de Luisa et Ludmilla, puis leur adolescence et leur jeunesse tumultueuse. La mort des parents Rinaldi n'avait pas altéré sa conviction qu'elle faisait partie des meubles. Elle était donc restée, faisant inlassablement disparaître les traces des fêtes monstrueuses que les sœurs donnaient régulièrement. Bien qu'elle eût élevé trois filles, elle n'avait eu aucune envie de prendre sa retraite, mais avait abdiqué devant les tâches ménagères devenues trop lourdes : elle avait presque soixante-dix ans, et un talent en revanche intact pour la cuisine. Un cordon-bleu que Ludmilla couvait comme un bien précieux.

Solange, une fois les effusions passées, inspecta Laura des pieds à la tête.

— Toujours aussi belle... et aussi maigre ! Tu as vu cette chaleur, ma ninette ? Alors, ma beauté, raconte-moi, comment tu te portes ?

— Bien, très bien. Et toi ? Ça me fait tellement plaisir de te voir...

— Le train-train des vieilles, que veux-tu ! Dis-moi, c'est vrai que tu te maries à la fin de la semaine ?

Solange releva la surprise de Laura.

— Ne fais pas cette tête ! J'ai entendu ta tante en parler au téléphone. Et je ne vois pas pourquoi tu en fais tout un mystère ! Ah... au fait...

Elle fouilla dans le paquet de courrier qu'elle avait déposé sur la table et tendit une lettre à Laura.

— C'est pour toi.

— Pour moi ?

— Y a même pas de timbre. C'est quelqu'un qui l'a déposée. Peut-être ton pauvre père...

Laura préféra ne pas répondre à ce qu'elle prit pour une allusion à peine voilée aux dernières frasques de Max. Solange continuait.

— Pour le déjeuner, il y aura des soles. Elles sont magnifiques.

Puis elle se posta devant elle, les mains sur les hanches.

— Bon, maintenant, ouste. Ici, c'est mon domaine. Si tu veux tes soles, va donc voir ailleurs si j'y suis.

La cuisine était gigantesque, mais Solange ne supportait pas que quiconque empiète sur son domaine.

— Solange, la chambre de ma mère est fermée. Saurais-tu où est la clef ?

Solange tira une clef d'une petite armoire, et la tendit à Laura.

— Tu sais, rien n'a changé, dans la chambre.

— Je sais.

Une fois dans le hall, Laura examina l'enveloppe : seul son prénom figurait dessus, d'une écriture qu'elle ne reconnaissait pas, en belles cursives fines tracées à la plume et à l'encre, à l'ancienne. Une personne âgée ou un farouche adversaire des stylos à bille. Laura releva que le papier de l'enveloppe était très épais, et d'un bel ivoire. Sans comprendre pour quelle raison, elle n'avait pas envie d'ouvrir ce pli. Elle finit pourtant par décacheter l'enveloppe, et la vue de la carte qu'elle contenait la pétrifia : elle représentait une femme âgée, chevelure entièrement recouverte d'une coiffe à ailettes sur laquelle était posée une tiare, vêtue d'une ample robe moyenâgeuse, un livre ouvert sur les genoux. La carte était numérotée II, et s'intitulait « la Papesse »...

***

L'envie d'aller dans la chambre de sa mère fut plus forte que celle d'appeler Agnès pour la prévenir de la nouvelle carte qu'elle venait de recevoir. Laura fit donc tourner la clef dans la serrure, et poussa la porte. La pièce baignait dans une lumière bleutée, filtrée par les persiennes. On l'appelait la chambre bleue, car tout y était décliné en bleu : murs, plafond, boiseries, tissus. Ludmilla n'avait apparemment pas touché à cette chambre, au décor suranné et intact depuis plus de trente ans. Un matelas roulé sur le grand lit témoignait de l'abandon des lieux, mais aucune poussière ne venait ternir le bois des meubles. Le ménage y était donc fait régulièrement. Laura se posta au milieu de la pièce, et fit rapidement l'inventaire : plus aucun objet personnel ne traînait, et les murs étaient dénués de tout tableau, de toute gravure ou photo. Laura sursauta : la porte venait de claquer dans son dos. La Bastide était le royaume des courants d'air. Prise d'une impulsion subite, elle se dirigea vers la grande armoire de mariage provençale et en secoua la porte : fermée à clef... elle aussi. Laura sentit son cœur battre plus vite et, sans hésiter une seconde, se dirigea vers un petit bureau. Elle en ouvrit le tiroir et en tira une clef, surprise d'avoir su, d'instinct, où trouver l'objet. Effectivement, la clef tourna sans difficulté, faisant glisser le pêne. Laura ouvrit le battant d'un coup sec : le militaire surgit de l'armoire comme un pantin d'une boîte à malice, sa bouche béante éclatant d'un rire d'épouvante mais toujours silencieux. C'était à nouveau une vision et l'homme lui tendait encore quelque chose au bout de son bras, quelque chose qu'il fallait qu'elle voie à tout prix mais la nuit emplit la pièce tout d'un coup et elle s'évanouit...

Laura sentit un rai de lumière transpercer ses paupières. Elle était allongée sur le sol frais de tommettes, et ne savait depuis combien de temps. Elle ouvrit les yeux, craignant de voir de nouveau la silhouette du militaire. La pièce était vide, les portes de l'armoire grandes ouvertes, le silence total...

Laura attendit quelques secondes avant de se redresser, lentement, encore étourdie par sa vision. Un éclat attira son regard : quelque chose brillait au pied de l'armoire. Un bracelet. Comment ce bijou se trouvait-il là ? Ce ne pouvait être que le militaire qui l'avait posé ou laissé tomber là. C'était ça qu'il essayait de lui montrer depuis toujours ! Et cette fois-ci, elle tenait enfin l'objet entre les mains. C'était étrange et miraculeux. Les frontières entre les mondes, entre celui du réel, celui de l'imaginaire et celui des morts n'étaient donc pas étanches...

Laura examina le bracelet : d'or massif assez finement ciselé, large d'environ cinq centimètres, certainement ancien et précieux, serti de pierres de couleurs. Entre chaque pierre, des médaillons rectangulaires, délicatement frappés. Les cinq faces des médaillons représentaient chacune un personnage... Laura frémit : elle venait de reconnaître de nouvelles figures du Tarot. Elle retourna les médaillons et trouva la confirmation de ce qu'elle attendait : une inscription les nommant ainsi qu'un numéro y étaient gravés. L'Hermite, numéroté bizarrement VIIII et non IX ; le Soleil, numéroté bizarrement XVIIII et non XIX ; le Diable, numéroté XV ; la Lune, numérotée XVIII... et un dernier médaillon, le numéro XIII : un squelette armé d'une faux. Laura frissonna...

Ludmilla avait tardé à rentrer : sa réunion en qualité de présidente de l'Association de défense du littoral avait duré plus longtemps que prévu à cause de cet incendie du Mont-maure. Elle fixait maintenant l'objet dans sa paume, muette, plongée dans ses pensées. Laura l'observait, guettant sa réaction. Elle lui avait fourré le bijou dans les mains dès son arrivée. Ludmilla avait posé ses paquets sans un mot dans le grand hall, et était immédiatement allée s'asseoir sur un des fauteuils qui encadraient la cheminée du grand salon. Laura, debout face à elle, jouait machinalement avec le tisonnier ouvragé pour tromper son impatience. Ludmilla releva la tête.

— Excuse-moi, chérie. Ça m'a fait un choc... Je connais très bien ce bijou. Il appartenait à ta mère, qui le tenait de notre mère, qui le tenait elle-même de sa mère, notre grand-mère. C'est une pièce unique...

— Ce sont bien des figures du Tarot, sur les médaillons ?

— Oui, autant que je sache.

— Qu'est-ce qu'elles signifient ? Elles ont forcément un sens !

— Je n'en sais rien. Je ne me suis jamais intéressée à ces... foutaises.

Ludmilla sourit, et Laura la sentit très loin d'elle.

— Ta mère, elle, aurait pu te le dire. C'est elle qui tirait les cartes, à tout le monde. Sauf à moi. Elle me donnait froid dans le dos. Les derniers temps, ça devenait même une obsession. Elle adorait ce bracelet...

Laura, assommée, se laissa tomber sur un fauteuil. Ludmilla comprit.

— Je sais, ça fait partie des choses qu'on ne t'a jamais dites sur ta mère, mais tu en ignores tant.

— Ma mère tirait les cartes ? répéta Laura. Mais...

Elle préféra ne pas aller au bout de sa pensée : ces cartes qui parsemaient sa route depuis trois jours avaient-elles un lien avec sa mère ? Forcément. Et qui les semait ? Dans quel but ? Ludmilla interrompit le fil de ces questions.

— Chérie, il faut que je te dise quelque chose. Si j'ai eu un tel choc, c'est que ce bracelet... je l'ai mis moi-même au poignet de ta mère dans son cercueil.

— Quoi ? Tu es sûre ?

— Certaine. Il n'existe pas deux bracelets comme celui-ci. Et je le lui ai mis juste avant qu'ils ne ferment le cercueil. Je ne peux pas me tromper.

Laura suffoqua.

— Ce n'est pas possible... Je l'ai trouvé dans sa chambre, au pied de l'armoire. Il y a forcément une explication rationnelle.

Laura pouvait presque sentir son cerveau s'affoler.

— Ludmilla, j'ai revu ce militaire, dont je t'ai tellement parlé, dans la chambre. Pas en vrai comme je l'ai vu au casino hier soir. C'était à nouveau la vision. Je n'y comprends plus rien mais il a surgi de l'armoire pour me montrer ce bijou ! J'ai eu tellement peur que je me suis évanouie, débita-t-elle sans reprendre son souffle, mais le bijou était au pied de l'armoire à mon réveil !

Laura suppliait Ludmilla du regard. Celle-ci soupira.

– Admettons... puisque ce bracelet n'est pas arrivé dans tes mains par hasard. Ça voudrait dire que cet homme connaît suffisamment la maison pour s'introduire chez moi, se cacher dans une armoire, et attendre que tu viennes justement visiter cette pièce ? Chérie, ça n'a pas de sens.

Laura s'insurgea.

– Il voulait me montrer le bracelet qui était dans l'armoire. Ce qui veut dire que ce bracelet a à voir avec la mort de ma mère... Je suis bien obligée de faire confiance au surnaturel, sinon je vais devenir folle ! Est-ce que dans le passé tu as le souvenir d'un homme avec une tache de vin sur l'œil droit ?

Ludmilla prit le temps de la réflexion et se prononça finalement assez vite.

– Non... je ne me rappelle absolument pas avoir connu ou croisé un homme avec une tache de vin. Et ta mère n'a jamais fréquenté personne qui y ressemblât. Enfin je ne crois pas... ou alors il ne faisait pas partie des intimes. Mais comment expliquer qu'il ait été en possession de ce bracelet ?

– Quelqu'un a forcément volé ce bracelet à ma mère. Quelqu'un qui est passé après toi, peut-être.

Un coup de klaxon les interrompit. Laura se leva.

– C'est Vincent... je dois y aller.

Ludmilla la suivit jusque sur le perron.

– File... tu as besoin de te changer les idées et profites-en pour oublier tout ça. On finira bien par trouver l'explication.

Ludmilla resta là un moment, regardant la voiture de Vincent disparaître au détour d'un lacet de l'allée. Lorsque le silence fut retombé, elle plongea une main dans la poche de sa large jupe, et en sortit le bracelet. Elle le tint un moment en boule au creux de sa paume. Puis, tel un chapelet, elle fit rouler sous ses doigts chacune des pierres et chacun des médaillons.

La Papesse

***

Le soir était tombé. Ludmilla goûtait de tout son corps la fraîcheur de la nuit. Elle fumait, assise seule sur la terrasse à peine éclairée de quelques bougies. Les appliques allumées du petit salon envoyaient par les portes-fenêtres ouvertes un rectangle jaune sur les dalles, qui passait sur la table, traversait la pelouse et mourait aux premières frondaisons. Ludmilla avait achevé son dîner, frugal comme d'habitude, depuis un moment déjà. Elle n'avait pas peur de la solitude, pas plus que des ombres du parc, ni même de dormir seule dans la Bastide immense. Le système d'alarme était efficace. Pourtant, depuis quelques minutes, elle avait la désagréable impression d'être observée. Elle n'avait pas bougé, attentive à repérer le moindre frémissement sous les lauriers-roses. Elle avait entendu un craquement qui provenait de cette direction. Ce pouvait être un oiseau de nuit... ou un intrus. Soudain, son cœur se souleva dans sa poitrine : une silhouette venait de surgir des lauriers-roses et, tranquillement, se dirigeait droit sur elle. Ludmilla se dressa d'un bond. La silhouette pénétra dans le faisceau de lumière, et elle poussa un soupir de soulagement : Antoine approchait, et elle pouvait même apercevoir son sourire... Elle le laissa venir à elle sans un mot.

– Bonsoir. Je me suis dit que c'était la nuit idéale pour une première initiation au sabre et au chrysanthème.

Ludmilla écrasa sa cigarette dans une coupelle de bronze ouvragé. Elle n'avait pas quitté Antoine des yeux.

– Il est peut-être trop tard...

Antoine s'inclina devant elle, et lui fit un long baisemain.

– ... à mon âge.

– Il n'y a pas d'âge pour l'honneur et la beauté.

Mercredi 3 août

LE MAT, OU LA CARTE 0

Dans son bureau, au sommet de la tour de la compagnie Fontane qui surplombait la baie des Anges, Max jeta son crayon sur un plan d'architecture déroulé devant lui. Il ne parvenait pas à se concentrer. Il sentait la fatigue dans tous ses os, et il percevait même un tremblement dans ses mains, imperceptible mais lancinant. Il avait la bonne soixantaine, bien qu'il parût beaucoup plus jeune, facilement dix ans de moins. Il avait toujours pris grand soin de son physique, comme s'il avait secrètement espéré le miracle du retour de Luisa et qu'il se devait d'être, à ce moment-là, à la hauteur de sa beauté. Et même s'il ne la retrouvait que dans l'au-delà, il se devait, de la même manière, d'avoir le moins possible changé pour qu'elle puisse le reconnaître après une si longue absence. C'était absurde mais ce genre d'idée le maintenait en vie. De plus, Max avait toujours été intimement convaincu que le travail empêchait la vieillesse de l'atteindre. En tout cas jusqu'à ce qu'il ressente sur ses épaules le poids de la fatigue, qu'il avait mis du temps à admettre. Il vieillissait, c'était ainsi, et la nuit écourtée qu'il avait passée dans la voiture de Viviane, lorsqu'elle l'avait ramené du casino, vautré dans ses vomissures, restait cuisante. Il était loin le temps des nuits blanches qu'il enchaînait sur des journées de travail...

Un coup discret frappé à la porte de son bureau le fit sortir de ses rêveries. Sa secrétaire présenta son visage maussade.

– Monsieur Bellair demande à vous voir en personne.

– Fred Bellair?

– Non. Vincent Bellair.

Il était presque déçu que ce ne fût pas Fred.

– Je lui ai dit que vous ne receviez personne, mais il insiste...

– Eh bien faites entrer, Martine.

Il avait répondu ça comme un toréador aurait fait signe pour qu'on laisse entrer le taureau dans l'arène. Vincent se retrouva devant lui quelques secondes plus tard.

– Je suppose que vous êtes là pour me demander ma bénédiction?

– Non, monsieur Fontane. Je suis là parce que Laura a besoin d'aide.

– C'est elle qui vous a demandé d'intervenir auprès de moi?

– Je suis ici par ma seule volonté. Laura est tourmentée par son passé, monsieur Fontane, nous avons épuisé la soirée d'hier à essayer de dénouer les fils de ce passé mais cela semble plus complexe qu'il n'y paraît. Dès qu'on croit avoir trouvé une issue, un nouvel événement ou élément la contredit... ça n'en finit pas! Quelqu'un peut sûrement l'aider et vous seul êtes en mesure de l'apaiser. J'en suis convaincu.

– Tiens donc. Vous avez trouvé ça tout seul, ou bien votre oncle vous y a aidé?

– Fred est comme vous : il ne parle jamais du passé. Personne n'en parle, c'est ce qui est curieux... ou inquiétant.

Max se retourna posément. Il était temps de mettre les points sur les « i ». Étrangement, il trouva Vincent très beau.

– Personne n'en parle, parce qu'il n'y a rien à dire. C'est aussi simple que ça. Laura avait trois semaines quand sa mère est morte dans cet accident de voiture. C'est très difficile pour une petite fille de se construire sans sa mère. J'ai fait tout ce que j'ai pu pour créer autour d'elle une cellule familiale solide. Il faut croire que j'ai échoué...

– Ce n'est pas ce que j'ai dit.

– Peu importe ! Laura est une enfant fragile, monsieur... Bellair. Elle le restera toute sa vie. J'ai passé des années à la protéger. Aujourd'hui, c'est une femme, et elle prend ses décisions toute seule. C'est donc à vous maintenant de la protéger mais, si je suis honnête avec moi-même, je suis convaincu que vous êtes certainement la dernière personne à pouvoir le faire.

La méchanceté avait creusé ses joues, marquant ses rides autour de la bouche exsangue, pinçant les narines, enfonçant les yeux dans leurs orbites. Son visage était devenu pâle sous le hâle ; seul le cou palpitait, rouge brique.

– Quand on aime, monsieur Fontane, il n'y a rien d'impossible. Ou alors, c'est qu'on n'aime pas... ou qu'on aime mal.

Vincent tourna les talons : Max venait de lui confirmer qu'il ne signerait jamais de trêve. Curieusement, il se sentit soulagé : au fond, mieux valait une bonne guerre de tranchées que des hostilités sous le manteau, distillées à coups de crocs-en-jambe et de poison versé dans les verres de l'amitié. Cependant, il fit volte-face : un peu plus, et il en oubliait la seconde raison de sa visite dans l'antre du patriarche. Il prit un ton approprié à la déclaration qu'il allait faire.

– Au fait, monsieur Fontane. Je ne connais pas encore votre degré d'implication dans l'incendie du Montmaure, mais je tenais à ce que vous sachiez que si je trouve le moindre élément qui vous implique de près ou de loin dans cette affaire, je n'hésiterai pas à vous traîner devant les tribunaux.

Max eut un sourire méprisant et ne répondit rien aux menaces à peine déguisées de son futur gendre.

***

Joëlle avait tout perdu. Elle pesa le pour et le contre : remplir de nouveau son petit seau en plastique de fausses pièces jaunes ou rentrer sagement. Elle n'eut pas le temps de tergiverser : elle vit la future femme de son patron s'engouffrer dans la porte à tambour du casino, et décida de laisser tomber.

Un instant après, Laura découvrait avec surprise l'immense bureau directorial de Fred. D'un ascétisme insoupçonnable chez l'homme. Seul le fauteuil derrière l'immense table de travail tranchait par son confort, quasiment obscène, et dérangeait presque le regard dans ce désert. Chaque pan de mur était couvert de boiseries claires, sans aucun ornement. Fred, d'une légère poussée sur un panneau qui avait glissé sans un bruit, venait de dévoiler un mur d'écrans vidéo sous le regard stupéfait de Laura. En observant plus attentivement ce revêtement mural uni, Laura discerna des systèmes d'ouverture discrets répartis un peu partout : tout était dissimulé.

Fred, télécommande à la main, mit une cassette dans un lecteur.

– Oui, tout est filmé et nous gardons toutes les bandes... Mais vous êtes sûre que vous le reconnaîtrez ?

– Vincent m'a dit qu'il avait vu cet homme me bousculer au début de la soirée.

Les images se mirent à défiler, les angles de vue changeant chaque fois qu'une caméra cédait le relais à une autre. Il fallut quelques minutes à Laura pour qu'elle s'habitue à ces sautes d'images. Les visages se succédaient sur l'écran. Ni elle ni Fred ne prononçaient un mot. Lui la dévisageait et cherchait sur ses traits l'esquisse du souvenir de sa mère, mais ainsi que pour tous les autres l'image de Luisa brouillait la vérité. Il ne vit aucune ressemblance, comme si ce n'était pas possible, comme si Luisa était unique et indétrônable. Laura, elle, ne quittait pas l'écran : la foule était compacte, ce qui ne facilitait pas la tâche.

Soudain, elle se reconnut. Elle venait d'être bousculée par un homme qui pressait le pas sans même se retourner. Laura sentit un frisson parcourir sa colonne vertébrale : cette silhouette lui évoquait quelque chose, cette allure, raide, guindée, également. Puis elle se vit disparaître de l'écran, happée par un mouvement de foule, tandis que l'homme offrait d'un mouvement brusque son visage à la caméra.

– C'est lui ! Arrêtez, Fred, c'est lui !

L'image se figea. On distinguait assez nettement les traits de l'inconnu. Son angiome au-dessus de l'œil était en tout cas visible. Fred fit claquer sa langue.

– Je l'avais repéré, ce zigoto. Inconnu au bataillon, justement. C'était la première fois que je le voyais. Et pourtant j'avais l'impression de l'avoir déjà rencontré, mais il y a longtemps... je n'ai pas retrouvé où. Ma mémoire me joue des tours.

– Est-ce qu'il a pu faire partie de votre clan quand vous étiez jeunes ?

– Non ! impossible...

– Est-ce qu'on a les moyens de savoir qui il est ? interrogea Laura, fébrile.

– Je vais faire mon enquête. Tout dépend du mode de paiement qu'il a utilisé, je ne vous garantis rien. Sans compter qu'il a très bien pu entrer sous un faux nom. Une chose est sûre : ce n'est pas un habitué.

Laura fixait toujours l'écran : il lui semblait que le « militaire » avait repéré la caméra, et qu'il aurait suffi que Laura ferme les yeux pour qu'il disparaisse.

– Est-il indiscret de vous demander pourquoi vous vous intéressez à ce type ?

Laura réfléchit à toute vitesse. Fred Bellair était bien la dernière personne à qui elle pouvait dire qu'elle soupçonnait le « militaire » de détenir des informations sur Luisa.

– Je... c'est au sujet d'une affaire sur laquelle je travaille.

Fred resta imperturbable.

– Et... je suppose que Vincent est au courant ?

– Oui, bien sûr.

Le visage du « militaire » disparut brusquement. Fred venait d'éteindre le moniteur. Le pan de boiserie glissait déjà silencieusement, avalant le mur d'écrans...

– C'est bientôt votre anniversaire, je crois ?...

La question surprit Laura.

– Ah... non, il est déjà passé, répondit-elle.

La masse imposante de Fred Bellair se crispa l'espace d'une seconde.

– Ah ?... je croyais que vous étiez de la fin du mois. Quand je vous dis que ma mémoire ne va pas bien !

Laura lui tendit la main pour prendre congé.

– Eh bien, Fred, je vous remercie, et excusez-moi de vous avoir dérangé pour si peu.

– Je suis ravi d'avoir pu vous rendre ce service, Laura. Je suppose que... le compte à rebours a commencé ?

Laura suspendit son geste, interloquée. Qu'est-ce qu'insinuait Fred Bellair ?

– Votre mariage, Laura, précisa-t-il. Vous devez compter les jours ?

– Ah... oui, bien sûr. En réalité, Vincent s'occupe de tout.

– Ça a toujours été sa qualité... et son plus gros défaut. Mais je ne doute pas que vous saurez le canaliser.

Décidément, Fred Bellair avait constamment l'air de s'amuser avec les gens comme un chat flegmatique qui surveillerait d'un œil la souris égarée entre ses pattes : impossible de lui échapper. Laura décela tout ça en un éclair sous les paupières lourdes. Fred Bellair était un Don Corleone croisé d'un sphinx. Une espèce en voie de disparition...

Laura avait déjeuné chez les parents de Vincent, Pierrot et Mado, qu'elle rencontrait pour la première fois. Mado, la mère de Vincent, une femme manifestement généreuse, n'avait pas toutefois semblé voir d'un très bon œil cette union, comme si les deux familles ne pouvaient pas créer d'alliance, sans compter qu'elle et son mari étaient d'un milieu modeste. Laura, malgré la gentillesse de ces gens, avait bien senti qu'elle n'était pas tout à fait la bienvenue, mais Vincent avait, comme à son habitude, affirmé son amour avec une gaieté et une élégance qui la rassuraient. Vincent était l'homme de sa vie et soudain elle se fichait de savoir si c'était bon ou mauvais de l'épouser. Il n'en demeurait pas moins que toutes ces énigmes, ces cartes, les visions, maintenant le bracelet de sa mère qui paraissait avoir traversé l'au-delà la préoccupaient. Et comme le monde des morts ne la quittait pas, elle eut envie de faire un tour au cimetière.

Elle passait d'allée en allée, le regard accroché par les statues et les monuments dressés sur la plupart des tombes. Impossible d'échapper à ces cris de douleur, qui avaient traversé les siècles sans rien perdre de leur intensité. Le caveau Rinaldi était d'une sobriété presque austère à côté... Non seulement lire le nom de sa mère sur la tombe ne lui apportait aucun réconfort, mais comme à chaque fois qu'elle était venue ici, elle ne ressentait rien, aucune vibration ni aucune émotion. Elle resta un moment, espérant peut-être un signe, puis décida de quitter l'endroit.

Laura sortit du cimetière et longea la montée Éberlé. En contrebas, le port Lypia bruissait du cliquetis des mâts de quelques voiliers, encadré comme un tableau par le liséré rouge des façades. Ici, peu de casquettes, de shorts et de peau rougie. Le quartier se tenait à l'écart des flots de touristes, protégé par la colline du château. Laura savait qu'elle trouverait là son triangle d'or : les rues Catherine-Segurane, Antoine-Gauthier et Emmanuel-Philibert, refuge des antiquaires et brocanteurs de Nice. Elle avait décidé de se tenir debout, de prendre à bras-le-corps l'avenir que lui offrait Vincent. Et le meilleur moyen pour ce faire, c'était encore de chiner le mobilier de leur future maison. Les boutiques d'antiquaires et même quelques hangars regorgeant de merveilles de tous les âges lui ouvraient leurs portes. Elle y fouina pendant des heures, fébrile, et l'heure de la fermeture la cueillit, surprise d'avoir pu passer tellement de temps dans ces antiquités, auxquelles elle préférait les formes et les couleurs du mobilier des années cinquante. Elle se retrouva plantée au coin de la rue Catherine-Segurane et de la courte rue Antoine-Gauthier, en train d'assister aux baissers fracassants des rideaux de fer. Elle reprenait sa route vers le port lorsque la vitrine d'une boutique, tout étroite, l'attira. La devanture offrait au regard une série de livres anciens, aux couvertures soigneusement protégées. La boutique portait un nom évocateur pour la région : « La Baie des Anges, librairie ésotérique et livres anciens ». Laura ne l'avait jamais remarquée avant. Sur la porte vitrée, un petit personnage peint en couleurs vives invitait le passant. Laura le reconnut immédiatement : c'était le Bateleur, la figure de la première carte, et du premier jour. Sans réfléchir une seconde de plus, elle entra...

Elle fut accueillie par deux chats sans poils, hauts sur pattes et d'une majesté inquiétante, apparemment des chats égyptiens. Deux beautés racées qui veillaient sur les livres anciens. Les murs de la boutique étaient effectivement tapissés jusqu'au plafond de livres : tranches dorées, de cuir, de carton bouilli, du plus volumineux jusqu'à la plus mince des revues, de toutes dimensions... Que des ouvrages sur l'ésotérisme, son histoire, ses pratiques. Un capharnaüm apparent, mais soigneusement classé par thèmes : chiromancie, astrologie, voyance, magie blanche, magie noire... Laura trouva sans peine : cartomancie... puis tarot. Elle sursauta : un toussotement discret venait de la tirer du monde où elle avait plongé. Elle se retourna d'un bloc, deux ouvrages à la main... Un petit homme au sourire malicieux la couvait des yeux d'une manière bienveillante. Vêtu d'une sorte de redingote noire et d'un pantalon à fines rayures gris perle aux plis parfaits, il semblait sortir tout droit d'une gravure anglaise du xixe siècle, une espèce de personnage d'un conte de Charles Dickens. Une chaîne de montre dépassait de la poche à gousset de son gilet boutonné, et une moustache soigneusement taillée aux pointes dressées vers une paire de lunettes cerclées de métal doré achevait de lui conférer une allure professorale. Une touffe hirsute de cheveux blancs coiffait le haut de son crâne sans qu'il fût possible de lui donner un âge véritable. Il la regardait en penchant curieusement la tête sur son épaule ; seules ses mains, croisées sur un ventre rondouillard, et d'une blancheur toute cadavérique, lui donnaient un air de gisant. Laura le dépassait largement d'une tête.

– Eh bien, mademoiselle. Il était temps. Je ne vous attendais plus.

Qu'est-ce qu'il voulait dire ? Qu'il attendait Laura ? Laura n'eut pas le temps de lui poser la question. Le petit homme, comme un vieil ami, lui indiqua d'un geste une chaise, devant une table, comme pour prendre le thé. Laura se sentait bien dans ce petit monde d'un autre temps où, justement, tous les temps passés et futurs semblaient être entrés en collision dans le meilleur des mondes. Elle tâcha de trouver quelque chose à dire mais le petit homme ne lui en laissa pas l'occasion.

– J'allais fermer... Et vous venez illuminer cette fin de journée bien ennuyeuse. Aimez-vous les thés de Chine ?

– Oui, beaucoup.

– Tant mieux, tant mieux ! Je viens de me préparer un Lapsang Souchong des grandes plaines fertiles du Yangzi Jiang. C'était le thé préféré du dernier empereur... Une tasse vous ferait plaisir ? Sinon que puis-je faire pour vous ?

Laura n'en savait précisément rien. Elle posa sur la table les deux ouvrages qu'elle avait tirés des étagères.

– Eh bien... je vais vous prendre ces deux livres.

Sans même jeter un coup d'œil dessus, il continua, toujours avec ce sourire malicieux qui soulevait un coin de sa moustache, accentuant encore le déséquilibre de son maintien ; on avait l'impression qu'un mauvais torticolis allait le faire s'affaisser sur le flanc d'un instant à l'autre, ou que ses deux chats égyptiens lui servaient de serre-flancs, puisqu'ils venaient de se blottir de chaque côté de lui dans un fauteuil gothique recouvert d'un velours cramoisi.

— Un très bon choix, dit-il en désignant les deux livres. Le Hadès est un classique. C'est un guide d'interprétation méthodique. Le Jodorowsky poursuit cette voie, mais donne au Tarot une dimension d'ensemble ; une sorte de symbole final, qu'il appelle un mandala... Une expression si chère à Carl Gustav.

Il dut lire sur le visage de sa cliente une telle confusion qu'il éclata d'un petit rire qui étonna encore plus Laura : un rire de gamin, clair, haut perché, qui bondissait sans varier de tonalité, comme on saute de caillou en caillou pour traverser un ruisseau. Unique...

— Carl Gustav Jung ! Pardon, je parle d'eux comme de vieux amis... Je vous prie de m'excuser. Donc, vous n'y comprenez goutte, chère enfant.

— Je n'y connais absolument rien, je l'avoue.

Le vieil homme vint s'asseoir de l'autre côté de la table, et cassa son petit torse sur la feutrine, piquant ses yeux dans ceux de Laura tandis que les deux chats égyptiens quittaient leur place pour aller se coucher aux pieds de la jeune femme comme des sphinx.

— Peu importe. Vous êtes ici, et je suis prêt à vous guider... À vous aider ! se reprit-il. Je ne crois pas au hasard. Et vous ?

Laura avait l'impression qu'elle se laissait guider, elle, depuis l'apparition du bijou, par son instinct, qui primait largement sur sa raison depuis son retour à Nice. Mais elle n'en souffla mot. Le petit homme l'enveloppait, et elle se sentait délicieusement engourdie, à la limite du rêve...

— Vous êtes une très belle jeune femme. Mais... si vous me permettez, vous me donnez l'impression d'être hantée.

Hantée, oui, comme si vous cherchiez à tirer de toutes vos forces quelque chose, ou quelqu'un, vers la lumière. Votre maman est morte, n'est-ce pas ?

Laura eut l'impression de recevoir un coup à l'estomac.

– Comment savez-vous cela ?

– Il y a des êtres qu'on peut lire comme un livre. Il suffit de les regarder puis de voir leur cœur...

Elle crut sentir sa cervelle vibrer.

– Le divin nous dépasse. Heureusement ! L'homme est pourvu d'un cerveau, mais qui ne lui sert hélas pas à grand-chose pour appréhender ce mystère-là. Le jour succède toujours à la nuit, ma chère enfant. Et vous, vous me faites penser au Bateleur. Celui qui cherche la lumière. Racontez-moi ce qui vous amène à choisir ces livres...

Laura plongea. Elle étala fébrilement les trois cartes reçues depuis son retour et qu'elle gardait dans son sac, comme si elle avait attendu cet instant depuis longtemps, peut-être même depuis toujours. L'espoir lui faisait faire n'importe quoi, pensa-t-elle en un éclair. Ou était-ce le désespoir ? Elle désigna les cartes, une par une, dans l'ordre où elles avaient été envoyées : le Bateleur, le Monde, la Papesse. Elle lui raconta tout, et lui livra sa peur. Le petit homme arborait un sourire qui ressemblait à de la compassion...

– Il ne faut pas avoir peur. Le Tarot n'a rien de maléfique. Il est là pour vous guider. Vous apporter des clefs. Ces cartes me semblent donc délivrer un message... Pourquoi voulez-vous qu'il s'agisse d'une menace ? Tout dépend de l'éclairage que vous leur donnez, de l'intention qui y est apportée.

Il désigna le Bateleur.

– C'est la première lame que vous avez reçue ?

C'était la première fois qu'elle entendait prononcer le mot de lame et non de cartes.

– Pourquoi des lames ?

– C'est l'autre mot qui désigne les cartes du Tarot... Peut-être parce qu'une carte est tranchante comme une lame de couteau... Et il y a deux familles de lames : les arcanes majeurs et les arcanes mineurs. Les figures comme ce Bateleur sont des arcanes majeurs... Et elles dissimulent un secret.

— Quel secret ?

— Le secret de la création du monde et de la vie mais aussi son envers : le secret de la fin de toutes choses et de la mort.

— Ah... Et que signifient ces cartes... enfin ces lames que je reçois ?

— Le Bateleur vous désigne manifestement. Vous êtes l'origine de tout, et vous seule êtes capable de déchiffrer ce qui vous entoure. Cette lame est très bénéfique : elle indique que vous avez entre vos mains la réponse à toutes vos questions... et la possibilité de faire un choix heureux.

Il passa sur le Monde.

— C'est ce que vous explique le Monde. Il vous appelle à accepter la situation. Délivrez-vous de l'autodestruction et vous entreverrez la souffrance de l'autre.

Il tapota sur la Papesse.

— ... Vous avez en vous la sagesse nécessaire pour faire face aux surprises qui vous attendent. La Papesse, c'est vous, de nouveau, une femme en âge de féconder. Elle n'est pas en mouvement, elle reçoit...

Son index boudiné se figea et sortit une nouvelle carte qui semblait collée aux autres et que Laura n'avait pas encore vue : le Mat. La carte ne portait aucun numéro. Laura eut un telle expression que le petit homme fut bien obligé de s'en apercevoir...

— Elle était sûrement collée à une autre carte.

— Que signifie-t-elle ?

— C'est la figure du vagabond. Nous sommes tous appelés éternellement à reprendre la route. Cette lame ne porte d'ailleurs pas de chiffre. C'est pourtant la vingt-deuxième lame des arcanes majeurs. Elle signifie que, sans la connaissance, l'homme ne peut qu'errer. Le livre que la Papesse tient ouvert sur ses genoux, sur la carte précédente, contient des indices. Mais si vous n'y prenez garde, le Mat peut vous entraîner dans une mauvaise direction. L'homme est un esprit faillible. Laissez parler votre instinct et votre inconscient, pas seulement votre expérience. Soyez vigilante, mon enfant, et les cartes vous permettront de lever le voile sur bien des choses. Je vous l'ai dit, le Tarot n'annonce rien qui soit définitif, figé. Il prévient, il indique, il éclaire.

Le silence retomba. Laura leva les yeux sur son hôte : son visage avait pris un teint cireux, ses yeux s'étaient enfoncés dans leurs orbites, et une fine pellicule de sueur luisait sur son front largement bombé et haut. Il s'aperçut que Laura le dévisageait.

— Excusez-moi, ma chère enfant. Je suis beaucoup moins jeune que je n'y parais, souffla-t-il en retrouvant un semblant de sourire taquin.

Il se dressa lentement, lissant sa redingote.

— Il est l'heure pour moi d'aller me reposer. Vous m'en excuserez, mais mes vieux os me jouent des tours, ces derniers temps.

Laura se leva, soudain terriblement confuse, et rafla ses cartes sur la table.

— Mon Dieu, excusez-moi... je n'ai pas vu le temps passer. Je vous prie de...

— Ne vous excusez pas, Laura.

Laura ne lui avait pas dit son nom et se demanda bien comment il pouvait le connaître. Mais, soudain lasse elle aussi, elle préféra ne pas l'interroger sur ce phénomène et se dirigea vers la porte.

— Repassez me voir dès que vous le souhaitez... ou si d'autres cartes venaient à vous inquiéter. Vous savez où me trouver.

— Encore une chose, demanda Laura, la main posée sur la poignée : à votre avis, pourquoi est-ce que je reçois une carte par jour ?

— Vous n'en avez reçu que quatre, si l'on compte la carte qui s'est révélée ici même...

— Une par jour ! Et j'ai le pressentiment qu'il en sera ainsi tous les jours...

— Il n'y a que 22 arcanes majeurs. Quand avez-vous reçu la première ?

— Le 31 juillet.

Le petit homme fit un rapide calcul dans sa tête et demanda :

— Est-ce que le 21 août est une date importante pour vous ?

Laura se contenta de lui dire qu'il s'agissait de la date anniversaire de la mort de sa mère.

— Étrange, ajouta le vieil homme.

— En quoi est-ce étrange ?

— Rien, je ne sais même pas pourquoi j'ai dit ça... Mais si d'aventure il vous arrivait de recevoir d'autres lames, aussi régulièrement je veux dire, cela voudrait dire que vous êtes en danger et que le Tarot vous prévient de la date fatidique.

Laura eut un frisson qui la glaça d'effroi. Le petit homme venait de mettre un mot sur son intuition. Dans dix-huit jours, elle mourrait comme sa mère, à la même date et au même âge.

— Et surtout, soyez vigilante en tout. Faites attention à vous... Il y a beaucoup de choses qui bougent dans l'ombre, et que vous ne pouvez voir.

Laura n'entendit pas la dernière phrase du petit homme. Elle se retrouva sur le trottoir, hébétée. Le soir tombait. La boutique disparaissant dans l'ombre, elle s'aperçut qu'elle avait oublié sur la table au fond de l'officine ses deux ouvrages sur le Tarot...

Jeudi 4 août

L'AMOUREUX

Le jour n'était pas encore levé sur la Bastide. Le gravier crissa légèrement sous des pas. La voiture n'était plus qu'à un mètre. En deux enjambées, le personnage vêtu de sombre, confondu dans la fin de la nuit, l'atteignit. Il ouvrit la portière et, dénouant le lacet d'un sac de toile grossière, le secoua délicatement sur le siège passager. Un lent frémissement parcourut la toile, et un ruban sombre et mince glissa sur le cuir clair du siège... Une lumière s'alluma dans la cuisine. C'était Ludmilla qui s'affairait déjà. L'intrus disparut comme il était venu.

Laura sentit son tee-shirt trempé de sueur, et l'humidité de sa nuque sous ses cheveux. Son sommeil avait été de plomb : elle n'avait pas rêvé. Ses paupières étaient lourdes, engluées, elle ne parvenait pas à les soulever, ne percevant de l'espace que cette chaleur étouffante qui emplissait tout : draps froissés du lit, corps moite aspiré par le matelas, air suffocant, rouge translucide de la lumière du jour à travers ses yeux encore fermés. Son cerveau ne réagissait pas à ses injonctions : étire-toi, mets-toi debout, la journée s'annonce magnifique. Laura n'avait pas dormi comme ça depuis des années. Elle présumait qu'il était tard, très tard même, à en croire la température. Un malaise l'envahit : le coma, ce devait être ça, la vie coulant autour d'un corps allongé, sans qu'on puisse en saisir le moindre filet ; une noyade hallucinée, traversée de sons et de visions opaques. Elle fit un effort surhumain pour ouvrir ses paupières : elle ne voulait pas rester ainsi, allongée sur ce lit, durant des jours, des mois, des années, comme morte...

D'emblée, le bleu lui serra la gorge. Tout était bleu autour d'elle, les murs, les tentures, les boiseries délicates, les draps mêmes. Laura mit plusieurs secondes à réaliser qu'elle n'était pas dans la chambre jaune où elle était censée s'être endormie. Elle reposait dans la chambre bleue, celle de sa mère. Un gémissement lui parvint : c'était sa propre voix, qui s'élevait au-dessus d'elle, longue plainte qui aurait traversé la brume. Elle se retrouva debout sans savoir comment, pas plus qu'elle ne savait comment elle s'était retrouvée dans cette chambre. Et, le corps parcouru de frissons, elle s'accrocha en prises désordonnées à tout ce qui pouvait la soutenir. Ses jambes ne la portaient plus. Devant ses yeux, tout n'était que bleus mouvants, secoués par une houle qui lui tournait le cœur. Elle ne distinguait même plus la porte, confondue dans cet horizon d'aplats. Une fulgurance de rouge traversa soudain cet océan. Laura examina sans comprendre le miroir de la psyché, dans lequel son reflet flou vacillait derrière une inscription : 21 août. En lettres rouges sanguinolentes, la date de la malédiction était écrite là devant elle ! Laura se rua vers la porte et hurla : « Ludmilla ! » Aucune réponse. Elle était seule. La Bastide était déserte. Son cri de peur, de panique et d'horreur la propulsa hors de la maison jusqu'à sa voiture, qu'elle fit démarrer dans un vrombissement d'épouvante.

Très vite la route se mit à tanguer devant elle. Entre les larmes, le soleil aveuglant et le vertige qui ne la quittait pas, Laura tentait de garder le ruban de bitume comme repère. Elle sentait que la voiture faisait des embardées, et la redressait à brusques coups de volant. Chaque lacet franchi était un exploit, elle le savait, mais elle était incapable de réfléchir, d'arrêter la voiture sur le bas-côté et d'appeler au secours. Elle devait fuir. Elle réalisa qu'elle approchait du calvaire – de l'endroit où la voiture de sa mère avait pris feu – comme une enfant affolée qui s'en retournerait chez elle, comme si chez elle c'était chez les morts. Le bleu et le rouge ne voulaient pas la laisser tranquille. La voiture dévalait la route en lacet, et Laura évitait soigneusement de regarder la mer, qui s'étalait en contrebas, de plus en plus proche au fur et à mesure qu'elle montait. Le bleu, toujours ce bleu, à en vomir... La sueur lui coulait dans les yeux. Elle ouvrit sa fenêtre. L'air s'engouffra dans l'habitacle et glissa sur son visage, séchant les gouttes de transpiration avec des picotements vifs. Elle se sentit mieux. Le bitume sous les roues de la voiture semblait redevenir solide. Un léger mouvement sur le siège passager attira son regard : quelque chose venait de s'envoler sous le courant d'air, et de plonger sur le sol. D'un coup d'œil elle repéra l'objet : un rectangle de carton... comme une carte ! Son arcane du jour, elle le sut immédiatement. Une main crispée sur le volant, elle se pencha pour saisir la carte de son autre main, tâtonnant sur le tapis de sol. Elle baissa les yeux. C'est alors qu'un éclat terne attira son attention : un fin ruban d'écaille brun clair tacheté de motifs plus foncés glissait vers la carte, et donc vers sa main, en un sinueux parcours. Laura reconnut en un éclair une vipère, à sa tête triangulaire marquée des deux cornes noires partant de la base la plus large. Elle poussa un hurlement, et se redressa : elle n'eut que le temps de voir le tronc d'arbre, en travers de la route, et le calvaire qui se dressait, accueillant sur son piédestal, juste avant le virage en épingle à cheveux... à l'endroit précis où sa mère avait croisé la mort. Il y eut un grand bruit de tôles froissées qui lui évoqua celui d'un monde se fermant à elle...

C'était tout ce dont Laura se souvenait, ce bruit impressionnant qui ne ressemblait à aucun des bruits connus.

Elle n'était que contusions, percluse d'hématomes à divers degrés, mais elle n'avait rien de cassé, et aucun organe n'avait été touché. En voulant se redresser sur l'oreiller, elle sentit une douleur lancinante lui remonter le long du dos. Les courbatures. On lui avait pourtant fait avaler une dose pour cheval d'antalgiques. Le jeune interne de garde l'avait gentiment prévenue de ce qui l'attendait : outre les hématomes, qui allaient virer au bleu puis prendre une teinte jaune et noir, elle souffrirait aussi durant quelques jours de contractions musculaires. Son corps avait réagi au choc en se tendant comme un arc, et tous ses muscles avaient travaillé à la vitesse de l'éclair, comme ceux d'un sprinter au départ d'une course. Ce qui l'avait certainement sauvée alors que la voiture faisait trois tonneaux, à ceci près qu'elle n'avait pas fait d'échauffement avant... Elle eut une grimace.

– Ça va? Tu veux que je fasse venir quelqu'un?

Vincent, qu'elle avait fait appeler dès son réveil, avait du mal à se remettre de sa frayeur, même s'il la savait hors de danger.

– Ça va, ne t'inquiète pas. Je sors tout à l'heure, tu sais...

Laura voyait son émotion, mais se sentait encore trop faible pour sauter du lit et l'entraîner loin d'ici...

– J'ai eu beaucoup de chance. J'ai cru que je n'arriverais jamais à éviter cette grosse branche d'arbre au milieu de la route... Ce n'est même plus la peine que je fasse un stage de conduite acrobatique, j'ai tout compris !

– Laura, les infirmières m'ont rendu tes affaires : un slip et un tee-shirt. Tu peux m'expliquer ce que tu fabriquais sur la route dans cette tenue ?

Vincent était tendu. Il broyait sa main sans s'en rendre compte.

– Tu me fais mal...

– Réponds-moi.

– Je me suis réveillée dans la chambre de ma mère... mais ce n'est pas là que je me suis couchée hier soir. Et puis il y avait cette date sur le miroir. 21 août. J'ai même cru que c'était écrit avec du sang. Quelqu'un me veut du mal, Vincent, je le sais. Il n'y avait personne à la maison. Je me suis enfuie, et...

Un coup sec frappé à la porte l'interrompit. Max pénétra sans attendre dans la chambre, Viviane sur ses talons. Max pila à la vue de Vincent. Celui-ci se redressa lentement, et Max se rua vers le lit. Laura vit ses yeux s'embuer.

— Ma chérie, ma chérie, si tu savais...

— Au moins, si tu ne viens pas à mon mariage, je sais que tu viendras à mon enterrement.

Laura vit Viviane s'adosser au mur. Elle aussi avait imaginé le pire...

— On a eu une de ces peurs...

— Je suis désolée, j'ai raté le virage. C'est bête.

Laura surveillait du coin de l'œil la réaction de Vincent. Il se pencha sur elle, et l'embrassa sur la joue. Un baiser pudique, dicté par la présence de Max.

— Je te laisse.

Il planta son regard dans celui de Max, puis revint vers elle.

— Je viens te chercher dans deux heures, puisqu'on te laisse partir. À tout à l'heure.

Vincent sortit sans que Max ait eu le temps de contester son intention.

Vincent regardait le lourd filin d'acier qui s'enroulait par à-coups autour du treuil. Le capot de la voiture surgit enfin de derrière le talus avec un soubresaut. Le dépanneur poussa un soupir de soulagement, et s'épongea le front sous sa casquette d'un revers de bras. Il était torse nu sous sa salopette maculée de taches de graisse. Il leva un pouce victorieux vers Vincent.

— Eh ben, c'est qu'elle était bien coincée, la voiture de votre dame !

– C'est vous qui avez enlevé la branche au milieu de la route ?

– Quelle branche ? Y avait rien du tout. Ni sur la route, ni dans le fossé. J'ai rien vu.

– Ah... C'est que... ce n'est pas grave.

L'épave apparut entièrement, vacilla sur la crête du talus, et retomba lourdement sur la chaussée. Le dépanneur arrêta le treuil et siffla : le capot était entièrement plié, la calandre ayant pénétré jusqu'au milieu, et le toit s'était affaissé d'environ dix centimètres

– Dites donc, elle l'a échappé belle. C'est un vrai petit miracle.

Vincent lui épargna tout autre commentaire. Laura avait eu une chance inouïe, effectivement de l'ordre du miracle. Il s'approcha de la carcasse et se pencha à travers la vitre ouverte pour inspecter l'intérieur. Le contenu de la boîte à gants était disséminé au sol. Il récupéra un atlas, un chargeur de téléphone, un foulard de soie... Son regard se posa sur la carte du Tarot qui le narguait, avec ses trois personnages colorés. Vincent la saisit avec circonspection, et l'observa en pleine lumière : un homme entouré de deux femmes suppliantes semblait hésiter, tandis qu'un ange inscrit dans un soleil était sur le point de décocher une flèche avec son arc. Le Cupidon dodu visait l'homme. L'inscription indiquait : « l'Amoureux », lame numérotée VI...

Le dépanneur était parti depuis une bonne demi-heure que Vincent réfléchissait encore aux circonstances de l'accident de Laura. Il avait remonté la route sur une cinquantaine de mètres, vérifié derrière chaque rocher et dans les fossés qu'aucune branche ne s'y trouvât. En vain. Planté devant le calvaire, il sentait sa raison vaciller. Il se secoua : Laura lui avait dit la vérité, il ne pouvait en douter. Son regard s'éleva sur le Christ en croix. La représentation était archaïque, le corps à peine en relief, sculpté dans la masse et de toute petite taille, quasiment réduit à l'état de squelette grossier, presque un squelette d'enfant. Vincent s'approcha. Les mains étaient figurées par de longues encoches représentant les doigts à l'extrémité des bras, sans aucune articulation. Il en était de même des pieds. On ne distinguait pas le visage et de longues traînées noires coulaient le long de la croix grossière et du torse. Vincent remarqua qu'il n'y avait pas les clous, comme sur la plupart des représentations de la Crucifixion. En revanche, des cavités marquaient leur emplacement, sur les deux mains et les pieds croisés, tandis qu'un orifice de même dimension indiquait la plaie provoquée par la lance. Vincent trouva ce Christ inquiétant et eut du mal à quitter cette image de pierre hors du temps. Son regard revint sur la route qui continuait à grimper après le lacet. Il n'y avait pas besoin de conduire très vite pour rater ce virage lorsqu'on descendait sur Nice. Luisa n'avait pas eu la chance, comme Laura, de percuter un angle de la petite chapelle qui se dressait derrière le calvaire. Sa voiture avait basculé dans le vide pour s'écraser une dizaine de mètres plus bas, contre un rocher. Vincent frissonna, pris d'une peur rétrospective.

Il rejoignait sa voiture garée en contrebas lorsqu'un véhicule qui remontait pila à ses côtés, avec un crissement de pneus. Ludmilla était au volant.

— Vincent ? Je ne te savais pas adepte des pèlerinages !

— Tu as deux minutes ?

— Oui, bien sûr...

— Tu peux te garer plus bas, à côté de moi.

Ludmilla, adossée contre sa portière, fumait nerveusement. Elle avait l'air bouleversé.

— J'aurais dû m'en douter. Elle ne doit pas rester seule. Et merde !

Elle écrasa sa cigarette d'un coup de talon rageur.

— Tu comprends, Solange est en congé aujourd'hui...

Vincent ne releva pas le tutoiement, inhabituel chez Ludmilla, mais compréhensible vu les circonstances.

— À quelle heure avez-vous quitté la Bastide ?

— Vers 9 heures. Je n'ai pas voulu la réveiller.

— Quand vous êtes passée ce matin, est-ce que vous avez vu une branche d'arbre sur la route ?

– Non... Pourquoi cette question ?

– Pour rien. C'est bien dans ce virage que la mère de Laura a eu son accident ?

– Oui... J'y pense quasiment tous les jours, tu sais. C'est la seule route pour remonter jusque chez moi.

– Je comprends.

Vincent hésita une seconde. Après tout, il valait mieux qu'il en ait le cœur net.

– Ludmilla, est-ce que je peux voir la chambre où a dormi Laura ?

Un instant après, Ludmilla ouvrait les volets de la chambre jaune.

– Non, pas cette chambre. L'autre chambre, la bleue, celle de sa mère.

– Si tu veux... mais elle s'est couchée dans la jaune, ça je peux te l'assurer.

Une fois de plus Vincent vérifiait que Laura ne lui avait pas menti. Ludmilla le fit passer dans la chambre bleue.

– Cette chambre est toujours fermée à clef ? s'étonna Vincent.

– Oui. J'ai des principes... Disons plutôt une mémoire. Je ne veux pas toucher à cette pièce.

Une porte claqua au rez-de-chaussée. Ludmilla se redressa brusquement, et saisit le bras de Vincent. Un bruit de pas précipité monta jusqu'à eux. Quelqu'un grimpait maintenant l'escalier quatre à quatre.

– Qui est là ? cria Ludmilla.

Max apparut à l'extrémité du palier. Vincent sentit la prise de Ludmilla se relâcher sur son bras.

– C'est moi, Max. Excuse-moi, j'ai sonné, mais...

– Nous n'avons rien entendu... n'est-ce pas, Vincent ?

– Non.

Vincent regarda Max s'approcher. Il n'avait pas l'air à l'aise. Même plutôt nerveux... ou bouleversé.

– Que me vaut l'honneur de ta visite ?

Vincent s'en doutait, Laura avait tout raconté à Max, et tous deux avaient eu la même intuition : vérifier son histoire. Il avait cependant une certitude : Max et lui n'en tireraient certainement pas les mêmes conclusions.

Vincent garda le silence. Il ne voulait pas se laisser attendrir par le spectacle de Max Fontane. Celui-ci, planté au milieu de la pièce, laissait son regard errer. Vincent sentait que le moindre détail de cette chambre le rappelait à sa douleur. Max Fontane n'était plus avec eux... Vincent regarda de nouveau le matelas roulé et ficelé sur le lit, le miroir de la psyché vierge de toute inscription : comment allait-il pouvoir annoncer à Laura que la chambre bleue ne présentait aucune trace de son passage ? Il avait discrètement tenté d'ouvrir l'armoire. Fermée à double tour. Il avait hâte de quitter les lieux, et cette immense Bastide, d'aller chercher Laura et de la mettre à l'abri, chez lui. C'était le seul endroit où elle serait en sécurité désormais. Max Fontane ne bougeait toujours pas. Ça en devenait gênant... Ludmilla se dirigea vers lui et posa une main sur son bras.

– Max... ne restons pas là. Je sais ce que tu ressens.

La dos légèrement voûté de Max fut traversé par un frisson. Vincent en fut soulagé.

– Ça fera bientôt trente-trois ans que je ne suis pas entré ici.

– Viens, il ne faut pas rester.

Max se laissa conduire vers la porte comme un vieillard. Vincent sentit le vibreur de son téléphone dans sa poche. Il brandit son portable.

– Je vous rejoins tout de suite.

– Vous refermerez à clef...

– Bien sûr...

C'était Laura. Sa voix l'apaisa comme un baume sur une brûlure.

Vincent referma soigneusement la porte de la chambre bleue à clef. Il avait vu ce qu'il voulait voir. Le miroir n'avait gardé aucune trace d'une quelconque inscription, et pour cause : il avait été nettoyé récemment ! En passant son doigt sur sa surface, Vincent avait relevé une légère odeur de produit à vitre. Aucune trace de poussière non plus sur les meubles, frottés de frais. Curieux. Le tiroir du bureau était vide... et dépoussiéré également. Il avait bien tenté de forcer discrètement l'armoire, mais avait renoncé : un bel ouvrage que cette serrure, conçue pour n'être pas violée.

Les questions se bousculaient dans sa tête alors qu'il descendait le grand escalier de pierre. Il se guida au son des voix qui lui parvenaient de l'extérieur. Par une porte-fenêtre, il aperçut la silhouette de Max, assis sur la terrasse.

— Ça ne peut plus durer. Il faut qu'elle revoie un médecin.

— Max... Tu ne peux pas exiger ça d'elle. Fous-lui la paix. Et d'abord, quel médecin veux-tu qu'elle voie ? Un psy ? Un neurologue ? Un... magnétiseur ?

Vincent, encore dissimulé par l'ombre de la pièce, ralentit le pas pour écouter.

— Je suis sérieux, Ludmilla !

— Ça a toujours été ton problème ! Mais je vais te dire une chose, Max Fontane : si tu crois que tu peux te décharger sur un médecin, tu te trompes ! Laura n'a besoin que d'une chose : que tu lui dises la vérité !

— Hors de question. Et ne t'avise pas de le faire, parce que...

Max tourna brusquement la tête, plongeant son regard dans la pénombre du grand salon. Vincent pesta intérieurement, et reprit sa marche. Max ne le quitta pas des yeux jusqu'à ce qu'il débouche sur la terrasse et s'arrête près d'eux.

— Je vous sers un verre, Vincent ?

— Non, je vous remercie, Ludmilla. Je dois aller chercher Laura à l'hôpital.

Max le coupa, sans même se tourner vers lui. Il regardait fixement Ludmilla d'un œil qui ne souffrait aucune riposte.

— Laura devrait rester à l'hôpital. Elle a besoin de se faire soigner.

Le ton était cinglant, autoritaire, sans appel.

— Vous avez tort.

— On s'inquiète pour elle, Vincent! protesta Ludmilla.

— J'ai surtout l'impression que sa prétendue folie arrange beaucoup de monde. Vous saviez que les maisons de repos regorgent toujours autant de personnes saines d'esprit? N'importe qui bourré de neuroleptiques devient un véritable légume...

Vincent mesurait Max Fontane du regard. Viviane en resta bouche bée : la provocation était de taille... et Max Fontane foutu de la relever. Ce qu'il fit, en se levant d'un mouvement si brusque qu'il en renversa son fauteuil. Ludmilla l'attrapa fermement par le bras.

— Max, ça suffit. Tu es chez moi, ici. Et comme tu nous l'as si bien rappelé le soir de l'anniversaire de ta fille, chez moi, c'est moi qui fais la loi! Et c'est valable pour vous aussi, monsieur Bellair.

— Jeune homme, je vous ferai ravaler jusqu'à la gorge vos insinuations dégueulasses. Laura ne sait vraiment pas qui elle épouse.

— Laura ne sait plus qui elle est... et vous y êtes pour beaucoup.

— Vincent! rugit Ludmilla.

— Ne vous fatiguez pas, Ludmilla, je m'en vais. Une dernière chose, monsieur Fontane : je ne sais pas ce qu'on cache à Laura, mais je le découvrirai. À partir de maintenant, Laura va vivre chez moi.

Vincent tourna les talons. Il ne regrettait ni sa colère, ni ses mots cinglants. Alors qu'il passait sous la terrasse, il lança :

— Au fait, Ludmilla, Laura vous fait dire qu'elle veut récupérer le bracelet de sa mère. Je ne l'ai pas trouvé.

Ludmilla s'ébroua.

— Oui, oui, bien sûr. Je le lui apporterai...

Comme toujours Ludmilla était pleine de bonnes intentions; mais lorsque le moment fut venu, lorsque Max eut quitté la maison, elle ne parvint pas à retrouver le bracelet avec les cinq figurines du Tarot en médaillons. Il semblait avoir disparu aussi vite qu'il était apparu. Était-ce encore une hallucination de sa nièce ? Impossible, puisque Ludmilla l'avait elle-même tenu dans ses mains.

Vendredi 5 août

LE JUGEMENT

Matthieu ouvrit un œil, douloureux : la lumière blanche lui fit l'effet d'une banderille qui plongeait dans son iris jusqu'à la cervelle. Il le referma aussitôt.

— Merde... mais il est quelle heure ?

— 9 heures. L'heure de te lever. J'ai des trucs à faire.

Matthieu, totalement nu, s'étendit sur le lit. Manon le détailla : belle bête, mais... elle avait d'autres chats à fouetter dans l'immédiat. Elle pinça vigoureusement le pied de son amant.

— Aïe ! T'es dingue ? C'est comme ça que tu réveilles l'homme de tes rêves ?

— Tu n'es qu'un homme, et je ne rêve pas.

— Bienvenue dans la réalité. T'aurais dû t'engager dans l'armée, plutôt que bosser au casino.

Matthieu déploya sa carcasse et se planta, à poil, devant la fenêtre grande ouverte, découvrant le spectacle de l'impasse étroite : sombre malgré le soleil déjà haut, et encombrée de conteneurs à ordures. Le remugle atteindrait bientôt les étages les plus élevés. Les persiennes fermées alignaient sur les façades sales une gamme monotone de verts noircis. Le crissement de freins sur l'acier piquait l'air de longs murmures stridents, couvrant le vacarme diffus du boulevard Mallausséna. L'impasse était à quelques rues de la gare.

– Pas terrible, ton quartier.

– Je suis pas née avec une petite cuiller en or dans le cul, moi.

– Dans la bouche, c'est mieux...

Matthieu se retourna sur la studette : un meublé, propre et impersonnel. Manon, en jean et tee-shirt, déjà douchée, rinçait un bol ébréché dans l'évier. Il laissa son regard remonter le long des jambes fuselées jusqu'au fessier musclé, qui tendait la toile du pantalon. Cette fille l'électrisait. Il baissa les yeux : priapisme matinal, ou stimulation érotique ? Un sourire gourmand lui découvrit les dents. Manon se retourna et lui balança un torchon sur le torse.

– N'y pense même pas. Tu te douches, et tu files.

– T'as qu'à me laisser. Je claquerai la porte en partant. On s'est couchés à 4 heures !

– Et endormis à 5 !

– À quoi tu marches ? Amphètes ? Cocaïne ?

– Je n'aime pas dormir. Trois ou quatre heures de sommeil, ça me suffit. C'est comme ça depuis que je suis née.

– T'as vraiment dû faire chier tes parents.

Manon planta ses yeux gris-vert dans ceux de Matthieu. D'un seul regard, elle pouvait poignarder... ou faire mourir d'extase. Matthieu soupira : dans les deux cas il était condamné, et c'est ce qu'il aimait chez cette fille. Ce climat d'orage qu'elle traînait constamment autour d'elle, alors que son ciel semblait limpide. Un éclair, et pouf. Matthieu adorait défier les éléments.

– T'as pas une clope ? Au réveil, il me faut ma dose de nicotine...

Il ouvrit le tiroir de la table de nuit.

– La vache ! Je croyais que t'avais pas un rond... mais ça, c'est de la maille !

Il brandit un bracelet, et l'admira dans la lumière : large d'environ cinq centimètres, en or massif, constellé d'imposantes pierres taillées qu'on aurait pu croire en verre, dont l'alignement était rompu régulièrement par cinq gros médaillons de vermeil frappés de personnages étranges. Un bracelet identique à celui que Ludmilla n'avait pas retrouvé. Mais ça, il ne pouvait pas le savoir.

— Repose ça !

La voix avait claqué, sèche... avec une pointe de menace qui surprit Matthieu.

— Hé... on se calme. J'en ai rien à foutre de ton bracelet.

Il mordit dans une des pierres sans quitter Manon des yeux.

— C'est pas de la camelote, ton truc.

Il fit glisser sous ses doigts les médaillons.

— Une vraie antiquité. Mais c'est un bijou pour flippés de la sorcellerie : un squelette, un diable...

Manon lui avait déjà arraché le bracelet des mains, et refermait le tiroir de la table de nuit d'un coup sec.

— Où tu l'as eu ?

— C'est un cadeau.

— Tu veux que je te fasse des cadeaux comme ça ?

— Ne rêve pas, Matthieu Fontane. C'est au-dessus de tes moyens.

C'était son point faible et, évidemment, elle le connaissait.

— Tu devrais te faire soigner : l'insomnie, ça empêche de rêver, et ça rend malade, grinça-t-il.

Manon haussa les épaules.

— Habille-toi, ou je te fous dehors à poil.

— Moi, je rêve la nuit... et le jour, je travaille pour réaliser mon rêve : un jour, je serai patron du casino de Bellair.

Manon éclata d'un rire sec, craquant, presque le gloussement d'une petite vieille sardonique qui aurait ri de la gorge pour ne pas exhiber sa bouche édentée.

— Ce n'est pas du rêve, c'est du délire. J'ai entendu Fred Bellair dire qu'il voulait laisser son casino à son neveu, et toi tu continueras à faire le larbin de la famille.

— Vincent ? Mais il n'en a rien à battre, du casino ! C'est un mec honnête !

– C'est pour ça qu'il épouse ta sœur?

– Parfaitement. Ils sont aussi carrés l'un que l'autre.

– Je croyais que tu l'aimais bien, ta sœur?

– Je l'adore. Mais ce que j'aime chez elle me fait totalement chier chez son mec. Y a des trucs qui marchent pour les femmes, et pas pour les hommes. Sauf une chose...

– Ah ouais... quoi? L'amour, peut-être?

– L'ambition! Si ça se trouve c'est même la seule chose qu'on a en commun, toi et moi...

Elle accusa le coup, et il en profita pour s'approcher. Il la saisit par la taille et lui mordilla le cou en grognant.

Un bourdonnement à la porte l'interrompit.

– T'attends quelqu'un?

– Non.

Elle le repoussa jusqu'au minuscule cabinet de toilette, et claqua la porte sur lui.

– Mais ça ne change rien à mon programme : je te jette dans dix minutes.

Manon ouvrit la porte palière... et se figea, retenant de justesse un juron. Dans l'ombre du palier, une femme d'une bonne soixantaine d'années se tenait toute droite, son sac de vinyle noir collé contre sa poitrine en un geste crispé. Bon Dieu, sa mère... qu'est-ce qu'elle foutait là? Manon claqua la porte derrière elle et alluma la minuterie du palier.

– Maman?!

– Je te dérange?

– Oui. Comment m'as-tu trouvée?

– Peu importe. Je suis sûre que tu es en train de faire des bêtises.

Le ton était suppliant, à l'image de cette femme usée. Manon la dévisagea : ses cheveux d'un blond gris avaient besoin d'une bonne teinture, ses mains portaient les marques indélébiles de la Javel, et le bleu délavé de ses yeux était toujours aussi plein de cette fatalité qui donnait envie de vomir à sa fille.

– Juliette, explique-moi pourquoi tu ne m'as pas donné de nouvelles depuis que tu es partie ?

– Chut ! Ici, je m'appelle Manon.

Elle reconnut son air buté à la bouche en cul de poule que sa mère pointa vers elle, et comprit que si elle ne faisait pas un effort celle-ci allait s'installer sur le palier. Si ça se trouvait, elle avait un sandwich emballé dans son sac, qui lui permettrait de tenir des heures devant chez elle...

– OK. À 13 heures. À la brasserie de la gare.

Et elle referma la porte sur sa visiteuse.

C'était dingue : en une minute, sa mère venait de la faire basculer dans un abîme de culpabilité et de doute. Son corps était soudain comme une carapace fêlée, qui laisserait suinter un filet de sang et la palpitation d'un cœur. Elle avait vu une tortue mourir comme ça, écrasée sur une route d'Anatolie. La bête avait mis des heures à crever, agonisant en longs sifflements asthmatiques et bulles de bave rougie, qui éclataient au coin de son bec. Elle ne pouvait pas se permettre ce genre de faiblesse.

– Tu m'embrasses ?

Les mains de Matthieu remontaient le long de sa colonne, hérissant chaque millimètre carré de peau. Elle ferma les yeux. Ce sentiment de vaciller au bord du gouffre, de toucher la mort du doigt, la secouait. Le seul moyen de renouer avec la vie, et de ne pas perdre son but de vue, c'était dans ces cas-là de faire l'amour...

Joëlle sursauta : la porte du cabinet venait de s'ouvrir avec fracas sur son patron, tronche épanouie, qui tenait fermement par la main une jeune femme à la longue chevelure brune et bouclée.

Joëlle cliqua discrètement sur le coin de la page Internet qu'elle était en train de consulter : même si Vincent se moquait pas mal de ses raids sur les sites de rencontres, elle était quand même censée travailler.

– Joëlle, je vous présente Laura.

– Je suis ravie de vous rencontrer, Joëlle. Vincent m'a beaucoup parlé de vous.

Pfft... La garce. Joëlle saisit la main qu'elle lui tendait. Elle la jaugea en deux secondes : une belle fille, c'était sûr, mais à l'allure d'un os de poulet, tout blanc. Cette mode des maigres la tuait. Qu'est-ce qu'ils avaient donc tous à se rouler aux pieds de ces filles de cire, qui devaient se ramollir comme des bougies, puis disparaître à la moindre caresse ?

– Depuis le temps, je pensais que vous n'étiez qu'un fantôme.

Du coin de l'œil, elle vit Vincent hausser un sourcil. Il n'y a que la vérité qui blesse.

– Bienvenue à Nice, mademoiselle.

– Joëlle, coupa Vincent, vous pouvez m'appeler la gendarmerie, s'il vous plaît ? J'ai besoin d'y passer dans l'après-midi.

– Pas de problème. À propos, le traiteur a appelé : ils seront chez vous samedi à 9 heures pour monter le barnum.

Joëlle n'attendait pas spécialement de réponse, mais la vision du dos de son patron s'éloignant sans un mot dans le couloir, traînant sa Laura comme une poupée disloquée, lui fit lâcher un léger sifflement vexé. Elle recala son arrière-train épanoui sur son fauteuil, avec un air de princesse offusquée : vu l'heure, son coup de fil urgent pourrait attendre... Un nouveau clic à gauche, et la fenêtre réapparut sur l'écran de l'ordinateur : une photo en occupait maintenant un coin. Joëlle frémit, chaussa ses lunettes, et actionna la fonction loupe. Le visage épais et couperosé d'un homme qui maquillait mal ses soixante-dix ans lui souriait de tout son dentier.

– Ah... On ne joue pas dans la même catégorie, papy. Je ne vais quand même pas offrir mon petit coquillage nacré à un poulpe !

Le visage sauta en un « *delete* ». Pour circuler masquée sur les *chats*, Joëlle avait choisi comme pseudo « Lauralaura ».

De l'autre côté de la cloison, Laura se laissait guider, les mains rassurantes de Vincent sur ses paupières. Elle avait à peine eu le temps d'admirer son lieu de travail : une vaste table ancienne d'un beau bois de noyer clair en guise de bureau, une paire de fauteuils club en cuir châtaigne autour d'une table basse d'une sobriété telle que Laura reconnut immédiatement la patte Perriand ; un tapis aux discrets motifs géométriques moyen-orientaux et un mur couvert de livres mettaient en valeur la chaleur de la pièce, lumineuse, ouverte sur le jardin Alsace-Lorraine.

— Où m'emmènes-tu ?

— Fais-moi confiance. Tu as confiance en moi ?

Laura se serait volontiers endormie, debout, à l'abri des mains de Vincent.

Elle sentit qu'il ouvrait une porte, et soudain Vincent la lâcha, les yeux encore clos, plantée au milieu d'un espace inconnu.

— Tu peux ouvrir les yeux.

Elle ne le fit pas immédiatement, goûtant l'espace autour d'elle : elle étendit les bras et se mit à tournoyer sur elle-même, prise d'un fou rire. Elle aurait bien continué à jouer ; ça lui rappelait les colins-maillards de la cour d'école : les visages sous les doigts racontaient une toute autre histoire, faite de creux, de bosses, de peau, d'orifices, de croûtes, de boutons... et de parfums, que la vue avait relégués aux oubliettes des codes de reconnaissance. Elle voulait imaginer avant de voir.

— Alors, tu ouvres les yeux ?

Elle le fit d'un coup sec, comme on retire un pansement.

— Ton futur bureau ! Il te plaît ? Je n'ai rien choisi : tu le décoreras comme tu voudras. Alors ?

Un coup frappé à la porte, et Joëlle passa la tête.

— Excusez-moi de vous déranger. C'est OK pour la gendarmerie ! Et qu'est-ce qu'on dit ?

– Merci, Joëlle, sans vous je ne suis rien.

Joëlle se fendit d'un sourire éclatant. Elle était heureuse.

– Mais c'est tout de suite !

Vincent sortit à la vitesse de l'éclair. Laura virevolta une dernière fois dans la pièce, et allait sortir à son tour quand elle se ravisa. Elle s'approcha d'un linge blanc qui recouvrait quelque chose. Une envie irrésistible le lui fit soulever. Dessous, un plateau chargé de deux coupes de champagne, mais, surtout, une belle plaque de cuivre rutilant : « Cabinet Laura et Vincent Bellair associés : Avocats à la Cour ». La plaque n'attendait que d'être vissée sur la porte... Laura la caressa, explorant du doigt la gravure de son prochain nom : Laura Bellair. Plus qu'un programme : un projet, une vie...

Un bout de carton blanc verni entouré d'un liséré de noir passait sous la plaque. Laura sourit : un petit mot de Vincent. Elle tira sur le carton. Dès qu'elle vit du rouge, puis du bleu et du jaune apparaître, la tête commença à lui tourner, mais elle voulait savoir : un homme nu, de dos, debout dans des fonts baptismaux, semblait lever la tête vers un ange qui soufflait dans une trompette ; un homme, yeux levés vers le ciel, et une femme, regard fixé sur son compagnon dans la cuve, tous deux également nus, complétaient cette représentation du Jugement dernier. La carte était numérotée XX, et était intitulée « le Jugement »...

Manon jouait avec une feuille de salade dans son assiette. Elle n'avait pas ôté ses lunettes de soleil, ce qui lui épargnait d'avoir à supporter les yeux de suppliciée de sa mère, assise sur la vilaine banquette de skaï en face d'elle. De là où elle était, dos à la salle, elle pouvait surveiller dans le miroir les allées et venues. Sa mère la dévisageait depuis une demi-heure, attendant que Manon daignât lui accorder un geste affectueux, un mot apaisant, un sourire... Elle n'avait rien voulu commander, juste un expresso ; elle avait déjeuné du sandwich qu'elle avait apporté. Manon en aurait parié sa tête sur un plateau. Elle l'aurait giflée, mais n'avait pas insisté. Sa mère faisait partie du monde des étriqués, des gagne-petit au dos cassé par les milliards de courbettes devant les puissants, aux yeux larmoyants toujours fixés sur le sol, et jamais au-dessus des autres. Manon haïssait tous ceux-là, et sa mère en particulier, qui suintait la tristesse et la solitude avec cette manie de ne jamais se mettre en colère contre rien ni personne, et cette façon qu'elle avait d'aspirer son propre corps pour passer inaperçue. Le seul coup d'éclat de sa sordide existence, ç'avait été Manon... ou plutôt Juliette. Manon l'aurait giflée, c'est sûr, mais là, la rage et la haine le disputaient à une brusque envie de pleurer. Sa mère avait apporté son sandwich, pour ne pas déranger... Manon aurait voulu lui glisser cent euros, la persuader d'arranger ses cheveux blond terne, d'acheter une jolie robe, de bazarder ce fourre-tout de vieille en vinyle. Bref, de se faire plaisir. Mais le plaisir, ça n'avait jamais été son truc. Vivre était déjà une corvée de tous les instants, une sorte de cadeau immérité et encombrant, qu'il ne fallait surtout pas gaspiller...

— Juliette, je crois que tu devrais rentrer à la maison...

— Merde, maman. Manon, je t'ai dit !

— Je n'arrive pas à m'y faire.

— Il faudra bien. Et je ne rentrerai pas. Je suis trop près du but.

— Tu te fais du mal pour rien.

— Merci. Mais ça, c'est ta spécialité. Pas la mienne. Garde ton malheur, maman, parce que moi, je me torche avec.

Sa mère disparut encore un peu plus sur la banquette.

— Tu ne peux pas t'empêcher de dire des gros mots. Qu'est-ce que tu comptes faire, si tu restes ici ?

— J'ai un boulot, qui rapporte.

121

— Ce n'est pas de ça que je te parle.

Manon fit sonner sa fourchette contre son assiette avec humeur.

— Mais j'en sais rien encore ! Tu m'en poses, de ces questions...

Ça y était, sa mère se retenait pour ne pas chialer. Son nez devenait tout rouge, et elle triturait son sac à main, qui n'avait pas quitté ses genoux depuis qu'elle s'était posée sur la banquette.

— Je te connais comme... personne. Tu vas faire des bêtises. Tu es capable des meilleures choses, ou des pires.

Manon refusait cet aveu de toutes ses forces : cet amour débordant la révulsait. Mais elle devait bien reconnaître une chose : sa mère n'avait pas besoin qu'on lui explique qui elle était. En deux mots, elle avait tout dit, sans fioritures. C'était peut-être aussi pour ça qu'elle la détestait tant, parfois. Elle refoula une larme sous ses lunettes. Trop tard : le moindre geste de faiblesse, et sa mère en profitait ; elle posa sa main sur la sienne.

— Je n'ai pas réussi...

— À quoi faire ?

— À apaiser ton mal.

— Arrête avec ça. Tu n'y es pour rien. Et je ne t'ai rien demandé.

— Et tout ça te servira à quoi ?

— À savoir qui je suis.

Rebelote. Une vraie partie d'action-vérité, avec à la clef une larme dans chaque camp : cette fois-ci, sa mère tira un mouchoir de son sac, et plongea dedans. Manon attendit qu'elle se mouche.

— Tu restes à Nice ?

— Non. Je reprends le train tout à l'heure. Je suis venue juste pour toi. Jul... Manon, qu'est-ce que je peux faire pour toi ?

— Rien, maman.

Manon se reprit et regarda sa mère.

– Tu crois toujours en Dieu?

– Juliette! Je...

Manon ne voulait plus rien écouter.

– Alors, tu peux faire une chose pour moi, une seule : prier, pour que ce soit le meilleur qui sorte de moi...

Samedi 6 août

LE PAPE

La salle de la mairie bruissait du pépiement discret des invités. Laura en avait dénombré une petite trentaine, dont la plupart lui étaient inconnus. Elle se tenait droite, debout devant sa chaise, empruntée, ne sachant plus que faire de son bouquet, de son voile, de ses mains que son père n'avait pas voulu prendre dans les siennes pour l'accompagner. Son père lui manquait mais son absence n'abîmait en rien sa détermination. Ses jambes flageolaient. Elle ressentait encore les blessures de son accident de voiture mais ce n'était rien comparé à ses inquiétudes. Elle sentait aussi la crispation d'Agnès, à ses côtés. Matthieu n'était pas encore là, mais Laura subodorait que son arrivée imminente était la cause de la chape de glace qui s'était abattue sur son amie. Elle reconnut le gloussement harmonieux du rire de Ludmilla dans son dos : un rire sucré, qu'elle savait adressé à Antoine, assis à deux chaises de sa tante. Laura avait immédiatement compris en surprenant le regard du jeune homme posé sur Ludmilla. Franck Duval, le père d'Antoine, ne voyait rien : il n'y avait qu'une femme pour pouvoir deviner ce qui se jouait entre Antoine et Ludmilla. Franck s'était assis seul à l'écart, paumé de l'autre côté de la travée, son sourire politique accroché aux lèvres. Viviane, elle, était sincèrement émue, et avait du mal à masquer son émotion sous un chapeau à large bord, qui lui donnait un port de reine quelque peu hautaine. Laura avait de la peine pour elle, et de l'admiration aussi : cette femme tenait la dragée haute à sa souffrance, et n'aurait permis à quiconque de s'apitoyer sur son sort. Une force de la nature. Agnès pinça discrètement Laura, en même temps qu'elle sentit un frémissement parcourir l'assemblée derrière elle.

— Y a le grand Fred Bellair qui arrive...

Agnès gloussa, et continua ses commentaires en chuchotant.

— L'a pas l'air frais, le Don Corleone niçois.

Laura se retourna pour lui souhaiter la bienvenue : elle, elle était heureuse qu'il soit là, pour Vincent. Elle vit qu'il s'installait d'office du côté Bellair, avec Pierrot, son frère, le père du futur marié. Pierrot ne paraissait pas à l'aise. Laura eut l'impression qu'il n'avait qu'une envie : faire sauter la veste et le nœud papillon qui lui étranglait la glotte. Le spectacle des deux frères côte à côte était impressionnant : un massif de chair, indéniablement sorti du même moule, et qui pouvait occuper quatre chaises. Laura fixa les doubles portes de la salle des mariages ouvertes sur le hall : Vincent était en retard, et ça ne lui ressemblait pas. Deux silhouettes apparurent à contre-jour, et elle respira : c'était lui, soutenant Mado. Laura nota immédiatement sa pâleur. Mado non plus n'avait pas l'air dans son assiette, mais Laura jugea que c'était la réaction normale d'une mère en pareille circonstance. La mine bouleversée de Vincent, en revanche, n'avait rien de la paisible solennité qu'elle aurait pu s'attendre à lire sur son visage. Mado, belle Italienne populaire, confortable dans ses rondeurs de mère et de bonne cuisinière, s'installa à côté de son mari sans un œil pour Laura. Pierrot semblait avoir une tonne de questions en suspens au-dessus de sa grosse tête bouclée. Mado lui lança un regard qui les laissa flotter dans l'air... Quelle était la raison de toute cette nervosité inquiète ? Laura vit Vincent s'approcher : pas un sourire, alors qu'il ne la quittait pas des yeux. Elle tressauta sous sa poigne : il venait de lui saisir le bras, sans mesurer sa force. Il posa ses lèvres sur son oreille.

– Laura, je voudrais que tu saches que je t'aime.

– Je sais, murmura-t-elle. Ça ne va pas ?

– Laura, tu ne dois à aucun moment douter de mon amour. Aucun, tu m'entends...

Elle se fit rassurante.

– Si tu as oublié les alliances, sois tranquille, je ne prendrai pas ça pour un acte manqué...

– Je ne les pas oubliées. Rappelle-toi juste ce que je t'ai dit... Et fais-moi confiance.

Matthieu déboula à cet instant à leurs côtés, essoufflé, cheveux encore humides, et fou rire aux lèvres.

– Désolé, les tourtereaux. Je me suis dit que si je ne venais pas, votre mariage tombait à l'eau.

La voix d'Agnès fusa, cinglante.

– On avait déjà prévu, figure-toi : on aurait pris le balayeur comme témoin.

– Tiens... Bonjour, charmante Agnès. Très en forme, à ce que je vois.

Une porte claqua : le maire, pressé, sanglé dans son écharpe tricolore, apparut, et prit place derrière la grande table. Il se pencha vers ses secrétaires de mairie, et Laura l'entendit glisser d'un ton énervé :

– On est en retard. Combien de mariages, ce matin ?

– Cinq...

– Aïe...

Il compulsa le registre ouvert, et se racla la gorge.

– Et maintenant, si vous le voulez bien, nous allons procéder à l'union selon la formule consacrée par les lois de la République. Laura et Vincent...

Laura emplit ses poumons d'air, et saisit la main de Vincent. Le silence se fit, soudain rompu par une mélodie aigrelette. Laura reconnut le générique de *Mission impossible*. Un comble... Matthieu, à ses côtés, fouillait fébrilement ses poches, contrit. Laura le foudroya du regard.

– Excusez-moi... Je... reviens.

– Matthieu !

– Désolé, ma petite sœur, mais c'est urgent !

Matthieu, téléphone à la main, s'éloigna avant que Laura n'ait pu dire un mot. Le maire, lui, en suffoquait ; cependant Matthieu avait déjà quitté la salle des mariages. Le premier magistrat de la commune reprit ses esprits et revint sur les mariés, l'air pincé.

– Eh bien... je suppose que votre témoin va revenir signer. Nous allons donc continuer. Laura Luisa Fontane, voulez-vous prendre pour époux monsieur Vincent Frédéric Bellair, ici présent ?

– Oui.

Laura sursauta : elle avait presque crié. Agnès faillit éclater de rire.

– Monsieur Vincent Frédéric Bellair, voulez-vous prendre pour épouse mademoiselle Laura Luisa Fontane ici présente ?

Laura ferma les yeux. Elle sentit la pression de la main de Vincent sur la sienne. Une seconde... Elle rouvrit les yeux, et tourna la tête vers Vincent : exsangue, lèvres crispées, il ne respirait plus, et Laura crut regarder un masque funéraire, aux yeux vides, ouverts sur l'enfer.

– Vincent ? bêla le maire, surpris.

Laura s'était figée, cherchant désespérément à capter un souffle qui la raccrocherait à Vincent.

– Que d'émotion... sourit le maire. Ça arrive quelquefois. Je vais donc recommencer : monsieur Vincent Frédéric Bellair, voulez-vous prendre pour épouse mademoiselle Laura Luisa Fontane, ici présente ?

– ... Non...

Il l'avait murmuré, mais ce « non » s'était propagé, comme une onde, dans toute la salle. Vincent ne regardait pas Laura. Il dégagea sa main, et remonta la travée... Les portes de la salle claquèrent sur son dos. L'assemblée se leva d'un bloc, et Laura, pétrifiée, fut assaillie. Des mains se posèrent sur elle, des mots qu'elle ne comprenait pas vrombissaient autour d'elle, des parfums écœurants emplirent ses poumons. Elle ne sut pas comment elle se retrouva dehors, sur le perron monumental. Vincent s'éloignait déjà sur l'esplanade.

La silhouette se trouvait au centre de la ligne de mire. Elle s'arrêta brusquement, happée dans son élan par une femme en robe de mariée qui s'accrochait à son bras. La femme criait quelque chose que le tireur, surpris, ne pouvait entendre par-dessus le vacarme de la rue. Quelques passants ralentirent le pas : eux avaient compris. Agacé, le tireur réajusta sa lunette, cette fois-ci sur le dos de sa proie qui venait de se retourner. L'espace était dégagé. Dans une seconde, tout serait réglé...

Laura ne parvenait pas à trouver ses yeux. Il l'évitait, regard rivé à ses chaussures. Laura le secoua. Quand il leva ses paupières, elle crut qu'il allait enfin parler : il ouvrit la bouche, mais pas un mot n'en sortit. Il avait au contraire l'air étonné de quelqu'un à qui on vient de raconter une bonne blague, mais qui n'a rien compris... Il vacilla, s'accrocha à l'épaule de Laura, puis s'affaissa sur les genoux. Il tombait, et elle n'arrivait pas à le retenir. Elle vit son corps tressauter, sans comprendre. Elle accompagna sa chute, uniquement consciente qu'il allait se blesser si elle le lâchait. Elle le cramponna par la veste de toutes ses forces, mais le tissu glissait irrémédiablement entre ses doigts. Il fut enfin à terre, visage contre les dalles de pierre du parvis, et, à genoux, elle l'enlaça.

— Vincent ! Vincent, réponds-moi... Parle, je t'en supplie !

Elle se sentait si faible qu'elle n'arrivait pas à retourner son corps inerte. Elle voulut l'empoigner de nouveau. C'est alors qu'elle vit les taches sur ses mains. Elle voulut essuyer ses paumes sur sa robe. Elle baissa les yeux, et sut qu'elle ne faisait pas de cauchemar : on se réveille toujours d'un cauchemar. Là, elle ne se réveillerait pas. Sa robe de dentelle était rouge du sang de Vincent... Vincent qu'on venait d'assassiner.

Laura se mit à hurler, et tout se figea : les oiseaux en plein vol, l'air, les visages... La place n'était plus qu'un tableau à la croûte épaisse, au décor pétrifié, sur lequel des pantins avaient suspendu leur sarabande. La noce était rouge, le parvis était rouge, le ciel était rouge, et la dentelle sur son corps s'assombrissait, devenant de plomb, gorgée de sang comme un linceul jeté sur les plaies d'un martyr. Elle crut distinguer le petit homme de la librairie La Baie des Anges qui observait la scène impassible, comme elle crut également entrevoir les deux chats égyptiens qui traversaient la place pour aller se cacher, et aussi d'autres badauds ; puis enfin, un homme en smoking, carabine à la main, qui offrait son profil au milieu de la rue. Elle reconnut Matthieu. Elle aurait voulu que tout cela ne fût qu'une de ses visions, elle allait se redresser, au milieu des draps froissés et poisseux de sa sueur, en criant. Mais non, c'était la réalité et ce fut la première fois qu'elle désira la nuit à ce point...

Agnès avait enregistré toute la scène d'un coup d'œil : Laura, retenant Vincent qui s'écroulait dans ses bras, les hurlements qui jaillissaient de toutes les poitrines et, surtout, Matthieu, qui s'enfuyait fusil à la main.

Elle dévala les marches, téléphone dégainé par miracle de son corsage, criant ses ordres dans le combiné : le code de gravité de l'incident, à mots hachés, la localisation de la scène de crime, le Samu, un détachement pour encercler le périmètre. Ses quelques années de métier dans la police trouvaient tragiquement leur raison d'être : la mort, limpide et glaciale sur le papier, brutale et terrifiante sur l'esplanade. Une clameur monta dans son dos, et des dizaines de talons claquèrent sur le marbre des marches comme une pluie de grêlons. La noce allait déferler sur Laura et Vincent agonisant. Agnès n'attendit pas : Matthieu était le gibier, et ses supérieurs se foutraient bien d'apprendre qu'elle n'avait pu le coincer à cause d'une paire de pompes à talons hauts. Elle fit valser ses escarpins et entama sa course tout en déchirant d'un geste sec la couture de sa robe sur cinquante centimètres. La rue de l'Hôtel-de-Ville s'offrait à elle ; Matthieu avait fait le vide dans sa fuite. Il avait disparu, et Agnès atteignit l'angle de la rue Alexandre-Mari sans ralentir. Un concert de klaxons et des vociférations sur sa droite la firent bifurquer : elle vit Matthieu tourner dans la rue de la Terrasse, et perdre du terrain en voulant éviter une famille à la nombreuse marmaille comme dans les films. Sous ses pieds, le bitume devenait de lave, mais elle enchaînait les longues foulées en rythme, sans ralentir. Elle avait été l'une des meilleures à l'épreuve de demi-fond... La foule, de plus en plus nombreuse dans la vieille ville à cette heure proche du déjeuner, semblait jaillir des porches, des égouts même... Agnès, rivée à la seule piste des cris qui lui parvenaient, dépassa le palais de justice, espérant brièvement l'apparition de quelques collègues. Pas un seul planton en ce samedi d'août... et Matthieu continuait sa folle échappée belle, piquant par les ruelles étroites derrière Sainte-Réparate. Droite, gauche, droite, gauche : un parcours de crustacé, vicieux, à donner le tournis... Enfin, une trouée, un apaisement dans sa course : la place Rossetti, sans aucun touriste effarouché. Matthieu était là, tout près, elle le sentait dans sa chair. Le battement des lourdes portes de Sainte-Réparate : l'église où devait être célébré le mariage de Laura avait au moins deux autres issues...

Agnès glissait sur les dalles de pierre et s'avança dans la travée du bas-côté. Une agitation fébrile secouait silencieusement quelques fidèles près de l'autel : le bedeau, deux ou trois enfants de chœur et une dame patronnesse disposaient les gerbes de fleurs pour la cérémonie. Agnès refoula la tonne de questions qui lui tombait sur les épaules. Il serait toujours temps de comprendre plus tard... Les chapelles du bas-côté n'étaient que coins d'ombre démarqués par d'épais piliers, et les statues semblaient implorer la clémence d'Agnès pour le fuyard, particulièrement un Christ grandeur nature qui dirigeait son regard d'amour vers elle. Mais le pardon n'était pas de son ressort, malgré la pitié qui la saisit soudain à la gorge. Elle prit la porte du confessionnal en plein visage et roula sur le sol. Une douleur fulgurante lui traversa le cerveau. Elle eut l'impression que son nez lui restait dans les mains. La veste de smoking de Matthieu disparaissait déjà au bout de la travée. Elle rugit.

– Matthieu, je ne suis pas armée !

Quelque chose de chaud lui coula sur les lèvres : elle reconnut la chaleur, et le goût de fer du sang. Un grincement de gonds, un pan de lumière, et elle sut que c'était fini. Matthieu avait abandonné son arme sur le sol.

On retenait Laura. Elle voulait suivre Vincent dans l'ambulance, mais on l'en empêchait. Elle vit Joëlle se tasser sur le sol comme un grand oiseau blanc trop lourd pour s'envoler. Mado, la mère de Vincent, soutenue par Pierrot, se glissa sur le siège passager. Elle vit la civière et le corps de Vincent disparaître dans l'ambulance alors que le véhicule démarrait avec un mugissement. Elle vit Viviane, pétrifiée comme une Vierge de douleur. Elle vit Fred Bellair, prêt à se briser comme un verre de cristal. Elle sentit le parfum de Ludmilla, sucré. Fred était déjà près de Viviane, et, les yeux exorbités, serrait son bras sans que celle-ci réagisse.

– Si tu es pour quelque chose dans... dans tout ça, tu es morte. Morte, tu m'entends ?

Puis Fred Bellair tourna les talons. Il poussa son frère dans une voiture, et le véhicule disparut quelques secondes plus tard.

Laura se dégagea d'une secousse et les regarda, tous. La limousine des mariés, tout enrubannée et fleurie, était ancrée au bord du trottoir. Laura sentit le poids du tulle tirer ses cheveux. Elle ramassa le voile en une boule serrée contre son ventre et entama la longue traversée de l'esplanade.

– Laura, ma chérie, je t'accompagne.

C'était Ludmilla. Suppliante.

– Ne me touche pas. Ne t'approche pas.

Ludmilla s'arrêta net : Laura n'avait plus rien d'humain. Ce n'était pas la douleur, mais la haine personnifiée qui venait de cracher son ordre, protégeant son ventre gonflé du tulle comme pour empêcher qu'on lui vole ses entrailles. Laura avait disparu, d'albâtre, translucide, dévorée par le blanc, le rouge, et le noir de ses cheveux. Elle monta dans la limousine et Ludmilla ne fit pas un geste pour la retenir.

**

Agnès avait recommencé à se ronger les ongles. L'inspection de l'appartement qui avait servi de planque à Matthieu en face de la mairie n'avait rien donné. Il avait proprement fracturé la porte, profitant de l'absence du propriétaire. L'équipe de l'Identité judiciaire n'avait rien ramassé : pas un cheveu, pas une empreinte. Quant à la voisine, son témoignage était sans appel : c'était bien Matthieu qu'elle avait reconnu sur le palier, avec la carabine. Agnès devait se plier aux faits, brutaux...

Elle attaqua la peau qui recouvrait la lunule de son pouce gauche ; il ne restait plus grand-chose de sa visite chez la manucure, effort consenti pour Laura. Elle soupira : ça faisait trois fois qu'elle laissait un message à son amie. Pourvu qu'elle n'aille pas se jeter sur les routes de l'arrière-pays avec une voiture... Elle s'était assise à même le plateau de son bureau, sur des piles de dossiers. Ses pieds n'arrêtaient pas de lui rappeler la course folle qu'elle venait de disputer.

– Putain, Laura, décroche ! Je suis malade d'inquiétude ! Si tu ne me rappelles pas, je lance un avis de recherche. Et je vais saturer ta messagerie jusqu'à ce que tu me répondes. Je...

Elle jeta un coup d'œil à Bruno Bruno, qui faisait semblant d'être sourd, à deux mètres...

— Je t'aime, Laura. Je pense à toi. Je sais ce que tu vis.

Elle referma son portable sèchement, et surprit le regard de Bruno Bruno sous ses cils baissés ; un exploit qui l'étonnait chaque fois. Elle reposa précautionneusement ses plantes de pieds sur le sol, retenant une grimace. Cette fois-ci, Bruno eut un sourire de commisération. Agnès regarda sa robe tachée, déchirée, ses pieds noirs : elle ressemblait à une pute qu'on aurait ramassée dans le caniveau, après un bon passage à tabac. Un spectacle hélas trop courant dans les locaux du SRPJ niçois, gâterie de la nouvelle vague des macs venus de l'Est avec leur propre marchandise : ils torturaient sans aucun raffinement le bétail récalcitrant. Agnès désigna le fusil de Matthieu, enveloppé dans une chasuble qu'elle avait empruntée au curé de Sainte-Réparate.

— Bruno, faudrait voir à m'envoyer ce fusil au labo. Il a plein de choses à nous apprendre. Tu as appelé Delambre ?

— Pas encore... Putain, c'est samedi. Il va nous faire bouffer ses hameçons.

Agnès soupira : Delambre, leur commissaire divisionnaire, détestait qu'on le dérange pendant ses jours de congé. En général, il le faisait payer. Elle vit Bruno hésiter, avec de nouveau son petit sourire en coin. Agnès, pour une fois, n'aima pas du tout.

— Agnès, ça a pas l'air d'aller très fort...

Agnès tordit le nez.

— Tu sais quoi, Bruno Bruno ? Je sais ce que tu penses, et je m'en tape. Si mon ex est un criminel, moi je suis flic, capitaine plus exactement. Et toi, t'es encore lieutenant. Appelle le boss. Dis-lui qu'on va commencer des perquisitions en flag'. Et je veux aussi qu'on mette les Fontane sur écoute. Matthieu va obligatoirement chercher à joindre sa mère.

Bruno était blême. Vexé à s'en faire exploser les maxillaires.

— Excuse. Je suis un peu à cran.

Elle se dirigea vers la porte, tâchant de garder un semblant de dignité malgré ses pieds nus qui lui faisaient mal.

Avant de filer, elle ajouta :

– Je vais me rhabiller en flic. J'espère que toute la noce sera dans les locaux quand je reviendrai. Sans oublier le grand Max Fontane.

Elle ne vit pas le majeur pointé vers le plafond que lui offrait Bruno Bruno...

Laura laissait couler l'eau, immobile, tout habillée, sous la douche. Elle s'y était jetée en arrivant chez Vincent, sans un mot ni un regard pour les extras en grande tenue, qui mettaient la dernière touche à la décoration de la fête prévue dans le jardin. Elle n'avait même pas senti leur présence, tout entière repliée dans sa robe de sang, sur sa douleur. Pas plus qu'elle n'avait voulu reconnaître dans le miroir de la chambre la vision de cette mariée ensanglantée, qu'elle avait déjà vue dans un autre miroir quelques jours auparavant. Elle avait toujours su.

Les piqûres brûlantes du jet d'eau la ramenaient peu à peu à la vie, qui n'était pour l'instant qu'un flot de sensations brutales ; couleurs, odeurs, chaleur, toucher, douleur, et encore douleur... Le tulle ouvragé du voile lui faisait une seconde peau, tendue et ruisselante, parfaitement greffée sur son visage, ciselant à travers les arabesques de la dentelle son front, ses pommettes hautes, son menton fin, la courbe de ses lèvres serrées, l'arête de son nez, dont les ailes seules alertaient encore sur un souffle de vie. La robe laissait échapper à ses pieds un bouillon ensanglanté qui s'échappait par les rigoles jusqu'à la bonde, en un dernier sursaut. Lorsque l'eau devint glacée, Laura sut qu'elle n'était plus qu'un spectre. Une ondine surgie des eaux pour venir chercher parmi les hommes le responsable de son malheur ; elle l'entraînerait avec elle dans les eaux noires, au plus profond des ténèbres, pour qu'il paie et vive à son tour la malédiction qu'il avait jetée sur son amour. Laura n'avait pas versé une larme : la vengeance voulait qu'elle se tînt droite.

Elle arrêta le flot glacé, au bord de perdre toute conscience. La morsure du froid la faisait souffrir, et c'était bon : la douleur avait enfin une forme. Elle sortit de la douche, laissant dans son sillage une traînée luisante sur le carrelage. Elle ôta le voile trempé, défit le nœud de fleurs d'oranger dans son chignon, et fit glisser sa robe à ses pieds. Elle s'enveloppa dans le peignoir de Vincent.

Elle cherchait des comprimés qui l'aideraient à glisser dans une douce torpeur lorsqu'elle l'aperçut, sous le voile détrempé : une carte, aux couleurs brutes, jaune, rouge, bleu, vert. La lame portait le numéro V, et représentait un homme âgé, couronné d'une tiare, tenant une crosse d'une main, bénissant de l'autre deux pèlerins, prostrés ou en extase, à ses pieds. Elle s'appelait « le Pape »...

Laura rejoignit la petite armée d'extras que le traiteur avait mis à disposition pour le cocktail dînatoire. Depuis son entrée fracassante, aucun d'entre eux n'avait osé bouger. Des statues. Laura se tenait maintenant debout devant eux, nue sous un peignoir, cheveux trempés et brandissant l'image du Pape.

– Qui est entré dans cette maison ? Qui ?

Ses hurlements les ramenèrent sur terre. Une jeune serveuse en laissa tomber son plateau de petits-fours sur le gazon, et fondit en larmes. Ce n'était plus un mariage, c'était une farce, grotesque et pathétique. Et cette folle qui hurlait toujours, avec son truc au bout des doigts. Un jeune loufiat pouffa nerveusement : elle lui faisait penser à la fille dans *L'Exorciste*, la possédée vociférante, qui faisait tourner sa tête comme une vulgaire toupie. Il en eut un frisson.

– Qui a déposé « ça » ? criait-elle toujours. Qui est entré ici ?

Devant le silence effaré, Laura se sentit perdre pied. Elle s'agrippa au bras d'une jeune fille qui eut un mouvement de panique et se tassa sur elle-même, au bord des larmes.

– Il faut que vous partiez, tous, murmura-t-elle, semblant tout d'un coup avoir retrouvé son calme. Je vous en supplie. Vite... et surtout, jetez ces fleurs, s'il vous plaît. Merci... Je vous prie encore de bien vouloir m'excuser... La noce est terminée...

***

Agnès fixait Max Fontane d'un œil froid ; elle faisait tout son possible pour se grandir, derrière le bureau, appliquant à chacun de ses gestes une sécheresse détachée qu'elle voulait très policière. Pas question que le patriarche la traite en gamine ; surtout devant Bruno, toujours vexé, qui attendait la suite de la déposition, mains en arrêt sur son clavier.

Ils avaient déjà entendu tous les invités de la noce. Une redondance de témoignages sans aucun intérêt. Sauf celui, pour certains, d'avoir étalé noir sur blanc une longue litanie de rancœurs, transformées pour l'occasion en accusations distillées sur le ton de la confidence. Un paquet de linge sale qui souillait les souvenirs d'Agnès.

Ludmilla avait ouvert les hostilités, en laissant entendre que Vincent avait dû gêner plus d'un promoteur en s'occupant de faire classer le terrain du Montmaure. Elle avait particulièrement insisté sur l'incendie : Vincent était en train de constituer un dossier compromettant. Il enquêtait sur les possibilités de rachat du terrain par un mystérieux acheteur. Qui ? Ludmilla n'en savait, hélas ! rien. Elle était en tout cas persuadée que la piste méritait d'être creusée : Vincent lui avait semblé inquiet, comme s'il voulait faire machine arrière ; on l'aurait menacé que ça ne l'aurait pas étonnée. Ludmilla... une garce de charme, jouant de sa notoriété et de son pognon comme un jongleur de génie avec des torches enflammées : on n'y voyait que du feu, et la respectabilité était sauve. Agnès avait très bien compris le message : le seul promoteur capable de magouiller pour racheter le Montmaure, c'était bien évidemment Max Fontane. Quant à la culpabilité de Matthieu, Ludmilla avait poussé les hauts cris : impossible... mais plausible. Ce gamin était d'une psychologie tellement fragile, régulièrement ébranlée par le mépris de... son père. Agnès avait fulminé intérieurement : Matthieu, fragile ? Il était surtout capable de tout ; en tout cas de beaucoup. De tuer ? Rien n'était moins sûr. Agnès lui reconnaissait une ambition tout entière cristallisée sur le casino Bellair, mais pas les couilles assez bien accrochées pour éliminer son rival potentiel.

Franck Duval et son fils n'avaient pas apporté davantage d'eau à son moulin. C'est tout juste si Duval père avait vu et entendu quoi que ce soit. Il avait soigneusement émaillé son témoignage, d'un vide abyssal, d'une liste de noms longue comme le bras : toutes les huiles qu'il fréquentait dans la région. Histoire de... Agnès avait surpris le regard de dégoût que lui avait jeté Antoine. Si le rejeton Duval choisissait un jour de faire lui aussi carrière en politique, papa serait sans aucun doute le premier ami de trente ans qu'il poignarderait dans le dos avec un grand sourire. Agnès avait enfoncé le clou : elle avait appris que le Montmaure allait être racheté. Ce qui l'étonnait beaucoup, puisqu'il était classé inconstructible, entre autres par les bons soins de Franck Duval. Sauf à en faire une réserve, Agnès ne voyait pas bien ce que ça rapporterait à l'illuminé qui voudrait l'acquérir... et ça ne rapporterait pas non plus un rond au département. À un moment, Agnès avait eu le sentiment que Franck Duval déglutissait un peu vite. Puis la bête politique avait découvert toutes ses dents : un sourire éblouissant.

Agnès était également restée sur sa faim avec Fred Bellair. L'exposé de celui-ci avait été court et précis. Le témoin idéal : il avait minutieusement décrit la scène, et elle n'avait même pas réussi à le coincer sur la tenue de Matthieu, dont il se souvenait à la perfection. Son commentaire sur Matthieu, présumé coupable et en fuite, s'était révélé tout aussi lapidaire : un garçon encore jeune, mais doué. Il ne comprenait toujours pas pourquoi il avait tiré sur Vincent. Fred Bellair n'avait pas envie de jouer, et Agnès avait dû le laisser filer. Elle restait pourtant soucieuse : s'il prenait au Don Corleone niçois la folie de laver le crime de son neveu, ça risquait de barder pour les Fontane. Elle devait faire part de ses craintes à Delambre... et tâcher qu'il ne la renvoie pas dans les cordes avec une remarque cinglante. Delambre était ainsi fait : il avait été un grand flic, au point qu'il en respectait, à deux ans de la retraite, tous les plus gros poissons de la Côte qu'il n'avait pu coller dans un bocal à barreaux...

Agnès avait épargné Viviane, la mère de Matthieu, abrutie par les anxiolytiques... Quant à Mado et Pierrot, les parents de Vincent, ils étaient soit au chevet de leur fils, soit en train de faire brûler des cierges, pour remercier le Grand Ordonnateur de notre vie sur Terre : aux dernières nouvelles, Vincent était tiré d'affaire. Dans le coma, certes, avec encore une balle dans la tête, mais vivant... Agnès espérait que Laura l'avait appris.

Elle devait se concentrer maintenant sur le cas Max Fontane. Max la toisait, visage inexpressif, tenue impeccable. Agnès ne put retenir un sentiment d'admiration pour le vieux : le moment venu, il crèverait en smoking, nœud papillon et plastron lustré en guise de pyjama, ongles faits, rasé de frais, et pousserait même la coquetterie jusqu'à mettre le champagne au frais... Mais il n'avait rien à lui révéler, pas même sur le port d'armes qu'il détenait depuis des années.

Agnès piétinait maintenant devant la porte de Manon. Le temps d'interroger tous les témoins, de mettre la main sur la jeune femme, qu'ils avaient discrètement embarquée au casino, et de réquisitionner un voisin pour qu'il assiste à la perquisition, et il était déjà 20 h 59 ; l'heure de lui claquer la bise en lui disant : « Excusez-nous pour le dérangement, on repassera demain matin pour finir la perquise. En nous attendant, balancez bien tout le matos compromettant, et faites de beaux rêves. »

— Nom de Dieu, qu'est-ce que tu fous, Bruno ?

— Ce que je peux.

Manon les interrompit avec un sourire narquois.

— Vous feriez mieux de me laisser faire. C'est ma serrure...

Agnès se retint pour ne pas la gifler.

— C'est bon, Bruno. Laisse mademoiselle ouvrir sa porte.

En deux secondes, ils furent dans le studio, et le voisin fila sans demander son reste. Manon, moulée dans son tailleur de croupière, s'était adossée, bras croisés, à la porte, et les observait. Elle portait en bandoulière une grande besace de cuir fatigué, ornée de breloques, qui détonnait avec sa tenue grise d'hôtesse. Agnès s'en voulait de détester autant cette fille, mais c'était plus fort qu'elle. Elle flaira l'air, relevant les draps tire-bouchonnés du lit. Pour un peu, elle aurait reconnu l'odeur de Matthieu. Elle se tourna vers Manon et reçut sa beauté comme une gifle en pleine poire : impossible de prétendre qu'elle pouvait rivaliser.

Bruno avait commencé la fouille. Il allait vite, méthodique et soigneux. Trop. Agnès soupira : de toute façon, à part le lit, la table de chevet, un placard avec quelques vêtements de femme, il n'y avait rien.

— Vous habitez ici depuis longtemps ?

— Un mois.

— Et monsieur Fontane ?

— Trois semaines, mais c'est pas régulier.

Agnès sentit son estomac se durcir. Le salaud. Depuis trois semaines, il couchait encore de temps en temps avec elle. Elle ouvrit la porte du cagibi qui tenait lieu de salle de bains. Le miroir lui renvoya son visage défait. Sur l'étagère au-dessus du lavabo, un rasoir, un baume après-rasage, et quelques flacons de produits de beauté pour femme. Rien dans la douche, rien dans la poubelle, rien derrière la cuvette des chiottes, ni dedans d'ailleurs. Elle se fit une grimace de bonne contenance dans le petit miroir mural et rejoignit la pièce principale.

— Quand est-ce que vous l'avez vu pour la dernière fois ?

— Ce matin... quand on s'est quittés.

— Il n'y a rien à lui, ici. Il est donc repassé.

— Ça m'étonnerait. Il n'a pas la clef.

— Ah...

Bruno avait l'air emmerdé. Il avait fini sa part de fouille. Il faudrait qu'Agnès mette le point sur le « i » de « mille excuses », sinon il allait lui tirer la gueule pour le restant de sa carrière à Nice. Qu'elle espérait longue, et sans ennemi dans son bureau. Ça valait le coup de faire un effort.

— Bon. Une dernière question : il ne vous a jamais parlé de ses plans de carrière au casino Bellair ? Devenir patron à la place du futur patron, par exemple ?

Malgré les propos que Matthieu lui avait tenus sur le sujet, Manon n'hésita pas un quart de seconde.

— Non. Et à vous ?

Elle fixait Agnès de ses grands yeux gris-vert, sans un battement de cils : une race étrange, ces gens qui ne battaient jamais des cils. Des menteurs, des rois au poker. Mais la roue tournait toujours, surtout pour ceux-là ; Agnès n'avait qu'à attendre. Elle lui fit son sourire de niaise, jusqu'aux oreilles.

— On ne va pas vous embêter plus longtemps. À bientôt, mademoiselle. Excusez pour le dérangement.

Bruno Bruno fut sur le palier en un clin d'œil...

À cette heure, Laura avait cru qu'elle pourrait tromper la garde des infirmières. Elle se heurtait depuis l'après-midi à toute une troupe de cerbères en blouse blanche qui refusait de la laisser passer. Les ordres étaient soi-disant formels : seule la famille avait accès à la salle de réveil. Malgré leur compassion évidente, et les supplications de Laura, nul n'avait cédé : Laura n'était rien. Ça faisait donc des heures qu'elle tournait dans le hall de l'hôpital, assiégeant les abords des machines à café, dont elle s'était gavée jusqu'à l'écœurement. Elle avait vu les relèves passer, et tenté chaque fois sa chance, peaufinant toujours un peu plus ses mensonges. D'avocate, elle était devenue la sœur de Vincent ; elle avait pris le premier avion de Paris quand on lui avait annoncé le drame et devait repartir dans la soirée, mais ne pourrait le faire sans l'avoir vu, au moins aperçu une fois. Un marathon logorrhéique. En vain. Laura avait fini par comprendre que c'était Mado qui avait posé ce veto, quasi divin pour le corps médical : Vincent n'avait comme famille que sa mère, son père, et son oncle. Elle avait à son tour banni les Fontane. Laura avait attendu ; son amour pour Vincent était infini, comme la voûte d'un ciel constellé d'étoiles, et personne ne l'empêcherait de le voir, pas même sa mère.

Elle marchait maintenant du pas le plus assuré possible dans le couloir qui menait aux salles de réveil : elle avait profité de la confusion qui préludait à la distribution des repas, et occupait tout le personnel hospitalier. Les quelques chambres qu'elle avait déjà visitées étaient vides, et un calme de caveau régnait sur cette partie de l'hôpital. Elle frissonna en ouvrant une porte de plus, et s'arrêta sur le seuil, saisie par le spectacle : ce ne pouvait être que lui. Crâne bandé, visage sanglé dans un respirateur, la poitrine se soulevant au rythme de la machine. Il gisait ainsi sur le lit surélevé, ses mains pâles étendues sur le drap trop blanc, percées et reliées à des kilomètres de tuyaux et de machines. Des courbes clignotaient sur des écrans, et seuls des bruits de mécanique discrète semblaient attester que la vie se cachait quelque part, au cœur de ces appareils. Elle lui toucha la main : la pulsion sous la peau était légère, mais réelle.

— Vous n'avez rien à faire ici !

Laura se retourna doucement ; ne pas briser le fil... Mado, toujours vêtue de son tailleur bleu de mariage, la

toisait du haut de son mètre cinquante. Une mère au désespoir, acculée.

– Vous n'avez pas le droit. Je l'aime.

– Ne dites rien. Je ne veux pas vous entendre. Sortez
d'ici immédiatement.

Jambes écartées, poings crispés sur ses cuisses, chignon
de travers, Mado avait même avalé ses lèvres, et Laura crut
qu'elle allait en venir aux mains.

– Je m'en vais. Mais je ne vous comprends pas...

– Vous portez le malheur sur vous. Disparaissez. Et surtout ne réapparaissez jamais !

Elle lui avait parlé comme à une morte.

Laura fuyait sur le parking de l'hôpital, refoulant ses
larmes, lorsqu'une voix la héla.

– Laura !

En deux secondes, Agnès fut sur elle, et la secoua par les
épaules.

– Bon sang, mais reprends-toi ! Ça suffit !

Laura éclata en sanglots. Les premiers. Agnès la prit
dans ses bras, et la laissa pleurer, ne cherchant pas à endiguer le flot qui lui coulait dans le cou.

– Pleure, ma fille, pleure... Tu as tous les droits.

Il était temps, mais ça ne s'arrêtait plus. Laura finit par
lâcher un dernier hoquet. Agnès en profita.

– J'ai vu le chirurgien.

– C'est le comble...

– C'est déjà ça !

– Je me fous de ce qu'il a pu te dire. Moi, je sais qu'il
va s'en sortir.

– Personne n'a dit le contraire. Si tu me laissais parler...

– Vas-y.

– Deux balles. Une qui a perforé le poumon droit, de
haut en bas. Je te passe les détails. Des dégâts, mais pas
irrémédiables. Ils l'ont extraite sans problème. C'est la
deuxième qui... Elle s'est logée dans le cerveau, près du
lobe pariétal. Ils ne veulent pas y toucher.

– Qu'est-ce que ça veut dire ?

– Qu'il reste dans le coma, et que tant que la balle ne bouge pas il n'y a rien à craindre.

– Tant qu'il est dans le coma, il ne risque rien ? C'est... n'importe quoi ! Il faut que je voie ce chirurgien, Agnès, tu dois m'aider, on y retourne.

– Calme. Il ne te dira rien de plus que ce que je t'explique.

– Mais ils ne vont pas le laisser dans le coma pendant dix ans !

– Ils attendent que la balle bouge toute seule, et là ils pourront opérer. Ils ne veulent pas prendre le risque d'altérer les fonctions vitales.

Laura s'était de nouveau liquéfiée.

– Mais...

– Écoute ce que je te dis, merde : ce coma, c'est la meilleure chose pour l'instant.

Agnès lui prit le bras, et la tira sur le parking.

– Maintenant, ça suffit. Je te ramène. T'es venue comment ?

– Avec sa voiture.

– Tu la récupéreras demain. Je ne te quitte plus de la soirée. J'en ai marre de te cavaler après.

Matthieu avait rassemblé en deux minutes de quoi tenir une quinzaine de jours : tout l'argent liquide qu'il avait pu trouver dans la maison de verre, quelques affaires, son passeport, et la carte de crédit de sa mère. Viviane ne dirait rien. Il lui était déjà arrivé de piocher dans son compte, et elle l'avait toujours couvert. Quand il était rentré, après sa cavale, il s'était planqué un moment dans sa chambre, tâchant de recouvrer son calme. Et de réfléchir. Il avait entendu à la radio que Laura était saine et sauve. Les commentaires faciles allaient bon train : on ne parlait plus que de la mariée en noir. Vincent, par contre, était donné pour mort... Il n'en avait tiré qu'une conclusion, en forme de cul-de-sac : il était dans la merde jusqu'au cou.

Il avait entendu Viviane rentrer. Impossible d'aller plaider sa cause auprès d'elle, qu'il savait pourtant acquise ; il ne voulait pas des larmes de sa mère, ni qu'elle prenne ses décisions à sa place. C'était l'heure de devenir un homme, et de prouver quelque chose à son père au passage ; au bout, il parviendrait peut-être à trouver la paix. Il devait s'en sortir seul. Sa mère dormait, abrutie par les calmants, lorsqu'il avait ruiné son sac, puis les tiroirs de son bureau, et enfin ceux de Max. Il savait maintenant où il irait. Il lui fallait une arme : entre être le gibier ou le chasseur, il avait choisi les deux ; autant se donner les moyens de la riposte.

Il n'eut même pas à fracturer l'armurerie, une belle armoire vitrée : il lui suffit de tourner la clef. Il choisit une belle carabine de chasse, entretenue avec amour, qu'il prit avec son étui et quelques boîtes de cartouches. Puis, dans un tiroir du bureau de son père, il faucha un trousseau accroché à une étiquette sur laquelle était écrit le mot « Cabanon ». Il allait repartir lorsque le bruit d'une voiture le retint : son père. L'occasion de s'expliquer enfin avec lui ? Il savait que Max risquait de le prendre comme une ultime provocation, mais, au bout de cette onde de choc phénoménale, une opération bas les masques pouvait tout aussi bien révéler des surprises...

Viviane se réveilla brusquement. La porte du hall avait claqué. Elle avait soif, et son corps n'était qu'une immense contracture. Tout lui revint d'un coup. Franck l'avait déposée, elle avait avalé de quoi oublier mais seul son cerveau avait cédé sous le coup de massue de la chimie, pas son corps, encore meurtri de crampes. Il n'y avait plus qu'un remède...

Le grand salon était illuminé. Max raccrochait le téléphone quand elle entra. Elle ne pouvait pas lui parler, pas tout de suite. Elle se sentit prête à l'affronter lorsque la chaleur du whisky engourdit ses muscles. Elle s'en servit un deuxième, et se tourna vers Max. Mains dans les poches, il lui offrait son dos.

— C'était Agnès, dit-il sans se retourner. Laura va bien. Elle reste avec elle cette nuit, chez Vincent.

— Rassuré, donc ?

Le silence accueillit cette vérité. Viviane vida son verre d'une lampée et le remplit de nouveau. Elle avait l'impression que son cerveau se répandait en flaques sous ses pieds, et qu'elle allait s'y noyer. Un drôle de bruit flotta dans l'air : c'était son ricanement, plus proche du croassement que du rire.

— Tu me dégoûtes. Il n'y en a que pour elle...

Toujours ce mur de silence. Elle en tremblait : le détruire ; derrière, il y aurait peut-être de la lumière.

— Ton fils est accusé de meurtre. Ton fils est en fuite. Ton fils est seul, quelque part. Ton fils est peut-être mort. Ton fils ! hurla-t-elle. Ça te dit quelque chose, *ton fils* ?

— Ça ne sert à rien de crier. Il est accusé de meurtre, parce que tout le monde l'a vu.

Maintenant, il la lorgnait.

— Il n'y a que toi pour dire qu'il n'avait pas de fusil ! Tu es sa mère, tu es aveugle. Je t'avais prévenue : quand on fréquente Fred Bellair, il faut s'attendre à ce que les choses tournent mal. C'est fait.

— Fous-moi la paix avec Fred Bellair. Fous-nous la paix ! Tout ça, c'est ta faute. Si Matthieu a tiré, c'est ta faute. Ça fait des années que tu empoisonnes sa vie avec les Bellair. Et la mienne aussi. Je te hais, Max, à un point que tu n'imagines même pas. Le pire, c'est que je ne pensais pas que ça m'arriverait un jour. Je t'en veux pour ça, pour ce que tu m'as fait devenir : une femme pleine de haine.

— Tu bois trop. Tu es saoule, tu me fatigues.

Viviane éclata de rire.

— Ce qui te fatigue, c'est la vérité. Je suis vivante, Max, et ça t'emmerde, parce que je te rappelle à la vie tous les jours.

Elle se planta devant lui, verre dans une main, flasque de whisky dans l'autre. Sans le quitter des yeux, elle remplit son verre jusqu'à l'en faire déborder. Elle titubait, mais ce qu'elle voyait était d'une aveuglante clarté.

— Le whisky, c'est pour supporter. Trente ans à m'effacer, à te soutenir, à lire tes budgets, à te conseiller, à organiser des réceptions. Trente ans à construire le grand Max Fontane, à raconter à tous qu'il est le plus grand architecte du monde, le plus grand promoteur. Trente ans. Maintenant, il va falloir passer à la caisse, Max. Pour moi, et pour Matthieu.

Max en avait suffisamment entendu et se dirigea vers la sortie.

— Très bien. Je te laisse cuver.

Une des grandes baies vitrées du salon se fissura comme une toile d'araignée : Viviane venait de balancer sur le reflet de Max le lourd flacon de cristal encore à moitié plein d'alcool.

Il n'y aurait pas de pardon. Pas d'absolution. Il n'y aurait que des comptes, à arracher de cet enfer. Et quand il aurait brandi le cœur de son ennemi le plus cher, son père, Matthieu le lui enfoncerait dans la gorge, puis le regarderait étouffer. La dernière image qu'il chevilla à sa mémoire fut celle de Viviane, sa mère, repliée sur son ventre et l'appelant : « Matthieu, mon amour, mon bébé... »

— Ça ne peut pas être lui.

Laura ne détacha pas son regard du reflet de la lune sur la piscine. Butée.

— Je ne peux pas en dire autant, répliqua Agnès sèchement.

— Pourquoi est-ce qu'il aurait fait ça ?

— Je n'en sais rien ! Et toi, tu peux me dire pourquoi Vincent a dit non, hein ?

Laura jaillit de son transat.

– C'est bon, tu peux rentrer chez toi. Je n'ai besoin de personne.

– Ça va, on se calme. Excuse-moi. Je reprends : quand ton frère daignera nous expliquer ce qu'il fabriquait avec ce fusil... à ce moment-là, on avisera.

Laura fouilla dans son sac.

– Et ça, toi qui sais tout, tu peux me l'expliquer ?

Agnès saisit la carte, mouchée.

– Tu aurais dû me tenir au courant.

– Pour quoi faire ? Tu ne me crois pas. Personne ne me croit.

– Où l'as-tu trouvée ?

– Sous la douche. Elle n'est pas arrivée toute seule. Celui qui a tiré sur Vincent l'y a mise. Qui d'autre ?

Agnès laissa échapper un sifflement.

– Tu m'en diras tant. Ce n'est plus un assassin, c'est un devin. Il fallait qu'il sache que tu reviendrais chez Vincent !

– S'il te plaît... Tu sais combien il y a d'arcanes majeurs, dans le Tarot ?

– Non.

– Vingt-deux. Et il y a vingt-deux jours entre ma naissance et la mort de ma mère. J'en ai déjà reçu sept. Fais le calcul... de ce qu'il me reste à vivre.

Laura attendait une réaction. Mais elle avait présumé des capacités d'Agnès à digérer ces informations. Elle poursuivit sa démonstration.

– J'ai eu tout le temps de réfléchir, à l'hôpital. Quelqu'un joue avec moi. Ou avec mes proches. Un jeu pas drôle du tout, puisqu'on en meurt. Je sais sans doute des choses que je ne devrais pas savoir...

Agnès ouvrit la bouche pour parler, mais il fallait que Laura aille jusqu'au bout de sa pensée.

– Laisse-moi finir. Je suis de plus en plus convaincue que ma mère a été assassinée. Depuis que je suis toute petite cette idée me hante mais c'était un peu comme un

fantasme, un rêve; aujourd'hui j'ai l'impression d'une certitude. Comme si...

— Comme si?

— Tu vas sûrement trouver ça bizarre, mais à toi je peux
le dire : comme si j'avais été témoin de ce crime et que la
mémoire était en train de me revenir.

Agnès n'eut pas envie de jouer au flic et prit dans ses
bras son amie, qui n'émit aucune résistance. La nuit les
enveloppa de silence.

Le testament d'Archibald Montalban

En frontispice la gravure du Christ de Mantegna, identique à celle que Laura admirait quand elle était enfant dans le cabinet du Dr K. Ladite gravure est couverte d'un papier de soie moucheté de moisissures.

« Je suis né à Madrid le 1er janvier 1843 d'une famille de la petite noblesse madrilène très argentée mais qui avait fait sa fortune au temps du Siècle d'or, celui des nouveaux croisés du Paradis sur terre. Notre conquistador s'appelait Emiliano Rodriguez Ettcheban Castro y Montalban. Un portrait en pied de l'homme était encore accroché dans le grand salon sombre et frais des réceptions, emmuré dans un habit de cuir et d'or, l'œil invocateur et noir ; je crois même que le peintre avait ajouté à la férocité du personnage pour insister dans sa peinture sur une certaine idée de la cruauté de l'Espagne conquérante. Emiliano Rodriguez Ettcheban Castro y Montalban finit ses jours en prières comme Colomb, dans un monastère de Castille, pour y expier ses crimes. Heureusement, et pour adoucir l'origine criminelle de la famille, on prétendait aussi que par les femmes une partie de la lignée descendait en droit fil de la cour d'Espagne par un

lien impossible à vérifier avec la première épouse du roi Philippe IV, celle qu'on appela plus tard la reine morte. Mes parents avaient une vie exclusivement mondaine et la solitude de mon enfance m'avait poussé, sans que je m'en plaigne, dans la grande bibliothèque que mes ancêtres avaient constituée au cours des siècles passés. La généalogie des deux côtés était assez lourde et comptait, en dehors de la reine d'Espagne et d'Emilio Rodriguez y Montalban, de nombreux grands militaires, amiraux de la Grande Armada, quelques prélats puissants dont un cardinal, le cardinal Ignacio Ulysseo Perri y Montalban, la maîtresse d'un roi, Luna Perrez Montalban de Parma, comtesse de Barcelone, mais aussi Carvello Suarez Montalban y San Pé, un alchimiste, astronome et poète dont les œuvres complètes semblaient n'avoir jamais été ouvertes par aucun de ses descendants. Mon père faisait peu de cas de toute cette littérature encombrante. Elle n'avait d'autre attrait pour lui que de décorer l'une des plus belles pièces de ce palais qui tombait en ruine et qu'on appelait le " cabinet de curiosités " ; quant à ma mère, elle occupait tout son temps à chercher onguents et crèmes miraculeuses pour atténuer la grossièreté des traits que la nature lui avait donnés et qu'elle s'acharnait à vouloir transformer. Obsédée par cette disgrâce, elle décida un jour de modifier son apparence et s'offrit aux mains d'un charlatan qui acheva de la défigurer. Son visage ne fut plus que tuméfactions, cicatrices et boursouflures, et ma mère finit cachée dans l'ombre de ses crêpes de deuil jusqu'à ce que la mort vienne la chercher, cinquante ans plus tard, à l'âge de cent deux ans. Quand je repense à son obsession de vouloir modifier les erreurs que Dieu avait commises sur sa face, je reste convaincu qu'elle fut la première femme athée de cette maison, répudiant la foi dans les contrées les plus lointaines de la conscience humaine tout en continuant à sanctifier de toutes ses forces les plaies du Christ que Dieu avait laissé infliger à Son fils. Mon père mourut chez une de ses nombreuses maîtresses, une jeune fille de trente-cinq ans plus jeune que lui, belle comme le jour, Latuada, qui eut cette phrase incroyable lorsque je dus récupérer son corps : " Excellence, monsieur votre père est entré au Ciel comme il est entré dans ma chambre, sans frapper." Elle évoqua sa mort comme une effraction céleste, poussée par le désir incontrôlable d'entrer dans une jouissance éternelle. Cette simple phrase suffit à m'apaiser et me fit toucher cette idée qu'il y avait dans le trépas quelque chose qui n'était rien d'autre que le prolongement du vivant, ce fameux fleuve qui coulait d'un monde à un autre et dont parlait si bien Bossuet. Ainsi mon père avec ses allures de sultan et ma mère avec cette folie qui avait empoisonné son intelligence avaient engendré un fils unique qui avait exactement pris les caractéristiques inverses. À dix-huit ans j'étais un jeune homme sans allure mais à la cervelle bien faite, nourrie des lectures historiques et savantes que mes ancêtres avait longuement préparées pour moi. Mais les bibliothèques comme les hommes ont aussi des limites, elles n'offrent que des clefs pour nous jeter dans le monde. Aussi, après avoir lu tous ces ouvrages, je n'eus pas d'autre choix que de quitter cette demeure ancestrale. Je peux même dire que j'eus l'impression d'être expulsé de ces murs, de cette ville mais aussi de ce pays tout entier, c'est-à-dire de sa langue, abandonnant ma mère à ses ombres pour courir le monde entier. Vivre ne devint pour moi qu'une sorte de vérification de tout ce que j'avais appris dans les livres.

» *Le monde était vaste. Je ne parle pas de géographie bien qu'il me soit arrivé de traverser des plaines ou des déserts qui n'en finissaient pas. Non, je parle ici d'Histoire. Le monde depuis sa création avait connu toutes sortes de changements, d'évolutions, de mutations, des civilisations tribales aux civilisations les plus raffinées et dont certaines nous sont encore inconnues après avoir été englouties sous les flots d'un déluge ou dans les entrailles de la Terre. L'idée de la catastrophe capable de réduire le monde connu au néant reste sûrement la plus grande crainte de l'humanité. À cet égard nous sommes restés des hommes préhistoriques. Ma situation d'enfant abandonné par ses parents, oublié au fond d'une bibliothèque, m'avait obligé à me poser des questions essentielles : pourquoi étais-je venu au monde ? À quoi cela servait-il ? Devrais-je passer ma vie dans cette bibliothèque, et pour quelle raison ? Et si je devais en sortir, où et vers quoi devrais-je aller ? Impossible de croire que ce que je voyais du monde, à travers mes parents ou leurs amis qui se ressemblaient tous, toute cette civilisation basée strictement sur le commerce, était le projet de Dieu. La question de Dieu se posa très tôt chez moi, celle de la Genèse aussi. À quoi avait servi la Création si c'était pour en arriver là ? Où est-ce que Dieu avait failli ?*

» *Pour répondre à ces questions, je fus aussi obligé de me poser les questions de ce monde dans lequel je vivais et la question des origines est devenue une question capitale. Dès mon plus jeune âge je rêvais de retrouver le Paradis perdu que je prenais pour ce vaste jardin en friche derrière les hauts murs de la maison.*

» *Je ne sais pas si les obsessions qui ont occupé mon existence par la suite sont liées à ce sentiment à la fois d'échec et de finitude du monde, mais je n'ai eu de cesse toute ma vie de désensevelir des cités et des vérités perdues. Lorsque j'ai quitté la maison familiale, ancestrale même, mon élan s'est naturellement tourné vers le passé bien plus que vers l'avenir. C'était là-bas que se trouvaient nécessairement les réponses. En réalité je faisais l'inverse de ce qu'avait fait mon illustre ancêtre, Ettcheban Castro y Montalban, le conquistador. Les nouveaux mondes ne m'intéressaient pas ; du moins pas du point de vue de la conquête et de la colonisation mais plutôt comme trace vivante des civilisations perdues. L'Afrique, par exemple, se présenta à moi identique à ce que devait être le monde des premiers hommes, celui qu'Adam et Ève avaient connu une fois chassés du Paradis, ce monde abrupt, cruel et hostile bien qu'époustouflant et que des générations d'hommes et de femmes ont tenté d'apprivoiser au cours des siècles. Les anciens mondes, les mondes perdus devinrent bien plus passionnants à découvrir, même s'ils ne se révèlent que par fragments, même si chaque fragment découvert contredit le précédent. J'eus cette chance d'appartenir au siècle des archéologues.*

» L'Église catholique n'aimait pas se poser la question des origines, il suffisait de voir sa réaction sur les découvertes de Champollion pour comprendre très vite qu'elle craignait que son édifice ne s'effondrât si l'on venait à faire la preuve que le monde des Égyptiens était plus ancien que celui de la Genèse. Souvenons-nous du sort réservé à Galilée qui affirmait que la Terre était ronde. L'Église catholique, cette grande putain dont la prétention était sans limites, voulut de tout temps préserver les légendes issues des civilisations anciennes pour maintenir ses fidèles dans la

dépendance de la fin du monde et du Jugement dernier. Les orthodoxes, eux au moins, avaient reposé la question des origines au XVIe siècle en créant un mouvement d'opposition qu'on appela les Raskolnikovics, nom que Dostoïevski donna plus tard à son héros de Crime et châtiment *dont je viens d'achever la lecture.*

» Je suppose aussi que mon goût pour cette recherche du Paradis perdu venait de certaines de mes lectures et particulièrement de celle de mon ancêtre, Carvello Suarez Montalban y San Pé, alchimiste, astronome et poète, dont j'étais le seul à avoir lu l'œuvre complet. Dans son livre intitulé La Séparation des anges et de Dieu, *il posait la question des origines de manière tout à fait surprenante. Il avait même élaboré une théorie très particulière sur la question de l'intervention de Lucifer. Il rappelait sans cesse dans son ouvrage que Lucifer signifie " le porteur de lumière " et que ce patronyme nous obligeait à éloigner de nous toutes les images monstrueuses de ses différentes représentations : bouc, chauve-souris et autres bestioles terrifiantes que l'Église avait conçues autour de ce personnage essentiel de la Genèse. Lucifer, donc, était pour mon ancêtre la clef qui permettait de comprendre les erreurs de Dieu. Ce point de vue fut au cœur de mes recherches et des problématiques qui deviendraient les miennes plus tard.*

» Avant de finir brûlé sur le bûcher des Inquisiteurs, Carvello Suarez Montalban y San Pé prétendait que la grande erreur de Dieu avait été d'avoir voulu créer l'homme à Son image, c'est-à-dire comme Lui-même, un Immortel. C'est précisément ce que sont Adam et Ève, des immortels, des dieux sans aucun pouvoir, juste des images de Dieu dans lesquelles Dieu pouvait Se regarder comme dans un miroir. Ce Paradis terrestre n'avait aucun sens et n'était en rien un projet

d'humanité. Une sorte d'échec. Et Lucifer fut le premier opposant à Dieu, qu'il vénérait pourtant de tout son cœur.

» *Le premier objectif de Lucifer fut donc de ravir Ève à Dieu pour ouvrir les yeux de la créature sur son Créateur. Non pour punir le Créateur d'avoir aimé la première femme, de l'avoir aimée plus qu'Adam, elle qui fut la réussite, l'accomplissement et la perfection, immortelle bien-aimée qui ne croyait pas au mal. Mon ancêtre affirmait qu'il y avait une raison précise pour que Lucifer jetât son dévolu sur Ève, et c'est sûrement ce qui lui valut le bûcher : la vérité, comme le dit si bien Victor Hugo, est comme le soleil, elle nous fait tout voir et ne se laisse pas regarder. La raison invoquée par mon ancêtre était suffocante : Ève n'était pas une créature de Dieu ! Elle était, d'après l'alchimiste, née d'un désir d'Adam et d'Adam seul. Elle fut donc la première créature de la Création qui ne fût pas d'essence divine. De par son étrange naissance ou plutôt extraction ou apparition, elle échappait à Dieu. Et si Ève n'appartenait ni à Dieu ni aux anges, elle seule était porteuse de la véritable idée de l'humanité. Le jour et la nuit, les montagnes, les mers, les océans, les animaux, etc., jusqu'à Adam, furent tous créés à partir du chaos et de la Ténèbre par la seule volonté du Créateur. Ève, en revanche, dont le nom signifie la vie, fut créée à partir d'Adam, à partir d'une matière humaine divisible créant ainsi deux individus (on oublie trop souvent que le mot individu signifie qu'il ne peut plus se diviser). C'est une notion essentielle qu'il faut garder en tête pour les révélations que j'ai à faire plus tard. Une chose est sûre. En se séparant, Adam l'hermaphrodite devient homme. Passer du stade d'hermaphrodite et d'immortel (avoir le pouvoir de procréer seul et de se reproduire soi-même à l'infini) au stade mortel et indivisible (ne plus pouvoir procréer sans l'autre...) oblige chacun à tenir compte de l'existence de l'autre. Les balbutiements de l'humanité se fondèrent sur un principe simple : " Sans toi je ne suis rien. "*

» En attendant, il est à noter, d'après l'ancêtre alchimiste et poète, que c'est seulement à partir du moment où Ève fut créée que Dieu posa le premier de tous les Commandements, de tous les interdits et ce bien avant les Tables de la Loi si chères à Moïse ; " Tu ne toucheras pas à l'arbre de la Connaissance sinon Ma colère sera immense. " Ce furent à peu près les termes de la menace. Or Il ne vociférait pas cette loi du temps où l'hermaphrodite Adam était seul au Paradis terrestre. La raison pour laquelle Dieu posa cet interdit fut la même que celle qui poussa Lucifer à s'intéresser à Ève : quelque chose dans la séparation de l'hermaphrodite Lui avait échappé et la division risquait de s'étendre au-delà de la question de la procréation. Ce fut aussi sur cette division que l'ange de lumière compta ardemment.

» Mais avant d'en arriver à cette conclusion, Carvello Suarez Montalban reconsidéra dans son œuvre le personnage de Lucifer. D'après lui, l'ange déchu n'était pas un personnage maléfique. Il n'était que bonté et d'une beauté foudroyante, malheureux et pleurant des larmes de sang, injustement méprisé. Méprisé par qui ? Par Dieu ! Parce que Dieu a toujours déchu ceux qu'Il aimait, Lucifer d'abord (le porteur de lumière) puis les femmes, laissant à celui qu'Il avait créé à Son image (Adam) le sentiment amer et mensonger de l'accompli et de l'achevé.

» Il fallut donc que la première femme désirât violemment le "fruit défendu" pour que puisse

s'accomplir le deuxième objectif du séducteur " diabolique ", l'objectif caché qui n'était pas de plonger le monde dans le chaos (il en venait) mais d'ouvrir les portes de la Connaissance aux humains par un acte délicieux et leur révéler ce que Dieu leur cachait depuis longtemps : son désir d'humanité. Avant l'intervention de l'ange déchu, inoffensif comme un boa noué autour de l'arbre, les sentiments n'existaient pas ; n'existaient que la Terre, les eaux, les cieux, les plantes, les montagnes, les animaux, toute une nef ronde naviguant dans l'infini, gonflée d'immortalité et baignant dans une béate satisfaction. Dieu n'avait même pas envisagé l'amour entre le premier homme et la première femme. Pour eux, tout coulait de source, tout allait de soi mais aussi de l'autre sans discernement. Le monde à peine peuplé par cette cosmogonie monothéiste fut conçu et organisé comme une évidence, un immense jardin où Dieu le Père aurait suppléé à tout, où Il avait tout devancé, tout prévu, pire que les monarchies, un univers clos où l'homme et la femme auraient dû acquiescer aveuglément à toutes les propositions du Très-Haut, un monde sans révolte, une dictature.

» Croquer la pomme signifia passer d'un monde parfait et ennuyeux à l'idée d'un désert, certes, mais un désert que les femmes et les hommes ensemble allaient enfin pouvoir prendre en main, un lieu non pas vide mais chaotique comme fut chaotique la Ténèbre d'avant la Genèse ; à cette grande différence près : cette fois-ci le monde à venir était livré à l'entière imagination humaine et non divine. Il surgissait dans la douleur, sans doute, mais aussi dans cette joie indicible d'avoir créé un monde sans cesse perfectible. Par l'artifice et la séduction, Lucifer, l'ange répudié, avait donné aux femmes et aux hommes – mais

grâce aux femmes essentiellement – le moyen de réussir là où Dieu avait échoué, en leur permettant de fonder l'humanité, en engendrant des générations de mortels qui allaient se relayer dans ce combat infernal qui les opposa et les opposera encore longtemps à leur Créateur.

» Mes voyages m'avaient entraîné loin pour fouiller ce monde, les bibliothèques aussi bien que la Terre. J'avais la chance d'appartenir à ce siècle merveilleux des archéologues dont Schliemann fut la figure de proue. Un rêve d'incendie qu'il fit enfant suffit à déterminer sa vie entière et il n'eut de cesse alors que de retrouver la ville de Troie disparue, mythique et presque légendaire. Et pour retrouver cette cité perdue il eut cette intuition exceptionnelle qu'il lui fallait d'abord retrouver Hélène de Troie, une Hélène, son Hélène. À Athènes, il procéda à une longue audition, jusqu'à ce qu'il jetât son dévolu sur une jeune fille qui était pour lui la représentation vivante d'Hélène, afin qu'elle devînt son guide dans la langue grecque ancienne, dans le passé enfoui et dans l'histoire de ce pays. Son intuition se révéla juste : c'est ensemble qu'ils allaient exhumer les vestiges de la cité enfouie, et c'est alors qu'il couvrit son épouse des bijoux antiques exhumés de ses fouilles...

» D'une certaine façon il en fut de même pour moi, mais de manière beaucoup plus obscure. L'adjectif est terrible, mais peut-on dire autre chose en parlant d'amour ? Rien n'est plus obscur que ce sentiment qui lie des êtres de manière éternelle et sans raison apparente. Deux minutes avant la rencontre on vivait en parfaite harmonie avec soi et le monde, puis, soudain, la seule apparition de l'autre dans le champ de votre *regard vous révèle votre vie, cette même vie dont vous étiez si fier, comme une vie de misère. L'amour commence par tout détruire de ce que nous savons et de ce que nous sommes. L'autre devient tout, il arrive même qu'il devienne un autre vous-même, mais accompli.*

» Comme tous les grands voyageurs, je finissais régulièrement par revenir au point de départ, dans la maison familiale. J'allais sur mes quarante ans, nous étions en 1882 et mes devoirs de fils m'obligeaient à rendre visite à ma mère que Dieu semblait avoir oubliée. Cela faisait deux ans que je ne l'avais pas vue. Sous ses voiles, j'arrivais encore à discerner son visage abîmé, immuable, comme si la laideur seule pouvait supporter la vieillesse. Quelque chose de nouveau s'était produit en mon absence. J'eus bien été incapable de savoir d'où venait cette impression d'inquiétante familiarité, mais, à peine avais-je remis le pied dans la demeure des ancêtres que j'éprouvai un sentiment à la fois de grand désordre et de grande sagesse. La présence auprès de ma mère d'une jeune fille, sa lectrice, m'éblouit jusqu'au fond de l'âme, tout comme elle éblouissait cette maison trop grande et trop sombre qui avait pourtant recueilli mon enfance. Pour la première fois de mon existence je ressentis ce qu'était la Splendeur, cette lumière intense qui illumine les âmes. Elle s'appelait Élisabeth de Fressan et se révéla à moi dès le premier regard comme une divinité.

» C'était une jeune Française originaire de la ville de Nice, amie de la cousine de ma mère, l'abbesse du couvent Sainte-Anne, à Tolède. Au début j'ai cru que leurs lectures portaient sur les Saintes Écritures et je m'étonnai que ma mère fût revenue à Dieu. Les conversations tournaient beaucoup autour

de la Vierge Marie à laquelle ces trois femmes, comme toutes les moniales du couvent Sainte-Anne, vouaient une sorte de culte. On eût dit qu'elles en parlaient comme d'une déesse. Elles s'extasiaient bien plus encore sur sa mère, la très fameuse sainte Anne, dont le couvent de l'abbesse portait le nom. Mais jusque-là rien d'étonnant, l'Espagne est de tous les pays d'Europe celui qui compte le plus grand nombre d'églises ou de couvents dédiés à la Vierge ou à sainte Anne. Rien d'étonnant non plus à ce que des femmes pieuses s'intéressassent à ces figures féminines de la mythologie chrétienne. Mais, comme toutes les femmes lorsqu'elles se mettent à parler de religion, l'abbesse, ma mère et Élisabeth finissaient toujours par retourner, très naturellement, à une vision archaïque du religieux. Les saintes femmes des Évangiles, les apôtres et les anges se métamorphosaient assez facilement en dieux anciens et, pour confirmer leurs approches, elles appuyaient leurs théories sur des écrits étranges comme ceux du prince de Pise dont Élisabeth de Fressan était une descendante. Ce savant, prince et alchimiste de la Renaissance italienne, prétendait avoir découvert le secret que renfermaient comme un trésor les vingt-deux lames majeures du jeu de cartes divinatoire communément appelé Tarot.

» Souvent, quand j'entrais dans la grande bibliothèque où les trois femmes se réunissaient régulièrement pour étudier les propositions et hypothèses du grand savant italien, le silence se faisait. On refermait les livres et passait à des conversations anodines. Ma mère, dont j'avais parfaitement reconnu la voix avant d'ouvrir la porte, redevenait une vieille dame mutique dès mon entrée. Le plus souvent l'abbesse des Anges

(qui n'était devenue religieuse que pour échapper aux assauts des hommes qu'elle avait pris en horreur) prenait congé sans même me saluer. Élisabeth, en revanche, semblait libérée du joug de ses marâtres et filait à l'anglaise jusqu'au jardin qui avait retrouvé une floraison et une vitalité comme jamais. Longtemps je me suis demandé si ce n'était pas sa présence qui métamorphosait en jardin d'Éden ce bout de terre que j'avais toujours connu à l'abandon. Nous nous y retrouvions et passions ainsi des heures à parler. Les premiers miracles de l'amour eurent lieu dans cet enclos : chaque fois qu'Élisabeth me posait une question j'avais l'impression d'exister, comme jamais je ne l'avais ressenti auparavant. Ce qui se produisait sur le jardin se produisait aussi sur moi. Ce fut pire encore le jour où elle posa sa main sur mon visage. J'eus l'impression d'apparaître au monde. Et je compris très vite que l'amour ne valait que pour nous révéler ce que nous étions réellement avant ce miracle, c'est-à-dire rien. Nous passâmes ainsi de longues soirées, sous la surveillance voilée de ma mère, où je lui exposai longuement mes recherches sur le Paradis perdu que je croyais avoir trouvé en Palestine, puis en Syrie ou encore au fin fond de l'Écosse. Elle m'écoutait avec une ardeur qui me fascinait.

» À mon grand étonnement, au bout de quelques semaines, c'est elle qui me demanda en mariage, bravant les règles officielles. Elle le fit avec délices comme si elle avait croqué dans le fruit défendu. Si Schliemann avait eu besoin de découvrir son Hélène pour retrouver les vestiges de Troie, je découvris en la personne d'Élisabeth mon Ève éternelle. »

DEUXIÈME PARTIE

Dimanche 7 août

LA LUNE

Joëlle n'en menait pas large. Elle n'avait compris qu'une seule chose : on avait voulu assassiner son patron, et les flics avaient l'air de penser que c'était à cause d'un des dossiers dont il avait la charge. Elle avait passé une nuit blanche à réfléchir à toutes les affaires qui lui étaient passées entre les mains. Elle avait écarté d'office les divorces, les querelles de voisinage, et autres minables histoires de vol ou d'escroquerie, dont la plupart des auteurs croupissaient d'ailleurs à la prison de Grasse ou à celle de Nice. Son patron en défendait tout un lot, commis d'office ou pour des honoraires symboliques : l'avocat de la « peine perdue », c'est ce qu'elle n'arrêtait pas de lui seriner dès qu'il acceptait de défendre un de ces voyous. Et sur la Côte, ils pullulaient ; plus il en faisait sortir, plus il en trouvait sur son paillasson. Il y avait aussi, et heureusement, les grosses affaires, celles qui faisaient vivre le cabinet, et qui payaient son salaire : les riches s'entre-tuent généralement par avocats interposés. Mais de là à descendre maître Bellair, il ne fallait pas exagérer ! Restait le dossier de l'Association de défense du littoral qui portait sur le Montmaure et son incendie depuis une semaine. Si son patron avait fait une découverte majeure, elle était très récente et Joëlle n'était pas au courant. La secrétaire de Vincent était paumée et la trouille lui taraudait les boyaux

167

au fer rouge. Sans compter que, vivant, il ne la payait déjà pas lourd; maintenant s'il mourait, non seulement elle ne risquerait pas de recevoir une prime ou une augmentation posthume, mais elle savait pertinemment qu'elle aurait du mal à retrouver un boulot vu son âge.

Heureusement, il y avait eu ce coup de téléphone. Une fortune qu'on lui proposait pour faire disparaître son ordinateur portable. Elle avait dit oui : son gros défaut, c'était le casino; son gros problème, c'était son banquier. Elle avait demandé la somme en liquide, et le type, au bout du fil, n'avait pas moufté. Maintenant, devant la pile de chemises posées sur son bureau, en jogging, mèches décolorées en pétard sur le crâne, cernes jusqu'aux genoux, elle était à la limite du dégoût d'elle-même mais, surtout, elle hésitait : faire une connerie ou ne pas faire une connerie? Être riche ou ne pas être riche? Joëlle avait le mérite de la simplicité, et de poser les bonnes questions dans le bon ordre : elle ouvrit son faux sac Vuitton et y enfourna l'ordinateur portable et quelques dossiers. Elle inspira un grand coup, inspecta la bonne tenue de sa poitrine, rentra son ventre, et examina ses ongles : la première chose qu'elle ferait, ce serait le grand jeu chez l'esthéticienne. Et tant pis pour les beaux mâles de la police : la Joëlle des grands jours ce serait pour bientôt, mais eux ne sauraient pas à côté de quoi ils passaient...

Elle ne fit qu'un saut jusqu'à sa voiture, garée deux rues plus loin. Le cabas avec son billet gagnant était maintenant en sûreté dans le coffre, et elle n'avait plus qu'à attendre 8 heures, l'heure à laquelle elle avait été convoquée par les flics pour leur ouvrir le cabinet. Elle saisit un magazine et en feuilleta d'un doigt mouillé les pages remplies de futurs cadeaux. Elle sourit : elle se rappelait les devantures de Noël, quand elle était gosse, et sa mère qui la traînait à lui en déboîter l'épaule pour l'arracher à ces merveilles. Elle voulait tout; elle n'avait jamais rien eu. Elle recommença de zéro par la première page : je veux ça, ça, pas ça, c'est moche, ça, oh... et ça, oui, ce que c'est beau, et encore ça...

***

Laura pénétra dans la chambre. Vincent n'avait pas bougé, et le cauchemar qu'elle avait repoussé durant toute sa nuit blanche était enfin dissipé : Vincent était bien vivant. Elle pouvait lui prendre la main, et y posa un long baiser.

Laura l'embrassait d'abord pour elle : elle le respirait en même temps qu'elle faisait glisser ses lèvres sur sa peau. Sous l'odeur d'antiseptique, elle retrouvait tout : leur dernière nuit ensemble, et toutes celles depuis qu'elle l'avait rencontré. Il y en aurait d'autres...

– Vincent, c'est moi, je sais que tu sais que c'est moi, mon amour. Tu n'es pas perdu, je suis là, et tu vas revenir. C'est un monde de passage, mais je te tiens la main, je vais te ramener, je ne te lâcherai pas.

Ils avaient bandé sa tête, mais quelques mèches de cheveux collaient à son front. Elle le recoiffa et approcha la bouche de son oreille : son murmure atteindrait les replis de sa conscience, et il pourrait dormir sans avoir peur du noir.

– Je connais le monde dans lequel tu es. Il ne doit pas t'effrayer. Mais ne te laisse pas aspirer par lui, même s'il brille. Le soleil est ici, avec moi. Tu dors, c'est tout. Je connais ça si bien. C'est comme ça que j'ai vécu avant de te connaître. C'est toi qui m'as fait comprendre que j'étais en vie. Je suis en vie, Vincent, et toi aussi. Les morts ne peuvent pas te toucher parce que je les en empêcherai, dussé-je aller jusqu'en enfer pour les convaincre. Mon ange, mon amour, je vais refaire le chemin que tu as fait, je vais découvrir ce que tu as découvert et je finirai par savoir qui en a voulu à ta vie et pourquoi. Je sais que c'est lié à moi. Je suis sûre que c'est en rapport avec l'histoire de ma mère. Pardon Vincent, pardon... J'ai rencontré un homme étrange, il tient une librairie ésotérique, il m'a dit que les cartes que je recevais étaient une manière de m'avertir d'un danger encouru le 21 août, puisqu'il y en a vingt-deux et que j'ai reçu la première le 31 juillet... Si la malédiction est en marche, peut-être que quelqu'un cherche à m'avertir, à me mettre en garde... Il me reste quatorze jours pour éviter le pire et pour déjouer le destin. Mais si... si je devais perdre cette partie, sache que je t'aimerai jusqu'à la fin des temps. Dors, mon amour, rêve que tu me serres dans tes bras. Je suis à toi.

Laura se redressa. Tout se mit à tournoyer dans la chambre, Vincent, son lit, les stores, les lignes et les points tressautant des écrans, le blanc, tout ce blanc, qui avalait tout. Elle serra ses tempes dans ses mains : le bip des appareils fracassait son front. Quand elle rouvrit les yeux, ce n'était plus Vincent qui gisait sur le lit. Ce n'était plus un lit, c'était un matelas de corolles blanches, veloutées ; elle en respirait même l'odeur surannée, lourde ; des lys, la fleur des morts. Au beau milieu de ce tapis écœurant, mouvant comme si l'eau noire d'un étang n'attendait qu'un frisson pour tout engloutir, il y avait du rouge, un bouquet de pétales rouges... ou était-ce du sang qui teintait les lys ? Un souffle d'air dispersa les fleurs : sur le cercueil, une petite plaque, avec un nom et une date, « Luisa Fontane, 1939-1972 ». Lorsque le couvercle s'ouvrit, Laura ferma les yeux. Mais c'était trop tard : elle avait eu le temps de voir le satin blanc du couffin, totalement vide...

Il y avait un monde fou sur le parking. À croire qu'une formidable épidémie avait charrié tout Nice, et ses milliers de touristes, devant l'hôpital de Cimiez. Laura fonçait en baissant la tête, comme dotée d'un radar grâce auquel elle bifurquait à la dernière seconde devant les obstacles, humains pour la plupart. Elle laissait ainsi derrière elle une traînée de visages offusqués, affolés, surpris, et une flopée d'exclamations. Mais qui lui passaient au-dessus de la tête : elle voulait juste retrouver dans cette masse de voitures celle de Vincent, et redescendre la colline jusque chez lui. Elle était encore bouleversée par l'image de ce cercueil vide. Un message de plus, mais indéchiffrable lui aussi. Elle repéra enfin la grosse berline de Vincent, y entra et s'énerva sur le contact, les nerfs à fleur de peau, lorsqu'elle remarqua le rectangle d'une nouvelle carte qui la narguait, plaquée sous un essuie-glace, une nouvelle lame, une nouvelle image : les rayons de la Lune qui se répandaient en gouttes de sang sur un monde hostile, et deux chiens qui se battaient pour laper ce sinistre jus, ainsi qu'un crustacé, plus proche du crabe que de la langouste, qui semblait se repaître du spectacle, baignant dans une eau bleue, ses pinces rouges tendues vers la surface et n'attendant qu'un faux pas des chiens. Laura eut un frisson : il allait leur trancher les pattes. La Lune, numérotée XVIII, était trop violente pour qu'elle puisse la contempler davantage. Elle la jeta sur le siège arrière...

... et se jeta dans la gueule du loup : à la sortie du parking, des journalistes l'attendaient en embuscade, et se précipitaient déjà. Elle fit carrément demi-tour, cherchant une autre issue.

– Laura !

Le visage de Matthieu s'encadra dans le rétroviseur intérieur. Elle ne le reconnut pas immédiatement. D'abord, il était blond. En plus, des plis d'amertume l'avaient fait vieillir de dix ans en un jour : la rondeur taquine avait laissé la place à un masque d'anxiété, qui faisait presque craquer sa peau, voler l'enfance en éclats.

– C'est moi. Fais gaffe. C'est pas le moment de se payer un piéton.

– Qu'est-ce que tu fais là ? Tout le monde te cherche.

Laura freina d'un coup sec. Matthieu jetait des regards affolés derrière lui : la meute de journalistes grossissait, appareils photos à bout de bras.

– Ils arrivent. Avance, je te dis. Faut pas rester ici !

– Tu m'expliques, là, tout de suite !

– Non. Putain, démarre !

Il la bouscula et enclencha le verrouillage automatique. Dans le même mouvement, il pointa le canon d'une arme sur Laura.

– Démarre ! Tu m'entends, bordel ?

La voiture fit un bond en avant, soulevant une bordée d'injures. Laura eut le temps de voir un photographe lever son appareil, à l'objectif long comme le bras. Puis elle fonça dans le tas, à grands coups de klaxon. Ils furent sur l'avenue de la Reine-Victoria en une minute.

Pour toute la presse présente, cela ne faisait aucun doute : Laura Fontane venait d'être kidnappée par son frère, le meurtrier de Vincent.

Le commissaire Delambre était effectivement furieux d'avoir dû abandonner ses hameçons et ses vers. Il n'était pas homme à brailler et à piquer des crises apoplectiques. Les signes de colère étaient chez lui d'une subtilité effrayante, et celui qui ne les reconnaissait pas pouvait se retrouver à la circulation en deux secondes : ses cheveux blancs et drus coupés très court se hérissaient comme les poils d'un porc-épic ; son torse, qu'il avait aussi très court, doublait de volume sur ses jambes toutes maigres et noueuses, qu'il plantait alors dans le sol en les arquant ; ses mains carrées avalaient ses pouces, et il dressait autour de sa petite taille un caisson d'étanchéité qui se mesurait en mètres cubes. Personne ne se serait avisé de venir respirer son air au-delà d'une certaine limite, palpable. Pour le reste, c'était un masque, de la bouche duquel s'échappaient dans ces cas-là serpents, crapauds et pierres ; jamais de perles ni de diamants lorsqu'il était satisfait. Bruno Bruno pratiquait le boss depuis cinq ans : il faisait le gros dos, plongé dans les dossiers qu'on leur avait rapportés du cabinet Bellair. Agnès, elle, serrait les fesses, et sentait ses orteils douloureux, recroquevillés dans ses chaussures.

– Ces dossiers, ça donne quoi ?

– Ben... pas grand-chose a priori : maître Bellair traitait des affaires classiques.

— Le Montmaure ?

— Pas grand-chose non plus. Si : une liste des membres de l'Association de défense du littoral.

— L'arme ?

— Un Mauser K.98, calibre 7,92. Le rapport de balistique est formel : c'est bien l'arme qui a servi sur maître Bellair. Après, on tombe sur un os : elle a été déclarée détruite en 1973. Pièce à conviction dans l'affaire du gang des Mickey...

— Je connais. Vous n'étiez pas née. C'est tout, Angeli ?

— Ben... oui.

— C'est de la merde. J'ai le proc' sur le dos. Le juge d'instruction est nommé demain. Si c'est cet empaffé de mes burnes de Brugel, vous n'avez pas intérêt à rester assise sur votre cul. Je vous donne trois jours. Après, je tranche.

Il avait déjà tourné les talons, claqué la porte. L'air devint plus fluide d'un coup.

— Je veux pas me mêler, mais t'aurais jamais dû dire que t'avais pas grand-chose. Faut toujours avoir une piste. Même si tu patauges, bafouilla Bruno, rouge d'avoir retenu sa respiration.

— Il fait chier. La seule piste qu'on a, c'est l'arme. Elle est dans la nature depuis que les Mickey se sont fait serrer. C'est pas normal. Comment Matthieu aurait-il pu avoir une arme pareille en sa possession ? C'est quasiment impossible !

Agnès retourna des piles de papiers sur son bureau.

— Ou alors Matthieu est innocent, et il s'agit d'un ancien flic, glissa Bruno, timidement.

— T'es un marrant, toi. Comme si j'avais deux neurones ! T'imagines le bordel, si c'est ça ? grinça-t-elle. D'abord, faut qu'on puisse le prouver. Y a rien dans le pedigree. Il faut que tu me trouves qui s'est chargé à l'époque de faire du saute-dessus avec les Mickey.

— OK. Quoi d'autre ?

— T'as récupéré les photos de la noce ?

— J'arrive pas à joindre le photographe, un certain Merlet. Je vais essayer de le coincer chez lui demain, à la première heure.

Agnès revint sur la liste des pièces saisies au cabinet de Vincent.

— Dis donc, il n'y avait qu'un ordinateur ?

— Oui. Celui de Bellair. Un portable. Pourquoi ?

— La secrétaire, elle bossait avec quoi ?

— Je n'en sais rien, moi. Avec un bloc et un crayon, à l'ancienne ! L'équipe n'a trouvé qu'un ordinateur. Elle n'a pas eu l'air de dire qu'il manquait quoi que ce soit.

La tête d'un planton apparut à la porte.

— On vient d'apporter ça. Un vautour de *Nice-Matin*.

Il balança depuis la porte une enveloppe sur le bureau d'Agnès. Il se fendait la gueule.

— Il dit qu'il veut vous voir. Sinon, il vous fait savoir qu'il récupère son matos, et qu'il le publie si vous ne lui refilez pas un tuyau. Qu'est-ce que je fais ?

— T'attends deux secondes, râla Agnès en ouvrant l'enveloppe.

Elle en resta bouche bée : sur un cliché pris au téléobjectif, elle venait de reconnaître Matthieu, hébété et blond, menaçant Laura avec ce qui lui sembla un fusil, dans la voiture de Vincent. Son regard glissa sur l'avis de recherche punaisé au mur : Matthieu avait dessus un de ces putains de sourire auxquels elle avait dit oui pendant trois ans. Elle revint au planton.

— Tu vas lui dire, à ce fouille-merde, qu'il peut se carrer sa promo dans le cul. Sa photo, je la garde. Je sais qui c'est, je sais où c'est, et quand ça s'est passé. Mais ça, tu ne le lui dis pas : la grande muette, c'est nous.

Elle croisa le regard de Bruno Bruno qu'elle décrypta instantanément.

— Oui je sais, toi tu parles comme un livre, pour ne pas dire comme une jeune fille, et moi je suis plus grossière qu'une poissonnière. Désolé mais c'est tout ce que j'ai trouvé pour qu'on oublie que je suis un flic avant d'être une femme.

– Pourtant c'est fou ce que vous ressemblez à une femme !

Agnès, bien que ravie, haussa les épaules et sortit, sans voir rosir les joues de Bruno.

**

***

Antoine planait, tout en admirant sa denture parfaite dans le miroir de sa salle de bains. Il avait les yeux un peu explosés par sa nuit blanche, mais lui seul savait quelle en était la cause : Ludmilla. Il pensait à Matthieu et se demandait bien pourquoi il avait voulu tirer sur Vincent. Matthieu était dans la merde jusqu'au cou alors que lui nageait en plein bonheur. Antoine jouissait de ces petites injustices de la vie. Puis son esprit le ramena à Ludmilla ; il se disait que cette femme somptueuse l'avait envoûté pendant des heures avant de le congédier à l'aube, avec un chaste baiser sur la joue, sans même un café. Une impertinence folle, qui le rendait fou. Il se fichait de savoir ce qu'il adviendrait de leur couple improbable. Elle n'avait pas voulu lui avouer son âge exact, mais Antoine n'avait jamais caressé de corps aussi plein, de peau aussi soyeuse. Garantie sans chirurgie esthétique, contrairement aux codes en vigueur sur la Côte d'Azur. Dans ses bras, le sexe était magnifié. Il atteignait avec elle une jouissance qu'il n'avait jamais connue auparavant. L'accord parfait. Elle lui manquait déjà, et les heures seraient trop longues avant qu'il puisse la retrouver ce soir.

Des éclats de voix interrompirent sa rêverie : son père n'avait pas l'habitude de hausser le ton ; quelqu'un semblait lui tenir tête. Il se laissa glisser dans l'escalier et pila devant la porte entrouverte du bureau de Franck Duval : son père tenait une femme dans ses bras.

Antoine en fut rassuré : il avait toujours cru que Franck faisait partie du club des abstinents. Une tare pour Antoine, qui classait dans cette catégorie d'encartés très spéciaux les frustrés, les moralistes, les psychopathes...

Pour lui, une vie sans sexe était une nuit perpétuelle sans lune, et un aller direct pour le cimetière ou la camisole de force. C'était encore plus vrai depuis qu'il couchait avec Ludmilla.

La femme se dégagea de l'étreinte de Franck : c'était Viviane, que son père tentait visiblement d'apaiser !

— Mais non, pourquoi t'inquiètes-tu ? Je te dis qu'ils ne pourront pas remonter jusqu'à nous...

Antoine sentit que son père ne semblait pas aussi sûr de lui qu'il voulait le faire croire. Viviane, malgré son air hagard, ne fut pas dupe.

— Tu ferais quand même mieux d'appeler Delambre...
— C'est déjà fait.

Franck attira de nouveau Viviane contre lui.

— Et si Bellair a découvert quoi que ce soit, je serai vite au courant. Calme-toi, je te dis.

— Je ne comprends pas ce qui a pris à Matthieu. Est-ce qu'il a appris quelque chose, et a voulu s'en mêler ?

Elle se mit à pleurer. Franck lui tamponna tendrement les joues avec un mouchoir. Antoine n'en revint pas : la tendresse et Franck Duval, ça faisait deux.

— Je t'aime, Viviane. Sois forte. Donne-moi un peu de temps...

Elle se moucha, et fit glisser ses lunettes de soleil, qu'elle portait en serre-tête, sur son nez. Elle embrassa Franck, prit son sac sur son bureau, et Antoine glissa sous l'escalier sans un bruit. Il entendit la porte d'entrée se refermer sur Viviane et son père regagner son bureau.

Antoine n'était pas foncièrement un mauvais garçon, ni un mauvais fils, mais il avait du mal à respecter son père, tout autant que sa mère d'ailleurs. L'éducation parfaite dont il avait bénéficié dans les meilleures écoles privées françaises et étrangères, loin d'une affection qu'ils avaient été incapables de lui donner, lui avait finalement moins appris que voir Franck Duval à l'œuvre. Ce qu'il venait de surprendre ne l'étonnait qu'à moitié : Franck avait un pétard allumé sous son siège de conseiller général. Ça le fit sourire : quand on remue la vase, on y trouve toujours des asticots...

**

Max tendit, sans un mot, la clef de l'armurerie à Agnès. Elle ouvrit l'armoire vitrée et contempla l'emplacement vide sur le râtelier : effectivement, Matthieu n'avait eu qu'à se servir.

– Il a pris quoi d'autre ?

– Des cartouches, et l'étui de la carabine. Un beau modèle, cette arme : capable de foudroyer un sanglier à cinquante mètres.

Agnès se mordit la langue : elle n'avait pas encore annoncé à Max que le gibier choisi par Matthieu s'appelait Laura... Bruno, presque écarlate, se dandinait comme un gamin pris d'une envie pressante : c'est lui qui avait « la » photo dans sa serviette. Agnès l'encouragea d'un battement de cils.

En un tournemain, Bruno tendit la photo à Max. Celui-ci prit l'image avec un regard étonné. Deux secondes, et il péterait un câble : Agnès attendit stoïquement la foudre. Elle regrettait presque de ne pas s'être fourré deux boules Quiès dans les oreilles avant leur entrevue... Elle en fut pour ses frais : Max examina la photo durant une petite éternité, puis la brandit.

– Tiens. Admire...

Agnès pivota d'un bloc : Viviane se tenait sur le seuil, ensemble chemisier pantalon sombre, lunettes noires, avec un deuil d'avance. Avant qu'Agnès ait eu le temps de s'interposer, Viviane avait déjà la photo à la main. Sa mâchoire s'affaissa d'un coup, et, chancelante, elle se laissa tomber sur le premier fauteuil à sa portée. Pendant ce temps, Max chargeait posément une carabine, enfournant dans la culasse deux cartouches à gros gibier, puis remplissant ses poches de munitions. Viviane se redressa sur son fauteuil ; elle le crucifiait d'un regard qui fit frissonner Agnès : jamais vu une haine aussi compacte.

— Alors, ça y est... La chasse à l'homme a commencé. L'hallali... cracha-t-elle vers Max.

Bruno, sous ses airs d'enfant sage, faisait souvent preuve d'une étonnante perspicacité, toujours suivie d'effets : il était déjà près de Max, et avait posé une main apaisante, mais ferme, sur le canon de sa carabine. Le canon était maintenant dirigé vers le sol.

— Monsieur Fontane, nous nous en occupons, susurra-t-il.

Agnès lui aurait baisé les pieds.

— Jeune homme, je vous prie de lâcher ça. J'ai un permis de chasse dans le tiroir de mon bureau.

Il l'avait pété, son câble, mais pas de la façon dont Agnès s'y attendait. La présence de Viviane, c'était de l'huile sur le point d'être jetée sur le feu.

— Tu n'as pas ton permis de tuer ! Assassin ! Si tu touches à un cheveu de mon fils, c'est moi qui te tue.

Il fallait neutraliser cette femme, et vite. Agnès s'interposa entre les deux. Elle glissa discrètement la main sur son baudrier. Bruno luttait toujours avec le canon de la carabine, visage inexpressif, mais jointures des doigts toutes blanches ; il tenait bon. Max céda. Bruno lui prit délicatement l'arme des mains et la déchargea.

— Monsieur Fontane, nous avons déjà lancé un avis de recherche, dressé des barrages sur les routes, et interrogé toutes les connaissances de votre fils. Je sais que la situation est très difficile... mais sachez qu'elle l'est pour tout le monde. Si nous pouvions discuter calmement, ce serait plus simple.

— Ça m'étonnerait ! lâcha Viviane.

Agnès se tourna vers elle.

— Viviane, je comprends ce que vous ressentez. Seulement, il se trouve que j'ai une enquête sur les bras, un suspect qui a fui devant trente témoins, et ce qui ressemble fort à une prise d'otage à gérer. S'il vous plaît... ne me compliquez pas la tâche.

Max eut soudain l'air débraillé, alors que sa cravate était toujours nouée impeccablement sur sa chemise sans pli. Agnès le regarda se traîner jusqu'à son bureau et s'affaler dans un fauteuil.

— Si je savais où se trouve le demi-frère de Laura, je vous le dirais...

— Son frère, Max !

Viviane ne la bouclerait donc jamais ? Agnès s'énerva. L'un comme l'autre commençaient à la chauffer.

— Laissons de côté ce délicieux esprit de famille et passons à l'objet de notre visite. Bien que je doute fort de votre entière collaboration avec la police, je suis obligée de vous poser la question : avez-vous une idée de l'endroit où votre fils pourrait se réfugier, avec un otage sur les bras ?

— Si je le savais, je ne te dirais rien, conclut Viviane de manière définitive.

— Savez-vous si Matthieu avait de l'argent sur lui ? insista Agnès.

Mais elle n'obtint aucune réponse.

— Bien. Il est donc de mon devoir de vous donner un conseil amical, et qui ne sortira pas d'ici : évitez de crier à tout bout de champ que vous ne direz rien. Dans notre jargon, on appelle ça entrave à la justice ou, pire, association de malfaiteurs, en l'occurrence de criminels. Moi, je suis gentille. Ce n'est pas le cas de tous mes collègues. Ils sont très susceptibles. Ils ont tendance à dégainer très vite leurs menottes, et à inculper tout aussi facilement.

— Agnès, ne me prends pas pour une imbécile, ricana Viviane. Tu as déjà toutes les réponses à tes questions. Je parie que toutes nos lignes téléphoniques sont sur écoute, et que tes sbires me surveillent même sous ma douche.

— N'exagérons rien : tu n'es pas la reine d'Angleterre !

Viviane en resta coite.

Agnès reprit, s'adressant à Max :

— Monsieur Fontane, Vincent vous aurait-il entretenu de l'affaire du Montmaure ? Il enquêtait sur l'incendie criminel qui a ravagé ce terrain, et qui semblait devoir être racheté alors qu'il était classé inconstructible.

– Agnès, je me demande où mes impôts foutent le camp. Ma fille est en danger, son fiancé s'est fait tirer dessus comme un lapin, et toi, tu t'inquiètes d'un incendie ? Tu te fous de la gueule de la République ou quoi ? C'est une honte.

– Monsieur Fontane, la République, j'ai fait le serment de la servir. Vos commentaires à la con, je m'en tape. Vous m'avez fait sauter sur vos genoux ? Je m'en tape aussi ! Votre fils est sous le coup d'une inculpation de meurtre. Meurtre ! M.E.U.R.T.R.E ! J'insiste parce que j'ai l'impression que vous ne pigez pas ! Et mon boulot, celui pour lequel justement vous payez des impôts, m'oblige à m'interroger sur son mobile : qu'est-ce qui a poussé Matthieu à tirer sur Vincent ? On peut aussi poser la question autrement : qui l'a poussé à le faire ? En tout cas, il y a une chose que je sais déjà : Matthieu aurait fait n'importe quoi pour gagner votre confiance. Sur ce, bonne fin de journée.

Elle se tourna vers Bruno et lut dans son regard un fugace éclair d'admiration.

– Bruno, on embarque l'arsenal de monsieur Fontane. La saison de la chasse n'est pas encore ouverte...

Manon se mordillait la lèvre, ébranlée par un doute : qu'est-ce qu'elle foutait là, à reluquer un homme et une femme, Ludmilla et Antoine, en train de s'envoyer en l'air à même une table ? Elle étouffa un rire nerveux : c'était comme au cinéma en plein air ; une scène crue, bien éclairée, qui se détachait sur les murs sombres de la Bastide. Elle était trop loin pour accrocher tous les détails, et tant mieux : le porno, ce n'était pas son truc ; son truc, elle ignorait toujours ce que c'était, d'ailleurs. Elle grattait, elle fouillait, elle espionnait pour mettre la main dessus ; elle progressait peu, sans néanmoins perdre de vue ses objectifs qui restaient encore très secrets.

La pièce n'était éclairée que par quelques lampes qui parsemaient des halos colorés sur les meubles. Antoine avait le nez quasiment collé au portrait d'un homme de la Renaissance, celui auquel Laura confiait ses misères quand elle était enfant. Mais ça, Manon l'ignorait. Un flot de lumière jaune cru tomba soudain du plafond : Ludmilla venait d'allumer le grand lustre de cristal. Elle sourit à Antoine.

— Comme ça, c'est mieux...

— T'as raison : je n'avais pas vu qu'il avait une aussi sale gueule.

Il recula de quelques pas, embrassant d'un coup d'œil le portrait d'un air circonspect.

— Il a une tronche de tyran complètement cinglé. Il a au moins fait décapiter la moitié de ses sujets, je suppose ?

— À l'époque, on ne se contentait pas de trancher les têtes. On brûlait, on écartelait, on pendait, on rouait de coups. C'était une société très raffinée. C'est un beau portrait, non ?

— Honnêtement, je ne suis pas fan. Mais je reconnais le coup de pinceau. Italien ?

— Oui. Un illustre inconnu. L'élève d'un grand maître, probablement, vu la qualité du trait. Un pur produit du *Quatroccento*. L'art de la perspective.

— Les portraits, ça me fait toujours un effet bizarre : impossible de savoir ce qu'ils pensent. C'est comme pour certaines personnes : elles ne sont que des portraits en pied. Un jour, j'ai voulu filer dix mille yens à un type en guenilles, à Kanazawa. J'ai failli me faire renvoyer par le premier avion : ce clodo, c'était un milliardaire, le propriétaire d'une des plus grosses pêcheries du Japon.

Ludmilla se mit à rire, visage enveloppé dans sa fumée de cigarette.

— Grand naïf !

— Tu te serais fait piéger aussi, rétorqua-t-il vivement. Autre exemple : Viviane ! On pourrait la prendre pour la femme vertueuse par excellence. Eh bien non : elle couche avec mon père.

Antoine guettait sa réaction. Ludmilla eut un sourire étonné :

— Tu ne le savais pas ?

Elle avait raison : il était encore très naïf.

— Heu... Ça fait longtemps que ça dure ?

Elle éclata carrément de rire.

— Plusieurs années ! Parfois, je pense que ton père est réellement amoureux, mais ça ne lui ressemble tellement pas... J'ai plutôt tendance à croire que ses intérêts s'accordent très bien avec ceux de Viviane.

Antoine hésita à la mettre dans la confidence : l'inquiétude qu'il avait surprise chez Viviane et Franck ne concernait pas le secret de leur liaison. Ludmilla avait raison, ils avaient d'autres intérêts en commun. Matthieu avait-il voulu sauver sa mère en tuant Vincent ? Il pensa tout haut :

— N'empêche que Matthieu n'a pas la tête d'un criminel, et pourtant...

— Il n'a jamais eu de chance, murmura Ludmilla.

Antoine retint son souffle : elle avait l'air pensif; la conversation prenait le tour d'une confidence passionnante... pour qui détiendrait tous les morceaux du puzzle.

— Pauvre Matthieu : il s'est toujours trouvé aux mauvais endroits aux mauvais moments, souffla-t-elle. Depuis qu'il est né. Il est si jeune, et si gentil... il serait prêt à tout pour sa mère !

— Moi, coupa Antoine, toutes ces histoires de meurtre et de mort, ça excite ma libido.

Il sentit son dos se contracter légèrement.

— Ce doit être une question d'âge.

— Pourquoi reviens-tu toujours à ton âge ?

— Parce qu'il se rappelle à moi tous les jours.

— Le mien aussi, il se rappelle à moi tous les jours, et plusieurs fois par jour.

Pas difficile de capter le message. Ludmilla plaqua ses hanches contre celles d'Antoine. Ils recommencèrent à baiser comme des sauvages sous les pampilles lumineuses du grand lustre en cristal.

Lundi 8 août

LE PENDU

Antoine sursauta sous la gifle : un journal venait de s'écraser sur sa figure. Il se redressa, totalement hébété, arraché à un sommeil sans rêve : où était-il ? Une silhouette trapue, mains sur les hanches, quasiment sans cou, se dressait à contre-jour : très hostile, fut la pensée fugace d'Antoine, immédiatement suivie d'un souvenir... brûlant : sa nuit avec Ludmilla. Elle l'avait donc laissé dormir, c'était la première fois, et il en fut heureux ; ce pouvait être le prélude à une histoire qu'il envisageait longue et passionnée. En un éclair, il sut qu'il était amoureux.

Abritant ses yeux du soleil, il reconnut Solange : hostile était le mot juste. Mieux valait démarrer la journée en regardant une étoile. Il se tourna vers Ludmilla : seul le creux de l'oreiller portait encore la trace de sa présence.

— Votre petit déjeuner est prêt, croassa Solange. Là !

Elle indiqua d'un index boudiné un plateau posé sur une commode, à l'autre bout de la chambre. Et pourquoi pas sur le lit ? La vieille bique. Antoine la soupçonna d'avoir envie de se rincer l'œil.

— Mademoiselle est partie. À son âge, on se lève tôt...

Rien ne l'amadouerait. Il lui décocha son plus grand sourire :

— Et au vôtre, on ne dort plus.

— Exact ! On veille... On fait les chambres avant midi.

185

Elle faillit dégonder la porte en sortant. Antoine bâilla et déplia le quotidien. Le gros titre à la une le réveilla totalement : « Le meurtrier prend la mariée en otage. » Une photo grand format exposait le visage crispé de Laura à travers une vitre de voiture. Antoine scruta le visage de l'homme à ses côtés. Il reconnut Matthieu, et la confidence de Ludmilla lui revint à la mémoire : Matthieu ne se trouvait jamais là où il aurait dû... Une autre évidence sautait aux yeux : pour qu'il prenne sa propre sœur en otage, c'est qu'il était à bout de course. Acculé... et armé. Antoine pensa que le puzzle, une fois assemblé, révélerait un tableau digne du portrait de l'homme de la Renaissance témoin de ses ébats : ombre, cruauté, vengeance, passion, meurtres... Mais il manquait encore beaucoup de pièces.

**

– Qui est derrière Matthieu ? Je connais Matthieu, il ne peut pas avoir agi seul !

À son tour, Ludmilla jeta le journal sur la table du petit déjeuner si violemment que la corbeille de pain valsa. La fureur lui allait comme un gant, pensa Viviane. Les Gorgones pouvaient aller se faire recoiffer : Ludmilla n'était qu'un arc électrique, chevelure parcourue par la vibration de milliers de volts. Il n'y avait soudain plus de chair sur ses bras ni ses joues, mais de longues lanières de muscles bandés, étirées sous la peau comme des serpents. Elle ne criait pas ; c'était pire, elle chuchotait. Viviane ne se laisserait pas changer en statue de pierre.

– Je suis sa mère. Je pense connaître mon fils mieux que quiconque. Et je souffre comme personne. Il vaut mieux que tu te taises : tu n'as pas d'enfant, toi...

Touchée... mais pas coulée. Viviane ne baissait pas les yeux. Un souffle d'air s'insinua entre elles, et Ludmilla s'assit brusquement. Elle se servit une tasse de thé d'un geste étonnamment souple. Comment pouvait-elle passer ainsi du silex à la soie ?

– Excuse-moi, murmura-t-elle. C'est sûrement parce que je n'ai pas d'enfant que je pense à ceux des autres.

Elle avala une gorgée de thé.

– Je persiste et je signe : Matthieu n'est qu'un jouet. Qui tire les ficelles ? J'espère que ce n'est pas toi... ou Franck Duval, notre cher conseiller général.

– Et moi, je n'ai qu'un conseil à te donner : tu ferais mieux de t'occuper de tes affaires.

Ça avait jailli des tripes, mais posément : Viviane n'en pouvait plus des soupçons, des manœuvres, des menaces. Elle était seule à défendre totalement Matthieu. Ludmilla contempla le fond de sa tasse. Viviane pensa qu'il y avait mieux pour lire l'avenir. Ludmilla se leva, enfin, le dernier mot sur les lèvres.

– Tu as oublié une chose capitale : je suis la sœur de Luisa. Alors moi aussi, je vais te donner un conseil : si on touche à un seul cheveu de Laura, c'est à moi qu'on aura affaire.

Ludmilla avait à peine tourné l'angle de la terrasse que Viviane fondit en larmes.

**

***

Max n'avait pas tout dit.

Il engagea la voiture sur un chemin de terre. Les montagnes de l'arrière-pays offraient des pentes pelées sous un ciel presque jaune : du soufre partout, plombé çà et là par des carrés gris-vert d'oliviers. Les tuiles de la cabane se fondaient presque avec le ciel, là-bas, au milieu de l'oliveraie. Il arrêta sa voiture, et fouilla d'un regard concentré les alentours. Bingo : une tache plus sombre sous un olivier centenaire ; la berline de Vincent. Il prit le pistolet dans le vide-poches et fit attention à ne pas claquer la portière...

Max avait acheté l'oliveraie avant la naissance de Laura. Luisa aimait y venir seule, parfois, pour méditer. Du moins était-ce le mot qu'elle employait au sujet des longs moments de repli qu'elle tenait absolument à privilégier.

Le lieu s'y prêtait parfaitement. Il y avait dans ce paysage quelque chose d'antique et donc d'éternel, mais de ces éternités du passé autant que de l'avenir. Il avait eu le projet d'agrandir le cabanon, rêvant d'une maison pleine des rires de sa femme adorée et de sa fille chérie, un monde de paix et de recueillement. Luisa était morte, puis Laura était tombée malade, les rêves de Max s'étaient transformés en béton armé, en citadelles de verre et en argent. Le cabanon était resté inachevé : deux pièces, l'électricité, un évier avec l'eau courante et un filet d'eau de source, souvent tarie au cœur de l'été. Par la suite, Viviane y avait amené les enfants de temps à autre, pour une journée ou deux. Et Matthieu, adolescent, s'y était réfugié durant trois jours au terme de sa première fugue. C'est Max qui l'avait récupéré, mutique, sale comme un pou. Viviane n'avait jamais su ce qui avait jeté ce gosse en plein désert, lui qui passait déjà la plupart de ses nuits en compagnie d'une foule de ses semblables. Max n'avait jamais voulu le lui révéler, pour respecter la promesse faite à Matthieu, convaincu qu'il n'y avait rien de mieux qu'un petit secret entre hommes pour tenter de sceller leurs liens, fût-ce un secret contre la mère.

Il avait eu toute la nuit pour penser à leurs retrouvailles. Au pire aussi...

Les volets de bois plein étaient fermés. Matthieu était invisible. Seul le bruit pouvait trahir sa présence. Max prit le temps d'écouter avant d'entrer : aucun signe de vie. Il souleva légèrement la porte pour éviter de la faire racler sur le sol, et se glissa dans l'entrebâillement. Il n'y avait personne dans la pièce à vivre ; sur la table, un morceau de pain abandonné à l'air, et une bouteille d'eau. La porte de la pièce de repos était fermée. C'était là qu'ils se trouvaient. Il l'espérait. Planté devant la porte, il prit son souffle et balança son pied dessus de toutes ses forces. Le pan de bois céda dans un craquement, et il se rua à l'intérieur.

— Ne bouge pas ! Ne bouge pas où je tire !

Il avait eu le temps d'habituer ses yeux à l'obscurité. Il crut que son cœur allait exploser : Matthieu était seul dans le lit, seulement vêtu d'un caleçon. Il n'eut pas besoin de fouiller la pièce, minuscule, pour savoir qu'elle n'était pas là.

— Où est-elle, fumier ?

Matthieu, hirsute, hagard, resta pétrifié sur les draps grisonnants du lit. Il n'avait plus rien de sa superbe, toujours teintée d'ironie et de dédain. Il se contentait de regarder fixement le canon de l'arme. En deux enjambées Max fut auprès du lit, le saisit par les cheveux, et lui planta le canon de son pistolet sur la tempe.

— Où est Laura ? Réponds !

Matthieu ouvrit enfin la bouche.

— Arrête ! Putain, arrête !

Max s'agrippait à la poignée de cheveux et tirait, sourd aux gémissements. Matthieu hurlait, de douleur et de peur. Max se retint : la balle dans la tête, ce n'était pas pour tout de suite ; il voulait d'abord savoir où était le corps de sa fille.

— Papa ! Papa, arrête !

Max suspendit son geste. La voix de Laura se fit suppliante.

— Papa, tout va bien. Calme-toi, je t'en prie...

Il se retourna lentement. Il avait peur de faire un rêve. Il ne voulait pas qu'il parte en fumée. Elle se tenait sur le seuil, image vivante de sa seule raison de vivre : Luisa, Laura... Il abaissa son arme. Matthieu en profita pour se recroqueviller contre le mur, regard fou. Laura tendit les bras.

— Tout va bien, je te dis... Donne-moi ton arme, s'il te plaît.

Max se laissa faire. Le bruit de la chaleur, dehors, pénétra la fraîcheur de la pièce : craquètement de l'herbe grillée, claquements furtifs des tuiles... la terre vibrait, s'ouvrait, souffrait et le faisait savoir. Max ouvrit grand les bras, et Laura s'y réfugia.

– J'ai tout imaginé, murmura-t-il.

Matthieu se redressa, encore sous le choc. Il enfila un tee-shirt et un pantalon, les yeux rivés sur le sol.

– Matthieu n'a pas tiré sur Vincent. Il est innocent.

Laura fixait Max, perdu, dont les yeux passaient de son fils à sa fille. Matthieu s'adossa au mur et le regarda enfin. Max saisit l'étendue du désastre.

– Tu m'aurais tué, n'est-ce pas ?

Il se devait de dire la vérité... puis le repentir.

– Si tu avais tué Laura... oui.

Matthieu ricana :

– On a toujours eu un problème de communication. Mais là, tu te surpasses : tu tires et on discute après. T'es complètement frappé.

– Oui. J'avoue. Je deviens fou. Je... excuse-moi. Je ne sais pas si ce sera possible, mais excuse-moi. Pour tout.

– Ah ! Putain, tu te souviens que t'as un fils ? T'as de ces trous de mémoire impressionnants ! Heureusement que c'est pas génétique, et que ma sœur m'a cru, elle. C'est la seule qui me soutienne, dans ce merdier. Elle et ma mère.

Laura les coupa :

– Un café, une bonne discussion : on se dit tout. Ça va pour tout le monde ?

Matthieu décolla son dos du mur. La méfiance ne l'avait pas quitté. Max comprit qu'elle pourrait planer encore longtemps entre eux. Juste retour de bâton...

– Comment tu as su qu'on était là ? lança Matthieu à son père.

– Deux choses, un vieux souvenir entre toi et moi et surtout la clef qui n'était plus dans mon tiroir après ton passage.

Matthieu eut un pâle sourire mais plus aucune hésitation pour raconter à son père ce qui s'était passé. Il revivait la scène comme si elle se déroulait là, à l'instant, sous ses yeux...

Après que Matthieu fut sorti de la salle de mairie à cause de son portable, il courut comme un canard sans tête, sur l'esplanade de l'hôtel de ville, cherchant désespérément à faire grimper la barre de réseau de son téléphone. On venait de le prévenir que la meneuse de la revue s'était tout simplement cassé la cheville. Une tuile n'arrivant jamais seule, la doublure s'était fait la malle, débauchée par un chorégraphe monégasque qui lui avait promis un cachet double. Matthieu en suait sous son smoking : s'il ne trouvait pas une meneuse pour ce soir, Fred Bellair ne daignerait même plus lui accorder un regard. Du coin de l'œil il repéra, planté sur le perron de la mairie, Thierry Merlet, un photographe avec qui il avait passé un arrangement juteux : Merlet, outre son petit commerce de photos de mariages et autres rituels trop humains, s'amusait à jouer les paparazzi en herbe. Matthieu avait vite repéré son manège au casino, où il traînait régulièrement ses guêtres, appareil photo à peine plus gros qu'un briquet planqué au creux de la main. Il l'avait coincé un soir à la sortie du casino, alors que Merlet repliait ses gaules destinées aux photos « officielles », ravi de sa récolte secrète : une starlette filante et très mariée du show-biz en train de rouler des pelles à un éphèbe qui ne ressemblait pas du tout à son croulant d'époux. Depuis, Thierry Merlet lui refilait 5 % sur chaque cliché compromettant qu'il parvenait à fourguer aux feuilles à scandale. Merlet avait accepté sans broncher de photographier gratis la noce de Laura... Matthieu lui fit un signe, et Merlet stocka immédiatement l'image dans son boîtier. Matthieu se rengorgea : ces photos seraient bientôt celles d'un homme craint et respecté du Tout-Nice...

Matthieu revint à son problème : téléphone à bout de bras, il venait enfin de trouver un corridor d'ondes, étroit et mouvant, lorsqu'un reflet aveuglant lui déchira l'œil. La banderille lumineuse dansa quelques secondes sur les dalles de l'esplanade. Un gosse qui devait s'amuser à brûler les rétines des passants avec un miroir. Matthieu, furibard, fouilla du regard les façades en face de la mairie. Au dernier étage d'un petit immeuble, la béance d'une fenêtre ouverte semblait enflammée : il était posté là, ce morpion, avec son bout de verre. Le faisceau lumineux disparut. Matthieu s'apprêtait à lui tourner le dos lorsque quelque chose le retint : on agitait maintenant une sorte de bâton dans l'embrasure de la fenêtre. Une silhouette apparut, plongée dans l'ombre de la pièce, curieusement cassée sur cette tige. Matthieu comprit soudain ce qu'il voyait : ce n'était pas un gosse, c'était un homme, tranquillement en train d'ajuster le viseur d'une carabine alors que, sur la place, quelques gamins faisaient du skate, louvoyant entre les passants. Ce type allait faire un carnage.

Matthieu fonça. La volée de marches se vrillait dans la pénombre de la cage d'escalier. Il s'accrocha à la rampe et se retrouva au dernier étage, les poumons en feu, téléphone encore à la main. Il lui fallut quelques secondes pour s'habituer à l'obscurité du palier. Des rais de lumière rasante le guidèrent. Une voix nasillarde rampait sous une porte palière, ponctuée d'applaudissements : une émission de radio, donc une présence, mais certainement pas celle qu'il cherchait. Il lui sembla entendre un claquement sec, suivi quelques secondes après par un autre. Il sut que le tireur avait appuyé sur la détente, et fait éclore, quelque part, une fleur de sang sur un polo d'enfant... Matthieu était loin d'imaginer qui était la victime. La rage le submergea, mais il n'eut pas le temps d'avoir peur : une porte s'ouvrit brusquement, plaquant sur le palier une découpe blanche en une dimension. Matthieu ne vit que le visage de l'homme : un regard étrange, avec un sourcil démesurément allongé sur le front, comme le maquillage d'un monsieur Loyal étonné, et brun sous la visière de sa casquette de plage... L'homme s'apprêtait à enfourner son fusil dans un sac de golf, avec un calme étonnant, lorsque Matthieu se rua sur lui, agrippant sans réfléchir le canon de l'arme. Un choc sourd, le crâne de Matthieu contre le mur de plâtre du palier ; il se retrouva le nez écrasé sur le carrelage granuleux du couloir, des éclairs violacés lui lacérant les paupières : l'autre avait tapé fort, et droit. Une cavalcade dans l'escalier, qui décroissait, et un hurlement, au fond d'un appartement : les images du spectacle sanguinolent sur l'esplanade avaient commencé à répandre leur sinistre message. Une porte s'ouvrit de nouveau, et Matthieu, qui se tenait au mur pour se redresser, reçut de plein fouet le visage blafard d'une femme aux joues rebondies, baudruche cadavérique sous le hâle, prête à éclater. Elle balbutiait de terreur, s'accrochant à la poignée de sa porte, et il crut qu'elle avait été touchée. Il lui suffit de voir le regard qu'elle laissa tomber sur le fusil pour que Matthieu comprît : le tueur lui avait abandonné son arme.

Lorsqu'il déboucha dans la rue, fusil à la main, la vision de Laura, enveloppée de son linceul de sang, s'imprégna dans son cerveau. Il ne fut plus qu'une gigantesque boule de haine. Il crut voir le dos courbé du tueur, dodelinant sous sa casquette, se fondre parmi les promeneurs au bout de la rue de l'Hôtel-de-Ville. Il n'entendit pas les cris, ne vit pas les badauds s'aplatissant sur le sol. La voix de Max surgit de sa mémoire : « Coince la crosse au creux de ton épaule, arme le levier, respire, ajuste ta cible sur le guidon... et appuie sur la détente. » Il enchaîna les gestes, en même temps que les mots lui revenaient : un des seuls souvenirs de son père, enfin attentif à l'enfant qu'il était. La rue ne fut plus qu'un magma de silhouettes floues et Matthieu baissa le canon de son arme : l'homme avait tourné au coin de la rue. La chaussée sembla se vider d'un coup devant lui, et il se mit à courir, le fusil accompagnant chacune de ses foulées d'un éclair menaçant. Il aurait la peau de ce salopard...

Laura conduisait prudemment sur le chemin de terre. L'oliveraie disparut dans le rétroviseur : elle avait laissé Max et Matthieu au cabanon, en un tête-à-tête qu'elle voulait fructueux. Max avait écouté le récit de son fils, et admis que sa conduite folle n'avait été dictée jusque-là que par sa haine pour Fred Bellair. L'aveu avait été brutal et maladroit, mais eut le mérite de renouer un lien encore fragile entre les deux hommes. Laura reprenait la route... à tout point de vue : Matthieu avait parfaitement décrit l'homme à la tache de vin comme étant le tireur de la mairie ; l'homme de ses visions, l'homme du casino ! Il fallait le coincer, mais comment ? Laura fut soudain convaincue qu'en trouvant l'explication qui avait poussé Vincent à renoncer à son mariage, elle trouverait également une partie des réponses aux questions que ses visions lui posaient. Qu'est-ce que Vincent avait découvert de si grave, lui qui voulait lui faire la preuve que sa mère était bien morte dans un accident ? Avait-il découvert qu'elle avait raison de croire à un meurtre ? Avait-il découvert l'assassin de sa mère ? Était-ce cet assassin qui avait aussi tiré sur lui ? Même si la vérité n'était encore qu'un nœud compact, Laura avait la certitude de tenir un bout du fil de cette pelote encore bien emmêlée...

***

La mère de Vincent, qui était en plein récit des aventures de son fils quand il était enfant, sursauta. Elle n'avait rien entendu.

— Madame Bellair ? Quelqu'un demande à vous parler.

L'infirmière referma doucement la porte. Mado s'ébroua, repliant soigneusement les pensées et les souvenirs qu'elle rapportait à Vincent ; elle les déplierait et lisserait de nouveau tout à l'heure, lorsqu'elle reviendrait, puisqu'il fallait lui parler sans arrêt. Il semblait reposé, juste endormi. Depuis le samedi, Mado n'avait quasiment pas quitté son chevet. Elle avait mis du temps à lui parler dans son sommeil. Peu à peu, elle avait trouvé les mots que personne ne pourrait entendre : il lui suffisait de prendre sa main, de fermer les yeux. Alors, elle se mettait à raconter... Un flot d'histoires, de tendresse, passait de sa peau à la sienne, remontant dans sa veine qu'elle sentait battre sous sa paume jusqu'à son cerveau, qui abritait cette minuscule ogive d'acier que le chirurgien n'avait pas pu extraire. Elle se leva. Le lit lui arrivait à la poitrine... Elle pressa sa main pour lui faire savoir qu'elle revenait, qu'elle ne s'éloignait pas trop longtemps. Elle eut l'impression que son fils la retenait par un doigt... puis il relâcha sa pression et elle put se dégager doucement.

Fred Bellair dressait sa masse imposante dans l'encoignure d'un coude du couloir. Il ne fit pas un geste pour aller au-devant de Mado; celle-ci en déduisit que leur entrevue serait rapide, et surtout se déroulerait là-bas, loin des oreilles indiscrètes. Elle le rejoignit...

— Il n'y a rien de nouveau. Ni en bien ni en mal. Les médecins ont confiance.

— Tu es courageuse. Toi aussi, tu dois garder confiance. Mado...

Il avait l'air préoccupé. Mado ne lui connaissait pas ce genre de faiblesse.

— Excuse-moi de te demander ça dans un moment pareil, mais j'ai besoin que tu me rendes un service.

Mado fut obligée de se tordre le cou pour croiser son regard. Il n'avait plus, à la place des yeux, que deux flaques bleues posées sur des cernes impressionnants de fatigue et de chagrin. Mado avait déjà fait mille fois les comptes de ce que sa famille devait à Fred; particulièrement Vincent.

— Je sais que Vincent archive des dossiers chez vous. Je voudrais savoir s'il en a déposé de nouveaux ces derniers temps.

Mado avait déjà accordé son soutien...

— Je vais regarder. Qu'est-ce que tu cherches exactement?

— Un dossier sur le Montmaure.

Elle redressa sa petite taille, fouillant les yeux du géant.

– Qu'est-ce que tu as à voir là-dedans ?

– Il vaut mieux que tu ne le saches pas.

Elle savait bien sûr que Fred était le roi des poissons des abîmes. En revanche, jamais il n'aurait touché à un seul cheveu de son neveu.

– Si je le trouve, j'en fais quoi ?

– Tu me le donnes.

L'essentiel avait été dit. Mado tourna les talons, et rejoignit la chambre de Vincent. Fred Bellair avait déjà disparu quand elle ouvrit la porte...

**

Laura n'eut aucune hésitation et fit sauter les scellés d'un coup : enfreindre la loi n'était plus un problème pour elle. Elle se glissa dans le cabinet de Vincent et contempla le spectacle qui s'offrait à ses yeux : elle se serait attendue à un désordre plus conséquent après le passage de la police. Ou bien Agnès leur avait-elle donné des consignes strictes ?... Rien ne traînait sur le bureau de Joëlle, soigneusement rangé : un emplacement vide pour l'ordinateur portable, certainement embarqué par les policiers, une plante verte, des bannettes regorgeant d'enveloppes de différents formats, une corbeille à courrier vide, et la photo encadrée d'un gros chat angora. Le grand placard à dossiers suspendus de l'entrée avait été également vidé. Restait le bureau de Vincent. Laura constata de nouveau la méticulosité des enquêteurs : l'agenda, les carnets d'adresses, l'ordinateur portable, les courriers... tout était passé dans les mains du SRPJ. Laura avisa le modèle sophistiqué du téléphone dernier cri. D'un geste sûr, elle fit défiler le répertoire téléphonique sur l'écran miniature. Elle s'arrêta sur un nom : Joëlle Legasse. Elle enclencha l'appel, et mit le haut-parleur. Un déclic...

– Allô ?

– Bonjour, Joëlle... Excusez-moi de vous déranger, c'est Laura Fontane à l'appareil.

– Oui...

La voix était terne, hésitante. Laura avait plutôt gardé le souvenir d'une femme qui parlait haut et fort.

– Je voulais savoir si Vincent vous aurait confié des notes ou autre chose concernant son rendez-vous avec les archives départementales. Le jour où je suis passée, vous vous souvenez, il vous a demandé si...

– Non ! coupa Joëlle très sèchement à l'autre bout du fil. Et je ne veux rien avoir à faire avec cette histoire. Au revoir.

Un claquement, et la tonalité de la coupure répandit son bip dans le bureau. L'attitude de Joëlle était suffisamment suspecte pour confirmer à Laura qu'elle était sur la bonne voie. Enfin, elle composa un autre numéro.

– Bonjour, mademoiselle... Oui, mais pour une adresse s'il vous plaît : Joëlle Legasse, dans le 06. Oui, j'attends...

Elle saisit un stylo et un bloc.

– Oui, je note : 9, chemin de la Galère, Nice. Merci.

L'adresse allait au personnage comme un gant. Il en est souvent ainsi.

Elle jeta un dernier coup d'œil dans les tiroirs du bureau de Joëlle : elle n'avait pas aimé la réaction de la secrétaire. À part un fouillis de stylos, de mouchoirs en papier tachés de rouge à lèvres, deux tubes gras de rouges aux couleurs vives, une boîte de faux ongles et autres ustensiles à tromperie, Laura ne dénicha rien. Elle claqua le tiroir, et se figea : sous le portrait du chat angora encadré, un bout de carton lustré dépassait, qu'elle n'avait pas remarqué. Elle savait déjà ce que c'était. Elle tira doucement. Le nom apparut en premier : « le Pendu ». Pour Laura, ce fut pire que si on lui avait planté une lame entre les deux omoplates. Sur l'image, l'homme était pendu par un pied, mains liées dans le dos, à un portique de bois aux bourgeons saignants... Numéro XII.

***

Chez elle, Joëlle n'arrivait pas détacher son regard du téléphone. Elle venait de raccrocher au nez de la poisse en personne. Elle surveilla le combiné pendant de longues minutes, guettant une sonnerie, sûrement le commanditaire qui lui avait demandé de voler son portable, c'est-à-dire un certain nombre d'informations précieuses. Elle réfléchissait : est-ce que cette poupée pâlichonne avait pu faire un rapprochement quelconque entre elle et son futur donateur ? Joëlle n'avait laissé traîner aucun indice, et l'ordinateur portable était là, posé au milieu de la table de Formica. La petite pile de dossiers était impeccablement alignée dessus. Joëlle mordilla ses grosses lèvres bourrées de rouge qui s'échappait aux commissures. Elle se souvint qu'elle crevait de soif. Elle se dirigea vers l'antique frigo qui bourdonnait à côté de l'évier et sur la porte duquel étaient collées deux images, une photographie du beau Vincent en maillot de bain et une autre la représentant en pin-up ; en fait il s'agissait d'un montage : le corps d'une bombe sexuelle en maillot deux-pièces sur lequel elle avait collé son visage. Elle ouvrit la porte, entraînant avec elle la serpillière gorgée des fuites d'eau de l'engin. Un morceau de pizza à l'anchois, raide de graisse figée, la renvoya à son état de préretraitée célibataire, fauchée, mais... bientôt sortie de l'ornière. Même pas d'eau fraîche dans le Frigidaire, à part la bouteille de lait à moitié vide de Tallula. Bientôt, ce serait un réfrigérateur américain avec compartiment à glaçons, bourré de champagne jusqu'à la gueule pour elle, et de lait bio pour Tallula. Mais, au fait, où était-elle ?... D'habitude, elle ne quittait pas ses jambes. Joëlle versa un peu de lait dans sa coupelle vide.

– Tallula ? Tallula... Viens là, ma grosse bête. Viens voir ta maman, viens me faire un câlin.

Un miaulement étranglé lui répondit. Joëlle arrêta son geste :

– Tallula ?

Le silence lui répondit. Joëlle posa la bouteille de lait sur la paillasse aux vilains carreaux marron, et se dirigea vers la porte qui ouvrait sur la cour, à l'arrière de la maison : le miaulement lui avait semblé provenir du dehors. Elle sortit, inspectant la cour minuscule, se penchant sous les quelques vestiges de meubles détruits par des années d'intempéries et de laisser-aller. Tallula s'était volatilisée. Mais un des battants vermoulus de la porte du garage était ouvert. Joëlle fit une grimace : l'antre regorgeait de cochonneries qu'elle n'avait jamais eu le courage d'apporter à la décharge, et de petits rongeurs. Tallula déposait régulièrement sur son dessus-de-lit des souris pantelantes, des mulots aveugles, quand ce n'étaient pas des oiseaux éventrés. Un régal... Elle ouvrit le battant en grand, et pénétra dans l'ombre du grand foutoir.

Il fallut quelques secondes à ses pupilles élargies pour faire voyager jusqu'à son cerveau l'image de ce qui lui pendait sous le nez : Tallula, les yeux fixes, semblait mourir de soif, langue démesurément pendante ; elle se balançait nonchalamment au bout de la corde à linge...

Joëlle n'eut pas le temps d'envisager qu'elle risquait de subir le même sort : la cordelette mordit la chair de son cou. Elle eut l'air étonné, ses yeux exorbités cherchèrent d'abord une explication, puis très vite un morceau de ciel dans un trou du toit... la corde s'enfonça d'un coup sec dans le gras du cou jusqu'à ce qu'elle ne fût plus qu'une espèce de poupée gonflable désarticulée, un ange de plastique qui s'évanouit dans les bras de son assassin, dans un bruit de clochettes tintinnabulantes...

Ça faisait cinq minutes que Laura secouait la cloche du petit portique rouillé : Joëlle ne répondait pas, et pour cause. Déterminée, Laura poussa la porte du jardinet, ou de ce qui avait été un charmant jardinet. Pelé, planté d'un unique et monstrueux figuier de barbarie qui en avait dévoré sournoisement la moitié, il était le préambule à ce que Laura découvrit ensuite : un intérieur à l'abandon, triste, encombré de meubles dépareillés et de fanfreluches poussiéreuses. Il y en avait partout : un musée suffoquant de poupées espagnoles, d'animaux en peluche, de coussins au crochet. Même le téléphone était habillé d'un coffret de velours rose passé. Son regard glissa sur les deux images collées à même la porte du frigo comme si elle venait de trouver le mobile possible de la tentative de meurtre sur Vincent ; mais dans le même temps elle se dit que c'était un mobile qui l'éloignerait trop de sa quête pour qu'il soit le bon.

Comme appelée par les courants d'air et des portes qui claquaient, Laura suivit cette piste : elle déboucha dans la petite cour et remarqua immédiatement les portes du garage, dont des pelures de peinture plus grise que verte se détachaient par larges écailles. Elle imaginait bien Joëlle, terrée dans l'obscurité, en train de prier pour que son visiteur importun lui lâche les baskets. Elle se dirigea droit sur le garage.

– Joëlle ? Joëlle ! C'est moi, Laura ! Accordez-moi cinq minutes, je vous en prie...

Elle plaqua son plus beau sourire sur son visage, et ouvrit le battant d'un coup : Joëlle la fixait de ses yeux fous, visage boursouflé, ses pieds nus semblant encore vouloir chatouiller le sol, à cinquante centimètres. Pendue, mais par le cou ; dans le bon sens... pas comme sur la lame de Tarot que Laura avait trouvée sur son bureau une heure auparavant.

Elle avait fait claquer à nouveau la porte sur la mort qui pendait avec ce masque de la bêtise dont sont affublés tous les pendus. Le temps de laisser son estomac se calmer. Son téléphone portable ne passait pas et elle était bien obligée de retourner dans cette maison des horreurs pour téléphoner.

Quand elle fut à l'intérieur, une ombre occulta soudain toute la lumière de la porte. Elle hurla et se rua dans la cuisine. Elle claqua la porte, cherchant des yeux une issue. Elle se précipita dans la cour, et se mit à courir dans la petite allée le long de la maison. Une masse imposante l'attrapa à bras-le-corps. Laura poussa un cri qui laissait entendre sa peur et sa colère.

– Laura ! Laura ! C'est moi, Fred Bellair.

Elle eut un hoquet. Fred ne la lâcha pas.

– Je l'ai vue, dans le garage. Laura, ce n'est pas moi. Calmez-vous.

– Lâchez-moi, ou je hurle. Je vous préviens, la police arrive.

– J'allais les appeler...

Fred lâcha Laura. Elle mit immédiatement trois mètres entre elle et lui, et saisit le montant d'un pied de table désossée qui traînait contre un mur.

– N'approchez pas !

– Vous n'avez pas à avoir peur. Moi aussi, je cherche. Je suis sûr que Matthieu est innocent. Vincent a été abattu parce qu'il avait mis son nez dans une affaire qui puait. Joëlle était la seule qui pouvait savoir de quoi il s'agissait.

– Très habile. Mais vous êtes un joueur. Mentir, c'est votre métier.

– Je ne joue pas. J'attends la police avec vous.

Peu de temps après, la courette et la maison grouillaient de policiers de différents services. Les deux pendus, Joëlle et son chat angora, avaient été photographiés sous tous les angles, mais Agnès attendait que le relevé des indices autour des cadavres soit terminé pour dépendre sa sinistre livraison de viande froide du jour. Chaussures revêtues de housses plastiques, mains gantées et cheveux dissimulés sous un calot, deux hommes de l'Identité judicaire se mouvaient dans le garage avec des gestes lents de cosmonautes, sous l'éclairage violent d'un projecteur. D'autres relevaient les empreintes dans la maison. Agnès avait sorti le grand jeu. Fred Bellair venait de partir : sa déposition corroborait celle de Laura, à ceci près qu'il était arrivé après elle... Laura se mordillait les lèvres : ses propres empreintes devaient traîner partout. Agnès la rejoignit, elle était tassée sur le siège de la berline de Vincent. Agnès s'affala sur le siège passager, laissant la portière ouverte, et tendit une bouteille d'eau à son amie.

— Tiens, bois un peu, sinon tu vas te déshydrater.

Laura but une gorgée au goulot. Elle sentait le regard de son amie la transpercer.

— Alors, peux-tu m'expliquer par quel miracle on te retrouve sur une scène de crime alors que tous les flics du département sont sur les dents ? Tu es censée être l'otage de ton frère, lui-même suspecté de tentative de meurtre ! Tu fais dans la téléportation, maintenant ?

Elle fulminait, d'incompréhension plus que de rage. Laura savait qu'elle avait l'impression d'avoir été trahie.

— Matthieu est innocent. J'en ai la preuve...

Agnès claqua la portière, baissa la fenêtre et se cala face à Laura.

— Ben voyons. Le syndrome de Stockholm, tu connais ? Entre frère et sœur, ça doit aller encore plus vite !

— Matthieu a vu le meurtrier. Il sait qui c'est... et moi aussi.

— Putain de merde, Laura ! Et c'est maintenant que tu me le dis ?

— Je ne pouvais pas le savoir avant d'avoir parlé avec Matthieu.

— Et Matthieu, où il est ?

Laura n'hésita pas. Elle avait eu le temps de peaufiner sa version des faits.

— Je ne sais pas. Je l'ai laissé dans Nice ce matin.

Agnès fixa l'étroite bande de bitume défoncé devant la voiture, mi-route, mi-chemin : chemin de la Galère, une adresse parfaite pour mourir.

— Admettons. Et la première chose que tu fais, c'est de te pointer chez Joëlle Legasse, la bouche en cœur ? Là, tu la trouves pendue, et tu penses à nous appeler. C'est sympa.

— Je t'aurais appelée, mais après avoir parlé avec Joëlle. Elle ne pouvait pas ignorer sur quoi travaillait Vincent. Je pensais qu'elle savait quelque chose... Et manifestement je ne me trompais pas !

— Revenons à Matthieu. Qu'est-ce qu'il t'a dit exactement ?

— Il a failli coincer l'homme qui a tiré, depuis un appartement qui donnait sur la place. Le type s'est enfui, et Matthieu s'est retrouvé avec son fusil entre les mains. Quand il m'a vue sur l'esplanade, en sang, il a cru que c'était sur moi qu'il avait tiré. Il était tétanisé de peur...

— Pourquoi est-ce qu'il ne s'est pas rendu pour tout m'expliquer, alors ?

— Tu as de si bonnes relations que ça avec lui ?

— Je sais mettre de côté ma vie privée.

— Ce n'est pas ce qu'il a pensé. Tout l'accusait. Il a eu peur. Ça peut se comprendre, non ? Ça doit aller très vite dans ces moments-là, je suppose.

Agnès se tut. Laura venait d'assener une évidence qui faisait exploser ses convictions : elle était juge et partie, quoi qu'elle puisse affirmer ; Matthieu l'avait compris en un quart de seconde, et pris une décision qui l'avait mené dans l'impasse. Pourtant, elle se cognait aux faits.

— Excuse-moi, mais c'est... rocambolesque. Il n'y a pas un seul témoin qui puisse certifier sa version. À part toi... et tu n'étais pas avec lui dans cet appartement.

Laura s'accouda au volant et se massa le front : elle croyait à la version de Matthieu. Pour une seule raison. Elle se tourna vers Agnès.

— On peut quand même dire qu'il y avait un témoin.

Agnès manifesta son intérêt de manière assez ironique.

— C'est l'homme... de mes visions.

Agnès leva d'abord les mains au ciel avant de se prendre la tête avec.

— Je l'avais vu en vrai aussi, insista Laura.

Agnès l'interrompit par un pouffement quasi hystérique. Laura serra le volant de toutes ses forces : elle avait envie de lui coller une gifle.

— Agnès, merde, tu es mon amie ou non ?

— Pas ce genre d'argument, s'il te plaît ! C'est quoi, ce délire ? Cet homme, c'est une vision ou une personne réelle ?

– Je l'ai vu au casino ! Et Matthieu l'a vu aussi, puisqu'il me l'a décrit. L'homme qui a tiré, c'est lui ! Il a une tache de vin au-dessus de l'œil. Matthieu ne peut pas avoir inventé ce détail ! Tu peux vérifier. Fred Bellair a un enregistrement vidéo de la soirée. Cet homme existe !

Laura était essoufflée. Toute cette vérité à faire entrer dans les têtes, c'était épuisant. Un homme de l'IJ s'approchait, valisette de fer à bout de bras. Agnès ouvrit la portière.

– C'est OK pour nous, capitaine. On peut dégager le... je veux dire, les corps. Qu'est-ce qu'on fait du matou ?

– Le légiste s'en chargera. S'il veut l'autopsier, c'est pas mes oignons.

L'homme fit un signe vers la courette et rejoignit le groupe d'enquêteurs qui attendait. Agnès se tourna vers Laura.

– Laura, je t'embarque. On va prendre ta déposition, et mon boss avisera... C'est la procédure.

– Mado ? Qu'est-ce que tu trafiques ? Ça fait une heure que tu retournes ces cartons. On passe à table ou on meurt de faim ? Qu'est-ce que tu choisis ?

Mado releva le nez : son mari, coincé dans la porte, la dévisageait d'un œil vide, absent, barbe de trois jours envahissant ses mâchoires affaissées. Ses paroles bon enfant démentaient les efforts qu'il n'arrivait plus à faire : Pierrot avait viré au gris depuis que son fils s'était écroulé sur l'esplanade de la mairie. Il parlait peu, il mangeait peu, il dormait peu, et se lavait peu. Il partait à l'aube chaque matin, rentrant à la nuit pour s'affaler les yeux grands ouverts dans leur lit. Mado supposait qu'il regardait la mer, assis dans son bateau. Elle lui donnait chaque soir des nouvelles de Vincent, sans lui tenir rigueur de son air absent : son homme était dans le même coma que son fils. Il en sortirait le jour où Vincent rouvrirait les yeux. C'était ainsi.

– J'arrive. Va dormir, Pierrot...

Elle lui avait dit ces mots insignifiants avec une douceur toute maternelle qui dut le rassurer. Il s'arracha à l'encadrement, et Mado entendit ses pieds traîner sur le carrelage de la cuisine, puis une chaise gémir sous son poids. Il allait lui désobéir, l'attendre, les mains croisées sur la table, avec son regard de noyé. Elle remercia le Ciel de l'avoir fait naître mère, et italienne : le désespoir ne faisait pas partie de son héritage génétique.

Le sol de béton gris était parsemé tout autour d'elle du rose, du gris et du vert pâle d'une multitude de chemises de carton. Elle rassembla les documents qu'elle venait de consulter, étalés à même le sol, et ferma la dernière chemise. Elle fit glisser un doigt songeur sur les lettres inscrites au stylo-bille : « Défense du littoral ». C'était l'écriture de Vincent.

Elle ne pourrait pas rendre ce service à Fred Bellair : ce qu'elle venait de déchiffrer dans ces pages ne concernait pas que son beau-frère. C'était une bombe à retardement. Mado refusait de faire exploser Nice... pour l'instant ; elle choisirait son heure, et seul Vincent la ferait appuyer ou non sur le détonateur.

Elle plaça religieusement le dossier au fond d'une grande boîte de rangement, et commença à l'ensevelir sous une pile d'autres chemises.

Mardi 9 août

LA TEMPÉRANCE

Laura inspecta une dernière fois son reflet dans le rétroviseur : pâle, certes, mais légèrement maquillée, coiffée d'un chignon à la Audrey Hepburn dont elle avait de faux airs, vêtue d'une petite veste noire très courte des années soixante, très simple et sans manches, un dossier sous le bras pour faire illusion, image parfaite de l'associée d'un avocat, de maître Vincent Bellair en l'occurrence...

Elle pénétra d'un pas ferme dans les locaux de la gendarmerie, paire de lunettes teintées sur le nez. En un coup d'œil sur le préposé à l'accueil, elle évalua ses chances : apparemment une sur deux. En dosant habilement aspect professionnel et regard de velours, elle pouvait l'emporter : l'homme était jeune, face un peu lunaire et légèrement brique comme s'il s'était farci de Tan o Tan, auréolé d'une coiffure en brosse, déjà en nage et manifestement en train de se battre avec son ordinateur.

— Bonjour. Maître Fontane, du cabinet Bellair. Je viens consulter vos archives que maître Bellair... Vous n'êtes pas sans savoir ce qui lui est arrivé ?

— Bien sûr que non !

— Il n'a pas pu me transmettre le fruit de ses dernières recherches et peut-être que l'archiviste pourra m'aiguiller : j'en ai absolument besoin pour plaider cet après-midi... Je n'ai pas eu le temps de passer prendre mon autorisation au...

– Les archives sont en bas... voyez ça avec l'archiviste. Troisième porte à gauche, premier sous-sol.

Apparemment, c'était beaucoup plus facile qu'elle ne l'avait imaginé. Sans doute devait-elle cette soudaine compréhension à la grande solidarité des différents corps de la police et de la justice qui se manifestait, comme dans toutes les familles, au moment du drame : la tentative d'assassinat sur un homme du barreau avait suscité une sincère compassion, jusque chez le planton de la gendarmerie.

– Je vous remercie infiniment pour votre compréhension.

– Heu, oui, oui... Mais je dois quand même relever votre identité.

– Bien sûr !

Ça, elle avait prévu : elle tendit sa carte professionnelle. Le jeune gendarme nota laborieusement les coordonnées, en tirant une langue tout aussi charnue que ses joues, et son merci fut écrasé par le bruit du lourd registre qu'il venait de faire claquer.

Puis Laura fila ; dans son dos, elle entendit un juron : « Fait chier, cette bécane ! »

Un étage sous terre, ce fut encore plus facile. La secrétaire, la bonne cinquantaine, mise en plis et tailleur des années quatre-vingt à larges épaulettes (preuve qu'elle n'avait pas pris un gramme en vingt ans), avait encore une assez jolie peau malgré les néons. Soucieuse de bien faire et après avoir consulté un ordinateur flambant neuf mais détonnant dans cet univers d'armoires métalliques bourrées de papiers et d'affiches racornies par la poussière, la secrétaire donc était allée lui chercher le dossier que maître Bellair avait demandé à voir lors de sa dernière visite. Laura, seule à une table au milieu de la grande pièce aveugle, n'en menait pas large, mais il n'était plus temps de faire machine arrière. Le dossier était là, devant elle. Sur l'étiquette de la couverture était écrit à la main le nom de Luisa

Fontane, née Rinaldi, suivi de la date de son accident mortel. Le dossier était étique : trois feuillets tapés à la machine, et trois photographies en noir et blanc. Rien de plus. Sur les images, la violence et la mort étaient sans appel : la voiture n'était plus qu'une compression de tôles calcinées. Une des photos permettait de constater la trajectoire de la chute du véhicule, une petite Fiat, qui gisait sur le toit, roues en l'air : le sommet de la croix du calvaire apparaissait au dernier plan, légèrement flou, surplombant le sarcophage d'acier du premier plan en un éloge funeste et prémonitoire. Laura se fit violence, et imprima dans sa mémoire chaque détail des images : les débris de verre du pare-brise, les morceaux de phares, le pare-chocs tordu, les rétroviseurs arrachés, les traces du feu sur la carrosserie... et une chaussure, une cothurne de toile à brides, abandonnée à deux mètres du cercueil d'acier de sa mère. La secrétaire la lorgnait d'un œil curieux par-dessus son comptoir. Elle revint aux feuillets dactylographiés : elle n'y apprit quasiment rien. Les gendarmes avaient noté une heure probable d'accident, décrit le lieu, l'état de la voiture, et celui de la conductrice. « Aucun réflexe vital relevé. » Suivait le constat de décès dressé par les pompiers, après la désincarcération du corps. Laura relut les feuillets en tentant d'annihiler la moindre émotion, et de glaner une information qui aurait pu lui échapper : rien. Pas trace d'un rapport d'expertise de la voiture, ni d'autopsie du médecin légiste. Une affaire rondement bâclée... par un certain capitaine de gendarmerie Duroc. Elle respira un grand coup et se planta devant le comptoir de l'accueil.

– Excusez-moi, mais ce dossier m'a l'air incomplet.

La secrétaire la regarda d'un air surpris, mais chaleureux.

– C'est ce que maître Bellair a dit aussi. Mais pour nous, le dossier est complet. Je suis désolée...

Laura s'agrippa au comptoir. La tête lui tournait, et ce n'était pas la chaleur : il faisait presque froid dans ce sous-sol de ciment aux couleurs de pissotière.

– Notez, maître Bellair avait l'air pressé. Je m'en souviens bien : j'étais venu donner un coup de main à monsieur Le jeune...

– ... Il n'y a pas d'annexe au dossier ?

– Rien. Rien que ça !

– Ah... Et ce capitaine Duroc, est-ce que vous savez s'il est toujours en activité ?

La femme lui fit un large sourire.

– À la retraite. Ça aussi, il l'a demandé, maître Bellair. Et le lieutenant Angeli aussi.

– Le lieutenant Angeli est passé ?

– Ce matin, juste avant vous, vous auriez pu vous croiser.

– Bien ! Et... Ce Duroc, il est à la retraite depuis longtemps ?

– Attendez voir...

Elle lui décocha un grand sourire, puis se concentra sur son ordinateur.

– On trouve tout, sur ces machines... Heureusement qu'on les a sinon ici personne ne s'occupe de nous. Pour avoir du papier toilette, je dois m'y prendre trois semaines à l'avance, en trois exemplaires, à l'intendance ! Rendez-vous compte... continua-t-elle à soliloquer, en bricolant sur son clavier. Par contre, question informatique, ils nous ont installé des Rolls Royce. Je m'amuse comme une petite folle. Je navigue, je surfe, comme on dit. On peut fouiner partout, avec leurs engins. Mais je ne pourrai pas en profiter longtemps, je pars à la retraite dans un an. Voilà : 1973. Décembre 1973. Vous avez de quoi écrire ? Capitaine Michel André Duroc. Dernière adresse pour l'armée, après la caserne : 3, rue du Grand-Pin, à Nice. Y a pas de téléphone. Il doit pas toucher une grosse retraite. Il a pas voulu rempiler. Il avait le droit, notez... Il avait fait son temps, comme on dit.

Laura griffonna rapidement les renseignements sur un carnet : Duroc avait pris sa retraite un peu plus de quatre mois après l'accident de Luisa... La remplaçante avait l'air heureuse d'avoir enfin trouvé une raison de bavarder et de travailler. Elle eut une mine déçue lorsque Laura prit congé.

– Attendez... faut me signer le registre !

Elle ouvrit sur le comptoir un énorme cahier, faisant tomber le dossier que lui avait rendu Laura.

– Flûte, quelle courge ! râla-t-elle.

– Ce n'est pas grave.

Laura se baissa, et rassembla les feuillets et les photos épars, sauf une : celle avec la chaussure, qu'elle glissa prestement sous sa veste. Un souvenir morbide, mais un des seuls véridiques qu'elle détenait jusqu'à présent.

Pendant ce temps, dans le building de verre de la compagnie Fontane, Ludmilla passait en trombe devant le bureau des secrétaires, sans même daigner leur jeter un regard. Quand l'une d'elles tenta d'ouvrir la bouche, Ludmilla avait déjà mis les deux pieds dans l'antre de Max, et claqué la porte derrière elle.

Max ne sembla pas plus surpris que ça. Il était penché sur une maquette qui trônait au centre de son bureau : un complexe alliant petites résidences luxueuses et immeubles de verre fumé en formes de pyramides, disséminés dans un parc de collines trop verdoyantes pour la région ; le vernis de quelques bassins miniatures brillait de-ci, de-là, parmi les bosquets de pins factices ; les constructeurs de ce paradis à vivre et à travailler de pâte à modeler et de plâtre avaient même disposé quelques figurines dans les allées pour souligner les proportions, et le bonheur béat livré en prime.

Ludmilla frôla l'immense maquette de sa longue jupe, et alla directement s'affaler sur l'immense sofa de cuir blanc qui occupait une bonne partie d'un mur.

– Tu as prévu de le planter où, ce tombeau égyptien ? Sur le Montmaure, peut-être ? balança-t-elle à Max avec un sourire éclatant.

Max lui rendit son sourire, façon polaire.

– Si tu es venue pour m'emmerder avec tes grandes leçons écolos, ce n'était même pas la peine de t'asseoir.

– Tu m'offres un café ?

– Non. Je t'écoute, c'est déjà beaucoup.

Ludmilla avait tout son temps. Elle fouilla dans sa grande besace de cuir souple, en sortit un magnifique étui d'argent dont elle tira une cigarette, qu'elle alluma à la flamme d'un briquet lourd du même alliage. La première bouffée de fumée fut pour Max. Il ne broncha pas.

– J'ai un rendez-vous dans cinq minutes.

– Il attendra. Je suis venue te parler de Vincent... Je ne me lasse pas du paysage vu d'ici.

Max se redressa, et remit soigneusement sa cravate en place sur sa chemise. Il rejoignit son bureau, commença la lecture de son courrier.

– Tu as appris ? lui lança Ludmilla.

Max ne leva pas les yeux.

– Quoi ?

– L'assassinat de la secrétaire de Vincent.

– Je lis les journaux, comme tout le monde. Elle s'est pendue.

– On n'a pas les mêmes lectures : elle a été assassinée.

Ludmilla écrasa la moitié de sa cigarette dans un bol de cristal plein de jolies pâtes de verre colorées. À ce petit jeu-là, elle savait que Max Fontane ne tiendrait pas long-temps, mais elle décida d'en rompre les règles :

– Joëlle Legasse était aussi la secrétaire de notre asso-ciation. Elle était au courant de toutes les affaires de Vincent.

– Où veux-tu en venir ?

– Vincent travaillait sur le Montmaure. Il était sur le point de boucler son enquête. Il n'a pas eu le temps de nous révéler ce qu'il savait. Sauf une chose : il avait mis le doigt sur tout un réseau de sociétés anonymes... qui placent leur argent dans la construction. Tu me suis ?

– Non.

— Je vais conclure : d'après moi, ses sociétés prennent leur source chez toi.

— Tu en as la preuve ?

— Non. Mais Vincent devait l'avoir.

— En clair, tu m'accuses d'avoir éliminé un minable avocaillon sous prétexte qu'il allait mettre des bâtons dans les roues d'un projet dont j'ignore tout ?

— Oui. Mais étant donné que j'ai un esprit de famille assez développé, je suis venue te prévenir. Je me contre-fous que tu sauves tes fesses. Par contre, celles de Matthieu me sont... chères. Maintenant que Laura est hors de danger, j'espère que tu feras tout pour sauver ton fils.

Ludmilla ressentit un léger malaise : Max n'avait pas l'air ébranlé par les soupçons qu'elle venait de lui jeter à la figure. Il continuait de trier son courrier. On frappa à la porte. Elle le prit de court :

— Entrez ! cria-t-elle.

La jeune fille de l'accueil montra son visage contracté par la timidité.

— Excusez-moi de vous déranger, monsieur Fontane. Il y a un livreur de chez Monoprix, avec deux cartons de courses à pointer... et je ne suis pas au courant.

Max sembla cette fois-ci légèrement contrarié.

— Signez son bon... ça ira.

Ludmilla se leva, et la fille referma la porte en vitesse avec un regard affolé.

— Tu fais les courses, maintenant ? Viviane doit vrai-ment être au trente-sixième dessous. Mon pauvre Max. N'oublie pas non plus de faire le ménage... dans ta société. Sur ce, je te laisse à tes réflexions.

Elle froufrouta du canapé vers la porte, laissant sa main glisser le long de la maquette.

— Ce projet... c'est à vomir. Ça me fait penser aux pharaons...

Max eut un clignement du regard, attendant le pire.

— Eux non plus n'hésitaient pas à tuer des hommes pour faire aboutir leurs constructions insensées.

La porte claqua. Max posa un regard pensif sur la maquette : il avait touché des honoraires faramineux pour la conception de ce projet, dont il était prévu qu'il serait un des plus gros actionnaires. Un détail le tracassait soudain : il avait bien signé les différents contrats l'associant à cette société aux fonds qui semblaient inépuisables, mais n'avait jamais rencontré son P-DG... Pas plus qu'il ne savait encore précisément où serait implantée sa cité paradisiaque. Mais pour Max, l'argent n'avait plus d'odeur depuis longtemps.

Ludmilla fut à l'ascenseur en quelques enjambées. Au passage, elle eut le temps d'admirer la somptueuse musculature du jeune livreur black de Monoprix, de capter son regard admiratif, de lui lancer un clin d'œil ravageur, et de repérer la commande de Max dans les cartons : pizzas sous plastique, packs d'eau minérale, boîtes de conserve, biscottes, etc. De quoi tenir un siège, mais non pas répondre aux exigences d'estomacs délicats comme ceux de Viviane et de son compagnon... « Étrange » fut le seul mot qui lui vint face à ce monceau de victuailles pour adolescent.

Vincent avait le visage détendu sous le respirateur. On lui avait retiré son bandage, et Laura put caresser la tonsure au sommet de son crâne, sur laquelle commençait à repousser un duvet dru de cheveux noirs. Elle devenait experte pour tromper la vigilance des gardes-chiourme en blanc, mais savait qu'elle avait peu de temps. La distribution des plateaux-repas du déjeuner ne s'éterniserait pas. Elle posa ses lèvres une dernière fois sur la main blanche.

— Mon amour, j'ai trouvé ce que tu cherchais. Je marche dans tes pas... Je t'aime. Ne t'inquiète pas pour moi. C'est curieux, tu sais, je n'ai pas vraiment peur... c'est comme si... je peux te le dire à toi, c'est comme si ma mère me guidait et me protégeait...

Un toussotement la fit sursauter. Mado, la mère de Vincent, se tenait près de la porte et la regardait. Laura sentit qu'elle avait retrouvé un semblant d'humanité.

– Vous avez raison... murmura-t-elle.

– Excusez-moi. Je pensais que Vincent était seul.

– Ne vous excusez pas. C'est à moi de le faire. Ce que je vous ai dit l'autre jour, c'était une horreur... Vous n'êtes pas une source de malheur.

– Je ne vous en veux pas.

Laura hésita, et ajouta :

– Mais j'aimerais bien vous croire...

Mado s'approcha, lui prit le menton dans la main, et la força à la regarder. Laura eut soudain dix ans, et les larmes aux yeux. Mado ne pouvait pas se comporter autrement qu'en mère.

– Vous avez reçu d'autres lames du Tarot, n'est-ce pas ? Vincent m'en avait parlé. Il m'arrive de temps en temps de me tirer le Tarot de Marseille.

Il y avait des personnes à épargner à tout prix dans ce cauchemar, Mado en faisait partie.

– Non, souffla Laura. Est-ce que vous connaissez la librairie La Baie des Anges ?

– Non. Moi, les librairies, vous savez... Pourquoi ?

– Comme ça... rien d'important.

– Vous avez raison de penser que votre maman vous protège. C'est ce que font toutes les mamans, même quand elles ne sont plus de ce monde. Mais soyez prudente...

Depuis la disparition de Matthieu, Manon s'était faite discrète, au point de se faire oublier, sauf de Fred Bellair qui l'avait convoquée. Il était dos à elle, le regard fixé sur un des moniteurs du mur d'écrans : l'image fixe d'un homme parmi la foule, très grand, qui semblait regarder quelqu'un au-delà des têtes. L'homme des visions de Laura.

– Est-ce que vous l'avez déjà vu ? demanda-t-il, fixant toujours le type à l'écran.

– Oui, je m'en souviens. À cause de sa tache de vin sur le front. Le soir de l'inauguration.

– Un bon point pour vous. Être physionomiste est essentiel dans ce métier. Bravo ! Vous l'avez revu ?

– Non.

– Il a joué ?

– Oui. Peu. Des petites sommes. Il a tout perdu. C'est un joueur occasionnel.

Fred Bellair appuya sur sa télécommande, et la boiserie glissa silencieusement sur le mur d'écrans. Manon était agacée ; elle n'arrivait pas à surmonter l'angoisse diffuse qui lui crispait les intestins depuis qu'on lui avait demandé de se faire remplacer à la table de roulette pour rejoindre Fred Bellair dans son bureau. Tout l'impressionnait malgré elle : l'homme, l'immense pièce à l'ameublement sommaire et sombre. Une pensée la traversa : Fred Bellair était en réalité un moine ; il avait fait le choix d'une existence recluse, refoulant la vie sur des moniteurs vidéo cachés derrière des boiseries. Cette pièce n'était qu'une cellule, au cœur d'une Babylone en plein naufrage, dans laquelle il priait pour l'âme des pécheurs, et pour la sienne sans aucun doute. Un détail clochait, qui attisait sa curiosité depuis quelques instants : un cadre de belles dimensions, et de bois sombre, posé comme une offense à ce sacerdoce, sur le bureau. Fred Bellair lui tournait toujours le dos. C'était la photographie en noir et blanc de Luisa. Manon l'avait déjà vue sur un autre portrait, dans le mausolée dressé par Max Fontane au cimetière. La jeune femme souriait, heureuse, au photographe, et l'on pouvait très distinctement voir ses mains. Manon se sentit défaillir : le bracelet qui ornait son poignet était le même que celui qu'elle possédait, seul héritage de sa naissance. Elle reconnut en un clin d'œil les médaillons frappés de figurines et les pierres taillées qui sertissaient régulièrement la large monture ouvragée.

Le dos de Fred Bellair frémit. Quand il se retourna, Manon avait retrouvé sa place.

— Avez-vous des nouvelles de Matthieu, mademoiselle Hanspag ? Répondez-moi franchement.

— Il va bien, répondit-elle, trop soufflée pour réfléchir.

— Vous ne me direz pas où il est ?

— Non, parce que je n'en sais rien.

— Merci pour votre honnêteté. Vous êtes finalement une personne de qualité... et de confiance. Vous aimez Matthieu ?

Manon se retint pour ne pas tourner les talons. Fred Bellair la dominait, et elle savait qu'un adversaire ne trébuche que si on lui offre le vide.

— Je ne sais pas...

Un sourire passa sur le visage fatigué du moine, et Fred Bellair redevint en une seconde le Don Corleone qu'il était aussi.

— Quand on ne sait pas, c'est qu'on est sur la bonne voie. Je vous remercie.

Manon se tourna vers la porte, le cœur déchaîné. C'était trop con. Elle respira un grand coup.

— Excusez-moi, monsieur Bellair, mais je voudrais vous poser une question.

— Oui ?... fit-il, surpris par l'audace.

La mise était énorme, et elle n'avait rien entre les mains. Ne pas montrer son jeu... et bluffer.

— J'ai vu la photographie sur votre bureau... Le bracelet que porte cette jeune femme est sublime. On dirait des figures du Tarot. Je m'intéresse aux bijoux anciens, et aussi au Tarot... À l'occasion, je l'aurais bien pris en photo, pour pouvoir l'étudier.

Elle vit la carcasse de Fred Bellair s'affaisser imperceptiblement, comme si elle l'avait fauché par une habile prise de judo. Il se ressaisit, et lui tourna carrément le dos pour aller s'asseoir dans son fauteuil.

— Vous êtes décidément bien étrange, mademoiselle Hanspag. Vous ne pourrez pas étudier ce bracelet, car sa propriétaire est morte et enterrée depuis longtemps. C'était un bijou qui était dans sa famille, et qu'elle ne quittait jamais. Ce bracelet repose avec elle, dans sa tombe.

– Je suis désolée, c'était stupide... Je m'en veux de cette curiosité.

Fred Bellair lui jeta un regard froid :

– Ce n'était pas si stupide, mademoiselle Hanspag. Vous savez que vous ne ressemblez pas du tout à votre patronyme : Hanspag... Ça évoque la blondeur, le froid, les yeux bleus. Prévenez-moi si cet individu remet les pieds au casino. Je vous remercie de votre aide.

Manon se retrouva à sa table de roulette, le dos secoué de frissons : l'air conditionné, ou la sueur qui lui mouillait la peau ? Fred Bellair venait de lui faire comprendre qu'il avait la main et qu'il gardait l'œil sur elle...

3, rue du Grand-Pin... Laura gara la berline de Vincent, puis examina un moment la façade : la maison n'avait rien du domicile d'un petit fonctionnaire en retraite anticipée. De belle surface, entourée de hauts murs, pourvue d'un étage avec terrasse au toit hérissé d'antennes paraboliques, et manifestement d'un grand jardin qui semblait l'entourer entièrement, elle ressemblait bien, en revanche, au repaire d'un ancien gendarme. Les volets roulants étaient tous baissés. Laura vérifia le nom sur la boîte aux lettres : Duroc... Elle appuya d'un doigt tremblant sur le bouton du visiophone encastré dans le mur d'enceinte. Un déclic la surprit : la porte de fer venait d'être déverrouillée sans que son interlocuteur lui eût demandé qui elle était. Elle entra... La porte de la maison était fermée. Elle frappa. La porte s'ouvrit brusquement : Agnès la dévisageait d'un air sombre...

Laura était assise à la table de la cuisine, et tentait de répondre au feu roulant des questions. Agnès lui donnait le tournis, à déambuler autour de cette table sans même la regarder. Son adjoint la bouclait, adossé à l'évier, bras croisés. Lui ne la quittait pas des yeux, presque compatissant. Leur petit numéro était bien au point. Laura répéta pour la troisième fois :

— J'ai eu son adresse aux archives. J'avais raison. Vincent avait consulté le rapport de la gendarmerie concernant l'accident de ma mère.

Elle réprima un frisson. Le souffle glacial du système d'air conditionné lui tombait sur les épaules comme une chute de neige, et le décor n'était pas ce qu'on faisait de plus chaleureux : du marbre blanc sur le sol et la table, et un mobilier de cuisine gris et acier digne d'une boucherie, mais d'une qualité indéniable. Rien ne traînait sur les immenses plans de travail, et l'évier comme sa robinetterie resplendissaient. L'intérieur du parfait maniaque.

Agnès tournait toujours autour de la table.

— Tu peux interroger la secrétaire de la gendarmerie. C'est comme ça que je sais que tu y es passée juste avant moi. Tu n'as rien remarqué, dans ce dossier?

Agnès tira brusquement une chaise, se laissa tomber dessus, et fixa Laura droit dans les yeux.

— Et toi?

— Aucune expertise, aucune autopsie. Dossier classé en une journée par ce fameux Duroc. C'est pas normal.

Agnès soupira. Laura sentit qu'elle se détendait. Son amie se tourna vers son adjoint.

— Bruno, tu peux m'apporter ce qu'on a sur Duroc, s'il te plaît?

Bruno disparut dans le couloir. Laura entendit ses semelles chuinter sur le marbre du vestibule.

— Il a mis les voiles, ton Duroc, souffla Agnès. On est sur le coup depuis hier. Je voulais faire un dernier recoupement aux archives, justement. On n'a pas accès informatiquement aux archives de l'armée, il a fallu que j'attende ce matin.

Bruno posa une chemise devant Agnès, beaucoup plus épaisse que celle qui avait été constituée par l'ex-capitaine de gendarmerie Duroc, trente-trois ans auparavant. Agnès fit glisser une photo devant Laura. Celle-ci crut qu'elle allait tomber à la renverse : le visage de l'homme à l'angiome la fixait sans un sourire. Tout explosa en rouge et noir : le rouge de la flamme d'une allumette glissée dans le réservoir d'une voiture, la nuit noire tout autour, une carcasse en feu au fond d'un ravin... et Duroc, en tenue de gendarme, qui lui tendait en grimaçant le bracelet de Luisa.

Agnès reprit sa place devant ses yeux.

— C'est l'homme que j'ai vu au casino, et que Matthieu a reconnu. C'est lui, l'homme des mes visions. Qui est-ce ?

— Duroc.

Laura avait enfin raison ; elle avait remporté une manche contre la rationalité, en suivant son seul instinct. Agnès avait des lambeaux de brume plein les yeux. On aurait dit qu'elle était prête à s'allonger sur le sol pour dormir, ou qu'on venait de la tirer d'un sommeil de cent ans.

— Tu m'en veux ? souffla Laura.

— Mais non. C'est toi qui devrais m'en vouloir. J'avais besoin de recul, de concret. Je récapitule, tu comprendras mieux. On a eu hier la liste des derniers appels téléphoniques passés par Joëlle Legasse. Hein, Bruno ?

Bruno eut l'air surpris de se voir embarqué dans le déballage policier d'Agnès. Comme si elle avait besoin de sa caution morale pour justifier son attitude envers Laura.

— Heu... Oui. Dix appels chez des différents Duroc. Elle a eu de la chance de pouvoir s'arrêter là, il y en a plus de cinquante dans le département.

Agnès ouvrit un œil offusqué.

— Elle en est morte ! Bruno Bruno, tu le fais exprès, ou quoi ?

— Pardon... C'était de l'humour.

Agnès continua en levant les yeux au ciel.

— Bref, elle cherchait Duroc, mais on dirait que c'est lui qui l'a trouvée ! Cela dit, on ne peut encore rien affirmer. On a commencé à avoir des doutes sérieux sur le bonhomme quand on a fait le recoupement avec l'arme qui a servi à tirer sur Vincent. Je te le donne en mille...

– Agnès, je ne sais pas jouer au Cluedo. L'arme était à lui, je suppose ?

– Mieux : en 1973, il avait été détaché avec ses hommes pour appréhender un gang qui se planquait dans une bergerie de l'arrière-pays. Le fusil faisait partie du lot des armes récupérées par son groupe d'intervention. Il ne l'a jamais rendue aux services de destruction. Tu comprends, avec tout ça, on avait enfin du grain à moudre. On a planqué toute la nuit, pour lui sauter dessus après ma visite aux archives. Que dalle. Il s'était déjà fait la malle. Et il avait fait le ménage. On n'a rien trouvé.

Agnès reprit son souffle. Laura en profita : elle appréciait les excuses, mais...

– Et Matthieu, dans tout ça ?

– Je vais être très franche avec toi : il n'est pas sorti de l'auberge. Tant qu'on ne sait pas s'il fricotait avec Duroc, il est toujours suspecté, au moins de complicité.

Agnès n'était plus aussi péremptoire sur la culpabilité de Matthieu, mais n'en lâchait pas sa proie pour autant.

– Duroc sait quelque chose sur la mort de ma mère. Ça c'est important ! Plus que de courir après Matthieu.

– Laisse-moi faire mon boulot. Matthieu n'a qu'à se livrer.

Laura se leva, surprenant Agnès.

– Ma mère a été assassinée. Ton boulot, c'est aussi ça : retrouver son meurtrier. Maintenant, qu'est-ce que tu veux faire ? Tu m'embarques ?

Un silence plus lourd que le plomb accueillit l'éclat de Laura. Bruno fixait le dos d'Agnès d'un air dubitatif. Sa chef laissa échapper un léger sifflement agacé.

– Laura, je t'en prie... Je dois d'abord mettre la main sur Duroc. Et pour ça, j'ai besoin que tu collabores. Où se planque Matthieu ?

Laura sentit les larmes lui monter aux yeux. Ça l'énerva prodigieusement : elle pleurait comme une Madeleine, et pour un rien, depuis trois jours.

— Je n'en ai pas la moindre idée. S'il me contacte, je lui ferai part de ta proposition de se rendre. Je ne peux pas faire davantage. Si tu n'as plus besoin de moi...

Agnès connaissait Laura par cœur et savait qu'elle n'en tirerait rien de plus. Le téléphone sonna et les sauva toutes les deux d'une situation qui devenait embarrassante. Après avoir entendu son interlocuteur, Agnès mit fin à la conversation : une urgence.

Agnès rejoignit Bruno, déjà au volant de la voiture banalisée garée devant chez Duroc.

— Y a un nouveau meurtre. Apparemment lié à notre affaire... Ça commence à se corser sérieusement.

— Qui ?

— Thierry Merlet, le photographe de la noce...

Bruno reçut le choc en pleine poitrine, mais parvint très vite à dissimuler son émotion. Agnès ne s'aperçut de rien. Elle avait à peine claqué la portière que la voiture gicla sur la chaussée. Elle fit rapidement le calcul : elle allait exploser son record de nuits sans sommeil... et de journées sans douche.

Thierry Merlet ne semblait pas avoir souffert. Nu comme un ver, vautré stupidement dans sa baignoire, il fixait le plafond de sa salle de bains d'un regard plein d'incompréhension. Il n'avait jamais été très beau mais, là, il avait définitivement raté sa sortie de scène, pensa Agnès. Dans *Psychose*, au moins, Marion Crane s'écroulait en emportant le rideau de douche en guise de robe de bal. Merlet arborait trois belles boutonnières, aux lèvres béantes, et très larges : un couteau de chasse. D'après le légiste, tous les coups avaient été fatals : celui porté à la poitrine, comme les deux qui avaient perforé son abdomen. Le meurtrier connaissait son affaire. Merlet avait cessé de respirer depuis la veille au soir, dans une fourchette que le médecin avait fixée entre 18 heures et 24 heures à vue de... nez, entre autres. Agnès se tourna vers Bruno et surprit son air hagard.

222

– Ça va ?

Bruno Bruno s'ébroua, pâlichon comme la lune.

– Oui... ça va aller.

Agnès n'avait pas le temps de jouer les infirmières. On se marchait littéralement les uns sur les autres dans cet appartement minuscule et étouffant, à croire que tous les services du SRPJ étaient sur place.

– Tu as deux secondes, ou je te fais mon rapport pour demain matin ?

C'était Gardois, un brigadier, qui lui parlait. Il avait un sourire gourmand qui lui chatouillait les oreilles. Gardois n'était pas une lumière...

– Vas-y, au point où j'en suis, souffla-t-elle.

– Alors, Thierry Merlet, photographe...

– Passe, je connais son pedigree. Qui l'a trouvé ?

– Un ami... soi-disant, ricana Gardois. On l'a laissé partir, la chochotte... On l'a convoqué pour demain, 8 heures.

Agnès n'en pouvait plus, et elle s'attendait encore au pire.

– Accouche.

– Fiché, le Merlet ! Un CV chez les RG long comme le bras. Homo de chez homo ! Une tarlouze ! À part ça, c'était un pote de Matthieu Fontane. M'étonnerait pas qu'y soit pédé, çui-là aussi ! Ils traficotaient tous les deux, Fontane l'autorisait à faire des photographies au casino en échange d'un pourcentage. Sinon, officiellement, il faisait les photographies de mariages, de baptêmes, ce genre de trucs, quoi... Mais il mettait du beurre dans ses épinards en jouant au paparazzi ou en vendant des photos de cul, y en a plein partout, ici !

Gardois redressa fièrement sa petite taille et fit son possible pour donner de l'ampleur au cintre qui lui tenait lieu d'épaules.

– Pour moi, c'est un crime de pédé. Ils s'enculent, ils se fâchent, et ils se trouent ! explosa-t-il d'un rire d'imbécile.

Agnès blêmit et serra les poings de toutes ses forces pour ne pas se laisser aller à le gifler.

— Très fin, Gardois, digne de tes P-V bourrés de fautes d'orthographe. Mais bon, il faut de tout pour faire un monde ! Est-ce que tu sais qu'on enquête sur le deuxième meurtre lié à l'affaire Fontane, ou bien t'étais encore en train de te palucher dans les chiottes avec tes magazines pornos ?

Le légiste passait, justement. Il était en nage, accompagnant le cadavre déjà emballé sur sa civière. Agnès bloqua sa fuite.

— À première vue, est-ce qu'il y a des traces de sévices sexuels, de sperme ?

— Non, rien de tout ça. Il en a pris mais pas là où on croit ! Mais ne comptez pas sur mon rapport avant demain midi, Angeli. Je suis crevé, et j'ai une famille, moi...

— La seule excuse que les célibataires ne peuvent en aucun cas invoquer...

Elle se retourna d'un bloc vers Gardois.

— Brigadier, a priori nous n'avons pas affaire à un crime sexuel.

— Ah...

— Donc, la sexualité de nos victimes ne nous intéresse pas. Encore moins que celle des vivants, lança-t-elle sèchement. On est d'accord ? Et c'est heureux, parce que rien que d'imaginer la vôtre ça donne envie de rire ! Maintenant, où se trouve son labo ?

— Juste derrière la porte... à droite de la chambre à coucher.

La réponse ne venait pas de Gardois mais de Bruno. Elle avait fusé, précise et spontanée. Agnès le dévisagea d'un œil interrogateur. Incroyable pour quelqu'un qui n'avait pas encore fait de perquisition. Elle tiqua en voyant le visage de Bruno passer du blanc au cramoisi. Instinctivement, elle posa les yeux sur la photo d'un corps musclé, huilé à souhait, punaisé en bonne place sur un mur du salon : les Dieux du Stade. Un vrai carton d'invitation... puis elle se redressa vers Bruno et lui demanda discrètement :

— Bruno, merde ! Tu as couché avec la victime ?

— À ce moment-là, c'était juste un témoin... C'est interdit par le règlement ?

Elle n'avait pas envisagé une seconde qu'il avouerait en deux secondes. Elle se sentit idiote, prise dans la main dans le sac de ses préjugés. Ce n'étaient pas ses affaires.

— Et... ça va ? Enfin, je veux dire, ça a dû te faire un choc.

— Ça fait un choc. Mais ça va, merci...

Il eut un ricanement triste et amer.

— Je ne sais pas ce qu'il m'a caché pour finir comme ça, mais c'était pas un témoin fiable. Une planche pourrie... pour l'aspect flic, uniquement. Pour le reste... c'était un très bon coup !

— Vraiment ?

— Vraiment.

— Pourquoi ne m'as-tu jamais rien dit ?

Bruno rigola de bon cœur.

— Je ne suis pas une honteuse, loin de là ! Seulement je considère que ma vie, en dehors du travail, ne regarde que moi. Mais quand même bravo.

— Bravo pour quoi ?

— Pour ta tirade sur la sexualité des morts et des vivants. J'espère que Gardois ne la ramènera plus avec son homophobie à la con. Et si j'avais des doutes sur toi, maintenant je sais que tu es une gonzesse géniale... qui parle comme une poissonnière, mais géniale !

Bruno réussissait toujours à la faire sourire et pour la première fois elle trouva qu'il avait un visage magnifiquement dessiné, un visage d'homme tranquille et un regard de feu. Oui, pour la première fois elle le trouva beau et en éprouva une certaine amertume.

— Je ne te l'ai jamais dit mais je t'aime bien, Bruno Bruno.

— Ça fait souvent ça.

— Quoi ?

— La présence des morts, ça donne toujours envie de dire des choses gentilles aux vivants.

Et voilà... il venait de la remettre très gentiment à sa place. Agnès sentit soudain comme un grand vide la happer. Sa vie était un cauchemar : l'homme qu'elle aimait en aimait une autre, et celui sur qui elle comptait pour lui redonner l'envie de se déshabiller de nouveau n'aimait pas les femmes. Un putain de cauchemar. Il valait mieux en rire. Ce qu'elle fit...

Matthieu observait Max : la peau tendue sur les maxillaires, les joues sans plus beaucoup de chair, les pommettes saillantes, le nez maigre et busqué, les yeux si noirs qu'ils disparaissaient dans les orbites, les rides aussi, qui ravinaient le front, mais surtout la bouche, qui avait perdu depuis longtemps tout espoir, réduite à une ligne à force de sécheresse. Il se demanda comment il avait pu être conçu par cet homme, et où avait disparu toute cette beauté que parfois sa mère vantait encore. Son enfance, c'était Viviane qui l'avait construite, toute en protection. Max n'avait jamais levé la main sur lui ; c'était pire, il l'avait ignoré. Matthieu avait si peu de souvenirs en commun avec lui ! Quelques parties de chasse, comme pour signifier au monde qu'il avait un héritier mâle, mais Matthieu avait eu le mauvais goût de pleurer devant les chevreuils qu'on éviscérait et de vouloir garder les garennes encore chauds pour les soigner. Les parties de chasse s'étaient étiolées avec le temps, tout comme l'intérêt de Max pour ce fils trop sensible. Matthieu avait plongé dans le seul monde qui s'offrait à lui : la bourgeoisie, ses plaisirs faciles et factices, la dope, de toute sorte, qu'on se procurait d'un claquement de doigts sans compter l'argent du mois ; quand il n'y en avait plus, il y en avait encore... L'école avait été à la mesure de ces loisirs argentés : une succession d'institutions privées, où la faune des soirées se retrouvait pour dormir sur les tables de classe. Max avait jeté l'éponge depuis longtemps ; les bulletins scolaires de son fils n'alignaient que nullité, paresse et insolence : il s'était forgé la conviction que le patrimoine génétique de Matthieu était une grosse farce, héritée du côté maternel.

Matthieu, pourtant, n'avait jamais conçu la moindre jalousie à l'égard de sa demi-sœur qui avait toujours reçu les honneurs du père. C'est elle qui rattrapait certains devoirs, elle qui jouait avec lui, elle qui lui racontait des histoires sous les draps à la lueur d'une lampe de poche, elle qui le couvrait de baisers. Matthieu n'adorait pas Laura, il la vénérait. Il avait souffert le martyre quand elle avait quitté la maison de verre pour Paris. Il avait fui, et s'était réfugié dans le cabanon. Durant trois jours il avait pleuré, pensant à la mort comme à une issue vers un sommeil sans fin et sans souffrances. La came ne lui offrait pas ça. Il avait imaginé son cercueil couvert de fleurs, sa mère et Laura en larmes, et, surtout, le grand Max enfin brisé par la douleur, proférant les mots d'un amour qu'il n'avait jamais pu entendre. C'était Max qui l'avait retrouvé...

Matthieu n'en revenait pas de voir son père s'inquiéter pour lui et lui apporter de la nourriture. Max, père nourricier ! Un comble... Et dire que sa mère, en ce moment même, pleurait sur lui et ignorait tout de son sort, de ces minutes presque merveilleuses qu'il vivait avec son père. Il était aussi possible que cet endroit perdu jouât sur le comportement de Max, c'était même certain, sinon il ne se serait pas mis à parler de Luisa comme il se mit à le faire pour la première fois.

— ... Ça me fait drôle, de me retrouver ici avec toi. Je t'ai dit que c'était le refuge de ma femme.

Quand il disait « ma femme » il parlait de Luisa, puisqu'il n'avait jamais voulu épouser Viviane, mais Matthieu ne voulut surtout pas le souligner.

— Luisa avait une particularité essentielle pour un homme : on ne pouvait jamais être sûr de la posséder vraiment. C'était une femme libre qui croyait davantage à la passion qu'à l'amour. Comment dire ? Luisa était une femme... romanesque. Elle disait toujours qu'elle ne mourrait pas vieille.

— À cause de cette histoire de malédiction ?

— Peut-être... mais elle me disait toujours, aussi, qu'elle reviendrait. Elle avait la certitude que les morts n'étaient pas morts, qu'il y avait une deuxième vie et que des ponts existaient nécessairement entre les deux mondes. Ça nous faisait rire... J'ai même dû me moquer d'elle une fois ou deux. Et puis, le jour où elle a disparu, je me suis mis à la croire. Je me suis dit qu'elle reviendrait... Cette idée m'habite depuis. C'est idiot, non ?

— Non, je ne trouve pas. L'amour a sûrement des pouvoirs qu'on ignore. Le Christ a bien ressuscité Lazare et lui-même a ressuscité. Tu vois, tu ne m'as pas mis dans des écoles de curés pour rien.

Max sourit et parvint à avoir un geste de tendresse envers Matthieu : il lui ébouriffa les cheveux en signe de paix.

Matthieu, bien que devenu le dépositaire des seules paroles que Max ait prononcées sur Luisa, n'était pas très à l'aise, peut-être parce qu'il voyait bien que son père était en train de réaliser à quel point son fils avait manqué du principal jusqu'ici. Max éluda et revint au carton de victuailles qu'il avait apporté avec lui.

— Voilà, comme ça j'espère que tu ne manqueras de rien.

— Ça va aller. Merci.

— Comment envisages-tu la suite ? Tu ne vas pas pouvoir rester ici pendant des mois.

— Je ne sais pas encore. Je peux passer en Italie, puis sur la Croatie.

— Et te rendre, tu y penses ?

— Je ne suis pas un assassin. Je n'ai pas tiré sur Vincent, je n'ai pas tué sa secrétaire. Mais je suis toujours l'ennemi public numéro un. Je préfère attendre que les flics finissent leur boulot. Je fais confiance à Agnès sur ce point.

Max le regardait, inquiet, attentif, prêt à répondre à son moindre souhait.

— À part Laura, qui sait que tu es là ?

– Personne. J'ai juste téléphoné à Manon, pour lui dire que j'allais bien.

– Ce n'est pas très malin ! Donne-moi ton portable, jeta Max d'un ton autoritaire.

Matthieu suffoqua l'espace de quelques secondes : deux pas en avant, trois pas en arrière... Mais il lisait sur le visage de son père plus d'inquiétude que de colère. Il lui tendit le téléphone, avec un gros soupir de gamin.

– J'ai confiance en elle, tu sais.

– Ce n'est pas le problème. Ils peuvent te retrouver rien qu'avec ça.

– Sûrement pas ! Je suis obligé de faire cinq bornes à pied pour pouvoir téléphoner !

– Il leur suffit de tracer un rayon de cinq kilomètres.

Matthieu sentit l'hésitation de Max, et comprit : son père avait fait un effort surhumain pour sortir de sa caverne et venir au-devant de lui ; il semblait maintenant à bout de forces. Matthieu n'en avait pas tant espéré. C'était curieux, ces retrouvailles entre eux, à tel point qu'il en éprouvait un certain malaise. Ça allait trop vite d'un coup, comme si le père avait absolument tenu à cette réconciliation avant que son fils ou lui ne meure. La mort, son ombre, son odeur s'étaient soudain immiscées entre les deux hommes. Elle était presque palpable. Matthieu se dit à ce moment précis que si son père voulait le tuer, il ne se défendrait pas... peut-être pour le hanter toute sa vie, comme Luisa le hantait, pour faire de lui sa demeure dernière. Puis il préféra chasser cette pensée. Ils étaient tous les deux dans l'antre de Luisa. Elle était présente partout. C'est elle qui avait aménagé ce refuge quand elle avait besoin de se mettre à l'écart du monde pour y vivre ses folles méditations. Les traces – même invisibles – du passé semblaient jouer dans cet espace avec la lumière du jour finissant.

– Si tu veux y aller, va. Il est tard.

– Tu auras besoin d'autre chose ? Je repasserai dans deux jours.

– À part la liberté, je ne manque plus de rien...

Max vacilla : allait-il franchir le gué, et le prendre dans ses bras ? Il détourna les yeux, et se dirigea vers la porte. Un pas après l'autre ; l'apprivoisement serait long et difficile, des deux côtés.

– Fais attention à toi...

Matthieu resta longtemps à regarder la porte... « Fais attention à toi » résonna en lui comme si son père savait qu'il le voyait pour la dernière fois.

Le soir était tombé. Le silence figeait le paysage qui s'endormait dans la nuit. Laura retrouva son frère sur le lit du réduit qui servait de chambre. Il avait pourtant entendu la voiture mais n'avait pas bougé d'un cheveu, comme s'il s'était préparé à l'idée de mourir. Il bouquinait, tranquille et inconscient, toutes fenêtres ouvertes sur la fraîcheur du soir.

– On voit la lumière à cent mètres à la ronde. Ce n'est pas prudent.

Elle ferma les volets.

– Je t'ai apporté des pizzas, et des draps propres.

– Eh bien, tout le monde a peur que je meure de faim, ou quoi ?

Laura lui jeta un œil étonné.

– Papa est venu remplir le garde-manger. Qui l'eût cru ?

Elle fixa son frère : il souriait d'un air songeur.

– Tu es content ?

– Oui, évidemment... Surpris, aussi.

Elle s'assit sur le bord du matelas. Les ressorts grincèrent. Au pied du lit, les journaux en vrac lui apprirent que Matthieu était au courant de la mort de Joëlle.

– Tu n'es plus en sécurité ici. J'ai bien réfléchi.

– Tant mieux, lança Matthieu, c'est ce que je pense aussi.

Laura fut étonnée par sa réaction mais continua.

– La police a retrouvé la piste du type qui a tiré sur Vincent. Un certain Duroc, un ancien gendarme. C'est l'homme que tu as vu. Seulement les flics pensent que tu le connaissais, et ils doutent encore de ton innocence. Il faut que tu te rendes, Matthieu. Agnès ne peut pas t'accuser du meurtre de Joëlle, puisque je peux témoigner que nous étions ensemble. Et puis Vincent va sortir du coma d'un moment à l'autre. Et là, les flics se rendront bien compte que tu n'es pour rien dans toute cette histoire. D'ici là... Rends-toi, je t'en supplie.

Matthieu la regarda longuement. Il finit par lui tapoter la main affectueusement.

– Laura... Je n'ai été jusqu'à présent qu'un petit con, bourré de fric, et de coco jusqu'à la cervelle. En trois jours, ma vie de merde s'est écroulée. J'ai eu le temps de cogiter. Je suis moins con que j'en ai l'air. J'ai l'impression d'avoir trouvé l'essentiel. Par exemple, je sais que je suis réellement amoureux de Manon. Personne ne m'a manqué comme elle me manque !

– ... Fais confiance à Agnès, murmura Laura. On n'a pas le choix, de toute façon.

Il laissa échapper un éclat de rire.

– Agnès... Je suis bien obligé de lui faire confiance ! C'est une fille bien, je le sais, et sûrement un bon flic, même si je ne suis pas un spécialiste dans ce domaine ! Je veux juste un peu de temps. Encore une nuit, un jour et une autre nuit. Mes dernières nuits de liberté, je veux les passer avec les étoiles au-dessus de la tête. Tu viens me chercher après-demain matin. Voilà. Heureuse ?

– Soulagée... pour l'instant.

Matthieu se leva. Laura remarqua le livre qu'il lisait : couverture de cuir, très ancien. Elle l'ouvrit sur les premières pages au papier jauni, épais, à la typographie étrange. L'auteur était un certain prince de Pise.

– C'est quoi, ce bouquin ?

– Un truc qui a toujours traîné ici. Une vieillerie sur le Tarok, l'ancêtre du Tarot. Ça appartenait à ta mère...

Laura se pétrifia. Elle se saisit de l'ouvrage. Son frère se leva, déclarant d'un air désinvolte :

– Je mets les pizzas au four et on se fait un petit dîner tous les deux.

Matthieu glissa littéralement vers la cuisine comme s'il avait senti qu'il fallait laisser Laura seule avec le livre dans lequel elle s'était déjà plongée.

L'ouvrage était incompréhensible, entièrement écrit en latin. Laura avait fait des études classiques mais pas l'école des Chartes pour autant. Impossible de décrypter le sens du texte enfoui dans la langue morte et où surgissaient au détour des pages des images, des gravures des lames du Tarot, du Christ et surtout d'un bijou qui retint toute son attention : quasiment identique au bracelet de Luisa ! Les cinq médaillons y étaient parfaitement représentés : la Mort, l'Hermite, le Diable, le Soleil, et la Lune. Elle remarqua que la lune était à l'envers sur le dessin alors que sur le bracelet de sa mère elle était à l'endroit.

Apparemment, le bijou s'appelait un Kallopsis. Soudain, une carte du Tarot glissa d'entre les pages : la Tempérance, lame étrangement numérotée XIIII, et non XIV. La carte semblait plus vieille que celles que Laura avait déjà reçues, comme si elle avait été manipulée maintes fois. Laura fut presque certaine que sa mère avait touché cette carte : sur la lame, la femme aux ailes d'ange, à la robe aux pans rouge et bleu, aux longs cheveux blonds tombant sur ses épaules, faisait couler un long filet d'eau d'une coupe à une autre, comme un flux de vie. Pour la première fois Laura n'eut pas une impression désagréable, ni un sentiment d'inquiétude en recevant cette nouvelle image venant, comme les précédentes, ponctuer ce compte à rebours qui devait la conduire à la date de sa mort, dans quelques jours. Elle regarda de nouveau cette femme aux ailes d'ange et se dit que sa mère devait ressembler à ça aujourd'hui, plus tout à fait humaine, et pas encore tout à fait divine. Puis elle se reprit : cette carte comme les autres l'avertissait de quelque chose, mais de quoi au juste ? Que signifiait-elle vraiment ? À force d'observation, Laura finit par se demander s'il s'agissait vraiment d'une femme ailée. Ce pouvait être aussi un ange, un homme tout simplement, qui jouait avec le temps.

Matthieu lui posa une main une main sur l'épaule, et Laura sursauta.

– Hé... quoi! Ce n'est que moi!

– Ce livre, il était où exactement?

– Sur la table. Il était même ouvert, comme si quelqu'un était en train de le lire. Je me suis dit « tiens, la maison est habitée » puis j'ai très vite compris que non quand j'ai vu la poussière qu'il y avait sur la couverture. Bien! On mange?

– Je peux pas rester. Il faut absolument que j'y aille.

Elle fourra le livre dans sa besace.

– Hé! Tu fais quoi, là? C'est le seul bouquin que j'ai!

– Matthieu, il est en latin!

– Oui, mais il a des images.

Elle plaqua deux bises sur ses joues piquantes et Matthieu prit soin de fermer la porte à clef derrière elle. Puis il resta planté comme une souche au milieu de la pièce. Quand le bruit du moteur de la berline se fit entendre, il revint à son estomac. Une odeur de brûlé s'échappait du four. Il se rua sur la cuisinière, inondée d'une épaisse fumée noire. Même armé d'un torchon, il se crama les doigts, sans compter qu'il étouffait dans l'épaisse fumée huileuse. Il lâcha la plaque dans un juron de tous les diables et la tôle gronda en longues vibrations sur le sol. Une chance, les pizzas étaient malgré tout récupérables. Soudain il sursauta : quelqu'un frappait à la porte assez violemment. Laura avait dû oublier quelque chose. Ses doigts brûlés lui cuisaient. Il tourna la clef dans la serrure pour libérer la porte et tira le battant d'un coup sec. Il crut reconnaître Laura dans le contrejour, avec sa coupe de cheveux raides. Il ne vit rien d'autre que la nuit, puis il sentit son ventre se déchirer, et la douleur, inouïe, l'envahir. Il ouvrit la bouche pour crier, cherchant soudain une bouffée d'air qui lui manquait, mais le sang déborda en flots noirs et, avant qu'il ne tombe à genoux sur la pierre du seuil, il eut juste le temps de comprendre qu'il venait de recevoir plusieurs coups de couteau et que ça continuait. L'image de son assassin dressé devant lui s'estompait déjà, comme tout le reste... la vie s'enfuyait... il ne sentit plus rien. Sinon, peut-être, le battement des ailes d'un ange qui frôlaient son âme.

Mercredi 10 août

LA ROUE DE FORTUNE

Laura attendait que La Baie des Anges, la librairie ésotérique, ouvrît ses portes. En raison de son âge, le vieux libraire était sûrement un lève-tôt. Elle ne s'était pas trompée. À 8 heures pétantes, alors qu'aucune autre boutique de la rue n'était ouverte, elle vit apparaître le petit homme derrière la vitrine. Il la reconnut immédiatement mais se garda bien de lui dire cette fois-ci qu'il l'attendait, même s'il ne semblait pas franchement surpris de la voir de si bonne heure devant lui. Les deux chats égyptiens ne firent aucun cas de la présence de la visiteuse et continuèrent à déguster avec une certaine voracité le foie haché que leur maître leur avait préparé dans deux jolies écuelles. Laura se demanda comment des animaux aussi raffinés pouvaient manger de la chair fraîche avec autant de délices. Deux tasses étaient prêtes sur la table qui faisait office de bureau. Seulement le vieil homme oublia de lui offrir un café quand Laura lui présenta le livre du prince de Pise qu'elle venait de découvrir. Il parut très intéressé et sembla lire le latin du livre assez facilement, tout en tournant les pages.

— Vous connaissez cet ouvrage ?

— De réputation ! Un incunable, Laura ! Une merveille ! Un livre que tout le monde croyait disparu à tel point que les bibliophiles comme moi pensaient qu'il était une légende. Où l'avez-vous donc trouvé ?

— Il appartenait à ma mère... enfin à ma famille du côté maternel. Vous voyez, il y a là le nom d'Élisabeth de Fressan. C'est mon arrière-arrière-grand-mère.

— Celle qui a épousé Archibald Montalban, l'archéologue ?

— Oui, je crois que son mari était archéologue.

— C'est une pièce d'une rareté incroyable. Ce livre avait disparu et voilà qu'il réapparaît.

— De quoi parle ce livre ?

— Oh, mon enfant, il faudrait que je le lise pour pouvoir vous en parler précisément. Personne ne connaît réellement son contenu.

Laura sentit que le vieux libraire voulait garder pour lui le secret de ce livre et n'insista pas. Elle lui reprit l'ouvrage des mains et l'ouvrit à la page où se trouvait la gravure qui représentait le bracelet avec les cinq figures du Tarot en médaillons, identique à celui que sa mère possédait.

— Ce bracelet, c'est quoi ?

Le vieil homme, sans même regarder l'image, contourna sa table en s'appuyant sur le plateau comme s'il ne se sentait pas bien puis rejoignit son fauteuil. Les chats s'étaient arrêtés de manger et semblaient écouter la conversation tout en léchant le sang du foie sur leurs moustaches.

— Le prince de Pise, Laura, est un des premiers à avoir écrit un livre sur...

Laura ne savait pas s'il manquait d'air, s'il avait du mal à lui dire la vérité ou si, plus simplement, il ménageait son effet.

— Sur... ?

— Sur le Tarot ! Qui ne s'appelait pas le Tarot à l'époque mais le Tarok. Figurez-vous que le prince de Pise pensait avoir découvert les secrets qui y étaient enfouis.

— Les secrets ?

— Oui. On dit que des sages des temps anciens qui détenaient les secrets de la vie et de son envers la mort, après avoir été persécutés comme tous ceux qui savent une vérité éblouissante, avaient longtemps cherché le moyen d'enfouir leur savoir quelque part. Le jeu leur parut le meilleur endroit ; ils étaient convaincus que personne ne viendrait l'y chercher. Dites-vous bien que c'était avant l'écriture... Ils ont donc conçu un jeu de cartes, apparemment anodin, qui est en réalité une des plus grandes merveilles du monde.

– Et le livre parle de ça ? demanda-t-elle un peu déçue.

– Pas exactement. Vous tenez là, en quelque sorte, le second volume... Le premier est très connu et facilement accessible. Mais celui-ci doit être le seul exemplaire qui existe sur cette Terre. Moi-même je ne l'avais jamais vu... Au fait, avez-vous reçu de nouvelles lames ?

Laura préféra ne pas lui dire la vérité. Malgré ses petits yeux éclairés, le petit homme l'inquiétait. Il comprit bien son mensonge et n'insista pas.

– Et sur le bijou ? Vous ne pouvez rien me dire ?

– Oh si ! Il s'appelle le Kallopsis. C'est une pièce encore plus rare que ce livre. Et encore plus merveilleuse...

– Pourquoi ?

– Eh bien, si bizarre que cela puisse vous paraître, on prétend que ce bijou a le pouvoir de ressusciter les morts. Et les cinq médaillons représentent les cinq plaies du Christ.

Laura eut un léger vacillement dont le vieux libraire se rendit compte et qui éloigna les deux chats égyptiens. Comment ce bijou s'était-il trouvé entre les mains de sa famille et surtout de sa mère ? Pourquoi avait-il à nouveau disparu ? Qui avait intérêt à le faire disparaître ? Toutes ces questions avaient afflué en même temps, causant son étourdissement. Laura eut le sentiment que ce texte n'était pas arrivé là par hasard et qu'il allait jouer un rôle déterminant dans les semaines à venir. Le vieux libraire lui fit la promesse de le lire au plus vite et de lui en faire la traduction. Il avait juste besoin de temps. Un chat égyptien sauta sur la table et se posta sur l'ouvrage comme pour empêcher Laura de le reprendre.

– Ce livre n'est pas un des innombrables livres des morts qu'on trouve dans de nombreuses cultures de l'Égypte à l'Asie, il est le livre de la Résurrection.

Laura comprit qu'elle ne devait pas en demander davantage et abandonna l'incunable entre les mains du vieux libraire qui l'en remercia, lui certifiant qu'elle n'aurait pas à le regretter. Et pour lui prouver sa gratitude, il lui tendit un jeu de Tarot et lui demanda de l'étaler sur sa table tout près du livre en question.

– Considérons que la carte que vous tirerez sera la carte que vous deviez recevoir aujourd'hui, celle qui doit éclairer votre chemin.

Laura se plia sans aucune résistance au jeu.

– Veuillez étaler le jeu devant vous de gauche à droite, mon enfant, ainsi qu'un chemin pavé. Et tirez, au hasard, une carte. Une seule.

Le jeu aurait pu n'être qu'un jeu, mais elle le prit terriblement au sérieux. Son cœur battait la chamade lorsqu'elle posa son index sur une carte à moitié cachée, presque à l'extrémité droite du « chemin pavé », selon les termes du petit homme. Celui-ci fit glisser la carte vers lui et la retourna : la carte numérotée X, appelée la Roue de fortune. Laura reposa ses yeux sur le visage du vieux libraire.

– La Roue de fortune... et non de *la* fortune. Pas d'argent en vue, murmura-t-il non sans une certaine espiè-glerie. Ne prenez pas garde à ces trois petits singes qui gri-macent dessus : ils signifient aujourd'hui que cette roue est en mouvement. Il vous suffit de suivre leur regard. La roue, en revanche, est le symbole d'un événement inéluctable : tout ce qui est en bas se trouvera bientôt en haut, et vice versa.

Laura examina la carte : trois petits singes vêtus comme des animaux de cirque s'accrochaient effectivement à ce qui ressemblait à une roue de rouet. Le petit homme dési-gna la manivelle dessinée sur le côté de la roue.

— Cependant, dans votre situation, je peux presque affirmer qu'une main qui n'est pas la vôtre va faire tourner cette roue.

— Ce qui signifie ?

— Que vous n'êtes, pour l'instant, je dis bien pour l'instant, maîtresse de rien, ma chère enfant. Vous vous trouvez juste à la croisée des chemins... comme si vous baigniez entre deux courants. L'un des deux va vous emporter. C'est le début et la fin d'un cycle. Je ne saurais trop vous recommander de vous préparer à un changement rapide... très rapide, même. Soyez sur vos gardes.

Le langage du vieux libraire était bien trop énigmatique pour que Laura puisse s'en servir. Tout ce qu'il disait avait un sens mais pouvait aussi vouloir dire son contraire. Elle ouvrit la bouche, mais il la prit de vitesse.

— Chut... Vous reviendrez me voir. Emportez cette carte, et serrez-la précieusement avec les autres au fond de votre sac. Souvenez-vous : les événements seront rapides... et sans pitié. Ne dévoilez pas votre jeu, Laura. Tout est entre vos mains. Laissez les autres abattre leurs cartes en premier. Ne faites confiance à personne...

Puis il insista :

— À personne.

— Pas même à vous ? osa ajouter Laura.

— À personne.

L'eau de la piscine s'offrait maintenant à Laura comme un rafraîchissant intermède. Elle n'eut pas le temps de s'y jeter : un *Nice-Matin* plié en deux atterrit violemment sur la table de jardin. Suivait Agnès, écumante...

— Tu peux m'expliquer ?

Laura lut la manchette : « Révélations de Laura Fontane : elle réclame l'exhumation du corps de sa mère. »

— Eh bien oui. J'ai fait un raffut du diable à *Nice-Matin* hier soir, et j'ai obtenu exactement ce que je voulais. Toi, par exemple, tu réagis comme je l'avais prévu : tu es là. Et tu ne seras pas la seule à réagir comme ça. Duroc aussi va venir me voir...

— Tu tiens tant que ça à risquer ta peau ?

— Non. Et je compte sur toi pour me protéger.

Agnès se laissa tomber sur une chaise en face de son amie, cernes cachés derrière une paire de lunettes de soleil. Elle avait l'air épuisé.

— Le problème, ma grande, c'est que tant que tu n'es pas morte je ne peux pas te mettre sous protection. Tu connais la musique. Et tu veux encore jouer avec le feu. C'est dingue... Sers-moi donc un café, va.

Laura s'exécuta avec un sourire : elle retrouvait son Agnès, la fille qui ne mâchait pas ses mots... et qui avala le café tiède avec une grimace.

— Il est dégueulasse. Bon, je te fais un petit topo, et tu vas comprendre dans quel guêpier tu t'es fourrée en allant déblatérer tes conneries à *Nice-Matin*...

— Ce ne sont pas des conneries : je demande officiellement l'exhumation du corps de ma mère, répondit vivement Laura. Et crois-moi, j'ai raison.

Agnès balaya le journal sur la table.

— À quel titre ?

— Duroc n'a pas fait son boulot à l'époque. Ça me donne tous les droits.

— Pourquoi ne l'as-tu pas cité dans l'article ?

— Ça, je n'en ai pas le droit. Il saura très bien qu'il s'agit de lui. Il va être obligé d'agir.

— Écoute-moi, Laura. Merlet, le photographe de ta noce, s'est fait trouer la peau à coups de couteau hier soir. Vincent dans le coma, sa secrétaire pendue, c'est la troisième victime de cette partie de jeu de quilles. Je n'ai pas envie que tu sois la prochaine. C'est clair ?

— Mais je *serai* la prochaine, si je ne fais rien !

— Arrête de jouer au franc-tireur ! Dis-moi où est Matthieu.

— Il va se rendre, il me l'a promis...

240

– Espérons qu'il tienne mieux ses promesses à sa sœur qu'aux autres femmes.

Agnès se leva et s'étira, bras vers le ciel. Elle maîtrisait de mieux en mieux sa double personnalité, pensa Laura : flic et amie ; le grand écart était acrobatique.

– Tu pourrais me suspecter aussi...

– Qui te dit que je ne le fais pas ?

Agnès se dérida brusquement.

– Je ne peux pas faire autrement pour l'instant. Tous les matins je supplie mon cœur d'y résister, et de m'oublier pendant la journée. Je ne veux pas que tu restes seule ici. Tu pourrais aller chez ton père...

– On verra.

Agnès se pencha pour l'embrasser. Elle la serra longuement contre elle.

– Appelle au moindre bruit, je serai là. C'est tout ce que peux faire actuellement.

La mère de Vincent sortait de la chambre au moment où Laura déboula dans le couloir. Laura lui fit un signe et pressa le pas pour la rejoindre. Mado vint à sa rencontre. Laura nota simultanément deux choses : la lumière sur le visage de Mado, et la présence d'un policier en uniforme devant la chambre de Vincent. Mado fut sur elle en une seconde, et la pressa contre sa poitrine confortable. Un élan d'affection étouffant et incongru, qui rendit Laura confuse. Elle n'osa plus bouger jusqu'à ce que, enfin, Mado l'éloignât au bout de ses bras potelés et lui annonçât la nouvelle :

– Il respire seul ! Ils lui ont enlevé cette cochonnerie de machine. Je vais essayer de trouver Pierrot, il faut qu'il sache...

Lorsqu'elle sentit sa cage thoracique s'ouvrir d'un coup, Laura réalisa qu'elle-même respirait depuis cinq jours avec une tonne sur la poitrine. Il lui sembla que le couloir était

241

plus lumineux ; le flic devant la porte, en revanche, restait comme une tache sur cet espoir.

— Je vais aller l'embrasser...

Mado la retint.

— Vous ne pourrez pas entrer. Personne à part moi n'a le droit de le voir, fit-elle sans se départir de son sourire béat.

Laura fixa Mado avec un air si terrassé que celle-ci comprit sa gaffe.

— Laura, mon petit, ce n'est pas moi. C'est la police. Vincent est sous protection. Ce monsieur est arrivé il y a une demi-heure. Je suis désolée pour vous...

Laura se dégagea d'un geste vif, et Mado remballa son sourire aussi sec.

— Excusez-moi, Mado... Je ne voulais pas vous blesser. C'est seulement que... Et merde, c'est pas juste !

— Je comprends, soupira Mado. Je vais lui dire que vous êtes passée. Il nous écoute, vous savez.

— Je sais.

Elle se tourna vers Mado, suppliante.

— Mado, ne le quittez pas une seule seconde, s'il vous plaît. Restez près de lui, même la nuit. Si ce policier est là, c'est qu'il est en danger.

Mado se crispa tout entière, et se dressa sur son mètre cinquante.

— Qu'une seule personne ose encore toucher à un cheveu de mon fils et je le tue de mes propres mains !

L'accent italien avait resurgi sous le coup de la menace. La mère inquiète avait fait place à la guerrière. Laura eut un sourire d'enfant qu'on est venu rassurer après un cauchemar, convaincue que Mado s'enchaînerait au lit de son fils s'il le fallait et qu'elle n'avait aucun souci à se faire de ce côté-là...

Manon poireautait depuis un moment, cachée derrière un buisson de lauriers-roses. Solange, la cuisinière de la Bastide, fit son apparition, boucla la lourde porte et suivit en soufflant l'allée de gravier qui descendait vers la grille au fond du parc. Elle passa à quelques mètres de Manon, se dandinant sur ses jambes lourdes gainées de bas à varices. Manon espionnait les allées et venues de la Bastide depuis plusieurs jours. Solange prenait son service à 8 heures, et faisait une pause entre 14 et 17 heures. À chacun de ses retours chez Ludmilla, elle ramenait un cabas chargé de légumes et de fruits frais, ployant parfois sous des charges de plusieurs kilos, trop lourdes pour son dos abîmé. Manon en avait déduit que Ludmilla ne consommait que des produits du jour... Une règle qu'elle ne mettait pas en application seulement pour son assiette, mais aussi pour son lit : la chair du jeune homme de l'autre soir lui avait semblé tendre comme celle d'un agneau.

La voiture de la « Châtelaine », comme elle l'avait surnommée, n'était pas là, la voie était donc libre. Manon bondit prestement, et fit le tour de la bâtisse. Elle avait remarqué que Solange laissait en général dans la cuisine un soupirail entrebâillé. Or Manon était souple comme un... petit singe.

C'était la première fois qu'elle pénétrait dans la Bastide. Chaque pièce recelait des trésors pour ses yeux de petite fille élevée dans la rigueur toute domestique de sa mère protestante. Les tableaux, surtout, la fascinèrent ; elle n'en avait jamais vu autant, et de si différents. Portraits, scènes de chasse, natures mortes, paysages, esquisses au fusain, pastels gras... Un voyage dans des contrées dont elle ne soupçonnait même pas l'existence.

Elle ouvrait chaque porte avec un frémissement de plaisir, accru par l'interdit : qu'allait-elle découvrir encore ?... Elle arrêta son périple dans une petite bibliothèque : des piles de papiers en désordre sur une vaste table d'acajou, un secrétaire à coulisses, des placards débordant de dossiers. Elle y était. Elle attaqua une fouille minutieuse, soulevant chaque feuille, ouvrant chaque tiroir. Après le passage de ses mains expertes, personne n'aurait pu dire que quelqu'un avait touché à quoi que ce soit. Une photo suspendit sa fouille : Ludmilla et Luisa Rinaldi, enlacées pour la pose. Au verso, quelqu'un avait noté une date : 1970. Manon glissa la photo dans le petit sac à dos de toile qu'elle n'avait pas quitté.

Un autre tiroir du secrétaire, et elle sut qu'elle avait tiré le jackpot : le bracelet de la mère de Laura, réplique exacte de celui qu'elle possédait, avec les cinq médaillons représentant cinq figures du Tarot et ses pierres précieuses. Cette découverte ouvrit une voie, tout autant qu'un gouffre sous ses pieds. Pourquoi deux bijoux apparemment identiques ? Pourquoi en possédait-elle un ? Elle commençait à comprendre quelque chose mais ce n'était pas le moment de s'asseoir pour réfléchir sereinement à ce mystère : une porte claqua dans le hall, et une voix impérieuse parvint jusqu'à elle.

— Il y a quelqu'un ? Solange, vous êtes là ?

Manon empocha le bracelet, et se glissa derrière un paravent.

— Non, c'est moi !

C'était Laura qui venait d'arriver juste derrière elle. Ludmilla se détendit.

— J'ai cru qu'il y avait quelqu'un dans la maison ! Cette baraque est pleine de courants d'air. Comment vas-tu, ma merveille ? Tu as déjeuné ?

— Non.

— Solange a dû partir. Mais je dois pouvoir te cuisiner un œuf et une salade. Ça te dit ?

— Non merci, je n'ai pas faim.

Ludmilla plissa son nez ravissant.

— Ce n'est pas le moment de devenir anorexique, ma chérie ! En plus, je n'aime pas te savoir seule chez Vincent. Surtout avec tous ces... toutes ces histoires. Tu devrais t'installer ici, avec moi.

— On verra... Tu as lu *Nice-Matin*, aujourd'hui ?...

Ludmilla balaya la question.

– Non. Pas encore. Pourquoi ? Des nouvelles sur... ce dingue ? demanda-t-elle d'un ton léger.

Ludmilla ne voulait sans doute pas remuer le couteau dans la plaie. Laura hésita : après la scène de ce matin avec Agnès, elle n'avait pas le courage de justifier de nouveau sa décision, même auprès de Ludmilla, pourtant la première concernée. L'avertissement du petit homme lui revint à l'esprit : laisser les autres abattre leur jeu, et ne faire confiance à personne. Cela incluait forcément et surtout les proches, qui allaient tenter par tous les moyens de l'empêcher d'aller jusqu'au bout de sa quête...

– Non. Justement... Est-ce que tu as retrouvé mon bracelet ?

– Mais oui ! Où ai-je la tête... J'aurais dû te le dire plus tôt. Solange l'a repêché derrière la table de nuit de ta chambre. Je vais te le chercher.

Laura se retrouva seule dans le grand hall. Le raclement de tiroirs qu'on ouvre parvenait jusqu'à elle ; un bruit de pas pressés, et Ludmilla fut devant elle, mine défaite.

– Je ne le retrouve pas ! Je l'avais mis dans un tiroir de mon secrétaire, et il n'y est plus ! Ou alors Solange l'a rangé ailleurs.

– Ce n'est peut-être pas Solange... lâcha Laura.

– Qui veux-tu que ce soit ? Sinon, ça voudrait dire que quelqu'un s'amuse avec mes nerfs... et avec les tiens, s'énerva brusquement sa tante.

– Juste une dernière question. Est-ce que tu connais un livre écrit par le prince de Pise, sur le Tarok ?

– Ça ne me dit rien. Mais le prince de Pise, lui, tu le connais.

Ludmilla lui balançait cette vérité comme une évidence, comme elle lui aurait parlé d'un ancien voisin ou d'un ancien camarade de classe.

– Mais si. Ne fais pas cette tête !

Ludmilla la prit par le bras et l'entraîna dans la bibliothèque. Elle poussa Laura devant un portrait. Laura reconnut le tableau devant lequel elle s'était arrêtée si longtemps et qui avait recueilli toutes les confidences de son enfance : le prince de la Renaissance, tout près d'un livre qu'il dissimulait en partie sous sa main chargée de bagues ; elle avait en vain tenté d'en déchiffrer le titre. Ludmilla babillait à ses côtés, heureuse de jouer au guide de musée.

— Regarde ! c'est écrit là... Francesco Anteminelli Castracani Fibbio, prince de Pise. Portrait de 1485, signé par un inconnu, mais élève d'un grand maître... si ce n'est pas l'œuvre d'un maître lui-même. Une pièce magnifique. Je n'ai jamais voulu le vendre, mais je peux te dire que plus d'un antiquaire m'a bassinée pour l'acheter. Je l'ai toujours vu dans la famille. Je n'ai jamais réussi à savoir s'il nous a été légué du côté Montalban, du côté Fressan ou plus récemment du côté Rinaldi. Je ne sais pas. Au xve siècle, les arrière-grands-parents d'Élisabeth de Fressan – tu vois ça ne date pas d'aujourd'hui – venaient de la région de Pise, comme le prince ; ils auraient très bien pu apporter le tableau avec eux ; ou alors ce tableau s'est retrouvé ici par tout un jeu obscur d'héritages. Mais les Montalban avaient aussi de la fortune. Alors... Mystère.

Ludmilla se tourna vers Laura.

— Toutes ces vieilleries seront à toi un jour, ma chérie. Cette baraque aussi d'ailleurs... Les Rinaldi ont fini par amasser également une jolie fortune, tu le sais, mais je ne vendrai rien qui t'appartienne...

— Je ne m'inquiète pas. Je me pose des questions sur ma mère... Tu m'as dit qu'elle tirait les cartes, mais ce fameux livre sur le Tarot, tu ne l'as jamais vu ?

— A priori, non...

Laura réfléchissait : ce livre n'était pas un élément négligeable. D'où pouvait-il venir ?

— Laura, tout ça c'était rigolo, sans plus. À l'époque, on s'amusait avec l'ésotérisme. On faisait même tourner les tables, imagine ! Ta mère le prenait un peu plus au sérieux que nous, et alors ? Basta !

— Oui... Basta.

Un claquement de porte fit taire Laura.
– La maison des courants d'air... souffla Ludmilla.

Le plus discrètement possible, Manon rejoignit le mur d'enceinte en remontant sous les arbustes touffus, par l'arrière de la maison. En un rétablissement, elle se retrouva sur le trottoir d'une rue déserte. Dans la poche de son jean, le bracelet faisait une bosse. Sac à dos en bandoulière, elle redescendit vers la ville et le premier arrêt de bus...

***

Bruno Bruno avait arraché deux heures de répit à Agnès. Le temps de prendre une douche, de s'allonger pour une courte sieste... et de penser à ces dernières quarante-huit heures. L'enquête prenait une tournure délétère ; à force de remuer la vase à pleines mains, il se retrouvait lui-même imprégné par la boue des autres. Il n'aimait pas Nice. Ce n'était pas la première fois qu'il faisait ce constat cocasse : il n'avait pas demandé à y travailler, contrairement à tant d'autres flics en proie au fantasme du soleil, de la mer, et d'une délinquance qu'ils croyaient plus rare. Mirage de la Côte : les truands aussi nourrissaient tous des rêves d'argent facile. Résultat : on trouvait plus de mafieux sur un kilomètre carré niçois que sur Paris et sa banlieue réunis. Les vols à l'arraché étaient devenus ces dernières années la plaie la moins profonde à soigner sur la Promenade des Anglais ; l'arrivée des nouveaux riches de la nouvelle Russie, aux fonds illimités et occultes, avait fait péter toutes les règles, en vigueur depuis trente ans, qui présidaient aux relations entre gendarmes et voleurs, devenues politiques et courtoises avec le temps. Les flics les plus anciens versaient une larme nostalgique sur le calme des prétoires de l'époque. Les frappes de l'Est, les petites comme les grosses, qui traînaient désormais sur le marché n'avaient peur de rien, et surtout pas de la mort : ils y allaient au bazooka, parfois en plein centre ville. Les flics faisaient dans leur froc... et Bruno aussi. Depuis cinq ans, il rêvait des petits voyous parisiens, et d'anonymat... Après cette affaire, c'était décidé, il signerait le prochain télégramme. Il imagina la tronche de l'oncle Paul, ancien commissaire à la retraite, tranquillement en train de biner son jardinet à Menton, lorsqu'il lui annoncerait qu'il avait demandé sa mutation à Paris. C'était l'oncle Paul qui avait obtenu l'affectation de Bruno à Nice, sous prétexte que sa sœur (la mère de Bruno), veuve, avait besoin d'avoir son fils unique à ses côtés. Résultat, la mère de Bruno avait bichonné un petit cancer dès qu'il était arrivé, et était morte en dix mois. Bruno vivait depuis quatre ans avec cette culpabilité... et une autre encore : celle de ne lui avoir jamais dit qu'il préférait les hommes. Il avait eu du mal à admettre ce qu'il avait d'abord jugé comme une déviance. En l'espace d'une année de liaison avec Clémentine, la déviance était devenue une évidence. Clémentine avait morflé, et il avait quitté Pau, une ville trop petite pour sa nouvelle vie. L'oncle Paul avait décidé pour lui. Ici, il détestait ses collègues homophobes, il ne buvait que de l'eau, il ne supportait pas le foot, il était allergique aux grosses chaleurs, et l'âme sœur lui échappait chaque fois qu'il voulait s'en saisir... Thierry Merlet, lui, ne s'était pas moqué du curieux accouplement de son nom et de son patronyme : Bruno Bruno. Une fantaisie de son père, mort stupidement en chutant d'une échelle il y avait plus de quinze ans, et qui lui retombait systématiquement sur la gueule. Bruno vivait avec et en avait conclu qu'il était double, tout comme sa vie : flic le jour, homo rasant les ombres des parcs publics de Nice la nuit...

Une fois rafraîchi par sa douche, il alluma son ordinateur. Sa messagerie lui signala immédiatement un courrier avec fichier joint. Le message le scotcha à l'écran : il venait du photographe assassiné, Thierry Merlet. Il eut une hésitation avant de l'ouvrir, pensant que l'homme lui avait envoyé, de son vivant, un mot d'amour après leur unique nuit passée ensemble.

« Salut, beau gosse... Pour une fois que je rencontre un flic qui ne me demande pas mes papiers, et qui s'intéresse... à mes photos, je me dis que la vie n'est pas si moche. J'ai pensé aussi que certains de mes clichés pourraient t'intéresser, et seraient en sécurité chez toi au cas où il m'arriverait quelque chose, parce que je compte bien en tirer profit. Certes, tu te rendras compte que je ne suis pas un saint, mais que veux-tu : une vie sans risque, ce n'est pas très drôle. J'espère pouvoir t'expliquer tout ça de vive voix ; j'ai aimé la nuit que nous avons passée ensemble. Je t'embrasse, et à très vite !... si possible pas dans l'au-delà. Thierry. »

Le photographe ne croyait pas si bien dire. Quant à être un saint, Bruno avait compris dès leur première et seule rencontre que Thierry franchissait souvent la ligne. D'ailleurs, il en était mort.

Bruno téléchargea le fichier. Lourd, très lourd : cinq mégas... Toutes les photos du mariage de Laura s'ouvrirent les unes après les autres, dans l'ordre des événements. Il n'y avait plus qu'à suivre l'histoire qu'elles racontaient. L'arrivée des invités, la salle des cérémonies... et une ellipse : elles reprenaient sur l'esplanade, en plans très larges, avec Matthieu au téléphone, au loin ; les façades des immeubles remplissaient tout l'arrière-plan. Bruno sentit les poils de ses bras se hérisser. Il agrandit l'image...

La chambre était minable : le papier à fleurs était fleuri, mais par des flaques de moisissures ; le plafond s'écaillait en poussière de plâtre sur le plancher à échardes, la porte de l'armoire en faux acajou ne fermait plus, le dessus-de-lit venait tout droit des puces, le sommier dardait ses ressorts foutus à travers le matelas ; et ce n'était là que la partie visible du cloaque. Duroc en aurait éclaté ses phalanges contre les murs : après toutes ces années passées dans l'ombre de son bunker discret déguisé en palace de marbre, il avait suffi qu'une petite salope de fouine réclame sa « môman » pour qu'il se retrouve à la case départ, à se terrer comme un rat dans un hôtel putride. Il en aurait bien fait un manchon, de la fouine...

— Elle est très claire, dans son article ! C'est vous qu'avez les portugaises ensablées ou quoi ? Et je hurle si je veux : c'est moi qui suis dans la merde jusqu'au cou !... OK, j'y toucherai pas. Mais je vous préviens : si dans vingt-quatre heures vous n'avez pas trouvé de solution pour me sortir de ce merdier, je balance tout. Attila, comparé à moi, c'était qu'un boy-scout qui s'amusait à faire des feux de camp, si vous voyez ce que je veux dire !... D'accord. Où ?... C'est ça, à ce soir.

Duroc fit presque exploser le combiné du téléphone en raccrochant. Il redressa sa carcasse squelettique et balança un coup de pied pointure 44 dans la porte de l'armoire. La porte retrouva ses gonds immédiatement. Duroc s'observa un instant dans le miroir : son visage n'était plus qu'un masque de peau blanche tendue à craquer sur les os de son crâne. L'angiome au-dessus de son œil droit avait pris une vilaine teinte pourpre. Sa mère n'arrêtait pas de le lui rabâcher lorsqu'il était gosse : ne t'énerve pas comme ça, ou il va couler de partout...

— Cinq étages sans ascenseur... J'espère que ça vaut le déplacement.

Bruno haussa les épaules, agacé.

— C'est pas pour tes beaux yeux. Même s'ils sont jolis. Tiens, au lieu de couiner, regarde...

Agnès se pencha sur l'épaule de Bruno et commença à observer les photographies que Merlet avait envoyées à son coéquipier.

— Ben... C'est Matthieu, sur l'esplanade, le jour de la noce. Et alors ? Ça ne le disculpe pas pour autant.

Bruno agrandit la photo d'un coup de sa souris.

— Et ça, c'est quoi ? C'est la même photo, zoomée sur l'appartement du tireur. Qu'est-ce que tu vois ?

Il lui avait coupé la chique : Agnès regardait le détail agrandi sur l'écran avec un œil rond. On voyait distinctement le canon d'un fusil posé sur le rebord de la fenêtre, et le reflet du tireur, avec une casquette, sur la vitre... Bruno ramena la photo à sa dimension normale, et Agnès put constater que Matthieu était toujours dans le champ, téléphone à l'oreille.

— Attends, c'est pas fini...

Nouveau clic, nouvelle image : un échalas à casquette sortait de l'immeuble, sans fusil, mais avec un sac de golf sur l'épaule, pressé. Au premier plan, Laura, dos au photographe, était penchée sur une forme à terre : Vincent. Bruno agrandit l'image : le profil du visage sous la casquette ressemblait bien à Duroc.

— L'enculé ! rugit Agnès.

— Je t'en prie... susurra Bruno.

— Putain, mais c'est pas vrai ! Et tu peux me dire depuis quand tu as ces photos ?

— Depuis que Merlet me les a balancées par le Net. Mais je t'arrête tout de suite : ça fait deux nuits qu'on passe en planque et en comptes rendus. Je les ai trouvées seulement tout à l'heure.

Agnès fulminait.

— Ce fumier de Merlet. Il avait la preuve que Matthieu était innocent, et il se la gardait ! Mais pour quoi faire, putain ?

— Pour le fric. Une photo comme ça, bien négociée, ça vaut trois retraites dorées. Surtout s'il avait retrouvé la trace de Duroc... C'était pas un saint... mais il baisait comme un Dieu !

***

Floue, comme réfléchie dans un miroir d'eau, Joëlle souriait de toutes ses dents, qui luisaient dans son visage noirci

251

et boursouflé. Elle tenait son chat contre son cœur, à la langue rouge, si rouge... et ils se balançaient tous deux, au bout de la corde. Vincent lui aussi souriait, allongé sur des dalles de pierre, et il lui tendait les mains en lui chuchotant : « Ne t'inquiète pas, tout va bien... ne t'inquiète pas, tout va bien... » Sous le corps de Vincent, du rouge apparut, une larme tout d'abord, puis une flaque, puis une mare, qui s'agrandissait en un flot paisible, et atteignit les pieds nus d'un homme, ceux de Matthieu qui hurlait, appelant Laura. Et plus il hurlait, plus son agresseur frappait, enfonçant dans sa chair une lame étincelante.

Laura se redressa sur le lit, souffle coupé, inondée de sueur. Son téléphone portable sonnait sur la table de nuit, mais ce n'était pas lui qui l'avait sortie de son cauchemar, c'était son propre hurlement.

— Allô...

Elle haletait, encore sous le choc ; c'était Agnès. Il lui fallut un moment pour comprendre son débit très agité.

— Matthieu est tiré d'affaire. On a une preuve qui l'innocente. Par contre le taré qui a fait le coup est toujours dans la nature.

Les images de son cauchemar où Matthieu tombait sous les coups de couteau lui revinrent en mémoire comme des flashs.

— Agnès, il est en danger ! Fais quelque chose, je t'en prie. Il va mourir, gémit-elle. Peut-être même qu'il est déjà mort !

— Laura, putain, mais qu'est-ce que tu racontes ? vociféra Agnès à l'autre bout du fil.

— Au cabanon. Va le chercher, vite.

— Quel cabanon ?

— Celui au-dessus de Grasse. L'oliveraie...

— OK. Je me souviens. Je file. T'es où ?

— Chez Vincent.

— Tire-toi de là, t'entends ? Tout de suite. Tu files chez ton père. Je te retrouve là-bas.

✳

Ludmilla referma la porte de la Bastide d'un coup de rein doublé d'un coup de pied : le battant de chêne massif se bloquait parfois et, malgré le respect et l'affection qu'elle portait au moindre morceau de la demeure, Ludmilla était habituée à violenter une porte ou une fenêtre qui refusait de céder malgré son savoir-faire. Elle traversa la terrasse pour rejoindre sa voiture, garée sur le côté de la Bastide. Une silhouette se dressa devant elle. Elle faillit se casser la figure de frayeur.

– Antoine ! J'ai horreur qu'on me surprenne comme ça. Cette maison a un interphone qui est relié à l'entrée du parc, et elle est pourvue de téléphones ! Ce n'est donc pas un moulin. On est d'accord ?

Antoine la saisit par les hanches, et colla son bassin contre le sien.

– Tu es superbe... C'est pour moi ? J'aurai dû mettre un smoking, pour te faire honneur.

– Qu'est-ce que tu fais ici ?

Antoine se crispa. Elle se foutait de sa gueule, ou bien elle perdait la boule.

– On doit dîner ensemble.

Ludmilla se dégagea de son étreinte, et remit des mèches de sa coiffure en place. Ses bijoux tintèrent d'un bel ensemble harmonieux, et Antoine interpréta immédiatement le cliquetis de l'argent comme un prélude... À quelle pièce ?

– Désolée, j'ai totalement oublié... On m'attend pour un autre dîner.

Elle lui jouait donc un opéra bouffe... Mais il n'en tenait manifestement pas le rôle principal.

– C'est très con. Qu'est-ce que je fais ? Je t'attends ?

Ludmilla prit subitement un air hautain. Elle était experte pour endosser en un éclair le dédain de la grande bourgeoise : tête penchée en arrière, regard glacial, ailes du nez tout juste frémissantes... Il sourit : l'idée de sauter une grosse fortune vexée le faisait bander. Outre le fait qu'il commençait à l'adorer.

— Et avec qui, ce dîner, qui ne va pas durer trop long-temps... j'espère ? souffla-t-il d'une traite.

— Je n'ai pas l'habitude de rendre des comptes, mais si tu veux vraiment le savoir, je dîne avec Fred Bellair, lâcha-t-elle d'un ton méprisant.

L'affaire se corsait, et la promesse d'un tête-à-tête sombrait peu à peu.

— Tu préfères une soirée avec un croulant comme Fred Bellair plutôt qu'avec ton jeune amant ?

Ludmilla poussa un long soupir, puis lui décocha un sourire navré.

— Antoine, je vais être très franche avec toi : nous deux, c'était formidable. On a pris un pied incroyable. Tu baises bien, très bien même, tu es endurant et sensuel mais l'histoire s'arrête là. *E finita la commedia* !

Il s'attendait à tout, sauf à une rupture menée manu militari. Congédié comme un valet. Elle lui caressa la joue.

— Il arrive juste un moment où le sabre coupe le chrysanthème...

***

Agnès, Sig-Sauer à la main, poussa la porte du cabanon d'un coup de pied et se replia sur le côté. Elle n'aimait pas ce silence, comme elle n'avait pas aimé cette porte entrebâillée sur l'obscurité totale qui les attendait. Bruno avait conduit comme un dingue, mais la nuit les avait eus de vitesse. Elle fit un signe à Bruno, qui se rua à son tour dans la pièce, arme à bout de bras. Elle attendit quelques secondes. Un rectangle de lumière jaillit sur la pierre du seuil : Bruno avait trouvé l'interrupteur. Elle s'apprêtait à entrer quand elle entendit son gémissement.

— Putain, c'est pas vrai...

Elle pénétra dans la pièce, et Bruno se précipita sur elle, décomposé.

– Agnès, ce n'est pas la peine... Je ne te le conseille pas.

Agnès comprit immédiatement. Elle le bouscula et se dirigea vers la porte au fond de la pièce, entrouverte.

– Non, Agnès ! Merde, c'est plus la peine !

Elle ouvrit la porte, et resta pétrifiée : Matthieu avait encore les yeux ouverts, mains crispées sur le ventre, recroquevillé sur le matelas comme un enfant. Cela faisait belle lurette que les anges l'avaient emporté. Les draps raidis par le sang séché, les traces de sang noirci encore sur le sol... Il était venu mourir sur le lit où on l'avait achevé d'une balle dans la tête. Elle savait que la douleur allait surgir d'une seconde à l'autre. Elle ne pouvait s'empêcher de penser à ses derniers instants. Il avait dû appeler sa mère, comme le font tous les agonisants, même ceux qui ne l'ont jamais connue. Il avait souffert, et elle qui ne croyait plus en rien depuis longtemps pria pour que son agonie eût été brève. Elle entendit sa plainte comme si les draps, les murs et les objets l'avaient enregistrée. Quelque chose en elle venait de mourir avec lui. Alors, alors seulement, une douleur du fond des âges monta en elle pour la briser. Elle finit par ployer sous le poids de la souffrance et s'agenouilla au pied du lit. Bruno sortit pour appeler du renfort.

Depuis la terrasse, Laura pouvait voir Max à travers la baie vitrée fissurée par le dernier coup d'éclat de Viviane : il dînait seul à la grande table d'apparat, patriarche fatigué qui tentait dignement de faire croire encore à l'impossible. Le monde avait changé, et Max Fontane n'en avait finalement saisi que l'or. Tel Faust, il devait désormais rendre des comptes à son passé. Viviane se servit un whisky. Laura tenait les comptes de cet autre naufrage : c'était le troisième scotch, tout aussi tassé que les deux premiers...

– Je n'ai pas le cran de quitter ton père...

– Pourquoi dis-tu cela ?

Viviane haussa les épaules, laissant son étole glisser sur le sol.

— Parce que c'est la vérité, tiens. J'ai besoin de luxe. J'ai passé l'âge d'habiter dans une chambre de bonne avec les W-C sur le palier !

Elle devait dépasser le gramme au litre de sang...

— Max ne te laisserait pas sans rien.

— Qu'est-ce que tu en sais ?

— Il a vu Matthieu. Ils se sont parlé...

Viviane leva son verre, et trinqua avec l'éternité du parc. L'éternité tout court, songea Laura.

— Super ! Vingt-six ans de non-paternité rachetés par un petit tête-à-tête.

Une gorgée de plus au compteur.

— Max Fontane a fait un effort pour la tranquillité de son âme. Point barre.

— Je ne crois pas. C'est lui qui a trouvé où se cachait Matthieu.

— Et il ne me l'a même pas dit... Où est-il ?

— À l'oliveraie.

Viviane fit tinter les glaçons dans son verre. Elle avait posé ses pieds sur une chaise, coudes sur les bras du fauteuil, et sa posture affalée pouvait laisser croire qu'elle allait s'endormir là, d'un coup. Laura savait qu'il n'en était rien : Viviane n'était pas une nature molle. Juste fatiguée... par moments.

— C'est monstrueux, ce que tu me dis. Matthieu ne m'a même pas téléphoné, pas écrit, rien. Et c'est l'autre qui... Arrête, avec ta jambe !

Laura stoppa instantanément le battement nerveux de son pied contre un autre pied, celui de la table, qui l'ancrait dans la réalité.

— Viviane... Agnès est allée chercher Matthieu. Ils ont trouvé la preuve qui l'innocente. Je ne voulais pas te le dire avant que Matthieu soit en sécurité, mais...

— Je veux le voir devant moi, entier. Tu peux me raconter ce que tu veux, je n'ai plus confiance en personne... même plus en toi, ma petite chérie. C'est comme ça. Point barre.

Deux fois « point barre » en moins d'une minute, c'était le début de la fin d'une conversation sensée. Viviane n'avait plus les moyens de vouloir faire trop de choses en même temps : s'insurger contre la Terre entière, réfléchir, téter ses glaçons et prononcer une phrase cohérente. Elle continua de soliloquer.

– Ta mère. Tu es dingue. Sortir son corps de terre... Pffft. Ma petite chérie, faut les laisser tranquilles, les morts. Que du malheur. Que du malheur... Être mère, ma petite chérie, tu comprendras que c'est vouloir marier le soleil et la lune. Tant qu'on ne les a pas mis au monde on n'est rien, et dès qu'ils sont nés on ne vit plus...

Laura baissa les yeux : Viviane suivait un peu trop facilement le fil de ses pensées.

Elle ne pouvait pas faire plus pour l'instant : être là, attendre, avec Viviane.

Elle fut presque soulagée quand son portable se mit à sonner.

– Oui !

– C'est... le lieutenant Bruno.

– Oui.

– C'est...

La voix était brouillée. L'écho n'y était pour rien.

– Oui, je vous écoute.

– Je suis désolé. Le lieutenant Angeli m'a demandé de vous prévenir. Par téléphone, c'est difficile. C'est au sujet de votre frère...

Laura écouta la voix, sans un mot. Le lieutenant « elle ne savait plus comment » raccrocha, et la tonalité du vide martela ses tympans. Elle garda le téléphone contre son oreille. Elle passait de Viviane à Max, d'un regard réglé comme un métronome. Elle ne pensait pas à elle, mais à eux. Elle saisit en un éclair qu'il n'y avait pas que la haine qui les liait : le verre de Viviane était suspendu dans l'air, et elle dévisageait Laura avec un voile gris sur le visage ;

Max s'était levé, et ressemblait plus que jamais à un arbre sec. Ensemble, ils avaient eu un fils...

**

Manon éteignit la petite lampe de chevet que Matthieu aimait recouvrir d'un foulard pour en atténuer la lumière crue. Mais elle n'arriverait pas à éteindre les bruits : la gare était là, tout près. Les derniers trains de voyageurs étaient partis ou arrivés, mais tout le quartier vibrait encore : c'était l'heure des convois de marchandises, de l'acier qui se rétractait enfin après la surchauffe, du sifflet des équipes de nuit sur le ballast... Une vie agitée et invisible, qu'elle n'avait fait que soupçonner depuis son arrivée à Nice. C'était une des premières soirées libres qu'elle passait chez elle, sans personne de surcroît. Elle sentit pour la première fois la solitude lui lécher la joue. Il lui faudrait désormais s'y habituer, comme à la présence d'un chien, qui ne sortirait de sa niche qu'à la nuit pour lui faire la fête. C'était un curieux prix qu'elle avait accepté de payer là, en tombant amoureuse malgré elle de Matthieu. Elle venait seulement de s'en rendre compte : son absence prenait soudain la dimension de sa présence ; un vaste espace inconnu, immense et plein de dangers, entre le plexus et l'entrejambe. Elle étala sur son visage les traces humides de cet aveu, le refoulant ailleurs. Il ne la quitterait plus, elle avait tout le temps pour le flatter encore... Comme elle caressait le secret de sa naissance, depuis toutes ces années. Les deux bracelets brillaient à la lumière du réveil électronique, le sien et celui qu'elle avait découvert et volé à la Bastide. Elle les avait disposés côte à côte. Cela ne faisait aucun doute, ils étaient identiques... pour qui ne les avait pas tenus, scrutés et palpés. Elle en connaissait le moindre détail. Le sien portait à l'intérieur, gravées sur l'or de l'une des montures des pierres, quelques lettres : « L. Rinaldi. » Pas l'autre. Le sien alignait depuis le fermoir, de gauche à droite, les mêmes figurines :

la Mort, l'Hermite, le Diable, le Soleil, la Lune. À une différence près qui lui sauta aux yeux : sur le sien, la Lune
avait la tête en bas, et le crabe semblait tomber du ciel ; le
médaillon avait été monté à l'envers. Une erreur, ou cela
avait-il un sens ? Mais lequel ?

Le réveil afficha soudain « 00 : 00 ». Manon eut
l'impression qu'elle ne pourrait plus jamais dormir.

Jeudi 11 août

LA JUSTICE

Agnès ne savait pas par quel miracle elle tenait encore debout, sûrement la colère ou l'idée de la vengeance et de la justice. Elle s'était allongée trois heures sur son lit, tout habillée, les yeux grands ouverts, lumière allumée, souvenirs en vrac.

L'équipe de l'IJ avait déboulé sur le terrain une heure après leur découverte du cadavre de Matthieu. Personne à part Bruno ne l'avait vue s'effondrer au pied du corps meurtri de l'homme qu'elle avait aimé. Agnès avait eu le temps d'enfouir la vague de souffrance qui l'avait soulevée. Une partie de la nuit avait été consacrée aux relevés d'indices et de pièces à conviction dans le cabanon et ses alentours. Bruno l'avait ensuite déposée de force devant chez elle...

Matthieu reposait sous un drap, sur la table d'autopsie en acier, et Agnès songeait que bientôt il serait dépecé. La lame du bistouri mettrait ses entrailles à nu, la scie ouvrirait son crâne, des mains retireraient son cœur, et les rigoles recueilleraient son sang. Qui avait pu s'acharner aussi sauvagement sur lui ? Qui avait pu lui décocher plus de onze coups de couteau pour l'achever dans son lit d'une balle dans la tête ? Quel monstre était capable d'une telle boucherie ? Elle se dit qu'un jour, dans le futur, on pourrait sûrement décrypter les dernières images enregistrées dans le cerveau des victimes. La mémoire devait tout enregistrer, sinon comment expliquer que l'on revoie sa vie défiler devant soi comme un film au cours d'un accident de voiture par exemple, quand on entre en collision avec la mort ? C'était sûr, l'image de l'assassin de Matthieu était enfouie au fond de sa mémoire désactivée. En attendant, le mystère restait entier.

Des pas dans le couloir annoncèrent une autre épreuve. Les portes de la morgue s'ouvrirent, et Agnès se fit violence pour affronter les nouvelles venues : Viviane, soutenue par Laura, s'approchait. Elles étaient suivies par un interne. Max n'avait pas daigné venir reconnaître son fils... ou était-ce Viviane qui l'en avait empêché ? Une bouffée de colère submergea Agnès : cette famille se déchirerait donc jusque sur la tombe de Matthieu...

Viviane avait tout refusé : somnifère, anxiolytiques, alcool, et surtout la compassion de Max. Il n'avait pas eu besoin de tenir le couteau pour tuer son fils. Si Viviane parvenait encore à respirer, c'était grâce à la mécanique parfaite du corps humain, qui charriait encore du sang dans ses veines, irriguait son cerveau, ses membres, ses organes, et qui se foutait bien de sa volonté de mourir pour accompagner son enfant là où il était. Elle était donc une morte vivante, condamnée à patienter encore quelque temps : le temps de faire justice elle-même s'il le fallait. Viendrait ensuite celui de s'allonger, et d'attendre la mort. Plus rien ne la retenait sur terre.

Elle se dégagea de l'étreinte de Laura, et posa une main sur le drap, caressant la joue sous le tissu.

– Viviane... si vous ne vous sentez pas le courage de l'identifier, ne vous forcez pas. Je l'ai déjà fait... murmura Agnès.

– Il est sorti de mon ventre. Il ne rentrera pas dans la terre sans que je l'aie regardé une dernière fois, gronda Viviane.

Sur un regard de Laura, Agnès s'inclina : elle fit glisser le drap, dévoilant doucement le visage de Matthieu. Viviane se pétrifia : sous les bandages qui entouraient son crâne, les yeux, qu'on lui avait fermés, disparaissaient sous ses paupières bistres et bouffies, et le visage tout entier était déjà gonflé par un début de décomposition. Elle n'eut pas un frémissement. Elle posa sa main sur son visage de pierre. Elle laissa glisser ses doigts sur les paupières, le nez, et tracer tendrement le contour de la bouche, puis atteindre le menton, bleui par une barbe de plusieurs jours. Elle posa sa bouche sur sa bouche.

Puis elle se redressa. Agnès et Laura furent toutes deux prises d'un frisson : ce n'était plus Viviane qui pleurait son fils, mais une femme rendue folle par la douleur.

— Je veux le voir tout entier, souffla-t-elle.

Agnès ne chercha pas à l'en dissuader. Elle fit un signe à l'interne, et s'écarta. L'homme tira le drap d'un coup sec, imperméable au spectacle, rodé.

Viviane ne toucha pas le corps. Les plaies avaient été nettoyées. La chair lacérée s'offrait au regard, plus noire que rouge.

— Combien de coups ?

— Quatre...

Agnès tut le nombre de coups qu'il avait reçus dans le dos.

— Il a souffert ?

— Non.

Elle mentait, bien sûr. Il n'était pas mort tout de suite. Il avait eu le temps de se traîner sur le lit, et d'y mourir, achevé par une cartouche de gros plomb dans la tête.

Viviane traversa la morgue sans un mot, suivie de Laura et de son amie.

Laura et Agnès titubèrent sous la chaleur : elles avaient fait un saut de trente degrés entre la morgue glaciale et le goudron brûlant du parking. Une idée traversa Viviane : le Paradis n'existait pas, il n'y avait que les Enfers pour accueillir son fils, un enfer de glace ou un enfer de flammes. Les trois femmes n'avaient pas prononcé un mot, respectant les unes et les autres ce silence. Laura était sur le point de prendre Agnès dans ses bras avant de la quitter lorsqu'elle sentit son amie se crisper. Une jeune femme longue et brune, aux cheveux courts, visage mangé par une énorme paire de lunettes noires, se dirigeait vers l'entrée de la morgue : Manon, qui les avait vues mais ne semblait pas disposée à le faire savoir. Laura posa une main sur le bras d'Agnès.

— Laisse... Je m'en occupe. Attends-moi.

— Manon ! cria Laura.

Manon ne ralentit pas, au contraire, délibérément sourde à l'appel de Laura. Celle-ci courut dans son sillage, et lui barra la route.

— Manon... C'est...

— Je n'ai rien à vous dire, siffla Manon.

Laura décela sur son visage les traces du chagrin. Cette fille avait aimé Matthieu. C'était visible. Peut-être même venait-elle de le découvrir.

— Je n'ai rien à vous demander. Je voulais simplement vous dire que... si vous avez besoin, je suis là.

— Je n'ai besoin de personne.

Manon faisait donc elle aussi partie de ces humains qui préfèrent crever plutôt que prendre la main qui leur est tendue.

— Ils ne vous laisseront pas le voir. Je suis désolée...

Manon se mordit la lèvre, le regard fixé sur la porte qui lui était fermée. Elle sembla admettre que Laura lui disait la vérité, toute nue et crue : elle tourna les talons et traversa le parking en sens inverse.

Laura la vit disparaître à l'angle de la rue puis rejoignit Agnès, qui n'avait pas bougé. Laura remarqua l'empreinte des semelles de son amie dans le bitume...

Puis tout alla très vite : une voiture déboula sur les chapeaux de roues, et freina devant elles. Bruno, les traits creusés par la fatigue, se pencha par la fenêtre ouverte côté conducteur :

– Il y a du nouveau. On a localisé Duroc...

Laura se retrouva seule, au milieu du parking. À travers les vitres fumées de la berline de Vincent, elle distinguait la silhouette hiératique de Viviane, qui l'attendait... Le nom de Duroc n'eut aucun sens à ce moment-là pour elle.

***

Duroc n'avait plus qu'une moitié de visage. Celle de son angiome. À sa bouche grande ouverte, on pouvait deviner sa stupéfaction, seule et dernière émotion qui lui avait traversé l'esprit en même temps que la balle de gros calibre qui lui avait fait exploser la boîte crânienne. Agnès se redressa. Le planton, verdâtre, referma d'un zip pressé la housse de plastique avec un soupir de soulagement, et la civière fut immédiatement transportée jusqu'à l'ambulance.

– On devrait négocier un forfait avec la société d'ambulances... pouffa Bruno.

Agnès lui jeta un coup d'œil, et il s'en aperçut.

– Excuse-moi, c'est les nerfs. À ce rythme-là...

– T'excuse pas. C'est normal. Bon. Topo ?

Bruno sortit un petit carnet à spirale de la poche arrière de son jean.

– Eh bien c'est notre homme. Michel Duroc, ex-capitaine de gendarmerie à la retraite. Les gars lui ont fait les poches avant que t'arrives, tout est sur ton bureau. Mais je peux déjà te lister le plus intéressant : une clef d'hôtel, et un jeu de faux papiers, au nom de Ben Bardop.

Bruno Bruno fixa Agnès avec un petit sourire coquin. Il piaffait...

– Quoi ? Pourquoi me regardes-tu comme ça ? demanda-t-elle.

– Ben, ça te dit rien, ce nom ? fit-il, déçu.

– Non.

– C'est l'anagramme de Bob Denard, si je ne m'abuse.

Agnès haussa les épaules.

– Et t'as trouvé ça tout seul ?

265

– Oh... ça va. C'est juste pour l'anecdote. Ça ne m'étonne pas du mec, c'est tout. Vu ce qu'on a découvert chez lui, toute cette littérature sur les barbouzes et les fachos, c'était fastoche. Bon, sinon, l'équipe a retrouvé la balle, un calibre 38. Pas d'arme, évidemment. Heure approximative du décès : entre 22 heures et minuit. Pour les traces de pneus, par contre, on aura du mal : les camions du chantier ont tout écrabouillé en arrivant ce matin. Je ne te raconte pas la gueule du pauvre type qui a failli rouler sur le cadavre. Au fait, tu as remarqué...

Bruno désignait la grande pancarte à l'entrée du chantier. Agnès soupira.

– Oui. « Groupe Max Fontane Immobilier ». Il ne manque pas d'humour, notre *serial killer*.

– Ou alors, c'est une accusation directe.

– Et Duroc ? Il faisait du crochet pendant que son collègue s'amusait à trucider quatre personnes ? On est au moins sûr que c'était lui à la mairie.

Agnès souffla.

– Putain, j'y comprends plus rien. Il faut qu'on reprenne tout de zéro. Ça veut dire que Duroc bossait pour quelqu'un d'autre, et qu'il n'a peut-être pas commis tous les meurtres qu'on pensait lui coller sur le dos.

Bruno la dévisagea, compatissant.

– Hé... c'est pas le moment de craquer. On va la choper, cette ordure, et je tiens à ce qu'on me le laisse en premier.

– Toi ?

Bruno crut deviner là une certaine discrimination qu'il ne releva pas et qu'il mit sur le compte de la douleur. Quand on souffre trop, on a souvent envie de faire du mal aux autres pour qu'ils prennent une part du cauchemar.

Le portable d'Agnès se mit à couiner.

– Capitaine Angeli, j'écoute.

Son interlocuteur fut bref. Le visage d'Agnès s'allongea. Elle posa un regard incrédule sur Bruno Bruno.

– Ce n'est pas un meurtre... mais je me demande si c'est pas pire.

***

Un instant plus tard, on retrouva tout ce petit monde dans les allées du cimetière, Laura les avait rejoints et se tenait en tête.

Des hommes en uniforme les attendaient, de pied ferme, malgré leur confusion. Un quinquagénaire, rouge sous sa casquette de paille de riz, en cotte de jardinier, s'épongeait le front, manifestement bouleversé. Laura découvrit la tombe de sa mère béante.

— Que s'est-il passé au juste ?

— Apparemment, lança un gendarme, c'est une violation de sépulture. Nous avons été prévenus par monsieur...

— Nahon. Monsieur Nahon ! Je suis le gardien du cimetière. C'est moi qui l'ai trouvé... enfin, je veux dire qui ai vu que la grille avait été forcée. Je venais arroser les plantes. Monsieur Fontane me demande de le faire tous les jours en ce moment à cause de la chaleur et...

— Merci. Nous avons pris votre déposition, coupa un officier, agacé. Monsieur Nahon a trouvé la grille du caveau ouverte à 11 heures ce matin, et découvert la profanation. Les individus ont agi durant la nuit, manifestement parce qu'il n'y a pas de ronde de nuit. Les grilles de l'entrée sont juste fermées à clef. Mais ce n'est pas tout.

Laura nota immédiatement la mine emmerdée du policier. Nahon, le gardien, lorgna soudain ses pieds, et croisa dans son dos ses mains, dont il se mit à trituter nerveusement les doigts terreux.

— C'est que... reprit l'officier de gendarmerie, je préfère vous prévenir tout de suite : le cercueil a été ouvert aussi...

Laura chercha un soutien dans le regard d'Agnès qui se rapprocha d'elle.

— ... Le problème, c'est que...

— Que quoi, bordel ? lança Agnès.

— Il est vide.

Une image sauta dans la tête Laura, celle du tableau de Mantegna qu'elle avait si longtemps regardé dans le cabinet du Dr K. quand elle était en traitement, puis le tombeau vide de sa mère lui évoqua celui du Christ.

— Je veux le voir de mes yeux.

Le petit autel croulait encore sous les fleurs, seule tache de couleur qui la submergea quand elle pénétra dans la fraîcheur de la chapelle. Il y avait une odeur de roses. Elle sentit la terre sous les dalles descellées. L'odeur était tellement puissante, humide, qu'elle couvrit la première impression des roses. Enfin, elle vit l'excavation, et le cercueil... vide. Le satin blanc était juste piqué de moisissures. Le plomb avait rempli son office de conservateur. Seule la dentelle fine qui recouvrait le petit coussin, au niveau de la tête, semblait sur le point de se réduire à de la poussière au moindre souffle.

Elle se retrouva en train de dévaler l'allée qui la conduisait vers la sortie, comme expulsée de la chapelle et du cimetière. Agnès courut derrière elle. Enfin, elle finit par arriver à la hauteur de son amie qui semblait perdue. Laura s'abattit sur son épaule.

— ... Pourquoi ? Pourquoi ? répétait Laura en larmes.

— Je ne comprends pas tous ces morts et maintenant la dépouille de ta mère qui a disparu. Pourquoi a-t-on pris son corps ? Quelqu'un savait que tu avais réclamé l'exhumation. Et il est possible qu'on ait pris son corps pour éviter une autopsie, pour qu'on ne découvre pas qu'elle avait été assassinée... C'est peut-être toi qui as raison.

— Tu penses à Duroc ?

Agnès chercha du secours auprès de Bruno qui venait de les rejoindre. Il saisit la balle au bond.

— Mademoiselle Fontane, c'est quasiment impossible. Le capitaine Duroc a été tué d'une balle dans la tête hier soir.

Laura les regarda fixement, comme abattue en plein vol.

— C'est la stricte vérité, renchérit Agnès. J'aurais dû t'écouter. Réagir plus vite.

– Mais alors...

Laura suffoquait.

– Mais alors... si Duroc a été tué, c'est qu'il y a quelqu'un d'autre. Ça signifie quoi, tous ces morts ? Je n'en peux plus ! Expliquez-moi.

– C'est difficile, souffla Agnès en lui remontant une mèche de cheveux qui tombait devant ses yeux. Même nous, on est paumés pour l'instant. On a juste réussi à retracer un bout de ce... carnage. Mais ce ne sont encore que des suppositions...

Agnès se tut, vidée, à bout de ressources. Bruno prit le relais.

– Ce qu'on a en a déduit, c'est que votre... futur mari avait lui aussi trouvé la piste de Duroc, concernant certainement la promesse qu'il vous avait faite au sujet de votre mère. C'est Joëlle Legasse, la secrétaire de maître Bellair, qui a eu le malheur de tomber dessus, au téléphone. On imagine qu'il a pris peur !

– Le problème, c'est que Joëlle Legasse n'était pas la seule à savoir qui il était. Il avait été pris en photo devant la mairie par Thierry Merlet, continua-t-il. On ne sait pas encore si Merlet le faisait chanter, ou si c'est lui qui a pris l'initiative de venir l'assassiner. Après...

Il hésita... Agnès le regarda. Elle prit son souffle, et son courage à deux mains.

– Après, tu connais la suite : il a su où se trouvait Matthieu...

Laura les coupa.

– Il n'avait aucune raison de tuer Matthieu ! Matthieu n'avait rien à voir là-dedans !

– Apparemment Duroc cherchait à éliminer tous les témoins.

– Alors pourquoi on l'a tué lui aussi ?

– Un hasard peut-être. Le crime de Duroc n'est peut-être pas lié aux autres meurtres. Apparemment il fréquentait de drôles de gens... À moins que...

– À moins que quoi ?

– À moins que Duroc ait fait le sale boulot pour quelqu'un d'autre ; et une fois la besogne achevée, son commanditaire l'a dézingué.

– Mais qui ? lança Laura, désespérée.

– Nécessairement quelqu'un qui savait où se trouvait Matthieu, par exemple, conclut Agnès.

– Et qu'est-ce que tu comptes faire ?

Laura n'entendit pas la réponse qui était censée la rassurer.

– Agnès, ce type est en train de tuer tous les gens que j'aime le plus au monde. Le corps de ma mère disparaît comme pour effacer une preuve. Je ne peux pas me contenter d'attendre que ce soit tranquillement mon tour. Ses messages sont clairs : je suis la prochaine sur la liste. Pourquoi ? Je n'en sais rien. Mais j'irai jusqu'en enfer pour le savoir.

Agnès et Bruno restèrent un moment à regarder la silhouette gracile de Laura qui s'éloignait ; on aurait dit qu'elle était suspendue au-dessus du sol... comme si elle n'était pas tout à fait vivante.

Agnès poussa deux portes battantes sans ralentir son allure et s'engouffra dans la grande salle des autopsies recouverte de faïence blanche.

– Salut doc.

Le doc leva à peine un œil par-dessus le masque de papier qui lui couvrait la bouche et le nez. Ses cheveux étaient dissimulés sous une calotte du même matériau. Agnès perçut sa voix étouffée par le filtre, tellement éraillée par les cigares qu'elle en eut mal pour ses cordes vocales.

– Salut, Angeli.

Le doc était de la vieille école : pas de prénom, pas de fioriture, pas d'apitoiement ; des faits, rien que des faits. Et une famille nombreuse, qui l'obligeait encore à travailler alors qu'il ne rêvait que d'une plage à Cuba, de havanes gros comme le bras, de rhum et de salsa. Agnès avait entendu dire qu'il se défendait comme un dieu sur une piste de danse. Une rumeur de plus parmi les anecdotes qui fourmillaient sur lui, et alimentaient le respect des bleus. Le doc n'en demandait pas plus : qu'on écoute ses rapports, qu'on supporte ses blagues de carabin. Pour le reste, il excellait dans sa partie, et il se foutait des remerciements.

Il replongea ses mains gantées et rougies dans l'abdomen grand ouvert, à la peau repliée sur la cage thoracique. En lisant l'étiquette accrochée sur la fermeture Éclair de la bâche de plastique, Agnès sut qu'il s'agissait du corps de Duroc.

— Si tu viens pour ton petit dernier, il est pas prêt. Il risque pas de se sauver, de toute façon.

— Et... le fils Fontane ?

— Je l'ai pas encore fini. Mais j'ai déjà trouvé ce qui pourrait t'intéresser...

Il fut pris d'une quinte de toux. S'il continuait à pomper sur ses barreaux de chaise, il ne connaîtrait Cuba qu'en photo...

Il replongea dans les viscères, et reprit son rapport de sa voix de gravier.

— Alors figure-toi qu'il avait des cheveux sous les ongles. Il s'est agrippé à son assassin... Apparemment l'assassin a eu le dessus sinon il serait encore de ce monde, ce pauvre type !

Agnès faillit hurler. Le doc était à mille lieues d'imaginer la relation qui l'unissait au cadavre qu'il avait dépecé comme un animal... Impossible de lui en vouloir, il déjeunait avec les morts tous les jours.

— Les trois cheveux retrouvés, un sous les ongles, et deux sur son tee-shirt, sont ceux d'une femme. C'est là où je vais... couper mes cheveux en quatre !

En plus, il était content de sa vanne.

— Je suis tout ouïe, doc.

— C'est une femme hindoue !

— Arrêtez de m'emmerder avec vos conneries...

— Ce ne sont pas des conneries, ma petite aubergine !

— OK ! Ça fait quasiment trois nuits que j'ai pas fermé l'œil, alors si vous alliez droit au but... ça arrangerait mes neurones fatigués.

— On se demande ce qu'ils vous apprennent, à l'école de police ! De mon temps...

— Faites chier ! Balourdez-moi les faits et arrêtez de me faire la danse du ventre. C'est quoi votre hindoue à la con ?

Il lui jeta un regard incisif, et extirpa à deux mains le foie de son patient.

— De toute façon il serait mort d'une cirrhose dans pas longtemps, celui-là. Il a juste devancé l'appel !

Agnès eut un haut-le-cœur. Le légiste leva les yeux au ciel, et posa la masse brune sur une balance à côté de la table d'autopsie.

— Votre meurtrier portait une perruque. Ce sont des cheveux morts que j'ai trouvés sous les ongles et le tee-shirt. L'Inde, et l'Inde du Nord plus précisément, est le plus gros fournisseur de cheveux pour l'industrie de la perruque. C'étaient des cheveux longs, donc une perruque de femme. Compris ? Je me doute que ça vous fait une belle jambe pour votre affaire, mais pour l'instant c'est tout ce que j'ai à vous donner à croûter. Vous aurez mon rapport sur Fontane en fin d'après-midi. Quant à celui-ci, l'éclaté de la tête, ça attendra demain. Il va me donner du boulot, celui-là : remettre tous les morceaux dans l'ordre, je vous raconte pas...

Agnès était déjà à la porte quand il la héla de nouveau. Elle se retourna. Elle vit son œil rigolard et craignit le pire.

— Dites, Angeli, j'ai entendu dire que les cadavres disparaissaient des cimetières. Donc nous savons que les morts peuvent courir la campagne. Bonne nouvelle, non ? Du boulot en moins !

Agnès laissa retomber la porte battante derrière elle sans répondre...

**

Lorsqu'elle arriva au bureau, Bruno Bruno lui sauta sur le poil. Remonté comme un coucou. Et dire qu'il ne buvait que de l'eau...

— Putain, t'imagines même pas ce que les gars ont trouvé dans sa piaule d'hôtel, à Duroc !

— Vas-y...

Elle se laissa tomber comme une loche sur son fauteuil.

— Plusieurs jeux de faux papiers...

— Pas de devinette sur les anagrammes, je m'en tape. J'imagine que toutes ses idoles ont dû y passer.

— OK. Attends, c'est pas le meilleur. Ils ont retrouvé un ordinateur !

L'œil d'Agnès s'alluma. Elle se redressa.

— Laisse-moi deviner. L'ordinateur de Joëlle Legasse, la secrétaire de Vincent ?

Cette fois-ci, c'est lui qui se laissa tomber sur son fauteuil, cueilli par sa rapidité.

— Ouais... T'avais raison. Elle avait un portable, cette truffe, et elle n'avait rien dit. Encore une qui a cru qu'elle pouvait se payer le grand huit. Tu parles...

— Duroc avait dû lui promettre un sacré paquet de pognon, pour qu'elle prenne des risques pareils. Ils ont trouvé des trucs intéressants dessus, nos cracks de l'informatique ?

— Pour l'instant, des nèfles. Des fichiers d'adresses, des courriers... Des sites de *chat*. Elle draguait sur le Net.

— C'est pas la seule...

— Non, mais elle draguait sous le pseudo « Lauralaura »

— Comme Bruno Bruno ?

— Ou alors Humbert Humbert

— Sauf qu'elle, c'était pas Lolita !

Bruno eut un grand éclat de rire. Manifestement ils avaient en commun le film de Kubrick.

— Et les relevés du labo, pour le cabanon ?

Bruno la dévisagea d'un drôle d'air, avant de plonger le nez dans un dossier épais comme un Bottin.

— Maintenant la mauvaise nouvelle, ce sont les empreintes relevées là-bas. On n'a que l'embarras du choix.

— Qui ?

— Laura Fontane et aussi celles de son père, Max Fontane...

Agnès n'eut même pas le temps de prendre la défense de Laura. La porte s'ouvrit sur le big boss. C'était le Delambre des plus mauvais jours, ceux des cheveux hérissés et des pouces dans les mains. Il traversa le bureau comme une flèche sur ses petites jambes torses, et balança une chemise à élastique bourrée de documents sur le bureau d'Agnès : le dossier médical de Laura.

— Angeli, c'est moi qui suis obligé de faire votre boulot. Jetez-moi tout de suite un œil là-dessus.

Agnès fit sauter l'élastique, et elle comprit en un quart de seconde : des archives médicales, psychiatriques plus exactement, au nom de Laura Fontane... Elle avait sous les yeux quelques années de la vie de Laura, épluchées par tous les psys et toubibs de Nice et de Marseille. Des feuilles légères sous sa main, mais qui risquaient de peser très lourd pour Laura.

— Alors ? siffla Delambre.

— On avait une piste, mais... pas celle-là.

— Je sais lire, moi. J'ai lu les rapports du labo sur le meurtre de Matthieu Fontane. Il y a ses empreintes partout.

— Il y a aussi celles de Max Fontane.

— Max Fontane n'a pas de passé de psychotique !

— ... Qui vous a donné ces documents ?

— Viviane Lebesco. En personne. Et Franck Duval a bien insisté pour que je la reçoive. Comme si je n'avais pas assez d'emmerdes comme ça.

— Excusez-moi mais je ne comprends pas... osa Agnès.

— Vous vous foutez de ma gueule ? éructa Delambre. Tenez, voilà la cerise sur votre gâteau.

Il balança sous son nez un imprimé en plusieurs exemplaires, déjà paraphé. Agnès crut qu'elle allait étouffer :

c'était un mandat de garde à vue. Pas besoin de lire le nom du futur interpellé, elle l'avait deviné. Delambre claqua la porte. Agnès ne prit pas le temps de la réflexion. Elle le rattrapa dans le couloir.

– Commissaire, je... pour des motifs qui me sont personnels, je demande à ce qu'on me retire l'enquête.

Delambre fouilla ses yeux du plus profond qu'il put, sans prononcer un mot.

– Il serait temps. Un troupeau de mules aurait déjà reculé. Mais c'était prévu, Angeli, j'ai déjà tranché. C'est le capitaine Mollaro qui reprend l'affaire.

Il remit en route le moulinet de ses petites jambes, et s'éloigna tout en précisant :

– Et vous intégrez le groupe de Mollaro, avec Bruno. Vous travaillerez sous ses ordres. Il commence demain. Vous avez encore du boulot : je veux la suspecte dans nos locaux dès ce soir, cracha-t-il par-dessus son épaule.

Pendant ce temps, Max Fontane était immobile, debout devant la baie vitrée toute neuve, que Viviane avait fait remplacer. Cela faisait bien une heure qu'il se tenait là, ou bien une vie, il ne savait plus et s'en moquait. Le verre rutilant lui renvoyait l'image d'un homme qui avait joué et perdu. Tout. Peu lui importait l'argent, la gloire, la puissance, tout ce pour quoi il avait cru qu'il pourrait continuer à se tenir debout. Il avait obtenu la vengeance et la revanche, sur la ruelle Saint-François, sur tous ceux qui ricanaient lorsqu'il arrivait la tête rasée à cause des poux, ou le dos bleu des volées que son père lui distribuait lorsqu'il rentrait ivre. Il n'avait jamais pleuré, ravalant sa morve et rendant le double de coups. Dans la cour de l'école, dans les cours du Vieux-Nice, sur la plage de la Promenade, jusque dans le gymnase du lycée... Il avait cogné pendant des années. Son compagnon de frappe, c'était Fred, un gamin comme lui, un frère, trempé dans la même eau des rigoles sales. Seule Luisa avait compris sa hargne en un regard, et la lui avait pardonnée avant même de l'aimer. Pour elle, il avait réussi à entrer aux beaux-arts alors qu'il se voyait finir derrière les murs d'une prison, et bâti son empire. Elle avait cru en lui. Elle était la seule, l'unique. Car si Viviane n'avait fait que continuer ce que Luisa avait commencé, elle n'avait pas su lui insuffler la vie. Ce n'était pas sa faute. Il était mort avec Luisa. Et aujourd'hui, on la lui volait une seconde fois. Le meurtre de Matthieu lui avait paru presque dérisoire comparé à la disparition du corps de la morte adorée. Il se dit qu'il n'avait jamais été un père, pas même celui de Laura. Mais qu'avait-il été au juste, pendant toutes ces années, à part un homme brisé par la mort de l'être qu'il avait aimé par-dessus tout au monde : son épouse. Plus rien ne pourrait l'atteindre désormais. Ses forces se délitaient, son sang se tarissait dans ses veines, et si son cœur battait encore, ce n'était que pour Luisa. Laura lui avait échappé, peut-être dès sa naissance. Était-il incapable d'amour ? Était-il réellement un monstre ? Mourir lui traversa l'esprit. Il n'attendait plus que le jour où il pourrait retrouver Luisa. Ce jour-là, la mort serait une consolation...

– Viviane ne veut pas me voir...

Laura avait une voix défaite, mais qu'avait-elle espéré ? Elle avait voulu s'envoler, pauvre petite Laura, de ses petites ailes de moinillon tombé du nid. Petite Laura, qu'il avait tant adulée, choyée, pour qui il avait eu peur, si peur, pour qui il avait accepté que Viviane prît une place démesurée, afin que sa fille ne restât pas seule. Laura, Luisa, elles n'étaient au fond pas les mêmes, malgré leur ressemblance. Quel gâchis.

– Ce n'est pas grave. Laisse...

Un bruit sourd retentit à l'étage. Quelque chose venait de se fracasser sur le sol. Sans doute une bouteille de whisky vide...

– Papa...

– Oui.

– J'ai porté plainte. Il va y avoir une enquête sur la profanation du caveau.

– Ah... C'est bien.

Laura regardait le dos de Max, perdue, harassée.

– Écoute-moi, s'il te plaît. La personne qui a fait disparaître le corps de ma mère a voulu éviter qu'on procède à l'autopsie.

– Tu crois ?

Laura sentit les larmes lui monter aux yeux. La maison Fontane se transformait en asile de dingues. Elle se mit à sangloter comme une gamine.

– Écoute-moi, papa, je t'en supplie... J'ai peur. Je crois que c'est toi qui as raison. C'est comme s'il y avait une malédiction qui pesait mais pas uniquement sur moi, sur nous.

– Sur nous tous apparemment, oui.

– Je reçois des cartes tous les jours ! Tu m'entends ? Des cartes de Tarot... comme celles de ma mère. J'ai l'impression de devenir folle.

La malédiction. Il l'avait toujours craint. Et maintenant qu'elle risquait de frapper sa fille, que Laura même en convenait, il n'était plus capable de réagir, d'avoir peur. Un anesthésie totale.

– ... C'est peut-être ta mère qui t'envoie ces cartes. Son cercueil était vide... comme si elle n'avait jamais reposé dedans. C'est moi qui l'ai fermé, ce cercueil. Je m'en souviens parfaitement. Elle était belle. C'était un miracle, après cet accident.

– Un accident ! jeta Viviane au visage de Max. Mais tu n'en as pas marre de mentir ?

Laura se retourna d'un bloc : sa belle-mère, lunettes noires sur le nez, étole enveloppant ses épaules, les regardait. Il y avait deux valises à ses pieds.

– Tu es ivre, lâcha Max.

– Oui, je suis ivre, et alors ? Toi, tu te crois le plus fort. La vérité, c'est que tu ne souffres pas comme nous pouvons souffrir. Tu n'es pas un être humain.

Elle essaya de fixer son regard flou sur Laura.

– Et toi, pauvre petite... tu as été son jouet. Dans le fond, je ne devrais pas t'en vouloir.

Elle gueula :

– Max Fontane, est-ce que tu lui as dit ? Est-ce que tu as eu le courage de lui dire la vérité, à ta putain de fille chérie ?

Max se retourna, blanc comme un linge, entre fureur et malaise.

– Il n'a t'a pas dit comment ta mère est morte ? continuait Viviane.

– Tais-toi ! Luisa est morte dans cet accident de voiture, cracha-t-il.

Laura sentit une brèche s'ouvrir sous ses pieds. Elle se retrouva tout près de Max, tête levée pour attraper son regard et l'emprisonner.

– Papa, s'il y a quelque chose que tu me caches, tu dois me le dire !

Max voulut rompre l'entretien, fit un pas. Laura le rattrapa par la manche de son complet.

– Papa ! Si tu ne me dis rien, je peux tout imaginer !

Et elle se déchaîna à son tour : la mort, la malédiction, le mensonge, les secrets... Un creuset dans lequel fumait une potion diabolique, dont ils l'avaient tous gavée durant toutes ces années. Ça suffisait. Max avait avalé sa bouche et sa langue.

– Si tu t'obstines à te taire, rien ne m'empêchera de croire que c'est toi qui as tué ma mère ! On peut tuer par amour. Surtout si la femme qu'on aime comme un fou a décidé de vivre avec Fred Bellair ! Et d'ailleurs rien ne prouve que je ne sois pas la fille de Fred !

Max effectua une volte-face tellement rapide que Laura n'eut pas le temps de voir partir la gifle qui lui était destinée. Elle se trouva projetée contre la baie vitrée, souffle coupé à tout point de vue : son père n'avait jamais levé la main sur elle, et le coup avait été porté avec une violence incroyable. Les larmes devenaient ridicules. Elle sécha les dernières d'un revers de main rageur.

– Enfin tu vois le vrai visage de ton père, ricana Viviane.

Une voix retentit sur le seuil du grand salon : Agnès, blême, tripotant nerveusement deux feuilles agrafées ensemble, s'accrochait littéralement au chambranle. La silhouette de Bruno derrière elle en était presque menaçante...

– Excusez-moi, mais on a sonné à plusieurs reprises. La porte était ouverte.

– Ah... tu as raté un de ces spectacles ! Mais bon, ma pauvre Agnès, tu rates décidément tout... siffla Viviane.

Elle avait manifestement décrété qu'elle flinguerait tout le monde ; tant que l'auteur du meurtre de Matthieu ne serait pas sous les verrous, chacun était pour Viviane un meurtrier potentiel.

– Quand est-ce que tu me rends le corps de mon fils ?

Elle avait harponné ses dernières forces sur le cadavre de Matthieu.

– Dès que le légiste aura terminé. Demain ou après-demain.

– Demain.

Agnès se retenait pour ne pas s'écrouler sur les dalles fraîches du hall. Elle sentit la caresse affectueuse et encourageante de Bruno sur son dos.

– Laura Fontane, je te signale ta mise en garde à vue à partir de maintenant. Tu dois nous suivre. Bruno va t'accompagner pour que tu puisses prendre quelques affaires...

Laura, joue encore cuisante, se sentit de nouveau glisser contre la baie vitrée, et s'arrêta quand elle fut à terre, désespérée de ne pouvoir se faire engloutir. Ses jambes ne la portaient définitivement plus.

Max bougea enfin.

– Pour quelle raison ? De quoi suspecte-t-on ma fille ? J'ai le droit de savoir.

– En principe, non. Tant que Laura n'est pas dans nos locaux, nous sommes tenus au silence. C'est la procédure. Mais compte tenu du fait que... Et merde ! Je m'en fous. Laura est suspectée du meurtre de son frère...

279

C'est comme si elle avait vomi. Elle se tenait le ventre, se moquant de ce qu'ils pouvaient penser, ou voir, ou supputer de sa faiblesse. La nuit serait de toute façon pleine de bruit et de fureur...

Viviane, telle une somnambule, encore plus anesthésiée par la nouvelle que par l'alcool, eut du mal à trouver les poignées de ses deux valises à roulettes. Elle repassa la scène qui venait d'avoir lieu dans sa tête. Laura avait donc tué Matthieu! Ce fut comme si elle avait dessoûlé d'un coup et elle passa la porte avec une incroyable élégance, quittant la maison de verre. Elle se dit que celle-ci n'avait jamais aussi bien porté son nom. Tout était si fragile et pouvait se briser si facilement...

Agnès l'observait à travers la vitre épaisse de la cellule : Laura se tenait droite sur sa chaise, comme tenue par un fil invisible qui l'aurait reliée au plafond. C'était l'avocat de la famille, en face d'elle, qui semblait avoir pris sur ses épaules le supposé futur chef d'inculpation : voûté, suant, cravate lâche sur chemise froissée, on aurait dit qu'il venait de se manger quarante-huit heures de garde à vue. Laura était sans doute la dernière de ses clients, visiblement nombreux, de la journée. Depuis son arrivée au SRPJ, elle n'avait pas desserré les dents. Agnès avait donc rempli les silences avec la procédure classique : heure de l'interpellation, lecture du motif de la garde à vue, médecin, et avocat. Le médecin était déjà passé, se contentant de constater une condition physique normale. Quant à l'avocat, fébrile à son arrivée, noircissant les pages d'un cahier de notes, il avait peu à peu lâché la barre devant la détermination de Laura. Finalement, sur un haussement d'épaules et un soupir retentissant jusque derrière les vitres sales de la cellule, il s'était levé et avait donné le signe de son abdication : la sortie.

– Mademoiselle Fontane refuse mon aide et pense qu'elle peut se défendre toute seule ! Après tout, elle est avocate, souffla-t-il en s'épongeant le front. Il fait une de ces chaleurs, là-dedans... Vous avez intérêt à bien les arroser, vos gardés à vue, sinon ils vont crever sur pied. Sur ce, bonsoir, capitaine...

L'avocat s'éloigna rapidement. Encore un rigolo... qui allait se hâter de regagner la fraîcheur d'un bel appartement à l'air conditionné ; ce qui restait un rêve pour le flic de base.

Agnès revint vers la cellule et vers Laura, qui n'avait pas bougé un cil, sur sa chaise.

– Son baveux est parti. Qu'est-ce que vous attendez pour me la cuisiner ?

C'était Delambre. Les crapauds tombaient dru de sa bouche en lame de rasoir.

– Il vient tout juste de partir.

– Bien. À vous de jouer, Angeli. Mollaro prendra le relais demain. Il est au courant. Vous aussi. Quarante-huit heures. La vox populi me réclame une tête, elle l'aura. Vous avez épluché son dossier psychiatrique. Ça plus ses empreintes, y a de quoi faire.

– Et le mobile, ce serait quoi ?

Agnès commençait à en avoir soupé, et l'insurrection couvait sous le ton poli.

Delambre ne fut pas dupe.

– Vous vous foutez de moi, Angeli ? Votre copine entend des voix depuis l'âge de six ans, elle a des hallucinations, sa mère lui parle. À huit ans, elle voyait des scènes de meurtre ! Et vous étiez parfaitement au courant. Les toubibs ont tous conclu à une psychose délirante aiguë et à des états de confusion onirique. La fille Fontane est totalement schizo !

Heureusement qu'on enseignait un peu la psycho à l'école de police, Agnès put aussitôt rétorquer :

– La schizophrénie ne mène pas au meurtre prémédité, ce qui est le cas dans notre affaire depuis le début. Et d'une. Et de deux, j'ai épluché le dossier : tous les psys n'en ont pas tiré les mêmes conclusions que vous. Alors ?

Les cheveux de Delambre, déjà dressés, se hérissèrent encore plus sur son crâne.

— Vous me la cuisinez sur la braise, et le mobile, vous l'avez : la folie. Où est votre collègue ?

— Perquisition chez Vincent Bellair. C'est là qu'elle loge. Si elle a tué Matthieu Fontane, on doit forcément en retrouver des traces.

— Depuis mardi ? Tout le temps de faire le ménage !

— Les schizos ont de la mémoire ? C'est nouveau...

Delambre n'insista pas et planta dans les yeux d'Agnès son regard de bœuf en gelée, celui qu'il devait avoir quand un gros poisson qu'il avait longtemps ferré finissait par casser la ligne à force de se débattre et lui échappait pour retourner à ses profondeurs, laissant le pêcheur un peu perdu, un peu dépité avant que la colère ne s'exprime.

L'interrogatoire durait depuis des heures. Agnès inspira longuement.

— On reprend. À quelle heure as-tu quitté le cabanon ?

— 20 heures, 20 h 15... Tu veux que je te dise comment ?

— À quelle heure es-tu arrivée à *Nice-Matin* ?

— Deux heures plus tard. 22 heures, 22 h 15. J'ai roulé normalement. Je n'aime pas conduire la nuit... tu le sais.

— Oui. Mais le problème n'est pas là.

— Le veilleur de nuit et le rédacteur en chef peuvent confirmer ce que je dis.

— Pour ton heure d'arrivée, sûrement : 22 heures et cinq minutes. Pas pour ce que tu as fait avant.

— Quand je suis partie du cabanon, Matthieu était vivant. Il avait faim. Il avait mis des pizzas au four pour le dîner, mais j'ai changé d'avis. Je devais être en ville avant le bouclage de *Nice-Matin*...

– Le légiste est formel, Laura : Matthieu a été tué entre 20 heures et 21 heures. On ne peut pas être plus précis. À toi de l'être plus que nous.

– D'accord. Premier point : je tue Matthieu, le plus tôt possible, à 20 heures. J'ai du sang partout... Je suis avocate, je sais donc qu'il faut que je me nettoie, que je me change... Au cabanon, bien sûr. À ce propos, j'espère que vous avez relevé des traces de mon sang dans l'évier du cabanon... Tout ça me prend au minimum une bonne demi-heure. Il faut aussi que j'essuie toute empreinte sur le fusil, que je laisse bien en vue, évidemment. Mais je remporte le couteau et je laisse toutes mes autres empreintes. Quand je pars, il est facilement 20 h 30 passées. Pour être à Nice au plus tard à 22 h 05, je roule comme une dingue, à environ 110 km/h sur les départementales de montagne que tu connais et où personne ne peut rouler à plus de 80. Et j'arrive, toute propre, devant le rédacteur en chef de *Nice-Matin* ! Vu sous cet angle, oui, j'aurais pu tuer... mon frère.

Agnès eut envie de la prendre dans ses bras. Laura se battait comme une reine, rendant coup pour coup, argument pour argument. À part les empreintes, l'équipe n'avait relevé aucune trace de sang dans l'évier, seul point d'eau...

– Tant que vous y êtes, je ne comprends pas pourquoi vous ne m'accusez pas des meurtres de Duroc et de Joëlle ?

– Pour l'instant rien ne prouve que tous ces meurtres soient liés.

– Tu plaisantes ?

À l'instant où Duroc se faisait exploser la cervelle, Laura était chez son père, et Agnès découvrait le cadavre de Matthieu. Laura devait le savoir...

Concernant son emploi du temps au moment du meurtre de Joëlle Legasse, Agnès avait vérifié un certain nombre de choses : Laura avait en effet passé deux coups de téléphone depuis le cabinet de Vincent, l'un à Joëlle, l'autre aux renseignements... Mais elle avait eu largement le temps de s'en prendre à la secrétaire. À ce détail près : la rupture des cervicales puis la pendaison étaient sans conteste l'œuvre d'un homme, ou d'une femme à la force herculéenne. Le légiste avait été formel sur ce point lorsque Agnès lui avait posé la question... Restait à savoir si une schizophrène avait le pouvoir de décupler ses forces. Agnès eut la certitude qu'on trouverait bien des experts pour confirmer cette thèse.

— Et tu oublies le photographe, proposa Laura non sans une certaine ironie.

— Si tu veux... mais plus tard. Pour l'instant, c'est le meurtre de Matthieu qui m'intéresse.

Un coup sur la porte, et Bruno passa la tête...

— Excuse... je peux te voir ?

— J'arrive...

Laura ne la regarda même pas quitter la pièce et resta fixée sur une lézarde fine dans le mur gris de la salle d'interrogatoire.

— Alors ?

— Peau de zob ! Que dalle. On a embarqué tout ce qu'on a jugé lui appartenir.

Il lui tendit un sachet de plastique transparent contenant une chemise. Elle lut sur la couverture : « Dessins de Laura, huit ans, 1980. »

— Merci, je connais... Ce n'est pas ce qu'on cherche.

— Ah... si, un truc en rapport. Enfin, je pense... Je ne l'ai pas encore envoyé à l'IJS pour relevé d'empreintes...

Il sortit de sa mallette un second sachet de plastique, de petit format : dedans, une carte. Agnès reconnut immédiatement une lame de Tarot. « La Justice » était incarnée par une femme sévère, assise sur un trône, tenant d'une main une balance à deux plateaux, de l'autre un glaive tendu vers le ciel. Numéro VIII...

Agnès soupira : les cartes et Laura, une histoire sans fin... Non, d'ailleurs, pas tout à fait : d'après Laura, tout se terminerait avec la vingt-deuxième lame.

— Et le petit libraire, et le bouquin du prince de Pise dont elle a parlé ?

— Je gardais le meilleur pour la fin : il n'y a pas de petit libraire, ni de librairie qui s'appellerait La Baie des Anges, ni de livre ancien dédicacé à... machine, là...

— Élisabeth de Fressan.

— C'est qui, celle-là ?

— Une ancêtre de Laura... Tu es sûr que la librairie n'existe pas ?

— Certain !

Agnès croisa le regard triomphant de Delambre derrière la vitre de son bureau, la mine ravie du pêcheur touché par la grâce quand le Bon Dieu vient de lui remettre une belle perche au bout de sa ligne.

— La prochaine fois, lança-t-elle à Bruno Bruno, c'est à moi que tu parles en premier. *Capito* ?

— *Capito* capitaine...

***

— C'est impossible ! Je te dis que j'ai pris ce livre au cabanon et que je l'ai apporté à ce libraire parce qu'il était écrit en latin ! Il y avait une carte dedans : la Tempérance, numéro XIIII ! Ce livre, c'est Matthieu qui le lisait au cabanon. Il a suffisamment râlé quand je lui ai dit que je l'emportais. Le Tarot est sur mon chemin, Agnès... Et ce bouquin, je l'ai laissé sur la table du libraire !

— Il n'y a ni libraire ni librairie, Laura, dans la rue que tu nous a indiquée.

Agnès regarda Bruno. Il faisait une moue navrée.

— C'est impossible ! répéta Laura. J'ai dû me tromper de nom de rue ! C'était peut-être dans la rue...

— Une librairie du nom de La Baie des Anges n'est pas et n'a jamais été répertoriée au registre du commerce.

Laura suffoquait. Elle eut l'impression de se noyer.

— Bon ! On reprend...

Agnès vit Laura s'affaisser, puis se redresser d'un coup : le fil au plafond auquel elle semblait suspendue ne cédait pas.

— Donc, tu arrives au cabanon vers 18 h 30...

— Exact.

— Pour quoi faire ?

— Lui remonter le moral. Lui apporter des provisions.

— Quelles provisions ?

— Café, pizzas, yaourts... Vous voulez les marques, peut-être ?

— Pas la peine. On a tes empreintes dessus. Ton père était déjà passé ?

Agnès la vit hésiter une seconde.

— Oui. Ils se parlaient de nouveau. J'étais tellement heureuse. Mon père lui aussi avait fait des courses... On aurait dit qu'ils étaient redevenus un père et un fils.

Elle eut un pauvre sourire. Agnès le coupa aussi sec :

— Vous vous êtes disputés ?

— Non. Je lui ai demandé de se rendre : tu avais retrouvé la piste de Duroc. Il m'avait promis de le faire... Je suppose que mon père lui a conseillé la même chose.

— Max Fontane nous répondra là-dessus très bientôt...

Agnès jeta un coup d'œil à Bruno, adossé au mur, mains croisées dans le dos. Elle savait ce qu'il tenait à la main. Elle hocha imperceptiblement la tête, et Bruno quitta le mur, presque à contrecœur, pour poser tranquillement devant Laura le sachet de plastique transparent. Agnès vit Laura se raidir. Elle était déjà tellement tendue qu'on aurait cru qu'elle allait se déchirer.

— Je peux ? murmura-t-elle en désignant la carte.

— Oui. Sans la sortir de son sachet.

Laura saisit délicatement le sachet, et examina la carte.

— Vous n'avez pas relevé les empreintes ?

— Pas encore...

— Elle est neuve, comme les autres. Où l'avez-vous trouvée ?

— Chez Vincent. Tu l'as déjà vue ?

— Non. Pas celle-ci.

La réponse fusa, nette et précise. Elle reprit.

— La dernière que j'ai reçue, trouvée plus exactement, était dans le livre que j'ai rapporté du cabanon, et qui a disparu. La carte est dans mon sac, je l'ai déjà dit : c'était la Tempérance... Celle-ci est une nouvelle. Où était-elle ?

— Dans la bibliothèque. En marque-page du Code pénal, plus exactement...

Laura surprit Agnès : elle se mit à rire doucement, le sachet avec la carte dans les mains. Elle le lui tendit.

— Mon messager ne manque pas d'humour, tu ne trouves pas ? Je pourrais presque parier qu'elle marquait le Chapitre premier, Titre II du Livre II : « Des crimes et délits contre les personnes ».

Un long sifflement admiratif coupa le sifflet d'Agnès : c'était Bruno.

— Bravo. Bel esprit de déduction. Effectivement, section 1 : « Des atteintes volontaires à la vie ».

Agnès n'avait pas du tout envie d'étaler à son tour ses connaissances en matière de pénal. Elle réprima son agacement, futile et déplacé, dans cette partie de quilles tragique.

— Ce qui va malheureusement te permettre de venir rejouer demain... Désolée, Laura.

Bruno était obligé de trottiner pour rester à son niveau dans le couloir désert. Il était minuit passé. Laura allait connaître sa première nuit de garde à vue sous les verrous. Elle avait signé de bonne grâce et sans broncher le P-V de ses premières heures d'audition. Agnès avait donné des consignes, et laissé de l'argent aux plantons de garde : il en fallait pour améliorer l'ordinaire fourni par la maison. On lui avait aussi trouvé une cellule pour elle seule ; autant dire un luxe...

— À quelle heure on se retrouve ?

— 7 heures, ça te va ?

— Pas le choix.

— Non. Mais ne te plains pas : avec Mollaro ce sera pire, soupira Agnès.

Bruno tendit le pouce vers le sol : le verdict d'une mise à mort sans appel.

— Merci, j'ai déjà goûté à la soupe : dégueulasse... On va en chier.

— Tout le monde va en chier... le reprit Agnès. Je ne peux plus arquer. Si je prends le volant, je me viande. Tu me poses ?

— Seulement si je peux faire joujou avec le gyrophare.

— Ça roule...

Agnès et Bruno ne prononcèrent plus un mot. Ils se connaissaient suffisamment maintenant pour se foutre mutuellement la paix lorsque c'était nécessaire. Et ce soir, ça l'était, plus que jamais.

Le testament d'Archibald Montalban
(suite)

« L'Amour, avant de rencontrer Élisabeth, n'avait jamais été une grande préoccupation pour moi malgré toute cette littérature romantique qui avait tourmenté ce siècle où je suis né. À la différence de la plupart des jeunes gens de mon époque je ne cherchais pas à m'attacher, l'idée même du mariage me rebutait et celle de la passion aliénante encore davantage. La Connaissance et l'Étude des grandes civilisations occupèrent tout mon temps et tout mon esprit. Par ailleurs j'avais parfaitement assimilé les trois formes d'amour qui existaient, la Phila (qui bien évidemment occupa toutes mes pensées), l'Agapé (qui faisait écho à mon intérêt pour les autres et souvent les plus démunis) et enfin l'Éros (que je ne pris pour rien d'autre que ce qu'il était, un acte purement physique). En revanche, je dois reconnaître que le théâtre pour lequel je m'étais passionné un temps (j'avais même à un moment envisagé une carrière de dramaturge) m'avait conduit au cœur de cette question ; mais je continuai à considérer l'Amour d'un point de vue strictement littéraire. La pièce Roméo et Juliette n'était pour moi que la démonstration révoltante du mal que les familles exercent sur leur descendance, incapable d'engendrer autre chose que la mort de la beauté et de la jeunesse. J'avais depuis longtemps l'impression que tout cela était déjà mort en moi. Étrangement, le thème de l'amour me semblait très peu abordé dans cette pièce. Les stances de Roméo m'apparaissaient assez pâles et les soupirs de Juliette un peu exagérés. Élisabeth (peut-être aussi à cause de son prénom) manifestait à l'égard du théâtre élisabéthain une véritable attraction, bien qu'elle préférât de loin Le Songe d'une nuit d'été, malgré la splendeur du texte des amants de Vérone qu'elle ne remit jamais en question. Mais pour elle la pièce restait un ramassis d'incohérences : l'histoire de cette peste qui survient au dernier moment pour empêcher le père Laurent de transmettre le message de Juliette à Roméo, dans lequel elle le prévient de la mise en scène de sa fausse mort, lui paraissait un pur artifice. J'avais beau lui opposer que cette peste était un moyen dramatique qui permettait à l'auteur d'arriver à ses fins, elle reléguait l'événement dramatique à une pure péripétie, rien d'autre qu'une facilité d'écrivain. Si la peste avait dû sévir à Vérone, Roméo et Juliette ne se seraient jamais rencontrés ! La peste ne pouvait pas surgir entre deux actes sans qu'on n'en montrât jamais les effets désastreux.

» – Décidément, concluait-elle souvent quand nous reprenions le sujet, le personnage de Roméo était et restera à tout jamais la figure inaccomplie de l'Amour.

» – Mais alors que suis-je, m'inquiétais-je un jour, si Roméo est si pâle à vos yeux ? Il a quand même été jusqu'à mourir. Ne voyez-vous pas dans ce geste l'expression sublime de l'Amour ?

» – Non, je n'y vois que de la bêtise. Quant à vous, Archibald, vous êtes bien plus que ce très gentil grim-

peur de balcon fleuri ; vous êtes l'homme qui me donne le sentiment d'être vivante, parce que vous donnez un sens à ma vie, à La vie. Sans vous, mon cœur serait mort. Vous comprenez ?

» Ce que je comprenais à l'époque n'était en vérité que l'écho de mon propre état par rapport à elle, mon miroir parfait. Élisabeth avait eu sur moi le pouvoir de me réveiller non pas au sens de l'endormissement mais de la résurrection. Elle avait réussi ce prodige de ressusciter ce mort que je portais en moi sans le savoir, sans le comprendre, sans même l'avoir voulu ou désiré, et dont j'étais devenu la sépulture. Je veux parler ici de l'enfant que je fus, celui qui inventait des mondes, celui dont les rêveries secrètes rejoignirent, grâce à Élisabeth, un jour les secrets de ce monde que la terre gardait enfouis. L'archéologie ne fut plus pour moi un moyen de vérifier les lectures que j'avais faites mais devint une espèce de miroir où je pouvais à la fois découvrir mon âme et celle d'Élisabeth.

» Avec elle, non seulement je découvris l'Amour mais je découvris qu'il rassemblait à lui seul la Phila, l'Éros et l'Agapé. L'Amour se mit à remplir tous mes jours et toutes mes nuits. Et lorsque après avoir rencontré cette femme dans la maison de mon enfance, comme sortie de mes rêveries inconscientes, je dus repartir pour poursuivre mes travaux en Égypte, son absence alla jusqu'à m'empêcher de respirer. Je suffoquais, je mourais à nouveau. Le mal dont je souffrais avait son remède et je me rendis à Nice où elle avait retrouvé sa Bastide bien-aimée, croyant pouvoir m'y attendre tranquillement. Mais je la découvris dans le même état que moi. Alors nous décidâmes ensemble de ne plus jamais nous quitter. Plus rien ne fut entrepris, vu ou vécu l'un sans l'autre. Elle resta près de moi,

traversa le monde avec moi comme je traversai le monde avec elle, nous étourdissant de toutes ces merveilles des hommes et du passé qu'il nous était donné de voir, et chaque chose que nous découvrions fut une offrande que chacun semblait faire à l'autre. Il en fut ainsi jusqu'à sa mort. Avec Élisabeth je me sentis comme un Adam qui aurait réintégré en lui l'Ève originelle, capables ensemble et dans un même corps de dépasser tous les temps. La recherche du jardin d'Éden me ramena en Égypte où nous pensions pouvoir retrouver le Paradis perdu. Où aurait-il pu se trouver ailleurs que dans le berceau de notre religion, dans le berceau qui vit naître parmi un peuple d'esclaves la figure imposante d'un Dieu tout-puissant et unique ? Souvent nous partîmes dans les déserts environnants à la recherche de ce lieu d'avant les Temps. Un texte ancien nous conduisait ici, un autre là. Et chaque oasis nous apparut un Éden possible jusqu'à notre retour en Europe, d'abord à Barcelone où Élisabeth retrouva sœur des Anges, dont j'appris plus tard qu'elle avait été excommuniée par l'Église. Ma mère n'avait pas su la chose, elle était morte sans même nous attendre, enterrée deux semaines avant que je prisse possession de ce palais délabré, de sa bibliothèque et de sa galerie de tableaux. Pourtant, ma cousine ne quitta pas le voile pour autant et fit preuve de résistance en cherchant à bâtir une Nouvelle Église, une Église, disait-elle, qui remettrait Dieu au centre du monde et non le Diable qu'elle voyait même assis sur le siège pontifical.

» Élisabeth partageait avec elle, depuis longtemps, le cœur de ses points de vue. J'appris que ma mère aussi. Et je fus très étonné de cette découverte. J'avais le souvenir d'une femme sèche et athée. Il suffisait de penser avec quelle obstination elle avait voulu changer

son visage pour comprendre à quel point elle refusait l'existence de Dieu qu'elle aurait dû, en bonne chrétienne, sanctifier jusque dans les traits disgracieux de sa laideur naturelle. Après tout, si l'on pouvait changer ce que Dieu avait fait, c'était la preuve que Dieu n'existait pas. C'était du moins ainsi que j'avais interprété ce phénomène qui l'avait obligée à rester cachée sous ses voiles jusqu'à sa mort.

» Mais pour sœur des Anges, la laideur était l'œuvre du diable et de personne d'autre. Ce diable qui depuis Ève avait repris le pouvoir sur la Terre. Pour elle, l'humanité créée par Lucifer et par Ève était le premier échec de Dieu. Depuis, Dieu avait été oublié, caché aux confins de l'univers où il macéra sa vengeance et organisa son retour. Quant à la Vierge Marie, elle était la preuve du retour de Dieu. Certes Marie fut considérée comme la nouvelle Ève, non pas comme l'Ève pécheresse mais comme l'Ève d'avant le péché. Au début les discussions n'allèrent pas plus loin. Et je n'y prêtais pas une aussi grande attention que je le fis plus tard. En revanche, Élisabeth avait pris l'insulte qui avait été faite à sœur des Anges pour elle-même. Je ne savais pas encore à quel point elles étaient liées à travers une certaine conception de l'humanité. Élisabeth attendait notre premier enfant et ne voulait pas le mettre au monde ailleurs que dans le berceau familial qui l'avait vu naître : Nice. Nous allâmes nous installer dans la Bastide qu'elle avait héritée de ses parents, morts dans un naufrage quelques années auparavant. Nice me convenait parfaitement. C'était l'époque où l'on commença les fouilles qui allaient mettre au jour une abbatiale des premiers temps chrétiens dans cette région.

» Un soir que je rentrais pour dîner je découvris trois religieuses autour du berceau de ma fille Livia,

qui avait choisi le plein après-midi pour offrir son magnifique visage d'ange à cette Terre. Parmi ces trois religieuses, je reconnus sans mal ma cousine. Dans un premier temps je m'étonnai de sa présence, et dans un deuxième temps je découvris qu'elle et les autres sœurs habitaient non loin d'ici, dans un congré- gation que sœur des Anges avait créée, la confrérie Sainte-Anne. Elle avait repris le nom de son ancien couvent d'Espagne pour en faire une religion, en somme. Je posai peu de questions, trop occupé par la naissance de ma Livia. Enfin je découvris, au détour d'une conversation, que sans Élisabeth toutes ces nonnes seraient restées sans même un toit sur leur tête. Je crus même comprendre qu'elles avaient, un temps, erré comme des bêtes dans la forêt. Quand Élisabeth l'apprit elle ne put supporter cette idée. Excommuniée ou pas, elle mit un point d'honneur à leur donner un toit, mieux qu'un toit, une asile sacré. Elle avait hérité tout près de la frontière italienne d'un ancien couvent à demi en ruine qui avait été érigé autrefois par des moines franciscains. Sœur des Anges aimait à rappeler d'ailleurs que les amis de saint François avaient, après sa mort, souffert des persécutions du Vatican et avaient été obligés, durant de longues années, de se cacher, enfouissant d'ailleurs quelque part autour d'Assise les écrits du saint homme restés introuvables à ce jour. Bref! Il n'en demeurait pas moins qu'Élisa- beth leur avait offert cette bâtisse qui n'était plus habi- tée que par les chauves-souris et les chouettes, les débris et les ronces. Bien que déserté depuis long- temps, le lieu, comme toutes les ruines d'église ou de temple, donnait encore l'impression d'être habité par le Dieu pour lequel il avait été érigé.

» Sur la question du legs qu'Élisabeth avait fait aux religieuses schismatiques, elle n'éprouva pas le besoin

*de me donner plus d'explication. Je ne lui en deman-
dai pas, du reste : elle avait parfaitement le droit
d'user de son bien propre comme elle l'entendait.
Pourtant, un jour, elle me proposa de nous rendre au
couvent. Je ne me fis pas prier, la curiosité l'emporta
largement sur le peu de sympathie que j'éprouvais à
l'égard de ma vieille cousine qui n'oublia jamais, à
chaque fois qu'elle me voyait, de me donner des nouvelles de ma mère morte depuis quelques années
comme si elle l'avait vue la veille, et ne cessait de me
répéter qu'elle était en bonne place, tout près du Seigneur, et rayonnait d'une clarté qui la rendait de toute
beauté.*

» *Je découvris un endroit assez austère bien qu'il ne
manquât pas de lumière, mais par un jeu étrange des
vitraux la lumière, au lieu de se diffracter et d'exploser en particules de couleurs, s'amollissait au point de
se désincarner. Et puis je crus que le phénomène
s'expliquait par les bâches grises que les religieuses
avaient tendues devant les vitraux pour les protéger,
mais plus tard j'eus la même impression bien que les
bâches eussent été retirées. La lumière entrait bel et
bien dans le couvent, non pour y faire éclater la présence d'un Dieu resplendissant mais d'un Dieu qui
apparaissait sans plus aucune vitalité. En attendant, le
couvent était encore en pleine restauration. Les religieuses remontaient pierre par pierre et de leurs
propres mains meurtries les murs écroulés. Dans la
partie plus habitable et de fait la plus habitée, on
pouvait trouver un grand salon qui faisait office de
bibliothèque et surtout deux sculptures qui m'impres-
sionnèrent particulièrement. Je n'en avais jamais vu
ailleurs de semblable. Il s'agissait d'une Sainte Vierge
écrasant un serpent sous son talon. Cette image de la*

Vierge triomphant du Mal est bien connue, mais celle-ci n'avait rien à voir avec les nombreuses représentations saint-sulpiciennes qu'on peut connaître ; elle avait quelque chose de tourmenté, de féroce, aucun triomphe, plutôt une colère. On eût dit que la Vierge affolée écrasant la représentation de Satan défiait Dieu. Elle donnait l'impression de lui crier : alors maintenant, qu'est-ce que Tu vas faire ? Vas-Tu reprendre Ta place ? Je m'enquis de savoir si cette statue faisait partie du couvent. En réalité, sœur des Anges l'avait rapportée d'Espagne et l'expression toute baroque de la figure de la Vierge en témoignait. Une seconde sculpture m'impressionna bien que j'en eusse retrouvé une réplique dans une petite église en Normandie, Notre-Dame de Grâce, au-dessus de Honfleur, une église de pêcheurs où Élisabeth m'emmena. Elle représentait dans un même bois doré une Sainte Vierge portant, à l'endroit où l'on place ordinairement l'Enfant Jésus, sa propre mère, sainte Anne, laquelle portait elle-même sur son bras l'Enfant Jésus. Une espèce de courte échelle vers le ciel afin que le Fils vît briller l'astre resplendissant du Père. La Trinité ne semblait plus ici être représentée que par ces trois figures tutélaires du christianisme : la Vierge, sainte Anne et l'Enfant Jésus. Ce fut assez extraordinaire et assez enthousiasmant même si je mis très longtemps à comprendre le sens de tout cela. Sûrement que je devais sentir qu'ici une nouvelle religion était en train de prendre corps et qu'elle m'inquiétait avant même que je la comprenne, parce qu'il apparaissait évident qu'elle était une construction non seulement autour des éléments féminins mais aussi du Tarot.

» Je découvris ainsi l'intérêt des religieuses pour le fameux livre du prince de Pise, ancêtre d'Élisabeth par une descendante italienne, Lucia Caravella di

Coma, qui avait été l'épouse du grand homme de la Renaissance. Apparemment le prince, qui fut aussi un savant et un alchimiste, avait découvert le secret des vingt-deux lames de ce jeu divinatoire dit Tarot de Marseille (mais dont les religieuses récusaient l'exploitation qu'on en faisait). Une chose était certaine, ceci expliquait sûrement le fait que le nombre de religieuses était strictement limité au nombre de lames du Tarot : vingt-deux, chacune représentant une figure de cette mythologie secrète. »

TROISIÈME PARTIE

Vendredi 12 août

L'IMPÉRATRICE

— On aurait dû la coffrer depuis longtemps ! Le gamin Fontane serait encore en vie. Qu'est-ce que vous avez foutu ?

Une belote à l'ombre d'un parasol sur la plage et en sirotant un petit jaune tassé aux glaçons, quelle question ! Agnès se mordit la langue jusqu'au sang. Bruno avait pris instinctivement la pose du catcheur prêt à sauter sur le râble de son adversaire : bras repliés au niveau de la taille, poings serrés, épaules rentrées, jambes légèrement écartées. Seuls ses pouces crochés dans la ceinture de son jean réfrénaient son élan. Éric Mollaro, commandant, chef de section, était en forme ce matin. Agnès le dévisagea : faciès carré, mâchoire encore plus carrée, parfaite pour ouvrir sa gueule, qu'il avait grande, et pleine de dents comme des carrés de sucre. Ses cheveux en brosse lui faisaient une tête au carré, ses épaules paraissaient encore plus carrées sur sa tête quasiment sans cou, et il agitait des mains carrées aux ongles coupés nets, de la dimension exacte d'un timbre-poste. Agnès aurait pu continuer à aligner mentalement sa litanie géométrique : Mollaro n'était qu'un immense carré, une représentation cubiste de la bêtise et de la brutalité. Elle n'était en effet pas la seule à penser dans la maison que l'homme avait quand même un truc rond : le pois chiche qui lui tenait lieu de cervelle.

– Et quand Duroc s'est fait fumer, elle traînait dehors ?

– On venait de la relâcher. Interrogatoire dans nos locaux suite au meurtre de Joëlle Legasse, grinça Agnès.

– Ça nous fait une belle jambe. On ne peut pas l'accuser du meurtre de son frangin et passer à côté de celui de Duroc. On a juste laissé une dingue en liberté. Et après, on s'étonne de se faire taper sur les doigts !

Ric Mollaro, dit Ric le Hochet, portait bien son surnom : il hochait toujours la tête dans la même direction que celle du commissaire divisionnaire. Delambre, pourtant, ne le portait pas plus haut que ça dans son estime. Mollaro n'avait pas la classe. Il se prenait pour un caïd et aimait taper, mais sans finesse : on lui refourguait le plus souvent les affaires où il fallait courir vite et sans réfléchir, les séances d'interrogatoire où l'on avait besoin que le client fasse dans son froc, et autres joyeusetés. Et pourtant, dans son genre, il était bon. Son équipe le respectait pour ce type de performance, ainsi qu'une partie des inspecteurs du SRPJ. Les autres, les « *tender foot* », comme il les appelait avec une ironie méprisante, préféraient l'éviter. Deux écoles qui néanmoins ne s'affrontaient pas, et tentaient du mieux possible de travailler ensemble. Agnès se demanda ce qui avait pris à Delambre de le dégager sur l'affaire Fontane, qui était sur le point d'exploser en devenant une priorité régionale : une quasi-affaire d'État. Seul point positif : le bulldozer Mollaro ne se poserait pas la question de savoir s'il écrabouillait ou non les pieds d'un conseiller général, d'un Don Corleone ou d'un roi du béton. Agnès jugea que c'était sans aucun doute le calcul que Delambre avait fait en les associant : allier un peu de finesse et de psychologie à la force de frappe et à la rapidité de cette brute. Foncer tout en réfléchissant. Ça n'allait pas être de la tarte. Delambre croyait-il vraiment Laura coupable, ou avait-il une autre idée derrière la tête ? Il ne fallait en tout cas pas sous-estimer la tambouille du vieux...

– On se la serre à trois, et terminé la dentelle.

Agnès eut pitié : pour Laura, pour elle... Un coup d'œil sur Bruno : et pour son coéquipier aussi... qui après tout allait bosser sous les ordres de la représentation parfaite du fantasme homo nouvelle tendance : le *bear* poilu, carré et à la tête de con !

*_**

— Que s'est-il passé quand vous avez vu votre frère pour la dernière fois ? fit Mollaro avec son sourire carré.

Laura ne cédait pas. Blême, elle paraissait à Agnès d'une maigreur toute neuve, comme si elle avait fondu d'une dizaine de kilos durant ces quelques heures en cellule. Elle n'avait pour autant rien perdu de sa pugnacité, au contraire : elle répondait du tac au tac, se répétant inlassablement et patiemment sans se couper. Agnès lui tirait son chapeau... intérieurement. Bruno tapait sans relâche sur son clavier, depuis une heure. Dans cinq minutes elle prendrait le relais, et Bruno interviendrait à son tour dans le rôle du « *tender foot* ». Dans le fond, Agnès préférait ça...

— On a discuté des derniers événements, et décidé qu'il allait se rendre.

— Comment saviez-vous qu'il allait lui arriver quelque chose ?

Laura chercha un soutien dans le regard d'Agnès qui détourna les yeux. Décidément elle ne pouvait compter que sur elle.

— Un cauchemar. Difficile à admettre, mais c'est la stricte vérité.

— Une intuition, un rêve prémonitoire... une vision ? railla Mollaro.

— Si vous voulez. Désolée que ce type de vocabulaire ne fasse pas partie de votre dictionnaire...

— Il fait partie du dictionnaire psychiatrique ! Ce n'est déjà pas si mal.

Agnès se dit que Laura allait très mal prendre cette insinuation. Elle intervint aussitôt, prenant bien soin, devant Mollaro, de vouvoyer l'interpellée.

— Vous connaissiez bien Thierry Merlet, le photographe ?

303

– Non. Je ne l'avais jamais vu avant mon... mariage. Je ne lui ai même pas dit un mot, d'ailleurs.

Le bulldozer se fendit d'une moue condescendante. Il réattaqua bille en tête.

– En tout cas vous connaissiez Joëlle Legasse. Et vous saviez où se planquait votre frère. D'après les traces de sang qu'il a laissées au cabanon, on suppose qu'il a ouvert la porte à quelqu'un qu'il connaissait. Ou que la porte était déjà ouverte. Il a été poignardé sur le seuil, à plusieurs reprises, puis il a tenté de s'enfuir, et a reçu encore quelques coups de couteau dans le dos. Avant de se prendre une balle dans la tête, histoire de terminer le boulot en beauté.

– Si on a frappé, Matthieu a ouvert, logique. Il refermait toujours la porte à clé derrière lui. Ça ne veut pas dire qu'il connaissait son agresseur, répondit Laura.

– Pourquoi avoir quitté le cabanon aussi vite ?

– Je voulais arriver avant le bouclage de *Nice-Matin*. C'est ce livre...

– Le fameux bouquin ! Celui qu'on n'a pas retrouvé. Un truc sur les tarots avec une librairie et un libraire qui s'envolent en fumée ! Racontez-moi donc, ces fameuses cartes...

– Est-ce bien utile ? Ça fait quatre fois.

– Je suis un peu lent en ce qui concerne les bizarreries. On m'en raconte tellement, vous savez...

Agnès croisa le regard de Bruno. Ils avaient tous deux eu la même pensée fugitive : Mollaro était d'une rapidité étonnante, et les questions fusaient comme dans une partie de squash. Laura avait jusqu'à présent rattrapé la balle.

– J'en reçois une par jour depuis le 31 juillet. Dans des circonstances toujours mystérieuses. Je ne sais pas qui me les envoie... La dernière, c'est monsieur qui me l'a apportée, dit-elle en désignant Bruno. C'était le fruit de sa perquisition et la preuve incontestable que les flics sont parfois des anges, puisqu'ils peuvent devenir les messagers de l'invisible.

Mollaro était ébloui par la prestation de Laura. La partie risquait d'être plus ardue qu'il ne l'avait cru et il allait devoir se montrer à la hauteur.

— Votre frère connaissait aussi les tarots, puisqu'il lisait ce fameux bouquin.

— Je... je ne crois pas. Il essayait de tuer le temps.

— Et c'est le temps qui l'a tué, peut-être ? Votre frangin aurait pu s'amuser à vous faire peur. Les cartes, ça pouvait être lui. Vous n'y avez pas pensé, quand vous avez vu ce qu'il lisait ?

— Pas vraiment. Ça ne ressemble pas à Matthieu.

Mollaro se tapa sur la cuisse et prit Agnès et Bruno à partie en les regardant avec un éclat de rire complice. Ni Agnès ni Bruno ne répondirent à son hilarité menaçante.

— Matthieu était l'enfoiré qui jouait avec vos nerfs depuis deux semaines. Il voulait peut-être juste vous effrayer, ou vous faire la peau, qui sait... Quand vous avez vu le bouquin, vous avez compris, vous êtes sortie, puis revenue... pour faire croire à une agression par un inconnu. Vous vous coiffez d'une perruque – pas con ! Il avait confiance, il vous a ouvert. Simple et tordu à la fois.

Sa tirade ne l'avait pas essoufflé, au contraire : il le tenait, son mobile. Laura resta un instant figée, sidérée par la bêtise de l'argumentaire. Agnès compatissait. Bruno itou.

— D'après vous, c'est un motif suffisant pour tuer son frère ?

— Le dernier que j'ai cuisiné, il avait tué sa femme parce que les spaghettis étaient trop cuits...

Personne ne releva le jeu de mots entre « cuisiné » et « trop cuits ». De toute façon, Mollaro ne l'avait pas fait exprès et ne s'en était même pas rendu compte. Le pois chiche turbinait à plein régime, fallait pas trop en demander.

— Et avant le dîner, il avait aussi tué trois autres personnes et tiré sur une quatrième ? susurra Laura.

Mollaro tordit un coin de sa bouche en guise de sourire.

– *Break*, ma petite dame. On reprend dans une heure...
Pour l'instant, on en était à 0-0.

***

Agnès repoussa son sandwich, encore emballé. Le spectacle de Mollaro en train de bâfrer était une épreuve. Bruno
comptait les mouches au plafond et sur les murs, regard
flottant pour un pari difficile : éviter de regarder Mollaro
sans en avoir l'air, et bouffer ses carottes râpées en même
temps. Ric le Hochet déballa son troisième sandwich, et
lâcha un troisième rot réjoui : au rythme d'une bière par
sandwich le compte était bon, la bête un peu assoupie,
Agnès démarra.

– Duroc s'est fait flinguer par son commanditaire. On a
retrouvé l'ordinateur de Joëlle Legasse dans sa chambre
d'hôtel. Ça, c'est une preuve. Si on part de l'hypothèse que
Duroc a agi sur ordre, il s'est d'abord attaqué à Vincent
Bellair. Ensuite, il s'en prend à Legasse. Puis à Merlet. Et à
Matthieu Fontane...

– Moi, Angeli, je ne crois que ce que je vois. Primo,
apporte-moi la preuve que c'est bien Duroc qui a joué au
tir au pigeon sur Bellair... lâcha Mollaro en même temps
qu'un déluge de postillons aux rillettes.

– Matthieu Fontane l'a formellement reconnu.

– Il te l'a dit ? En personne ?

Agnès sentit ses dorsaux se nouer. Les mâchoires de
Mollaro stoppèrent leur boulot de broyage, et leur boucan
par la même occasion. Il prit quand même la peine d'avaler
et de déglutir avant de revenir à la charge devant le silence
buté d'Agnès.

– Tu vois ! Il n'y a que la sœur qui prétend qu'il a
reconnu Duroc. Et comme il n'est plus là pour nous le
dire...

Au moins, il n'avait pas parlé la bouche pleine.

– Elle a sans doute voulu venger son futur mari. Ça se
tiendrait. Le frère est jaloux, il flingue le fiancé, la veuve se

venge et trucide le frère. L'honneur est sauf... sauf ton respect, Angeli, se marra-t-il.

– Ouais... C'est quand même vachement complexe, comme scénario, glissa Bruno. Monter toutes ces histoires de cartes de Tarot, de mère morte il y a trente ans, de tombe vide – parce que vous semblez oublier ce détail – et tout le bordel... sans compter tous les autres qu'elle aurait zigouillés au passage, juste pour brouiller les pistes en attendant de faire la peau à son frère. Remarque, elle avait peut-être eu la vision prémonitoire qu'ils risquaient de la faire chanter. Elle a préféré les faire taire avant qu'ils ne découvrent qu'elle tuerait son frangin dans le futur... C'est à mourir de connerie !

Bruno était hilare, et offrait à Mollaro son plus beau sourire en coin, celui qui faisait qu'on se sentait pris pour un con... sans en être, hélas, certain. Agnès sentit la crise de rigolade lui chatouiller le nez. Mollaro avait du mal à mettre les pièces dans le bon ordre et en oublia son sandwich. Bruno en rajouta une couche.

– T'as compris ?

– Heu...

– Ben c'est simple, pourtant. Ça se résume à une question : les trois morts du milieu, pour quoi faire ? Si tu veux venger ton mec, tu ne te grattes pas pendant cent sept ans : tu prends ton flingue, tu sonnes chez lui, et boum, une praline bien placée, et c'est réglé. Si tu t'es bien démerdé, personne ne t'a vu...

Mollaro acquiesça, et enfourna une bouchée longue comme la main.

– Ouais... mais elle est avocate, grommela-t-il.

Agnès se prit le nez entre les mains, et le frotta en prenant son air le plus concentré possible. Cette posture avait plusieurs avantages : ça lui évitait d'éclater de rire dans les moments délicats, ça déstabilisait son interlocuteur, et ça lui donnait un petit air de famille avec Samantha dans « Ma Sorcière bien-aimée », un de ses plus chouettes souvenirs télévisuels...

— Mais encore ? fit-elle d'un ton pénétré.

Mollaro la regarda d'un air offusqué.

— Eh ben... elle est intelligente ! Et les *serial killers* sont loin d'être stupides.

Bruno s'en étouffa presque dans sa barquette de carottes râpées. Agnès se leva d'un bond et se rua vers la porte.

— Excusez... je vais me repoudrer le nez.

Elle reprit son souffle dans le couloir, adossée au mur et se tenant les côtes. Mollaro avait au moins ça de bon : c'était un vrai con, de ceux qui n'en démordent jamais, parfois pour le plus grand bonheur des autres... Agnès n'avait aucune pitié pour cette engeance.

Laura ne plierait pas. On avait beau lui dire que le libraire et la librairie n'existaient pas, que le livre du prince de Pise avait disparu, elle avait passé sa nuit à échafauder toutes les hypothèses d'un possible argumentaire pour un chef d'inculpation, et en était arrivée à la conclusion qu'ils n'avaient pas grand-chose à se mettre sous la dent : à part ses empreintes et son dossier psychiatrique, aucune preuve ne permettrait au juge d'instruction de la poursuivre pour le meurtre de Matthieu. Il lui suffisait d'être patiente, de conserver son calme. Elle avisa une mouche qui zigzaguait dans l'espace et finit par se poser sur le mur juste en face d'elle. Et la mouche la lorgnait sûrement, inerte et multipliée dans son regard en alvéoles... Plus que quelques heures de garde à vue et Laura se mettrait à son tour en chasse : sa foi devait rester inébranlable, sa conviction que le meurtrier ne cherchait qu'à l'atteindre devait la guider. La cellule avait eu sur elle cet effet pervers que les flics n'avaient pu prévoir : elle lui avait permis d'enfiler sur sa détresse et sa souffrance une cuirasse d'acier trempé. Ceux qui pensaient transformer le loup en agneau par la grâce d'une nuit ou deux sur une paillasse de béton s'étaient fourré le doigt dans l'œil jusqu'au coude en ce qui la concernait. Laura se sentit d'une puissance hors du commun.

La cellule, elle n'en avait connu, jusque-là, que quelques odeurs et cris volés au passage, lors d'entretiens avec ses clients ; de l'autre côté de la table, de la barrière. Elle savait que le silence de la sienne, relatif, était un cadeau d'Agnès ; les autres avaient retenti toute la nuit des braillements d'une faune avinée, en colère, désespérée. Elle avait trouvé dans la sienne la force.

Un bruit de chaussures aux lourdes semelles, alourdi par le cliquètement de trousseaux de clés, retentit dans le couloir : elle n'avait plus de montre mais sut que c'était elle qu'on venait tirer de son refuge.

Ludmilla huma l'air avec agacement : rien. Elle consulta sa montre : midi passé. Elle jeta un coup d'œil dans la salle à manger : aucune trace de couverts. Décidément, Solange montrait un peu trop de signes de vieillesse, ces derniers temps. Elle connaissait pourtant la maison Rinaldi par cœur : le déjeuner était une institution, le seul rite auquel Ludmilla ne dérogeait jamais. Solange se devait de composer un menu en parfaite harmonie avec la ligne et les convictions de sa patronne : crudités ou potage de légumes selon la saison en entrée, poisson un déjeuner sur deux, fromage et fruits frais de saison. Ludmilla était végétarienne. Aujourd'hui c'était poisson, et l'air était juste lourd des effluves de pins écrasés sous la chaleur...

Elle glissa ses pieds nus dans ses fines sandalettes de cuir, puis en fit claquer les semelles sur les marches qui descendaient à l'entresol, jusqu'à la cuisine : effondrée à un bout de l'immense table de ferme, Solange pleurait à grosses larmes sur le journal du jour, à la page qui rapportait l'interpellation de Laura.

Ludmilla laissa échapper un soupir d'agacement : tout foutait le camp...

– Vous avez lu les journaux ? C'est une honte... Accuser cette pauvre petite d'avoir tué son frère et peut-être même un ancien gendarme ? Faut être fada, quand même ! explosa Solange dans son mouchoir.

Ludmilla leva les yeux au ciel.

— Les fadas sont ceux qui sont possédés par les fées, Solange ! La grande fade, en patois, chez nous, c'est la grande fée ! Et la féerie n'est pas le propre de la police.

Solange n'était pas sûre d'avoir bien compris le sens de la réplique de Ludmilla qui n'avait pas levé les yeux du journal, mais elle fit comme si elle avait saisi et se contenta d'ajouter un « bien sûr » final avant de remonter sur ses grands chevaux.

— Enfin, Seigneur Dieu, ils ne peuvent tout de même pas l'accuser de tous les crimes de la Terre, c'te petite ! Et Agnès, boudiou, elle pourrait l'aider, quand même ! Elles sont copines !

— Les seules amies qui restent à Laura, c'est nous deux !

Ludmilla lança à Solange un regard perçant, immédiatement suivi d'un sourire bourré de compassion :

— Laura n'a pas d'alibi pour le soir du meurtre de Matthieu. Vous me suivez ?

Solange opina prestement : jusque-là, rien de difficile à comprendre.

— Mais pour le soir du meurtre de ce fameux... Duroc ? Oui, Duroc, reprit Ludmilla en vérifiant le nom dans le journal. Elle était avec moi. Et vous seule pouvez le confirmer à la police.

Solange la fixa d'un air navré.

— Oh pas si vite, Sainte Mère ! L'autre, là, ils lui ont fait la peau... mercredi soir. C'est ce qu'ils disent dans le journal.

— Oui, mercredi soir. Et alors ?

— Hé bé, mercredi soir, c'est mon jour de congé !

— Non ! Mercredi soir nous dînions ici, à la Bastide, Laura, Antoine Duval et moi, et vous vous souviendrez bien de cet excellent repas que vous nous avez cuisiné.

Solange replongea le nez dans son mouchoir. Ludmilla savait être patiente : elle obtenait en général toujours ce qu'elle souhaitait. Elles étaient toutes deux rodées à ce marchandage silencieux, qui durait depuis tellement d'années.

– Mercredi soir ? Je vous jure que...

– Remarquez, si vous ne voulez pas m'aider à sortir Laura de là, dites-le !

– Oui, mais c'est un faux témoignage.

– Effectivement, c'est comme ça que ça s'appelle. Mais bon... Si vous pensez que notre Laura est une criminelle...

Solange releva la tête d'un coup, presque vexée.

– Mercredi soir, j'ai fait un bar braisé au fenouil, avec des figues chaudes, et pour le dessert vous avez mangé une salade de melon et de pêches aux pignons de pin.

Ludmilla eut un large sourire et replia d'un geste sûr le journal, comme si l'affaire était déjà réglée.

– Eh bien tant qu'on y est, préparez ce menu pour ce soir... et pour deux : Laura aura sûrement besoin de se nourrir convenablement quand je vais la ramener !

Avant de sortir, Ludmilla rajusta le plissé de sa jupe en corolle avec une telle désinvolture que Solange ne put s'empêcher de sourire : elle retrouvait la Ludmilla de toujours, la Ludmilla espiègle, un peu théâtrale, presque comique. Par la fenêtre de la cuisine, elle la regarda monter dans sa voiture et quitter la propriété.

– Mercredi ! répéta-t-elle en riant. Bar braisé au fenouil, salade de melon et de pêches...

Depuis l'annonce du caveau vide de Luisa, Fred avait quitté les lieux sans crier gare. Manon profita de son absence pour pénétrer dans son bureau. Elle embrassa la pièce d'un coup d'œil : rien n'avait changé depuis sa dernière visite. La vaste table de travail offrait son plateau quasiment nu tout au bout de l'immense pièce aux boiseries sombres. Le dossier du fauteuil de cuir se dressait contre les stores faits de longues lames de tissu. Manon nota immédiatement que le portrait encadré de Luisa

Fontane, qu'elle avait nettement vu l'autre jour, avait disparu... Fred Bellair, outre son goût monacal, semblait également cultiver un penchant certain pour le secret et la paranoïa, ce qui devait aller de pair, supposa Manon. Pourtant, malgré toutes les murailles qu'il avait érigées autour de lui, elle s'était jouée de la serrure de son bureau en un mouvement léger de brodeuse, munie de l'aiguille de la broche en strass qu'elle avait piquée pour l'occasion sur son chemisier.

Elle ne savait pas ce qu'elle cherchait, mais elle était certaine de trouver quelque chose : les boiseries recelaient l'objet encore inconnu de sa quête. Elle avait peu de temps... Le sésame – la télécommande – se trouvait dans un tiroir du bureau. Elle se planta devant le premier pan de boiserie, et l'actionna. Un minuscule cabinet de toilette apparut en un chuintement. Elle le referma. Le deuxième pan masquait une penderie : s'y alignait une rangée de costumes strictement identiques. Derrière le troisième se trouvait un bar. Les pans coulissaient avec une lenteur désespérante. Elle ferma les yeux en appuyant sur la touche pour ouvrir le quatrième. Quand elle les rouvrit, elle sut qu'elle avait gagné : l'alcôve était baignée d'une lumière douce, et le portrait de Luisa Fontane trônait sur un haut meuble étroit à six tiroirs, de bois sombre toujours. Elle commença par le tiroir du haut : il contenait une montre ancienne, aux aiguilles figées sur minuit et dix-sept minutes, une petite voiture de fer peinte en noir, une traction avant lui sembla-t-il, un ruban de couleur... Des souvenirs. Elle fit glisser le deuxième. Un paquet de lettres manuscrites, lié par un ruban. Quelques mots au bas de la première : « *Ton amour, Luisa.* » Manon sourit : Fred Bellair, avec ses airs de dur à cuire, avait donc une âme de romantique. Elle consulta sa montre : son service commençait dans cinq minutes. Elle empocha les lettres, referma le tiroir, fit coulisser la boiserie, courut vers le bureau replacer la télécommande, puis vers la porte. Elle colla son oreille contre le battant, et son cœur fit un bond : une voix au bout du couloir venait de saluer Fred Bellair avec déférence.

Elle fut à la baie vitrée en deux secondes, puis sur le balcon... Tout ça était ridicule, elle avait vu la scène cent fois dans les séries B, mais c'était la première fois qu'elle tenait le rôle principal.

Lorsque Fred Bellair ouvrit la porte, les lames du store frémirent. Sous les paupières, ses yeux semblèrent se rétracter. En quelques pas nonchalants, il fut au milieu de la pièce, et huma l'air autour de lui. Les lames du store s'étaient assoupies de nouveau. Il ferma d'un air pensif la lourde baie vitrée restée entrebâillée.

Manon mit assez peu de temps à regagner le couloir par les balcons.

Antoine émergeait à peine de presque vingt-quatre heures de beuverie organisée et méthodique : il avait commencé tard le mercredi soir par les bars de la Promenade des Anglais sans en rater un seul jusqu'au matin. En ce début d'après-midi du vendredi, c'était à peu près l'itinéraire qu'il était parvenu à reconstituer... Son père ne lui avait pas adressé la parole, sauf pour lui demander où il avait garé la Golf décapotable qu'il lui avait offerte pour son retour à Nice. Antoine n'en savait foutre rien...

Un peu d'air iodé à défaut d'être pur lui ferait maintenant le plus grand bien. Il avait réussi à descendre l'escalier en chamalow, et était quasiment parvenu au milieu du hall aux dalles noires et blanches mouvantes comme le pont d'un bateau.

— Où vas-tu ?

Franck n'avait pas hurlé, mais les tympans d'Antoine lui firent un mal de chien. Il se tourna vers son père en accrochant un sourire béat sur son visage.

— Ben... je sors, ça se voit pas ?

Franck était planté sur le seuil de son bureau, les yeux cernés, sa belle crinière blanche, d'habitude impeccablement coiffée, en pétard. Antoine releva la cravate de travers...

— On a des choses à mettre au point, tous les deux.

— T'as raison. Je t'écoute, mais pas trop fort, j'ai mal à la tête...

Antoine vit la bouche trop molle de son père s'affaisser d'un seul côté.

— Tout le monde est au courant de ta liaison avec Ludmilla Rinaldi.

— Tu ne paies pas assez tes informateurs : c'est terminé entre le sabre et le chrysanthème, s'étouffa-t-il dans un ricanement, convaincu que son père ne pouvait pas comprendre sa métaphore.

— De toute manière cette histoire était grotesque, bafouilla Franck, ne sachant pas comment s'en sortir.

— Mais je n'ai pas dit mon dernier mot ! Rien n'est perdu et je te parie que dans moins de vingt-quatre heures j'aurai reconquis cette femme admirable.

— Tu es ridicule !

C'est curieux comme quelquefois il suffit d'une phrase assez banale, d'un petit mot de rien du tout, pour renverser la fameuse coupe largement trop pleine de ressentiments et de haine qu'on avait maîtrisés jusque-là. Antoine fondit sur son père.

— Ce qui est ridicule, pour un homme, c'est de sauter la femme de son pote ! En l'occurrence Max Fontane ! Et sans être foutu de l'épouser. Pas trop compliqué pourtant : ils ne sont pas mariés !

— Tu n'es qu'un petit con, un enfant gâté qui se croit arrivé parce qu'il a conquis une femme pleine aux as qui pourrait être deux fois sa mère.

— Ah ! les femmes et l'argent... C'est toute une histoire, dans notre famille ! Mais je dois tenir ça de toi ! Et tes pots-de-vin ? Combien ça te rapporte par an ? Tout le monde t'arrose, y compris Max Fontane. Et toi, en bon défenseur

314

de l'ordre public, tu magouilles avec sa femme dans son dos pour le ruiner.

Franck fut sur lui en trois enjambées. Antoine rit franchement : il le dépassait de cinq bons centimètres. Le visage de son père n'avait plus rien d'avenant. Allait-il oser lui coller une baffe ?

— Petite merde. Un jour, tu comprendras que tu n'es rien sans moi. Rien !

— À part la vie, je ne vois pas ce que je te dois d'autre ! Il m'arrive de me rappeler que tu es mon père et tu sais ce que je ressens, à ce moment-là ? Du dégoût ! Oui, tu me dégoûtes.

Duval se crut à nouveau devant la mère d'Antoine, des années auparavant – la même arrogance, le même mépris –, et il eut du mal à s'échapper de ce regard qui ne lui offrait aucune issue. Seule une banalité lui vint à l'esprit.

— On verra bien si je te dégoûterai encore quand je te couperai les vivres.

Antoine, émerveillé par tant de nullité, prit le temps d'envelopper son père de son mépris.

— T'angoisse pas pour mon avenir. Il est tout trouvé. Je sais des choses qui m'éviteront d'avoir à travailler jusqu'à la fin de mes jours. Ça se paie très cher, le silence... surtout quand on est un meurtrier.

— Qu'est-ce que tu sais ? interrogea une voix qui leur tomba dessus, mettant fin au duel.

Franck se retourna d'un bloc vers l'escalier, et Antoine découvrit Viviane à mi-chemin sur les marches. Elle était monolithique et semblait les surplomber de toute sa douleur. Une entrée digne d'une vraie tragédienne. Viviane reprit sa lente descente feutrée...

— Alors, qu'est-ce que tu sais ?

— Rien. J'aime bien faire chier mon père, c'est tout.

— Quel âge as-tu, Antoine ?

— Vingt-cinq ans.

— Comme Matthieu, souffla-t-elle d'une voix rauque.

Merde. Même s'il ne pouvait que s'incliner devant la souffrance de cette femme admirable, il devait le reconnaître, ce n'était pas le moment qu'elle en rajoute une couche.

— À vingt-cinq ans, on n'est plus un enfant, Antoine... Fais attention à toi.

Antoine réprima une jolie réplique sur l'allusion à son âge à elle. Viviane méritait mieux.

— Merci pour votre conseil. À moi de vous en donner un : faites en sorte que les flics ne mettent pas le nez dans vos tripatouillages, à vous et à mon père.

Antoine sortit dans un silence plus lourd que le plomb. Il était ravi : il commençait à savoir mettre en pratique les leçons paternelles, et sa gueule de bois s'était évaporée. Dorénavant, il saurait qu'un bon coup de sang valait mieux que trois aspirines. Même le soleil ne l'assommait pas. Il descendit l'allée d'un pas de Maximus.

— Antoine !

Il avait reconnu la voix, mais n'y croyait pas. Il plissa les yeux : ce n'était pas un rêve, c'était bien elle qui le hélait depuis sa voiture, devant la grille. Il pressa le pas et la rejoignit. Elle lui ouvrit la portière et il fut à ses côtés en un clin d'œil. Elle était éblouissante.

— Ludmilla ? Pour une surprise...

Elle fondait, et ce n'était pas la chaleur. Sublime. Il glissa une main fébrile sous sa masse de cheveux bruns et sentit sa nuque moite qui palpitait sous sa paume. Il se pencha et l'embrassa. Elle ne le repoussa pas.

Puis Antoine profita de ce moment pour la tenir légèrement à distance et fouiller son regard de ses grands yeux bleus. Il l'admirait.

— Tu es fascinante... murmura-t-il sur sa bouche.

— Tu m'as manqué...

— Depuis deux jours, je n'ai fait que penser à toi... à nous.

— Moi qui croyais que tu m'en voulais !

— Plus maintenant.

— Où en était-on, sur l'art du sabre et du chrysanthème ?

— Au début seulement.

– On va combler ce retard.

Elle se dégagea, lui caressa la joue.

– D'abord, je t'emmène déjeuner. J'ai un service à te demander.

Il lui balança son sourire le plus viril possible. C'était donc aussi simple que ça ? Un service et il la reprenait...

Agnès frappa. Un chouia inquiète : Delambre l'avait fait sonner dès leur retour au commissariat. Max Fontane attendait au frais que Mollaro en ait fini avec sa fille. Agnès pouvait cependant s'attendre à tout : un contrordre, un savon, une révélation, sa mutation...

– Entrez !

Elle poussa la porte et ne put réprimer un mouvement d'humeur. Celle-là, elle ne l'avait pas prévue : Ludmilla la toisait avec un air satisfait, plantée comme une reine sur sa chaise devant le bureau de Delambre. À ses côtés, un homme en costard remballait dans sa mallette quelques feuillets. En un clin d'œil, Agnès comprit : l'avocat de la famille entrait de nouveau dans la danse, mais pour qui ? Laura ? Max ? Elle paria sur Laura.

– Angeli. Allez me chercher mademoiselle Fontane. Son avocat désire s'entretenir avec elle. Tout seul. On leur laisse le bureau.

Bingo. Mais c'était un pari facile : Ludmilla détestait cordialement son ex-beau-frère tout autant qu'elle adorait sa nièce, et ce n'était pas un secret. Agnès tourna les talons sans un mot, et tenta de fermer la porte sans la claquer.

L'entrevue fut brève. L'avocat sortit du bureau avec un sourire victorieux jusqu'aux oreilles, et se planta devant eux.

– Mademoiselle Fontane souhaite faire une déposition. Messieurs dames...

Il s'éloigna en balançant sa mallette, redressant machinalement son nœud de cravate d'une main. Agnès entendit le ronflement de soufflet de forge que fit Mollaro, qui regardait l'avocat disparaître au fond du couloir. Mollaro aurait bien fait des confettis de sa mallette, et bâillonné son sourire avec sa cravate de soie. Il se tourna vers Agnès et Bruno. Il était d'un beau rouge brique, du front jusqu'à ses poings crispés qu'il tenait sur ses hanches, jambes écartées : une muraille de chair qui bloquait tout le couloir.

— Putain. Ils se foutent de notre gueule ! Je vais me les faire.

Delambre apparut au bout du couloir.

— Angeli, Bruno ! Un nouveau témoin à entendre. Tout de suite, gueula-t-il. Mollaro, vous ne me lâchez pas la fille Fontane.

Et il fit demi-tour aussitôt.

— Ouaf, ouaf, aboya Bruno, haletant, langue pendante, en levant les mains à hauteur de poitrine, dans la posture du chien. Un susucre pour les gentils inspecteurs, commissaire Delambre !

Il se tourna vers Agnès, avec la banane qui lui montait jusqu'au milieu de la figure.

— On parie ?

— Plein le cul. Je parie que dalle...

Elle s'ébroua et laissa Mollaro en plan, en train d'étouffer avec sa crise d'apoplexie. Bruno lui emboîta le pas.

— Plein le cul ? Vraiment, capitaine, il va falloir que je vous apprenne à parler comme une vraie fille !

Agnès ne répondit même pas et se dirigea dans le bureau de Delambre où Ludmilla, splendide et inquiète, était venue témoigner. Delambre s'était éclipsé.

— Si Laura était coupable des horreurs dont vous l'accusez, assena Ludmilla, je m'en serais rendu compte. Je suppose que quand on a tué des innocents, et en particulier son frère, on ne doit pas être tout à fait normal. Mercredi soir, on a parlé de sa mère durant de longues heures. Antoine Duval a beaucoup discuté d'ailleurs avec Laura. Il a l'âge de Matthieu, ça a facilité les choses. Bien sûr, Laura est obsessionnelle quand il s'agit de la mort de sa mère. Mais elle a quelques excuses, vous ne croyez pas ?

Agnès contempla la pointe de ses tennis. Ludmilla avait bien joué la scène : son témoignage disculpait Laura du moindre doute concernant son implication dans le meurtre de Duroc. Elles avaient donc dîné ensemble ce mercredi soir, en compagnie d'Antoine Duval. Même Solange, la cuisinière, pourrait confirmer ses dires, avait-elle affirmé avec cette arrogance autoritaire dont elle ne s'était pas départie depuis le début de leur entretien. Pourtant, le témoignage de Ludmilla sentait l'esbroufe à plein nez. Agnès la fixa une seconde : elle souriait. Bruno lui glissa son P-V sous le nez, avec un stylo.

— Si vous voulez bien relire votre déposition, et la signer...

Ludmilla mit les deux feuillets à bonne distance de ses yeux. Agnès eut envie de pouffer comme un gamine moqueuse : Ludmilla était presbyte, et planquait certainement une paire de lunettes dans son sac.

Elle parapha enfin le feuillet.

— Et voilà, lança-t-elle en se levant. Sur ce, je vous souhaite une bonne fin de journée. Et j'espère que vous mettrez rapidement le bon meurtrier sous les verrous. C'est fou, le temps que vous perdez en accusant des innocents...

Puis elle se tourna vers Agnès.

— Un jour tu me remercieras, Agnès. Je t'ai évité la plus belle erreur judiciaire de ta carrière et j'ai peut-être sauvé ton amitié avec Laura.

Tandis que la porte claquait, ils restèrent assis tous les deux, plongés dans un abîme de réflexions... acides et partagées, Agnès en était certaine. Bruno mordillait d'un air pensif le stylo qui avait servi à Ludmilla et s'éventait avec son P-V signé. Il posa un regard étonné sur Agnès.

— Décidément, je déteste cette femme...

— Quoi de plus normal ! lança-t-elle pour se venger de la proposition de Bruno de lui apprendre les manières de filles.

— Je ne vois pas pourquoi tu dis ça ?

— Ben moi si ! C'est normal que tu n'aimes pas les femmes ! Tu es homo.

– Pas du tout !

Tout en retournant vers leur bureau, Agnès marqua un temps d'arrêt digne d'un Tex Avery.

– Tu n'es pas homosexuel, toi ?

Cette fois-ci, elle énonçait le mot en entier comme pour être sûre de bien se faire comprendre.

– Non.

– Ah bon ? Tu es quoi ? Bisexuel ?

– Non plus.

Agnès n'était pas tout à fait sûre de bien comprendre.

– Alors, comme ça, tu n'es ni homosexuel, ni bisexuel ? Tu n'es quand même pas hétérosexuel ?

– Dieu m'en garde !

– Ah !... Et alors tu es quoi ?

– Sexuel.

Ce fut comme si Agnès avait bu la tasse mais, en bonne nageuse, elle retrouva très vite une contenance.

– Comme quoi il n'y a pas que des mauvaises nouvelles dans cette affaire.

Une autre image confirma cette impression quand elle vit Laura se jeter dans les bras de Ludmilla qui l'entraîna très vite hors de cet endroit.

Quelques heures plus tard, ce fut au tour de Max de répondre aux questions de Mollaro. Apparemment le bulldozer avait retrouvé la patate : bouffer du bourgeois était son repas favori. Agnès était soulagée : juste avant d'entrer en scène, le chef de groupe avait bien précisé, en se frottant les mains de jubilation, qu'il mènerait l'interrogatoire lui-même. Il avait collé d'office Agnès au clavier. Quant à Bruno, dans cette distribution des rôles, il lui restait à jouer le gentil...

Max Fontane, contrairement à sa fille, avait refusé le prologue légal : pas de médecin, pas d'avocat. Mollaro avait donc brandi sans attendre la hache de guerre, sorti les plumes et les peintures : il était aussi grand que Max Fontane, mais deux fois plus large. Agnès dut admettre qu'il avait fait des progrès : apparemment il avait étudié le dossier qu'elle lui avait remis, et baladait le promoteur d'un ton sec, entre le début de l'affaire et le meurtre de Matthieu. Pour l'instant, Max Fontane s'en sortait plutôt bien, et, contre toute attente, sereinement.

– Vous étiez contre ce mariage entre votre fille et Vincent Bellair. Pour quelle raison ?

– Une vieille querelle de familles... mais qui aurait fini par se résoudre, grâce à Laura et à Vincent. J'avais pardonné à Laura ce choix qui, comment dire... qui me posait un problème d'ordre personnel.

– Michel Duroc, vous le connaissiez ?

– Jamais entendu parler de lui avant que ma famille ne soit touchée par ces drames. Je vais être très franc : s'il s'avère que c'est bien lui qui a... exécuté mon fils, il valait mieux pour lui que je ne lui mette pas la main dessus.

– Thierry Merlet ?

– Inconnu.

– Joëlle Legasse ?

– La secrétaire ? Inconnue.

Mollaro connaissait déjà les réponses : tous les appels téléphoniques de Max Fontane avaient été vérifiés sur deux semaines avant le 6 août, jour où Vincent Bellair s'était retrouvé avec deux balles dans le corps, jusqu'aujourd'hui. Mollaro tenait juste la laisse très lâche...

– Et votre fils ? Quelles étaient vos relations ces derniers temps ?

– Très mauvaises. Hélas... Nous avons juste eu le temps de nous réconcilier avant... sa mort, souffla Max, sincèrement ébranlé.

Agnès l'avait constaté dès le début de son audition : Max Fontane laissait désormais échapper quelques sentiments. Comme ces anciennes canalisations de fonte, lourdes, épaisses, mais dont l'intérieur est au fil des ans rongé par la rouille, et qui finissent par se désagréger sous le goutte-à-

321

goutte constant. Agnès en conçut malgré tout un soupçon d'écœurement : il avait fallu que Matthieu fût traqué comme une bête sauvage pour que Max le reconnaisse comme son fils. N'était-ce pas là une autre façon de toujours garder le pouvoir : je te pardonne, je te protège, je te sauve, mais tu me devras ta vie jusqu'à ta mort ? Max Fontane n'aurait probablement jamais renoué avec son fils si un fou n'avait pas tiré sur Vincent. La fatigue frappa soudain Agnès juste derrière les genoux : elle regrettait tous ces « si », qui lui auraient permis de retricoter l'histoire à sa façon, sans nœud et sans douleur... Heureusement, elle était assise.

– Angeli ?

Elle sursauta. Mollaro la regardait avec un œil... quasi carré. Elle se demanda depuis combien de temps ses pensées faisaient l'école buissonnière. Vu la tronche de Mollaro, un bon moment...

– Tout va bien...

Bruno lui fit un clin d'œil : il notait discrètement l'entrevue en sténo. Un truc sur lequel tout le monde avait tiré la chasse mais qu'il avait tenu à apprendre, pour le plus grand bonheur d'Agnès dont il palliait ainsi les « pannes » quand elle se trouvait au clavier... Elle fixa l'écran, pour se remémorer les dernières déclarations de Max : absolument rien à se coller sous la dent. Mollaro continuait, imperturbable...

– Nous pouvons demander au juge d'instruction l'autorisation de faire vérifier vos comptes, monsieur Fontane...

Agnès nota que Max pâlissait légèrement, mais il se reprit vite.

– Faites. Mes comptes sont en ordre et limpides, les personnels comme ceux de ma société. Et si, comme vous semblez l'insinuer, quelqu'un a effectivement payé Duroc pour qu'il commette tous ces meurtres, est-ce que vous avez pensé que c'est peut-être ma fille qui était visée ? Qui vous dit qu'on ne cherchait pas à frapper les Fontane plutôt que les Bellair en s'en prenant à Vincent ? Hein ?

Mollaro sourit : à force de titiller la bête, il avait fini par la réveiller. C'était un spécialiste du genre et en tant que spécialiste il jouissait du résultat obtenu.

— Parlez-moi plutôt de votre soirée du mardi 9 août. À quelle heure avez-vous quitté vos bureaux ?

— J'ai déjà été entendu à ce sujet.

— Sans doute. Mais pas par moi.

— À 15 heures.

— C'est très tôt, pour un dirigeant d'une société telle que la vôtre.

— Je n'ai rien à cacher, et je n'ignore rien de ce que je risque. Je savais où mon fils se cachait. Je suis allé le ravitailler. Et c'était la deuxième fois que je le rencontrais, en sachant qu'il était recherché.

— Vous êtes effectivement sous le coup d'une inculpation pour entrave à la justice. Comme votre fille, d'ailleurs. À quelle heure êtes-vous arrivé au refuge de votre fils ?

— 17 heures. J'ai déposé deux cartons de courses, livraison par Monoprix à mon bureau. Nous avons discuté environ une demi-heure, puis je suis rentré. Je n'ai pas vu ma fille qui est passée après moi. Je suis arrivé chez moi un peu après 19 h 30. Ma... compagne, Viviane Lebesco, pourra vous le confirmer.

— On s'en occupe... Votre fils vous a paru comment ?

— C'est-à-dire ?

— Nerveux ? En colère ? Vous n'avez rien noté de spécial dans son comportement ?

— Angoissé, mais quand on est recherché comme un dangereux criminel... rien de plus normal, vous ne trouvez pas ?

Mollaro posa sur le bureau une carabine emballée dans un sac plastique et étiquetée.

— Vous reconnaissez cette carabine ?

— Oui. Elle fait partie de mon armurerie.

— Vous avez déclaré qu'elle vous avait été dérobée le 6 août ? Exact ?

— Exact.

– Vous avez accusé votre fils de ce vol. Toujours exact ?

– Oui.

– Cette arme était au refuge ?

– Oui. Je l'y ai vue. Où voulez-vous en venir ?

– Votre fils a été achevé d'une cartouche de plomb dans la tête avec cette carabine, monsieur Fontane. Quant à Viviane Lebesco, votre compagne, elle prétend ne pas vous avoir vu avant 22 h 30, heure à laquelle elle vous a retrouvé. Elle dormait, et ne vous a pas entendu rentrer.

Max Fontane ouvrit la bouche pour répliquer... puis rien. Agnès le vit se fermer comme une huître. Elle eut la certitude qu'il ne dirait plus un mot pour le restant de la journée. Elle-même ignorait, jusqu'à présent, la déclaration de Viviane. C'était un élément nouveau, et qui justifiait la prolongation de la garde à vue de Max. Mollaro s'était bien gardé de la mettre au courant...

– En somme, conclut Mollaro, vous auriez payé Duroc pour qu'il descende Vincent... Mais, à partir de là, la machine s'emballe : il y a des témoins, il faut donc les éliminer pour éviter de remonter la piste jusqu'à Duroc, c'est-à-dire jusqu'à vous.

– Le scénario tient, j'en conviens, mais ce n'est qu'un scénario. Vous pensez vraiment que j'aurais pu faire assassiner mon fils ?

– Je ne pense pas, je suppose. C'est votre réponse qui m'intéresse.

– Allez vous faire foutre !

Dès cet instant, Max décida de ne plus ouvrir la bouche. La journée était finie.

Viviane était rentrée. La maison était vide. Comme elle. Elle était revenue, mais ne resterait pas. Elle voulait juste dresser la chapelle ardente de Matthieu là où il avait grandi, et exposer son corps à la vue de Max. Même s'il ne pourrait regarder son fils une dernière fois, elle voulait qu'au moins le cercueil lui rappelle sa faillite de père. Elle ne savait toujours pas quand on lui rendrait Matthieu. Franck avait eu beau intervenir, on lui avait fait transmettre de vagues informations concernant une contre-autopsie... Un scandale était inutile, et dérisoire ; Franck l'en avait convaincue sans peine. Viviane gardait ses forces pour les luttes futures : l'enterrement en serait une ; et puis restait un autre dénouement, qui trouvait soudain un écho déchirant avec la mort de Matthieu. Tout serait donc bientôt terminé...

Viviane contempla le vaste salon qu'elle venait de faire vider de la plupart de ses meubles. Des monceaux de fleurs attendaient Matthieu, qui souriait sur plusieurs photos qu'elle avait disposées sur une table ornée comme un autel : dentelle blanche, bougeoirs, et encore des fleurs... Des chaises étaient disposées tout autour de la pièce, qui n'attendaient plus que les visiteurs pour un dernier hommage à son fils. Au centre, le catafalque noir, imposant malgré l'absence du cercueil. Max Fontane, lorsque les flics daigneraient le relâcher, saurait ainsi à quoi s'attendre...

La porte du hall claqua légèrement. Viviane serra les lèvres : Max était déjà libre... Quel dommage qu'il n'ait pu goûter plus longtemps à la solitude d'une geôle ! Elle, elle savait ce que signifiait le mot prison, même aux barreaux dorés : ça faisait vingt-cinq ans qu'elle s'y cognait la tête.

– Viviane ?

Ce n'était pas Max, c'était Laura... Viviane se retourna.

– Déjà de retour ?

Laura, blême de fatigue, ne releva pas la perfidie de l'accueil : elle s'écroula sur une des chaises alignées le long du mur, première visiteuse de cette chambre mortuaire.

– Pourquoi as-tu donné mon dossier psy à la police ? Je pourrais te traîner en justice pour ça !

– Ils ne t'ont pas gardée, de quoi te plains-tu ?

– Ils ne m'ont pas gardée parce que je suis innocente !

– En es-tu si sûre ?

– Qu'est-ce que tu veux dire ?

– Tu as toujours porté la mort en toi !

Viviane savait qu'en lui décochant cette flèche empoisonnée, elle ravivait le trouble le plus profond de Laura, qui n'était pas loin de penser la même chose d'elle.

– C'est ignoble, murmura la jeune femme.

– L'ignominie est une spécialité Fontane. J'ai couché avec pendant trente ans. Ça laisse des traces.

– Tu m'as élevée. Tu m'as soignée...

Laura se mit à hurler. Elle s'agrippa des deux mains au siège pour ne pas tomber. Malgré son harassement, elle avait encore la force de crier.

– Pourquoi ? Je ne suis rien pour toi ? Tu as été pour moi comme une mère !

– « Comme », c'est le mot juste, mais je ne suis pas ta mère ! Je suis la mère de Matthieu ! Je suis la mère d'un mort ! Et moi je n'aime pas les morts ! Je ne suis pas comme toi, qui as toujours préféré tes fantômes aux vivants. Tu n'as jamais été une fille pour moi, Laura, tu es juste la fille de Luisa...

– Tu ne peux pas dire ça !

– Tel père, telle fille. Le clan Fontane, c'est vous deux. Rien que vous deux. Il n'y a jamais eu de place ni pour Matthieu et encore moins pour moi.

Elle fit un geste ample pour désigner le salon...

– Tout ça va te revenir, maintenant. Tu me pardonneras pour ce dérangement, mais c'est malgré tout le seul endroit où Matthieu a passé son enfance.

– Viviane, ce n'est pas moi qui ai tué mon frère.

– Demi-frère, s'il te plaît.

– Je t'en prie, arrête !

Elle quémandait un peu d'amour mais le cœur de Viviane semblait s'être asséché pour toujours.

– Qu'est-ce que ça t'apporte, de vouloir te venger ? murmura Laura.

– Pas une jouissance, juste une satisfaction.

Laura semblait horrifiée. Incapable de comprendre.

– Tu es malade, Viviane. Si tu hais mon père à ce point-là, tu n'avais qu'à partir.

Viviane redressa un lys dans un vase de bronze posé au pied de l'autel.

– Je suis partie, maintenant. Un peu tard sans doute. Mais Max me doit tellement. Et puis...

Elle se tourna brusquement vers Laura.

– Et puis, pour tout te dire, je ne serai plus jamais rien sans Matthieu. Mais sans Max non plus.

La nuit tomba d'un coup sur la scène où se trouvaient face à face les deux femmes endeuillées, emportant ses ombres et ses silences...

Le chuintement de la ventilation résonnait dans la pièce, carrelée d'un vert fadasse. Même derrière la porte Manon pouvait l'entendre, qui s'insinuait par l'interstice entre le sol et le bois. Elle avait une oreille tendue vers le bruit, aux aguets, et les yeux rivés aux feuillets sur ses genoux, dont elle avalait les mots avec une avidité d'enfant affamé. Ce n'étaient que des mots d'amour, des lettres simples, écrites par une main nerveuse mais un cœur débordant. Manon était allée les récupérer discrètement dans son casier à l'heure de la pause. Ça faisait un bon quart d'heure qu'elle était assise sur la cuvette des W-C, et elle n'avait dévoré que quelques-unes des missives. Exclusivement signées « Luisa », elles avaient été soigneusement empilées et liées dans l'ordre où le postier les avait, plus de trente ans auparavant, glissées dans la boîte aux lettres de Fred Bellair ; à cette époque, il habitait dans une rue du Vieux-Nice. Pas loin du Casino, mais à des années-lumière... Fred Bellair avait construit plus qu'un viaduc en l'espace de très peu de temps, finalement. Manon en comprenait presque la raison pour laquelle une femme comme Luisa Rinaldi avait pu tomber folle amoureuse de lui... au point de renier son nom d'épouse, et de vouloir tout quitter. Aucun doute n'était possible : Fred Bellair lui tendait les bras, il n'attendait qu'elle. C'était écrit dans toutes les lettres, noir sur blanc, sur ce papier filigrané qu'on ne trouvait plus aujourd'hui.

Manon retournait les pièces du puzzle une à une, et commençait à voir s'esquisser un curieux portrait, à défaut d'un paysage. Luisa Rinaldi avait donc épousé Max Fontane ; un mariage d'amour apparemment, qui les avait unis au terme de quelques années d'une belle histoire. C'est en tout cas ce que Manon en déduisait. Les lettres de Luisa racontaient un autre amour, celui qui avait grandi, peu à peu, pour Fred, l'ami, le « comme un frère » de Max... Elle avait attendu un enfant. Qui en était le père ? Et Laura avait-elle été son seul enfant ?

« Je suis allée au calvaire ce matin. J'ai parlé au Christ de Pierre. Savais-tu que c'était mon arrière-grand-père qui avait offert ce calvaire à la ville ? C'est curieux. J'étais en paix devant cette statue, et je me suis dit que notre amour devrait m'éviter de mourir à trente-trois ans, comme cela est arrivé déjà deux fois dans ma famille ; deux aînés, ma grand-mère et mon oncle, morts de façon brutale et violente. Je pense à tout ça, et je pense à toi, tout le temps. Moi, je suis aimée, eux ne l'étaient peut-être pas. Est-ce pour cette raison qu'ils ont disparu si tragiquement ? Fred, quand tu es près de moi, quelque chose se renverse. Tout devient possible. Mes peurs s'éloignent. Et pourtant, je ne peux m'empêcher de penser à Max, à qui je vais faire tant de mal, et qui ne le mérite pas. Pourquoi l'amour nous oblige-t-il à être si cruels ?

» Tu me manques déjà. Reviens vite.

» Ton amour, Luisa. »

La lettre était datée du 15 juillet 1972. Cinq semaines avant sa mort tragique.

Manon n'eut pas le temps de continuer à tirer sur le fil de l'histoire : une main frappa impérieusement sur la porte des toilettes. Absorbée par sa lecture, elle n'avait rien entendu.

– Manon ? T'es là ?
– Oui.
Elle consulta sa montre : en retard pour la reprise...
– On te cherche partout !
– J'arrive...
– Dépêche... le patron est d'une humeur de dogue.
La porte des toilettes claqua à nouveau. Manon replia fébrilement les lettres dans son sac, vérifia une dernière fois son reflet dans le miroir, se hâta jusqu'à son casier au vestiaire, puis rejoignit enfin son poste...

L'ambiance était électrique pour qui savait flairer l'atmosphère : Fred Bellair était en pleine tournée d'inspection de ses troupes et, cet après-midi, le Casino ressemblait bel et bien à une poudrière. Fred arpentait sans relâche et sans un mot les salles de jeu, tournant parmi les tables, paupières toujours lourdes mais regard acéré. Il lui suffisait de lever un sourcil, et le personnel, du ramasseur de cendriers au croupier en chef, n'en menait pas large.

Manon le surveillait du coin de l'œil : il était posté dans un coin de la salle où elle officiait, près d'une table de chemin de fer. Il semblait dormir debout, mais on sentait le Sphinx en alerte. La plupart des joueurs avaient reflué vers le bar, pour une pause apéritive, mais trois acharnés s'accrochaient à sa table. Sous l'œil vigilant d'une seconde croupière, Manon présidait à la distribution des cartes. Un homme, la petite quarantaine, débraillé malgré la tenue correcte exigée, légèrement éméché, lui collait les nerfs depuis une heure. Le type perdait sans relâche, et commençait à en vouloir à la Terre entière, à commencer par la croupière, responsable toute désignée de sa malchance : s'il perdait, c'est que Manon lui portait la poisse.

– Donne des bonnes cartes, pour une fois. Tu fais la gueule ou quoi ?

Manon contracta ses abdominaux, expira longuement et silencieusement par le nez et distribua les cartes exigées par le client.

L'homme eut Manon par surprise : il se pencha brusquement sur la table, cherchant son regard, à moitié vautré sur le tapis de jeu.

— Si t'es pas plus aimable, tu sais ce qui va t'arriver ? Chez Bellair, ça ne rigole pas : tu te retrouves facile avec un couteau planté dans le dos, et un coup de fusil dans la tête. Boum !

Manon détourna le regard. L'homme surenchérit.

— Allez, fais pas cette tête ! T'es jolie fille ! Si si ! Je te jure d'ailleurs je t'en mettrais bien un petit coup pour te faire chanter l'opéra !

Le joueur ivre éclata d'un rire tonitruant, satisfait de sa position de client qui faisait de lui un roi. Manon, tout en continuant sa distribution de cartes, eut envie de lui claquer le beignet :

— Vraiment ?

— Et tu ne seras pas déçue, ma poupette !

— Ça, ça m'étonnerait beaucoup.

— Et pourquoi ? fit l'homme d'un air abruti.

— Parce que si vous l'avez aussi grosse que la cervelle, je ne risque même pas de chanter de la variété ! Carte ?

L'homme, épinglé comme un papillon dans sa boîte de verre, n'eut aucun mouvement et se contenta de lancer :

— Jamais de ma vie je n'ai vu quelqu'un d'aussi vulgaire !

— Bien sûr que si ! Vulgaire vient du latin « *vulgaris* », qui veut dire « ce qui est commun ». Et ce qui est commun, ce soir, c'est vous.

Le type n'eut pas le temps de rétorquer, juste celui de faire une grimace : une énorme paluche vint malaxer son épaule. Manon n'avait rien vu venir non plus. Une ombre gigantesque se pencha sur le joueur.

— Mademoiselle n'est ni bouchée ni vulgaire, elle travaille, et vous êtes prié de la laisser tranquille. Si vous voulez bien me suivre... lui chuchota Fred à l'oreille.

Il avait à peine levé un doigt ; un videur en costume apparut comme par magie, et invita le joueur grimaçant à le suivre vers la sortie. Celui-ci obtempéra sans un mot : personne n'aurait eu envie de décliner une invitation de cette carrure.

– Vous avez très bien réagi.

– C'est vous qu'il insultait, murmura Manon.

Bellair la dévisageait froidement.

– Vous êtes une drôle de fille, mademoiselle Hanspag... Je sais que c'est difficile pour vous en ce moment.

Elle crut percevoir un zeste de compassion, mais elle se fourvoyait. Il reprit sèchement :

– Le jeu est le seul moyen qui existe sur cette Terre pour nous rappeler que la vie est un combat injuste où chacun de nous est seul contre Dieu. Regardez autour de vous, mademoiselle Hanspag... Regardez, je vous en prie.

Manon s'exécuta sur-le-champ : il lui avait parlé avec une infinie douceur qui l'avait surprise. Elle leva les yeux et observa la salle. Il avait raison : tous les joueurs se signaient furtivement, en extase pour certains, et tous semblaient communier avec la même ferveur.

– Vous voyez ? Regardez-les, tous, comme ils se mettent à prier lorsque Dieu les abandonne. N'oubliez pas, mademoiselle Hanspag. Vous arrive-t-il de prier, mademoiselle Hanspag ?

– Non, jamais.

– Ça viendra... Nous finissons tous un jour ou l'autre par joindre les mains et par demander à Dieu de ne pas nous abandonner.

Elle se mordit l'intérieur des joues pour contenir son trouble. Il était déjà parti...

Dans une des salles de bains de la Bastide, Laura arrêta la douche et laissa un instant encore l'eau ruisseler sur sa peau. Elle avait eu beau frotter, l'odeur était tenace : celle de la cellule, de la transpiration, du café froid, de la peur... Mais aussi les effluves des lys, écœurants, et de l'encens que Viviane avait fait brûler dans le salon transformé en chapelle ardente. Que ce soit au commissariat ou à la demeure des Fontane, Laura s'était cognée aux mêmes murs : incompréhension, haine, folie. Max allait connaître à son tour les joies nocturnes de la cellule, et Laura doutait qu'il obtiendrait comme elle la clémence d'Agnès pour adoucir son séjour. Il n'y avait plus qu'à espérer qu'il ferait, comme par le passé, preuve de son entêtement et de sa résistance légendaires. Cependant, en l'espace d'un peu plus d'une semaine, elle l'avait vu se transformer en vieillard. Non que ses cheveux eussent blanchi, ou que son dos se fût voûté ; c'était un abandon qui affleurait désormais sous le ton, les paroles polies et le regard vide. Max Fontane ne se mettait plus en colère, et ce n'était pas le signe d'une grande sagesse, mais de la mort au travail.

Laura s'enveloppa dans une serviette de bain. Du rez-de-chaussée montait une mélopée de cristal qui semblait vouloir atteindre les étoiles : une cantatrice chantait *Madame Butterfly*. Laura imagina un instant Ludmilla, sur la terrasse, goûtant religieusement la moindre note de son opéra préféré. Lorsque sa tante voulait s'isoler du monde, elle était capable d'écouter une journée entière le même opéra, en boucle, et à fond. En rentrant de la maison de verre, Laura l'avait surprise dans cet exercice de recueillement, et elle avait donc préféré monter directement, sans déranger cette intimité.

Elle laissa la trace humide de ses pieds nus sur le sol de terre cuite de la chambre jaune, puis ouvrit les persiennes sur la fraîcheur bienvenue de la nuit qui avait repris tous ses droits. Plus une ombre, juste l'obscurité et le ciel étoilé. Demain, elle se rendrait au chevet de Vincent. La pièce était plongée dans le noir. Elle alluma le plafonnier et son regard fut immédiatement attiré par un objet, posé comme un outrage à sa mémoire, sur le plateau de sa coiffeuse : un livre, à la couverture de cuir. Elle ferma les yeux, les rouvrit : il était toujours là, la narguant. Elle s'approcha : c'était bien le livre du prince de Pise, celui-là même que les policiers avaient cherché en vain chez Vincent. Sa réapparition à la bastide Rinaldi, dans sa propre chambre, ne fit à Laura qu'un curieux effet, en demi-teinte : tout lui semblait possible, dans une gamme qui pouvait varier des visions aux interrogatoires hargneux sur son emploi du temps, alors qu'elle-même baignait entre deux eaux : cauchemar et réalité. Elle ne posait plus le pied sur aucun de ces continents.

Elle tira délicatement la carte insérée au milieu des pages au papier épais, dont le haut apparaissait : numéro III. « L'Impératrice » était presque rassurante, sur son trône. Jambes écartées sous la longue robe, elle tenait tout contre elle un écu au blason frappé d'un aigle, et le sceptre dans son autre main, au globe surmonté d'une croix. Elle dégageait une sorte de tranquillité inattendue... Au rez-de-chaussée, la cantatrice mourut, et les applaudissements célébrèrent sa fin sublime. Laura rangea soigneusement la carte dans son sac et se coucha. Les premières notes de *Madame Butterfly* résonnèrent de nouveau jusqu'à elle, puis elle sombra...

Samedi 13 août

LA CARTE SANS NOM
REPRÉSENTÉE PAR LE SQUELETTE

Le vent du Sud s'était levé au début du jour. Il soulevait les vagues et charriait une poussière fine qui avait traversé les flots depuis la Tunisie jusqu'aux rivages niçois. Agnès la sentait qui s'insinuait dans son nez, ses oreilles, et se déposait sur sa peau en fines particules presque invisibles. Elle frissonna malgré le léger coupe-vent qu'elle avait eu la présence d'esprit de passer avant qu'elle ne reçoive l'appel. Un promeneur plus que matinal avait alerté le commissariat et, maintenant, elle pouvait distinguer le corps sur les rochers.

Depuis que Mollaro avait repris l'affaire en main, Agnès était envoyée pour faire des constats plus ordinaires et qui apparemment n'avaient plus rien à voir avec les meurtres qui se succédaient depuis quelques semaines. La routine, en somme. Elle posa enfin le pied sur un rocher et déclina la main serviable du jeune pompier : trop aimable...

— Vous l'avez identifié ?

— Pas de papiers sur lui.

— À quelle heure le corps a-t-il été découvert ?

— On a été prévenu un peu avant 7 heures.

Il était 8 heures passées. Agnès balaya le coin de rocher d'un regard rapide.

— On sait ce qui s'est passé ?

— Il a dû tomber...

Agnès ne put réprimer une réflexion acide :

– C'est même une certitude... Vous y avez touché ?

– Le médecin l'a examiné. Multiples fractures, y compris des cervicales. Mort à l'arrivée. On a relevé une forte odeur d'alcool. C'est peut-être un suicide. Ou bien il a voulu jouer à l'acrobate alors qu'il était saoul...

Un coin de la bâche s'envola brusquement sous l'effet d'un coup de vent plus violent. Agnès se pencha. Il était temps de dégager le terrain sur une dernière formalité : un petit tête-à-tête avec le cadavre. Histoire de mettre un visage sur la mort. Elle leva le plastique noir, en faisant écran de son corps entre le cadavre et les curieux, là-haut.

Elle ne vit d'abord que ses yeux, ouverts, ses innombrables plaies béantes, le corps déchiré par les arêtes des rochers. Ses cheveux étaient collés par le sang coagulé. Il avait dû succomber très rapidement à ses blessures, car elles n'avaient que peu saigné.

Agnès eut un haut-le-cœur : le bel Antoine Duval gisait devant elle sous la bâche, entièrement disloqué, Icare qui se serait brûlé les ailes en approchant de trop près l'astre divin...

Ludmilla fut évidemment convoquée la première, et le boss, en personne, menait l'interrogatoire. Fait rarissime, et néanmoins logique, se dit Agnès. Pourtant, ce n'était pas véritablement un interrogatoire qu'il menait, au sens légal du terme, mais un premier recueil de témoignages. Agnès pouvait voir les marques du chagrin contenu sur le visage de la tante de Laura. Elle avait appris par téléphone la mort d'Antoine, en même temps qu'on lui faisait savoir que sa présence dans les locaux du SRPJ était désirée. N'étant pas maquillée, elle leur offrait sa mine ravagée. Elle regardait son interlocuteur droit dans les yeux, ignorant Agnès qui l'observait sous cape. Assise face à Delambre, plus petit qu'elle derrière son propre bureau, Ludmilla se dressait, droite et digne, sur sa chaise, nouant et dénouant sur ses genoux ses longs doigts bronzés aux ongles d'un blanc de nacre. Delambre, lui, avait figé un masque débonnaire sur sa figure.

— C'est très aimable d'avoir répondu si vite à notre convocation, mademoiselle Rinaldi. Nous attendons beaucoup de vos déclarations. Il semble que vous soyez la dernière personne à avoir vu Antoine Duval...

— La dernière fois que j'ai vu Antoine, c'était hier, en début d'après-midi.

La nuance s'imposait.

— Pouvez-vous nous dire s'il vous a paru agité, inquiet...

Ludmilla se redressa encore un peu plus sur sa chaise et fixa le commissaire en haussant légèrement le menton.

— Antoine et moi étions amants. Ça vous le savez, sinon je ne serais pas là, ponctua-t-elle en jetant un regard presque complice à Agnès. Nous venions de rompre, et ça l'avait... bouleversé. J'avais été très étonnée de sa réaction. Je ne m'y attendais pas, à vrai dire. Alors...

— Alors ?

— Alors on a décidé de reprendre cette liaison.

Elle eut un pauvre sourire crispé qui lui permit quand même de verrouiller son envie de pleurer.

— Je pensais que notre histoire n'avait aucune importance pour lui, vous comprenez. Notre différence d'âge était... me posait des problèmes. Je n'avais pas envisagé qu'il pourrait s'attacher à moi de cette façon. Je pensais à son avenir, à son désir de fonder un jour une famille. Mais il ne voulait rien entendre. Est-ce que... ma réponse vous satisfait ?

— Selon vous, il aurait donc pu vouloir en finir ? Se suicider ?

Ludmilla parut choquée. Elle laissa échapper une moue dubitative, aussitôt remplacée par un pli amer au coin de la bouche.

— Je me sens tellement coupable...

Delambre saisit un coupe-papier et fit passer lentement l'objet entre ses doigts courts, vérifiant d'un œil l'éclat de l'argent fraîchement frotté.

— On ne sait pas encore s'il s'agit d'un suicide.

Agnès nota que les doigts de Ludmilla venaient de se figer d'un coup.

— Rien ne prouve qu'il se soit suicidé, en effet, hasarda-t-elle.

— Non, c'est bien ce que je vous ai dit.

Ludmilla fit tourner nerveusement une lourde bague d'argent autour de son annulaire droit...

— Écoutez, reprit-elle, comme ennuyée, je ne sais pas si on peut y accorder de l'importance, mais...

Agnès retint sa respiration. Delambre continua de jouer avec son coupe-papier, sans un regard pour son témoin.

— Allez-y. On vous écoute.

— Eh bien voilà, Antoine m'a rapporté une dispute, très violente, qu'il a eue avec son père...

Elle laissa sa phrase en suspens. Delambre n'était pas suffisamment attentif à son goût.

— C'est fréquent, entre un père et son fils... fit-il en levant les yeux sur elle une seconde. Non ?

— Je suppose... Mais Antoine prétendait avoir découvert que son père et Viviane Lebesco étaient intéressés de très près au terrain du Montmaure. Vous savez, le terrain qui a brûlé...

— Oui. Et alors, quel rapport ? demanda Delambre.

— Antoine disait que son père l'avait menacé à ce propos...

Agnès regarda Delambre. Son boss ne bougeait pas un cil, absorbé semblait-il par quelque pensée intérieure. Agnès savait qu'il n'en était rien.

— Ils ne s'entendaient décidément pas bien. Et c'était quand... ces menaces de monsieur Duval à son fils ?

Agnès jeta un coup d'œil à Ludmilla : elle était mûre pour déballer le linge le plus sale qu'elle avait pu récolter.

— Lorsque Antoine a prétendu savoir *qui* était l'auteur de tous ces meurtres.

Agnès sentit ses joues devenir brûlantes. Delambre arrêta de jouer avec son coupe-coupe miniature. Alors Ludmilla susurra, avec un sourire peiné et un regard d'amante en deuil :

— C'est ce qu'il m'a raconté. Il a même dit à son père que désormais il n'aurait plus besoin de travailler, que son silence valait de l'or.

— Et vous lui avez demandé ce qu'il savait ?

— Oui, mais apparemment il ne voulait pas partager son secret... enfin pas tout de suite. C'est du moins ce qu'il m'a dit.

Agnès se mordit la langue. Delambre, embarrassé par cette déclaration qui faisait du conseiller général le premier suspect de la mort de son fils, se fendit à son tour d'un large sourire faussement satisfait.

— Antoine était la vie même conclut Ludmilla.

Un instant plus tard, Agnès relisait le compte rendu du témoignage de Ludmilla lorsque Delambre réapparut.

— Alors, Angeli ?

Il avait retrouvé son ton acide, et Agnès eut envie de lui proposer une pastille pour les digestions difficiles.

— Ben... Il serait peut-être pertinent d'interroger Franck Duval et Viviane Lebesco.

Delambre se gratta les fesses avant de se laisser tomber sur son fauteuil. Il abattit d'un coup sec son coupe-papier sur son sous-main de cuir.

— Laissez Duval tranquille pour l'instant. Un conseiller général interrogé par mes services quelques heures après la mort de son fils, et c'est la fin de mes haricots... comme des vôtres.

Cela faisait plus de trois jours que Laura n'avait pas senti la main de Vincent dans la sienne. Trois jours, une nuit en cellule, et trois morts. Matthieu, Duroc et Antoine : Laura avait fait instantanément le lien entre les trois meurtres, bien qu'incapable de saisir leur point commun... sauf à se cogner la tête sur cette obsession : sa mère, toujours et encore elle. Le bilan n'était pas brillant : Laura avait porté plainte contre X pour profanation de tombe et enlèvement de corps, mais un cadavre qui courait la campagne, de surcroît vieux de plus de trente ans, ce n'était pas la priorité de la police niçoise ; Max était toujours sous le coup de sa garde à vue, et interrogé dans les locaux du SRPJ. Lui avait refusé de rencontrer l'avocat dépêché par Ludmilla ; et à moins d'un fait nouveau, il serait sans doute relâché dans quelques heures. Avant de revenir à l'hôpital, Laura était passée à La Baie des Anges, la librairie ésotérique, pour vérifier les propos de Bruno. Elle était toujours là. Certes elle se trouvait fermée, mais elle était bel et bien là. Engourdie par la fatigue que cette course contre la montre provoquait en elle, Laura s'était juste demandé pourquoi le coéquipier d'Agnès avait affirmé que cette boutique de livres n'existait pas. Sans doute un moyen de jouer sur ses nerfs pour la faire craquer. En attendant, seuls les deux chats égyptiens avaient répondu à ses appels derrière la porte. L'un d'eux avait même sauté dans la vitrine pour se frotter contre la vitre, manière gracieuse de la saluer. Laura s'était promis de repasser plus tard, afin de récupérer le livre du prince de Pise.

Elle hâta le pas dans les couloirs encombrés de l'hôpital. Le chien de garde en tenue, toujours figé devant la porte de la chambre, avait l'air de s'emmerder à cent sous de l'heure. Un rapide coup d'œil sur les barrettes de l'uniforme et Laura se planta devant lui. Il s'agissait d'un gardien de la paix. Celui-ci abandonna à contrecœur sa revue automobile pour la dévisager avec un sourire navré.

— Désolé. Les ordres n'ont pas changé.

— Est-ce que vous pouvez au moins me dire comment il va ?

Le gardien secoua la tête avec l'air pénétré du flic qui remplit enfin une des missions de son service public : rassurer et apaiser.

– Vous inquiétez pas, il va bien. Les infirmières le bichonnent, et les médecins ont l'air content... d'après ce que j'ai compris.

Laura laissa échapper un énorme soupir : enfin une bonne nouvelle.

– Je ne peux vraiment pas entrer trois secondes ? Si vous voulez, je reste sur le pas de la porte. Juste pour l'apercevoir...

Le gardien fit une grimace.

– Les ordres sont les ordres, mademoiselle.

Mais la porte de la chambre s'ouvrit soudain, et Laura se rua vers l'entrebâillement : Vincent était toujours relié à un réseau complexe de tuyaux, eux-mêmes reliés à des moniteurs qui affichaient stupidement des lignes et des points tressautant ; plus de respirateur, mais toujours un bandage sur son front... Il n'avait pas vraiment pris de couleurs. Une ombre blanche s'agitait autour du lit.

Mado lui prit le bras avec un sourire.

– Laura, on va lui faire sa toilette. Nous sommes obligées de sortir...

Laura resta adossée au mur, prise d'un vertige.

– Vous, vous avez besoin d'un café, très sucré, et d'une bonne assiette de pâtes.

Mado ne supportait pas la contestation, surtout en matière de teint pâle et de poids non autorisé en dessous d'un certain seuil : elle agrippa Laura par le bras et l'entraîna sans un mot. Mais Laura s'arrêta au niveau du distributeur de boissons.

– Un café bien sucré, ça ira. Je n'ai pas faim.

Tout en laissant échapper un sifflement agacé, Mado la laissa s'asseoir sur un fauteuil de plastique pendant qu'elle se battait avec la machine.

– Ces engins, rien que de l'eau et de la poudre...

Elle tendit enfin un gobelet fumant à Laura et se posa avec légèreté à côté d'elle. Elle remplissait entièrement le siège baquet ; le bout de ses chaussures effleurait à peine le linoléum.

— Vous allez comment ?

— Pas très bien.

— Je sais. Je suis au courant. Il faut tenir, ma petite. Vincent a besoin de vous, de nous.

Laura cacha son émotion : elle était soudain incluse dans le clan Bellair. Un mystère de plus, tout maternel, mais guidé par la bonté de Mado.

Elle essaya d'avaler une gorgée de café : brûlant et infect.

— Buvez ! commanda Mado.

Le liquide coula dans sa bouche et lui incendia la gorge.

— C'est bien, constata la mère de Vincent. Maintenant, je vous dois quelques explications. J'aurais préféré que mon fils vous le dise lui-même, mais c'est pressé. Je sais pourquoi il a dit non devant le maire.

Laura faillit en recracher sa deuxième gorgée. Mado lui prit le gobelet des mains et le posa d'autorité sur une table basse.

— Voilà. Je vous raconte. Je suis venu le chercher chez lui avant d'aller à la mairie. J'avais des choses à lui dire, que je n'avais dites à personne auparavant. Sauf à mon Pierrot, bien sûr. Lui, il sait tout... depuis longtemps.

Elle prit à peine le temps de souffler, et continua avec un débit de mitraillette.

— Ça remonte à la mort de votre maman. Le 21 août 1972, je m'en souviens comme si c'était hier. Quand elle a eu son accident, on a cru que c'était à cause de la voiture. Un problème avec les freins, ou quelque chose comme ça. Fred, mon beau-frère, était inconsolable... mais vous savez pourquoi. Il ne mangeait plus. Je l'ai gardé trois jours à la maison, comme ça. C'était pas son genre : une épave ! Bref, quelques semaines plus tard, quelqu'un est venu dire à mon Pierrot que l'accident de votre pauvre maman, c'était un meurtre ! Oh... la rumeur n'a pas duré longtemps. De toute façon, il n'y a jamais eu d'enquête. Votre maman était enterrée, et tout le monde avait trop de chagrin pour s'occuper de ces méchancetés. Et puis après, on a commencé à parler de malédiction... Seulement *après*. Avant la mort de votre mère, je n'avais jamais entendu parler de cette malédiction ! Jamais. Personne, d'ailleurs !

Laura se liquéfiait littéralement sur sa chaise. Elle ouvrit la bouche. Mado posa sa main sur sa cuisse.

— Laissez-moi continuer. Tout ce que je sais c'est que Fred, ensuite, est devenu un peu fada : il a raconté à Pierrot que Luisa lui avait confié quelques jours plus tôt qu'elle se voyait morte. Elle avait des voix aussi... elle entendait des gens parler d'elle au passé. Un peu comme vous...

— Je ne suis pas folle, Mado... Ces cartes, je les reçois. Je vois des choses, c'est vrai. Tout ça a obligatoirement une explication mais personne ne me croit... Personne !

— Mais si ! Moi je vous crois. Vous savez que je crois à beaucoup de choses, le Tarot, tout ça... On me prend pour une fadade, des fois, moi aussi ! Moi, ce que je dis, c'est que les gens n'écoutent pas assez leur instinct. Et puis, cette histoire de malédiction, si vous voulez mon avis... c'est du bidon. En tout cas, une chose est sûre : Vincent a voulu vous protéger.

Elles se dévisagèrent toutes deux un moment. Mado ne plaisantait pas.

— Je vais vous dire ce qu'il m'a dit, mon Vincent. Il m'a dit : « *Maman, il y a quelqu'un qui ne veut pas d'un mariage entre les Bellair et les Fontane. C'est peut-être pour ça que la mère de Luisa a été assassinée. Et Laura le sera à son tour si je l'épouse.* » Je suis convaincue qu'en refusant de vous épouser, mon fils a voulu vous protéger.

— Il a dit que ma mère avait été assassinée ?

— Oui, c'est ce qu'il m'a dit.

— Alors Vincent avait sûrement découvert la vérité et c'est pour ça qu'on a voulu le tuer.

— C'est la preuve aussi que vous n'êtes pas folle, mon petit.

— Il faut veiller sur lui, Mado. Il me reste peu de temps pour la trouver, cette vérité. Je vous remercie, je vous remercie infiniment, Mado.

Avant de repartir, Laura avait tenu à revoir Vincent. Mado l'avait entraînée sous les yeux résignés du planton. Elle se pencha sur lui et ne put s'empêcher de penser que la vérité était là, en lui, endormie mais hors d'accès. Puis elle lui murmura un mot d'amour avant de le confier à sa mère. Vincent n'eut aucune réaction.

À peine fut-elle ressortie dans le couloir qu'elle fut secouée par une nouvelle vision : le pastel sur les murs se mit à gonfler en grosses cloques, puis le linoléum lui-même fut happé par la houle, les visages devinrent flous, et elle ne vit plus autour d'elle que des silhouettes nimbées d'une lumière orangée. Elle n'entendait plus que les battements de son cœur qui emplissaient tout l'espace. Elle s'arrima comme elle put au chambranle d'une porte : un brancard arrivait droit sur elle, transportant une femme aux longs cheveux bruns baignés de sang. Il y avait du sang partout sur le drap qui la couvrait. La femme à demi morte était enceinte. Laura voulut fermer les yeux mais le brancard qui se dirigeait seul vers elle continuait sa trajectoire derrière ses paupières serrées comme des poings... Laura crut reconnaître sa mère mourante... Puis à l'image de la mère agonisante succédèrent les cris d'un nourrisson.

Lorsqu'elle surgit sur le perron de l'hôpital, quelques minutes plus tard, elle pensait détenir une nouvelle pièce du puzzle de sa vie... Elle n'eut qu'une seule idée : parler à son père.

Arrivé au dernier étage, Fred Bellair ressentit cruellement que les plus belles années de sa jeunesse avaient disparu à tout jamais : l'ancien sportif avait l'impression d'avoir un haut fourneau à la place du cœur, dont les martèlements sourds lui fracassaient les tympans, le cerveau, et se répandaient en lentes coulées de lave le long de ses jambes. Il reprit son souffle, le temps de reposer son masque de sphinx sur son visage, et d'abaisser ses paupières à mi-parcours d'un champ de vision parfait : il dominait toujours la situation.

Pas de sonnette. Il frappa. Deux coups secs sur le vilain bois de la porte, qu'il entendit résonner dans la pièce.

— Fred Bellair. J'ai besoin de vous parler.

La porte s'ouvrit. Un instant plus tard, il était assis sur une chaise pliante et Manon le regardait toujours, bras croisés, tendue mais déterminée, appuyée contre le mur d'un cabinet de toilette...

— Qu'est-ce que vous voulez? Je dois partir. J'ai un train.

— Vous prendrez le prochain. On arrive toujours à quitter Nice, même dans l'urgence... Mais il est très difficile de m'échapper.

Manon lui décocha un sourire railleur. Bravache, la petite. Dans une seconde, ce sourire serait effacé... D'un geste lent, il sortit de sa poche un objet ovale qu'il lui mit sous le nez. Le badge de strass brillait au creux de l'énorme paume, fragile. Manon cligna des paupières et s'arc-bouta un peu plus sur ses jambes.

— Et l'on ne m'échappe pas avant de m'avoir fourni toutes les réponses aux questions que je me pose, poursuivit Bellair. Ce badge vous appartient, je l'ai trouvé dans mon bureau. Je suis donc là pour récupérer ce que vous y avez volé...

Elle fit une tentative désespérée pour contrer l'attaque.

— Je ne sais pas de quoi vous voulez parler.

— Vous mentez.

Il plissa ses paupières. En une seconde, il broya son bras entre ses doigts puissants et emprisonna son regard dans le sien.

— Ne m'obligez pas à recourir à la violence.

— Elles sont là, vos foutues lettres à la con !

Elle désignait le sac ouvert sur le lit. Il la lâcha. Il trouva le paquet enrubanné sous un jean sale. Il le fit disparaître dans la poche de sa veste. Il revint à sa chaise. Elle n'avait pas bougé, tenait toujours ses bras croisés contre sa poitrine

345

et le défiait d'un regard haineux qu'elle n'arrivait pas à contenir.

— Maintenant, foutez le camp ! dit Manon.

— Vous me permettrez d'attendre quelques explications. En quoi ces lettres vous intéressent-elles ?

— Ça ne vous regarde pas.

— Quand on a un don pareil pour ouvrir les portes fermées à clef, pourquoi ignorer l'argent et les objets précieux ? Vous n'êtes pas une vulgaire monte-en-l'air, mademoiselle Hanspag. J'ai tout mon temps...

— Appelez la police, tant que vous y êtes...

— J'ai toujours réglé mes problèmes moi-même.

Il s'installa le plus confortablement possible sur sa chaise pliante. La jeune femme se tourna vers la porte du cabinet de toilette, et tendit la main vers la poignée. Fred comprit en un éclair que ce qu'elle cherchait à lui cacher en réalité était là, sous ses yeux, accroché à son poignet. Il n'eut qu'une enjambée à faire et la traîna vers la table, enserrant le bijou en même temps que la fragile ossature du bras de Manon. Il la colla de force sur sa chaise.

— Ôtez ce bracelet, je vous prie. C'est décidément une manie de voler tout ce qui appartient à Luisa.

— « Appartenait ! » Elle est morte, que je sache ! À moins qu'elle soit toujours vivante ?

Manon reprenait du poil de la bête. Fred était à rude épreuve.

— Eh oui... insista-t-elle. Peut-être que son accident de voiture n'était qu'une mise en scène pour la soustraire à son mari ?

— Vous croyez que si Luisa était vivante, je serais resté à Nice ?

— Qui vous dit qu'elle n'a pas voulu vous échapper, à vous aussi ?

Fred partit d'un grand éclat de rire bref.

— Vous êtes très romanesque, jeune fille ! Maintenant, rendez-moi ce bracelet.

Apparemment Fred avait l'air d'en savoir plus long que les autres sur la disparition du corps de Luisa, se dit Manon, alors qu'il s'acharnait sur le fermoir du bijou.

— Ce bracelet est à moi, grinça-t-elle avec hargne.

— Ça suffit. Qu'est-ce que vous cherchez ?

— Ce que je cherchais, je l'ai trouvé, lui cracha-t-elle au visage.

— Répondez à ma question.

— J'y ai répondu.

— Où avez-vous trouvé ce bracelet ?

— Je l'ai volé ! je suis une voleuse...

— À qui ? Où ?

— Il n'est pas à vous, ce bracelet. Alors, qu'est-ce que ça peut vous foutre ? Maintenant je vous demande de sortir.

— C'est vous qui avez tué Matthieu ?

Pour seule réponse, Manon lui balança une gifle d'une telle puissance qu'elle eut pour effet de calmer le Sphinx au lieu d'exciter sa colère. Mieux, ce geste apparut à Fred comme la démonstration de l'innocence de cette jeune lionne.

Il prit alors son temps pour l'observer : ramassé comme un boxeur qui vient de perdre un round mais qui dresse désormais une défense imperméable ; quelques mèches de sa courte chevelure étaient tombées sur son front buté. Il fut pris d'une brusque envie d'éclater de rire, sans en saisir la raison : cette fille n'avouerait rien, il en était soudain convaincu, mais cette certitude glissait sur lui comme la pluie sur les plumes d'un canard...

— Vous êtes virée.

— Au lieu de chercher des badges dans la moquette, vous auriez mieux fait de regarder sur votre bureau : ma lettre de démission y est déjà.

— Je suis certain que vous ne quitterez pas pour autant notre belle ville de Nice, mademoiselle Hanspag...

— Vous vous trompez.

— Je ne le crois pas. Votre maman habite bien Nîmes, n'est-ce pas ?

– C'est une menace ?

– Juste une précaution. À très bientôt, donc...

Puis désignant le bracelet qu'il avait réussi à détacher du poignet de sa croupière, il ajouta en le remettant dans sa poche :

– Je l'emporte...

Toujours recroquevillée sur sa chaise, Manon attendit que son pouls retrouve un rythme à peu près normal. Fred avait fermé délicatement la porte en partant. Alors elle se sentit mieux puis se dirigea vers la table de chevet du côté où elle avait dormi, fit glisser le tiroir, et s'amusa un instant à faire miroiter le deuxième bracelet dans un rayon de lumière. Pièce unique ? Elle ricana puis redevint grave : si Fred Bellair avait un bon train de retard sur l'histoire, elle eut l'impression qu'elle devait, elle, carrément redescendre sur le quai. Apparemment son séjour à Nice n'était pas terminé... C'est ce qu'elle fit comprendre à sa mère quelques secondes plus tard, au téléphone.

***

Les graviers giclèrent sous la morsure des roues, bloquées par un coup de patins furieux, et la berline s'immobilisa. Laura jaillit de la voiture et grimpa les marches du perron de la maison de verre. Elle ne marchait pas, elle volait littéralement, propulsée par un combustible qui alliait colère, révolte, détermination et sang-froid. Elle fondit sur Max qui venait d'être libéré, le cueillant sur sa chaise en plein voyage dans le temps.

– Est-ce que ma mère était enceinte de moi, quand elle est morte ?

Max la regarda d'un air à peine étonné : il était justement en pleine conversation avec Luisa, une de ces innombrables conversations qu'il avait avec son fantôme d'amour... Il ne fit pas un geste pour se lever. Laura tira une chaise et s'assit devant lui.

— Papa, je le sais. Je l'ai *vu* ! Ma mère était enceinte quand elle a eu son accident. C'est ça que tu me cachais ? Tout le monde me l'a caché. Pourquoi ?

Max haussa les épaules.

— Je ne sais plus...

Laura lui broya la main.

— J'ai raison, n'est-ce pas ? Réponds-moi !

Laura le clouait au dossier de sa chaise. D'où tirait-elle cette force ? L'énergie du désespoir... Il sourit.

— Tu n'es pas née le 31 juillet, mais quelle importance ? murmura-t-il.

— Comment ça, quelle importance ? rugit-elle. Tu m'as menti pendant trente-trois ans ! Je suis née du ventre d'une mère morte, et ça, ça n'a pas d'importance ? Ça fait trente-trois ans que je vis avec ce cauchemar et toi tu en connaissais la raison, et tu ne m'as jamais rien dit ? J'ai cru que j'étais folle...

Max laissa échapper un petit rire mélancolique.

— Moi aussi, je vis un cauchemar...

Laura se figea. Max la fixait avec le regard inquiétant d'un somnambule.

— C'est moi qui l'ai tuée...

La phrase tomba d'un coup et provoqua une espèce de vacarme dans le silence qui suivit.

— Répète...

— C'est moi qui l'ai tuée.

— Qu'est-ce que tu racontes ?

— C'est moi qui l'ai tuée, martela-t-il en gémissant.

On eût dit qu'il était anesthésié. Laura lui balança une gifle pour le faire revenir à la réalité. Elle touchait au but, pas question que son père flanche maintenant. Pas de compassion, des comptes, bruts, crus ; la vérité, c'était le moins qu'il lui devait après ces années d'une lutte sans merci contre ses fantômes. En une minute ils venaient de se matérialiser, et leurs chuchotements, la nuit, pour l'appeler près d'eux, avaient une raison : Laura, avant même qu'on ne la baptise ainsi, avait réellement vécu ce qu'ils lui racontaient. Leurs mots avaient été jusqu'à présent inintelligibles ; aujourd'hui, ils relataient une histoire bien réelle, celle des derniers jours de la vie de sa mère, et les premiers de son enfant.

— Réveille-toi !

Le voile opaque sur les yeux de Max sembla se lever. Laura lui pinça légèrement la joue : son père était vraiment commotionné. Mais elle ne pouvait pas le laisser s'échapper. Un peu de rouge colora les joues blafardes ; le hâle était devenu jaunâtre depuis quelques jours déjà... Elle lui tapota la main. Il semblait revenir à lui, mais Laura avait compris : il était écartelé, avec un pied seulement sur terre ; l'autre était ancré sur la rive opposée du Styx.

— Papa, reviens...

— Je suis là... Ta mère était encore vivante. Mais j'ai dû choisir. En vérité, les chirurgiens ne m'ont pas laissé le choix ! Quand les pompiers ont amené Luisa à l'hôpital, elle était dans le coma. La voiture avait pris feu, mais elle avait probablement été éjectée. Elle était enceinte de huit mois. Tu étais en vie. Elle, elle avait peu de chances de survivre. Traumatisme crânien, lésions irréversibles. Dans le meilleur des cas, elle serait restée tétraplégique. Il fallait faire vite. Choisir entre toi et elle. J'avais peu de temps pour prendre ma décision. Je l'ai tuée... pour que tu vives...

Laura lâcha sa main. Max ne mentait plus ; lui aussi avait vécu un cauchemar depuis toutes ces années. Pourtant, une foule de questions surgissait de nouveau.

— Pourquoi avoir changé ma date de naissance ?

— Il n'y a pas un jour où je ne revive cette scène, insista-t-il, perdu dans ce terrible souvenir. Ensuite, seulement, on a changé ta date de naissance. Le chirurgien était d'accord. On voulait t'éviter au moins ce traumatisme-là. Pour que tu ne te sentes pas responsable, à ton tour, de la mort de Luisa. On a sans doute eu tort. Mais une fois qu'on a commencé à bâtir un mensonge, il est impossible de revenir en arrière...

Laura se leva. Elle avait enfin obtenu ce qu'elle désirait. Elle caressa la joue de celui qui n'était plus qu'une ombre. Elle ne pouvait pas lui en vouloir.

– J'ai besoin de réfléchir. Je vais rentrer chez Ludmilla...

Il se redressa et lui saisit la main, la forçant à se rasseoir.

– Je n'ai pas fini. Ta mère voulait me quitter... tu le sais. Ce que tu ne sais pas, c'est que Fred est arrivé à l'hôpital lui aussi. Il avait appris l'accident de Luisa. Il m'a supplié de lui laisser la vie sauve.

– Pourquoi me racontes-tu ça ?

– Laura, si tu avais été sa fille, il aurait fait le même choix que moi. Or lui ne voulait pas que tu vives ! Il voulait que *Luisa* vive ! Mais c'était moi son mari et moi seul devais prendre la décision. Tu vois bien que tu es notre enfant. Pas celui de Fred. C'est ce choix qu'il ne m'a jamais pardonné.

Laura serra sa main, malgré son envie de prendre ses jambes à son cou, de se retrouver seule.

– Laura, tu ne dois pas rester à Nice.

Ça le reprenait. Il ne voulait soudain plus lâcher sa main, avec cet air suppliant et affolé qu'elle avait rarement vu chez lui, sauf lorsqu'il était question du « truc », comme elle l'appelait parfois. Une façon de ne jamais nommer la maladie, parce que pour elle c'en était véritablement une, dont tout le monde pensait qu'elle était atteinte.

– La malédiction va s'abattre sur toi. Ta mère en est morte. Tu dois te mettre à l'abri.

– Papa, si cette malédiction existe, elle me rattrapera même si je me cache à l'autre bout de la planète. C'est le propre des malédictions, non ? Et pour être tout à fait sincère, je n'arrive plus vraiment à y croire.

– Viens avec moi...

Il la traîna par la main jusqu'à la grande pièce qui lui tenait lieu de bureau. Il avait recouvré sa vigueur, et Laura ne fut pas fâchée de récupérer sa main entière lorsqu'il la lâcha enfin. Elle le regarda ouvrir une bibliothèque vitrée, puis soulever sur l'étagère la plus basse une pile d'albums photos. Un instant elle se rappela les avoir feuilletés chaque fois, lors d'un de ses séjours chez son père, après qu'elle eut commencé ses études à Paris. Adolescente, ce fatras d'images lui donnait la nausée. Il avait fallu la distance, de corps et d'âme, pour qu'elle acceptât de revenir sur ses souvenirs soigneusement compilés non par son père, mais par Viviane...

Max se redressa. Il tenait une petite boîte en ferblanterie aux couleurs vives, qui avait contenu des « caramels mous au beurre salé d'Isigny, spécialité de Normandie », sûrement le souvenir d'un voyage qu'il avait fait avec Luisa... Il l'ouvrit, et tendit une enveloppe à Laura. Laura n'osa pas la toucher : la texture lui rappelait une autre enveloppe...

– Ouvre. Tu vas comprendre ce que je me tue à te répéter...

Laura prit l'enveloppe à contrecœur : dedans, il y avait une carte de Tarot. C'était la « Carte sans nom », la numéro XIII. Un squelette grimaçait une ébauche de sourire menaçant sur une rangée de dents parfaitement alignées, et fauchait de sa faux têtes, pieds et mains. Laura frissonna : sa vision de feu Duroc revenait la frapper comme un boomerang, sans compter que son père allait certainement parachever ce bombardement d'émotions par une nouvelle révélation.

– Quand je suis allé te chercher à l'hôpital, où tu es restée un mois en couveuse après ta naissance, cette carte était dans ton couffin...

Ludmilla explosait ses propres records : *Madame Butterfly* se faisait hara-kiri pour la vingtième fois. Et, sûrement à cause de la mort de Matthieu et d'Antoine, la tante de Laura versait toujours autant de larmes à chacune de ses agonies. Elle n'avait rien avalé depuis deux jours, mais bourrait consciencieusement et régulièrement son petit shilom d'ébène d'un excellent succédané, composé exclusivement d'herbes cultivées avec amour au fond du parc, aux vertus bienvenues en ces jours noirs. Le fourneau rougeoya sous la flamme de son briquet, et elle aspira avec délices une longue bouffée odorante et parfumée. Meilleur qu'une salade verte assaisonnée de graines de sésame... Contrairement à toutes les préconisations en vigueur, le cannabis lui coupait l'appétit. Des volutes de fumée noyèrent la mélopée funèbre de la mourante. Ludmilla essuya une larme, et Laura traversa le grand vestibule dallé de noir et blanc sans que ses yeux embués l'aient aperçue... Les femmes de cette maison semblaient disloquées. Par la porte grande ouverte, elle croisa le regard du prince de Pise, ce regard qui traversait les siècles jusqu'à elle et qui soudain l'inquiéta.

Laura s'agrippa à la rampe de fer jusqu'au premier étage, et rejoignit sa chambre en pensant qu'elle allait s'écrouler à chaque pas. Elle avait présumé de ses forces. Son corps et sa tête hurlaient au repos, à l'abandon. Elle ouvrit la porte et se traîna jusqu'au lit. Elle s'allongea, ferma les yeux... Le sommeil la fuyait, les images et les mots dansaient toujours leur sarabande derrière ses paupières closes. Le repos était décidément un cadeau inaccessible... sauf pour les morts. Pendant un instant, elle les envia : dormir, éternellement... Elle eut un sursaut de vitalité, et rouvrit les yeux. Le soleil remplissait très exactement le cadre de la fenêtre, aux battants laissés grands ouverts. La chambre n'était qu'une fournaise, et Laura un corps sans plus une goutte d'eau. La douche était à deux pas, derrière la porte cérusée en ocre jaune...

Pendant ce temps, le livre du prince de Pise que Laura croyait toujours dans la librairie avait trouvé sa place sur le guéridon comme s'il y avait été de toute éternité. Un léger courant d'air obligea le livre à s'ouvrir, les pages s'en tournèrent toutes seules. On avait l'impression qu'une voix d'outre-tombe lisait certains passages ; peut-être la voix de Luisa mêlée à celle du prince ?

« Moi, prince de Pise, j'ai découvert ces secrets. C'est pourquoi je suis revenu d'entre les morts pour vous les livrer, à vous les magiciennes de mon temple... »

La voix démultipliée répétait inlassablement la même phrase.

Toujours sous la douche, Laura entendit ces voix déformées par le ruissellement de l'eau... puis des cris de douleur lui parvinrent. Des cris de damnés, ou d'errants... Elle arrêta la douche... Écouta... Les voix étaient toujours là mais brouillées... lointaines... Elle s'enroula dans une serviette de bain et retourna dans la chambre.

Là, elle découvrit le livre ouvert dont les pages frissonnaient... Plus elle s'avançait, presque en état d'hypnose, plus les voix se clarifiaient... Son regard plongea dans le livre... Elle qui ne connaissait rien du latin comprenait le texte.

« Le Paradis est l'envers de l'Enfer, il est la même chose... Le seul moyen d'entrer dans la vie éternelle est le Purgatoire. Le Bien n'a pas plus de valeur que le Mal... Il conduit à la même chose : au néant. Le Mal est nécessaire pour atteindre le Purgatoire des âmes, seul endroit d'où l'initié peut naître à la vie éternelle ou renaître... La Vierge Marie et sainte Anne étaient filles des magiciennes de Thessalie! Les héritières... »

L'image du calvaire devant lequel Luisa avait eu son accident l'assaillit. Elle appréhendait cette vision sous tous ses angles... Soudain elle entendit très nettement une voix de femme qu'elle crut reconnaître comme étant la voix de sa mère. *« Laura... Laura... Ne les écoute pas... Je reviendrai... je reviendrai... »*

À ce moment-là, le livre prit feu tout seul comme une torche et se consuma sur place sans rien brûler d'autre.

Le hurlement que poussa Laura obligea Ludmilla à sortir de cet opéra qui anesthésiait sa douleur. En très peu de temps, elle rejoignit sa nièce dans sa chambre.

— D'accord, le livre est là... mais il n'a pas brûlé ! Qu'est-ce que tu racontes, ma chérie ?

Laura contemplait le livre intact sur la coiffeuse, submergée par les questions qui se bousculaient sous son crâne. En bas, dans le grand salon, Cio-Cio San, alias Madame Butterfly, clamait toujours son amour pour Pinkerton. Goro n'allait pas tarder à intervenir...

— Je te jure qu'il brûlait, gémit Laura.

Ludmilla fit claquer sa langue, signe d'un agacement certain.

— Ma chérie, j'en ai marre. Du bracelet qui disparaît, des cartes qui t'apparaissent, de ce bouquin de malheur qui prend feu et qui ne prend pas feu ! Si ça continue, je te préviens, je balance tout, et le portrait du prince de Pise avec. Tu m'entends ?

— Ma mère veut revenir.

Ludmilla la toisa, catastrophée.

— Ça suffit ! hurla-t-elle. Tu débloques complètement. Ta mère est morte. Et les morts ne reviennent pas. Ils appartiennent au passé, Laura. Au passé ! Antoine est mort et il ne reviendra pas, ton frère est mort et il ne reviendra pas non plus ! Ta mère est morte ! Morte ! Écoute, chérie, je t'ai fourni un alibi pour que tu puisses sortir... Mais maintenant, tu dois te faire soigner, tu m'entends ? Soigner ! Je peux te protéger, mais mes moyens sont limités...

— Je te dis que j'ai entendu ma mère, cria Laura entre ses larmes, et elle me disait qu'elle allait revenir.

— Génial ! Mais tu entends ce que tu dis ? Tiens, et si tu entends aussi Antoine, sur Radio Visions, n'oublie de me le passer : on n'avait pas fini notre conversation !

Le mur trembla quand elle claqua la porte, faisant frissonner le plafonnier. Laura se laissa tomber sur son lit, nauséeuse, au bord des larmes.

*
**

Le père de Vincent, Pierrot Bellair, s'était fait violence. Il avait demandé à parler à son frère. Il attendait sans oser bouger, accroché au comptoir, aussi déplacé qu'une vraie plante verte dans une boîte à strip-tease d'arrière-zone. Il se permit un soupir discret. Il avait eu tout le temps pour réfléchir, seul sur son bateau, à regarder le soleil se coucher tous les soirs pendant que Vincent se battait sur un lit d'hôpital. Il n'avait menti à Mado qu'une seule fois dans sa vie. Une fois de trop. Son mensonge, de minuscule alevin durant toutes ces années était devenu en l'espace de dix jours une véritable baleine qu'il avait halée chaque soir dans son filet, puis sur son dos sur le chemin de la maison, et qui s'asseyait toutes les nuits sur son estomac en lui susurrant à l'oreille la même rengaine : « C'est ta faute. Tu aurais dû refuser... » Il était temps de relâcher la baleine. Et de respirer. Un jour, lui, le dépositaire d'un secret trop lourd à porter, raconterait tout à Mado, son unique madone, sa divine Italienne, sa féroce nourricière qui méritait beaucoup mieux que son silence. Il examina ses mains, posées à plat sur le comptoir, désœuvrées et sages comme celles d'un gamin qui attend la baguette du maître pour recevoir sa punition. Enfant, ses doigts étaient déjà épais et robustes. Il se souvenait d'avoir eu envie de devenir un écrivain mais il n'avait jamais été foutu d'écrire à la plume, et ses cahiers n'étaient qu'une litanie de taches et de pâtés, poétiques pour le môme qui avait toujours le regard fixé sur le ciel de la fenêtre, mais pas pour les maîtres d'école. L'un d'entre eux, M. Louvois, lui avait prédit une vie dans les cailloux ; il ne s'était pas trompé de beaucoup. Pierrot avait décroché son CAP de maçon en tirant la langue, et arpenté les chantiers dès l'âge de quinze ans. Il pouvait lire sa vie de labeur sur ses doigts et ses mains, aujourd'hui tavelées par le ciment, avec des crevasses profondes dans une peau plus cornée que celle d'un saurien. Il faisait partie d'une autre époque, d'un autre monde, ses mains étaient à son image : solides encore, mais très abîmées. Pour la première fois de sa vie, il éprouva de la compassion envers lui-même.

Le bois verni qu'il caressait sous le comptoir, les lumières tapageuses, la faune affolée qui se consumait tout autour, rien de tout cela ne le faisait rêver.

– Tu ne bois rien ?

– Non. Pas soif...

Fred le dévisagea un instant. Pierrot se dit qu'il ferait mieux de faire des phrases pour pouvoir parler à son frère. Il se reprit.

– Non je t'assure, c'est gentil mais je n'ai pas soif du tout.

– Pourquoi n'es-tu pas monté me voir au bureau ? On aurait été plus tranquilles.

– J'en ai pour deux minutes.

– C'est Mado qui t'envoie ?

– Non, non. C'est moi tout seul.

Il éprouvait une certaine fierté à dire cela, même si Fred laissa échapper une moue qui exprimait à merveille son doute. Pierrot s'en balançait, pour l'instant il venait libérer la baleine.

– Écoute Fredo, Je pense qu'il est temps de rendre ce que je sais que tu possèdes et qui ne t'appartient pas...

Fred avala une gorgée, regard caressant la salle et ses alentours.

– Il faut aider la petite Laura Fontane. C'est la seule façon d'aider Vincent aussi.

– Je crains de ne rien pouvoir faire, lâcha Fred regardant fixement la veste froissée d'un serveur de salle et grommelant : « Si on n'a pas l'œil partout, c'est la chienlit ! »

Pierrot était décidé à ne pas le laisser se dérober.

– Ça fait des années que tu mélanges tout, Fred. Je vais même te dire : je regrette de t'avoir aidé. Je suis un putain d'abruti, je n'ai jamais été très intelligent, contrairement à toi. Mais si tu t'obstines, c'est moi qui parlerai à cette petite. C'est le seul moyen d'en finir avec tout ce merdier.

– Tu ne diras rien. Ça ne te concerne pas.

Ses lèvres avaient à peine bougé. Pierrot lâcha le comptoir et repoussa le haut tabouret pour manifester son départ.

– Comme tu voudras.

C'est tout ce que le père de Vincent avait ajouté : « Comme tu voudras ». Les mots résonnaient déjà dans la tête de Fred. Ça pouvait tout vouloir dire : le meilleur comme le pire, la soumission comme la révolte, le maintien du secret comme sa révélation.

Pierrot ôta sa veste au col lustré bien avant d'avoir atteint la porte à tambour : en dessous, il portait un marcel d'un blanc impeccable. Il était de la race des poilus, et la toison qui débordait de son maillot était une véritable injure aux hommes de ce nouveau millénaire, tellement hygiénistes et imberbes, dont faisait partie manifestement le portier body-buildé.

Laura arrêta la voiture juste devant le calvaire, au creux du virage en épingle à cheveux. La lune décroissante n'était pas la seule à éclairer le Christ ; loin, en contrebas, le ruban orangé des lumières de Nice renversait le ciel étoilé. Elle contempla le monument de granit quelques minutes. De quelle nature était donc cette foi qui poussait les hommes à se recueillir sur le corps martyrisé d'un homme sur une croix ?... Laura se secoua, alluma la loupiote intérieure de la berline et contempla la photo qu'elle avait récupérée à la gendarmerie : la chaussure de Luisa sur le bas-côté. Elle avait résolu le mystère de sa naissance et savait désormais qu'elle était née d'une morte. Mais curieusement cette nouvelle, si essentielle fût-elle, ne l'apaisait pas. Sous ses yeux, la chaussure luisait sur le papier glacé, en noir et blanc. Elle n'avait pas eu le courage de regarder cette photo depuis qu'elle l'avait dérobée. Elle sortit de la voiture.

Elle passa rapidement devant le Christ des premiers âges. Elle tâcha d'éviter de poser les yeux sur lui, mais les trous de ses mains, de ses pieds et de son flanc s'ouvrirent comme autant de vides qui perçaient le temps et l'espace.

Des gouffres. Elle parvint toutefois à rompre cet étourdissement et s'engagea sur la pente raide, s'agrippant aux pointes de la roche qui affleuraient et aux arbustes secs. Elle était sur les lieux du drame, au cœur du drame. Elle s'était préparée à l'épreuve. Un coup d'œil sur la photo l'en convainquit : le sommet de la croix se découpait sur la lueur blafarde du ciel, au second plan. Il lui suffisait de fermer les yeux. Ce qu'elle fit. Et elle vit de ses yeux la voiture renversée sur le toit, les traces du feu sur la carrosserie, les débris de verre... Elle vit la chaussure abandonnée. Elle appelait ses souvenirs puisqu'elle avait été là elle aussi, dans le ventre de sa mère. Elle avait donc senti, hurlé avec elle. Mais qu'avait éprouvé Luisa, au juste ?

Rien à voir avec l'accident. Elle vit Luisa recevoir un coup. La douleur ne provient pas des tonneaux de la voiture. Elle est antérieure. Elle vient du visage, elle se répercute jusqu'au ventre de sa mère, jusqu'à l'enfant qu'elle porte. Luisa ne crie pas. Elle a mal. Elle ne comprend pas. Quelque chose de chaud coule sur sa tempe, au cœur de la douleur, puis sur sa joue, comme sur ses dessins d'enfant. Ensuite, une flamme toute petite qui vacille. Un souffle, chaud. Une explosion. La puanteur. L'essence enflammée, le plastique qui commence à fondre. Luisa qui suffoque et qui ne pense qu'à sauver cet enfant qu'elle protège dans son ventre...

Jusque-là Laura n'avait fait que le pressentir, mais c'était désormais une certitude : Luisa avait été assassinée avant l'accident. L'accident était donc une manière de déguiser le meurtre ! Curieusement, la terreur s'empara d'elle. Elle était seule à détenir une vérité impossible à prouver et qui la menaçait. Après tout, peut-être que Delambre avait raison, peut-être qu'elle était schizophrène, peut-être que c'était elle qui tuait tous ces gens, qui avait tué son propre frère aussi, mais sans le savoir ? Peut-être n'était-elle venue au monde que pour venger le meurtre de sa mère ?

La nuit se fit si accueillante, soudain, que Laura se coucha sur la terre sèche, les bras en croix, offerte au ciel, aux étoiles, aux anges, aux démons. Elle n'aspirait plus qu'à une seule chose : en finir ! Elle se mit à balbutier une prière dans laquelle elle suppliait la terre de s'ouvrir pour l'ensevelir et les morts de la délivrer en venant la chercher pour l'emporter avec eux dans leur monde de vérité. Elle ne voulait plus qu'une seule chose : la paix.

Dimanche 14 août

LA FORCE

Agnès se réveilla en sursaut : 10 heures déjà, et ce putain de réveil qui n'avait pas sonné ! Elle surgit du lit, en sueur alors qu'elle avait dormi à poil et sans drap ; le soleil l'avait réveillée, mais trop tard. Elle avait pourtant laissé le store levé, deuxième précaution en plus du réveil, mais les rayons et la chaleur de l'astre d'airain n'avaient pas eu de prise sur son sommeil de plomb. L'idée des deux métaux qui ne fusionnaient pas la fit sourire. N'empêche que sa nuque était trempée et qu'un filet de sueur coulait entre ses seins jusqu'à son nombril. Elle attrapa un tee-shirt jeté en boule au pied du lit et s'essuya rageusement la poitrine. Elle n'aurait jamais dû éteindre son portable. Elle alluma l'engin, gestes encore brouillés par le sommeil, et composait son code d'accès lorsqu'elle se rappela que personne ne l'attendait un dimanche, pas même Delambre qui devait être à la pêche et encore moins Bruno qui avait dû écumer les bars homos. Elle se laissa alors tomber sur le dos au milieu du lit, et passa une main moite sur son front : son divisionnaire ne pouvait même pas imaginer à quel point elle aurait préféré être au boulot plutôt que seule dans ce studio tout blanc, au milieu de ce lit trop grand. Depuis trois ans qu'elle avait emménagé dans cet appartement, elle pouvait compter les nuits entières qu'elle y avait passées ; peu nombreuses, surtout lorsque Matthieu lui faisait

361

l'aumône d'une soirée. Matthieu ! Son nom vint frapper le silence. La pièce lui renvoya soudain la vacuité de son existence : hors du SRPJ, point de salut. C'était déprimant. Elle préféra passer sous la douche. L'eau avait cette vertu non de la réveiller mais de la remettre à l'endroit. Elle apprécia le plus longtemps possible cet instant de pure intimité, pensa se donner du plaisir elle-même, puis y renonça aussitôt : sa solitude lui pesait assez comme ça !

Lorsqu'elle ressortit de la salle de bains, le bilan de sa vie n'était pas brillant, mais elle avait au moins les idées plus claires. Elle avisa le téléphone abandonné sur le lit. Elle contempla l'appareil un moment, avant de se décider à faire défiler son répertoire. La liste des noms était à l'image de son studio : le strict nécessaire, pas de quoi saturer le quart de la moitié d'une puce électronique. Elle s'arrêta sur le nom de Matthieu. La manœuvre était pourtant simple : une pression, et Matthieu s'en irait définitivement gambader dans les jardins du Bon Dieu. Elle choisit pourtant de ne pas l'envoyer *ad patres* une seconde fois. C'est elle qui n'y survivrait pas si elle ne se donnait pas le temps de gommer en douceur l'amour qu'elle lui avait porté. Une touche « *delete* » ? Non, c'était trop violent, même si leurs relations avaient souvent été de cette nature. Elle composa son numéro. Le répondeur se déclencha aussitôt. Elle entendit la voix de Matthieu : « Bonjour, ce n'est pas moi, c'est mon répondeur. N'hésitez pas à me laisser un message, et vous entendrez parler de moi très vite... *Hi, Matthieu Fontane speaking. Leave a message, and I'll call you back.* »

Nom de Dieu... c'était plus brutal encore que tout ce qu'elle avait imaginé. Elle tâtonnait, comme une folle, les touches minuscules pour retrouver la fonction « *delete* » lorsque la sonnerie la surprit. C'était sa propre messagerie qui se manifestait à elle. Elle écouta. La voix était claire, ferme : « Agnès... c'est moi, Laura. Je voulais te dire à quel point je suis désolée de tout ce qui arrive. J'espère que notre amitié résistera à tout ça. Je suis au calvaire. Je me dis que tu avais peut-être raison : peut-être que je suis réellement malade, peut-être que je fais des choses terribles sans le savoir, peut-être que mes visions hallucinantes d'enfant n'étaient que le prélude ou la répétition de la vengeance. Tu ne peux pas savoir comme je suis malheureuse. Le ciel ce matin est plus beau que jamais. Dis à Vincent quand il se réveillera que je lui demande pardon. »

Pour Agnès, cela ne fit aucun doute : ce message désespéré était un faire-part de suicide.

En moins de deux, elle fut au volant de sa voiture. Le gyrophare hurlait sur le toit, et les conducteurs qui s'étaient malencontreusement aventurés sur les passages réservés, mais vides en ce dimanche matin, dégageaient leurs bagnoles en vitesse devant ce bolide qui leur fonçait droit dessus. Agnès détestait jouer à Starsky et Hutch ; et à Starsky sans Hutch, c'était pire encore. Un coup de bol dans ce marasme : elle avait gardé la voiture de fonction. Laura avait laissé son message aux alentours de 6 h 30. Depuis 10 h 30, Agnès avait bombardé son téléphone de messages angoissés mais Laura n'avait pas répondu...

Elle attaqua le boulevard de Cimiez cramponnée au volant, serrant les dents pour contenir l'envie de hurler qui lui montait aux lèvres. Elle passa les arènes en priant pour ne pas se manger sur le capot l'un des touristes qui s'éparpillaient en grappes affolées, à la descente des cars. Il fallait encore qu'elle traverse l'autoroute, et attaque la route en lacet jusqu'au calvaire. Elle redoutait d'y trouver le pire. Si elle avait bien décodé le message, Laura l'avait appelée au secours depuis les lieux mêmes où sa mère avait trouvé la mort. Des images de carcasse broyée lui traversèrent l'esprit. Elle aurait dû prévenir les gendarmes, les pompiers, et, surtout, saisir la détresse de Laura. Elle n'avait pas su la protéger, l'écouter, la croire... Ce n'était pourtant pas si difficile. Elle qui balançait dès qu'elle en trouvait l'occasion ses deux années de psy à la face d'un Mollaro, elle en aurait bien bouffé ses kilos de papiers de cours. Elle avait d'ailleurs légèrement enjolivé son parcours : elle ne s'était rongé les ongles en prenant des notes sur les bancs de la fac que durant un an et demi... Quoi qu'il en fût, le résultat était pitoyable.

La caisse bringuebalait et hurlait sur le bitume, mais elle tenait le coup. Enfin, Agnès vit la croix et son Christ se dresser en haut de la côte, et son estomac se contracta. Aucune voiture ne semblait garée à proximité. Elle pila juste avant le virage et se rua sur la route qui continuait, vérifiant que la berline de Vincent ne se trouvait pas un peu plus haut. Rien. Elle en fut soulagée. Elle grimpa le talus en deux bonds, et se pencha vers le vide : c'était presque un à-pic qui tombait derrière le calvaire, offrant par endroits des terrasses étroites de roche. Aucune carcasse ne s'était fracassée dans ce ravin. Elle fut prise d'un vertige, et se rappela qu'elle n'avait rien avalé depuis la veille, à midi. Elle s'assit sur le talus, redressa son dos et, mains posées sur ses genoux, entama une série de légères inspirations-expirations. Cinq minutes plus tard, elle s'attaquait au ravin. Elle jeta un coup d'œil dans la pente. Rien ! Pas de corps. La brise ne transportait pas de gémissement, pas de cri... sauf une chose, une tache de couleur qui attira son regard. Elle se pencha et sut qu'elle avait raison en même temps qu'elle sentit son pouls s'accélérer : Laura était passée ici ; la carte de Tarot abandonnée, toute neuve, n'était pas une coïncidence. Elle représentait une femme au large chapeau, à la longue robe bleue et à la cape rouge maintenant d'une main ferme la gueule ouverte d'un énorme chien. Elle s'appelait « la Force », et portait le numéro XI... Qu'est-ce que cette image pouvait signifier ? En attendant, Laura avait bel et bien disparu.

*
*
*

Solange profitait de son jour de congé pour venir, comme tous les dimanches, déguster avec gourmandise une ou deux pêches Melba, bien assise à la terrasse d'un café sur la Promenade des Anglais. Elle aimait beaucoup le froid de la glace qui contrastait avec la chaleur et surtout, surtout, écouter les bruits qui s'enfuyaient au-dessus de la mer. Elle adorait ces moments magiques et insignifiants, sur lesquels elle était bien incapable de mettre des mots et qui pourtant justifiaient à eux seuls son bonheur de vivre.

Non loin de Solange, un parasol offrait peu d'abri à Manon : en plein midi, la rondelle d'ombre tombait uniquement sur la table, et elle sentait les rayons cuire ses bras nus. Sa mère qui se tenait près d'elle ne craignait rien : elle semblait insensible à tout malgré sa peau de Nordique. Elle avait tenu à la voir pour l'exhorter à réintégrer leur maison. Manon lui avait donné rendez-vous sur la Promenade : la foule alentour ne lui permettrait pas de sortir son mouchoir et de se donner en spectacle. Elle sirotait une grenadine, presque détendue, et regardait déambuler les passants à demi nus.

— Comment va ton travail ?

— Très bien.

Hors de question de lui tendre un hameçon pour qu'elle s'y accroche.

— Ah...

Elle eut un air déçu ; sa fille avait du travail, et ne reprendrait donc pas de sitôt le train pour Nîmes.

— Maman, j'ai trente-quatre ans. Je ne vis plus avec toi depuis des années. Tu as encore besoin d'un dessin ?

Sa mère se noya dans sa grenadine, puis dans le regard des passants.

— Ce bijou, il porte malheur... Je n'aurais jamais dû te le donner. Jamais !

— Tu ne me l'as pas donné, tu me l'as rendu ! Et c'est papa que je devrais remercier, d'ailleurs, pas toi. Je suis sûre qu'il a dû te supplier pour que tu me le rendes. C'est pas vrai ? Il t'a pas suppliée avant de mourir ? siffla-t-elle. Ce bijou m'appartient. Tu me l'as volé pendant trente ans.

Sa mère plongea dans son sac, en sortit son mouchoir, comme d'habitude... Manon ferma les yeux pour ne pas voir la larme qui ne manquerait pas d'apparaître au coin d'un de ses yeux délavés, mais non... sa mère se tamponna juste le front, jetant un regard gêné à ses voisins de table.

– C'est un bijou très précieux, tu sais... Il vaut de l'argent !

– C'est surtout la seule trace de ma mère naturelle !

Sa mère se ratatina sur sa chaise. Elle n'aimait pas que sa fille évoquât sa stérilité.

– Je regrette, ma beauté. J'avais tellement peur que tu nous quittes à cause de ce bracelet, renifla-t-elle.

– Maman ! Papa et toi vous m'avez élevée. Et je vous en serai toute ma vie reconnaissante. Maintenant, j'ai besoin de savoir d'où je viens. Rien de plus. Et j'ai l'impression que je viens d'un drôle d'endroit qui respire la mort.

Manon laissa son regard flotter dans le vague. Elle n'avait pas besoin de regarder sa mère ; elle l'avait observée durant des années, avec en permanence cette interrogation à la lisière de sa conscience : comment cette femme, frêle et terne fille du Nord qui avait épousé un Nordique comme elle, d'origine suédoise, avait-elle pu mettre au monde une fille brune aux yeux verts, au teint mat, et au gabarit indécent pour cette famille courte sur pattes ? Cette question, si elle n'avait jamais dépassé sa pensée, l'avait fait fuir et jetée sur les routes pendant des années. À trente-quatre ans, Manon avait parcouru des milliers de kilomètres sac au dos, et vécu de petits boulots qui l'avaient ancrée çà et là pour quelques mois, mais jamais plus de deux ans, son record. Elle avait appris la mort de son père pendant une de ses virées, et son adoption dans la foulée.

– Je ressemble à mon père.

Sa mère eut un haut-le-corps et se planqua de nouveau sous son chapeau, murmurant un « Ah... » étonné.

— Et tu ne me demandes pas de qui il s'agit? insista Manon.

— Si! Si si... Alors? Qui est-ce?

— Fred Bellair... Mais je n'en suis pas encore tout à fait sûre.

— Comment peux-tu penser une chose pareille? Ton patron?

— La question n'est pas là. Est-ce que toi, tu me caches encore des choses sur ma naissance?

— Moi? Non. Tu sais tout! Nous t'avons adoptée à l'orphelinat Sainte-Anne, pas loin d'ici. Quand les sœurs t'ont confiée à nous, elles nous ont remis ce bracelet. Ta mère t'a abandonnée sous X. C'est tout...

— Je sais! C'est ce qu'elles m'ont dit aussi, ces vieilles garces, quand je suis allée leur rendre visite!

Manon décida d'en finir et se leva.

— Bon, je dois y aller, maman.

— Juliette! Pardon : Manon!

— J'ai du boulot, maman! Et on m'attend.

— Tu sais, mon cœur, tu es le seul bonheur qui nous soit arrivé, à ton père et à moi.

— Avec tous les soucis qui vont avec.

— Ça n'a pas d'importance. Tous les enfants donnent du souci à leurs parents. Personne ne pourra t'aimer comme je t'aime.

Manon trouvait que la conversation devenait gluante, elle en eut un léger frisson.

— Je suis désolée, murmura-t-elle en embrassant sa mère sur l'oreille, sous le large bord du chapeau. Prends soin de toi, et ne t'inquiète pas pour moi. Je te donnerai des nouvelles. C'est promis.

Elle slaloma souplement entre les tables, sa vieille besace de cuir avec ses grigris compagnons de route calée sur sa hanche, et se hâta sur le trottoir, sans un regard en arrière. Sa mère serait sa croix jusqu'au bout.

Solange, tout en raclant le fond de sa coupe avec sa cuillère, mesura d'un œil perçant la belle plante qui venait de quitter la table à quelques mètres de la sienne d'un pas vif : souplesse, beauté, dureté. Un cocktail détonant, qui la surprenait d'autant plus qu'il lui avait semblé connaître la femme qui accompagnait cette jeune fille. Puis à force de chercher, ça lui revint : c'était Suzanne ! Elle n'avait pas pris une ride : elle avait toujours été sans âge, fluette, pâlichonne, d'un blond qui flirtait déjà avec le gris près de quarante ans auparavant. Solange fit un rapide calcul mental : elle devait en avoir à l'époque à peine vingt-cinq... ça lui faisait donc bien environ soixante-cinq ans. Ni une, ni deux, Solange se décida à l'aborder.

— Excusez-moi. Ça fait un moment que je vous regarde, et je me dis : mais je connais cette femme ! Je connais cette femme ! Et tout à coup ça m'est revenu... Bonjour Suzanne ! C'est moi, Solange ! Tu me remets pas ? s'écria-t-elle avec un grand rire.

Solange vit la femme piquer un fard sous son chapeau, et plonger le nez dans un vilain cabas de vinyle.

— Heu... Vous faites erreur.

— Mais si... Hanspag ! C'était le nom de ton mari. Rappelle-toi. C'était chez les Rinaldi. Tu étais aux chambres, moi à la cuisine et au reste de la maison. J'y suis toujours, figure-toi. C'est sûr, j'ai dû changer, pas comme toi Qu'est-ce que tu deviens ?

— Non. Je vous assure que je ne vous connais pas.

La mère de Manon se leva en s'empêtrant dans sa chaise, et tenta de se glisser vers le trottoir en se cognant aux tables voisines.

Solange, estomaquée, la regarda fuir, avec son dos courbé, rasant les palmiers de la Promenade et serrant son sac sous son bras.

Et pourtant, la vieille cuisinière en était sûre : c'était Suzanne Hanspag ! Elles avaient travaillé ensemble à la Bastide de 1967 et 1971 ou 1972. Elle se rappelait très bien que Suzanne avait rendu son tablier brusquement, et était partie sans plus d'explication, sans plus jamais donner de ses nouvelles. C'est fou, se dit Solange, comme il y en a qui ont honte de leur passé. Femme de chambre, c'est pourtant un beau métier ! Du coup, Solange commanda une nouvelle pêche Melba.

*
* *

Agnès avait remué la ville toute seule à la recherche de Laura et ressentit un immense soulagement lorsqu'elle découvrit son amie recroquevillée devant sa porte.

Elles s'étreignirent longuement. Agnès en avait les larmes aux yeux. Elle n'avait pas besoin de dire à Laura combien elle avait eu peur. Très naturellement les deux filles se retrouvèrent, comme dans le passé, autour d'une table à décortiquer des cacahuètes en buvant un café. Comme Laura ne parlait pas, Agnès finit par poser sur la table la carte de Tarot qu'elle avait trouvée près du calvaire.

— Tu l'as perdue, ou elle manquait à ta collection ?

Laura examina la carte d'un coup d'œil rapide.

— Elle manquait. Excuse-moi de t'avoir fait si peur.

Agnès eut une expression qui voulait dire « laisse tomber » quand Laura lui assena sans aucune transition la révélation dont elle était devenue la dépositaire.

— J'étais dans le ventre de ma mère quand elle est morte.

Laura la transperçait de son regard bleu mais Agnès n'eut pas de réaction plus intelligente que celle de lui opposer un « merde alors ! ».

— C'est mon père qui me l'a dit. Il m'a tout raconté. Je suis née par césarienne la nuit où maman est morte, le 21 août. Ils n'ont pas pu sauver ma mère. Ils ont modifié ma date de naissance, en l'avançant. Mais je suis née cette nuit-là. Donc toutes ces images que j'ai vues dans mon enfance étaient vraies. J'ai vécu ce que ma mère vivait. J'étais avec elle, dans cette voiture. Elle a reçu un coup, et quelqu'un a incendié la voiture. Je n'ai retrouvé que quelques flashes de cette nuit-là. Il y en a d'autres, enfouis dans ma mémoire. Et je dois absolument les faire surgir. Il me reste peu de temps. Mais cette fois-ci on ne pourra plus me dire que je suis folle : on a tué ma mère.

Agnès leur reversa du café, le temps de laisser cette idée s'installer confortablement dans son cerveau : plus question d'empreintes, de balles, de cheveux sous les ongles des morts ; juste une question de confiance, posée entre elles, sur la table.

— La thèse de la schizophrénie dans les rapports psychiatriques n'était pas tout à fait fausse... mais il leur manquait cet élément. Tu m'en veux ? demanda Agnès, soudain anxieuse.

— Non. Pour un flic, mes visions ne pouvaient être que des bouffées délirantes. Reste à savoir ce qu'elles représentent aujourd'hui pour une amie ?

Même si Laura était certaine de ce qu'elle avançait, elle marchait encore sur des œufs avec Agnès.

— Et la carte ? Celle-ci, et toutes les autres ? demanda l'amie flic comme preuve de son intérêt.

— Je ne sais pas, murmura Laura.

Agnès n'avait pas vraiment répondu à la question de l'amitié et Laura décida d'enfoncer le clou.

— C'est comme si ma mère revenait me guider avec ces cartes. Ce n'est pas une explication rationnelle mais c'est la seule que je puisse donner.

Agnès ne baissa pas les yeux. En réalité, elle se sentait... impuissante : comment défendre face à un Mollaro et à un Delambre la thèse du fœtus hurlant de douleur dans le ventre de sa mère, et imprimant dans son minuscule cerveau des images de meurtre, alors que sa mère se faisait proprement assassiner ? Trop compliqué pour eux... Elle soupira. Mieux valait continuer de protéger Laura du mieux qu'elle le pouvait : elle était pour l'instant dégagée de tout soupçon, et Agnès défendrait sa thèse le moment venu. Ce n'était surtout pas le moment de rouvrir les pages de son dossier psychiatrique...

— Il faut absolument qu'on retrouve le corps de ma mère. Son crâne doit être fracturé de façon très nette au niveau de la tempe gauche. Par un objet long... je ne sais pas encore quoi. Mais je vais finir par voir clairement cette scène du passé ! Je te le jure, ça se déplie, c'est comme un éventail... À un moment donné je verrai la scène en entier, ainsi que son assassin.

Agnès réprima un sursaut : Laura était capable de tout, y compris de fouiller sa mémoire dans les moindres replis. Mais c'était dangereux.

Lundi 15 août

L'EMPEREUR

Manon avait arpenté la ville une partie de la nuit, et passé l'autre moitié sur un rocher, dans une crique ignorée par les maîtres-chiens et la police municipale. Elle avait écouté la mer, vidé une flasque de vodka, et épuisé un paquet entier de cigarettes. Elle fouilla sa besace, et pesta : plus de clopes. Elle ramassa quelques mégots, vestiges de sa nuit, et alluma le plus long qu'elle pût trouver en aspirant la fumée âcre avec un soupir de contentement. Elle en avait connu de pires : des nuits dans le froid, sans un rond, dans les fossés de routes désertes... Le soleil indiquait maintenant 9 heures. Une femme âgée, serviette sur l'épaule, bonnet de bain et maillot une-pièce, descendait précautionneusement l'escalier aux marches de béton déglinguées qui reliait la route à la crique. Un de ces baigneurs matinaux et retraités qui, quelle que soit la saison, étreignaient la grande bleue à la brasse. La femme lui fit un signe de tête en guise de salut, et Manon leva la main pour lui répondre : une connivence muette entre amoureux de la solitude et des flots. Elle s'étira... Elle n'avait pas résolu son dilemme malgré le spectacle apaisant de la lune sur les vagues et du jour qui s'était levé sans bruit. Sa besace de cuir avait passé la nuit à côté d'elle, cette besace qui l'avait accompagnée partout, couverte de toutes sortes de pendeloques, de badges des villes qu'elle avait fouillées. Ce sac c'était sa vie et il contenait le mystère de son origine avec le bracelet Rinaldi et ses cinq figures mystérieuses. Qui était sa mère ? Luisa Fontane ? Avait-elle attendu un enfant de Fred qu'elle avait abandonné ? Pourquoi ? Au loin, la tête de la baigneuse glissait sur la mer étonnamment lisse. Manon paria : si elle me dit « bonne journée », ça veut dire que Luisa est ma mère et Fred mon père. Sa mère ? Non, sa mère c'était l'autre. Luisa et Fred n'étaient que ses géniteurs. Ça ne leur donnait aucun droit et ça ne lui en donnait pas plus sur eux. Elle se demandait si ce lien qui existait par le sang entre elle et Fred expliquait son attachement à cet homme. Elle se surprit à l'admirer, en même temps qu'elle le détestait ; elle sentait en lui tout un monde obscur d'où pouvait surgir la monstruosité... Il y avait de la folie en lui, comme il y en avait en elle. Il avait une volonté féroce de plier le monde à son désir, comme elle. Il semblait ne pas s'être remis de l'amour perdu, comme elle. À cette différence près qu'elle, cet amour « perdu », elle ne l'avait jamais reçu. Elle se dit que pour tout cet héritage qui l'empêchait de vivre, Fred mériterait de crever. Mais dans la seconde d'après, elle se prit à rêver qu'il la serrait dans ses bras. Elle changea son pari : « Si la baigneuse en repassant devant moi me dit bonjour, j'appelle Fred et je lui demande avec qui il a fait un enfant. »

La baigneuse sortit de l'eau, sans un regard pour Manon, se sécha soigneusement, puis, serviette nouée autour de la taille, attaqua tranquillement son ascension. Manon revint sur la mer avec un soupir : le silence avait décidé pour elle.

— Bonne journée... fit une voix.

Manon tourna la tête : la baigneuse lui faisait un sourire, sur la deuxième marche de béton...

— Merci, vous aussi, répondit-elle.

Elle ne pouvait plus se débiner. Elle regarda fixement son téléphone, le prit et composa un numéro.

— Bonjour, je... souhaiterais parler à monsieur Fred Bellair. C'est personnel.

374

– Il est absent.

Elle raccrocha. Le sort en était jeté : elle ne parlerait pas à Fred aujourd'hui.

⁎

Franck Duval n'était plus que l'ombre de lui-même : avachi sur le canapé de cuir de son salon, les yeux creux, hirsute, sans cravate, chemisette à manches courtes au col ouvert bâillant sur sa poitrine, il regardait sa paire d'espadrilles d'un œil vide. Il dégageait un fort relent de whisky, et Agnès releva la présence d'une bouteille vide et d'un verre sur une table basse.

En traversant le hall à la suite de Mollaro, elle avait remarqué quelques plumes de duvet soulevées par leur passage. Un coup d'œil par la porte ouverte du bureau de Franck Duval, et elle avait compris : Duval avait parachevé sa partie de golf en éventrant à coups de club quelques coussins. Il s'était manifestement acharné, et le sol du bureau offrait le spectacle d'un tapis de plumes frémissant au moindre courant d'air ; les verres posés pour le parcours de la petite balle n'avaient pas bougé de place, abritant quelques boules de duvet. La femme de ménage n'était pas encore passée sur la détresse du conseiller général...

Mollaro, assis dans un fauteuil, notait consciencieusement dans son carnet les réponses que Franck Duval lui faisait d'une voix atone. Agnès attendait, debout : le bulldozer n'en était qu'aux amuse-gueule. Delambre avait été très clair : on avait besoin de savoir ce que le jeune Duval avait révélé à son père. Sinon, rien d'autre en ce lundi matin où le légiste s'affairait encore sur le cadavre du jeune homme. C'était le doc qui avait hérité de l'autopsie d'Antoine. Agnès et Mollaro étaient passés le voir avant de se pointer au domicile de Duval. Le médecin légiste, particulièrement en forme, leur avait joué un numéro digne d'un Grand-Guignol. Il n'en était qu'au début de son autopsie, mais il avait déjà quelques chiffres... saignants : 18 fractures,

2,8 grammes de whisky, 1 gramme de cocaïne, et environ 4 heures du matin... Le garçon, s'il n'avait pas eu l'idée fantasque de se prendre pour un albatros, aurait eu de toute façon toutes les peines du monde à digérer son cocktail explosif.

— Est-ce que votre fils avait l'habitude de s'adonner à la boisson ?

Mollaro avait parfois de ces expressions surannées qui juraient avec son côté brute épaisse.

— Je n'en sais rien. Il a passé les quatre dernières années au Japon... Sa mère était alcoolique, croassa Duval.

— Est-ce qu'il faisait usage de stupéfiants ?

— Il avait de l'argent. Je ne surveillais pas l'usage qu'il en faisait.

— On a retrouvé sa voiture, une Golf rouge, rue Massenet. Quand est-ce qu'il l'a utilisée pour la dernière fois ?

— Je ne sais pas. Rue Massenet, vous dites ?

Duval eut une moue amère.

— Il l'avait probablement garée là mercredi soir. On m'a appelé jeudi matin, pour que je vienne le récupérer dans un bar de nuit de la rue de France. Il était ivre mort. Le propriétaire avait trouvé ses papiers dans sa poche. Je l'ai ramené ici, et il a cuvé jusqu'à vendredi matin. Il ne se souvenait plus de l'endroit où il avait garé sa voiture. Je la lui avais offerte à son retour du Japon... Bon Dieu, gémit-il soudain en se prenant la tête dans les mains, vous en avez encore pour longtemps ?

Mollaro allait rétorquer sans pitié lorsque la porte d'entrée claqua. Viviane apparut sur le seuil, et se figea en les voyant.

— Mon pauvre Franck, susurra-t-elle en se dirigeant vers le canapé. Ces messieurs dames de la police n'ont donc pas mieux à faire que venir t'emmerder par un jour pareil ?

Elle s'assit à côté de lui, lui prit la main et jeta un regard hautain sur Mollaro, méprisant totalement Agnès.

— Nous allons enterrer nos fils. Je vous prierai de nous laisser tranquilles.

Mollaro déploya ses muscles d'un coup, et décocha son plus beau sourire en pierres de sucre à Viviane.

— Madame Lebesco, ça tombe très bien... Nous avions également quelques questions à vous poser. Ça nous évitera le déplacement jusque chez vous.

Viviane toisa Ric le Hochet d'un air qui ne plut pas du tout à celui-ci, Agnès le vit tout de suite.

— Et si je refuse de répondre à vos questions ?

— Le procureur se fera un plaisir de nous signer un ordre à comparaître à votre nom. Et nous pourrons vous auditionner au sujet des meurtres Legasse, Duroc et Fontane...

Agnès sursauta : Mollaro tirait au bazooka. Viviane lâcha la main de Franck, et murmura d'une voix d'outre-tombe.

— Vous osez m'accuser du meurtre de mon fils ?

Elle se leva brusquement, et domina Mollaro du plus haut qu'elle pouvait.

— C'est ça ? J'ai bien compris ?

— Madame, je suis ici pour faire avancer l'enquête au sujet de la mort du fils de monsieur Duval, siffla Mollaro sans répondre à la question. Il semble que monsieur Duval vous ait fait part de certaines informations qu'il détenait...

Agnès l'observa sous cape, et aperçut un coin de sourire satisfait sur son visage : il avait toujours affirmé qu'il adorait piétiner la porcelaine.

— À quoi faites-vous allusion, capitaine ? s'écria Franck.

Duval s'était réveillé d'un coup... Mollaro se pencha vers lui.

— Au fait que votre fils vous aurait dit qu'il connaissait l'auteur de la série de meurtres sur lesquels nous enquêtons.

Agnès intercepta le coup d'œil fugace que Viviane et Franck se lancèrent. Mollaro continua.

— Déclaration qu'il a faite au terme d'une dispute que vous auriez eue tous les deux, en présence de madame Lebesco...

Viviane éclata de rire. Mollaro darda un œil mauvais sur elle, alors qu'elle se laissait retomber sur le canapé.

— C'est donc ça ! Laissez-moi deviner votre source... Au hasard, Ludmilla Rinaldi !

— Nous ne dévoilons pas nos sources. Vous pouvez confirmer ce témoignage ?

— Adressez-vous à Ludmilla. Elle en sait manifestement plus que nous sur le sujet, lança Viviane d'un ton coupant.

Mollaro réprima un aboiement. Agnès ne quittait pas Franck des yeux : il avait trouvé une épaule sur laquelle il s'affaissait désormais sans honte. Viviane menait la barque pour deux. Deux amants, un père et une mère qui avaient perdu chacun un fils ; deux complices aussi... Deux coupables, pourquoi pas ?

Laura vit son reflet pivoter dans le miroir de la lourde porte, puis disparaître. Le portier, qui ressemblait à un gorille, fit glisser souplement son quintal sur le côté, et l'invita à entrer dans la pénombre qui s'offrait devant elle. Elle pénétra d'un pas décidé dans la vaste salle réservée aux gros joueurs du casino. Un calme de caveau y régnait. Elle réalisa qu'elle était seule dans le temple : la fièvre ne frappait pas à cette heure. La lumière qui tombait du plafond semblait suspendre chaque table au cœur d'une prison blanche et carrée. Elle retint son souffle, désorientée : pourquoi Fred Bellair lui avait-il donné rendez-vous ici ? Elle ne découvrit sa présence qu'au moment où il se pencha dans un halo de lumière, tout au fond de la salle. Elle sentit son regard posé sur elle, tandis que ses sandales glissaient sans bruit sur la moquette.

— Merci d'être venue... Comment allez-vous ?

Elle se planta de l'autre côté de la table au tapis orné d'un quadrillage et de chiffres incompréhensibles. En voyant la roue qui se trouvait à son extrémité, elle supposa qu'il s'agissait d'une table de roulette.

— Je survis... C'est déjà ça.

Elle n'aimait pas cet endroit, elle n'aimait pas le jeu, elle n'aimait pas la façon dont Fred Bellair la recevait alors qu'il avait sollicité ce rendez-vous, et soudain, sans aucune raison, elle ne l'aima pas non plus...

— Excusez-moi, Fred, mais je suis pressée...

Fred fit un geste, et le bracelet fut soudain au milieu de la lumière, au bout de son bras.

— Ce bijou appartenait à votre mère et il vous appartient. Je l'ai retrouvé.

Laura attendit. Fred regardait le bracelet se balancer au bout de sa main : il ne semblait pas vouloir le lui rendre. Elle eut l'impression de se retrouver devant l'homme de ses visions et Fred devint beaucoup plus inquiétant.

Bellair saisit alors un râteau de croupier, et poussa doucement le bracelet vers Laura.

— Je dois m'absenter. Je tenais à vous le rendre. Ne le quittez plus.

Laura prit le bracelet, et le tint un instant au creux de sa main. Elle avait oublié à quel point il était lourd. Elle fit glisser entre ses doigts les médaillons, et arrêta sa caresse sur la Lune... Elle passa de nouveau en revue tous les médaillons : la Mort, l'Hermite, le Diable, le Soleil, et la Lune...

— Comment se trouve-t-il en votre possession ?

— Apparemment, un de mes employés l'a volé à la Bastide. Il a tout avoué. Un petit voleur de rien du tout ! De la racaille. Une chance que je l'ai découvert. Mais j'ai pour habitude de régler mes comptes moi-même, surtout quand il s'agit de mon personnel. Vous me permettrez de rester discret ?

Laura n'eut pas l'impression de pouvoir lutter contre cette masse puissante qui la regardait et semblait, par ailleurs, pressée de quitter les lieux. Elle eut un mouvement de la tête, puis sans un mot quitta cet endroit où elle n'avait rien à faire. Près de la sortie, son pied glissa sur quelque chose : sous sa chaussure une carte était retournée à l'envers. « L'Empereur », la carte numéro IIII, et non IV. Elle représentait un monarque dans le genre Charlemagne, assis sur un trône et portant un casque qui couvrait sa nuque. Il tenait un sceptre surmonté d'une croix posée sur le monde. À ses pieds, un bouclier sur lequel était gravé un aigle.

Laura ne mit pas longtemps à se retrouver devant la librairie La Baie des Anges. Elle secoua la poignée. Fermée. Elle colla son visage contre la porte vitrée : l'intérieur de la boutique était trop sombre pour qu'elle y distingue la moindre présence. Même les chats semblaient avoir déserté les lieux. Elle eut juste l'impression d'un énorme fouillis à l'intérieur, comme si tous les livres anciens avaient été ouverts.

***

Une grosse enveloppe kraft claqua sur le clavier de Bruno Bruno. Il hurla.

– Merde ! Faites chier ! Mes P-V !

L'écran, qui alignait encore deux secondes plus tôt des pages pleines, affichait maintenant un curseur qui s'affolait sur le vide. Bruno se tourna vers le lanceur de projectile : dans son dos, Gardois lui offrait son sourire carié, un sourire à effacer de toute urgence.

– C'est quoi, cette enveloppe ?

– Quelqu'un l'a déposée hier. Y a une lettre dedans. Ça concerne l'affaire Fontane...

– Putain ! Et c'est maintenant que tu me la donnes ? T'es vraiment un branque. Allez, tire-toi...

La porte claqua dans son dos. Bruno tira de l'enveloppe ouverte le gros dossier à élastique, et la lettre en question. Rien que les mots inscrits sur la chemise cartonnée lui filèrent une bouffée d'adrénaline : « Défense du littoral » Il ouvrit la lettre, qui avait déjà été décachetée.

« Messieurs les policiers,
» Vous trouverez ci-joint un dossier qui devrait intéresser vos services, concernant votre enquête sur l'affaire Bellair. Ce dossier avait été constitué par maître Bellair. »

À part les parents de Vincent, il ne voyait pas qui d'autre aurait pu avoir un pareil truc en sa possession. Il ouvrit religieusement le dossier. Des comptes rendus du Conseil général sur le plan d'occupation des sols et la nouvelle zone urbaine en cours de négociation, des rapports sur les terrains classés, des montages financiers de sociétés d'assurances, des doubles de courriers émanant d'un peu partout : îles Caïmans, Suisse... Des numéros de comptes, stabylobossés, et, entourés de rouge, des noms : Lebesco, Duval, Bellair. Bruno sentit son échine se hérisser. Le Montmaure, le terrain incendié, refaisait surface. Et d'une façon qui laissait entrevoir que Vincent Bellair avait posé le pied dans un nid de crotales. Sur la Côte, on en avait tué plus d'un pour moins que ça...

Il reprit son souffle. Avant de faire sonner le tocsin, il devait recouper tous les éléments qui s'étalaient sur son bureau. Il se connecta sur Internet : Infogreffe... Il avait déjà oublié les P-V avalés par sa bécane...

Mollaro tournait comme un fauve en cage dans le bureau trop petit : en trois enjambées il atteignait la porte. Agnès croisa le regard de son coéquipier : excédé, comme le sien. Depuis l'appel de Bruno qui les avait ramenés dare-dare au commissariat central, et son exposé limpide sur le contenu du « Dossier littoral », Mollaro n'avait quasiment pas proféré un son. Tout juste quelques grognements. Agnès voyait le pois chiche s'affoler : son échafaudage sur la culpabilité de Laura était en vrac, à ses grands pieds qui fourbissaient le lino à défaut de pouvoir faire autre chose. Ils attendaient Delambre... Le dossier était posé sur le bureau de Bruno qui avait été dégagé pour l'occasion, et il n'y avait plus qu'à en soulever la couverture pour que Nice retentisse du fracas de la bombe qu'il cachait. Le divisionnaire prendrait maintenant les décisions. La porte s'ouvrit à toute volée. Mollaro sursauta. Bruno vira ses pieds de son bureau. Agnès arrêta de se ronger les ongles. Delambre fixa un œil furibard sur Mollaro.

— C'est quoi, ce bordel ?

— Ça sent pas la rose, commissaire, rétorqua Mollaro avec un grand sourire. C'est là-dedans, noir sur blanc, fit-il en désignant le dossier. Que du beau linge : Fred Bellair, Viviane Lebesco... et Franck Duval. Bruno va vous faire un topo.

Delambre se tourna vers Bruno. Agnès crut que le divisionnaire allait sauter à la figure de son coéquipier. Celui-ci était déjà le nez sur son dossier, son bébé :

— Pas de lecture, Bruno. Un résumé.

— Bien sûr. Ce dossier comprend toutes les preuves du montage d'une société d'assurances bidon. Siège social aux îles Caïmans, différents actionnaires, également propriétaires de sociétés en Suisse et à Monte-Carlo. Un écran de fumée. Derrière toutes ces sociétés, il n'y a que trois personnes : Viviane Lebesco, Fred Bellair et Franck Duval. Ils ont fait signer un énorme contrat d'assurance au groupe Fontane Immobilier. Ledit contrat couvre l'ensemble des futures constructions du groupe Fontane. Dont... un énorme projet, sur lequel Fontane travaillait depuis plusieurs mois. Problème : il semblerait que les terrains où l'on envisage de faire construire soient classés site protégé. Ce sont les fameux terrains du Montmaure, qui ont brûlé. Maître Bellair travaillait au prolongement du classement du site avec l'Association de défense du littoral. Vous comprenez ?

— Vu que vous n'avez pas un QI plus élevé que le mien, je ne vois pas pourquoi je n'arriverais pas à comprendre. Continuez.

— Seulement, voilà : il venait de découvrir que Franck Duval s'apprêtait à faire passer ce fameux terrain en ZU, zone d'urbanisation si vous préférez. Ça changeait toute la donne...

— Tout le monde magouille dans le béton, si j'ai bien compris. Fontane était au courant ?

— J'ai pas l'impression... Il serait plutôt le dindon de la farce. La moindre fissure dans son béton, et il découvre qu'il n'est pas assuré. Il coule... et son empire avec. Les sommes en jeu sont colossales : il s'agit de plusieurs centaines de millions d'euros !

— Et l'incendie ? Quel rapport ?

Agnès se risqua à son tour.

— Pour l'instant, on ne sait pas.

Elle vit la bouche de Delambre se crisper, et reprit aussitôt.

— On suppose que l'incendie n'était pas au programme. L'étincelle qui a mis le feu à la poudre, si vous me permettez l'expression. Il a permis à Vincent Bellair de boucler le dossier que nous avons entre les mains. Il a reçu les dernières pièces qui lui manquaient la veille du 6 août...

— On prévient la Financière, ou on fonce dans le tas ? grinça Mollaro en se contenant pour ne pas se frotter les mains.

Delambre eut un mouvement d'humeur. Pour une fois, ses cheveux n'avaient pas bougé... Pas plus que son visage rond, plus blême que blanc. Le vieux devait mijoter dans un bain de sueur froide. Si les sommes en jeu dans l'affaire étaient colossales, comme l'affirmait Bruno Bruno, le scandale risquait de l'être encore plus.

— Mollaro ! Le cerveau, ça fait moins de dégâts que les poings. On prévient la Financière. Je botte en touche... J'appelle tout de suite le procureur. S'il veut poursuivre dans cette direction-là, il me balancera trois commissions rogatoires. Pour l'instant, vous la bouclez. Hein, Mollaro ? Pas de vagues. Allez taper sur un punching-ball en attendant. Je vous tiens au courant dès que j'ai des instructions.

Il ne claqua pas la porte en sortant. Mollaro les regardait avec des yeux de merlan frit. Il était pathétique, comme un gamin à qui l'on viendrait de refuser un jouet. Sauf que le jouet en question était un bâton de dynamite... Il se tourna vers Agnès.

— Merde ! Je leur aurais bien fait du saute-dessus, moi, à tous ces politicards de merde ! Duval est peut-être conseiller général mais c'est une ordure. Ça je vous le dis.

— C'est aussi un amoureux, imposa Agnès de toute sa hauteur.

Amoureux était un mot que Mollaro ne connaissait pas, un mot qui le faisait plutôt marrer. Bruno Bruno proposa à Agnès un de ses sourires de bonheur. Elle avait raison : en la circonstance, il était assez possible que Duval ait agi davantage par amour pour Viviane, qui ne rêvait de se venger de Max que par intérêt financier.

***

Laura avait conduit jusqu'au bord de la mer. Manon se tenait près d'elle. Elle avait voulu lui parler et avait demandé la discrétion sur leur rencontre. Apparemment, elle avait des révélations à lui faire. Elles avaient finalement échoué à la table d'un bar sur la plage, et maintenant elles regardaient l'eau qui reflétait les lumières de la Promenade. Manon n'avait pas dit un mot durant le voyage. Laura avait respecté son silence, le rompant juste d'une prière si simple que sa passagère n'eut à répondre que par un sourire : « S'il te plaît, on se tutoie... »

Le garçon posa deux verres de vin blanc devant elles et s'en fut en chantonnant l'air à la mode qui leur parvenait en sourdine, se dandinant sur le sable.

– Il y deux mois, je ne m'appelais pas encore Manon. Je m'appelais Juliette. Juliette Hanspag... murmura Manon dans un souffle. Je ne sais pas quel jour je suis née exactement, et ce mystère me dévore. Je ne sais pas qui je suis.

Laura eut soudain envie de pleurer : cette fille était en train de lui raconter sa propre histoire. Elle non plus ne savait pas vraiment qui elle était.

Manon but une gorgée de vin blanc. C'était étrange, ce sentiment de paix... Elle n'avait connu cet abandon que dans les montagnes de Turquie, et aussi sur quelques plages de l'Inde. Jamais en France. Elle savait que le moment était venu de raconter ce qu'elle n'avait jamais confié à sa propre mère.

– J'ai été adoptée. Je ne l'ai appris que récemment, à la mort de mon père. Enfin, « appris » n'est pas le mot. Je crois que je le savais depuis toujours... mais que je ne voulais pas le savoir. Ma mère biologique m'a abandonnée dans un couvent au-dessus de Nice. Elle n'a laissé dans mon berceau que le bracelet que tu portes à ton poignet...

Laura frissonna. Elle n'aurait su dire pour quelle raison elle entendait sans surprise ces révélations. Mais elle sentait qu'au moindre mot, Manon rabattrait le couvercle... Celle-ci lui tendit alors le deuxième bracelet qu'elle venait de sortir de sa besace. Laura le posa sur son poignet, à côté de celui qu'elle y avait accroché.

— Parfaitement identiques, murmura-t-elle.

— Non, ils sont différents. Mais peu de gens le remarquent, dit Manon. Le tien, je l'ai volé chez ta tante. Mais à l'intérieur du mien, il y a gravé « L. Rinaldi. » C'est comme ça que je suis arrivée à Nice, et que j'ai rencontré Matthieu. Je suppose que ce bracelet a appartenu à ma mère...

— Chercher sa mère est l'obsession de tous les enfants abandonnés.

— Pas tout à fait... Moi, je voulais la retrouver pour la tuer.

Laura retint son souffle. Manon poursuivit :

— Mais apparemment, elle est déjà morte...

À la lueur des lampadaires de la Promenade et de l'éclairage diffus de la paillote, le visage de Manon était devenu une architecture délicate, aux angles fragiles, aux creux moelleux. La solide belle plante de jour devenait la nuit vulnérable et fragile. Elle n'en gardait pas moins, au soleil ou sous la lune, tous ses piquants...

— Pourquoi ma mère aurait-elle abandonné un enfant pour en faire un autre un peu plus tard ? demanda Laura d'un ton apaisant.

— Je ne sais pas. Je suis à Nice pour le découvrir. Ce que je crois, c'est que je suis ta sœur... ou ta demi-sœur.

— L'enfant de Fred Bellair, n'est-ce pas ?

— Oui.

Luisa n'aurait jamais abandonné un enfant, se dit Laura. C'était absurde. Elle devait garder son calme, malgré la brutalité du raisonnement de Manon.

— Fred Bellair aimait ma mère, déclara-t-elle. D'un amour unique. Je ne comprends pas...

— Il n'a peut-être jamais su qu'elle attendait un enfant de lui. Ce bracelet qu'elle a laissé...

— C'est une tradition, et pas que chez les Rinaldi. On choisissait pour les aînées des prénoms qui commençaient par la même lettre. Ça facilitait les trousseaux. Ma grand-mère du côté Rinaldi s'appelait Léona. Je ne l'ai jamais connue...

— Nous possédons le même bracelet, fit Manon brusquement. Il y en a forcément un qui est la copie de l'autre ! Reste à savoir lequel.

— L'original, c'est le tien. Celui qui a la Lune à l'envers. Je l'ai vu reproduit dans un livre que j'ai retrouvé. Je t'expliquerai plus tard. Le mien est manifestement la copie et il n'a aucune inscription à l'intérieur. Et à l'orphelinat ? Les religieuses qui t'ont recueillie n'ont pas pu répondre à tes questions ?

— Elles n'ont rien voulu me dire. J'ai été abandonnée sous X. La loi est formelle. Je ne saurai jamais qui m'a déposée chez elles dans ce berceau. Elle aurait dû me tuer...

— Un abandon, c'est un peu pareil... C'est comme ça que je vois les choses : moi aussi je me suis toujours sentie abandonnée par ma mère, même si elle n'a pas choisi de le faire.

La tristesse envahissait Manon mais Laura ne pouvait s'empêcher de penser que cette jeune femme au destin aussi étrange que le sien était une pièce capitale du puzzle.

— Manon, dit-elle en lui prenant les mains, les secrets sont faits pour être découverts. Moi aussi, je me bats. On peut se battre ensemble... Surtout après ce que tu viens de m'apprendre. Je suis avocate. Où se trouve cet orphelinat ?

— À deux heures de route de Nice...

— Très bien. On y va demain. Et je te promets qu'on en saura plus. Tu dois me faire confiance.

***

Le papier brûlait dans le chuintement des flammes. Les quelques flammes devinrent brasier, qui s'éleva soudain en mugissant. Tout ne fut plus que chaleur, et incandescence. Il suffoquait. Il appela à l'aide, mais personne ne sembla entendre son cri. Il était seul, à contempler le feu gigantesque qui s'étendait devant lui, dévorant une prairie d'herbes sèches. Le vacarme du feu se calma soudain, et il entendit une voix d'enfant. Elle chantonnait. Une comptine, au rythme et à la mélodie simples. Il ne l'avait jamais entendue, cette comptine. L'enfant devait être une fillette.

Et soudain, il la reconnut. Le feu rampait vers elle, et elle jouait, innocente, au milieu de la prairie en flammes. Elle jouait avec un bracelet... C'était Laura, avec ses longs cheveux bouclés et noirs. Il en fut certain lorsqu'elle releva la tête, et lui sourit. Il hurla pour l'exhorter à fuir...

L'interne fixait Vincent d'un œil appréciateur. Il releva la manche de sa blouse, exhibant sa montre, et se tourna vers les deux infirmières de garde.

— 23 h 15, éructa-t-il d'un ton satisfait. Vous notez ?

— Oui, oui... fit l'infirmière qui tenait le petit bloc.

Elle inscrivit l'heure dans une colonne à côté des observations. La seconde infirmière dévisageait l'interne avec un air interrogateur.

— Vous êtes sûr, on ne lui donne rien ?

— Rien ! Il veut revenir. Mesdames, regardez bien parce que vous avez devant vous un prince charmant qui n'attend plus que le baiser de sa belle pour se réveiller ! Demain, vous me le passez au scanner.

Mardi 16 août

L'ÉTOILE

Agnès bâilla, bouche grande ouverte, sans se soucier du regard stoïque de Bruno Bruno, assis au volant. Elle déplia le formulaire d'un geste sec, et le relut pour la dixième fois.

– Putain, il a mis le paquet, le proc ! Il a au moins trois infractions. La Financière a dû se régaler...

– Pas autant que moi. Je me suis découvert un certain penchant pour les chiffres. Au point que je m'interroge : vais-je demander ma mute à la Financière ou non ? fit Bruno, pensif.

Agnès fixa l'horloge de la voiture.

– 6 heures moins dix, annonça-t-elle... Tu vas te faire chier à la Financière...

– Pourquoi ?

– Je n'y serai pas, pauvre gland !

Ils furent interrompus par le « coin-coin » du téléphone de Bruno.

– Bruno Bruno, j'écoute...

– Prêt pour la partie de saute-dessus ?

Bruno mit de la distance entre son oreille et son téléphone : Mollaro hurlait dans l'appareil.

– Absolument...

La voiture garée derrière eux leur fit des appels de phares frénétiques...

– Alors on y va ! beugla Ric le Hochet.

Dix minutes plus tard, ils étaient dans la place. Franck Duval et Viviane Lebesco avaient bien fait les choses : ils avaient passé la nuit ensemble. Viviane se drapa dans toute la dignité qu'elle put ramasser au saut du lit ; Franck se laissa embarquer sans un mot, littéralement hébété... Seule Viviane tenta de faire valoir la protection de Delambre : il suffit à Mollaro de lui coller sous le nez le mandat d'amener signé par le procureur en personne. Mollaro bichait...

Agnès et Bruno se jetèrent un coup d'œil navré lorsque Ric le Hochet posa le gyrophare sur le toit de sa voiture et démarra dans une débauche de crissements de pneus, de miaulements, et de bleu gyroscopique : il était 6 h 15, et les rues de Nice étaient encore désertes...

Suzanne Hanspag était debout depuis 6 heures du matin, comme chaque jour. C'était un rituel immuable : elle commençait par un brin de toilette au lavabo, peignait soigneusement ses cheveux clairsemés, blonds et mous, qu'elle attachait ensuite de chaque côté de son crâne avec deux barrettes plates, enfilait une blouse à manches courtes et se rendait à la cuisine. Là, elle se faisait réchauffer la valeur exacte d'un bol de lait dans une petite casserole, posait sur la table de Formica un bol, toujours le même, dans lequel elle laissait tomber très exactement une cuillerée et demie de Ricoré et une cuillerée et demie de sucre en poudre. Elle attendait debout que le lait frémisse. Après l'avoir servi, elle s'asseyait et dégustait son Ricoré à petites lampées bruyantes. Elle faisait sa vaisselle dans un ordre strict : le bol, puis la cuiller, puis la petite casserole qu'elle avait soigneusement mise à tremper. Le reste de sa journée était tout aussi méticuleusement rythmé par un emploi du temps sans faille, et d'une infinie monotonie. Le lundi était ainsi consacré à la lessive, le mardi aux vitres, le mercredi à la poussière, le jeudi à l'argenterie, le vendredi au marché ; le samedi, elle s'accordait un baba au rhum chez son boulanger habituel, et s'occupait de ses plantes sur son balcon. Le dimanche, après un bain pris à 7 heures du matin, elle était au temple pour 8 heures. Elle n'en rentrait que vers 16 heures, heure à laquelle elle ouvrait un magazine de crochet et broderie, puis travaillait sur ses napperons de coton jusqu'à 20 heures. Le lundi matin, elle se levait à 6 heures...

Depuis deux mois pourtant, il lui arrivait de se réveiller la nuit et d'oublier son linge du lundi, ou bien d'être obligée d'abandonner son chiffon à poussière et sa cire pour aller prendre son train jusqu'à Nice. Suzanne était affolée. Cette nuit-là, elle n'avait pas dormi. Elle laissa le lait déborder sur le feu, mit trois cuillerées de sucre dans son bol, oublia le Ricoré. Elle repoussa le bol sur la table de Formica, et se dirigea vers le secrétaire. Là, elle prit une enveloppe et un bloc de papier, puis son stylo à plume dans son plumier. Enfin, elle revint s'asseoir à la table de la cuisine, prit sa respiration et traça sur l'enveloppe une adresse en belles lettres : « Monsieur Fred Bellair, le Palace, Promenade des Anglais, 06000 Nice. » Elle attendit que l'encre eût séché, et ouvrit sans hésiter le bloc de papier... Apparemment, elle avait beaucoup de choses à lui dire.

Comme promis, Laura avait accompagné Manon à l'orphelinat Sainte-Anne. On pouvait voir le couvent bien avant le village qu'il surplombait, à environ un kilomètre. L'édifice principal semblait dater du XVIIe siècle, aussi austère que la raison pour laquelle il avait été construit : recueillir et élever dans la foi les enfants abandonnés. En se garant devant les grilles, Laura et Manon purent constater que le couvent et la chapelle étaient bien plus anciens, dissimulés aux regards des curieux à l'arrière du long bâtiment. Manon fut prise d'un bref frisson : elle avait failli passer toute son enfance là, derrière les barreaux de ces grandes fenêtres...

Il était 10 heures, et quelques fillettes s'amusaient en grappes languissantes dans la cour, derrière les grilles. La vie semblait totalement absente de cet endroit. Une religieuse, quasiment sans visage, s'approcha dans le grand couloir où Laura attendait une réponse... On la fit entrer dans un vaste bureau qui sentait la cire et l'eau bénite. Une jeune nonne l'attendait, assise derrière une table.

– Notre mère supérieure s'est absentée, et je ne peux malheureusement rien faire pour vous.

La jeune nonne semblait écrasée par la Vierge qui se dressait sur le mur, derrière elle, terrassant le serpent. La Vierge, zébrée par l'ombre des barreaux, paraissait d'autant plus étrange. La religieuse dévisageait Laura d'un regard éploré. La pièce était immense, chaque mur était meublé de bibliothèques vitrées aux serrures ouvragées, qui laissaient apercevoir les couvertures de grands registres. Laura savait que la réponse qu'elle était venue chercher se trouvait dans l'un deux. Il fallait jouer serré. Elle observa la jeune nonne : de grands yeux marron, des mains carrées, de petite taille, qu'elle tenait consciencieusement serrées contre sa poitrine plate, sur laquelle flottait une croix de bois. Tout le reste de son corps était dissimulé jusqu'aux pieds. Le regard de la religieuse revint sur la carte professionnelle de Laura, posée devant elle sur le bureau.

– Écoutez, ma sœur, je connais la loi, je suis avocate. Et je n'ai pas fait le voyage depuis Paris pour m'entendre dire une ineptie pareille, fit Laura d'un ton sec. Je ne comprends pas que vous n'ayez pas reçu mon courrier en recommandé.

Elle fouilla dans sa serviette, et en sortit une chemise volumineuse, bourrée de tous les feuillets administratifs qu'elle avait pu récolter. Elle la fit claquer avec violence sur le plateau de bois. C'était quitte ou double...

– Voilà le dossier de ma cliente. Elle risque cinq ans de réclusion pour avoir agressé un homme qui voulait la violer ! Je vous garantis que je vous tiendrai pour responsable de sa condamnation si je repars sans avoir pu consulter vos archives. Cette jeune femme est innocente. Tout est là, si vous voulez vérifier, mais dépêchez-vous, mon avion repart à 16 heures à Nice ! Et son procès a lieu dans deux jours. Je pensais que le serment fait à Dieu aurait guidé votre main, mais manifestement, je me trompais.

La nonne paniqua. Ses yeux affolés passaient des bibliothèques vitrées à la carte de visite de Laura, puis à Laura elle-même, en une ronde effrénée.

— J'ai bâti toute ma défense sur son abandon, reprit Laura d'une voix douce. J'ai juste besoin de vérifier cette information : mademoiselle Hanspag a-t-elle bien été recueillie à l'orphelinat Sainte-Anne ? Je ne citerai pas mes sources, l'avocat général demandera au besoin un complément d'information, qui vous parviendra par les canaux légaux de la Ddass. Cette jeune femme vient seulement de m'avouer son histoire. J'ai besoin de vous pour la sauver, ma sœur...

La religieuse ouvrit brusquement un tiroir, en tira un trousseau de clefs volumineux, et se hâta vers une des bibliothèques.

— Quelle année, m'avez-vous dit ?

— 1971...

Laura se mordit la langue pour ne pas crier victoire...

Quelques instants plus tard, Laura se contenait pour ne pas courir. Elle sentait le regard affolé de la jeune religieuse à travers la vitre du grand bureau du rez-de-chaussée. Elle traversa un groupe de petites filles pâlichonnes qui sautaient à la corde. L'une d'elles accrocha son regard, et Laura y lut une attente muette : viens-tu me chercher, m'emmener ? Elle accéléra le pas ; la petite fille avait cessé de faire tourner sa corde et ne la quittait plus des yeux...

Enfin, elle passa la grille, et se laissa tomber dans la voiture à côté de Manon qui la dévisageait de ses grands yeux verts. Celle-ci attendit un peu puis n'y tint plus.

– Alors ?

– Alors la situation est complexe.

Manon se tassa contre la portière, et passa une main sur son front luisant de sueur.

– Ça veut dire quoi, merde ?

– Ça veut dire que ta mère t'a menti. Tu n'as pas été abandonnée sous X. La femme qui t'a abandonnée s'appelait Suzanne Hanspag. Elle avait un mois pour revenir sur sa décision. Elle est venue te rechercher au bout de trois semaines...

Laura vit Manon porter ses mains à son ventre, et grimacer de douleur. Elle haletait.

– Ça va ?

Laura lui tendit une bouteille d'eau minérale.

– Bois ça. Elle est chaude mais ça te fera du bien.

– Non. Ça va passer... marmonna Manon.

Elle se redressa, visage fermé.

– C'est passé. Ces salopes t'ont raconté des craques. Suzanne Hanspag est ma mère adoptive.

– J'ai lu les registres : 18 novembre 1971. Suzanne Hanspag te dépose. Et pas dans un berceau devant la porte. Elle demande à s'entretenir avec la mère supérieure et te confie à elle, en laissant un bracelet. Elle se déclare comme ta mère biologique, et signe le registre. Trois semaines plus tard, le 9 décembre 1971, elle fait repentance et te récupère. Avec le bracelet. C'est écrit noir sur blanc, Manon... Je suis désolée.

Laura intercepta le regard soupçonneux de la religieuse qui gardait les gamines de la cour. Elle fit démarrer la voiture.

– Il vaut mieux qu'on s'en aille...

Elle fit demi-tour : la route qui menait à l'orphelinat était une impasse... Tout comme la découverte qu'elle venait de faire. Elle traversa le village sans que sa passagère eût prononcé un mot. Lorsque Laura s'aperçut qu'elle pleurait, les dernières maisons disparaissaient dans le rétroviseur. Elle arrêta la voiture sur le bas-côté, et regarda Manon. Celle-ci laissait le flot inonder ses joues, sans faire un geste pour les essuyer. Laura lui tendit un mouchoir.

– Manon... Je...

– Et le bracelet marqué « L. Rinaldi » ? la coupa Manon d'une voix grinçante.

– Peut-être qu'elle l'a dérobé... ou acheté.

– Moi, je suis une voleuse. Pas ma mère. Tu ne la connais pas. Et elle et mon père n'ont jamais eu beaucoup d'argent. Ce bracelet coûte une fortune. Je l'ai fait expertiser... Elle aurait eu dix mille occasions de le vendre ! Ça ne tient pas debout !

– Elle a peut-être été la maîtresse de Fred Bellair...

Manon éclata d'un rire suraigu qui la secoua pendant une petite minute ; une heure pour Laura.

– Impossible. Fred Bellair n'aurait jamais regardé ma mère. Il était amoureux de la tienne, je te rappelle. Comme un fou.

– Écoute, Manon. On peut se poser toutes les questions du monde, on ne trouvera pas la réponse. Si tu crois que ta mère a cette réponse, elle doit te la donner. Tu comprends ? Regarde-moi, Manon. Ta mère doit te dire tout ce qu'elle sait, martela-t-elle. C'est capital... Elle t'a menti !

Manon quitta la route des yeux, et regarda Laura.

– Pourquoi, capital ?

– Parce que... je suis directement concernée par cette histoire moi aussi. Et j'ai l'impression qu'il me reste peu de temps. Très peu de temps, Manon... tu dois me croire.

Laura observait Manon à travers le pare-brise bleuté de la berline : elle parlait d'un air crispé au téléphone, en marchant de long en large sur l'aire de parking. Elles avaient rejoint la nationale 202 en direction de Nice. Manon avait gardé le silence pendant une quarantaine de kilomètres, butée contre la vitre de la voiture. Soudain, elle s'était tournée vers Laura et lui avait demandé de s'arrêter dès qu'elle le pourrait. Elle avait besoin de téléphoner...

Laura la vit refermer son téléphone portable d'un coup sec, l'empocher à l'arrière de son jean, et rejoindre la voiture en longues enjambées. La portière claqua, elle se recroquevilla sur le siège, croisa les bras, posa ses pieds sur le tableau de bord et lança, regard rivé droit devant elle :

– On peut y aller. J'ai eu ma mère au téléphone. Elle m'a fait une scène, comme d'habitude. Mais elle a promis de tout m'expliquer. Tu me déposes à la gare. Je pars à Nîmes... Si j'ai un train, sinon j'irai demain à la première heure.

– Tu ne veux pas que je vienne avec toi ?

– Non. J'ai besoin d'y aller seule. Mais si j'apprends quelque chose, et j'apprendrai nécessairement quelque chose sur ce bracelet, je te le dirai, tu peux me faire confiance.

Laura n'eut aucun doute : elle pouvait lui faire confiance.

**

Suzanne Hanspag attendait, depuis des heures. Elle n'avait pas bougé : le carré de drap usagé qu'elle utilisait pour faire les vitres avait séché, à côté du téléphone, là où elle l'avait posé après que sa fille l'eut appelée. Sa vie était en train de s'écrouler, et elle sentait confusément qu'elle aurait dû se révolter, pour une fois, une seule. Elle avait construit son bonheur patiemment, sans s'écarter du troupeau, avec son mari, et cette enfant que Dieu avait mise sur sa route. Il ne pouvait la lui reprendre maintenant...

Un coup de sonnette discret la fit sursauter. Il était 16 heures. Nîmes dormait, écrasée par la chaleur. Elle se dirigea vers la porte en faisant traîner ses semelles de feutre sur le linoléum ciré. Elle allait devoir affronter la vérité en affrontant sa fille. Avant d'ouvrir, elle remit en place une des barrettes qui avait glissé le long d'une mèche. Elle aplatit encore un peu plus ses cheveux sur ses tempes et ouvrit la porte en pensant qu'il était temps d'expier son péché. La douleur n'était que le prix à payer pour son mensonge.

Elle eut juste le temps de reconnaître la silhouette qui la repoussa contre le mur de l'entrée. La lame du couteau lui fouilla les entrailles et elle tomba, les mains crispées sur son ventre. Un « Vierge Marie, je suis le fruit de vos entrailles » finit de l'étouffer. Elle mourut en écoutant le gargouillis que faisait sa gorge tranchée. Les anges n'étaient pas descendus prendre son âme, celle-ci avait dû se contenter, pour monter au Ciel ou en enfer, du vent qui s'était levé.

Manon sauta du taxi. Elle venait de passer quasiment quatre heures dans le train, aveugle et sourde, repliée sur l'unique question qui l'avait empêchée de gifler le contrôleur lorsqu'il lui avait demandé sa pièce d'identité pour dresser sa contravention. Elle la lui avait tendue sans un mot : l'identité et la date de naissance inscrite sur ce rectangle de plastique était le mensonge le plus assassin qu'il lui avait été donné de subir durant trente-quatre ans ; une insulte à sa mémoire. Et c'était à sa mère de la laver, en lui racontant enfin sa véritable histoire. Celle de son enfance, passée dans le petit appartement de la petite cité HLM de Nîmes, entre sa petite mère et son petit père, n'aurait été qu'une parenthèse qu'elle voulait fermer en tâchant d'éviter les sanglots. Elle avait été aimée, elle n'en avait jamais douté ; elle gardait toujours le souvenir de son père et de sa mère assis sur un banc, avec cette distance toute raisonnable entre leurs deux corps qui avait scellé leur union stérile. Sa mère avait toujours un cabas posé à ses pieds, avec son goûter emballé dans un morceau de papier d'aluminium dedans, et sur les genoux un cerceau à broderie en cours, tandis que son père tenait un magazine de philatélie déployé entre les mains ; aucun pourtant ne brodait ou ne lisait... Ils restaient là, côte à côte sur leur banc, à la dévorer d'un regard inquiet, alors qu'elle creusait le sable du square à mains nues, qu'elle écorchait ses genoux sur les barreaux du toboggan, ou nourrissait les pigeons des restes de son sandwich au beurre et à la poudre de cacao. Quelques années plus tard, elle avait compris qu'elle était une enfant de vieux : le garçon qui lui avait balancé cette vérité à la figure avait fini à l'infirmerie du collège avec le nez en sang. Depuis, à chaque fois qu'on insultait ses parents, qui, pour la plus grande joie des moqueurs, l'attendaient toujours à la sortie des cours, elle frappait. Elle attendait parfois plusieurs récréations, et tapait ; un coup suffisait. Elle y mettait une force incroyable, insoupçonnable dans sa tenue de fillette modèle, aux jupes impeccablement repassées, aux socquettes tirées sur les chevilles sans un pli. Elle ne s'était jamais fait pincer, déjouant d'un sourire et de son regard d'ange aux reflets verts la suspicion étonnée des surveillants. Au bout de plusieurs mois de ce jeu du chat et de la souris, les quolibets avaient cessé. Et le dégoût s'était insinué, agaçant, urticant, explosant au fur et à mesure qu'elle accumulait les centimètres ; lorsqu'elle fut en âge de baisser la tête pour croiser le regard de son père, elle remplit un sac et quitta la maison.

Dans le hall désert du petit immeuble, elle accrocha le bracelet à son poignet : entre elle et sa mère, ce bijou résumerait la question. Elle n'eut qu'un étage à grimper. Personne ne répondit à son coup de sonnette. Elle s'énerva : sa mère voulait-elle l'obliger à utiliser sa clef ? Elle l'attendait sans doute tapie dans l'ombre de sa cuisine ou du salon, immobile, le cœur battant, la main suspendue sur une de ses broderies. Elle fit tourner la clef dans la serrure et poussa la porte. L'obscurité la frappa de plein fouet. Elle fit trois pas dans le petit couloir, et sentit quelque chose coller à ses semelles : sa mère avait encore passé trop de cire sur le linoléum. À sa droite s'ouvrait la cuisine, aux volets fermés...

– Maman ?

Elle appuya sur l'interrupteur, et le plafonnier illumina la pièce... Elle crut tout d'abord que sa mère avait changé le revêtement de sol : d'un rouge qui ne lui ressemblait pas, il couvrait quasiment les quelques mètres carrés de la cuisine aux murs vert pâle, au fond de laquelle, à terre, recroquevillée contre le meuble de l'évier, sa mère semblait attendre qu'une main obligeante l'aide à se relever. Manon fit deux pas, baissa les yeux, et comprit qu'elle marchait dans un liquide épais, où s'imprimait la trace de ses semelles. Elle sut alors que sa mère était morte, et que le sourire qu'elle voyait flotter sur son visage était double : elle souriait également à Manon de toute sa gorge tranchée...

***

Le silence qui régnait dans la Bastide était impressionnant. Laura inspecta rapidement les pièces du rez-de-chaussée : personne. Ludmilla faisait sans doute une sieste. Laura descendit à l'entresol. Le murmure d'une voix à la radio lui confirma une présence. Elle poussa la porte de la cuisine : Solange épluchait des légumes à la grande table de la cuisine.

– Solange ?

La vieille gouvernante sursauta, et porta la main à sa poitrine.

– Mon Dieu ! Ma beauté, fais attention à mon vieux cœur ! Tu m'as fait une de ces peurs !

– Ludmilla n'est pas là ? demanda Laura en l'embrassant.

Solange leva les yeux au ciel, puis se pencha au-dessus des épluchures de carottes et de poireaux pour atteindre le petit poste de radio. Elle coupa le clapet de l'animateur.

– Celui-là, il commence à m'enquiquiner, avec son jeu de couillon. Ta tante ? Elle doit dormir... Elle est encore allée faire la vie en Italie. Elle est rentrée il n'y a pas longtemps, avec une de ces têtes ! J'espère qu'elle n'a pas oublié que, demain, c'est ma quille !

– Tu pars en vacances ?

La poitrine de Solange fut secouée par un grand rire.

– Tu m'as bien regardée, ma beauté ? Les vacances, je connais pas. Je vais voir mes petits-enfants à Toulon. Et je te garantis que ce ne sera pas du repos...

– Solange, est-ce qu'une femme du nom de Suzanne Hanspag aurait travaillé à la Bastide, il y a environ trente ans ?

– Laura ! Où étais-tu ? Je me suis fait un sang d'encre !

Ludmilla se tenait sur le seuil de la cuisine, pieds nus, poings sur les hanches, visage auréolé de son épaisse chevelure ébouriffée.

– Tu pars chez Vincent, et puis plus de nouvelles ! Ce n'est pas sérieux, Laura, surtout en ce moment !

– Excuse-moi... J'aurais dû t'appeler. Je viens chercher le livre du prince de Pise qui est resté dans ma chambre.

Ludmilla haussa un sourcil parfait.

– Eh bien il doit y être encore, s'il ne s'est pas envolé.

Solange intervint.

– Elle voulait savoir si...

– Si une certaine Suzanne Hanspag avait travaillé ici, termina Laura.

– Hanspag ? reprit Ludmilla, je n'ai connu personne de ce nom-là. Et vous Solange ?

Solange, la bouche grande ouverte et les yeux écarquillés, ne savait plus ce qu'elle devait répondre. Elle connaissait ce regard de Ludmilla qui signifiait clairement « faites attention à ce que vous allez dire, et vous feriez mieux de ne pas le dire ». Les faux témoignages, elle commençait à s'y connaître, et elle pensa que Ludmilla avait une bonne raison de mentir ainsi.

– Moi non plus... Un nom pareil, on s'en souviendrait !

– Bien, la question est donc réglée. En revanche, j'ai beaucoup réfléchi, ma chérie : tu ne dois pas rester seule chez Vincent. Ou tu t'installes chez ton père, ou tu t'installes ici. Et ça ne se discute même pas !

Ludmilla lui prit la main, et l'entraîna hors de la cuisine.

– On verra... dit sa nièce. Je vais chercher mon livre.

En une seconde, Laura avait disparu et Solange attendit une explication de Ludmilla qui vint tout naturellement mais à voix feutrée.

– Laura m'inquiète. Je ne sais pas ce qu'elle cherche. Elle n'est pas dans son état normal. Quelque chose ne tourne pas rond. Qu'est-ce que Suzanne pourrait avoir à faire avec toute cette histoire ?

— Pourtant je vous ai dit que je l'avais vue dimanche dernier.

— Et alors, elle a bien le droit de venir à Nice ! Elle n'a rien fait de mal, que je sache... Mais je ne veux pas qu'on alimente les délires de Laura. Oui, les délires, pas la peine de faire cette tête, Solange ! D'après elle, sa mère voudrait revenir.

— Elle parle avec sa maman morte ?

— C'est pire que ça... Nous, tout ce qu'on a à faire, c'est d'essayer de calmer le jeu et de ne pas en rajouter, parce que j'ai l'impression que tout s'emballe... Qu'est-ce que vous préparez, pour le déjeuner ?

— Des rougets.

Ludmilla manifesta son appétit dans un regard délicieux et complice avant de quitter la cuisine. Solange sortit les rougets...

— Pauvre petite... Sa mère, une revenante !

La porte vitrée de la cuisine claqua sous l'effet d'un courant d'air, mais avec une telle violence qu'elle en eut froid dans le dos.

Laura rejoignit Ludmilla sur la terrasse, et posa le livre du prince de Pise sur la table. Un souffle de brise venu de la mer souleva la couverture d'un journal, empilé sur d'autres magazines.

— Tous ces morts... Je commence à avoir peur, Laura. Très peur. Pas pour moi... pour toi.

— Peur de quoi ?

— Que la malédiction finisse par se réaliser, souffla Ludmilla.

— Quoi ? Tu crois à la malédiction, maintenant ? Et depuis quand ?

— Je ne comprends pas ce qui se passe. J'ai beau lire et relire tous ces articles, je ne trouve pas... La seule chose que j'ai réussi à faire, c'est remonter le temps : ma grand-mère Livia, fille unique d'Archibald Montalban, meurt à trente-trois ans. Mon oncle Adrien, le frère aîné de ma mère et le fils de Livia, se suicide à la trentaine. Ma sœur Luisa, mon aînée, meurt à trente-trois ans ! J'ai beau m'agripper comme une folle à toutes les théories psy de la Terre, ça commence à faire beaucoup ! Oui j'ai peur... mais j'ai peur pour toi.

Laura avait retrouvé dans le livre du prince de Pise la page sur laquelle était reproduit le Kallopsis, le fameux bracelet avec les cinq figures du Tarot : le médaillon de la Lune était bel et bien à l'envers...

— On a tué ma mère. Tu crois qu'on veut me tuer aussi ?

— On a tué ta mère ! On nage en plein délire ! Il faut que tu fasses attention à toi, c'est tout...

— Au fait, J'ai retrouvé le bracelet...

— Où ça ?

— C'est Fred Bellair qui me l'a rendu.

— Fred ?

— Un de ses employés l'avait volé. C'est du moins ce qu'il m'a dit. Je n'ai pas voulu en savoir davantage.

— Tu as peut-être bien fait. Avec Fred, on peut s'attendre à tout.

— Est-ce que tu savais qu'il existait deux bracelets identiques ?

— Qu'est-ce que c'est que cette histoire, encore ? éructa Ludmilla.

— La vérité. J'ai vu les deux... Tu avais entendu parler d'une copie ?

— Jamais ! Le seul que j'ai toujours vu, c'est celui que j'ai mis au poignet de ta mère dans son cercueil. Que tu l'aies retrouvé ici me fait suffisamment froid dans le dos comme ça. Et je peux savoir où tu as vu ce deuxième bracelet ?

— Je suis désolée, mais ça touche à la vie privée de quelqu'un...

Ludmilla fronça le nez et pinça ses lèvres.

— Il y a un rapport, avec ta question sur cette fameuse Jacqueline Hans-machin ?

— Suzanne Hanspag.

— Si tu veux. N'empêche que si cette femme a quelque chose à voir là-dedans, moi j'appelle ça du vol. Mais comme d'habitude dans cette famille, je suis la dernière au courant !

Laura fixa l'écran de son portable : un numéro de téléphone inconnu y clignotait. Elle choisit de répondre.

— Laura Fontane, j'écoute...

Elle se redressa aussitôt en entendant son interlocuteur se présenter. Son cœur battait la chamade, mais le professionnalisme de l'avocate reprit le dessus.

— Absolument. Je confirme la version de mademoiselle Hanspag. Je l'ai déposée à la gare de Nice aux environs de 13 heures. Elle y a pris un train pour Nîmes. Si vous le souhaitez, je peux venir signer une déposition.

Au bout du fil, on la remercia.

— Attendez, s'il vous plaît, je suis avocate. Mademoiselle Hanspag semble avoir des ennuis. De quelle nature, s'il vous plaît ? débita-t-elle à toute vitesse, de peur que l'autre ne coupe.

Laura écouta la réponse, brève.

— Merci... murmura-t-elle d'une voix blanche.

Elle ferma son téléphone et resta pétrifiée, regard perdu sur la vallée qui s'étendait jusqu'à la mer. Ludmilla attendait une explication.

— Suzanne Hanspag a été assassinée.

— Qui est cette femme ?

— La clé de l'énigme. Il me reste à trouver la serrure qui correspond.

Manon leva la tête : un flic venait de s'arrêter devant elle, sur une marche de l'escalier. Il lui rendit ses papiers.

— Tenez. Vous allez venir avec nous au commissariat. Nous devons prendre votre déposition. Mademoiselle Fontane a confirmé votre emploi du temps.

– Au commissariat ? Tout de suite ?

– Oui.

Manon contempla ses pieds : elle était en chaussettes.

– Si vous aviez une paire de tongs...

Le flic suivit son regard.

– Évidemment. Je reviens, je vais voir ce que je peux faire...

Le flic fit demi-tour, et dévala quelques marches. Manon entendait le raffut et les interpellations de tous les spécialistes au travail qui résonnaient dans la cage d'escalier. L'immeuble avait été bouclé, et les rares voisins qui soupiraient sur leurs souvenirs de vacances devaient bénir cette interruption momentanée de leur routine retrouvée. Ça faisait environ trois heures que Manon avait les fesses collées sur une marche de l'escalier de l'immeuble. Les images n'arrêtaient pas de se cogner sous son crâne, emprisonnées. Elle n'avait pas esquissé un pas de plus dans la cuisine... Elle s'était juste ruée dans les petits waters de l'entrée pour y vomir ce qu'elle pouvait, c'est-à-dire de la bile : elle n'avait rien avalé depuis la veille... Elle s'était retrouvée, chancelante, sur le palier, à peine capable de composer le numéro de téléphone des flics tellement sa main tremblait. En s'apercevant qu'elle traînait avec elle l'odeur du sang, elle avait jeté ses tennis aux semelles rougies dans l'escalier en hurlant. Les flics l'avaient trouvée là, prostrée sur une marche, alors qu'ils grimpaient l'escalier en rasant les murs, flingue à la main. Mesure de précaution bien inutile, Manon le savait : l'assassin de Suzanne n'avait attendu personne. Un flic avait soigneusement emballé sa paire de chaussures dans un sac de plastique : pour analyse, lui avait-on annoncé. De sang ? Ses semelles en étaient maculées, et ils avaient découvert ses traces depuis le milieu de l'entrée jusqu'au seuil de la cuisine, là où elle s'était pétrifiée devant l'horreur. Les flics avaient pu constater qu'elle n'était pas allée plus loin. Ils l'avaient interrogée longuement, et venaient donc de s'assurer de la véracité de son alibi. Elle qui d'habitude ne portait pas la maison poulaga dans son cœur, là, ankylosée sur sa marche d'escalier, elle s'en moquait. Et surtout, qu'ils ne lui rendent pas ses chaussures ; elle ne parvenait pas à oublier le bruit de succion de ses semelles sur le sang épais... Elle était fourbue, comme si on l'avait battue durant des heures, cerveau compris, comme un vulgaire tapis. Elle ne désirait qu'une chose : reprendre un train, destination inconnue, la plus lointaine possible. Malheureusement, la soirée s'annonçait nîmoise et policière, tout autant que la nuit ; autant la passer au commissariat d'ailleurs, cette nuit, dans une cellule, sur un banc de l'accueil même, mais pour rien au monde dans cet appartement. Manon n'y remettrait jamais les pieds. Elle s'aperçut soudain avec horreur qu'une paire de mules de cuir blanc à boucles réglables s'agitait sous son nez. Elle se cogna le dos sur le nez de la marche supérieure. Le flic la regarda avec stupeur, mules à bout de main.

— Excusez-moi... Je ne voulais pas vous faire peur.

Il déposa la paire de mules à côté de ses pieds, et les contempla d'un air navré : Manon chaussait du 40, et les mules de sa mère atteignaient à peine le 36. Une évidence qui figea le flic sur sa marche.

— Ah zut !

— Laissez tomber. J'irai pieds nus... lâcha Manon dans un souffle.

Elle avait de toute façon déjà gravi la moitié de son Golgotha.

**

— Et qu'est-ce qu'il savait, ce pauvre Antoine ? Que j'étais la maîtresse de son père ? Pas de quoi se suicider, ni même le pousser d'une falaise ! cracha Viviane. Tout le monde le savait !

Agnès glissa furtivement un œil sur Mollaro : il frémissait de plaisir contenu, frottant ses énormes paluches l'une contre l'autre. Ric le Hochet tenait sa revanche par deux bouts : un conseiller général et sa maîtresse ; le caviar de tout flic un peu hargneux.

— Votre... concubin, Max Fontane, il était aussi au courant ? couina Mollaro d'une voix de castrat.

Ça devait être l'émotion... Bruno figea ses deux mains à dix centimètres au-dessus de son clavier et fixa le plafond d'un air pénétré. Agnès se pinça le nez et piqua un fard. Mollaro était décidément un type épatant : il avait le don de déclencher chez Agnès comme chez Bruno des envies de rire au cœur du drame. Un paradoxe, tout comme ce nouveau registre vocal qu'il leur dévoilait soudain.

— Évidemment que Max était au courant ! Ça l'a toujours arrangé, lâcha Viviane d'un ton étonné.

Mollaro faillit en tomber de sa chaise : les mœurs de la grande bourgeoisie n'étaient manifestement jamais parvenues jusqu'à son HLM.

— Ah... bien sûr. Vu sous cet angle-là. Vous aviez donc l'autorisation de tromper votre mari ?

— Dites donc, capitaine Mollard, est-ce que je vais être obligée de passer ma soirée en votre compagnie ? Je suis accusée de quoi, au juste ? De pratiques sexuelles tout à fait normales de nos jours ?

Mollaro grinça des dents. Il détestait qu'on l'appelle Mollard.

— Vos coucheries nous intéressent, effectivement. Pour une bonne raison : vous ne vous contentez pas de coucher avec monsieur Duval, vous montez avec lui des affaires qui sentent la cavalerie à plein nez. Et Vincent Bellair avait découvert vos magouilles !

— J'ai soif. C'est une méthode, d'assoiffer les gens pour qu'ils avouent n'importe quoi, ou est-ce que je peux avoir un verre d'eau ? lança Viviane à Agnès.

Agnès posa une bouteille d'eau et un gobelet en plastique devant Viviane. Dans un silence religieux, et sous le regard furibard de Mollaro, celle-ci se désaltéra lentement et longuement : deux verres, bus à toutes petites gorgées. Elle devait soupeser les éléments en sa faveur. Agnès voyait les cernes sous ses yeux, et le léger tremblement de sa main : Viviane déballerait bientôt ce qui lui coûterait le moins.

– Madame Lebesco, c'est quand vous voulez, grinça Mollaro.

– Mais je vous écoute, susurra-t-elle entre deux gorgées.

– Nous en étions à Vincent Bellair. Rien n'empêche d'imaginer que vous et monsieur Duval ayez payé un homme de main pour vous en débarrasser. Un certain Michel Duroc...

Viviane recracha la gorgée qu'elle venait d'avaler. Elle balança le gobelet vide sur le bureau. Quelques gouttes aspergèrent les pognes poilues de Mollaro. Il essuya ses mains d'un air nonchalant.

– Je termine. Vous payez Duroc pour faire le sale boulot. Vous n'avez qu'un but, n'est-ce pas, madame Lebesco ? Détruire votre mari ! En tout cas, tout ce qui figure dans le dossier de maître Bellair semble le prouver. Nous avons vérifié ses sources, et fait tous les recoupements nécessaires. Monsieur Fontane avait signé un contrat d'assurances colossal avec votre société bidon ! Vous le teniez par les couilles, et il ne le savait pas... Qu'est-ce que qui vous empêchait, pour atteindre Max Fontane, de vous en prendre à son fils ? Le crime, ça ne s'improvise pas. Dans votre cas, il a mûri, longtemps. Et pourquoi vouloir détruire Max Fontane ?

Viviane se leva d'un bond et se pencha vers Mollaro, le regard fou. Le commandant eut un mouvement de recul. Il eut de la chance, le mur retint sa chaise. Agnès se précipita sur Viviane. Bruno avait les yeux qui lui sortaient de la tête...

– Pauvre connard ! Je vais vous expliquer deux choses que manifestement vous ne comprendrez jamais. Oui, il suffit d'être une femme pour vouloir détruire un homme qui vous a fait souffrir, mais ça ne justifie en rien de tuer le fils qu'on a eu avec cet homme. C'est clair ?

Mollaro ne se démontait pas. Ce n'était pas la première furie à qui il avait affaire. Il la regarda droit dans les yeux.

– L'infanticide, ma brave dame, reste un des crimes les plus pratiqués au monde ! Ça date des Grecs, il paraît ! Maintenant vous pouvez vous rasseoir... madame !

***

Delambre se planta devant Franck. Celui-ci se redressa, aux aguets ; le divisionnaire lut une pointe d'inquiétude dans le regard, mais qui disparut aussitôt au profit d'une certitude que le commissaire envisagea avec pitié : Franck Duval avait trop de casseroles au cul pour se permettre de croire qu'il avait encore des amis.

– Le dossier est lourd, Franck. J'ai parcouru votre P-V de garde à vue. Vous n'êtes pas encore mis en examen, mais je vous préviens tout de suite : ce n'est qu'une question de temps. Ça barde. Le problème, ce n'est pas tant le montage de votre société aux Caïmans, mais tout le reste...

– C'est-à-dire ? s'insurgea Duval.

– Le reste, Franck... Tout ce qu'il y a sous le tapis. Il paraît que la Financière se régale avec vos comptes personnels. Le classement du Montmaure en ZU, ça risque d'être du nanan à côté. J'espère que vous avez des appuis.

Delambre tentait de se montrer compatissant, et sympathique. Il connaissait Duval depuis des années. Ils avaient fréquenté les mêmes restaurants, à la table des mêmes notables. Une complicité en demi-teinte dont se serait bien passé le divisionnaire aujourd'hui. Lui, il avait ouvert le parapluie. Il n'y avait pas de place pour Duval dessous.

– Si je tombe, je balance tout... lâcha Duval, soudain blême.

– C'est tout à fait normal, mon cher Franck. C'est d'ailleurs la meilleure solution à mon avis.

Duval le dévisagea d'un air de bête acculée.

– Vous perdrez beaucoup, siffla-t-il.

– Moi ? Allons, Franck. Vos compétences administratives et politiques n'ont en rien influé sur ma carrière. Je suis à la retraite dans deux ans... Et ce ne sont pas quelques P-V déchirés qui me la gâcheront.

– De vous à moi, commissaire, je sais ce que je risque, et je veux bien payer pour ça. J'ai joué, même si la partie n'est pas finie. Mais je n'ai pas tué.

– Mes enquêteurs travaillent sur cet aspect de l'affaire. Ils trouveront.

– Et pour Antoine ? Vos conclusions ?

– La médecine légale a ses limites. Le doc est formel : votre fils est décédé des suites de sa chute.

Franck Duval ne répondit pas tout de suite. Qu'obtiendrait-il de plus que ce que le commissaire venait de lui assener ? Rien ne prouvait le suicide. Il se leva, brisé mais libre de rentrer chez lui.

**

Le commissaire divisionnaire Delambre avait une autre visite à faire. C'était surtout un homme qui, après quarante ans de maison, n'avait envie que d'une chose : qu'on le laisse piquer ses vers au bout de ses hameçons en paix. Ce n'était pas lui qui dépeuplait la mer : il ramenait si régulièrement sa nacelle vide que son épouse avait fini par arrêter de lui demander si la pêche avait été bonne ; elle avait pris un abonnement chez le poissonnier du quartier. Heureusement il était plus habile professionnellement, et c'était peut-être pour cette raison qu'il rejetait quasiment toutes ses prises innocentes à la mer. Sa carrière n'avait été qu'une litanie d'horreurs sanglantes : corps percés, découpés au rasoir, crânes défoncés... Le plus insupportable, c'étaient les gosses martyrisés, violés. Il n'était encore qu'un jeune inspecteur lorsqu'il s'était trouvé confronté à son premier cadavre d'enfant. La colère ne l'avait plus quitté depuis. Il était parfaitement conscient que ses troupes ne le portaient pas dans son cœur. Il s'en foutait éperdument : il était respecté. Cette distance lui avait permis de tenir bon.

Aujourd'hui, Delambre était fatigué d'être un homme en colère...

Il s'annonça auprès de la jeune secrétaire.

— Commissaire Delambre. Monsieur Max Fontane est-il là ? Je désire lui parler.

La jeune fille se crispa sur son téléphone. Une minute plus tard, Max Fontane lui ouvrait la porte.

Sur le bureau de Max, Delambre aperçut un petit opuscule, *Le Testament d'Archibald Montalban*, mais il n'y prêta aucune attention. Max referma très soigneusement l'ouvrage pour écouter le commissaire qui lui faisait face.

— Qu'est-ce que vous reprochez à Viviane au juste, commissaire ? fit Max en redressant un pin miniature sur une maquette.

— Pour l'instant, elle n'est accusée de rien. Elle est entendue, entre autres, pour une affaire de société factice. Beaucoup d'argent à la clef, monsieur Fontane... Ce qui est embêtant, c'est que c'était le vôtre.

Max Fontane ne leva même pas un sourcil. Il rajusta son nœud de cravate et eut un sourire léger qui s'adressait au vide, pas à Delambre.

— Mais encore ?

— Je cherche à comprendre, monsieur Fontane. Pourquoi Viviane Lebesco vous en veut-elle au point de vous avoir fait signer par des intermédiaires un contrat d'assurances qui allait vous ruiner ?

— Avec Franck Duval, n'est-ce pas ?

— Pas seulement.

— Fred Bellair est de la partie, évidemment. C'était facile, fit Max d'un ton détaché.

Delambre délivra ses pouces de ses mains serrées : après tout, il ne faisait là qu'une visite officieuse chez le roi du béton. Même s'il savait que Fontane ne donnait pas dans le mécénat, le promoteur venait néanmoins de le surprendre.

— Vous ne semblez pas étonné ? lança-t-il. Vous étiez au courant ?

— Plus ou moins. Je m'en doutais...

— Et vous n'avez rien dit ? Ça ne vous ressemble pas, monsieur Fontane. Ce que j'aimerais savoir, c'est pourquoi votre femme vous hait à ce point ?

— C'est le mot juste : la haine. Viviane a beaucoup souffert. Mais il n'y a qu'elle qui pourra vous fournir les explications que vous attendez... si elle le souhaite. Cela dit, commissaire, Viviane n'a pas tué Matthieu. Ni les autres, d'ailleurs. Viviane se venge, mais pas en tuant. Elle n'en est pas capable...

Delambre chercha le regard de Fontane. Il était ailleurs... imperturbable. Ce « pas capable » était à double tranchant, assassin d'une certaine façon ; « trop faible » semblait s'ajuster davantage aux pensées de Max Fontane. Restait cette question : qui donc avait été « capable » de tuer autant ?

— Mon métier, c'est de résoudre des meurtres, monsieur Fontane, et d'arrêter des meurtriers. Pas de juger si les gens sont capables ou non de tuer. Laissez-moi faire mon travail, je vous laisserai couler votre béton tranquillement, lança-t-il, légèrement chauffé.

Max Fontane ne sembla pas formalisé ni vexé. Il sourit, et ce sourire n'était pas destiné à provoquer ou à se moquer. Delambre eut une pensée compatissante pour ce roi presque déchu : au fond, ils n'étaient que deux hommes fatigués, qui cherchaient chacun de son côté à résoudre un problème. Cependant, Delambre préférait sa place à celle de Fontane.

— Pourquoi ne m'arrêtez-vous pas, commissaire ? Ça reste pour moi un mystère... Moi aussi je savais où se trouvait Matthieu, souffla Max.

Delambre en resta sans voix : son équipe avait la preuve de son innocence ; Fontane se prenait maintenant pour un martyr ! Le revers était abrupt, difficile à concevoir même pour lui, rompu à tous les coups tordus.

— Monsieur Fontane, donnez-moi un mobile, et je ferai des efforts pour vous croire... Le seul fait d'ignorer ou de mépriser son fils n'est pas suffisant.

411

**

Laura peinait. Ses sandalettes ripaient contre les pierres du chemin en pente raide, et Pierrot, le père de Vincent, la devançait sur ce sentier abrupt et escarpé. Il ne ralentissait pas sa marche pour autant, poussé sûrement par la volonté d'en finir et de montrer à Laura quelque chose qui allait sûrement l'étourdir et la rassurer. Il lui avait juste dit « suivez-moi, j'ai quelque chose de très important à vous montrer », et Laura l'avait suivi sans poser de question. Quand un homme comme Pierrot Bellair rompt avec le silence, on le croit sur parole.

Au bout d'un quart d'heure de cette marche au pas militaire, Pierre Bellair stoppa net. Laura le rejoignit en soufflant. Devant eux, une minuscule chapelle érigée à la gloire d'un saint oublié, au milieu d'un bosquet de cyprès jaunis et de petits chênes.

– Voilà, Laura. Entrez. Je répondrai à vos questions après... Ce qu'il y a derrière cette porte ne m'appartient pas.

Mise en confiance par cet homme maladroit et sincère, Laura entra. Seul un petit vitrail oblong laissait passer une curieuse tranche compacte de lumière, posée sur ce qu'elle reconnut comme un gisant. La chapelle était un tombeau : celui de sa mère. Laura n'eut même pas la force de pleurer : le visage de pierre de Luisa souriait. La gisante était drapée dans une sorte de toge, ses mains jointes sur son cœur, sa chevelure abondante ciselée en lourdes boucles jusqu'à ses pieds nus qui semblaient palpiter d'un sang d'albâtre. Le sculpteur avait réussi à mettre du vivant dans le corps inerte. Une profusion de fleurs, fraîches, répandait cette odeur écœurante de pétales reclus dans la pénombre légèrement humide de la chapelle, comme était reclus le corps de sa mère dans le sarcophage. Quelqu'un était passé fleurir le caveau. Il n'était pas difficile de deviner qui était l'adorateur devenu fou de Luisa. Laura n'aurait pas besoin de poser la question au père de Vincent : c'était Fred qui avait volé la morte depuis longtemps, peut-être depuis toujours.

L'Étoile

Elle s'approcha d'un bouquet : « l'Étoile », carte numéro XVII, se présentait à elle comme une carte de visite piquée dans les fleurs. Dans la petite image, le ciel était rempli d'étoiles, rayonnantes comme des soleils, et une femme nue, aux longs cheveux blonds et au corps de Vénus antique, versait deux coupes d'eau dans une rivière, sur un fond de collines apaisantes. Laura prit la carte : le symbole de l'amour, à n'en pas douter. Une ombre s'interposa dans la lumière de la porte. Laura se retourna. Pierre Bellair était derrière elle.

— Quand votre mère est morte, mon frère éprouva un tel chagrin que j'aurais fait n'importe quoi pour l'aider. Quelques jours après son enterrement, il est venu me trouver.

— Et ?

— Et il m'a demandé un service. Je suis maçon, desceller une tombe et la sceller à nouveau était un jeu d'enfant pour moi. Il voulait récupérer Luisa, même morte. Il pensait qu'elle avait choisi de vivre avec lui et d'abandonner votre père. Ils avaient tout prévu. Même vous, vous deviez vivre avec eux... Alors comme ce projet était mort avec Luisa, il décida de rester avec la morte... vous comprenez ?

La chapelle rétrécit d'un coup. Pierrot avait l'air hagard. Laura comprit soudain pourquoi : Fred, qui venait d'entrer dans le contre-jour, le tenait en joue, pistolet à la main. Hébétée, Laura cherchait à remettre les morceaux dans l'ordre. Fred Bellair ne lui laissa pas le temps de la réflexion.

— Vous croyez peut-être que je vais vous demander pardon, Laura. Hélas... non. Je n'arrive pas à me sentir coupable. Votre père a agi contre ma décision. Il vous a choisie. Mais il n'a pas réussi à briser la promesse que j'avais faite à Luisa : je serai là, pour elle, toute ma vie. Luisa n'est pas un souvenir.

Pierrot, voûté contre le mur en ogive de la chapelle, reprenait des couleurs.

— Fais pas le con, Fred. Pose cette arme, s'il te plaît.

— Je ne peux pas. Tu l'as emmenée ici pour qu'elle me la reprenne. Elle est à moi...

413

– Luisa Fontane ne t'appartient pas, grogna Pierre.

– Laura, vous devez comprendre. Vous le pouvez, j'en suis sûr : Luisa et moi, c'est une question d'éternité, fit Fred en la fixant de ses yeux mi-clos.

Laura était pétrifiée, de trouille, de fatigue, par les émotions trop violentes, par le pistolet : Bellair n'était plus un sphinx énigmatique, c'était juste un dingue. Un fou d'amour, bon à être gavé de neuroleptiques et à passer quelques années en compagnie de psys.

– Le corps de Luisa Fontane appartient à sa fille. Respecte au moins ça, Fred.

– Je ne veux pas qu'on me la reprenne...

– Fred, ça suffit les conneries ! Ça n'existe pas, l'éternité ! Tu adores une morte depuis plus de trente ans. Une morte !

Le mot résonna sous la petite voûte en berceau qui semblait avoir été faite pour l'accueillir dans son demi-cercle de pierres.

– Luisa a aimé deux hommes, continua Pierrot. D'accord, le partage de cet amour n'a pas été équitable. D'accord, Max a reçu Laura en échange, et toi rien. Mais une vivante contre une morte, ce n'est pas un marché, Fred !

C'était impressionnant de voir cet homme du silence attraper les mots justes et les faire vibrer jusqu'au cœur de Laura. Elle le vit s'approcher de la gueule du pistolet, défier son frère, se proposer en sacrifice. Puis il saisit l'arme par le canon. Laura ferma les yeux. Un coup de feu claqua, démultiplié sous la voûte. Elle hurla, et se blottit derrière la gisante comme elle se serait protégée derrière sa mère. Elle entendit des grognements, on aurait dit deux bêtes qui ne battaient. Le pistolet glissa à terre pour venir s'échouer tout près de Laura. Elle n'eut aucune hésitation et braqua l'arme sur les corps entremêlés.

– Arrêtez ou je te tire !

Elle vit un œil luire : celui de Pierrot, qui rompit immédiatement la lutte. Fred était méconnaissable, exsangue, chemise déchirée ; mais, surtout, ce qu'il s'appliquait à dissimuler sous ces paupières était là : un regard halluciné, vert émeraude, qui faisait disparaître les joues bouffies, les cernes noirs...

– Maintenant le corps de ma mère appartient à la justice, planta Laura dans le silence. Et nous allons enfin tous savoir si elle a été assassinée ou non...

– Luisa est morte à cause de la malédiction, chuchota Fred.

– Il n'y a pas de malédiction ! Il y a juste un assassin ! Qui a tué ma mère, qui continue à tuer aujourd'hui, et qui va me tuer.

Tout semblait s'être enfui de Fred, jusqu'à son âme. Il regardait la gisante et posa un dernier baiser sur ses lèvres de marbre. Il n'était qu'amour. Il ne restait plus qu'à prévenir Agnès pour qu'elle fasse le nécessaire.

Viviane resta quelques secondes figée sur le trottoir devant le commissariat central, hébétée. Max l'observait depuis sa voiture. Elle tituba, reprit son équilibre. Max s'affaissa légèrement dans son siège.

Une petite troupe de flics surgit soudain par les portes vitrées. Parmi eux, il reconnut Agnès et son collègue, un jeune homme blond. Mais personne ne savait qu'ils allaient retrouver Laura dans cette chapelle perdue et y constater sa découverte. Ils dévalèrent les marches, et s'engouffrèrent dans des voitures banalisées. Des gyrophares fleurirent sur les toits, en même temps que le miaulement d'autant de sirènes. Les bagnoles décollèrent du trottoir comme une volée de moineaux. Viviane fit quelques pas, serrant sur son corps un manteau invisible. Un taxi passa. Elle fit un geste, et la voiture continua sa route. Max la regarda disparaître au bout de la rue...

Le corbillard avait rapporté le corps de Matthieu dans son cercueil le matin même. L'enterrement aurait lieu demain...

Le testament d'Archibald Montalban
(suite)

« *Le prince de Pise appartenait au cercle très limité des grands initiés que mon ami Édouard Schure avait oublié de citer dans son ouvrage de référence. Le plus extraordinaire fut qu'il réapparut après sa mort. La manifestation du Savant se produisit, d'après ce que racontait le livre second de son œuvre, dans le livre même. Esprit réanimé dans l'encre et le papier. La machinerie de Gutenberg semblait avoir offert de nouvelles perspectives et venait au secours des disparus en leur permettant de fossiliser dans l'impression de l'encre les révélations qu'ils avaient à faire aux vivants sur les secrets si longtemps gardés par les Archanges, ces Quidecimvirs de la grande bibliothèque de l'au-delà. Ces secrets avaient pourtant déjà fait l'objet d'une première révélation et avaient, d'après le prince italien, été dissimulés dans les vingt-deux lames du Tarot depuis les temps reculés de la protohistoire, cette période qu'on ne finit pas d'explorer, si étrange et si élastique, qui se situe entre la préhistoire et l'histoire, entre les mondes sans écriture et ceux dotés de l'écriture, entre la sauvagerie et la civilisation.*

» *Ces affirmations me parurent bien naïves et je souris souvent à la lecture de cet ouvrage en latin. D'ailleurs, pensais-je, si le prince avait voulu que ces secrets soient délivrés au monde entier, pourquoi n'avait-il pas écrit ce livre en italien populaire ? Et si dans les églises le latin était non plus emprunté à la langue des Romains coupables mais à la langue de Dieu et des anges, je finis par me demander s'il n'était pas aussi la langue des morts ?*

» *Le livre en question est très touffu et d'une lecture rébarbative pour celui qui ne maîtriserait pas la langue antique. Le résumer ici n'est pas chose facile mais c'est absolument nécessaire pour la compréhension de la suite, puisqu'il s'agit quand même du texte sur lequel s'est construit, en grande partie, la nouvelle religion qui prit forme au couvent Sainte-Anne et dont Élisabeth fut adepte.*

» *Le prince de Pise repartait de la Genèse, lieu primitif de la Création mais espace déjà de tous les malentendus. Comme l'avait raconté mon ancêtre l'alchimiste Ettcheban Castro y Montalban, Dieu avait jeté sur terre, comme dans l'onde d'un miroir, sa propre image mais aussi son propre monde, un paradis terrestre identique au paradis céleste dans lequel devaient se mouvoir des créatures immortelles.*

» *L'immortalité comme retour au projet originel de Dieu fut pour le prince de Pise son seul Credo.*

» *Il ne fut pas le seul. D'autres, avant et après lui, se penchèrent sur le problème et tout le monde s'accorda sur un point : le pacte d'alliance qu'Ève avait passé avec Lucifer (souvent représenté par un serpent) restait bel et bien la fracture entre le jardin d'Éden et la* broussaille, entre le paradis terrestre et l'humanité, entre l'infini et la fin, entre l'immortalité et notre condition de mortels.

» Si l'Église se satisfaisait parfaitement de ce péché originel, accusant les femmes de tous nos malheurs, d'autres ne voyaient en lui que l'expression catastrophique de la pire des malédictions : notre condition de mortels les maintenait de la même manière aux confins de notre considération.

» En revanche d'autres, dont le prince de Pise, pensaient que seules les femmes avaient le pouvoir de racheter la faute d'Ève qui n'était pas un péché originel mais une décision quasi politique : cette décision lui permit de s'opposer au rêve insensé de celui qu'elle nommait Dieu mais qui n'était pas son père et d'inventer cette humanité des mortels et donc une humanité dans laquelle Dieu ne pouvait pas se reconnaître.

» L'humanité devint à leurs yeux le lieu où Lucifer avait vaincu la folie de Dieu. Lucifer devint alors le Diable, prit la même initiale que celle de Dieu, s'assit en maître absolu et trônait depuis ces temps immémoriaux sur le monde fragile des vivants et des morts.

» Les vingt-deux lames du Tarot, d'après le prince de Pise, racontaient justement le chemin qui permettait de revenir à l'idée originelle de Dieu, de retrouver les routes du paradis terrestre et donc de retrouver Dieu, miroir dans lequel les hommes pouvaient se regarder à l'infini et dans l'infini démesuré du temps.

» Ces initiés pourchassés par les puissants ignares avaient dissimulé, dans un objet méprisable tel qu'un jeu de cartes vulgaire, les secrets de l'immortalité et du projet de Dieu, et donc pour les mortels le pouvoir de ressusciter d'entre les morts pour la vie éternelle. L'immortalité devenait le seul chemin pour revenir vers Dieu le Père.

» *La chose est complexe, mais pourrait se résumer ainsi : être mortel est la seule volonté du Diable alors qu'être immortel serait la preuve même de l'existence de Dieu.*

» *Si les femmes devaient porter le fardeau de la culpabilité d'Ève, elles seules pouvaient rectifier ce désastre. Il faut bien entendre dans le mot désastre, ce qui est sans astre, ce qui est sans Dieu. Tout ne devait donc être que paix et amour, tout ne devait être que jardin luxuriant, source inaltérable de vie éternelle, non plus promise dans la mort mais dans la vie.*

» *Pour en arriver là, il fallait plusieurs conditions. D'abord, si l'on voulait retrouver la trace de Dieu, il fallait absolument revenir aux temps des dieux anciens, les dieux antiques, c'est-à-dire d'abord aux prêtresses vierges, puis dans un deuxième temps aux femmes qui tentaient d'entrer en communication avec les au-delà et les en deçà, capables de prouesses égales à celles de Dieu, les magiciennes.*

» *Les magiciennes de Thessalie prirent alors dans l'esprit du prince de Pise la première de toutes les places et il affirma sans preuve véritable, mais à partir d'une de ses visions, qu'elles étaient les détentrices des secrets dissimulés dans les vingt-deux lames du Tarok comme on l'appelait encore à l'époque.*

» *Tout comme il y avait eu fracture entre le jardin d'Éden et la broussaille, entre le paradis terrestre et l'humanité, il devait de la même façon y avoir une fracture entre l'Ancien Testament (ce texte qui ne parle que de châtiments et de menaces de mort) et ce retour au Paradis sur Terre. Le Nouveau Testament devait obligatoirement tenir cet office. Sinon comment justifier ce qui distingue l'Ancien du Nouveau Testament, à savoir la représentation de Dieu qui soudain ne se trouvait plus en dehors de nous mais à l'intérieur de nous. Et si Dieu se trouvait à l'intérieur de nous, Il devait nous permettre comme Lui d'accéder à l'immortalité et donc pour les mortels qui devaient refaire le chemin à l'envers de passer d'abord par la mort afin de ressusciter ensuite à la vie éternelle.*

» Jésus, Dieu fait homme, homme magicien, révélé aux Noces de Cana, était nécessairement né des magiciennes dont sainte Anne et la Vierge Marie, la nourricière et la génitrice, en étaient les descendantes directes. La Vierge Marie était bien pour le prince de Pise la Nouvelle Ève ; pas sa répétition : plutôt le moyen non pas de racheter sa faute mais de rectifier l'erreur ou la folie de son ancêtre originelle. Elle avait donc pour mission de créer un être vivant qui reviendrait d'entre les morts, faisant ainsi la preuve de l'existence de Dieu et de la faillite du Diable. Seules des femmes initiées pouvaient entendre cette injonction. Sans compter que la promesse d'une vierge qui enfanterait le seul fils de Dieu était établie depuis la nuit des temps. Bien plus que le fils, il s'agissait de recréer le nouvel Adam. Ainsi le fils et la mère devaient entrer non pas dans une relation incestueuse mais dans l'idée paradoxale qu'un homme né d'une femme et d'un Dieu allait pouvoir engendrer une nouvelle humanité à lui seul, comme le premier Adam aurait dû le faire et d'où l'on pourrait réellement ressusciter d'entre les morts.

» Jésus en fit la démonstration avec Lazare et la petite fille morte à laquelle il lui suffit, pour consoler ses parents, de lui demander de se lever et de marcher. L'amour en Dieu n'était rien d'autre que la volonté de

croire en Son projet originel, sinon, s'il s'était simplement agi d'un amour béat et enfantin, il n'eût jamais suffi à faire de tels " miracles ".

» *Toujours pour le prince de Pise, Jésus fut bien un " initié ", comme cela a souvent été dit, mais sûrement pas par les Esséniens comme on cherche à le prouver aujourd'hui : par les femmes, par sainte Anne et la Vierge Marie, les héritières de Thessalie dont faisait sûrement partie Marie-Magdalena qui fut incontestablement, elle aussi, une grande initiée. Si l'on a souvent prétendu qu'elle était une femme de mauvaise vie, c'est uniquement parce qu'elle travaillait à partir des lames du Tarok, secrets du monde dissimulés dans un jeu de cartes qu'on pouvait aussi trouver dans les tavernes. Sinon pourquoi les réunir toutes les trois au pied de la croix, pourquoi ce furent elles qui recueillirent le sang et le corps de Jésus sur leurs genoux après la crucifixion ; et enfin, pourquoi elles seules participèrent-elles à sa toilette mortuaire ? Autant de questions qui ne trouvent leur éclaircissement que dans la magie. Si la résurrection de Jésus n'avait pas été annoncée, pourquoi les Romains avaient-ils exigé que l'entrée de la sépulture soit bouchée par un rocher qu'aucun homme seul n'aurait pu déplacer ? Pourquoi avait-on mis des soldats pour garder l'entrée du tombeau de celui qui prétendait être le fils de Dieu si l'on n'avait pas craint qu'il fît à lui seul la preuve du pouvoir de Dieu tout en mettant fin aux pouvoirs des puissants que le Diable avait posés en lieux et places des tyrans ?*

» *Si Jésus demanda sur la croix au moment le plus brûlant de son agonie à Dieu " Pourquoi m'as-tu abandonné ? ", c'est uniquement parce que la douleur fit jaillir de Lui sa dernière ombre d'humanité. Mais aucune des femmes, ni sainte Anne, ni la Vierge, ni Marie-Madeleine n'exprimèrent la moindre colère, ni le moindre doute. Elles attendirent patiemment le moment venu quand le crépuscule comme une promesse leur rendrait, sans vie, le corps du seul Dieu auquel elles continuaient à se vouer corps et âme.*

» C'est dans la sépulture, au moment de la toilette du mort que la preuve même de l'existence de Dieu pouvait se faire. Cette épreuve fut en quelque sorte celle de la grande vérification et de l'accomplissement. Les trois femmes, les trois magiciennes procédèrent aux gestes nécessaires qui allaient permettre la réintégration de l'âme dans le corps inerte. Il fallait faire refluer le sang dans les blessures par lesquelles il s'était échappé grâce à des imprécations dont seules les magiciennes connaissaient les paroles, dans cette langue des initiés qui avait dissimulé le secret dans un jeu de cartes.

» Le sang revint dans les plaies de celui qu'on allait désormais appeler le Christ, et les trois magiciennes obturèrent les cinq plaies par cinq médaillons représentant L'Hermite, numéroté VIIII (et non IX); le Soleil, numéroté XIX; le Diable, numéroté XV; la Lune, numérotée XVIII... enfin la figure sans nom, représentée par un squelette et portant le numéro XIII. Apparemment l'agencement agissait sur le mort comme un fermoir empêchant à tout jamais la vie de s'enfuir à nouveau.

» La suite, tout le monde la connaît, le Christ ressuscita d'entre les morts. »

QUATRIÈME PARTIE

Mercredi 17 août

LE CHARIOT

Laura était rentrée à 6 heures du matin. Comment ? Elle ne se rappelait plus avoir conduit depuis l'hôpital où elle était venue rendre visite à Vincent qu'on venait enfin d'opérer, juste après sa sortie du coma. Elle avait préféré rentrer chez lui plutôt qu'à la maison de verre, où elle savait que Max avait veillé seul sur le cercueil de Matthieu. Si Viviane ne l'avait pas rejoint à sa sortie de garde à vue, elle y serait sans doute tôt ce matin. Qu'ils se retrouvent en tête à tête, le dernier probablement, ne posait pas plus de problème que ça à Laura. Elle souhaitait juste à l'intelligence de l'emporter sur la haine.

Le corps de Luisa, lui, avait été transporté à la morgue. Agnès avait fait des pieds et des mains pour soutenir la thèse de l'assassinat. Et quelle que soit la version défendue, mort accidentelle ou meurtre, le légiste devrait laisser son cigare au vestiaire, revêtir ses gants, et rendre un dernier hommage de sa profession à sa mère. Agnès l'avait certifié à Laura : s'il y avait quelque chose à trouver, le légiste le trouverait. Laura s'endormit comme une masse.

Le cercueil de Luisa avait été déposé sur une table d'autopsie en aluminium réglable en hauteur, et personne n'y avait touché : le couvercle était encore vissé. Le bois n'avait pas trop souffert de son transport ni de son séjour

427

dans les deux caveaux successifs. Le doc en vérifia la solidité en frappant dessus.

– Toc, toc, toc... Tirez la bobinette, et la chevillette cherra, chantonna-t-il. Mouais... On ne va pas l'attaquer au marteau et au burin, mais ça ne va pas être du gâteau pour autant.

Il se dirigea vers une grande armoire métallique, qu'il ouvrit. Agnès, qui avait tenu à être là en personne, découvrit tout l'attirail du parfait bricoleur du dimanche : sur les étagères, scies, perceuses – électriques ou non –, disques de métal dentelés soigneusement classés par taille... Le matériel étincelait. Le doc tira une perceuse, attrapa une table roulante métallique déjà pourvue de scalpels, spatules, pinces, compresses, bacs, et s'approcha de la bière. D'une pression sur la pédale, il abaissa la table d'autopsie à un niveau confortable pour pouvoir travailler sur le cercueil. Un coup d'œil sur le couvercle, et il ajusta sur sa perceuse-dévisseuse l'outil correspondant. Il attaqua les vis d'un air guilleret. De la poussière de bois l'enveloppa. Agnès sortit un tube de déboucheur nasal au camphre et à la menthe, et se hâta d'en inhaler quelques bouffées. Le doc rigola.

– À cet âge-là, c'est tout sec, Angeli ! Vous allez voir. Si on met ça dans une cheminée, ça flambe comme du cageot.

Agnès prit un bout du couvercle. Au signe que lui fit le doc, elle souleva le lourd pan de bois, et ferma les yeux...

– Angeli, merde, bougez-vous le cul ! C'est lourd ! On le pose contre le mur.

Agnès se laissa guider par le mouvement du doc sur deux pas, puis ouvrit les yeux. Même si elle n'avait rien avalé en prévision de ce petit tête-à-tête matinal avec un corps en décomposition, elle sentait son estomac faire des bonds. Elle attendit, cœur battant, que le doc se penche sur le cercueil.

– Oh... le joli squelette ! Venez voir, Angeli ! État de conservation impeccable. Ils l'ont éviscérée. Je l'avais lu sur le rapport d'autopsie de l'hôpital... Ah... et la bière est plombée, ça aide. Ils ont dû en baver des ronds de chapeau, vos petits copains, pour me la ramener.

— Merde, doc, arrêtez ce cinéma. Vous parlez de la mère de ma meilleure amie ! craqua Agnès dans un hoquet.

— Eh ben, Angeli, faut pas vous prendre le melon comme ça ! Les morts, c'est de l'organique en décomposition. La nature fait bien les choses. Tu es né poussière, tu redeviendras poussière. Vous avez été baptisée, je suppose, alors vous devez connaître la chanson.

— Mes parents sont athées.

— Ça se soigne.

— Faites chier, doc.

— Ça aussi, ça se soigne. Allez, venez donc m'expliquer ce que vous avez derrière la tête.

Il posa une calotte sur son crâne, enfila un masque et une paire de gants de latex. Il tendit la boîte à Agnès. Elle n'avait manifestement pas le choix. Elle enfila à son tour les gants, et se pencha sur le vide en retenant son souffle. Luisa Fontane était bel et bien comme l'avait décrite le doc : pas de chairs putrides qui partaient en lambeaux comme son imagination et ses souvenirs de films de série B le lui avaient laissé envisager, mais une carcasse décharnée, recouverte de parchemin crevassé. Telle fut sa première impression. Elle se rendit compte qu'elle retenait son souffle depuis au moins une minute, et s'éloigna le temps de remplir ses poumons d'un air un peu moins vicié. Elle avait senti l'odeur de terre et de moisi grimper le long de ses sinus... Puis elle se pencha de nouveau sur le corps momifié de Luisa Fontane. Son estomac était plus calme. Les longs cheveux bruns et bouclés avaient continué de pousser, et formaient une masse filandreuse et sèche qui avait rampé comme un lierre jusqu'au-dessous des épaules de la morte, en caressant ses coudes. Ce qui avait été un visage fin et délicat n'était plus qu'un costume flottant sur un cintre vide : la peau avait séché en longs plis sur l'armature osseuse, les lèvres avaient disparu en un sourire figé sur des dents qui avaient dû être parfaites mais qui n'attendaient qu'une vibration pour se déchausser, le nez s'était affaissé et les paupières ne recelaient qu'un abîme. Les creux avaient grignoté l'ensemble, et gagné... Agnès pensa curieusement à une photo de la surface de la Lune, aux profonds cratères et aux crevasses insondables. Une géographie de poussière et de roc, minérale... On avait joint les mains de la morte sur la poitrine, et elle tenait entre ses doigts osseux un crucifix. Une longue robe blanche aux manches jusqu'aux poignets ne parvenait plus à dissimuler les os qui pointaient çà et là, au niveau des côtes, du bassin et des articulations. Le tissu blanc du couffin avait davantage souffert que la robe, laissant apparaître des traces verdâtres par endroits. Agnès se redressa, et se retint au cercueil : la tête lui tournait. Le doc s'en aperçut.

— Angeli, oxygénez-vous, bon sang ! C'est pas le moment de me faire une syncope, râla-t-il.

Il saisit une spatule d'aluminium sur la table, et plia sa haute stature sur le cadavre. Il imprima de légères pressions sur la peau du visage et du cou, qui laissèrent des traces visibles.

— Ouais... Ben, ça va pas être de la tarte pour la sortir de là. Le squelette a l'air de tenir, mais les tendons risquent de lâcher. Si on la soulève, elle va se déchirer comme un papier de soie.

Il orienta le faisceau d'une lampe pincée à la table au-dessus du cercueil, et réfléchit deux secondes.

— On va protéger avec un film plastique, et faire sauter les parois du cercueil à la scie. Après, on pourra la glisser sur une table... marmonna-t-il.

Il posa un regard aussi gris que son teint sur Agnès, et ricana.

— Vous inquiétez pas, Angeli, vous ne m'êtes d'aucune utilité. Je vais attendre mon assistant. Et je cherche un coup porté à la tête, c'est ça ?

— C'est ça.

— Eh ben, soupira-t-il en observant le cadavre. On va lui faire un petit peeling et je vous rappelle dès que j'ai du nouveau.

— Merci, doc. Ça urge...

— Vous êtes une vraie boute-en-train, Angeli... Si vous ne me ramenez pas un macchabée tout neuf d'ici deux jours, ça devrait coller...

Lorsqu'elle se retrouva sur le trottoir devant l'hôpital, Agnès n'avait plus aucune notion du temps. Un coup d'œil à sa montre, et elle sursauta. L'enterrement de Matthieu avait lieu dans une heure. Elle fit tomber un œil catastrophé sur ses tennis et son jean. Impossible de retrouver Bruno, elle pouvait juste aller passer une tenue de circonstance... Elle composa le numéro de son coéquipier.

— Du nouveau ?

— Des nèfles, chuchota Bruno dans l'appareil. On dirait que Fred Bellair a pris un aller simple pour Madagascar...

— Pourquoi Madagascar ?

— T'es pas au courant ? Là-bas, tu peux t'amuser à déterrer les morts tant que tu veux. Coutume locale. Personne ne vient t'emmerder pour profanation. Tu peux même leur donner à bouffer et leur présenter les arrière-petits-enfants...

— Très fin... mais je viens de me taper le doc. Alors tu ne vas pas t'y mettre aussi.

— Ça va. Tu sais qui je me tape, moi ? Je confirme : Gardois est médaille d'or de la connerie.

— Je te rappelle après l'enterrement...

Agnès raccrocha, puis regarda le ciel : bleu et sans un nuage. Là-haut, parmi les tombes, la mer se confondait avec lui. Matthieu ne contemplerait plus jamais ce vertige. Si elle voulait pleurer, c'était maintenant ou jamais...

Manon sauta sur le quai avant même que le train se soit totalement immobilisé. Elle cala sa besace contre son torse, tenta de coller la plante de ses pieds aux semelles de ses tongs, et se fraya un chemin parmi la foule indolente. La grosse horloge du hall lui apprit qu'elle avait une demi-heure pour rejoindre le cimetière près du château. Ce qui lui donnait largement le temps de passer prendre une douche, et se changer à la studette, deux rues derrière la gare. Elle baignait dans son jus depuis la veille et, bien que rompue à des épreuves infiniment plus pénibles, elle ne supportait pas ce type de crasse, la crasse des villes. Peu lui importait la terre et la poussière des routes, en revanche la ville laissait sur sa peau et dans sa tête un voile nauséabond, lourd et visqueux comme un filet d'eau d'égout. Une nuit au commissariat de Nîmes n'avait fait qu'amplifier ce sentiment d'être sale jusqu'au plus profond de ses os. Elle n'avait pas voulu rechausser sa paire de tennis, malgré l'obligeance des flics qui la lui avaient rendue propre, et le plus rapidement qu'ils avaient pu. À sa sortie du commissariat, elle avait balancé les chaussures encore emballées de plastique dans la première poubelle venue. Elle ne souhaitait à aucun clochard de dénicher ce cadeau empoisonné par le sang de sa mère. Dans une épicerie-bazar maghrébine près de la gare, miraculeusement ouverte, elle avait déniché une vilaine paire de tongs deux tailles au-dessus de la sienne. Au bout de trois pas, les lanières lui avaient déjà cisaillé la peau entre deux orteils, mais mieux valait ça que se faire arrêter pour vagabondage à cause de ses pieds nus. Elle fréquentait les flics un peu trop à son goût, ces derniers temps, et avait quoi qu'il en soit de nouveau rendez-vous avec eux à Nîmes le lendemain matin. Elle hâta le pas, et percuta une petite vieille qui se dandinait en zig-zaguant au milieu du hall, valise à roulettes à bout de bras. La vieille regardait le plafond de béton d'une mine soup-çonneuse : des pigeons traversaient lourdement le hall, rasant parfois la tête des voyageurs. Manon la retint de justesse par la manche avant qu'elle s'écroule... et se casse le col du fémur, pensa-t-elle en un éclair. La vieille la fixa d'un œil noir, et Manon la reconnut instantanément : Solange, la cuisinière de Ludmilla Rinaldi. Elle l'avait chaque fois entr'aperçue de loin, mais le chignon gris et bas comme le visage revêche étaient reconnaissables à vingt mètres.

– Excusez-moi, dit soudain Solange. Dites donc, vous, je vous ai vue avec Suzanne Hanspag, l'autre dimanche, sur la Promenade. Vous êtes parente avec elle ?

Manon hésita un instant. La cuisinière semblait connaître sa mère, mais n'avait certainement aucune idée de la façon dont cette dernière venait de mourir prématurément.

– Oui. C'est ma mère.

– Ah ! ça alors... Je savais bien que c'était elle. C'est qu'elle a pas changé, votre maman. On a travaillé ensemble pendant cinq ans, chez les Rinaldi. Pensez donc...

Solange lâcha son bras, et Manon eut l'impression qu'on venait de lui accrocher deux haltères au bout des mains : elle ne pouvait plus bouger.

– Ma mère a travaillé chez les Rinaldi ? murmura-t-elle.

– Ben tiens ! J'étais cuisinière et elle femme de chambre. Elle m'aidait aussi à la cuisine, et moi j'assurais l'entretien du reste de la maison. C'est qu'elles nous épuisaient, les filles, avec tous ces jeunes qu'elles nous ramenaient sans cesse à la Bastide. Elle vous en a jamais parlé ? On était assez copines, à l'époque, même si elle était pas bavarde.

Manon sut aussitôt que le sort venait de jouer un sale tour à Suzanne Hanspag : couchée dans son tiroir de la chambre froide, elle devait hurler depuis l'au-delà, et supplier Solange de la boucler. Mais voilà, le destin est généralement facétieux...

– Vous avez le temps de prendre un café ? fit-elle en contenant le rugissement qui lui chatouillait la gorge.

– J'ai mon train dans une heure, rigola Solange.

Manon lui prit d'office sa valise.

– Génial...

**

Laura était prête à affronter le pire, et le manque de sommeil l'y aidait : elle avait l'impression de marcher sur du

433

coton, d'enfiler des pensées de coton comme des moufles sur sa douleur, d'effleurer des meubles et des objets de coton, et d'envisager un avenir somme toute nimbé d'une douceur de coton. Refoulés pour un temps, le compte à rebours des cartes, les visions de meurtre, les morts sur lesquels elle trébuchait, la vengeance qui s'insinuait dans la douleur... Même l'enterrement de Matthieu ne semblait plus réel. Max l'avait appelée une heure auparavant : il lui avait annoncé qu'il venait d'apporter à Viviane la preuve, certes dérisoire et impuissante, qu'il était malgré tout un père ; il avait veillé son fils et venait d'exiger de sa mère que Matthieu reposât dans le caveau Fontane. Laura avait abrégé la conversation, trop hébétée pour renvoyer son père à sa faillite : Max devenait obscène, dans sa volonté de racheter et d'expier. Elle avait donc volontairement passé sous silence les dernières nouvelles : la découverte du mausolée de Fred Bellair et le rapatriement du cercueil de Luisa, ainsi que l'opération réussie de Vincent. Max était forcément au courant...

Elle allait fermer la porte-fenêtre de la chambre de Vincent lorsqu'une ombre posée sur l'eau de la piscine attira son regard. Elle s'approcha du rebord, et plissa les yeux : un carton flottait, bien réel, projeté au milieu de la piscine dans un circuit désordonné par le remous des pompes en marche. Laura vit son reflet troublé dans l'eau, et s'aperçut qu'elle souriait : la lame de Tarot n'attendait que l'épuisette qu'elle tendrait pour l'attraper...

C'était « le Chariot », la lame numéro VII, et Laura sentit les sanglots l'envahir lorsqu'elle vit le jeune homme aux longs cheveux blonds représenté sur la carte : il avait cet air de triomphe que confèrent la jeunesse et la force, debout sur un char tiré par deux chevaux. Il était solaire, tout autant qu'empreint d'une gravité qu'on sentait due à la charge qui venait sans doute de lui échoir : une couronne était posée sur sa tête, son armure était royale, et le sceptre trop lourd dans sa main. Il était Matthieu, dont on transportait le corps vers une dernière demeure. Il ne manquerait que les deux chevaux au corbillard... Ce chariot semblait indiquer un voyage. Un grand voyage. La fin était proche et Laura ne voyait plus comment éviter cette mort annoncée. Elle commençait même à sentir une certaine volupté à l'idée d'en finir. D'en finir vraiment.

***

Solange pépiait finalement comme un oiseau, ce que n'auraient pas laissé deviner ses jambes lourdes, son torse et sa taille moulés dans un seul bloc, et son visage si peu aimable au premier regard. Pas plus qu'on ne l'aurait crue capable d'enfanter trois filles, qui ne semblaient pas avoir souffert le moins du monde des horaires tyranniques qu'avaient infligés les filles Rinaldi à leur personnel. Manon écoutait sans l'interrompre la petite voix pointue et légère, à laquelle l'accent niçois apportait des envolées quasiment lyriques. Solange n'avait pas touché à son café, alors que Manon en avait absorbé la dernière goutte tiède depuis dix minutes.

— Ça, Suzanne, c'était une gentille fille. Jamais un mot plus haut que l'autre, jamais énervée ni fâchée, jamais médisante. On aurait dit une sainte. Elle était tellement discrète... Elle a bien mis six mois pour me dire qu'elle était mariée. Vous vous rendez compte ! Votre papa travaillait du côté de Nîmes, si je me souviens bien, aux impôts je crois. Eh bien, elle montait le voir un week-end sur deux. J'ai fini par comprendre : une fois par mois je la voyais en train de pleurer. Un jour, je lui ai dit : Suzanne, les enfants, faut pas croire que c'est un don de Notre Seigneur. J'avais déjà mes trois filles, vous comprenez, et je savais pas trop comment lui dire que j'avais compris qu'elle pouvait pas avoir d'enfant. Elle a fini par me l'avouer, d'ailleurs. Mais vous devez bien le savoir, puisque vous m'avez dit que vos parents vous avaient adoptée, gazouilla Solange d'un air étonné. Enfin, j'espère que je n'ai pas trahi un secret. Je suis trop bavarde. C'est ce que me répète Ludmilla sans arrêt. N'empêche, je comprends pas pourquoi elle a pas voulu que je dise à Laura que je connaissais votre maman...

— Pardon ?...

— Ben, oui. Laura, sa nièce, lui a posé des questions sur votre mère. Elle m'a fait les gros yeux. J'ai bien compris, té !

Solange se pencha brusquement vers Manon.

— Surtout, vous ne dites pas que je vous ai raconté tout ça, souffla-t-elle d'une voix encore plus aiguë.

— Je ne la connais pas... Elle est si terrible que ça ?

L'éclat de rire de Solange la jeta presque contre le dossier de sa banquette.

— Ludmilla Rinaldi ? Depuis qu'elle est pitchoune, on ne sait pas comment la prendre. Un moment douce comme un agneau, et une seconde après c'est une vraie vipère. Pas comme sa sœur, soupira-t-elle. Luisa, c'était un bonheur. Tout le monde l'aimait, celle-là. Un peu fofolle, avec ses grigris et sa sorcellerie, mais elle n'aurait jamais fait de mal à une mouche. Pas comme l'autre... L'année la plus tranquille que j'aie passée, finalement, c'est quand Ludmilla est partie. Elle nous a fichu la paix pendant plus de six mois. Elle voulait voyager... Luisa était plus calme. Quand Ludmilla est rentrée, elle était épouvantable. Ah çà, elle nous en a fait voir de toutes les couleurs ! Luisa la protégeait, tout le temps. C'est à ce moment-là que Ludmilla a su que sa sœur était enceinte. Quel malheur...

Manon vit le duvet sur ses mains se hérisser.

— C'était quand, exactement ?

— C'était début 1972. Je m'en souviens comme si c'était hier... Votre maman a rendu son tablier deux semaines plus tard... C'est marrant ! Surtout qu'elles s'entendaient bien, toutes les deux.

Le convoi funèbre s'arrêta devant la chapelle des Fontane. Agnès se sentit prise d'un vertige : ils étaient seulement sept à se recueillir en ce lieu ; si peu nombreux à accompagner Matthieu que la vacuité du rite la plongeait dans un tourbillon de tourments. Les employés des pompes funèbres avaient préparé le caveau... Son estomac lui rappela soudain avec un gargouillis indécent qu'elle n'avait rien bouffé depuis la veille. Elle ravala une larme, puis un sourire : la mort n'empêchait finalement pas la vie de creuser son sillon. Agnès se souvint de l'histoire de cette adolescente qui était tombée d'une falaise vers Monaco. La gosse s'en était tirée, mais la première chose qu'elle avait lâchée aux pompiers, en pleurnichant de honte, c'était qu'elle portait des chaussettes sales et qu'elle allait puer des pieds. Depuis, Agnès avait appris par la bouche des pompiers ce qu'elle était à des années-lumière de soupçonner : un nombre incalculable de gens, des femmes en grande majorité, avaient toujours une culotte de rechange au fond de leur sac, au cas où la mort les surprendrait par erreur. On sauvait finalement l'honneur par des petits riens...

Agnès disciplina ses pensées vagabondes et observa le groupe, imperceptiblement disséminé, puis Laura, minuscule et fragile entre Max et Viviane. Elle regarda les dos voûtés, les épaules affaissées de Max et de Viviane, agitée de légers frissons. Seule Laura semblait tenir le choc. Cette fille avait de toute façon défié la mort et ses fantômes à tant de reprises que l'écorce de cristal qu'elle donnait à voir était le leurre le plus ébouriffant qu'Agnès eût jamais observé : Laura était capable d'affronter un volcan en éruption, et seule Agnès semblait le savoir. Ludmilla se tenait légèrement en retrait. Droite comme un if, vêtue d'une robe qui accentuait sa minceur et sa haute taille, elle n'avait pas noué ses cheveux, et Agnès voyait des mèches soulevées par à-coups sous les assauts légers de la brise marine. Si le souffle n'avait inscrit un peu de vie dans la chevelure, Ludmilla aurait pu être de pierre. Agnès eut soudain froid : la maîtrise que dégageait cette femme en toute circonstance était quasi inhumaine. Ceux qui semblaient le plus perdus étaient sans conteste Mado et Pierrot, à quelque deux mètres du clan, mais qui avaient quand même tenu à être là. Pierre soutenait Mado et avait enveloppé les épaules de la petite femme tout en noir de son bras puissant.

Le cercueil fut posé sur un catafalque devant le caveau. Viviane s'en approcha. Elle murmurait, mais ses mots furent portés par un brusque souffle d'air.

– Je ne sais pas si la mort d'un enfant nous apprend quelque chose, mais je voudrais te dire, Matthieu, que je n'aurais jamais voulu avoir un autre enfant que toi. Tu m'as comblée. Tout ce que j'ai reçu dans cette vie, le seul bonheur que j'ai eu, c'est toi qui me l'as donné. Je n'ai plus rien à attendre. Sauf le moment de te rejoindre.

Le dos de Max Fontane se raidit comme sous la morsure d'un fouet, mais il ne fit pas un geste.

Puis elle ajouta :

– Je t'ai vu sortir de mon ventre et aujourd'hui je te regarde entrer dans la terre.

Viviane s'effondra seule, refusant les bras de Max. Les employés des pompes funèbres passèrent les cordes dans les poignées du cercueil, et commencèrent à le faire glisser dans la fosse.

Ludmilla sembla revenir à la vie ; elle vint jeter une poignée de terre et une rose dans la fosse. Mado et Pierrot étaient à leur tour sur le point de rendre un dernier hommage à Matthieu lorsque Agnès sentit une présence dans son dos ; d'ailleurs une ombre s'allongea sur le sol de gravier blanc devant elle. Elle se tourna légèrement et crut avoir une hallucination : Fred Bellair, costume froissé, la barbe naissante, la dominait de toute sa hauteur. Il effleura son bras et chuchota, sans que ses lèvres aient eu à bouger :

– Je suis là, et je ne disparaîtrai plus. Je vous demande juste de me laisser le temps de me recueillir. Ensuite nous nous retrouverons au commissariat, et vous pourrez me garder à vie si vous le souhaitez...

Lorsque Fred Bellair était apparu, l'assistance avait semblé vaciller : l'entrée en scène du grand Bellair ne semblait prévue par personne. Pourtant, après le flottement, chacun reprit la posture appropriée, raide ou voûtée, cette dernière attitude n'étant pas une question de douleur ; chacun vivait la mort à sa manière...

Manon serrait les dents, les poings, les épaules, et même les doigts de pied, dans ses tongs pourtant trop grandes. Elle se sentait compacte comme un atome, et quiconque l'aurait ne serait-ce qu'effleurée aurait provoqué l'explosion. Elle avait réussi à se glisser derrière un caveau, à une vingtaine de mètres de la tombe de Matthieu, alors qu'ils étaient déjà tous rassemblés pour lui. Elle ne se sentait pas le droit d'imposer sa présence ; si elle avait été quelque chose ou quelqu'un pour lui, elle n'était plus rien aujourd'hui. Alors elle avait serré tout son corps, et attendait qu'ils partent.

Elle vit enfin le groupe se disperser et reprendre le chemin vers les grilles : une toute petite femme ronde en pleurs, soutenue par un géant qui ressemblait tellement à Fred Bellair qu'ils étaient sans aucun doute frères ; Max Fontane, qui prit la mère de Matthieu par le bras, et l'aida à regagner la sortie ; Laura et Agnès restèrent en arrière, et Manon perçut le désarroi mêlé de colère de Laura. Agnès lui glissa quelque chose à l'oreille. Laura détourna sèchement son regard, qu'elle avait rivé sur la silhouette de Fred Bellair. Ce dernier, défait, était redevenu un homme ; il avait suffi de deux jours pour que le Don Corleone de la Côte sombre corps et âme. Que s'était-il passé ?

Ludmilla s'approcha de Fred Bellair, l'embrassa, et le cœur de Manon expulsa une bulle d'acide dans ses artères...

Elle ne put s'empêcher de crisper sa main gauche sur son poignet droit : sous ses doigts, à travers le lourd bracelet aux figurines gravées, elle sentait son cœur gronder comme un volcan...

Ils s'éloignèrent, et Manon dut patienter le temps que le cognement sourd de ses tempes s'atténue, incapable de marcher jusqu'au caveau. Enfin, elle se sentit suffisamment forte pour aller dire adieu à Matthieu.

Agnès sentait ses muscles douloureux vriller tout son dos : elle avait eu la faiblesse d'accorder sa confiance à Fred Bellair et l'avait laissé rejoindre seul le commissariat central. Elle sentit soudain un goût de sang sur sa langue, et s'aperçut qu'elle venait de se déchiqueter une lèvre. Une folie. Elle avait néanmoins prévenu Bruno et son équipe d'abrutis, qui poireautaient toujours au casino. Bruno n'avait pas dit un mot, mais elle avait senti l'injure muette lui transpercer le tympan. Il était trop tard. Elle conduisait aussi vite que la circulation dense le lui permettait. Elle avait de surcroît compris que Laura souhaitait lui parler, et Ludmilla s'était imposée dans le voyage. Agnès avait décrété d'un ton rogue qu'elle reprenait son service et que le seul arrêt consenti pour Ludmilla et Laura aurait lieu à la maison de verre des Fontane. Laura, ailleurs, regardait le flot de voitures, et Ludmilla, plantée sur la banquette arrière, se cachait derrière sa paire de lunettes noires, cheveux au vent qui s'engouffrait par la vitre ouverte.

— Est-ce que tu as réussi à contacter le SRPJ de Nîmes ? souffla Laura.

— Non. Pas encore. Pas eu le temps.

Devant, une file interminable de voitures s'ébranlait au feu en un goutte-à-goutte prodigieusement agaçant. Le feu passa pour la troisième fois au rouge.

— Et merde ! pesta Agnès.

Elle vit le coup d'œil narquois de Ludmilla dans le rétroviseur. Laura continua.

— La mère de Manon a été tuée par la personne qui a tué ma propre mère, martela-t-elle, butée. Elle savait quelque chose...

Ludmilla sursauta, mais la boucla. Elle repoussa d'un geste élégant une mèche qui lui chatouillait le front.

– Et le légiste... pour le corps de ma mère, demanda Laura à Agnès, on a des nouvelles ?

– Pas encore.

Son téléphone sonna sur le tableau de bord. Agnès dédaigna l'interdiction de prendre des communications au volant d'une voiture.

– Capitaine Angeli, j'écoute.

La voiture précédente démarra poussivement.

– Deux secondes, doc ! Je me gare...

Elle bifurqua d'un coup de volant sur le trottoir, dans un concert de klaxons énervés.

– C'est bon. Attendez encore deux secondes, je prends de quoi noter.

Laura fut plus rapide qu'elle : elle lui tendit un carnet et un stylo.

– Ouais. Je vous écoute, mais l'essentiel. Je passerai vous voir plus tard...

Ludmilla, à l'arrière, commençait à s'intéresser à la conversation. Quant à Laura, elle écoutait et lisait sans vergogne ce qu'Agnès griffonnait sur la page. Lorsque Agnès raccrocha, Laura la regardait d'un air sauvage et borné.

– C'est donc bien ce que je voyais... Dis-le ! De toute façon j'ai lu...

Agnès poussa un interminable soupir agacé. Elle sentait le regard acéré de Ludmilla sur son crâne, malgré la paire de lunettes de soleil.

– Temporal gauche fracassé... mais pas dans l'accident : le choc est trop net et la fracture très enfoncée, et étroite. Plusieurs coups du même type dans la région gauche du crâne. Il pense à un objet type club de golf, canne... Tu avais raison, Laura.

Un concert assourdissant de klaxons et d'injures emplit l'habitacle de la voiture. Agnès vit le rouge envahir les joues et le front de Laura, par plaques. Ludmilla s'agrippa à la poignée de la porte, blanche sous le hâle. Elle se redressa brusquement.

– Ma chérie, tu vas tomber dans les pommes... Agnès, est-ce qu'il y aurait de l'eau, dans ce four ambulant ?

— Non. Voiture de service. Le bar n'est pas compris ! aboya Agnès.

— Laura, ma chérie, ça va ? fit Ludmilla en foudroyant Agnès du regard.

Laura retrouvait peu à peu sa carnation habituelle.

— Oui, ça va. Ça va très bien, même, fit-elle d'une voix étonnamment ferme. Celui qui a tué ma mère et qui veut me tuer était là, au cimetière. J'en suis sûre maintenant...

***

Fred Bellair était en main lorsque Agnès pénétra dans le bureau : Mollaro lui faisait face, et Bruno avait pris sa place devant le clavier. Il lui fit un signe de connivence discrète : un battement de paupières... Agnès faillit en tomber de soulagement : Bellair avait donné sa parole et l'avait respectée. Parole de bandit et code d'honneur : ça existait donc encore. Delambre en serait certainement le premier rassuré. Elle rejoignit Bruno, puis posa discrètement une fesse sur le coin de son bureau. Manifestement, Bellair avait remis sa mémoire en marche, et les confidences coulaient de sa bouche à grande eau.

— Pourquoi voler un corps, monsieur Bellair ?

— Par amour.

— Ah ? L'amour fait faire de ces conneries ! Celle-là risque de vous coûter bonbon, balança Mollaro.

— Vous ne pouvez pas comprendre.

— Oh que si ! Je peux même vous dire qu'à ce point-là ce n'est plus de l'amour, c'est de la... nécrophagie ! fit Mollaro d'un ton triomphant.

Agnès leva les yeux au ciel : Rick le Hochet était en plein concours avec maître Capello. Elle toussota discrètement : s'il continuait, il ne reviendrait pas au deuxième tour. Ça ne manqua pas.

— Je n'ai pas dévoré le corps de Luisa, monsieur Mollaro. Je l'ai veillé. Je l'ai chéri. Je l'ai aimé.

Mollaro figea une moue qu'il voulait la plus intelligente possible sur le cube qui lui tenait lieu de visage, lequel s'illumina.

– Nécrophile, alors ?

Agnès s'étrangla. Elle entendit le soupir d'aise de Bruno derrière elle et en profita : elle se tourna vers lui pour lui faire des yeux énormes. Dignement, index pointé sur la touche « *delete* », Bruno effaça du P-V la réplique de Mollaro qui aurait pu devenir légendaire sans l'obligeance de son subordonné. Agnès décida d'intervenir.

– Monsieur Bellair, j'aimerais qu'on revienne sur la dernière fois où vous avez vu Luisa Fontane. D'après vos premières déclarations, c'était la veille de sa mort.

– Oui. Le 20 août. Nous avons joué, au casino.

Mollaro découvrit une rangée de dents, mais Agnès lui coupa la chique d'un geste.

– Vous avait-elle semblé inquiète, nerveuse ?

– Oui. Nous perdions... Et nous avions besoin d'argent pour pouvoir partir ensemble.

– Elle avait de l'argent. Les Rinaldi sont connus pour leur immense fortune.

– Je ne souhaitais pas que Luisa m'entretienne. Nous voulions repartir de zéro, ne rien devoir à personne.

– Elle était enceinte, de huit mois. C'était votre enfant ?

Agnès retint son souffle : elle chargeait la mule, alors qu'elle avait déjà la réponse, mais elle avait besoin de la version de Fred Bellair.

– Non, murmura Fred Bellair. C'était celui de son mari, Max Fontane. Mais j'aurais élevé... Laura comme ma propre fille... si j'avais pu.

Mollaro grimaça, largué dans cette reconstitution qui faisait appel aux sentiments, et non plus aux faits. Agnès revint sur un terrain plus adapté au bon sens « mollarien ».

– Elle ne vous avait jamais fait part de menaces qu'elle aurait reçues ?

– Non... Si, excusez-moi. Dans ces dernières lettres, elle me racontait qu'elle avait peur de mourir... comme les premiers-nés de sa famille. Une malédiction à laquelle elle croyait. J'aurais dû la prendre au sérieux...

— Le soir du 20 août 1972, donc, vous vous quittez. Au casino ?

— Non. Je l'ai raccompagnée.

— Chez son mari ?

— Non, à la Bastide. Je crois me rappeler que Ludmilla Rinaldi donnait une grande fête. Le parc était plein de monde. La Bastide était illuminée. Luisa était épuisée. Je l'ai vue entrer dans la maison... Elle n'est jamais venue au rendez-vous que nous nous étions fixé le lendemain, au casino, de nouveau.

— Elle a eu son accident de voiture cette même nuit ?

— Oui. J'ai été prévenu à l'aube. Par sa sœur... souffla-t-il d'une voix quasiment inaudible.

— Que s'est-il passé ? Qu'avez-vous fait ?

— Je suis allé à l'hôpital où l'on m'avait dit qu'elle avait été transportée. J'ai appris qu'elle était dans le coma. On pouvait peut-être la sauver... mais c'était elle ou l'enfant. Max Fontane l'a tuée : il a demandé à ce que l'enfant vive.

— Vous auriez choisi Luisa Fontane ?

— Oui... Et si c'était à refaire, je le referais.

On n'entendit plus que le souffle bruyant du système d'air conditionné, hors d'âge. Bruno avait cessé de prendre la déposition, mais ça n'avait aucune importance : un magnétophone enregistrait toute l'histoire de Fred Bellair et de Luisa Fontane. Mollaro baignait dans une hébétude qui atteignait une profondeur insondable. Agnès plongea, en pariant sur la surprise de Bellair comme de ses deux collègues : tout n'était que reconstitution, sur la seule bonne foi d'une vision. Elle assena le coup de grâce.

— Luisa Fontane a été assassinée, cette nuit du 20 au 21 août 1972. D'un coup à la tête. Son assassin l'a crue morte et a transporté son corps dans sa propre voiture pour la jeter dans un ravin, sur la route du calvaire. Il a voulu faire brûler la voiture, mais n'y est pas parvenu totalement. Avez-vous tué Luisa Fontane, monsieur Bellair ?

Agnès vit Fred Bellair se tasser sur sa chaise.

– Moi ? J'aurais donné ma vie pour elle !

Elle vit son dos se voûter totalement : elle sut qu'il pleurait. Mollaro n'en revenait pas. Bruno se racla la gorge, pour étouffer certainement un miaulement contestataire.

– Max l'aurait tuée ?

– Nous ne manquerons pas de nous occuper de Max Fontane, coupa Mollaro.

Agnès vit son chef de groupe s'ébrouer, se redresser sur sa chaise, et feuilleter d'un air pénétré les feuillets du dossier qu'il avait sous les yeux. Le cliquetis du clavier reprit, rapide : Bruno rattrapait ce qu'il pouvait, surtout une contenance.

– Nous avons tout un tas d'autres questions à vous poser. Le terrain du Montmaure, et la société d'assurance. Racontez-nous...

Agnès ferma les écoutilles durant deux secondes. Le temps de revenir au présent. Fred Bellair venait de revivre sa dernière nuit avec Luisa. Et, avec lui, elle et Bruno avaient souffert. Agnès le croyait, dans sa chair, malgré toutes les contre-indications d'usage dans la police : Bellair n'avait pas tué Luisa Fontane. Bellair était un fou d'amour, encore aujourd'hui...

De là à en conclure, en revanche, qu'il avait trouvé le ou les meurtriers de la femme qu'il aimait, et qu'il avait fait justice seul, il y avait un gouffre. Vincent Bellair était de surcroît une victime innocente, tout comme Matthieu ; Joëlle Legasse, la secrétaire, avait été trop gourmande et trop naïve, tout comme Thierry Merlet, le photographe ; Antoine Duval s'était a priori cassé le cou en se jetant d'une falaise tout seul ou poussé par quelqu'un... Restaient le meurtre de Duroc et celui de la mère de Manon, le dernier en date, qui faisait indéniablement partie de l'affaire. Agnès n'arrivait pas à les relier entre eux, mais commençait à croire qu'ils étaient en rapport avec le passé, comme Laura n'avait eu de cesse de le lui répéter.

***

Laura était sonnée, mais son abrutissement ne l'empêchait pas de réfléchir. Les infirmières semblaient lire son immense fatigue, elles s'écartaient naturellement sur son passage. Elle parvint à la porte de la chambre 18 et frappa. Ce fut Mado qui lui ouvrit, toujours en tenue de deuil. Le contraste était saisissant entre le noir de sa robe et de ses cheveux, et la pâleur de Vincent qui se noyait dans la blancheur des draps et des pastels de la chambre. Mado avait les yeux gonflés. Elle prit Laura dans ses bras, ce qu'elle n'avait pu faire au cimetière.

– Ma pauvre petite, et vos pauvres parents... C'est affreux.

Elle en profita pour chuchoter à l'oreille de Laura, d'une voix soudain plus autoritaire :

– Il est encore très faible. Je ne lui ai rien dit. Rien, vous m'entendez ?

Laura avait compris.

– Ne vous inquiétez pas. On ne réveille pas un mort pour lui apprendre qu'il est le seul survivant...

Mado tressauta et la regarda d'un air horrifié. Laura réalisa trop tard qu'elle avait laissé échapper une absurdité effrayante, entre vérité et cauchemar. Elle passa outre, se dirigea vers le lit. Vincent semblait dormir, paupières closes. Son crâne était encore bandé d'un pansement épais, mais le nombre de tubes et de fils qui le reliaient à des machines avait diminué de moitié. Elle passa une main sur ses joues, rasées de frais avant l'opération. Il ouvrit les yeux, puis tenta de lui faire un sourire : sa bouche se souleva d'un côté et crispa sa joue, alors que quelques gouttes de bave perlaient sur son menton. Il était encore très faible, son cerveau se remettait doucement en marche. Elle se pencha, but d'un coup de langue la salive sur le menton, puis remonta jusqu'aux lèvres. Elle sentit le torse de Vincent frémir et se soulever : il tentait de lui dire qu'il était heureux, heureux de la sentir de nouveau, et ce bonheur éclatait dans cette envie de rire qui explosait en petites bulles. Les éclats de rire, les vrais, les énormes, seraient pour bientôt... Lorsqu'elle se redressa et ouvrit les yeux, il ouvrit les siens en même temps, et elle vit les larmes poindre. Elle lécha la première qui coula le long de sa joue... Le temps s'était pétrifié. Mado s'était fondue dans la peinture du mur, malgré sa robe de deuil. Plus rien n'existait. Il tordit de nouveau sa bouche.

– Laura...

Les mots étaient suppliants mais si fatigués...

– Chut, mon amour. Je suis là. Je suis là.

Ce fut comme si elle lui disait : je suis vivante et toi aussi. Vincent s'agita, ses yeux roulèrent de façon asymétrique sous les paupières agitées de tremblements. Laura serra sa main, encore molle ; un vestige de plus de son cerveau percé.

– Tu dois te reposer. Je sais que tu n'en as pas envie mais tu le dois, parce que je voudrais que tu marches quand je reviendrai te chercher.

Il ferma les yeux. Elle pressa sa main, le temps de sentir son pouls se calmer. Lorsqu'elle la lâcha, l'écran de son cœur affichait une courbe apaisée.

Manon allait appuyer sur le visiophone lorsqu'elle se ravisa. Elle balança sa besace de l'autre côté du mur et, en trois mouvements souples, se laissa tomber sur le sol du parc. Elle remonta vers la Bastide en longeant l'allée, mais sous les pins. À quelques dizaines de mètres de la maison, un chant lui parvint. Plus elle s'approchait, plus la musique s'échappait en flux et reflux de cymbales et de chœurs par les fenêtres ouvertes du rez-de-chaussée. Elle gravit les marches du perron et s'arrêta devant le lourd vantail. Une fois de plus, elle choisit de ne pas sonner ; la porte était ouverte, l'invitation irrésistible, et la surprise dans son camp.

Le hall était sombre. Elle voyait l'escalier de pierre s'enrouler au fond vers l'obscurité des étages. La musique provenait du grand salon, assourdissante. Une femme chantait, et Manon percevait tout le désespoir de la soprano sans en comprendre une seule parole. Elle déposa sa besace sous une console du hall et allait pénétrer dans le salon lorsque Ludmilla poussa une porte et apparut : elle ne portait plus ses lunettes de soleil, mais avait toujours ses longs cheveux qui tombaient en cascade sur ses épaules, aussi noirs que sa longue robe. Elle tenait un petit saladier de terre cuite dans une main, un torchon dans l'autre, et se figea à sa vue.

— Qui êtes-vous ? Comment êtes-vous entrée ? glapit-elle par-dessus le vacarme symphonique qui avait repris.

— La porte était ouverte...

— Sortez immédiatement ! Ou j'appelle la police.

Ludmilla était blême de frayeur, Manon le voyait. Elle ne bougeait plus, mais le saladier tremblait légèrement dans ses mains.

— Excusez-moi, je ne voulais pas vous faire peur. Vous ne me connaissez pas, mais moi je vous connais. J'étais la petite amie de Matthieu...

L'autre écoutait, pétrifiée de trouille. Manon continua : elle défit le lourd bracelet de son poignet et le tendit vers Ludmilla, sans faire un pas. Le bijou luisait faiblement au bout de son bras.

— Je suis venue vous rendre ce qui vous appartient.

Ludmilla laissa son regard dériver sur le bracelet. Manon sut instantanément qu'elle avait mordu à l'hameçon. La musique cessa brusquement.

— Où avez-vous trouvé ce bijou ? fit Ludmilla d'une voix qui résonna étrangement dans le hall rendu au silence. Vous l'avez volé, n'est-ce pas ?

— Non. Pas celui-ci. J'ai volé celui qui appartenait à Laura.

Ludmilla s'appuya contre le mur. Manon l'observait tout en dévidant la bobine de l'histoire. Au bout, il y avait un être vivant : elle, Manon. Ludmilla plissa les yeux, et sembla la soupeser.

— Juliette?...

— Juliette Hanspag...

Le saladier s'écrasa sur les dalles, répandant le rouge et le blanc de son contenu au milieu des débris de terre cuite. Ludmilla resta les bras ballants. Elle tenait toujours son torchon, qui pendait le long de sa robe. Manon fit un pas vers elle, et le bracelet capta un éclat de lumière.

Manon sut qu'elle avait gagné sa vérité, au terme de trente-trois années de mensonge. Elle ne se sentait pourtant pas satisfaite. Non qu'elle fût déçue, mais l'inquiétude ne la quittait pas...

— Alors c'est vous, n'est-ce pas?

— Oui, balbutia Ludmilla, oui, je suis ta mère.

Ludmilla baissa les yeux sur son torchon.

— Et je suis là, avec une loque à la main. Je suis désolée... Seulement, tu arrives tard. Beaucoup trop tard... Pourquoi maintenant?

— Pour comprendre. Ma mère, Suzanne, travaillait pour vous, n'est-ce pas?

— Oui... pauvre Suzanne. Elle est morte, je sais... Tu es de nouveau orpheline. C'est étrange, la vie, non? souffla Ludmilla, en faisant un pas vers Manon.

Manon la stoppa d'un geste.

— J'ai encore besoin d'éclaircir quelques détails. Vous avez donc demandé à ma mère d'abandonner la petite fille que vous veniez de mettre au monde?

— Bravo...

— Elle a bien fait ce que vous lui aviez demandé. À un détail près : elle m'a abandonnée en me déclarant sous le nom de Hanspag... et pas sous le nom de Rinaldi, ou sous X. Elle est revenue me chercher trois semaines plus tard... Elle vous a roulée! Elle ne pouvait pas avoir d'enfant.

Ludmilla rejeta ses longs cheveux en arrière, et partit d'un éclat de rire sinistre.

— Je le sais! La salope... Elle m'a trahie. Je lui avais demandé de te laisser chez les religieuses sous mon nom. Quand j'ai voulu te récupérer, un an plus tard, tu n'étais plus là ! Je n'ai jamais su qui t'avait adoptée, les religieuses n'ont rien voulu me dire. J'ai supposé que tu avais été recueillie par une inconnue... jusqu'à ce que j'apprenne que Suzanne Hanspag avait une fille. Elle avait tout prévu, la garce, cracha-t-elle.

Manon regarda celle qui avait été sa mère biologique, bouche plissée, amère, haineuse, mains crispées sur son torchon dont elle faisait une longue torsade de ses doigts osseux.

— Quand elle a su que j'étais enceinte, elle m'a proposé de m'aider. Je ne voulais pas avorter, tu comprends... Mais je ne pouvais pas te garder non plus. C'est elle qui m'a suggéré de t'abandonner à ma place, siffla-t-elle. On a caché ma grossesse à tout le monde. C'était facile... J'avais de l'argent. Je me suis réfugiée en Italie. Ce n'était pas loin. Suzanne venait me voir de temps en temps. Le moment venu, c'est elle qui m'a aidée à accoucher. Tu vois, elle avait tout prévu. Elle t'a volée à moi.

Une myriade de points lumineux passa devant les yeux de Manon. Sa gorge brûlait des remontées acides qui lui tordaient le ventre. Rien ne lui suffisait. Rien ne finirait jamais. Elle était condamnée à l'insatisfaction perpétuelle.

— Je crois que ça vous arrangeait bien. Vous n'avez jamais voulu vous encombrer d'un enfant. Plus je vous regarde, et plus je sais que j'ai raison. Vous étiez riche, jeune, belle... Ce bracelet que vous avez laissé dans mon berceau, c'était juste la preuve qui vous aurait permis de me récupérer au cas où... En plus, il ne vous appartenait pas. Il appartenait à votre sœur. C'est à cause de lui que j'ai cru que Luisa était ma mère. Laura m'a fait comprendre tout ça. Vous avez fait graver Rinaldi dessus après lui avoir volé le bracelet. Laura n'a que la copie. Pourquoi ? Et qui est mon père ?

Ludmilla vacilla.

— Il faut que je m'asseye. Je ne me sens pas bien...

— Moi, ça fait plus de trente ans que je me sens mal !

— Mais tu as été adoptée, tu as été aimée, toi !

— Je vous interdis de me tutoyer, rugit Manon.

Ludmilla tomba. D'un coup. Dans les débris de terre et de nourriture. Manon se précipita.

**

Laura sursauta. Une porte venait de claquer quelque part. Elle se redressa sur le canapé et aperçut les livres tombés sur le sol. Elle s'était endormie comme une masse, en pleine lecture du *Tarok*, le livre du prince de Pise qu'elle avait du mal à déchiffrer et qui ne l'aidait pas encore à résoudre l'énigme de tous ces mystères et de tous ces morts. Max apparut, épuisé. Il se dirigea sans un mot vers la table à alcools, se servit un verre de whisky qu'il avala presque d'un trait. Enfin, il plia sa longue carcasse dans un fauteuil.

— Alors ? murmura Laura.

— Alors quoi ? Alors rien... Ta copine a enregistré ma déposition, et je suis là ! Qu'est-ce que tu crois ? Tu déterres le corps de ta mère, et on m'apprend que non seulement elle a été probablement assassinée, mais qu'en plus je suis un des principaux suspects ! Qu'est-ce que tu veux que je te dise ? Que tout va bien ?

Il avait raison. Cependant, elle avait besoin de savoir...

— Que s'est-il passé ce soir-là, papa ?

Max la dévisagea d'un air hébété, sonné. Il éclata soudain d'un rire haut perché.

— Tu crois que j'ai tué Luisa ?

Laura se prit la tête dans les mains.

— Papa... je t'en prie.

— Je n'ai pas tué ta mère ! hurla-t-il. Je n'étais même pas à Nice... bon sang. J'étais à Toulon ! Merde !

Il passa de la fureur aux sanglots sans transition.

— Si j'avais été là, rien de tout ça ne serait arrivé... Luisa serait en vie, pleurait-il.

Laura voyait son nez luisant, et le filet de morve translucide qui glissait vers sa lèvre supérieure. Il s'essuya la bouche d'un revers de sa manche de veste.

— Pourquoi m'as-tu fait ça, Laura, pourquoi ?...

Elle suffoqua, prise d'une bouffée de colère.

— Je n'ai rien fait d'autre que chercher la vérité ! Cette vérité-là me permet de vivre, papa. De vivre ! Tu comprends ça ? Je ne suis pas folle. Je ne l'ai jamais été. Et j'avais raison sur toute la ligne !

— Et ça va être ton tour, si tu ne pars pas ! gémit Max. Tu devrais t'en aller. Loin. Dès demain.

— Non. Il n'y a pas de malédiction. Il y a simplement un assassin qui a tué pour des raisons qu'on ignore. Cette malédiction l'arrange. Joëlle Legasse, le photographe, Matthieu, Duroc, la mère de Manon, et même Antoine Duval : ils ne sont pas morts à cause d'une légende ! Ils ont tous été tués !

Laura se calma d'un seul coup, éreintée d'avoir tant parlé, de devoir sans cesse expliquer la même chose, d'avoir à se justifier et à faire entrer dans les crânes l'intuition qui ne la lâchait pas : le meurtrier n'en avait pas fini. Elle s'extirpa avec difficulté de son canapé.

— Je vais me coucher... Mais dès que Vincent sera sorti de l'hôpital, je m'installerai chez lui. Et nous nous marierons. N'oublie pas ça.

— Je n'oublie rien. Va, mon ange... Je veille sur toi.

Elle quitta la pièce avec un dernier regard pour son père : affalé dans son fauteuil, verre vide à ses pieds, manche de veste tachée, et les yeux morts.

Max se redressa péniblement dans son fauteuil et fut obligé de s'agripper aux accoudoirs pour parvenir à se mettre debout. Les baies vitrées lui renvoyaient son reflet en tellement d'exemplaires qu'il en eut la nausée : jamais il n'avait été ainsi rendu à l'état d'homme vulgaire. Sa veste froissée tombait de travers sur ses épaules voûtées, sa cravate était lâche autour de son cou, ses cheveux trop longs se dressaient sur son crâne en épis malheureux, son pantalon ne masquait plus la maigreur de ses jambes. En l'espace de presque trois semaines, il avait bien perdu cinq kilos... sans compter tout le reste : ses illusions pesaient davantage qu'un peu de chair. Il se reversa un whisky et ricana en contemplant la bouteille : lui aussi se mettait à boire. Il eut une pensée fugitive pour Viviane : avait-elle vidé le bar de l'amie chez qui elle avait trouvé refuge ? Il se laissa tomber comme une masse sur le canapé, et aperçut le livre abandonné par Laura. Les premières lignes du *Tarok* le firent sourire : du latin !

Jeudi 18 août

LA MAISON-DIEU

Laura s'éveilla brutalement : elle ouvrit les yeux, et aligna mentalement toutes les pièces du puzzle qu'elle avait en sa possession ; les morts, les cartes, les événements du passé. La pièce manquante était dissimulée dans cette zone-là, aux alentours de la Bastide et de l'histoire des sœurs Rinaldi. Son cerveau reposé passait rapidement en revue les bribes de ce qu'on lui avait raconté quand elle était enfant. La moitié n'était que mensonges, qu'elle avait dévoilés et reconstruits. Restait l'autre moitié. Elle se leva rapidement, et fut prête en un quart d'heure. La maison était déserte, Max déjà parti... Elle passa d'une pièce à l'autre, songeuse, en sirotant son café. Les stores baissés et l'air conditionné étaient plus que nécessaires à la maison de verre, exposée jusque dans son cœur aux rayons mordants du soleil. Elle s'arrêta sur le seuil du salon, se souvint qu'elle y avait oublié son livre. Il n'était plus au pied du canapé. Max avait dû le ramasser. Mais où avait-il bien pu le déposer ? Il était introuvable... Elle pénétra dans le bureau de son père, fermement décidée à en retourner le moindre tiroir pour mettre la main dessus. La photo sous verre de Luisa était posée en bonne place sur la grande table de travail, entre un portrait de Laura pris sur le vif et une photo sur laquelle Max, Viviane et Matthieu enfant faisaient semblant d'être une famille unie. Max était un

455

homme ordonné, quasiment obsessionnel. À part un plumier ancien parfaitement disposé à la limite du sous-main de cuir, rien d'autre ne venait troubler l'agencement plus que sobre du bureau... à part l'angle insolent d'un bout de carton qui pointait sous le cuir. Laura se laissa tomber sur le fauteuil, et regarda fixement le morceau de motif bleu et blanc qui la provoquait. Elle aurait dû s'y attendre, mais pas ici, pas dans le bureau de Max... Elle repoussa cette idée que Max pût être l'émissaire anonyme qui plaçait chaque jour sur sa route une lame du Tarot. Prise d'une colère subite, elle ouvrit les tiroirs et en fouilla frénétiquement le contenu. Aucune autre carte n'y était cachée, aucun paquet de Tarot...

Elle se décida à lire le message de la journée : la Maison-Dieu, numéro XVI. Deux hommes s'écrasaient au pied d'une tour qui semblait frappée par la foudre. Elle était libre d'interpréter comme elle le désirait cette image : elle décida que l'oracle était sinistre et malveillant. Elle se leva brusquement, et aperçut sa propre silhouette dans une vitre. Aussitôt troublée, puis déformée. Une douleur fulgurante la pétrifia : sa tempe semblait céder sous les coups répétés d'un marteau et des éclairs passèrent devant ses yeux. Elle eut l'impression que ses globes oculaires allaient littéralement sauter de ses orbites sous la pression sanguine.

Sur la vitre, Luisa, pâle, ne la regardait pas : debout devant une table, elle retournait des cartes de Tarot une à une... Laura, figée par la douleur et le film qui se déroulait sur le verre, vit sa mère faire une grimace, et porter sa main à son ventre rond sous la robe ample et légère. Son poignet était orné du bracelet aux arcanes. Les cartes s'envolèrent et Luisa regarda Laura... ou quelqu'un qui semblait se tenir derrière Laura. Laura se retourna d'un bloc : un personnage masqué, vêtu d'un smoking noir, approchait d'un pas mesuré, tranquille, posant à chacun de ses pas une canne à lourd pommeau d'argent sur le sol. Tout était silencieux et, si le personnage masqué semblait sourire, c'était sous le masque. Il ne fut plus qu'à deux pas de Luisa, qui le regardait approcher d'un air intrigué. Luisa ouvrit la bouche et dit quelque chose que Laura ne put entendre. C'était comme un film muet... Lorsque Luisa reçut le premier coup, Laura hurla. Luisa porta la main à sa tempe, hébétée. Laura vit le filet de sang s'allonger sur la joue de sa mère. Luisa tomba au deuxième coup, les yeux grands ouverts, pleins de souffrance et de terreur. Le masque leva sa canne une troisième fois, Laura ferma les yeux... et continua de voir : le masque se pencha sur le visage de Luisa... puis glissa, découvrant le visage du meurtrier.

Laura se retrouva sur le sol, recroquevillée comme un fœtus, en train de gémir... Cette fois-ci, Laura avait vu le visage de l'assassin de sa mère.

Quelques secondes plus tard, Laura ouvrit la portière de la berline, jeta son sac sur le siège, et se pencha, fiévreuse. Enfin elle le sentit sous ses doigts, tiède, mais répugnant. Elle le tira de sous la banquette, et le souleva à hauteur de ses yeux : le revolver de Fred Bellair était un Police-Python. Par pure chance, elle l'avait gardé et l'avait oublié sous la banquette de la berline. Elle saurait trouver le mode d'emploi. Elle fourra le flingue dans son sac et démarra sur les chapeaux de roues.

Agnès déposa la pile de feuillets devant Mollaro. Elle jeta un coup d'œil à Fred Bellair. Il n'avait pas touché à son café, ni au paquet de biscuits sous cellophane qu'ils lui avaient donné en guise de petit déjeuner. Malgré sa nuit en cellule, il semblait reposé, si l'on oubliait les cernes ; elle les lui avait toujours connues, ces flaques presque violettes sous les yeux. Chez Bellair, ce n'était pas un signe d'épuisement, c'était une marque de fabrique : foie râpé par l'alcool et les nuits blanches, mais aussi par une tension permanente, invisible pour ceux qui ne le connaissaient pas, mais que les flics faisaient plus que soupçonner. Pour asseoir une réputation telle que la sienne, Fred Bellair avait forcément dû offrir à certains de ses adversaires quelques chaussures en ciment. Aucun flic pourtant, même Delambre, n'avait réussi à dépasser le stade du soupçon. Mais il n'avait pas tué Luisa Fontane, pas plus que les autres, vu les témoignages que Bruno et Agnès avaient récoltés. Mollaro, dépité, était simplement en train de l'aligner pour fraude de devises et montage de sociétés fictives. Encore faudrait-il que le parquet poursuive...

Fred lut consciencieusement sa déclaration. Mollaro faisait grincer sa chaise en jouant de la batterie avec un stylo sur le jambon qui lui tenait lieu de cuisse. Bruno triait les déclarations dans de grandes chemises. Bref, l'atmosphère était presque apéritive...

– Tenez... dit Bellair en tendant cérémonieusement le P-V signé à Mollaro.

Il n'avait pas eu besoin qu'on lui explique quoi faire, en habitué discipliné des gardes à vue, même si elles n'étaient que de lointains souvenirs. Il se leva avec un temps d'avance sur Mollaro. Mollaro se dressa nonchalamment, histoire de faire comprendre qui était le patron. À eux deux, debout, ils occupaient presque un quart de la pièce. Fred Bellair ébranla son quintal vers la sortie. Agnès réfléchissait à toute vitesse. Un truc la tracassait, qu'elle n'arrivait pas à cibler.

– Monsieur Bellair, une dernière question... Vous avez embauché Manon Hanspag ?

– Elle était à l'essai. Grâce à Matthieu, qui me l'avait recommandée.

– À l'essai ?

– Je l'ai virée il y a cinq jours.

– Ah... Vous n'avez donc aucune nouvelle.

– Aucune. Pourquoi ?

– Pour rien... Vous ne l'avez pas revue depuis ?

– Non.

Fred Bellair n'avait pas besoin de savoir que la mère de Manon était à la morgue de Nîmes, la gorge tranchée.

Agnès était déçue : Bellair ne pourrait donc pas lui dire où se trouvait la jeune femme. Elle avait demandé à Bruno d'essayer de la contacter. En vain. Agnès se sentait depuis ce matin envahie par un sentiment d'angoisse rampante : elle avait harcelé de nouveau le SRPJ de Nîmes, qui lui avait tout juste confirmé qu'ils attendaient la visite de Manon dans la matinée. Quant à l'affaire Hanspag, Agnès pouvait se dévorer les ongles des doigts de pied : le juge d'instruction à Nîmes n'avait pas encore jeté un seul œil sur le rapport d'enquête qu'elle lui avait fait parvenir. Le temps qu'il fasse le rapprochement entre les deux affaires, Agnès n'aurait plus un orteil, et le pire pouvait continuer. Pourquoi Manon ne répondait-elle pas au téléphone ?

Fred Bellair ferma délicatement la porte en sortant. Mollaro se renversa sur sa chaise, mains croisées sur ses tablettes de chocolat.

– L'enfoiré de putain de fils de pute ! Je me le serais bien fait, cet enculé ! beugla-t-il.

Agnès ne put s'empêcher de glisser un œil vers Bruno. Elle crut que celui-ci, concentré sur ses piles de dossiers, qui commençaient à devenir impressionnantes, n'avait pas relevé.

– Je ne pense pas que Bellair soit le genre de mec à apprécier de se prendre une bite de flic dans le cul, susurra-t-il.

Agnès en resta bouche bée : Bruno faisait des prouesses de vulgarité surprenantes chez lui ; la vulgarité était une spécialité qu'il laissait en principe à Mollaro et à d'autres. Mollaro éclata d'un rire gras.

– Pourtant, je la lui mettrais bien un jour ! vociféra-t-il en s'étirant.

Il plongea dans un tiroir, et Bruno décocha un sourire narquois mais victorieux à Agnès.

– Eh oui... murmura-t-il, béat. Tu la lui mettras... à moins que ce ne soit lui qui te la mette. Je ne parierais pas.

Mollaro en laissa ses doigts dans le tiroir alors qu'il le fermait d'un coup sec. Il ouvrit grand la bouche et expira lentement. Bruno se tourna vers Agnès, stupéfaite de son culot.

– Au fait, t'as eu un coup de fil tout à l'heure. Sur ton portable. J'ai pas répondu.

L'eau coulait, fraîche, sur les doigts de Ludmilla et la paume de ses mains, qu'elle brossait énergiquement. Sa peau rosissait sous les poils durs de plastique ; l'évier s'emplissait peu à peu. Le clapotis la berçait, et elle frottait, perdue dans ses pensées ; elle voulait que ses mains soient blanches, impeccables, propres ! Elle ne permettrait à personne de venir troubler cette solitude heureuse. Elle perçut une tache bleue, qui voletait en bonds désordonnés, quelque part vers la droite. La tache vint se poser, frémissante, sur le carrelage blanc au-dessus de l'évier. Les ailes du diptère palpitaient, on aurait dit un petit ange noir et diapré. Non, elle ne laisserait personne pénétrer sa paix : d'une claque vive, elle écrasa la mouche sous sa paume. Elle se remit à frotter sa main, sous le filet d'eau, avec une moue de dégoût.

Un claquement la tira de sa torpeur. Quelqu'un venait d'ouvrir la porte...

Elle sentit la fraîcheur sur ses pieds nus : l'eau débordait de l'évier et ruisselait le long de sa robe, pour se sauver en une large flaque sur le carrelage. Elle ferma le robinet, s'essuya les mains et saisit un revolver sur le plan de travail...

Le cœur de Laura lui jouait des tours : il bondissait comme un cabri dans sa poitrine, et faisait trembler ses mains. Elle avait du mal à tenir l'arme droite, une main soutenant l'autre : ses bras semblaient trop lourds. Elle s'avança sur le seuil du grand salon, silencieux et sombre.

– Ludmilla ?

– Je suis là, chérie...

Laura sentit le canon sur sa tempe avant même de la voir.

– Oh, vilaine fille... Donne-moi cette arme, tu vas te faire mal, susurra Ludmilla d'une voix de miel.

Laura esquissa un mouvement pour se retourner.

– Vilaine ! Ne désobéis pas. Tu poses doucement ce joujou à tes pieds ! aboya sa tante d'une voix mordante.

Laura se baissa lentement, et déposa l'arme sur les dalles. Elle se redressa. Elle devait négocier.

– Nous ne sommes pas encore le 21... Si tu veux respecter la malédiction, tu ne peux pas me tuer tout de suite. Ça semblerait louche.

– Ne t'occupe pas de ce que j'ai prévu de faire.

Ludmilla se baissa d'un mouvement vif, et Laura put enfin la voir, devant elle, les deux armes à la main. D'un coup d'œil, elle mesura les dégâts : Ludmilla souriait béatement, elle n'était pas coiffée, et sa chevelure formait un halo hirsute et menaçant autour de son visage, qu'elle trouva pâle et creusé, aux yeux ternes comme une pierre de lave ; sa robe était trempée de la taille jusqu'aux chevilles, et elle était pieds nus. Un gémissement lui parvint du fond du grand salon.

– Tu n'es pas seule ? demanda Laura, surprise.

– Oh, ce n'est rien. C'est ma fille. Elle ne veut pas dormir. Elle aussi, c'est une vilaine.

– Quelle fille ? Tu n'as jamais eu de fille.

– Tais-toi. Tu vas la réveiller !

Ludmilla agita un de ses pistolets vers la porte qui menait à l'entresol.

– On va aller discuter en bas. Ma fille s'appelle Juliette.

Laura comprit qu'elle disait la vérité.

– Manon ?

– Juliette, je t'ai dit ! vociféra Ludmilla. Juliette ! Elle est l'aînée des Rinaldi ! Elle devrait mourir... le 21. Ce qui veut dire que je pourrais te tuer maintenant, si je veux. Allez, avance, méchante fille.

– Ludmilla, ça ne sert à rien...

Ludmilla éclata d'un rire, grotesque qui semblait provenir non de sa gorge, mais de son ventre : immobile, elle toisait Laura, sans que ses lèvres ni ses joues ne portent l'empreinte d'une contraction de ses zygomatiques.

— Ma pauvre chérie, ce qui n'a servi à rien, ce sont tes visions...

— Si. Je t'ai vue tuer ma mère. Je t'ai vue frapper Luisa.

Agnès était de plus en plus inquiète. Elle réécouta plusieurs fois le message de Laura : « Je crois savoir qui est l'assassin de ma mère. »

Bruno Bruno l'observait sous cape, toujours le nez dans son tri de dossiers. Mollaro se récurait les ongles à l'aide de son Laguiole, pieds sur le bureau.

— Angeli, c'est qui la gonzesse dont tu parlais à Bellair ? Juliette quelque chose...

— Hanspag. Une fille qui pourrait bien être mêlée de près ou de loin à tout ce bordel. On la connaît ici sous le prénom de Manon.

— Ah ! Celle qui se tapait le fils Fontane ?

Agnès préféra regarder ses pieds plutôt que Mollaro ou Bruno.

— Vous l'avez déjà interrogée, cette fille, et elle a des alibis concernant tous les meurtres, lâcha Mollaro d'une voix molle. Cù est le rapport ?

— Sa mère vient de se faire assassiner à Nîmes. Égorgée.

— Merde... Ouais, c'est bizarre, mais ça arrive.

— Je ne crois pas aux coïncidences.

— Ben... moi, je pense qu'on aura bientôt bouclé le dossier. Pour moi, c'est notre cher conseiller général qui a tout organisé. C'est qu'une histoire de gros sous. Il bouffait à tous les râteliers. Mais quand il a su que Vincent Bellair allait fourrer son nez dans ses affaires, il l'a fait buter par Duroc, l'ancien gendarme. Cohérent, non ? Duroc avait bien un compte en Suisse, hein, Bruno ?

Bruno leva la tête de ses dossiers.

– Oui. Mais pour savoir combien il avait dessus et qui lui versait de l'argent, on en a pour des mois de procédure.

– Faut juste allumer le feu sous le cul de Duval! fit Mollaro d'un ton péremptoire et réjoui. Il avait le fric pour payer Duroc, c'est moi qui vous le dis! Duroc a dessoudé la secrétaire, le photographe, le fils Fontane... et là, Duval a eu la trouille : il a buté Duroc.

– Et son fils, peut-être ?... marmonna Agnès.

– Meuh non! beugla Mollaro. Le fils Duval a voulu faire le kakou devant une pouffiasse. Il était chargé, il est tombé. La fille s'est tirée...

– Et la mère de Laura Fontane ? lâcha Agnès.

– Putain, Angeli, y a prescription! Qu'est-ce qu'on va se faire chier avec un pseudo-crime qui date de trente ans! En plus, j'y crois pas. C'est tordu. Elle s'est fracassé la tête dans son accident de bagnole. C'est écrit noir sur blanc.

– C'est le doc qui va être content de l'apprendre!

– Le doc, il peut se tromper.

– Ouais... en attendant, j'ai quand même envie d'aller interroger le dernier témoin de cette affaire : Ludmilla Rinaldi, fit Agnès en se levant. Tu viens avec moi, Bruno ?

Bruno referma prestement la couverture d'un dossier, se leva, prit son arme dans un tiroir et la glissa dans son baudrier.

– Avec grand plaisir.

– On va quand même y aller mollo. On n'a aucun mandat...

– Bien sûr! On va juste se faire offrir le thé, fit Bruno, goguenard.

Ludmilla devança Agnès et Bruno jusqu'au salon, où elle se pelotonna gracieusement sur un canapé. Elle les invita d'un geste à s'asseoir. Agnès se laissa tomber sur un fauteuil Louis XVI tandis que Bruno déclinait l'invitation d'un geste aimable.

— Que puis-je ? miaula Ludmilla.

— Rien. Nous n'allons pas vous déranger longtemps. Nous venons simplement voir Laura. Nous avons des informations à lui donner, au sujet de sa mère...

— Laura ? Mais elle est repartie, il y a une heure environ. Et si voulez la voir pour lui raconter des horreurs au sujet de Luisa, ce n'est pas la peine ! fit Ludmilla d'une voix sèche. Elle avait l'air d'une folle quand elle passée. Elle m'a déclaré qu'elle savait qui était l'assassin de sa mère ! Je m'inquiète beaucoup pour elle, vous savez...

Agnès et Bruno échangèrent un regard. Agnès vit sur le visage de son coéquipier un éclair de surprise, qu'il effaça aussitôt. La garce, pensa Agnès : elle venait de leur couper la langue...

— Ah... Et... elle est juste venue vous dire ça ?

— Elle est passée prendre un livre qu'elle avait oublié.

— C'est tout ce qu'elle vous a dit ? Vous ne savez pas où elle est allée ?

— Non. Nous nous sommes évidemment disputées. Je lui ai demandé de se faire soigner. Son état psychique empire de jour en jour.

— C'est-à-dire ?

— Tu es son amie, ne me dis pas que tu ne t'es rendu compte de rien ! fit Ludmilla d'un ton dégoûté. Elle ne t'a pas annoncé le retour de sa mère ?

— Non.

— Eh bien à moi si ! Il paraît que sa mère lui a parlé, et qu'elle va revenir !

— Et vous n'avez aucune idée de l'endroit où elle a pu se rendre ?

— Non. Tu as essayé de lui téléphoner ?

— Oui. Elle ne répond pas.

— Mon Dieu... lâcha Ludmilla, soudain blême. J'espère qu'elle ne va pas faire une bêtise. J'ai été très dure avec elle tout à l'heure. Il faut que je prévienne Max.

— Nous allons vous laisser. Si vous avez des nouvelles, vous nous tenez bien évidemment au courant, fit Agnès en se levant.

Ludmilla les raccompagna dans le hall, pieds nus, et s'approcha d'une console sur laquelle étaient empilés des prospectus et du courrier. Agnès remarqua sous le meuble une besace de cuir usagé, avec des breloques accrochées au rabat. Mais elle ne fit pas le rapport avec Manon.

*_**

Il fallut plusieurs minutes à Laura pour habituer son regard à l'obscurité. Seul un mince rai de lumière filtrait sous une porte, loin d'elle, et si rasant qu'il mourait à un ou deux mètres de sa source. Elle n'arrivait pas à mesurer l'espace autour d'elle. Elle le sentait vaste et humide. La cave, sans aucun doute. Des formes floues et noires semblaient se découper sur un fond résolument uniforme, épais comme une couche de peinture, et se perdaient dans la nuit. Elle respirait avec difficulté, entendant son cœur battre jusque sur ses tympans. Elle se raisonna et se concentra sur sa respiration. Peu à peu, elle parvint à apaiser les battements de son cœur, puis son souffle. Le ruban d'adhésif entourait sa bouche, et elle sentait ses joues déformées par sa pression. L'autre n'avait pas lésiné sur le métrage, entourant son crâne de plusieurs couches. Elle commençait à ne plus sentir ses mains dans son dos, ni ses bras tordus derrière le dossier de sa chaise, tellement ses poignets étaient comprimés. Le sang circulait encore dans ses chevilles et ses pieds : là, elle n'avait pas serré trop fort. Elle entendit un souffle, qu'elle situa à quelques mètres d'elle, et qu'elle jugea aussi angoissé que le sien. Quelqu'un souffrait comme elle. Elle savait qui c'était.

Des pas furtifs glissèrent derrière la porte. Un flot de lumière brutal lui blessa les yeux. Lorsqu'elle put les rouvrir, elle la vit, plantée sur le seuil de la pièce illuminée, mains sur les hanches, sourire satisfait aux lèvres. Elle en profita pour examiner les lieux : c'était effectivement une vaste cave voûtée d'environ cinquante mètres carrés, éclairée par quelques ampoules nues... Enfin, elle reconnut l'autre prisonnière : Manon était bâillonnée et ligotée sur une chaise à deux mètres d'elle et la regardait d'un air effaré. Un peu de sang avait coagulé sur une mèche de ses cheveux courts. Elle était blafarde sous le ruban adhésif qui couvrait sa bouche.

– Alors, les filles, vous êtes sages ? lança Ludmilla.

Laura la regarda : elle tenait maintenant un revolver dans une main, un couteau dans l'autre. Laura sentit la nausée monter.

– Il est l'heure de dîner. J'espère que vous apprécierez le bon repas que maman vous a cuisiné...

Laura comprit que plus rien ne retenait Ludmilla, que tout ce qui avait fait son charme, sa fantaisie, ses lubies, ses sautes d'humeur n'avait été que l'expression dissimulée de sa folie. Depuis quelques jours, épuisées par la vérité qui se rapprochait d'elle, les écluses de son psychisme s'étaient ouvertes d'un coup, plus rien ne pouvait endiguer son flot délirant. Elle n'était plus qu'un fleuve furieux qui débordait de partout.

∗

La table de la salle à manger était somptueusement dressée. Ludmilla avait donné toute la mesure de son éducation de fille de la grande bourgeoisie : un service de porcelaine aux motifs fleuris était disposé sur une nappe damassée blanche, brodée au chiffre M F (Montalban et Fressan), verres rouges en cristal de Bohême, couverts et chandeliers d'argent. Tous les plats étaient là, sur la table : plat à viande immense, légumiers en porcelaine, saucière... mais tous étaient vides.

Laura se sentit défaillir. Elle se rattrapa au regard de Manon, assise en face d'elle de l'autre côté de la table. Elle semblait très mal en point. Ludmilla avait ôté leur bâillon d'un coup sec, et la jeune femme arborait une marque rouge qui lui balafrait le visage d'une joue à l'autre. Elles avaient toujours les chevilles entravées par plusieurs tours de ruban aux pieds de leur chaise. Ludmilla n'avait libéré que leur main droite.

La maîtresse de maison apparut sur le seuil de la salle à manger, chargée d'une soupière... vide elle aussi. Elle s'était maquillée : bouche sanguine, ombre grise sur les paupières, cils allongés par le mascara. Vêtue d'un fourreau de soie plissée safran, cheveux dénoués et brossés, elle était splendide. Laura remarqua que chacun de ses poignets portait les bracelets jumeaux, ceux aux cinq médaillons. Elle posa la soupière au milieu de la table et leur fit un grand sourire.

— Je manque à tous mes devoirs. Je ne vous ai pas présentées ! fit-elle d'une voix métallique, en s'asseyant à la place d'honneur, au bout de la table. Laura, je te présente ma fille, Juliette. Une vilaine fille. Elle va être punie parce qu'elle a volé ton bracelet !

Ludmilla s'agita sur sa chaise, et posa une main aux ongles laqués sur la crosse du pistolet posé sur sa serviette.

Laura ne la quittait pas des yeux. Elle devait faire durer le jeu le plus longtemps possible.

— Elle l'a rendu. Tante Ludmi, ne la punit pas, s'il te plaît, fit-elle de sa voix la plus douce.

— Tante Ludmi ! Appelle-moi tante ! Tu es une fille impossible. Il n'y avait que Luisa qui m'appelait Ludmi. Pauvre Luisa... murmura-t-elle. Elle tirait les cartes, mais elle n'avait aucun sens des rituels. Ça l'a perdue !

Son ton était redevenu guilleret.

— Allons, les enfants, un peu de gaieté pour ce repas de fête. Le dernier que nous allons prendre ensemble. Avant que la malédiction ne vous frappe, mes pauvres petites chéries... Am-stram-gram, pique-et-pique-et-colégram...

Elle montra la soupière vide devant Laura.

— Sers-toi...

Manon se voûta sur sa chaise. Ludmilla leva les yeux sur elle.

— Tiens-toi droite, Juliette chérie ! cria-t-elle.

Manon se redressa, blême. Laura comprit. Elle prit la lourde louche d'argent qui reposait dans la soupière vide, et en versa dans son assiette le contenu imaginaire. Ludmilla, satisfaite, montra le plat à Manon.

– À toi, ma chérie...

Laura supplia Manon du regard. La jeune femme sembla se réveiller, et fit de même.

– Bon appétit... susurra Ludmilla. Ah, je ne vous ai pas mis de couteau de peur que vous ne vous coupiez, les enfants...

Et elle porta à sa bouche une cuillérée. Un sourire d'extase se dessina sur ses lèvres comme si elle venait de goûter un mets incomparable.

– Divin... Vous voyez, ce n'est pas si compliqué. Oh... je sais très bien ce que vous pensez. Elle aurait pu préparer un vrai dîner ! Seulement voilà, avec tous ces événements, je n'ai pas eu le temps ! Mais je suis une très bonne cuisinière ! N'est-ce pas, Laura ? quêta-t-elle d'une mine de petite fille coquette.

– Excellente, tante...

– Ce n'est pas comme ta mère ! Elle ne savait rien faire de ses dix doigts ! Elle n'aurait jamais pu garder Fred... soupira-t-elle. Vous devrez apprendre à cuisiner, si vous voulez garder un homme. Les filles d'aujourd'hui ne savent plus rien faire. Juliette, comment trouves-tu ce consommé d'asperges et de crabe ?

Manon crispa une main blanche sur sa cuiller et regarda Laura, qui l'exhorta silencieusement à répondre.

– Excellent..., murmura Manon.

– Excellent qui ?

– Excellent... maman.

– Parfait. Bonne réponse ! Puisque vous êtes gentilles, on va jouer au jeu des questions réponses. Vous avez le droit de poser toutes les questions que vous voulez ! Mais seulement les bonnes !

Laura plongea aussitôt.

– Pourquoi as-tu tué ma maman ?

Ludmilla abattit si violemment sa cuiller dans l'assiette de porcelaine que celle-ci se brisa.

– J'ai dit qu'on s'amusait ! hurla-t-elle. C'est une mauvaise question !

– Excuse-moi... Je ne voulais pas t'offenser.

Manon virait au gris, sur sa chaise...

– Tes bracelets sont très beaux, tante Ludmilla...

Ludmilla étendit ses deux bras et fit tinter les bijoux avec un regard extasié. Une goutte de sang perlait sur son pouce, légèrement coupé par un éclat de l'assiette. Elle ne sembla pas la voir, et la nappe se gorgea soudain d'une tache rouge. Une larme jaillit au coin de l'œil de Manon.

– N'est-ce pas ? Je n'arrive pas à choisir... C'est comme pour vous. Am-stram-gram, pique-et-pique-et-colégram... C'est-celui-là-qui-était-à-Luisa ! chantonna-t-elle dans un cliquetis d'or.

Elle leva le bras gauche, triomphante.

– Manon... Je veux dire Juliette a bien fait de te le rendre, murmura Laura.

– Mais non ! s'insurgea Ludmilla. C'est Michel Duroc qui me l'a rendu !

– Ah... Je pensais que c'était Juliette.

– C'est une question déguisée, ça. Mais je veux bien répondre. Le commandant Duroc était un type rusé, mais un sale type. J'ai fini par avoir la peau de cette ordure !

– Bien fait pour lui ! lança Laura.

C'était comme une bouteille lancée à la mer. Il fallait qu'elle parle, que Laura la noie sous un déluge de mots, de fausses questions, de vraies réponses, d'affection, d'admiration...

– Absolument, chérie ! Ce porc m'a fait chanter pendant trente-trois ans. Tout ça à cause d'un de ces bracelets... Il l'a retrouvé sur la route, au calvaire. Il a dû tomber au moment où je sortais le corps de Luisa du coffre pour la mettre au volant. C'est qu'il avait de la suite dans les idées, ce commandant Duroc. Et du métier ! Il a tout de suite compris que quelque chose clochait.

– Pourquoi ?

Ludmilla renifla d'une mine agacée.

– Enfin, ma chérie, réfléchis un peu ! Comment le bracelet de ta mère aurait-il pu atterrir sur la route, alors qu'elle était censée s'être écrasée au fond d'un ravin au volant de sa voiture ? C'est évident, voyons ! En tout cas, ça l'a été pour lui ! Et j'étais la seule à ne pas avoir d'alibi pour cette soirée. Mais hop, envolé, Duroc ! Une merde... Il ne méritait qu'une chose : que je lui fasse exploser la cervelle. Et je n'aurais jamais dû attendre tout ce temps. Sauf que moi, je ne suis pas une criminelle, même si j'ai tué ma pauvre Luisa.

Puis Ludmilla les regarda toutes les deux, d'un air sincèrement attendri.

– Je suis contente qu'on soit réunies toutes les trois, j'ai souvent rêvé de ce moment.

Fred Bellair n'était sorti du commissariat central que pour rentrer, par la petite porte, au casino. Les remous de sa garde à vue n'avaient pas atteint le personnel, il put même sentir une pointe d'euphorie planer dans les couloirs et les salles. Un vent de liberté à remettre rapidement sous cloche. Il s'en occupa dès qu'il se fut douché, changé et rasé, désignant ici les quelques cendriers pleins ou la tache humide laissée par un verre sur le comptoir d'un des bars, là les seaux de plastique vides abandonnés par les malchanceux près des machines à sous. Sa tournée d'inspection terminée, il rejoignit sa tanière et réfléchit. Il avait tenu toutes ces années grâce à Luisa : il savait qu'elle l'attendait, là-bas, dans les montagnes, à l'abri de la chapelle. Maintenant qu'on la lui avait reprise, sa mort s'annonçait morne et vide. Et, comme une dernière provocation, Max Fontane avait refusé de porter plainte contre lui. Seule sa fille, Laura, le poursuivait et mènerait son procès jusqu'à son terme. On lui avait volé son ange... et on n'en finirait pas de le lui voler encore et encore.

Sa secrétaire avait déposé son courrier sur un plateau d'acajou. Elle avait déjà fait le tri des urgences, et un parapheur attendait son bon vouloir sur le bureau, ainsi qu'une pile de quotidiens soigneusement classés. Il passa en revue les enveloppes estampillées « personnel », cachetées. L'une d'elles attira son attention : elle était de mauvaise qualité, et l'écriture à la plume lui rappela ses cahiers d'écolier. Il l'ouvrit.

« Cher Monsieur Bellair,
» Vous allez sans doute vous dire que cette lettre est bizarre, et qu'elle arrive trop tard. Mais je m'inquiète pour ma fille. Elle s'appelle Juliette Hanspag, et je sais que vous la connaissez sous le nom de Manon, car elle travaille chez vous. Je vous dois la vérité, même si elle est difficile à écrire, et à croire, mais vous seul pouvez m'aider. Juliette est ma fille, mais je ne suis que sa mère adoptive... »

Les paupières de Fred grimpèrent d'un cran, dévoilant totalement l'iris vert de ses yeux. Il chercha la signature sur l'envers de la feuille : « Solange Hanspag. » Ses paupières retombèrent d'un seul coup, et il reprit sa lecture...

*** *

— Au fond, tout ça est de la faute de ton Vincent ! affirma Ludmilla. S'il n'avait pas fourré sa jolie petite gueule dans mes affaires, je serais tranquille ! Je n'aurais pas de repas à préparer pour deux vilaines filles qui ne veulent rien manger ! Pourquoi ? Mais pourquoi est-il allé asticoter Duroc ?

Manon sursauta, essuya furtivement sa joue et porta immédiatement sa cuiller à sa bouche. Laura tentait d'attraper son regard pour y insuffler un peu d'énergie. Depuis qu'elle avait appelé Ludmilla maman, Manon avait un teint de bois flotté, et se laissait effectivement ballotter par la tempête. Ludmilla s'était levée de table et arpentait la salle à manger, cigarette à la main. Elle jeta rageusement son mégot dans la cheminée, saisit le tisonnier du service à feu. Laura jeta un coup d'œil sur les deux revolvers, noirs sur la nappe blanche ; les seuls fruits défendus de la soirée.

– Il ne l'a pas fait exprès, tante. Il voulait m'aider... fit-elle d'une voix piteuse.

– Ah! rugit Ludmilla. T'aider! En faisant appeler tous les Duroc de la région par sa pétasse de secrétaire! Tout ce qu'il a réussi à faire, c'est affoler cette merde de Duroc. Et quand cette merde avait peur, elle faisait n'importe quoi! Un homme, quoi... lâcha-t-elle avec mépris.

Du coin de l'œil, Laura vit Manon frétiller sur sa chaise. Elle tordait son bras entravé le plus discrètement possible, et Laura voyait ses biceps se tendre puis se relâcher. Elle se sentit soulagée, soudain épaulée. Elle revint à la charge. Ludmilla jouait avec le tisonnier de fonte comme si c'était une vulgaire canne de bambou.

– Je le connaissais moi aussi, Duroc. Je l'avais vu, au casino et dans mes visions... lança Laura.

– Toi et tes visions! Laisse-moi rire! Je parie que tu n'as pas vu comment j'ai poussé ce pauvre Antoine de la falaise, balança-t-elle dans un éclat de rire.

Laura sentit une bouffée de haine obscurcir ses pensées. Elle se retint. Ne pas se laisser aller aux insultes, aux cris, aux larmes et aux supplications; l'autre n'attendait qu'une seule de ces faiblesses pour décréter leur fin immédiate. Manon eut un regard horrifié, et Laura se figea : Ludmilla avait saisi le regard au vol et s'approchait de sa fille avec la démarche disloquée d'un mannequin de défilé. Un mannequin chargé d'un étrange accessoire, qu'elle balançait à bout de bras comme un sac à main : le tisonnier fit un tour complet et frôla le crâne de Manon. Laura ferma les yeux. Un fracas de vaisselle brisé suivi d'un hurlement la força à ouvrir les yeux : Ludmilla avait abattu la pique de fonte sur le plat à viande, le faisant exploser en milliers d'éclats. La soupière avait morflé au passage, et leurs assiettes offraient désormais en guise de dîner des morceaux de porcelaine coupants comme des lames de rasoir. Laura pria pour qu'elle ne les force pas à reprendre leur dînette...

– Arrête de crier comme ça, Juliette! Vous n'êtes que des saintes nitouches! Je sais ce que vous pensez. Il était plutôt beau garçon et il se débrouillait pas mal au lit, Antoine. Le problème, c'est qu'il ressemblait à son père ! Salopards de père en fils ! Il m'espionnait, ce petit morveux !

Le tisonnier balaya cette fois-ci la saucière et deux verres de cristal.

– Il aurait mieux fait de rester chez lui au lieu de me suivre... Tout ça parce qu'il ne voulait pas que je le quitte...

Sa voix sautait de la colère au mépris, puis à l'étonnement ; une gamme inouïe de personnages et d'humeurs qu'elle déclinait avec force grimaces. Ludmilla était seule sur la scène, et nul regard n'aurait pu la ramener parmi les saints d'esprit.

– Mais j'ai tué Duroc parce que je ne le maîtrisais plus ! Il supprimait tous les témoins ! Il a raté Vincent mais tué le photographe, et Matthieu, et la secrétaire. Il fallait bien que je fasse arrêter tout ça ! Qu'est-ce que vous auriez fait, à ma place ? Quel petit con, cet Antoine : me faire chanter parce qu'il m'avait vue tuer Duroc. Un vrai bébé, qui avait besoin d'une maman. On s'est arrêtés pour regarder la lune, il me disait que j'étais une femme exceptionnelle et hop ! avec ce qu'il avalé, je l'ai juste poussé du doigt... au revoir Antoine ! J'ai même fait une prière à la Vierge Marie. Tu vois je ne suis pas si mauvaise que ça... d'ailleurs je ne suis pas mauvaise. Si j'ai égorgé cette salope de Suzanne, c'est parce qu'elle m'avait volé mon enfant. Tu te rends compte, ma chérie ?

Elle regarda Manon comme si elle la voyait pour la première fois. Le tisonnier caressa la joue, passa sur le cou, y laissant une trace de suie. Laura vit immédiatement que Manon avait retrouvé des forces : elle ne baissa pas la tête, et, mâchoires crispées, laissa échapper une ébauche de sourire.

– Ma pauvre petite... je suis navrée. Je ne suis pas une mère. Je ne le serai jamais... minauda Ludmilla.

Fred Bellair relisait la lettre de Suzanne Hanspag pour la troisième fois. Combiné du téléphone à l'oreille, il n'entendait que la sonnerie qui se répétait inlassablement. Il raccrocha. Décrocha de nouveau.

– Trouvez-moi l'adresse de cette Suzanne Hanspag, fit-il d'une voix cassante. J'attends. Dans mon bureau. Nîmes, probablement...

Il avait la gorge sèche. Pour la première fois depuis des années, il eut envie d'un whisky. Sentir l'alcool réchauffer sa gorge, le goût de tourbe sur sa langue, et le lent glissement de la liqueur jusqu'à ses tripes nouées. Il n'eut pas le temps de céder à son ancien vice, le téléphone sonna.

– Oui... Je note.

Il griffonna rapidement sur l'enveloppe froissée l'adresse que la standardiste ânonnait d'une voix blanche.

– Merci. Quoi ?... C'est bon, passez-le-moi.

Son adjoint. Un type fiable, d'une petite quarantaine d'années, mais tellement servile et veule qu'il ne lui aurait pas confié une seule de ses chemises à repasser.

– Oui, Philippe, qu'est-ce qu'il y a ?...

La réponse le laissa bouche bée.

– Merci... bien sûr. Vous avez bien fait.

Il regarda d'un œil vert la pile de journaux. En une minute il trouva l'entrefilet, rubrique « Faits divers ». Suzanne Hanspag lui avait donc réservé l'exclusivité de ses mémoires... posthumes.

Il comprit qu'il n'échapperait pas à l'appel de la bouteille du bar planqué derrière la troisième boiserie... Puis il se ravisa : avant de replonger, il voulait entendre la vérité de la bouche même de Ludmilla.

Le répondeur se mit en marche au terme de trois sonneries insoutenables. Il sembla soudain évident à Laura que sa bouffée d'espoir était une perte de temps et d'énergie. Ludmilla avait suspendu les moulinets de plus en plus rapides de son tisonnier, et elle écoutait, tête penchée, main sur la hanche, sa propre voix inviter son interlocuteur à laisser un message. Un court répit, seul point positif de cette mascarade des abonnés absents. La voix de Fred Bellair résonna depuis le hall jusqu'à elles.

– Bonsoir Ludmilla, Fred Bellair à l'appareil. J'aurais souhaité te rencontrer. Appelle-moi pour me dire quand tu es disponible. Bien sûr, c'est urgent... À très vite.

Ludmilla gonfla sa poitrine et inspecta rapidement sa tenue. Elle lissa un pli de travers.

– C'est urgent... Mais bien sûr, mon cher Fred! Qu'est-ce que tu crois? Que je vais ramper comme une chienne en chaleur dès que tu me siffles? Trop tard. Tu arrives toujours trop tard, Bellair. Trop tard pour sauver Luisa, trop tard pour me dire que tu regrettes... Quand je pense que tu étais prêt à élever l'enfant d'une autre. Mais refuser ton propre enfant! Tu te rends compte, ma belle, jeta-t-elle à Manon, indignée. Ton père n'a pas voulu de toi! Il voulait bien Laura, mais pas Juliette!

Ludmilla intercepta le regard horrifié de Laura.

– Ne me regarde pas comme ça, toi! hurla-t-elle. Sainte nitouche! Tu ne sais pas ce que c'est qu'être abandonnée par un homme qu'on aime! Ce salaud m'a demandé d'avorter! Tout ça parce qu'il aimait Luisa. Il n'y en avait que pour ta mère. Depuis qu'on était toutes petites. Tout le monde a toujours préféré Luisa. Luisa est si gentille, Luisa est si belle, Luisa est si adorable... croassa-t-elle d'une voix de fausset.

Le tisonnier voltigeait de plus en plus vite. Manon, les yeux braqués sur Laura, tirait désespérément sur son bras gauche; Laura s'aperçut que sa fourchette n'était plus sur la table.

– Ta mère a bousillé ma vie!

La table trembla sous le choc du tisonnier. Le verre de cristal éclata, l'assiette se fendit en deux, et les couverts furent projetés sur le sol.

– Comme ça! Et encore comme ça sur sa jolie tête! Et encore un! rugissait Ludmilla, en abattant compulsivement le pique-feu sur la table.

La vaisselle ne fut plus qu'une bouillie sur la nappe. Des éclats volaient dangereusement vers Manon et Laura, qui détournaient la tête et plissaient les yeux pour se protéger. Ludmilla se calma d'un coup. Elle planta le tisonnier sur sa chaise, et s'adressa à ses spectatrices d'un air de béatitude inspirée.

– Je ne voulais pas la tuer... Dieu a guidé mon geste. Pauvre Luisa. Il fallait qu'elle meure. Elle était l'aînée. Il fallait respecter la malédiction. C'était une bonne idée, l'accident de voiture, vous ne trouvez pas ? leur lança-t-elle.

Laura pleurait. Les rôles s'étaient brusquement inversés : Manon lui lança un regard qui voulait tout dire. Sois forte, réponds...

– Oui... murmura Laura, anéantie.

– Mise en scène extraordinaire... Le calvaire, la lune, la voiture écrasée, le feu... Et ce putain de bracelet sur la route ! rugit Ludmilla.

Elle fixa son auditoire avec des yeux étonnés de petite fille prise la main dans un sac de bonbons.

– J'ai cessé de croire en Dieu aussitôt...

À 23 heures, Agnès s'apprêtait à rentrer chez elle lorsqu'un message griffonné sur un Post-it, marqué « urgent », suspendit sa fuite. Le collègue avait noté le nom de la personne et l'objet de l'appel : « Solange Matteo, informations affaire meurtre Hanspag. » Suivait un numéro de téléphone. Agnès décrocha son téléphone. Une voix ensommeillée lui répondit.

– Solange ? Agnès Angeli à l'appareil. Désolée de vous déranger si tard... Vous avez laissé un message au sujet de Suzanne Hanspag. Je vous écoute.

– C'est que j'ai lu dans le journal qu'elle avait été tuée, vous comprenez. Je ne l'ai appris qu'aujourd'hui. Et... oh, je suis tellement embêtée, mais ça me tracasse. Voilà, figurez-vous que j'ai vu sa fille, hier mercredi, à la gare de Nice. Je partais chez ma propre fille à Toulon, et je l'ai reconnue. Je l'avais vue avec sa mère sur la Promenade, dimanche, et je...

Agnès se mordit la lèvre.

– Excusez-moi, l'interrompit-elle. Mais on va reprendre doucement, et simplement. Comment connaissez-vous la mère de Manon?

– On travaillait ensemble chez les sœurs Rinaldi, il y a plus de trente ans.

Bingo. Le lien qu'Agnès cherchait depuis longtemps lui était offert sur un plateau. Soudain, elle se souvint d'un détail : la besace de cuir aux breloques sous la tablette de l'entrée, chez Ludmilla... C'était celle de Manon.

– Manon Hanspag était la fille de...

– Oui... et non. Suzanne l'avait adoptée. Elle ne pouvait pas avoir d'enfant. Laura Fontane voulait savoir si Ludmilla Rinaldi connaissait Suzanne Hanspag. Et Ludmilla lui a répondu que non. Mais moi, j'étais étonnée! Pensez donc! Suzanne est restée cinq ans chez les Rinaldi! Ludmilla ne pouvait pas l'avoir oubliée. Et puis il y a autre chose. Le soir où le fameux commandant Duroc s'est fait tuer, Ludmilla Rinaldi n'était pas à la Bastide. Laura non plus d'ailleurs, ni le fils de monsieur Duval qui s'est jeté de la falaise, et...

Lorsqu'elle raccrocha, Agnès fut prise d'un étourdissement. Elle consulta sa montre : 23 h 30. Si tard... Elle composa le numéro de Mollaro. Il mit un temps fou à répondre, d'une voix enrouée par le sommeil. Agnès y mit les formes. Elle pouvait l'entendre bâiller tandis qu'elle résumait le plus clairement possible ses dernières informations, et les conclusions qu'elle en avait tirées.

– Ludmilla Rinaldi est au cœur de l'affaire. Elle a menti, sur plusieurs points. Je crains pour la vie de Manon Hanspag. Elle semble avoir disparu depuis hier... Et je n'ai pas de nouvelles non plus de Laura Fontane depuis ce matin. C'est très inquiétant. Il nous faut un mandat...

– Quoi ? T'es malade. T'as vu l'heure ? On l'aura jamais, ton mandat. Et demain, il fera jour. Tu ferais mieux d'aller te coucher, Angeli. T'as pas un mec qui te chauffe les draps ? Salut.

– Connard... lança Agnès dans le vide.

En une seconde, elle avait pris sa décision. Elle vérifia le chargeur de son Sig-Sauer. On lui laissa une voiture de service et, un quart d'heure plus tard, elle roulait vers Nice-Nord...

Ludmilla s'était assise. La crise semblait passée, mais Laura savait que la fureur pouvait exploser de nouveau à tout moment. Manon cligna des paupières dans sa direction. Laura comprit : elle venait de réussir à déchiqueter le ruban adhésif qui attachait sa main gauche avec sa fourchette. Ludmilla se redressa, et Laura vit qu'elle avait les yeux embués.

– Dieu m'a fait tuer ma Luisa... Je ne le lui pardonnerai jamais. Ma Luisa... Je n'ai plus personne. Je n'ai plus que toi, ma Juliette. Ma petite fille. Les sœurs de l'orphelinat auraient dû te garder. Ma mère leur a donné tellement d'argent. Aucune gratitude... À quoi a servi la fortune de ma mère, puisqu'elles n'ont pas fait attention à toi, ma chérie ?

– Je suis là... maman, souffla Manon. Ne t'inquiète plus.

Laura n'entendit que le dégoût qui jaillissait de « maman ». Par chance, Ludmilla ne le nota pas.

– Je sais... Mais je suis très ennuyée, ma chérie. Tu es l'aînée. Tu comprends, si l'on veut que la malédiction continue – c'est moi qui ai inventé cette histoire de malédiction mais je ne peux plus faire marche arrière, tu comprends ? Donc tu dois mourir... C'est embêtant. J'hésite. Tout ça n'est pas juste. Tu n'as pas eu la vie que tu méritais, ma chérie. Laura a tout eu, elle. L'argent, une famille, l'amour d'un père.

– Je t'ai, moi, fit Manon.

– Mais tu arrives si tard... Ton salaud de père va se retrouver en prison. Grâce à moi... et à Vincent. Quel homme intelligent, ce Vincent. Il a découvert tout seul cette gigantesque arnaque montée par ton papa et ces deux autres minables pour ruiner cet imbécile de Fontane. C'était si simple... Il m'a suffi d'une allumette, d'un bidon d'essence... et zou ! Envolée, leur pinède et leurs beaux projets. Je ne voulais tuer personne, moi ! Je voulais juste qu'on ne construise pas une horreur de plus... je déteste le béton !

Vendredi 19 août

LE SOLEIL

Agnès gara la voiture sur un refuge de la route étroite. Elle avait dépassé l'entrée de la Bastide d'une cinquantaine de mètres. À minuit et quart, sur ces hauteurs, les rares demeures, somptueuses, se trouvaient dissimulées au bout d'allées et de parcs immenses. Aucune lumière ne perçait au travers des pins, et le halo orangé des lumières de Nice s'étiolait ici en un vague brouillard luminescent, posé très bas sous la voûte du ciel. La nuit était claire. Agnès composa le numéro de Bruno. Il était le seul allié qui lui restait à peu près acquis dans ce foutoir au milieu duquel Mollaro dormait à poings fermés. Bruno, lui, était carrément aux abonnés absents. Agnès pesta sur son répondeur. En trente secondes, elle lui expliqua ce qu'elle attendait de lui, dès qu'il aurait fini de jouer la Belle au bois dormant.

Elle gravit le mur d'enceinte sans difficulté, et remonta vers la Bastide par les bois de pins. La façade qui donnait sur l'allée était sombre. La voiture de Ludmilla était garée sous son auvent de pierre sèche, à l'arrière de la maison. Agnès tâta le capot : froid, portières et coffre bouclés. La propriétaire des lieux était là, et Agnès pria pour que son sommeil fût lourd. Cette baraque devait être truffée de capteurs, qui n'attendaient qu'un frôlement sur une vitre ou une porte pour déclencher un concert d'alarmes. Agnès refluait dans l'ombre des pins et des massifs derrière

481

l'auvent lorsqu'un reflet griffa sa rétine. Un rayon de lune avait traversé les frondaisons, et s'accrochait sur le toit luisant d'une berline noire, dissimulée sous les pins, à une vingtaine de mètres. Elle reconnut immédiatement la voiture de Vincent, et son estomac se contracta : Laura était là, elle aussi, quelque part, tout comme Manon, elle en était persuadée. Le dernier message de Laura était clair : « Je crois savoir qui est l'assassin de ma mère. Je vérifie juste un truc, et je te rappelle. » Il datait de la veille et depuis Laura n'avait pas rappelé, ni donné signe de vie à quiconque. Sauf à Ludmilla... Mais celle-ci leur avait certifié qu'elle était repartie de la Bastide. Une pièce de plus dans le puzzle qu'Agnès voyait se dessiner : à l'arrière-plan, un rideau se levait sur une scène de meurtre qui datait de plus de trente ans, au cœur de la série noire qui venait d'ébranler la tranquillité estivale de Nice. Agnès n'eut pas le temps de peaufiner son tableau : en même temps qu'elle sentait le canon du pistolet sur sa tempe, une voix la mordit.

– Tu fais un geste et tu es morte. Moi aussi, je sais me servir d'une arme. Mets les mains sur ta tête. Tu es punie...

Manon se rua sur Laura.

– Vite...

– Je fais ce que je peux. Putain, c'est plus solide qu'une corde, ce truc ! rugit Manon. J'y arrive pas.

Elle saisit un fragment de porcelaine sur la table, et attaqua le ruban adhésif qui emprisonnait la main gauche de Laura. Elle y allait franchement, et Laura serra les dents en sentant la peau sur l'os de son poignet céder en même temps que le ruban. Manon se laissa tomber sur les genoux et commença d'entailler les liens qui retenaient ses chevilles aux pieds de la chaise. Elle avait à peine cisaillé le premier qu'une porte grinça. Manon suspendit son geste. Laura sentit un flot de bile amère lui monter aux lèvres. Manon se releva sans un bruit, puis rejoignit sa place. Elle se glissait sur sa chaise lorsque Agnès, décomposée, apparut. La chevelure de Ludmilla, derrière elle, donnait l'impression d'une silhouette hideuse ; un monstre à deux têtes. Agnès fut comme projetée au milieu de la pièce, dévoilant entièrement Ludmilla, une arme dans chaque main, sourire pincé jusqu'aux oreilles.

– Votre petite camarade arrive juste pour le souper, siffla-t-elle. Toi, la fliquette, tu vois ce rouleau d'adhésif ? Tu le prends et tu vas t'asseoir gentiment sur cette chaise, là.

Agnès obtempéra. Laura était suspendue à son regard. Agnès lui fit un clin d'œil bravache et réconfortant. Elle s'assit et défit un bout du ruban.

– Comme tes copines ! Chaque cheville avec un pied de chaise !

Agnès sentit le sang lui monter à la tête, alors qu'elle liait ses jambes aux barreaux. Lorsqu'elle se redressa, elle vit des points noirs danser devant ses yeux. Elle n'eut pas le temps de comprendre pourquoi Manon ouvrit une bouche aussi grande que ses yeux écarquillés, ni pour quelle raison Laura se mit à hurler. La douleur traversa son crâne d'arrière en avant, fulgurante, et elle s'affaissa le nez sur la nappe de dentelle blanche...

C'était une douleur plus lancinante et plus profonde qu'une migraine, localisée sur l'occiput, et qui concentrait à elle seule la cacophonie assourdissante des pulsions de son cœur, la brûlure de sa peau éclatée, ainsi que le poids du sang qui poissait ses cheveux, et qui avait déjà coagulé en un filet jusqu'à son oreille gauche, du côté où elle s'était écroulée. Ludmilla avait cogné de toutes ses forces. Agnès n'avait jamais eu aussi mal. Elle se mordit la langue pour dévier la douleur sur la chair dans sa bouche. Ça ne dura que quelques secondes. Elle redressa sa tête avec effort, n'eut que le temps de se pencher vers la table et vomit.

– Vilaine fille ! cria Ludmilla.

Agnès ouvrit les yeux. Elle vit d'abord Ludmilla, floue, debout, qui lui faisait face, les deux armes posées devant elle, dans les débris de vaisselle. Sa vision redevint plus précise : Manon, à sa droite, la fixait d'un regard qui semblait vouloir dire quelque chose, mais quoi ?... À sa gauche, Laura portait encore des traces de larmes sur les joues. Elle tenta de bouger ses bras, tordus derrière le dossier de sa chaise. En vain. Ludmilla avait emprisonné ses poignets avec l'adhésif épais. Il n'y avait plus qu'à espérer que Bruno se réveille, rallume son téléphone et écoute son message... Son estomac se calmait. Elle recouvrait quelques forces, et des idées un peu plus claires.

– À quoi vous jouez, Ludmilla ? bafouilla-t-elle.

– Au papa et à la maman ! rigola Ludmilla. Dans la famille « On s'adore », tu vas faire le père. On va dire que tu t'appelles Fred...

Toutes les vannes de la folie étaient ouvertes. Ludmilla semblait avoir déjà traversé le miroir du réel. Elle vit le regard suppliant de Laura, mais, stupéfaite, l'ignora. Du coin de l'œil, elle sentit plus qu'elle ne vit le geste de Manon. Celle-ci bondit brusquement de sa chaise, mais Ludmilla fut plus rapide. Manon s'immobilisa aussi vite qu'elle s'était levée à la vue des deux armes braquées sur elle.

– Toi, saleté, retourne t'asseoir. Et ligote-toi toute seule ! vociféra Ludmilla. Je t'ai déjà dit que j'étais une mauvaise mère ! Grouille, hurla-t-elle.

Laura sursauta. Manon se dépêcha de regagner sa chaise et commença à ligoter ses chevilles avec le ruban. Lorsqu'elle se redressa, Ludmilla lui balança une gifle colossale. La tête de Manon ballotta comme celle d'une poupée de chiffon martyrisée par sa petite maman. Des larmes de souffrance giclèrent de ses yeux gris-vert. Sa joue vira au cramoisi en deux secondes. Ludmilla lui tordit les bras derrière le dossier de sa chaise et la saucissonna avec dextérité.

– On reprend, cracha la tortionnaire. Tu es Fred ! Vous, vous êtes les petites filles...

– Le seul problème, c'est que je ne suis pas Fred... coupa Agnès. Mais vous, vous êtes...

Ludmilla la stoppa d'un hurlement effrayant.

– Je le sais, bordel! Mais j'ai envie de faire semblant! J'ai envie de jouer... Alors on va jouer. Comme si on était une vraie famille. Fred, dis-moi que tu m'aimes... minauda-t-elle en faisant cliqueter ses deux bracelets.

Ravagée. Agnès réalisa soudain que les filles jouaient avec Ludmilla depuis des heures, et comprit la raison du regard suppliant de Laura. S'il fallait jouer pour rester en vie...

– Je t'aime, mon amour... Tu es la plus merveilleuse des femmes et des mamans.

Ludmilla n'eut pas le sourire d'une folle ou d'une meurtrière mais celui, illuminé, d'une amoureuse comblée. Elle en était bouleversante.

– Tu as mis tellement de temps à le dire, Fred...

Bruno avait l'impression d'avoir une balle de tennis à la place de l'estomac. Il conduisait vite, empruntant les voies de bus, klaxonnant furieusement pour dégager le passage devant lui, et brandissant d'une main son macaron du SRPJ par la fenêtre ouverte : c'était le seul gyrophare qu'il avait trouvé pour aller plus vite, et ça ne faisait pas un effet bœuf sur les conducteurs matinaux. Il était 8 heures, et ça faisait tout juste vingt minutes qu'il avait découvert le message d'Agnès. Maintenant, il se mordait les doigts d'avoir passé une soirée formidable en belle compagnie, et oublié qu'il était flic. L'euphorie de la nuit était brutalement retombée comme un soufflé desséché.

Il gara sa 205 sur le parking du commissariat, malgré les beuglements du jeune gardien de la paix. Il avait à peine mis un pied dans le hall qu'une immense chose lui barra la route : Fred Bellair tenait dans ses mains énormes une enveloppe froissée, qu'il lui tendit avec l'air pénétré d'un prêtre distribuant l'hostie au pécheur.

– Ça fait une heure que je vous attends, maugréa le géant d'un ton rogue. J'ai peur...

Bruno le dévisagea avec ahurissement : l'aveu du Don Corleone avait de quoi surprendre. À y regarder de plus près, Bruno vit effectivement l'angoisse sous les paupières tombantes. Il jeta un œil sur l'enveloppe, et en lut le contenu sans un mot. Bellair le surplombait, figé. Bruno frissonna : le message d'Agnès trouvait soudain une tragique explication au travers de ces quelques lignes inscrites sur cette feuille. Agnès en était arrivée quasiment aux mêmes conclusions que Bellair, et le résultat faisait froid dans le dos : elle avait fait la connerie à ne pas faire. Il n'osa pas penser à Laura Fontane et à Manon Hanspag... Lorsque Bruno releva la tête, il vit la supplication dans le regard de Bellair.

— Suivez-moi. Le commissaire Delambre ne va pas tarder, et le capitaine Mollaro non plus...

***

Les portières claquèrent. Mollaro se tourna vers Fred Bellair, assis à l'arrière.

— Monsieur Bellair, j'insiste. Pas de vagues ! Vous n'intervenez que si on vous le demande.

Son talkie grésilla.

— Mollaro, j'écoute.

— On est prêts.

— C'est bon. Vous nous suivez.

Bruno démarra. Mollaro bichait. Passé le choc des foudres de Delambre, Ric le Hochet avait retrouvé son assurance brutale : le divisionnaire lui avait laissé la direction des opérations. Delambre avait secoué le cocotier et obtenu tous les mandats qu'il exigeait. La presse se répandait en sarcasmes sur l'affaire, et l'inculpation de Duval n'avait pas convaincu pour autant les détracteurs que l'enquête était terminée.

Mollaro boucla son gilet pare-balles, puis vérifia le chargeur de son Sig. Bruno sentait le sien sous son aisselle. Il entretenait avec son arme une relation strictement professionnelle : un passage au stand de tir tous les trois mois lui suffisait largement. Les rares occasions où il avait eu besoin d'en faire usage en service lui avaient laissé un goût de fer dans la bouche. Bruno aimait les procédures, l'analyse ; Mollaro aimait son arme.

Il crachouillait dans son talkie ses dernières instructions. Delambre avait sollicité le concours de la gendarmerie, un escadron était déjà sur place.

— Me dites pas que vous avez sonné ? beugla Mollaro dans son téléphone.

— On a bloqué la route, capitaine. On vous attend.

— On est là dans dix minutes.

Il coupa la communication et ouvrit la fenêtre. Un courant d'air chargé de bruit pénétra dans l'habitacle.

— Les cons, marmonna-t-il. Grouille, putain...

Bruno n'envisageait pas de rater un virage de la route en lacet. Il jeta un œil au compteur : 90 km/h, ça suffisait déjà largement pour se prendre un piéton ou un fossé. Mollaro frétillait sur le siège passager, dopé par ce qu'il pressentait comme un des plus beaux coups de sa carrière.

À deux cents mètres de la Bastide, un fourgon de la gendarmerie et deux gendarmes les arrêtèrent. Mollaro exhiba son macaron. Bruno gara la voiture un peu plus loin. Mollaro avait déjà sauté sur la chaussée et s'agitait devant une carte d'état-major avec de grands gestes. Le commandant de gendarmerie restait étonnamment calme devant ce déballage d'ordres beuglés. L'équipe du SRPJ rejoignit le groupe d'intervention des gendarmes. Bruno se pencha vers Fred Bellair, par la fenêtre ouverte.

— Je pense qu'il vaut mieux que vous ne bougiez pas de la voiture, fit-il calmement.

Bruno connaissait les lieux.

— Bruno, tu passes devant, avec moi et deux képis ! lui balança Mollaro.

Un premier grappin accrocha le mur d'enceinte. Un deuxième et un troisième suivirent. Bruno fut pris d'un doute : et s'ils se trompaient ? Il se secoua et empoigna la corde : au pire, Ludmilla Rinaldi les épinglerait dans la presse.

Il vit les silhouettes noires du groupe d'intervention passer de tronc en tronc. Le silence était dense comme du métal. De temps en temps, une brindille de pin craquait. Impressionnant. En trois minutes, ils furent en vue de la Bastide. Tout se figea. Un gradé fit un geste, et six hommes se détachèrent des troncs ; trois autres se déployèrent vers la gauche, trois autres encore vers la droite, encerclant la maison. Bruno sentait la sueur détremper son tee-shirt sous le gilet pare-balles. Ce truc pesait bien cinq kilos, il lui sciait les hanches. Les gendarmes se mouvaient comme des petits rats gracieux, portant leurs fusils d'assaut comme des bâtonnets de sucette. Bruno aperçut Mollaro, qui saisissait un porte-voix tendu par un gendarme. Il lui fit un signe et Bruno s'approcha.

— Il y a sa bagnole. T'es prêt ? Je fais les sommations et on fonce... murmura Mollaro.

Bruno en resta comme un con. Il regarda son chef de groupe : pas une goutte de sueur ne venait égayer son visage carré pour lui donner un air un peu humain. Sec comme un caillou.

— Heu... on n'essaie pas de rentrer par-derrière ?

— Tu veux pas qu'on lui livre des fleurs, aussi ? vociféra Mollaro. Il y a déjà un groupe derrière. Au signal, tu fonces avec les autres. Sur la porte d'entrée.

Bruno vit Mollaro se glisser derrière un massif de lauriers-roses, à quelques mètres du perron aux quelques marches de pierre. C'est à peine s'il entendit le gravier rouler sous ses semelles. Un crachotement préluda au discours.

— Ludmilla Rinaldi, police. La maison est cernée. Je répète, police ! La maison est cernée. Sortez, les mains sur la tête.

La voix se répercuta sur les murs de la Bastide, rebondit jusqu'aux oreilles de Bruno. Rien ne bougea. Maintenant deux hommes rampaient, s'abritant d'arbuste en arbuste, pour prendre la façade en tenaille. Ils atteignirent chacun de son côté un angle de la maison, et, plaqués au mur, se glissèrent vers des soupiraux. Ils se figèrent, pouce levé.

— Police ! cracha de nouveau le porte-voix... Je répète, la maison est cernée.

Une giclée de graviers atteignit le buisson de lauriers-roses en même temps qu'une détonation claquait. Mollaro hurla.

— Repli !

Lui-même se jeta au sol, tandis que l'allée était soulevée par une série de geysers de poussières et de graviers. Cinq coups. Bruno se tenait la tête entre les mains, agrippé de tout son corps à la terre chaude et aux aiguilles de pins. L'étreinte dura une minute. Quelqu'un gueula.

— Et de six !

Une septième détonation vrilla l'air. La balle mordit un tronc à deux mètres de Bruno.

— La vache ! Combien elle en a ? hurla Mollaro.

Bruno releva la tête et vit que les soupiraux, tout là-bas, étaient béants. Il y avait au moins deux hommes dans la maison.

**

Agnès tomba sur le sol avec sa chaise.

— Allez-y vous aussi ! rugit-elle. Au sol, bordel !

Laura vit en un éclair les éclats coupants de vaisselle et de verre qui jonchaient le sol dallé. Manon commençait déjà à s'agiter sur sa chaise. Laura prit sa respiration et se tortilla en tirant comme elle pouvait sur ses bras, ses jambes, imprimant à sa tête et son torse un mouvement de balancier. La chaise de bois massif semblait rivée au sol, inébranlable. Enfin Laura sentit deux pieds vibrer, puis se soulever légèrement, suivis des deux autres, et elle s'écrasa au sol en étouffant un cri de douleur. Manon, déjà à terre, soufflait bruyamment de l'autre côté de la table, joue par bonheur collée sur quelques centimètres carrés épargnés par les vestiges de vaisselle.

— Ça va ? Répondez-moi ! ordonna Agnès.

Laura suffoquait : elle sentait le verre fouiller la chair de son bras, pénétrant au plus profond son muscle cisaillé. Elle haleta et se concentra sur son abdomen. Petit à petit, elle sentit son souffle descendre sur son ventre. Au moindre geste, le morceau de verre se rappellerait à elle.

— Ça va... fit-elle en écho à Manon.

Du côté où elle avait fait basculer sa chaise, elle ne pouvait pas voir Agnès, à l'opposé, quelque part vers ses pieds lui sembla-t-il.

— Mon Dieu... Qu'est-ce qui se passe ? chuchota Manon.

— Elle a tiré, cette dingue ! Ils risquent de répondre... grinça Agnès. À terre, on ne risque rien... ou moins.

Sa blessure envoyait des ondes douloureuses dans tout son crâne, qui rampaient même sur sa nuque, jusqu'aux omoplates.

— Surtout, vous la bouclez. Si elle revient, vous me laissez parler. Au moindre coup de feu, tête dans les épaules. La maison est encerclée. Dans cinq minutes on prend un verre au soleil, les filles...

Elle entendit Manon retenir un ricanement nerveux.

Un craquement glissa jusqu'à elle, qu'elle situa dans le hall. La porte d'entrée, peut-être. Le silence retomba. Agnès fit rapidement le calcul : Ludmilla avait tiré sept fois. Compte tenu des deux autres armes qu'elle détenait et de son état, elle avait largement les moyens de faire un véritable massacre. Pourvu que... Le bruit d'une cavalcade sur le gravier au-dehors lui parvint. Ils étaient sous les fenêtres.

Un second craquement emplit le hall. Le mur vibra sous le claquement de la porte repoussée d'un coup de pied, et une voix hurla.

— On ne bouge plus ! Mains sur la tête.

Agnès sentit le sol vibrer sous les semelles. Elle cria.

— Ici ! Police ! Capitaine Angeli.

Une ombre se profila sur le seuil de la salle à manger. Agnès entendit Laura gémir.

– Elle doit être à l'étage. Attention, elle a trois armes chargées ! eut-elle la force de crier.

Des cliquetis d'armes résonnèrent. Des bruits de pas partout. Des mains la saisirent. Elle sombra.

***

Fred Bellair courait, cœur affolé. Il remontait l'allée sans songer un instant à se mettre à couvert. Il avait laissé sa veste dans la voiture et, alors qu'il sentait ses jambes devenir de plomb dans la côte, il desserra sa cravate. Il avait entendu les coups de feu. Sept. Leur écho avait dévalé les parois du vallon, et la mémoire lui avait sauté à la figure comme un pétard un soir de 14 juillet. Le dernier mort qu'il avait vu couché sur le bitume, une auréole de sang autour de la tête et les yeux vitreux s'accrochant aux étoiles, c'était Bourlem le Rôtisseur, un caïd de Toulon qui s'était égaré à Nice en pensant qu'il pourrait en faire son jardin d'Éden. Son séjour dans ce paradis n'avait duré que deux semaines. Trois balles l'avaient renvoyé en enfer. L'une d'elles avait été la dernière que Fred Bellair avait tirée. Ça faisait plus de trente-cinq ans. Il n'avait jamais oublié.

Personne ne lui barra le passage. Il entendait des cris, des ordres lancés, des bruits de bottes derrière la maison. Un gendarme en arme apparut à l'angle de la Bastide alors qu'il avait déjà un pied sur la première marche du perron. Il vit la stupeur sur le visage du militaire et s'engouffra dans l'obscurité du hall. Au fond, l'escalier de pierre blanche faisait une tache plus claire.

– Cher Fred...

La voix tombait du plafond. Il se figea, scrutant l'ombre, et aperçut le canon de l'arme qui dépassait entre deux torsades de la rambarde de fer forgé. Juste derrière, il vit le masque blanc du visage de Ludmilla.

– Cela fait si longtemps que j'attendais, mon amour...

Une silhouette fine se découpa sur sa gauche. Fred fit un geste pour la repousser dans la pièce. Il venait de reconnaître celle pour qui il avait compris qu'il pouvait vivre encore quelques années : sa fille, Manon.

Il vit l'œil gris-vert, immense, et les paupières d'infante, lourdes, comme les siennes...

— Bonjour Ludmilla... Je suis venu te chercher.

Une nappe de voix affolées lui parvint, Manon fut happée par une main et deux hommes s'encadrèrent sur le seuil de la pièce, silencieux, à l'abri du regard de Ludmilla. Fred les exhorta d'un geste à le laisser faire.

— Je suis venu vous chercher, toi et notre fille. Notre petite Juliette. Je t'ai fait mal... Je sais. Mais c'est toi qui avais raison. Notre enfant est si belle. Tu ne voudrais pas lui faire de mal ?...

À trois mètres de hauteur, Fred vit le canon secoué d'un frisson. Ses yeux distinguaient maintenant ceux de Ludmilla, noyés dans la pâleur du visage. Des traînées noires de mascara sillonnaient ses joues jusqu'au menton, et son sourire rouge barrait son visage ; un négatif de clown blanc. Sa chevelure faisait une masse légèrement plus sombre que les tableaux suspendus dans l'ombre de la vaste cage d'escalier.

— Fais-les sortir... Fred, s'il te plaît, chuchota-t-elle.

— Bien sûr... Ils n'ont rien à faire ici, tu as parfaitement raison.

Du coin de l'œil, il vit la bouche ouverte et remuante du capitaine Mollaro, qui semblait vouloir déverser un flot d'ordres. Il la lui fit fermer d'un geste, les suppliant tous de refluer dans la pièce. Il avança vers la première marche de l'escalier.

— Attention, Fred... chantonna Ludmilla dans les hauteurs.

— Ne crains rien. Ce n'est que moi... Ils sont partis. Juliette est là. On va aller se promener, tous les trois. Comme on aurait dû le faire toutes ces années.

— Mais... je ne suis pas habillée !

— Tu es très belle...

— Notre fille aussi, tu as vu ?

– Oui. Elle est magnifique. Je te demande pardon.

Un bruissement de jupe, un frottement de pieds nus, et elle disparut dans l'ombre du palier. Il entendit sa voix flotter jusqu'à lui.

– J'arrive... je vous rejoins. Tout de suite.

Une porte claqua. Quelqu'un le tira brutalement en arrière, et il passa quasiment de main en main sur trois marches. Une détonation retentit à l'étage. Il se dégagea d'un coup d'épaule et bouscula les deux hommes qui occupaient le passage. Avant qu'ils aient esquissé un pas, il courait déjà sur le palier. Au jugé, il ouvrit la seconde porte sur sa droite... Elle avait encore l'arme à la main, l'index crispé dans le pontet, bouche fermée sur le canon de l'arme. Elle était tombée toute droite, à la renverse. Des éclaboussures de sang et de matière cervicale rosâtre maculaient le mur derrière elle, à hauteur d'homme. La lumière orangée d'une délicate lampe de verre donnait à sa chevelure des reflets cuivrés. Le cuivre se teinta d'un rouge sombre et épais, qui se mua en un filet sinuant dans chaque rainure du parquet ouvragé, puis déborda et dévora le bois en une vague subite...

***

La Bastide grouillait de policiers et de gendarmes. Laura contemplait toute cette agitation d'un regard vide. Un cyclone aurait frappé la salle à manger qu'il n'aurait pas fait plus de dégâts : le sol était jonché de vaisselle brisée, les chaises étaient toujours à terre, et les photographes de l'IJS avaient mis en boîte les dégâts sous toutes leurs coutures... les abandonnant tels quels une fois leur mission terminée. Par la porte ouverte de la bibliothèque, elle vit les brancardiers passer, portant le corps de Ludmilla sous une bâche de plastique. Ludmilla avait donc préféré se donner la mort. La justice d'ici-bas n'aurait quoi qu'il en fût pas pu accomplir son travail : Ludmilla, folle, aurait terminé dans la geôle d'un asile psychiatrique, après s'être sans doute donnée en spectacle dans un prétoire.

Le capitaine Mollaro avait noté sa déposition dès qu'elle avait été en état de parler. Laura était exténuée, mais incapable de quitter les lieux et de se rendre à l'hôpital, où on l'avait enjoint d'aller se faire soigner. Elle voulait fermer la Bastide à clef. Une dernière fois. Bruno Bruno s'approcha d'elle, inquiet.

– Laura, j'ai pris sur moi d'appeler votre père. Il va venir vous chercher...

– Merci... répondit-elle d'une voix éteinte.

Il lui tendit un verre d'eau et un comprimé qu'elle avala sans poser de question.

Fred avait emmené Manon depuis longtemps. Laura ne parvenait pas à imaginer leurs retrouvailles. Fred avait pris sa Manon par l'épaule, et ils avaient descendu l'allée comme un père et une fille. Les mots viendraient plus tard. Agnès, sévèrement touchée, avait été embarquée directement à l'hôpital. Bruno se pencha vers Laura.

– Vous ne devriez pas rester ici... Allez plutôt attendre dans le parc, sur un banc...

– Non, merci...

Elle sentit les larmes lui embuer les yeux.

– J'ai des souvenirs à récupérer...

Bruno la regarda fixement une seconde avant de la laisser à sa méditation.

Laura se leva du canapé de la bibliothèque où elle s'était réfugiée depuis deux heures. Un gendarme avait désinfecté sa plaie au bras et posé dessus un pansement de fortune après avoir prescrit quelques points de suture. La plaie était profonde, et lui envoyait jusqu'au bout des doigts des décharges sourdes. Elle allait sortir de la pièce lorsqu'un courant d'air fit claquer les doubles portes. Le fracas d'un objet s'écrasant sur les dalles la fit hurler. Les portes s'ouvrirent et Bruno fut immédiatement auprès d'elle.

– Ce n'est rien... Le tableau a dû tomber avec la vibration.

Le Soleil

Laura le vit alors : le portrait du prince de Pise était tombé, et son cadre s'était émietté en poussière de bois vermoulu. Il gisait face contre terre. Laura le releva. Dessous, une carte la regardait : le Soleil, numéroté XVIIII et non XIX. Paradis ou enfer ?... Rien d'autre ce jour n'allait arriver. Mais demain ? Un voile noir tomba sur ses yeux.

Samedi 20 août

LE DIABLE

Vincent ouvrit les yeux. La chambre n'était éclairée que par le halo verdâtre d'un écran. Dehors, il semblait faire encore nuit. Depuis quelques minutes, il sentait une présence dans la pièce. Au-delà du moniteur qui vérifiait son pouls, quelqu'un d'autre le veillait. Ce n'était pas une présence hostile, au contraire : Vincent ne percevait que bienveillance et douceur. Il tourna la tête, et le vit : crâne penché sur l'épaule, couronne de cheveux blancs, moustache souriante, il était assis sur la chaise du visiteur, près de la petite table blanche, face au lit. Le petit libraire de La Baie des Anges mit un doigt sur sa bouche. Vincent comprit qu'il était inutile qu'il appuie sur la poire qui le reliait à la salle de garde des infirmières. Le petit homme ne lui voulait effectivement aucun mal.

– Quelle heure est-il ? souffla Vincent.

Il se réveillait d'un si long sommeil... Au moment où il demanda l'heure, il réalisa que sa bouche fonctionnait, tout comme son cerveau : les mots semblaient cohérents, puisque le petit homme sortit une montre à gousset de son gilet.

– Minuit et quinze minutes, mon garçon.

Vincent le regarda, surpris.

– Vous êtes médecin ?

– Mieux que ça. Je suis lecteur. D'une histoire extraordinaire, que je voulais vous conter. Mais je ne pouvais pas le faire tant que vous étiez endormi.

Le petit homme se leva et approcha sa chaise de la tête du lit. Il redressa sa paire de lunettes désuètes et pointa son index sur les premières lignes du manuscrit qu'il tenait entre les mains.

– Je suis un ami de Laura...

Et il se mit à lire le testament d'Archibald Montalban, l'arrière-arrière-grand-père de Laura.

La lecture prit un certain temps. Vincent écoutait docilement ce long récit mais redoubla soudain d'attention quand le petit homme arriva à la conclusion de cet étrange document.

« *... La suite, tout le monde la connaît, le Christ ressuscita d'entre les morts. Jusque-là, je n'avais, comme je l'ai dit plus haut, prêté qu'une attention amusée à toute cette histoire et au couvent Sainte-Anne, jusqu'au jour où l'impensable se produisit. L'impensable avait un nom : la disparition d'Élisabeth. Aujourd'hui encore j'ai du mal à écrire " la mort d'Élisabeth ". La disparition n'implique pas le non-retour. Cette forme donne plus de légèreté à la réalité de l'autre que nos yeux ne voient plus, que nos mains ne touchent plus, que notre âme orpheline et inconsolable pleure. Disparue cela peut vouloir dire qu'elle s'est enfuie, qu'elle est quelque part, ailleurs, dans un endroit ou un repli du temps où l'on pourra la retrouver.*

» *Élisabeth disparut donc d'un coup comme emportée par un jour de grand vent. Notre fille Livia venait à son tour de mettre au monde son fils Georges, mon petit-fils, et dans cet écart qui séparait le départ d'Élisabeth et l'arrivée de Georges j'eus l'impression d'être entièrement englouti. J'en voulus presque à l'enfant d'être né et à la mère de l'avoir enfanté. Je me repliai dans les ombres de mon chagrin, refusant de voir la moindre présence qui pouvait non pas m'évoquer Élisabeth mais laisser surgir en moi le sentiment d'injustice. Je ne pouvais pas supporter qu'un seul être lui survive jusqu'au jour où je parvins à formuler la chose violemment : " Je donnerais n'importe quoi pour qu'elle revienne, tout ce qui m'est le plus cher. "*

» C'est sœur des Anges qui me fit entendre le sens de cette phrase. Malgré son très grand âge, elle me convainquit d'écouter les voix du Ciel et elle me confia à nouveau le livre du prince de Pise. Tout ce qui m'était apparu assez repoussant à la première lecture eut sur moi un tout autre effet. Entre les lignes de ce livre, l'espoir de revoir Élisabeth revint. Il restait un détail à régler pour que le miracle ait lieu : retrouver les cinq médaillons du Tarok qui avaient servi à refermer les plaies du Christ, cinq médaillons qu'on nommait le Kallopsis. J'eus l'impression de comprendre à ce moment-là pourquoi j'avais consacré ma vie à l'archéologie. Plus j'avançais dans mes recherches et plus j'avais l'impression qu'Élisabeth me guidait. En quelques mois je finis par découvrir au cœur de la Palestine une croix de pierre des premiers âges dans laquelle on avait incrusté, à l'emplacement des cinq plaies, les cinq médaillons si convoités.

» De retour au couvent Sainte-Anne, le passage qui me fit basculer dans l'impensable était étroit. La disparition d'Élisabeth était, malgré le temps passé, encore plus difficile à supporter. Je ne vivais plus et, dès lors que j'avais retrouvé le Kallopsis, je n'eus d'autre idée que de la revoir vivante, la ressusciter. La folie dans

laquelle me projetait cet amour inconsolable me poussa au pire. Oui, au pire...

» Il ne suffisait pas pour un simple mortel comme moi d'apposer les figures sur le cadavre d'Élisabeth que les sœurs du couvent gardaient comme une sainte relique, mais je devais, en tant que non-initié, faire la preuve de ma croyance en Dieu. Je ne compris pas tout de suite ce que cela voulait dire. Sœur des Anges, qui depuis qu'elle était entrée en possession du Kallopsis semblait avoir recouvré une nouvelle jeunesse, sut me convaincre et surtout m'amener sur le chemin qui allait me faire commettre un acte irréparable. »

Le petit homme retint son souffle, ménageant son effet. Mais il tenait aussi à vérifier que Vincent était capable d'entendre la suite, qui allait sûrement le mettre sur la voie de la vérité. Vincent était en parfaites dispositions : ce que lui disait le vieux libraire étrange faisait écho à des impressions ressenties dans son coma. C'était évident.

Le petit homme acheva donc la lecture :

« La seule manière de faire à Dieu la preuve de son amour pour Le convaincre de notre désir de Le voir à nouveau régner sur le monde était de sacrifier un être cher. Et ce n'était qu'à ce prix que les cinq médaillons du Kallopsis pourraient accomplir le miracle de la résurrection d'Élisabeth. La mythologie vint à mon secours, Agamemnon et même Abraham. Et si terrifiant que cela puisse paraître j'acceptai l'idée de condamner notre fille Livia, parce que l'idée de ressusciter Élisabeth fut plus forte que tout. L'amant passa avant le père sans regret. »

Le petit homme arrêta sa lecture. Vincent voyait se dessiner les contours de la vérité et refusait encore de croire que la chose fût possible. Enfin le vieux libraire, faisant passer un pan de son écharpe autour de son cou malgré la chaleur, continua :

– Le testament d'Archibald Montalban est inachevé. Il mourut brutalement pendant sa rédaction.

Et le petit homme promit de lui raconter la fin un peu plus tard.

***

Agnès vit la porte s'ouvrir. Enfin, songea-t-elle. L'infirmière lui fit un grand sourire d'infirmière, réconfortant et professionnel. Elle posa sur la tablette près du lit un plateau chargé de gélules et d'un verre d'eau.

– Déjà réveillée, mademoiselle Angeli ?

– Ça fait deux heures, fit Agnès d'un ton rogue. Un hôpital, c'est pas un Relais & Châteaux. Quel boucan !

L'infirmière pouffa. Agnès jugea qu'elle pouvait avoir la quarantaine mais, avec sa peau d'un beau noir éclatant sur la blouse blanche, impossible d'en être sûre.

– Il faut m'avaler tout ça avant le petit déjeuner, gazouilla l'infirmière.

– Ça sert à quoi ?

– Le médecin vous expliquera.

– Quand est-ce que je sors ?

La femme éclata de rire. Un beau rire, tout aussi éclatant que sa peau.

– Vous êtes toujours aussi pressée ? Avec votre joli traumatisme crânien, on vous garde jusqu'à demain.

Agnès sentit une douleur fulgurante traverser son cerveau, en même temps qu'elle éructait un « merde » sans vitalité. Un cri du cœur.

– J'ai du boulot ! Je ne peux pas rester...

– Mais si, vous allez rester ! Essayez donc de vous lever un peu, pour voir.

Il ne lui en fallut pas plus. Agnès rejeta les draps d'un coup de pied, et se leva d'un bloc. La chambre se mit à vaciller. Elle se rassit, blafarde, le cœur au bord des lèvres, en se tenant la tête.

– Et merde... maugréa-t-elle.

Cette fois-ci, c'était une simple constatation : l'infirmière avait salement raison.

*
* *

La chambre n'était que pénombre. Seule une minuscule lampe de chevet veillait sur Laura. Celle-ci sentit que, au-dehors, derrière les stores et les volets, le soleil devait décliner. Depuis combien de temps dormait-elle ainsi ?

Peu à peu, des images lui revinrent en mémoire : elle avait vu Ludmilla tuer sa mère, de plusieurs coups de sa lourde canne à pommeau d'argent, avant que le cauchemar du souper ne vienne confirmer ses soupçons. Alors que le réel prenait le dessus, Laura pria pour qu'elle eût rêvé. Elle passa une main sur son front, et la sueur collante sur sa peau plomba sa prière : ce n'était ni un cauchemar ni une vision, mais bien elle, Laura, qui était couchée dans un lit de la maison de verre, et qui avait failli mourir assassinée par sa tante. Du moins... Ludmilla les aurait-elle tuées, elle et Manon ? Laura refusait de trouver la réponse à cette dernière question qui restait en suspens et le resterait *ad vitam*... Pourtant elle savait que sa mémoire ne lui jouerait pas de tours, et lui serait fidèle. Elle devrait donc, à partir de ce jour, enterrer définitivement ses morts, sachant qu'elle ne les oublierait jamais ; vivre en paix avec eux était la seule issue ; un pacte qu'elle ne pourrait se permettre de refuser désormais. C'était à ce seul prix qu'ils ne reviendraient pas lui tendre leurs mains, ni chuchoter à son oreille.

Elle pensa soudain à son père. Il se trouvait certainement quelque part dans la maison, attendant qu'elle s'éveille. À lui aussi, elle devait pardonner. La veille, ou était-ce aujourd'hui, elle ne se rappelait plus bien, il

l'avait simplement serrée dans ses bras, alors qu'elle san-
glotait comme une petite fille sur sa chemise blanche,
dans le hall de la Bastide. Il l'avait allongée sur la banquette arrière de sa voiture et l'avait ramenée à la maison
de verre tandis qu'elle sentait le sommeil la gagner enfin,
bercée par le roulis.

Laura se décida à risquer un pied nu sur le carrelage
frais mais le sol lui parut plus dur que d'habitude. Elle
se leva avec précaution, tête légèrement bourdonnante, et
vue encore brouillée par le calmant que lui avait admi-
nistré le médecin. La plaie recousue sur son bras ne la
faisait plus souffrir. Elle gagna la porte mais la poignée
ne ressemblait pas à celle de sa chambre. Les murs tout
autour semblaient de pierre et une odeur d'église l'envahit... Elle n'était pas dans la maison de verre et se retrouva dans un grand couloir froid qui ressemblait à un
couloir d'hôpital, mais un hôpital sans malade, sans personnel. Elle ne savait pas où elle était. Un chant assez
lointain de voix de femmes commençait à emplir tout
l'espace et la guidait. Et, par une fenêtre, elle aperçut
dans la cour une armée de petites filles en blanc qui la
regardaient comme des petites mortes sorties tout exprès
de leurs tombeaux. Elle reconnut la cour du couvent de
l'orphelinat Sainte-Anne. Que faisait-elle ici?

Enfin elle poussa une porte qui ouvrait sur la chapelle
et s'arrêta interloquée sur le seuil : un cercueil reposait
sur son catafalque, au milieu de la pièce uniquement
éclairée par la bougie de deux candélabres à la tête de la
bière. Sentant ses jambes se dérober sous elle, elle
s'agrippa au chambranle.

— Ma Laura... On t'attendait.

Max sortit de l'ombre. Il avait dit « on » parce qu'il
était entouré d'un cortège de religieuses. Il s'avança vers
elle, bras ouverts, souriant.

— Papa... Ce cercueil?...

— Celui de ta mère, ma chérie. Elle est là. De retour.
C'était écrit. Tout peut recommencer.

Laura sentit une fêlure dans la voix étrangement chevrotante de Max. Elle le dévisagea : il irradiait littéralement d'un bonheur tranquille, effrayant.

– Papa... je ne comprends pas.

– Ce n'est pas grave. Viens t'asseoir. Tu es blanche comme un linge.

Laura frissonna. C'est alors qu'elle aperçut, sur l'autel, le livre sur le « Tarok » du prince de Pise, et un autre livre, plus mince, quelques feuillets écrits à la main : les mémoires d'Archibald Montalban. Une enveloppe crème reposait à côté d'eux. Son père la lui donna.

– J'ai trouvé ça dans la boîte aux lettres. Ça t'est adressé.

Le prénom de Laura était simplement inscrit à l'encre sur le papier épais. Laura déchira l'enveloppe d'une main sans force. La carte tomba à ses pieds : le Diable la fixait d'un regard cerné, ailes de chauve-souris déployées, sexe double avec ses seins de femme et son pénis d'homme, pattes griffues accrochées à son socle. Deux personnages cornus et munis d'une queue avaient l'air d'attendre paisiblement leur supplice, enchaînés par le cou. Le regard de Laura se brouillait, mais elle distingua le numéro : XV.

Laura sentit son cœur se serrer. Ce n'était donc pas fini... Le chant des religieuses emplit tout au point de l'étourdir. Elle perdit connaissance.

***

Agnès sursauta. Quelqu'un lui secouait le bras, penchée sur elle. Elle se redressa péniblement sur son lit, et il lui fallut quelques secondes pour mettre un nom sur le visage anxieux qui la fixait.

– Vincent ! Qu'est-ce que tu fous là ? T'es pas au lit ?

– Je viens juste d'apprendre ce qui s'est passé. Lève-toi. Laura est en danger.

Agnès se laissa retomber sur son oreiller.

— Vincent, je suis ravie de t'annoncer que l'affaire est bouclée. Les meurtriers sont morts. Et qu'ils aillent au diable !

— Agnès, bordel ! Rien n'est fini ! Laura va être sacrifiée !

— T'es dingue. Va te recoucher. Quelle heure il est ?

— 21 heures.

— Dodo, l'enfant do, l'enfant dormira bien vite, marmonna Agnès, excédée.

Vincent se releva. Agnès nota sa pâleur, qu'elle mit sur le compte de son coma prolongé et de son opération. De plus, il semblait pouvoir à peine tenir debout.

— Agnès, merde ! Max va tuer Laura. Il va tuer sa propre fille. Il faut qu'on se tire d'ici, et vite. Où est Laura ?

— Ben... chez son père, justement.

— Sûrement pas ! Comment avez-vous pu la lui ramener ?

Vincent tira ses draps d'un coup sec.

— Debout, je t'en supplie !

Agnès était en blouse d'hôpital. Elle remarqua seulement à cet instant que Vincent était vêtu, prêt pour le départ.

— Vite. Je t'expliquerai en route.

Il lui tendit un paquet de vêtements et elle enfila son jean sans plus dire un mot.

Agnès ruminait, tandis que Vincent parlait à mots hachés. Il lui avait raconté la visite du petit homme. L'ambulance qu'ils avaient volée sur le parking des urgences filait sur la route, en direction de Saint-Martin-de-Vésubie et du couvent Sainte-Anne. Agnès conduisait prudemment, le crâne encore pris dans un étau, et l'estomac au bord des lèvres. La lumière des réverbères enveloppait les rues d'un brouillard latent, percé par instants de points lumineux : les cachets qu'elle avait avalés lui jouaient un sale tour, au plus mauvais moment. Agnès ouvrit la fenêtre, cherchant l'air sur son front. Ses mains étaient moites.

— Ça ressemble vachement à une vision de Laura, ton histoire, lâcha-t-elle, regard accroché à la chaussée.

— Pense ce que tu veux, moi j'y crois. C'est ce que les cartes lui annonçaient !

Vincent avait encore du mal à prononcer certains mots. Il avait perdu du poids, et semblait près de tourner de l'œil à chaque virage. Agnès fut prise d'un rire incongru. Elle se disait qu'ils faisaient une paire de choc, tous les deux. Un rescapé de fusillade et une traumatisée du crâne, à bord d'une ambulance volée...

— Max va sacrifier Laura dans l'espoir de ressusciter sa mère...

— Mais le corps de Luisa est à la morgue !

— Plus depuis hier soir.

Le téléphone d'Agnès sonna.

— Angeli, j'écoute.

— Vous êtes où ? fit la voix de Bruno, tendue.

— On a passé Roquebillière. Et vous ?

— On a juste une petite cinquantaine de kilomètres de retard. À part ça, on grouille. Agnès ?

— Ouais.

— J'espère que t'es sûre de ton coup.

— En tout cas il y a au moins un truc de sûr : vous n'avez pas trouvé Laura chez son père, et nous on se dirige vers le couvent Sainte-Anne. Alors y a plus qu'à !

Elle raccrocha rageusement. Bien évidemment, qu'elle n'était sûre de rien ! La seule piste était devant eux, sur la route, en forme de point d'interrogation. Qu'est-ce que Max Fontane fricotait en pleine nuit avec un troupeau de bonnes sœurs voilées qui se repliait dans le Mercantour ? D'autant que l'équipe dépêchée par Bruno, à qui elle avait fait un résumé lapidaire de la situation, avait trouvé la maison de verre vidée de ses occupants. Seuls un catafalque sans son cercueil abandonné dans le salon et un flacon de somnifères pouvaient laisser prévoir le pire. Mais quel pire ?

Vincent avait raison : sur la place du bourg, une pancarte discrète indiquait la direction du couvent et de l'institution

Sainte-Anne... Agnès engagea l'ambulance sur la route montagneuse qui quittait le bourg. À un kilomètre des dernières maisons, l'édifice se dressait sur un vaste replat. Imposant, lugubre, digne du film d'épouvante qu'ils se tapaient depuis trois semaines. Agnès arrêta la voiture une centaine de mètres avant les grilles. La lune était pleine, ronde, d'une blancheur lumineuse parfaite pour guider leurs pas.

– Bruno? Agnès... souffla-t-elle dans le combiné. On a trouvé. Sur la place de Saint-Martin-de-Vésubie, panneau sur la droite, orphelinat Sainte-Anne, à un kilomètre. Soyez discrets.

– Attendez-nous.

– C'est ça...

Elle regarda Vincent. Il avait déjà la main sur la poignée de la portière.

– Mollo... T'es pas en état, et moi non plus.

– Tu as ton arme?

– Oui, mais pas toute ma tête, si tu vois ce que je veux dire.

– Ce sont des dingues. Tu te rappelles les morts de la secte du Temple solaire? Et Waco? Combien de morts, à Waco?

– C'est bon... Mais tu restes derrière moi.

Il sourit, bravache, et brandit un extincteur de voiture, minuscule et ridicule en cette circonstance.

– Moi aussi, je suis armé...

Des chuchotements. Des glissements. Des frémissements. Les échos d'un chœur psalmodié, dans une langue inconnue. Des odeurs : encens, myrrhe, terre. Le froid, tout en courants d'air, qui l'enveloppait mais qui montait du sol aussi. Ses paupières étaient de plomb, sa langue énorme dans sa bouche, qu'elle ne parvenait plus à ouvrir. Elle ne sentait quasiment plus son corps. Sauf ce froid intense. Un halo jaunâtre transperça ses paupières, qu'elle réussit à soulever en une fente imperceptible. Des formes sombres planaient autour d'elle. Elle comprit soudain qu'elle était nue, que ses mains et ses bras étaient entravés par d'épais bracelets de cuir. Elle reposait sur un autel de granit rugueux et glacial, au centre d'une immense salle aux hautes voûtes de pierre grise. Une forme passait de candélabre en candélabre, et des points lumineux et mouvants naissaient à chacun de ses gestes mesurés. La flamme de dizaines et de dizaines de cierges minces fit bientôt surgir un groupe de l'ombre : une dizaine de personnes, vêtues de suaires blancs sous lesquels on devinait la nudité et les seins. Ce fut grâce à ces seuls indices de leur féminité que Laura reconnut des femmes : elles avaient toutes le crâne rasé. L'une d'elles s'approcha de Laura et se pencha sur son corps, palpant d'une main froide et quasi squelettique les seins, le ventre, les cuisses, les mains, les pieds. Laura voulut hurler, mais sa langue ne donnait aucun signe de vitalité. La femme rasée mit sa joue sur la cage thoracique de Laura, afin d'écouter son cœur. Alors Laura vit le tatouage : une colombe aux ailes déployées au centre du crâne. Un gémissement résonna sous les voûtes, traversant la mélopée ; c'était celui de Laura. La femme se redressa et fixa deux yeux minéraux sur elle : elle n'avait ni sourcils ni cils ; un regard hypnotique, inhumain. Laura sentit tous ses muscles se tétaniser ; elle referma les yeux.

— Approchez, murmura une voix évaporée à Max.

Laura rouvrit les yeux brusquement. Son père... Ce ne pouvait être que lui. Elle vit soudain le visage de Max apparaître au-dessus d'elle. L'or de l'iris avait complètement dévoré le brun. Laura nota que le rouge avait envahi la cornée.

— Papa... Je t'en supplie, c'est moi, Laura. Détache-moi, partons d'ici.

— Laura, ta maman doit me rejoindre. Ce n'est pas le moment de pleurer : c'est un moment de grande joie. J'aurais préféré que tu ne te réveilles pas. Mais il est dit que tu dois assister à ce miracle : celui de la Résurrection.

– De quoi parles-tu ?

– J'ai commis une erreur il y a trente-trois ans. J'ai condamné ta mère pour la punir. Je t'ai choisie non par amour mais comme objet de ma vengeance. Tu sais, je suis retourné au cabanon et j'ai trouvé le testament de ton arrière-arrière-grand-père Archibald Montalban. Il raconte comment il a découvert le secret de la résurrection et comment, surtout, par amour il a sacrifié sa propre fille pour faire revenir sa bien-aimée à la vie... À la vie, Laura !

Laura tourna la tête et vit le cercueil, d'un genre particulier, entièrement ouvert : les quatre pans pendaient et Luisa, tout du moins sa dépouille sèche et hideuse, y reposait, offerte à la vue de tous, mains croisées à l'emplacement du cœur.

Le chœur lancinant cessa brusquement.

– Veuillez remettre son bracelet à l'élue.

Laura vit Max s'approcher. Mains en coupe, il tenait quelque chose dans leur creux. Il s'approcha du cadavre de Luisa, et Laura vit qu'il glissait avec difficulté le bracelet aux cinq lames autour d'un poignet décharné de sa femme. Sans doute l'avait-il récupéré sur la dépouille de Ludmilla. Puis Max reflua dans l'ombre et le chœur reprit, avec ses voix d'anges.

Laura aperçut alors un gong de grande dimension, suspendu à un support de bois grossier et aux liens archaïques. Une femme rasée frappa dessus, un coup. Le vrombissement du métal se répandit sous les voûtes tandis que la femme au regard minéral commençait à disposer sur le corps de Laura des cartes de Tarot.

– La Lune, marmonna-t-elle, en posant une lame sur le front de Laura.

Laura, pétrifiée, percevait le poids léger de la lame sur son front. La femme continua son hallucinante leçon d'anatomie : elle posa le Soleil à l'emplacement du cœur, la Mort sur le nombril, le Diable sur son pubis... Elle ne sentit pas l'Hermite, que la prêtresse avait fait disparaître entre ses jambes écartelées, au niveau des pieds, sur le granit de l'autel.

Une jeune nonne, que Laura reconnut comme étant la religieuse qui lui avait laissé l'accès aux archives de l'orphelinat, les rejoignit. Elle avait elle aussi les cils et les sourcils épilés, ce que Laura n'avait pas remarqué lors de sa visite. Elle portait un plateau de métal ancien sans aucun ornement, et le présenta à sa supérieure. La langue de Laura se déplia brusquement. Son hurlement retentit en mille échos sous les voûtes, alors que le son lourd du gong frappé se déployait en nappes tout autour d'eux : la lame du couteau que tenait la prêtresse était fine, longue, plus affûtée qu'un rasoir. Laura sut qu'elle allait mourir. Elle hurla de nouveau.

– Papa !

Son cri se mua en un gémissement d'enfant.

– Je t'en supplie, papa, ne les laisse pas me tuer... Papa !

Le mot retentit sur la voûte si violemment que quelque chose dans l'air sembla se fissurer. Ce fut comme si le chant des religieuses s'insinuait dans cette anfractuosité de l'espace et du temps. Le corps de Laura se contractait, se durcissait. Le chant s'amplifiait. Des douleurs inimaginables la traversaient, pire que les douleurs de l'enfantement, quelque chose en elle rugissait... Toujours par cette même anfractuosité qui avait accueilli le chant des religieuses, surgissaient maintenant des rafales de vent qui criaient... Toute la voûte se mit à vaciller. La statue de la Vierge terrassant le serpent – qu'on avait transportée jusqu'ici – s'écroula sur le sol pour finir décapitée. Max crut voir la dépouille parcheminée de Luisa s'enflammer d'un coup comme une torche, repoussant le chœur des religieuses effarées. Quelque chose sortit de Laura, se souleva d'elle comme si elle n'avait été qu'un tombeau qui renfermait une autre vie que la sienne. Max n'eut pas peur. Il reconnut parfaitement Luisa qui s'échappait du corps de sa propre fille. Ce fut éblouissant. La fille enfantait la mère ou plutôt la fille enfantait le spectre de la mère qui s'était logé en elle trente-trois ans plus tôt. Une femme, un spectre ? Max ne faisait plus la différence. Luisa se tenait dressée devant lui et le condamnait. Elle ne disait rien. Ses lèvres ne bougeaient pas. Et pourtant il entendait tout ce qu'elle lui disait. Elle lui parlait de l'amour, de son amour pour lui. Elle lui parlait de l'au-delà. De cet espace si particulier où se tiennent les mères qui doivent protéger leurs enfants quand la mort les a surprises trop tôt. Elle n'était pas revenue pour lui. Elle n'était pas revenue du tout. La vérité l'avait libérée.

Laura était comme évanouie sur l'autel de son sacrifice inutile. Elle éprouvait juste, dans cet étourdissement, la sensation agréable d'une aile qui la frôlait. Elle se disait que c'était peut-être la mort qui venait la chercher. Elle vit les morts en cortège devant elle qui la regardaient mais qui refusaient de l'accueillir.

Max écoutait encore la voix de Luisa qui lui racontait qu'elle était apparue, et non revenue, uniquement pour sauver sa fille. Luisa savait, depuis la seconde où elle avait quitté la vie, qu'un drame se nouerait autour de son enfant. Elle lui raconta la folie des hommes et des femmes de ce monde et des mondes passés qui, à force de chercher la vérité, s'étaient égarés sur les chemins de la folie. Elle lui dit qu'on pouvait tout imaginer sur Dieu, sur les morts, sur la vie, mais que rien de ce que le Tarot renfermait comme secret n'avait à voir avec le crime, en aucune manière. Elle lui dit enfin que c'était elle qui avait de toute son âme envoyé à sa fille ces signes en forme d'images pour la prévenir, de peur de ne pas pouvoir surgir à temps pour la délivrer. Elle dit enfin à Max que Laura était leur seule éternité, la seule survivance possible de leur amour. Elle n'était que poussière d'étoiles, image que la lumière renvoyait dans un autre temps. L'âme de Luisa scintillait devant Max et lui offrait le seul visage possible qu'on puisse offrir à un être aimé : une infinie bonté.

– Les mains en l'air ! Tout le monde, mains sur la tête !

La détonation d'une arme résonna, rebondit sur les murs. Laura ouvrit les yeux et se mit à hurler.

Un murmure de voix étonnées, des glissements de pieds nus courant sur la pierre, puis des cris affolés : les religieuses semblaient cernées.

Ce ne fut pas Agnès qui se pencha sur Laura, mais Vincent : regard fiévreux, joues creusées, pâle, souriant en même temps qu'une larme glissait au coin de l'un de ses yeux. Il posa sa veste sur son corps.

– Je suis là. C'est fini, mon amour. Et tout peut commencer...

Max était là, physiquement présent mais hors du temps, comme si le spectre de Luisa avait emporté son regard à tout jamais.

Loin de toute cette folie, Viviane était retournée dans la maison de verre, animée par le désir furieux de tout effacer. Le feu lui apparut comme le seul moyen d'exorciser le passé.

Les voisins n'avaient rien vu, rien entendu, rien senti. Il n'y avait pas eu de fumée, ni aucun signe annonciateur du désastre : les vitres semblèrent soudain se gondoler sous la douleur, puis explosèrent, répandant à des dizaines de mètres à la ronde des éclats noircis et brûlants. Alors seulement, les flammes bondirent. Une sarabande hallucinante, qui s'éleva à une dizaine de mètres de hauteur, embrasant les pins trop proches. La maison de verre n'était plus qu'une boule de feu gigantesque, ponctuée d'explosions qui impulsaient un rythme endiablé au ballet orange et rouge du brasier.

Au matin, il ne resta plus que quelques poutrelles d'acier tordu, qui transperçaient les plaques de béton effondrées et se tendaient vers le ciel azur en une supplique amère : la maison de verre avait souffert le martyre... et Viviane avait disparu.

Cette nuit-là, la nuit où la maison de verre se consuma dans les flammes, plusieurs promeneurs, qui n'étaient pas au spectacle de l'incendie mais goûtaient la fraîcheur de la nuit sur la plage, eurent simultanément la même vision : une raie manta flottait à quelques mètres de la grève. Tous virent l'animal déployer ses ailes d'ange. C'était un ange qui dansait dans les flots et dans les plis de sa robe. Ils furent unanimes, mais on ne les crut pas...

Épilogue

L'HERMITE...

Laura écoutait Vincent lui raconter la visite du petit homme.

– En réalité, après m'avoir lu les pages dans lesquelles ton aïeul raconte comment il en est arrivé à sacrifier sa propre fille dans l'espoir fou de ressusciter la femme qu'il aimait, il referma le document et me dit qu'il était incomplet. Archibald Montalban était mort avant d'avoir achevé ce testament... qui devait se terminer par un chapitre sur sa culpabilité. Élisabeth de Fressan, qui pourtant l'avait conduit à cette extrémité, n'était pas revenue à la vie. Il avait assassiné sa propre fille pour rien, preuve incontestable, avait ajouté le petit homme, que la paternité n'existe pas, qu'elle ne peut être que l'origine de la monstruosité... comme Chronos dévorant ses enfants... D'après lui il n'y avait pas de Malédiction, juste de la folie et du malheur qui avaient conduit des hommes à des actes d'épouvante. Le fils de Livia, ton grand-oncle qui aimait soi-disant sa mère plus que tout, est mort au même âge qu'elle, après avoir découvert la vérité sur son décès. Le suicide d'un enfant qui ne peut supporter de survivre à sa mère, pas une malédiction... Ludmilla seule a forgé la légende en assassinant sa sœur...

Bercée par le ronronnement du moteur de la berline, Laura regardait le bleu de l'eau du port, qui apparaissait au bout de chaque rue. La voiture ralentit. Vincent hésitait. Laura lui indiqua un emplacement vide sur la rue Ségurane.

– Gare-toi là. C'est tout près.

– Je viens avec toi.

– Non... S'il te plaît. Je t'assure, il ne m'arrivera rien.

Vincent avait un de ces regards intenses dans lequel Laura pouvait lire le livre d'une vie. La leur, qui ne faisait que commencer. Elle posa ses lèvres sur ses questions, et il la vit s'éloigner sur le trottoir qui offrait un peu d'ombre.

– La Baie des Anges, vous dites?

– Oui. Une toute petite boutique, là, insista Laura.

L'homme fixa l'endroit qu'elle lui désignait d'un air ahuri : il y avait effectivement une vitrine, mais recouverte de poussière grasse et de chiures de mouches, derrière un rideau de fer bien verrouillé par un cadenas rouillé.

– Madame, je suis dans le quartier depuis quarante ans, et je n'ai jamais entendu parler d'une librairie qui se serait appelée La Baie des Anges. Mon magasin d'antiquités est là, martela-t-il en pointant son index sur la vitre rutilante de sa boutique, juste en face de l'échoppe abandonnée. Et ce magasin-là est fermé depuis que je suis ici, fit-il en retournant son index sur la vitrine pouilleuse. D'ailleurs, si vous connaissez le propriétaire, faites-le-moi savoir, ses murs m'intéressent ! Désolé, et bonne chance.

L'homme réintégra son magasin en faisant tinter la clochette de sa porte d'entrée. Laura sourit : au début elle avait insisté, provoquant peu à peu l'agacement de l'antiquaire.

Elle revint vers la vieille échoppe, songeuse... Sous le rideau de fer elle aperçut un pli, comme si du courrier venait d'être déposé. Elle tira sur la lettre.

Ce n'était pas une lettre, mais la vingt-deuxième carte, la lame qui lui manquait : l'Hermite, numéroté VIIII, et non IX. Elle représentait un vieillard portant une lanterne sous sa cape. Laura comprit tout de suite : le petit homme n'avait pas été une hallucination, mais le guide, l'émissaire de Luisa, celui qui avait éclairé le chemin de sa fille. Laura ne le reverrait jamais : le petit homme avait accompli sa mission, elle était vivante. Laura se dit que oui, il était possible qu'il y ait dans nos vies des êtres venus d'entre les morts pour nous éclairer le chemin. Elle sourit : le petit homme, désormais, pouvait éteindre sa lanterne.

***

À l'heure où vous, lecteur, lisez ces lignes, Laura et Vincent se sont mariés simplement, en présence de Manon, de Pierrot et de Mado.

Max Fontane est en maison de repos, pour une cure que les médecins ont décidée longue, très longue, sans doute sans fin. Max parle avec Luisa tous les jours, et il est heureux.

Fred Bellair purge une peine de trois ans à la prison de Nice, où il est traité comme un roi. La partie civile avait pourtant requis dix ans, mais le jury n'a souhaité retenir qu'une accusation : celle pour profanation et enlèvement de corps, qui correspondait à la requête de Laura.

Manon rend visite à son père une fois par semaine. Le parloir de la prison a cette unique vertu qu'on peut s'y parler : c'est ce qu'ils font, durant une heure à chacune de ses visites. Sinon, Manon travaille au casino, en attendant le retour de Fred. Elle n'a jamais remis les pieds à Nîmes, où un notaire s'est chargé de liquider pour elle les modestes biens laissés par ses parents. Sa mère a été enterrée par une vieille tante, à laquelle Manon a légué une partie de l'argent qui lui revenait.

Le capitaine Agnès Angeli a défait ses cartons. Elle a de temps à autre une bouffée de tristesse lorsqu'elle pense à Matthieu. Mais elle a si peu de temps que la tristesse disparaît vite, au son du gyrophare et des affaires. Elle regarde les hommes dans la rue, et n'arrive pas à les trouver beaux.

Le lieutenant Bruno Bruno hésite encore : rester à la Criminelle ou passer au ronron des ordinateurs de la Financière ? Il laisse cette pensée mûrir, tout en cherchant le prince charmant sur le Net. Commencerait-il à s'attacher à la douceur de vivre de la baie des Anges ? Dans le fond, Bruno Bruno ne change pas : il se pose encore, de nouveau et toujours des questions, dans un éternel entre-deux qui lui convient finalement bien.

Franck Duval, lui, en a pris pour dix ans. Pour l'exemple. La République est longue à réagir mais quand elle se met en rogne, elle ne transige pas avec ses représentants qui ont failli. Son parti politique ne l'a pas soutenu. Un nouveau Franck Duval s'est installé sur sa circonscription, et serre des mains à la sortie de l'église...

Depuis l'incendie de la maison de verre, on n'a plus jamais revu Viviane Lebesco. Certains prétendent qu'elle s'est volontairement immolée...

Reste à savoir si les fantômes existent, et vous laissent jamais en paix.

REMERCIEMENTS

Nous tenons à exprimer notre gratitude tout particulièrement à Alain Tortevoix, Katia Raïs, Nolwenn Brian et Christian Authié, pour leurs précieux renseignements techniques, ainsi qu'à Huguette Maure, pour son inestimable et chaleureuse collaboration.

À Carole et Philippe Breant pour leur accueil et leur amitié. Et à David et Ludovic, pour leur soutien et leur affection.

TABLE DES MATIÈRES

Direction littéraire
Huguette Maure

Assistée de
Maggy Noël, Sophie Renoul et Édouard Boulon-Cluzel

Impression réalisée sur CAMERON par

BRODARD & TAUPIN

GROUPE CPI

La Flèche

*pour le compte des Éditions Michel Lafon
en juin 2006*

Imprimé en France
Dépôt légal : juin 2006
N° d'impression : 36031
ISBN : 2-7499-0475-7
LAF : 807